Kaltgestellt

COLIN FORBES

Kaltgestellt

Roman

Aus dem Englischen von Thomas A. Merk

WILHELM HEYNE VERLAG
MÜNCHEN

Die Originalausgabe erschien unter dem Titel
»This United State« bei Macmillan Publishers Ltd., London

Für Jane

Sämtliche Figuren dieses Romans entstammen der Fantasie des Autors
und haben keinerlei Bezug zu lebenden Personen.
Ebenso frei erfunden sind alle in diesem Buch geschilderten Häuser
oder Wohnungen in Großbritannien sowie auf dem europäischen Festland.

Umwelthinweis:
Dieses Buch wurde auf chlor- und säurefreiem Papier gedruckt.

Satz: Leingärtner, Nabburg
Druck und Bindung: Wiener Verlag, Himberg
Printed in Austria

ISBN 3-453-18601-X

PROLOG

Paula Greys Albtraum begann um zehn Uhr abends in einer kalten Februarnacht. Sie war gerade in der Albemarle Street im Herzen des Londoner Stadtviertels Mayfair.

Als sie mit ihrer großen Umhängetasche, die sie geschultert hatte, aus dem Hotel Brown's trat und wegen der Kälte den Kragen des Mantels hochklappte, hielt ein Taxi unmittelbar vor dem Hotel am Straßenrand. Die hintere Tür flog auf und ein Mann sprang heraus. Es war Cord Dillon, der Stellvertretende Direktor der CIA. Dillon war der Letzte, den Paula hier erwartet hätte. Er blieb direkt vor ihr stehen.

»Paula, halten Sie sich von mir fern! Man wird Sie sonst töten.«

»Cord, was zum Teufel ist denn los?«

»Sehen Sie die Männer in dem weißen Cadillac da drüben? Sie wollen mich erschießen ...«

»Folgen Sie mir. Und keine Widerrede – das hier ist meine Stadt.«

Paula packte den hoch gewachsenen Amerikaner am rechten Arm und zog ihn die Straße entlang. Von hinten fuhr langsam der Cadillac heran. Eines der Fenster glitt nach unten, und Paula sah einen glatzköpfigen Mann, der eine Pistole in der Hand hielt.

In diesem Augenblick bog ein Taxi vor dem Cadillac in die Straße ein und versperrte den Männern in dem Wagen für kurze Zeit die Sicht. Paula, die mit Dillon gerade an einem großen Schaufenster vorbeilief, ergriff die Gelegenheit und zog ihn in einen nahen Hauseingang. *Zong!* Obwohl Paula keinen Schuss gehört hatte, zerbarst genau dort, wo sie beide gerade noch gewesen waren, die Scheibe des Schaufensters und zerbrach in unzählige Scherben, die glücklicherweise nach innen fielen und deshalb niemanden verletzten.

»Weiter!«, befahl Paula. »Ein Lastwagen hat sich vor den Cadillac geschoben!«

»Lassen Sie das! Sie bringen sich in Gefahr ...«

»Ruhe! Weiter! Wieso war eigentlich kein Schuss zu hören?«

»Die verwenden Schalldämpfer.«

Sie waren an der nächsten Kreuzung angelangt, wo Paula den CIA-Mann erst auf die andere Straßenseite und dann weiter in die Grafton Street zog. Es war verrückt – mitten in London versuchte jemand, einen Menschen auf offener Straße zu erschießen. Zu dieser späten Stunde waren die Straßen hier in Mayfair wie ausgestorben. Nur noch wenige Autos parkten am Straßenrand, und wegen der strengen Kälte waren auch keine Fußgänger unterwegs. Die Fenster der umliegenden Gebäude waren dunkel. Die Albemarle Street, in der sich der Cadillac noch immer befand, war von hier aus nicht einzusehen. Paula hörte, wie sich von hinten ein Fahrzeug näherte. Es war ein Taxi, das sich glücklicherweise als frei erwies. Paula winkte es heran.

»Zur Victoria Station«, sagte sie zum Fahrer.

»Steigen Sie ein.«

Das Taxi fuhr los. Paula schaute aus dem Rückfenster und sah, dass der Cadillac gerade in die Grafton Street einbog. Der Fahrer musste gesehen haben, wie sie in das Taxi gestiegen waren. Paula drehte sich wieder um und nahm einen Zehnpfundschein aus ihrer Brieftasche. Dann beugte sie sich nach vorn und streckte die Banknote durch den Schlitz in der Glasscheibe, die den Passagierraum von der Fahrerkabine trennte.

»Der gehört Ihnen, wenn Sie den weißen Cadillac abhängen, der hinter uns herfährt«, sagte sie.

»Wird gemacht«, sagte der Fahrer und steckte die Banknote in die Innentasche seiner Jacke.

Dann schloss er die Trennscheibe und gab Gas. Paula war bald nicht mehr in der Lage, der verschlungenen Fahrtroute durch die unzähligen Nebenstraßen zu folgen, in denen der Taxifahrer mit waghalsiger Geschwindigkeit um die Ecken kurvte. Als sie nach hinten blickte und den Cadillac nicht mehr entdecken konnte, seufzte sie erleichtert auf.

»Was wollen wir an der Victoria Station?«, fragte Dillon.

»Nichts. Aber ich will unsere Verfolger nicht zur Park Crescent führen.«

»Die Mühe können Sie sich sparen. Die wissen, wo Tweeds Hauptquartier ist …«

»Lassen Sie mich ruhig machen.«

»Haben Sie eine Waffe bei sich?«, flüsterte Dillon.

»Ja.«

Paula griff in ihre Umhängetasche, wo sich in einem Spezialfach ihre .32er Browning befand. Sie blickte hinüber zu Dillon, dessen zerfurchtes, glatt rasiertes Gesicht ihr so vertraut war, und sah, dass sein Haar seit ihrem letzten Zusammentreffen einige graue Strähnen bekommen hatte. Er wirkte müde und abgespannt.

»Es ist besser, wenn Sie die Pistole mir geben«, meinte er.

»Nein. Die behalte ich. Sie sind sicher übermüdet, oder?«

»Da haben Sie Recht. Ich komme direkt vom Flughafen Heathrow. Auf dem ganzen Flug von Montreal hierher habe ich nicht eine Sekunde geschlafen, weil ich ständig die anderen Passagiere im Auge behalten musste.«

»Wieso kommen Sie aus Montreal?«

»Weil die Maschinen von Washington nach London überwacht werden.«

»Wer verfolgt Sie denn?«

»Eine halbe Armee. Aber das erzähle ich Ihnen alles, wenn wir bei Tweed sind.«

Als sie an der Victoria Station angelangt waren, bezahlte Paula den Fahrer und ging, gefolgt von Dillon, in die Bahnhofshalle, in der nur ein alter Penner war, der auf einer Bank saß und aus einer Bierflasche trank. Trotzdem schaute sich Paula sorgfältig nach allen Richtungen um, bevor sie den Amerikaner wieder nach draußen führte.

»Warum machen wir das?«, sagte Dillon.

»Ich wollte sichergehen, dass unser Taxi auch wirklich weg ist. Ich habe vorhin gesehen, wie schon der nächste Fahrgast eingestiegen ist. Jetzt nehmen wir ein anderes Taxi und lassen uns zur Park Crescent bringen.«

Dillon hatte einen Kamelhaarmantel an und trug einen großen Aktenkoffer bei sich. Er war Ende vierzig und kam Paula mit seinen breiten Schultern, seinem markanten Gesicht und seinem kampflustig vorgereckten Kinn immer wie ein typischer Quarterback vor. Während der Fahrt saß er schweigend neben ihr. Paula spürte, dass er am Ende seiner Kräfte war. Auch sie sagte nichts, schaute aber häufig aus dem Rückfenster, ob ihnen vielleicht der weiße Cadillac folgte, was glücklicherweise aber nicht der Fall war.

In der Park Crescent angelangt, gab sie dem Fahrer ein großzügiges Trinkgeld und führte Dillon dann zu einer schweren Tür, neben der auf einem auf Hochglanz polierten Messingschild *General & Cumbria Assurance* zu lesen war.

»Ist Tweed da?«, fragte sie George, den Wachmann, der hinter der Empfangstheke in der Eingangshalle stand.

»Ja. Bob Newman ist bei ihm.«

»Rufen Sie doch bitte Monica an und sagen Sie ihr, dass wir auf dem Weg nach oben sind. Mein Begleiter ist Cord Dillon.«

»Ah, Mr. Dillon, ich erinnere mich gut an Sie«, sagte George.

»Und ich erinnere mich an Sie«, knurrte der Amerikaner. »Sie sind ein ganz scharfer Hund.«

»Man merkt, dass Sie gestresst sind«, meinte Paula, während sie die Treppe hinaufstiegen.

Sie öffnete die Tür zu dem Büro im ersten Stock und sah Tweed mit hinter dem Nacken verschränkten Armen in seinem Drehstuhl sitzen. Der Stellvertretende Direktor des SIS, ein Mann in mittleren Jahren von durchschnittlicher Größe, musterte Dillon eindringlich durch seine Hornbrille. Tweed verfügte über etwas, was in seinem Job einen unschätzbaren Vorteil darstellte: Er war so unauffällig, dass nur die wenigsten Leute, die ihn einmal gesehen hatten, sich später an ihn erinnern konnten. Er stand auf und gab seinen Besuchern die Hand, bevor er Dillon den Stuhl vor seinem Schreibtisch anbot.

»Sie sehen ziemlich mitgenommen aus, Cord.«

»Das bin ich auch. Aber darüber reden wir am besten, wenn ich den Kopf wieder klar habe.«

»Erinnern Sie sich noch an Monica?«

Dillon drehte sich nach der kleinen, etwas ältlich wirkenden Frau um, die hinter einem Tisch mit Faxgerät, Computer und mehreren Telefonen saß. Monica, die seit vielen Jahren Tweeds Sekretärin war, hatte das graue Haar zu einem strengen Knoten zusammengebunden.

»Aber natürlich! Hallo, Monica, wie kommt's, dass Sie immer noch für dieses Monstrum arbeiten?«

»Guten Abend, Mr. Dillon. Wollen Sie eine Tasse Kaffee?«, sagte Monica ungerührt und stand auf. »Mit Milch oder Zucker?«

»Schwarz, bitte«, brummte Dillon. »So schwarz, wie ich für Ihr schönes Land sehe. Ich fürchte, in nächster Zeit kommt eine Menge auf Sie zu.«

»Was denn zum Beispiel?«, fragte Bob Newman.

Der bekannte Journalist, der viele Jahre als Auslandskorrespondent tätig gewesen war, hatte ein schiefes Lächeln auf seinem kräftig wirkenden Gesicht. Der blonde Mann war Mitte vierzig und fand mit seiner Größe von einem Meter achtzig und seinem gut durchtrainierten Körper viel Anklang bei den Frauen, was er aber nur gelegentlich ausnützte. Tweed zählte Newman, der ihm in vielen gefährlichen Situationen zur Seite gestanden hatte, schon lange zu seinen engsten Mitarbeitern.

»Hi, Bob«, sagte Dillon. »Lange nicht gesehen.« Er wartete etwas, bevor er Newmans Frage beantwortete. »Was auf Sie zukommt, ist zum Beispiel eine ganze Meute von bezahlten Killern, die auf verschlungenen Wegen in Ihr Land geschleust werden. Alles Vollprofis.«

»Wie sollen diese verschlungenen Wege denn aussehen?«

»Einer der beliebtesten ist, von Washington nach Paris zu fliegen und dann den Eurostar durch den Kanaltunnel nach London zu nehmen.«

»Und warum?«

»Vermutlich deshalb, weil man nicht so genau überprüft wird, wenn man per Zug ankommt. Die Typen ziehen sich aus diesem Grund meist auch so an wie ganz normale britische Geschäftsleute: dunkler Anzug und eine elegante Krawatte. Dazu haben sie sich jede Menge Anzüge in verschiedenen Größen von London in die Staaten fliegen lassen. Die Killer verfügen übrigens alle über amerikanische Diplomatenpässe.«

»Hier ist Ihr Kaffee«, sagte Monica, die mit einem Tablett zurückkam.

»Danke. Den brauche ich jetzt dringend.«

»Dann werde ich jetzt mal Tweed und Bob darüber informieren, unter welchen Umständen wir uns heute Abend über den Weg gelaufen sind«, sagte Paula.

Dillon nickte. Paula hatte ein Talent dafür, auch komplexe Zusammenhänge kurz und präzise zu schildern. Tweed sah ihr zu, wie sie hinter ihrem Schreibtisch saß und beim Sprechen die gefalteten Hände in den Schoß legte. Sie wirkte sehr ruhig und sachlich.

»Die Wahrscheinlichkeit, dass ich genau in jener Sekunde das Hotel Brown's verlassen würde, stand hunderttausend zu eins«, sagte sie, nachdem sie ihren Bericht beendet hatte. »Ich hatte dort einen Informanten getroffen und nach dem Gespräch noch zehn Minuten in der Halle gewartet, damit uns niemand kurz hintereinander aus dem Hotel kommen sah.«

»Sie sollten London so rasch wie möglich verlassen, Cord«, sagte Tweed. »Bob, könnten Sie Cord vielleicht gleich in unseren Bunker in Kent bringen? Ihr Koffer steht wahrscheinlich unten bei George, oder, Cord?«

»Nein, er ist immer noch auf dem Gepäckkarussell in Heathrow«, sagte Dillon. »Ich wollte so schnell wie möglich zum Brown's fahren. Weil ich weiß, dass Sie das Hotel häufig als Treffpunkt benützen, habe ich gehofft, dort auf jemanden von Ihnen zu stoßen. Ich wollte vermeiden, dass die Killer mich bis hierher verfolgen.«

»Haben Sie irgendwelche persönlichen Papiere in dem Koffer?«, fragte Tweed. »Steht vielleicht Ihr Name drauf?«

»Nein. Es ist nur der übliche Zettel mit der Flugnummer und dem Zielflughafen dran.«

»Dann sollten wir uns jetzt schnellstens auf den Weg nach Kent machen«, sagte Newman und stand auf. »Wir fahren in meinem Mercedes.«

»Halt, nicht so stürmisch«, sagte Tweed und holte ein hochauflösendes Nachtsichtfernglas aus der Schublade seines Schreibtisches. »Schalten Sie doch bitte das Licht aus, Monica«, sagte er, während er vor das große Fenster trat und eine Hand an die dicken Vorhänge legte.

Nachdem das Zimmer verdunkelt war, öffnete er die Vorhänge einen Spalt und blickte mit dem Fernglas nach unten. Niemand in dem Raum bewegte sich, aber Paula stand nahe genug am Fenster, um einen Blick über Tweeds Schulter werfen zu können. In dem großen Büro über dem Regent's Park herrschte gespanntes Schweigen.

»Haben Sie sich die Autonummer des Cadillacs gemerkt?«, fragte Tweed leise.

»Natürlich«, antwortete Paula und nannte ihm die Nummer aus dem Gedächtnis.

Tweed winkte Newman heran und gab ihm das Fernglas. Dann ging er langsam zurück an seinen Tisch und setzte sich.

»Der Cadillac parkt vorn in der Hauptstraße an der rechten Einmündung zur Park Crescent«, sagte er dann. »Drinnen sitzen vier Männer, die offenbar unser Gebäude beobachten.«

»Ich gehe runter und jage sie fort. Die Typen stehen im Halteverbot«, sagte Newman, der das Fernglas an Paula weiterreichte.

»Dazu sind Sie leider nicht befugt«, sagte Tweed. »Paula, was sagen Sie zu dem Wagen?«

»Es ist derselbe, der uns verfolgt hat.« Sie zog die Vorhänge sorgfältig zu und reichte Tweed das Fernglas. Monica schaltete das Licht wieder ein. Alle sahen sich ratlos an.

»Wir sitzen in der Falle«, sagte Dillon.

»Ich gehe raus und jage die Mistkerle fort«, sagte Newman wieder.

»Ich habe doch schon gesagt, dass das nicht geht«, erwiderte Tweed. »Der Cadillac hat nämlich eine Diplomatennummer.«

»Und die Ratten, die drinnen sitzen, haben Diplomatenpässe«, sagte Dillon. »In Washington habe ich noch gehört, dass das Botschaftspersonal am Grosvenor Square um zweihundert Mann aufgestockt werden soll. Und alle Neuen werden mit einem Diplomatenpass ausgestattet.«

»Wollen Sie immer noch, dass ich Cord in den Bunker bringe?«, fragte Newman.

»Ja. Und zwar so rasch wie möglich.«

»Dann machen wir uns jetzt auf den Weg. Aber zuvor sollten wir Cords Aussehen etwas verändern.« Newman stand auf und betrachtete den Amerikaner. »Wir beide haben in etwa dieselbe Statur. Sie können meinen Trenchcoat anziehen. Ihr Kamelhaarmantel ist viel zu auffällig.«

»Marler hat doch immer eine Baskenmütze im Schrank liegen«, sagte Paula und ging hinüber, um die Mütze zu holen. »Sie ist vielleicht ein bisschen zu klein, aber das sieht ja keiner.«

»Und gehen Sie langsamer als gewohnt, Cord«, sagte Tweed. »Vermeiden Sie Ihre typischen langen Schritte. Die Körpersprache verrät mehr über einen Menschen, als man glaubt.«

»Ihren Aktenkoffer stecken wir am besten in eine Leinentasche«, schlug Monica vor.

»Die trage dann aber ich«, sagte Newman.

»Harry, wir haben hier ein kleines Problem«, informierte Tweed über das Telefon einen seiner Leute. »Wir müssen jemanden aus dem Gebäude zu Newmans Wagen schmuggeln. Draußen auf der Hauptstraße steht ein weißer Cadillac mit vier Revolverhelden drinnen. Ich glaube nicht, dass sie es wagen werden, das Feuer auf unseren Besucher zu eröffnen, obwohl sie es in der Albemarle getan haben.«

»Ich gehe mal sicherheitshalber draußen in Stellung«, sagte Harry. »Mit einer Rauchbombe.«

»Aber werfen Sie die erst, wenn es gar nicht anders geht. Newman und unser Besucher machen sich jetzt auf den Weg nach unten.«

»Die werden mich erschießen, wenn sie dazu kommen«, sagte Dillon im Hinausgehen. »Ich habe Ihnen übrigens noch etwas mitzuteilen …«

»Erzählen Sie es Bob auf dem Weg zum Bunker. Er kann es dann an mich weiterleiten. Falls nötig, kann ich Sie auch über eine sichere Leitung dort anrufen. Und jetzt ab mit Ihnen!«

Die Baskenmütze war tatsächlich ein bisschen klein, aber wenigstens ließ sich das Haar des Amerikaners darunter verstecken. Newmans Trenchcoat passte da schon besser. Den Kamelhaarmantel ließ Dillon, dem Paula noch eine Hornbrille auf die etwas schiefe Nase setzte, in Tweeds Büro zurück. Der Wachmann George, den Tweed mittlerweile telefonisch verständigt hatte, wartete bereits unten an der Tür.

»Haben Sie Harry Butler gesehen?«, fragte Newman, der sich die Leinentasche mit Dillons Aktenkoffer unter den Arm geklemmt hatte.

»Der ist gerade nach draußen gegangen«, sagte George. »Er hat behauptet, er will einen kleinen Spaziergang machen …«

Butler, der eine Walther-Automatikpistole Kaliber 9 mm im Gürtelhalfter trug, hatte die rechte Hand mit der Rauchbombe in die Tasche seines Regenmantels gesteckt. Als er etwa die Hälfte des Wegs bis zum Cadillac zurückgelegt hatte, kam Newman aus dem Haus, schloss seinen Mercedes auf und öffnete Dillon die Beifahrertür. Leider hatte der übermüdete Amerikaner nicht daran gedacht, langsamer zu gehen als sonst.

Als Newman den Mercedes anließ, war sich Butler nicht im Klaren, ob er nun die Rauchbombe vor den Cadillac werfen sollte oder nicht. Er erinnerte sich an Tweeds ausdrücklichen Befehl, dies nur im Notfall zu tun, und zögerte deshalb so lange, bis es zu spät war. Während Newman rasch die Park Crescent entlangfuhr und dann in die Hauptstraße abbog, setzte sich auch der andere Wagen in Bewegung.

»Sie fahren uns hinterher«, sagte Dillon, der sich in seinem Sitz umgedreht hatte.

»Sollen sie doch«, erwiderte Newman. »Bis wir unten im Süden sind, haben wir sie zehnmal abgehängt …«

»Nicht ganz ungefährlich, die Sache«, sagte Paula zu Tweed, nachdem Newman und Dillon das Büro verlassen hatten.

»Auf jeden Fall ist sie interessant«, sagte Tweed, der lässig in seinem Stuhl saß und abermals die Hände hinter dem Nacken faltete.

»Ach ja? Sie nennen eine Horde von amerikanischen Killern, die via Paris hier in London einfällt und versucht, den Stellvertretenden Direktor der CIA auf offener Straße zu ermorden, bloß interessant? Und was ist mit den zweihundert neuen Leuten in der Botschaft und der Tatsache, dass der Cadillac eine Diplomatennummer hat?«

»Wenn ich herausfinden will, was hier wirklich gespielt wird, brauche ich mehr Informationen. Mal sehen, was Cord Dillon auf der Fahrt nach Kent so alles erzählt.«

»Warum haben Sie sich eigentlich so viel Mühe gegeben, diesen Bunker in Kent einzurichten? Mir kommt er manchmal wie ein zweites Hauptquartier vor.«

»Genau das ist er auch. Für den Fall, dass wir einmal von hier verschwinden müssen.«

»Die Sache macht mir Angst. Erst vor drei Tagen sind Sie aus Washington zurückgekommen, Tweed, und trotzdem scheinen Sie nicht im Geringsten erstaunt darüber zu sein, dass Cord Dillon hier auf einmal auftaucht.«

»Ich habe aus zuverlässiger Quelle erfahren, dass Cord als Stellvertretender Direktor der CIA abgelöst worden ist. Sein Nachfolger ist ein Mann namens Ed Osborne, ein knallharter, rücksichtsloser Bursche.«

»Ach, eins wollte ich Sie übrigens schon längst fragen«, sagte Paula und wechselte damit das Thema. »Wo ist eigentlich Marler?«

»Er trifft sich in Paris mit seinen Informanten. Ich erwarte ihn täglich zurück.«

»Wieso bekomme ich eigentlich immer nur kryptische Antworten, wenn ich nach Marler frage?«

»Ich fand, dass es in Washington ziemlich hektisch zugegangen ist«, fuhr er, ohne auf ihre Frage einzugehen, in seinem ursprünglichen Gedankenstrang fort. »Aber niemand konnte – oder wollte – mir sagen, weshalb. Ich bin mir vorgekommen wie auf einem Vulkan, der kurz vor dem Ausbruch steht.«

»Sie haben mir meine Frage nach Marler nicht beantwortet.«

»Ach ja, Marler.« Tweed unterdrückte ein Gähnen. »Der versucht gerade herauszufinden, wer letzte Woche in Manchester das Attentat auf unseren Premierminister verübt hat.«

1

»Der Verkehr hier ist fast so schlimm wie bei uns in Los Angeles«, sagte Dillon. »Der Cadillac ist übrigens immer noch drei Wagen hinter uns.«

Newman steuerte den Mercedes in einem Strom eilig dahinfahrender Autos durch die dunkle, mondlose Nacht. Als links eine Ausfahrt auftauchte und gerade ein großer Lastwagen dem Cadillac die Sicht nach vorn versperrte, ergriff er die günstige Gelegenheit beim Schopf. Blitzschnell fuhr er von der Autobahn ab.

»Wir sind auf der M 20 nach Süden gefahren«, erklärte Newman. »Normalerweise ist da so spät nachts nicht mehr so viel los, aber wegen des Unfalls, der uns vorhin auch aufgehalten hat, hat sich alles gestaut. Jetzt treten die Leute aufs Gaspedal, um endlich nach Hause zu kommen.« Er blickte in den Rückspiegel. »Den Cadillac hätten wir abgehängt. Wir drehen am nächsten Kreisverkehr um und fahren wieder auf die Autobahn.«

»Wo führt die M 20 eigentlich hin?«

»Nach Canterbury. Aber so weit fahren wir nicht.«

Als sie wieder auf der Autobahn waren, sagte Newman zu Dillon: »Wollen Sie mir jetzt vielleicht erzählen, weshalb Sie die Staaten verlassen haben? Oder sind Sie zu müde dazu?«

»Nein, es geht schon. Also, in Washington geschehen derzeit sehr seltsame Dinge. Viele hohe Tiere sind auf dem Weg nach England. Einige von ihnen sind bereits hier.«

»Können Sie mir ein paar Namen nennen?«

»Sharon Mandeville, beispielsweise. Sie übernimmt einen Posten an der Botschaft am Grosvenor Square.«

»Die Frau war schon oft in den Schlagzeilen. Hatte sie nicht was mit Ihrem Präsidenten?«

»Nein. Sie ist viel zu clever, um es sich mit der Frau des Präsidenten zu verderben. Sharon Mandeville hat einfach jede Menge Durchsetzungsvermögen, das ist alles. Der Nächste, der nach England kommt, ist Jefferson Morgenstern höchstpersönlich.«

»Der Außenminister – wirklich ein hohes Tier. Ein Europäer, der als junger Mann in die Staaten gegangen ist. Man sagt ihm nach, dass er es inzwischen schon längst zum Präsidenten geschafft hätte, wenn er gebürtiger Amerikaner wäre. Morgenstern ist so intelligent wie Kissinger und hat auch einen ähnlichen Hintergrund wie dieser ...«

Der Verkehr auf der Autobahn war immer noch sehr dicht. Die Scheinwerfer der vielen Wagen sahen aus wie die Augen von jagenden Tigern. Auf mehreren Spuren nebeneinander rasten sie fast Stoßstange an Stoßstange gefährlich schnell nach Süden. Die Autofahrer riskierten Leib und Leben, um möglichst bald nach Hause zu kommen.

»So was wie jetzt habe ich noch nie erlebt«, sagte Dillon. »Es ist wie der Einfall einer wilden Horde.«

Er drehte sich wieder einmal nach hinten um.

»Halten Sie immer noch nach dem Cadillac Ausschau?«

»Nein. Den haben Sie wohl tatsächlich abgeschüttelt.«

»Ihr Wort in Gottes Ohr ...«

Sie folgten der Autobahn bis zur Ausfahrt Nummer acht, wo sie in eine leere, einsame Landstraße einbogen, die in einem wohltuenden Kontrast zu der Hektik auf der Autobahn stand. Dillon ließ sich erleichtert in seinen Sitz sinken, während Newman das Fernlicht einschaltete und sich auf die kurvige, von Hecken gesäumte Straße konzentrierte.

»Kommen sonst noch irgendwelche wichtigen Persönlichkeiten von Washington zu uns herüber?«, fragte Newman.

»Ja. Ed Osborne, der Rüpel, der meinen Job bekommen hat. Ein knallharter Bursche. Und sehr gefährlich. Man weiß nie, woran man bei ihm wirklich ist.«

»Haben Sie eine Idee, weshalb die Typen in dem Cadillac Sie abknallen wollten?«

»Klar. Ich weiß zu viel. Ich habe einer Menge Leute unangenehme Fragen gestellt. In Washington wird irgendeine große Operation geplant. Ich bin leider noch nicht dahinter gekommen, was für eine.«

Newman hatte das Gefühl, dass Dillon das Reden hörbar anstrengte. Der Amerikaner schien sich langsam einem Zustand totaler Erschöpfung zu nähern, weshalb Newman ihn erst einmal mit weiteren Fragen verschonte. Nachdem sie die schmale Landstraße eine Weile lang gefahren waren, ohne einem anderen Fahrzeug zu begegnen, tauchte im Licht der Scheinwerfer ein Ortsschild auf. PARHAM.

»Das hier ist ein altes Dorf«, bemerkte Newman. »In Suffolk gibt es auch noch eins mit demselben Namen, glaube ich. Gute drei Meilen nördlich von hier befindet sich ein hervorragendes Hotel, das Chilston Park. Tweed hat dort gewohnt, als…« Er brach mitten im Satz ab, schaltete auf Abblendlicht um und trat auf die Bremse. Sie kamen gerade um eine Kurve. »Sehen Sie mal, wer da vor uns fährt«, sagte er. »Der weiße Cadillac.«

»Haben Sie eine Waffe, die Sie mir leihen können?«, sagte Dillon, der sofort wieder hellwach war.

»Ich habe nur meine normale .38er Smith and Wesson bei mir, und die kann ich Ihnen nicht geben. Ich möchte hier draußen auch keine Schießerei anfangen.«

»Aber die Typen in dem Cadillac werden uns bemerken.«

»Das bezweifle ich. Ich habe so etwas schon öfter erlebt. Wenn man einen Wagen, den man verfolgt, verloren hat, konzentriert man sich meistens nach vorn und schaut nur selten nach hinten. Ich frage mich allerdings, wo die hinwollen.«

Selbst zu dieser späten Stunde war noch Licht in den Fenstern der Restaurants und Kneipen von Parham zu sehen. Der Cadillac fuhr langsam eine schmale Straße zwischen weißen Holzhäusern entlang. Newman kannte die Ortschaft und wusste deshalb, dass sie, wie viele andere Dörfer dieser Gegend, schachbrettartig angelegt war. Draußen auf dem Land hatte noch ein starker Wind geweht, der jetzt aber von den Häusern abgehalten wurde.

»Sieht aus, als wären sie an ihrem Ziel angekommen«, sagte Dillon, als der Cadillac vor ihnen abbog.

»Würde mich interessieren, was das für eins ist«, murmelte Newman.

Die kleinen, nur in großen Abständen von alten Laternen erleuchteten Straßen von Parham waren menschenleer. Newman und Dillon folgten dem Cadillac vorsichtig auf einen kleinen Platz. Als die Amerikaner dort in eine schmale Straße abbogen, brachte Newman den Mercedes zum Stehen.

»Das ist eine Sackgasse. Die weitere Verfolgung machen wir lieber zu Fuß.«

»Verdammt kalte Nacht«, bemerkte Dillon, als er draußen auf dem Kopfsteinpflaster stand.

»Stimmt, aber wenn man so müde wie Sie ist, kommt einem gleich alles noch viel kälter vor. Mal sehen, wo die Kerle wohl angehalten haben.«

Newman ging voraus und spähte um die Ecke auf einen weiteren, noch kleineren Platz. Der Cadillac stand vor einem großen Tor, das keinen Blick auf das Anwesen dahinter gestattete. Zu beiden Seiten des Tors befand sich eine vier Meter hohe Ziegelmauer. Aus dem Fahrerfenster des Wagens erschien eine Hand, worauf die beiden Torflügel geräuschlos nach innen schwangen.

»Haben Sie das gesehen?«, flüsterte Newman Dillon zu, der ihm über die Schulter blickte. »Der Fahrer hat eine Fernbedienung, um das Tor zu öffnen.«

Die beiden Männer beobachteten, wie der Cadillac langsam eine sanft geschwungene Auffahrt entlangfuhr, an deren Ende ein großes, düsteres Steingebäude mit Türmchen stand. Die Fensterläden waren qeschlossen, und auch sonst war kein Anzeichen dafür zu entdecken, dass das Haus bewohnt war. Dann aber ging die Eingangstür auf, und ein gelblicher Lichtschein fiel auf die Zufahrt. Gleich darauf schloss sich das Tor wieder und entzog das Haus den Blicken der beiden Männer.

»Das sollten wir uns doch mal etwas genauer ansehen«, sagte Newman.

Vorsichtig schlichen er und Dillon sich auf den kleinen, an allen Seiten von hohen Mauern umgebenen Platz. Newman gab Dillon ein Paar Handschuhe und bedeutete dem vor Übermüdung und Kälte zitternden Amerikaner, er solle sie anziehen. Dann zog Newman aus seinem Mantel eine Taschenlampe hervor und ging auf die Mauer zu, hinter der der Cadillac verschwunden war. Das Tor war eine massive Konstruktion aus Eisenblech, die es unmöglich machte, einen Blick ins Innere des Grundstücks zu werfen. Auf einem Pfeiler rechts neben dem Tor war auf einer Metallplatte der Name des Anwesens eingraviert. Newman beleuchtete es mit seiner Taschenlampe: *Irongates.*

»Zurück zum Auto«, flüsterte er.

Im Inneren des Mercedes war es angenehm warm, denn Newman hatte für den Fall, dass sie unversehens hätten flüchten müssen, den Motor laufen lassen Er fuhr zurück auf den größeren Platz und bog dort in die Hauptstraße ein. Kurze Zeit später hatten sie Parham wieder verlassen.

»Irongates«, sagte Newman nachdenklich, als sie weiter durch die verlassene nächtliche Landschaft fuhren. »Ich weiß, wer in diesem Anwesen wohnt. Sir Guy Strangeways. Er war zwanzig Jahre lang in den USA und hat sich dort ein riesiges Immobilien-Imperium aufgebaut. Persönlich habe ich ihn allerdings noch nie zu Gesicht bekommen.«

»Ich schon«, entgegnete Dillon. »Ein ganz gerissener Bursche. Strangeways hat immer genau gewusst, welche Senatoren er in Washington zu schmieren hatte, damit er alte Gebäude abreißen konnte, um dort dann neue Wolkenkratzer zu bauen. Obwohl er lange drüben bei uns war, ist er immer sehr britisch geblieben.«

»Hat er denn nie die Sitten der Eingeborenen angenommen?«, sagte Newman scherzhaft.

»Ja, so seht ihr Engländer uns wohl gern: als einen Haufen primitiver Eingeborener.«

»Ich respektiere immer die Meinung, die jemand über sich selbst hat«, sagte Newman lachend.

Dillon war offenbar wieder richtig wach geworden, dachte

Newman, sonst hätte er bei diesem ironischen Schlagabtausch wohl nicht mitgemacht. Während sie weiter durch die Nacht fuhren, rauchte jeder eine Zigarette. Dillon sah nach links aus dem Fenster. Der Mond war aufgegangen und beleuchtete eine Reihe niedriger Berge, die in einiger Entfernung auszumachen waren.

»Und ich dachte immer, dieser Teil der Erde hier wäre bretteben«, sagte Dillon und deutete zu den Bergen.

»Das ist er auch. Warten Sie nur, bis wir hinter Ashford sind. Das ist übrigens eine Kleinstadt wie jede andere, wenn man sich aber nicht auskennt, kann man sich dort leicht verfahren. Einmal die richtige Fahrspur verfehlt, und die Umwege nehmen kein Ende.«

Sie befanden sich auf einer Straße, die viele Meilen weit schnurgerade nach Süden führte. Es war so gut wie kein Verkehr mehr, und nur selten kamen sie durch eine Ansiedlung. Nachdem sie das menschenleere Ashford durchquert hatten, wurde die Gegend flach wie ein Billardtisch. Zu beiden Seiten erstreckten sich riesige Felder. Als ein Ortsschild mit dem Namen Ivychurch aus der Dunkelheit auftauchte, bog Newman in eine schmale, gewundene Nebenstraße ein. Ivychurch bestand lediglich aus einer kleinen Kirche und einer Hand voll Häuser.

»Was ist eigentlich der Bunker genau?«, fragte Dillon.

»Warten Sie's ab.«

»Ist er denn sicher?«

»Die Revolverhelden in dem Cadillac werden Sie dort niemals aufspüren.«

»Sie kennen diese Gangster nicht.«

»Vielleicht ja doch«, sagte Newman. »Halten wir mal kurz an, damit wir uns die Beine vertreten können.«

Dillon zog sich die Handschuhe an und stieg aus dem Wagen. Er empfand die Stille, die über der nächtlichen Landschaft lag, fast schon bedrückend. Die kahlen Hecken neben der Straße kamen ihm wie düstere Barrieren aus dornigen Zweigen vor, hinter denen sich die Felder bis in die Unendlichkeit auszudehnen schienen. Nur hier und da war die Silhouette eines Baumes zu sehen, dessen blattlose Äste sich wie Skeletthände in den mondhellen Nachthimmel reckten. Nirgends war auch nur das geringste Anzeichen einer menschlichen Behausung zu sehen.

»Es ist ziemlich ruhig hier«, bemerkte Dillon. »Etwas zu ruhig für meinen Geschmack. Die Landschaft erinnert mich an gewisse Gegenden im Mittelwesten bei uns zu Hause. Wo sind wir hier eigentlich?«

»Die Landschaft hier heißt Romney Marsh«, antwortete Newman. »Sehen Sie den Entwässerungsgraben da neben der Straße? Solche Gräben sind typisch für die Gegend.«

»Tja, ich würde jetzt lieber wieder ins Auto steigen. Wo soll's denn als Nächstes hingehen?«

»Weiter hinein ins Marschland.«

Dillon gab es bald auf, sich die vielen kleinen Abzweigungen und Kreuzungen einzuprägen, an denen sie vorüberkamen. Newman schien sich hier bestens auszukennen, denn er schaltete kein einziges Mal das Fernlicht ein, obwohl ihnen auf der ganzen Fahrt kein anderes Fahrzeug entgegenkam. In den beiden kleinen Ortschaften, die sie durchquerten, waren alle Fenster dunkel. Dillon fand, dass er noch nie eine so verlassene Landschaft gesehen hatte wie diese. Er fragte sich langsam, ob sie den mysteriösen Bunker wohl jemals erreichen würden.

»Werde ich lange hier draußen bleiben müssen?«, fragte er ohne große Begeisterung.

»Im Bunker sind Sie sicher. Das ist der Zweck der Übung.«

»Gibt es dort jemanden, mit dem man reden kann?«

»Ja. Wir sind übrigens bald da.«

Vor ihnen ragte unmittelbar neben der Straße ein seltsamer Umriss in den Nachthimmel. Es war eine große Windmühle mit Helmdach und vier großen Flügeln, die sich aber nicht bewegten. Dillon starrte dieses erste Anzeichen von Zivilisation nach vielen Meilen erstaunt an.

»Ist das eine Windmühle?«

»Ja. Meines Wissens die einzige hier in der Romney Marsh. Sie ist fünf Stockwerke hoch. Die Aussicht von ganz oben soll atemberaubend sein.«

»Im obersten Fenster habe ich vorhin ein Licht gesehen. Jetzt ist es ausgegangen. Wissen Sie, wer in der Windmühle wohnt?«

»Ein Einsiedler, der sich nur selten blicken lässt. Wir sind jetzt ganz in der Nähe des Bunkers, und bis zur Küste ist es übrigens auch nicht mehr weit. Das Meer beschert einem hier häufig Dunst oder Nebel, was die Marsch ziemlich gespenstisch wirken lässt.«

»Ich finde sie auch so schon gespenstisch genug …«

Newman fuhr in Schrittgeschwindigkeit um eine weitere Kurve, die auf ein altes Farmtor zuführte, das zu beiden Seiten von einer dichten Hecke flankiert wurde. Newman hielt den Wagen an und betätigte die Lichthupe in unregelmäßigen Intervallen. Kurz darauf ging das Tor langsam auf und schloss sich dann wieder, nachdem der Mercedes auf das Grundstück gefahren war.

»Mir fällt gerade etwas ein«, sagte Dillon. »Washington hat auch ein Team von hochkarätigen Kommunikationsspezialisten in die Londoner Botschaft geschickt. Ich habe keine Ahnung, wozu.«

»Wäre natürlich hilfreich, wenn wir das wüssten.«

Langsam fuhren sie auf ein großes, halb verfallenes Anwesen zu, das aus drei hufeisenförmig angeordneten Gebäuden bestand. Auf dem weiten, mit Kopfsteinen gepflasterten Hof hielt Newman den Mercedes an. Die beiden Männer stiegen aus und gingen auf das mittlere Gebäude zu, wo gerade eine Tür geöffnet wurde. Vor einem Rechteck aus hellem Licht konnte Dillon die Silhouette einer kleinen, dicklichen Frau sehen, deren Alter er spontan auf Mitte fünfzig schätzte. Sie trug ein geblümtes Kleid und eine dunkle Schürze. Mit ihrem freundlich lächelnden, rotbackigen Gesicht kam sie Dillon wie der Prototyp einer Bäuerin vor. Ihr graues Haar hatte sie sich zu einem Knoten zusammengebunden, der Dillon sofort an Monicas Frisur denken ließ. Nachdem die Frau ihre Gäste ins Haus geführt hatte, klopfte Newman ihr liebevoll auf die Schulter.

»Cord, ich möchte Ihnen unsere Gastgeberin Mrs. Carson vorstellen«, sagte er. »Sie hat das Kommando über den ganzen Bunker. Mrs. Carson, das ist Cord Dillon, der gerade aus den Vereinigten Staaten zu uns gekommen ist. Er hat ein paar Tage lang nicht geschlafen und dürfte außerdem hungrig wie ein Wolf sein.«

»Die Tür hat ja innen eine dicke Stahlplatte«, sagte Dillon, während sich Mrs. Carson an drei solide aussehenden Sicherheitsschlössern zu schaffen machte.

»Richtig«, sagte Newman. »Und die Fensterscheiben sind aus dickem Panzerglas.«

»Das Haus sieht wie eine Bruchbude aus und ist in Wirklichkeit eine Festung! Und wer verteidigt es, wenn es angegriffen wird?«

»Ich«, antwortete Mrs. Carson. »Aber dazu muss man uns erst einmal finden.«

Dillon starrte sie ungläubig an. Sein Erstaunen verstärkte sich noch, als die Frau in ein Regal griff und eine 9-mm-Maschinenpistole vom Typ Heckler & Koch MP 5 herausholte. Mit einer geübten Handbewegung schob sie ein Magazin in die Waffe und blickte, immer noch lächelnd, zu Newman hinüber.

»Kann man ihm vertrauen?«, fragte sie ihn.

»Völlig. Also, wahrscheinlich wird Cord eine Weile bei Ihnen bleiben. Er ist auf der Flucht vor einer Bande von Revolverhelden.«

»Dann sollten Sie die hier an sich nehmen«, sagte Mrs. Carson und gab Dillon die Maschinenpistole. »Wissen Sie, wie man damit umgeht?«

»Cord ist mit Waffen bestens vertraut«, antwortete Newman für ihn.

»Dort drüben im Schrank hängt noch eine«, sagte Mrs. Carson, »und unten im Keller verfügen wir über ein ganzes Arsenal an Pistolen, Maschinengewehren, Rauchbomben und Handgranaten. Ich zeige Ihnen rasch alles, bevor es Abendessen gibt. Tweed hat mich bereits angerufen und gemeint, dass Sie bestimmt etwas Herzhaftes gebrauchen könnten ...«

Sie gingen in eine große Küche, in der auf einem hölzernen Tisch für drei gedeckt war. Der Raum war gemütlich und warm.

»Großer Gott, Sie haben ja sogar eine Klimaanlage«, sagte Dillon, als ihm ein leises, summendes Geräusch auffiel.

»Selbstverständlich«, sagte Newman. »Den Strom beziehen wir von einem eigenen Generator. Und sollte der mal ausfallen, haben wir noch einen zweiten im Keller.«

»Wollen Sie etwas trinken?«, fragte Mrs. Carson. »Ich habe zwar keinen Bourbon hier, aber mit einem doppelten Scotch könnte ich Ihnen dienen. Sie sehen aus, als könnten Sie einen vertragen.«

»Und ob ich das könnte! Vielen Dank.«

»Für mich bitte keinen«, sagte Newman. »Wahrscheinlich muss ich noch heute Nacht zurückfahren. Aber das werde ich erfahren, wenn ich Tweed anrufe.«

Ihre Gastgeberin machte sich am Herd zu schaffen, hob die Topfdeckel und rührte um. Dann ging sie an den Küchenschrank, holte eine Flasche mit einem ausgewählten Scotch heraus und goss ihrem Gast drei Fingerbreit davon ein.

»Trinken Sie das«, sagte sie. »Das Abendessen dauert noch ein paar Minuten. Wenn Sie ausgetrunken haben, gehe ich mit Ihnen in den Keller und zeige Ihnen Ihr Zimmer.«

»So ein Scotch ist jetzt genau das Richtige«, sagte Dillon und nahm einen Schluck. »Ich könnte mir vorstellen, dass dieses Haus doch irgendeinen Schwachpunkt hat. Was machen Sie, wenn eine Gruppe Bewaffneter einfach durch die Hecken dringt und das Anwesen umzingelt?«

»So weit kämen die gar nicht«, sagte Mrs. Carson scharf. »Sehen Sie sich einmal das hier an.« Sie klappte die Tür eines großen weißen Metallschranks auf, der an der Wand stand. Dillon konnte darin mehrere kleine Monitore erkennen, die alle mit Nummern versehen waren. »In den Hecken sind überall elektrische Signaldrähte gespannt. Sobald ein Angreifer mit denen in Berührung kommt, geht hier im Haus ein Alarm los, und ich brauche nur zu schauen, über welchem Monitor das Licht angeht. Einmal haben drei Jugendliche versucht, hier einzubrechen. Ich wusste sofort, aus welchem Sektor sie kommen. Dann bin ich hinausgegangen, um sie mit meinem kleinen Wasserwerfer zu empfangen. Der

Strahl ist so stark, dass er die Burschen glatt umgeworfen hat. Außerdem war es Winter und eiskalt. Die sind vielleicht gerannt, das kann ich Ihnen sagen.«

»Ich bin von den Socken«, gestand Dillon.

»Das kommt davon, wenn man seinen Whisky zu schnell trinkt«, meinte Mrs. Carson scherzhaft. »Weiter geht's.«

Sie trat an eine der holzgetäfelten Küchenwände und drückte einen Knopf, woraufhin ein Teil der Vertäfelung zur Seite glitt und einen schmalen Durchgang freigab. Mrs. Carson betätigte einen Lichtschalter und ermahnte Dillon, auf die Stufen zu achten. Dann stieg sie eine steile Betontreppe hinunter.

Der Keller bestand aus einem wahren Labyrinth an Räumen und tunnelartigen Gängen mit weiß gestrichenen Betonwänden. Es war ein ausgedehnter unterirdischer Komplex, der alles andere als primitiv eingerichtet war. Schließlich öffnete Mrs. Carson eine Tür und geleitete ihren staunenden Besucher in ein gemütlich möbliertes Zimmer mit eigenem, modern eingerichtetem Bad. Nachdem Dillon sein Zimmer begutachtet hatte, führte ihn seine Gastgeberin bis zu einer Stahltür weiter. Sie schloss auf und öffnete die Tür. Drinnen ging automatisch das Licht an.

»Die Waffenkammer«, sagte sie.

Verblüfft blickte Dillon sich zwischen den langen Regalen voller Schusswaffen, Handgranaten und Munition um.

»Es muss ganz schön viel Arbeit gewesen sein, diesen Keller auszuheben«, sagte er zu Mrs. Carson, die gerade kurz auf die Uhr sah.

»Im Gegenteil«, erklärte Newman. »Der Hof diente Schmugglern schon vor Urzeiten als geheimes Versteck. Wir haben das alles nur noch zu modernisieren brauchen. Marler hat den Ausbau persönlich geleitet.«

»Aber so etwas geheim zu halten ist doch fast unmöglich. Bauarbeiter sind oft ziemliche Plaudertaschen.«

»Nicht die Arbeiter, die das hier gebaut haben. Marler hat sie in Osteuropa rekrutiert und an Bord von kleinen Schiffen heimlich nach England geschmuggelt. Sie wussten nicht einmal, wo sie waren. Keiner von denen konnte Englisch. Viele waren Bergleute, die an Arbeit unter Tage gewohnt waren. Sie sind im Haus geblieben, bis alles fertig war, und wurden dann auf geheimen Wegen wieder in ihre Heimat gebracht – die Taschen voller Dollar, was nun mal ihre Lieblingswährung ist. Für die technischen Installationen haben wir dann die Eierköpfe aus der Park Crescent und dem Trainingszentrum in Surrey kommen lassen.«

»So, jetzt ist aber Schluss mit dem Gequassel«, sagte Mrs. Carson streng. »Das Essen ist gleich fertig.«

»Was sagt man in den Staaten eigentlich zu dem Attentat auf unseren Premier?«, fragte Newman, als er hinter Dillon die Treppe hinaufstieg.

»Man verbreitet das Gerücht, dass es eine Splittergruppe der IRA gewesen sein soll.«

»Wen meinen Sie mit ›man‹?«

»Hochkarätige PR-Spezialisten. Ein Teil von denen ist übrigens auch in unsere Londoner Botschaft abkommandiert worden. Es sind Experten für Radio, Fernsehen und Internet. Was sie hier genau tun sollen, weiß ich nicht. Aber eins ist klar: Da braut sich irgendeine ganz große Sache zusammen.« Dillon trank seinen restlichen Scotch aus. »Die Spezialisten habe ich nicht umsonst als hochkarätig bezeichnet. Es sind allesamt Spitzenleute aus der Privatindustrie.«

»Und was genau betreiben diese PR-Spezialisten in Amerika?«, fragte Newman, als sie wieder in der Küche waren.

»Gehirnwäsche. Ohne die würde der Präsident längst nicht mehr im Weißen Haus sitzen.«

»Das Essen ist fertig, meine Herren«, unterbrach Mrs. Carson. »Ich hoffe, Sie mögen Roastbeef mit Yorkshire Pudding, Mr. Dillon?«

»Und ob. Aber nennen Sie mich doch bitte Cord.«

»Ich ruf mal kurz Tweed an«, sagte Newman. »Dann weiß ich, ob ich zum Essen bleiben kann oder nicht. Bin gleich wieder zurück.«

Er öffnete eine weitere Tür, die von der Küche abging und in einen kleinen Nebenraum führte. Dort setzte er sich hinter den Schreibtisch, auf dem neben der Schreibmaschine, auf der Mrs. Carson ihre Berichte tippte, auch ein Telefon stand. Ein Faxgerät ließen die strengen Sicherheitsbestimmungen nicht zu. Newman hob den Hörer ab, wählte und ließ sich von Monica mit Tweed verbinden.

»Bin schon dran …«, hörte er kurz darauf Tweed sagen.

»Wahrscheinlich ist die Verbindung nicht mehr sicher«, sagte Newman eingedenk dessen, was Dillon ihm von den Telekommunikationsspezialisten erzählt hatte, die am Grosvenor Square eingetroffen waren. »Ich habe das Paket hier abgeliefert.«

»Gibt es wichtige Daten?«

»Ja, aber die will ich Ihnen ungern übers Telefon mitteilen. Ich schlage vor, dass ich sofort zurückfahre, dann kann ich Ihnen morgen früh alles erzählen.«

»Lieber wäre es mir noch heute Nacht. Ich warte hier im Büro auf Sie.«

»Bin schon unterwegs …«

Newman ging zurück in die Küche, wo Dillon sich gerade mit Heißhunger über das Essen hermachte. Mrs. Carson hatte dem Amerikaner noch einen Whisky eingeschenkt und aß selbst eine kleine Portion. Vom Geruch des Essens lief Newman das Wasser im Mund zusammen. Mrs. Carson war nicht nur eine Meisterschützin, die mit einer ganzen Reihe von Waffen umgehen konnte, sondern auch eine fantastische Köchin.

»So Leid's mir tut«, sagte er, »aber ich muss sofort zurück nach London fahren. Cord, Sie finden hier einen kompletten Satz neuer Kleidung für Sie, außerdem einen Schlafanzug und Rasierzeug. Wir haben für alles gesorgt.«

»Vielen Dank für alles, Bob«, sagte Dillon und gab Newman die Hand. »Wie lange soll ich hier im Bunker bleiben?«

»So lange, bis es draußen wieder sicher für Sie ist. Das Farmhaus wird von einem sechs Hektar großen Grundstück umgeben. Mrs. Carson wird Ihnen die passende Kleidung geben und Ihnen beibringen, wie man es anstellt, damit einen jeder für einen Bauerntölpel hält.«

»Vielleicht sollte ich mir dann auch den passenden Bauerntölpel-Akzent zulegen.«

Mrs. Carson stellte ihren und Dillons Teller in eine Warmhalteschublade und nahm dann ihre Schlüssel zur Hand, um Newman hinauszulassen.

»Eins noch, Cord«, sagte der Engländer. »Sie haben wirklich keine Ahnung, was die seltsamen Vorgänge der letzten Tage zu bedeuten haben?«

»Nein. Die ganze Geschichte ist mir ein einziges Rätsel.«

Bevor Mrs. Carson die Tür öffnete, schaltete sie das Licht im Gang aus. Newman nahm sie zum Abschied in den Arm und ging dann durch die schneidende Kälte zu seinem Wagen. Langsam fuhr er den Weg zurück zum Tor, das Mrs. Carson ferngesteuert genau zum richtigen Zeitpunkt aufgehen ließ.

Als er wieder auf der Landstraße war, schaltete Newman das Fernlicht ein. Während er sich seinen Weg durch das Gewirr aus kleinen Nebenstraßen suchte, war er in Gedanken nur halb bei der Sache, denn ein großer Teil seines Gehirns beschäftigte sich immer noch mit dem, was Dillon ihm alles erzählt hatte. Warum bloß hatte er auf einmal das Gefühl unmittelbar bevorstehender Gefahr?

2

Als Newman mitten in der Nacht in Tweeds Büro kam, herrschte dort eine angespannte Atmosphäre. Paula und Monica saßen schweigend hinter ihren Schreibtischen, während Tweed selbst sich in seinem Stuhl vorbeugte und mit einem Mann Mitte dreißig sprach, den Newman kannte und verabscheute: Basil Windermere.

Es war aber noch ein anderer Mann da, den Newman hier nicht erwartet hatte: Marler, einer der wichtigsten Männer in Tweeds Team, von dem es hieß, er sei der beste Schütze in ganz Europa. Lässig eine King-Size-Zigarette rauchend, lehnte er an der Wand und sah zu, wie Tweed mit Windermere sprach. Mit seinen eins siebzig war Marler zwar kleiner als Newman, aber dafür auch schlanker. Er war wie immer elegant gekleidet. Diesmal trug er einen grauen Glencheck-Anzug mit messerscharfen Bügelfalten, ein weißes Hemd, das aussah, als käme es frisch aus der Reinigung, und eine dezent gemusterte blaue Seidenkrawatte. Sein dunkles Haar waren perfekt geschnitten. Der Ausdruck auf seinem glatt rasierten Gesicht ließ darauf schließen, dass er tief in Gedanken versunken war.

»Sie und Basil kennen sich, wie ich annehme«, sagte Tweed zu Newman.

»Wir sind uns schon mal begegnet«, erwiderte Newman mit wenig Enthusiasmus.

»Schön, Sie zu sehen, alter Freund«, sagte Windermere und streckte Newman die Hand hin, die dieser aber ignorierte. »Was sind wir alle bloß für Nachteulen«, fuhr er mit seiner leisen, sanften Stimme fort, die so manche Frau dahinschmelzen ließ. »Ich bin hier, um Tweed auf eine tolle Geschichte aufmerksam zu machen. Ich habe nämlich gerüchteweise gehört, dass Sharon Mandeville sich hier in England für dreißig Millionen Dollar versichern lassen will.«

»Ich dachte, die ist in Amerika«, sagte Newman, obwohl er es besser wusste.

»Mein lieber Freund, Sie als der weltbeste Auslandskorrespondent sollten wirklich etwas mehr auf dem Laufenden sein. Die reizende Sharon weilt hier in unserer Stadt und hat eine furchtbar wichtige Aufgabe für die amerikanische Botschaft zu erledigen. Und da habe ich sofort an Tweed gedacht, dessen Versicherungsgesellschaft ja bekanntlich wichtige Leute gegen das Risiko versichert, gekidnappt zu werden.«

Diese Aussage zeigte Newman, dass Windermere offenbar tatsächlich nicht wusste, dass es sich bei der Versicherung General & Cumbria, deren Name auf dem Schild neben dem Eingang stand, nur um eine Tarnfirma für das geheime Hauptquartier des SIS handelte. Er nickte, und Windermere wandte seine Aufmerksamkeit wieder Tweed zu.

»Ich bin gerade ein bisschen knapp bei Kasse«, sagte er und rieb Daumen und Zeigefinger aneinander. »Eine kleine Provision für die Vermittlung wäre mir deshalb nicht unwillkommen.«

»Wer würde denn die Prämien für Sharon Mandevilles Police bezahlen?«, fragte Tweed.

»Angeblich ihr neuer Lover in den Staaten. Der Bursche soll Milliardär sein.«

»Angeblich? Hat denn der Lover auch einen Namen?«

»Tut mir Leid, aber so weit bin ich noch nicht.«

»Vielleicht ist dann der geheimnisvolle Lover auch noch nicht so weit«, bemerkte Tweed trocken.

»Stört es Sie, wenn ich rauche?«

Windermere zog ein goldenes Zigarettenetui aus der Jackentasche und entnahm ihm mit einer schwungvollen Handbewegung eine türkische Zigarette. Auf der Außenseite des Etuis war eine hochherrschaftlich aussehende Krone eingraviert. Bestimmt ein billiges Imitat, dachte Newman. Genauso wie sein Besitzer.

Basil Windermere war bekannt dafür, dass er sich von reichen Frauen aushalten ließ. In jüngeren Jahren war er einmal Dressman gewesen, besaß aber auch jetzt noch eine gute Figur. Um sie zu erhalten, ging er häufig ins Fitness-Studio, wo er sich gleichzeitig auch nach neuen Opfern umsehen konnte. Er trug einen weißen Leinenanzug, der zur jetzigen Jahreszeit geradezu lächerlich wirkte, und hatte ständig ein Lächeln auf seinem fast schon zu ebenmäßigen Gesicht, das Newman aber eher wie ein verzerrtes Grinsen vorkam.

»Woher haben Sie denn Ihre Informationen über Sharon Mandeville?«, fragte Tweed.

»Ich habe sie auf einer Party getroffen. Sharon ist einfach umwerfend. Und so intelligent. Ich glaube, dass sie mich gut leiden konnte. Wir haben uns eine ganze Weile unterhalten, und bei dieser Gelegenheit hat sie mir dann auch von ihrem Wunsch erzählt, sich versichern zu wollen. Ich habe mir erlaubt, sie auf Ihre Firma aufmerksam zu machen.«

»Wer hat das Gespräch zuerst auf meinen Namen gebracht?«

»Das war sie. Ich hoffe, ich habe nichts Falsches getan.«

»Lassen Sie so etwas in Zukunft sein«, sagte Tweed. »Ich brauche keine Anreißer für mein Geschäft.«

»Gibt es denn gar keine Möglichkeit, einen kleinen Vorschuss für meinen Tipp zu bekommen?«

»Nein. Dazu ist das alles viel zu vage.«

»Ich wäre schon mit zweihundert Pfund zufrieden.«

»Versuchen Sie Ihr Glück bei der Lotterie!«

»Tja, dann verabschiede ich mich jetzt wohl lieber.« Windermere erhob sich. Endlich hat der Hohlkopf begriffen, dass er hier nicht willkommen ist, dachte Newman. »Ich hatte einen Mantel dabei.«

Monica holte bereits Windermeres weißen Mantel von der Garderobe und überreichte ihn ihm, ohne die geringsten Anstalten zum Hineinhelfen zu machen. Windermere blieb einen Augenblick stehen und schaute sich in dem spartanisch eingerichteten Büro um. Newman konnte gut verstehen, weshalb der Mann auf einen bestimmten Typ von Frauen anziehend wirkte.

»Ich glaube nicht, dass wir uns schon vorgestellt wurden«, sagte Windermere schließlich zu Marler.

»Das wurden wir auch nicht.«

»Und die bezaubernde junge Dame habe ich auch noch nicht kennen gelernt«, fuhr Windermere fort und sah dabei Paula an.

Paula hielt den Kopf gesenkt und tat so, als hätte sie ihn nicht gehört.

»Newman bringt Sie hinaus«, sagte Tweed zu Windermere.

»Gute Nacht, alle miteinander. Wir bleiben in Verbindung ...«

Newman öffnete die Tür und geleitete Windermere nach unten. Auf der Treppe drehte sich der ehemalige Dressman zu dem Journalisten um.

»Na, wie wär's, Bob? Wollen wir nicht demnächst einmal zusammen einen trinken gehen?«

»Mal sehen.«

»Ich gehe gern ins Bentleys in der Swallow Street. Sie finden mich dort jeden Abend gegen acht in der Kellerbar.«

»George!«, rief Newman nach unten. »Unser Besucher möchte gehen. Würden Sie ihm bitte die Tür aufsperren?«

Windermere trat nach draußen und blieb vor dem Eingang stehen, um sich den Mantel zuzuknöpfen. Newman warf einen kurzen Blick auf die Straße und ging dann wieder hinauf in Tweeds Büro.

»Wieso um alles in der Welt haben Sie diesen Gigolo hier hereingelassen?«, sagte er kopfschüttelnd.

»Ich dachte, er hätte vielleicht ein paar Informationen für mich«, antwortete Tweed. »Und die hatte er tatsächlich.«

»Doch nicht etwa das mit der Dreißig-Millionen-Dollar-Versicherung für Sharon Mandeville?«

»Ach was – das war doch nichts weiter als ein Vorwand, um hierherzukommen. Windermere wollte sich bestimmt ein bisschen bei uns umsehen. Marler und Paula hatten auch den Eindruck. Die Frage ist nur, wer ein Interesse daran haben könnte, unsere Organisation auszuspionieren oder gar zu infiltrieren.«

»Sharon Mandeville vielleicht?«, sagte Newman.

»Nicht unbedingt. Normalerweise steht Windermere mit der Wahrheit ziemlich auf Kriegsfuß. Wahrscheinlich hat er die reizende Sharon, wie er sie bezeichnet, nicht einmal persönlich getroffen.«

»Ach, übrigens, ich habe unten gerade bemerkt, dass jeder, der dieses Gebäude verlässt, fotografiert wird«, sagte Newman, während er sich in einem der Sessel niederließ. »Diesmal ist es ein Lincoln Continental, der in der Hauptstraße parkt. Ich habe deutlich gesehen, wie ein Mann in dem Wagen eine Kamera auf Windermere gerichtet hat.«

»Hat er Sie auch fotografiert?«, fragte Tweed.

»Nein. Ich habe mich nicht gezeigt.«

»Das verstehe ich nicht«, sagte Paula kopfschüttelnd. »Erst ist es ein Cadillac und jetzt ein Lincoln Continental. Man sollte doch eigentlich meinen, dass eine amerikanische Killerbande englische Autos verwenden würde, weil die hier viel weniger auffallen. Wozu diese Amischlitten?«

»Um uns einzuschüchtern«, erklärte Tweed. »Die wollen, dass wir von ihrer Anwesenheit wissen. Vermutlich wird es aber nicht dabei bleiben. Ich vermute, dass ihre Aktionen in nächster Zeit deutlich aggressiver werden. Aber jetzt zu etwas anderem. Bob, Sie sind gerade rechtzeitig gekommen. Marler hat offenbar herausgefunden, wer das Attentat auf den Premierminister verübt hat.«

»So ziemlich jedenfalls«, sagte Marler in seinem näselnden Oberklassenakzent. »Ich komme gerade aus Paris, wo ich mich an verschiedenen nicht gerade vornehmen Orten mit drei von meinen Informanten getroffen habe. Die ersten beiden waren ein glatter Reinfall.«

»Wieso?«, fragte Newman. »Wussten sie nichts?«

»Das konnte ich nicht feststellen. Meine Frage nach dem Mord an unserem Premier hat ihnen eine solche Angst eingejagt, dass sie kein Wort mehr gesagt haben. Zum Glück war ›das Ohr‹ da schon gesprächiger.«

»›Das Ohr‹?«, sagte Paula erstaunt.

»So wird der Mann in der französischen Unterwelt genannt. Er ist ganz schön ausgefuchst und spielt ein doppeltes Spiel. Für Geld versorgt er sowohl die Polizei als auch die Unterwelt mit Informationen, was außer mir aber kaum jemand weiß.«

»Der Mann lebt wohl gern gefährlich«, bemerkte Newman.

»Aber er stellt es sehr geschickt an und macht sich für die Polizei unentbehrlich«, erwiderte Marler. »Zum Beispiel hat er dafür gesorgt, dass eine ganze Reihe von algerischen Bombenlegern, die vor einiger Zeit Paris terrorisiert haben, hinter Schloss und Riegel gekommen sind. Seitdem hat er beim Präfekten von Paris einen Stein im Brett.«

»Und der hat es auch nicht mit der Angst bekommen, als Sie ihm Ihre Frage gestellt haben, nehme ich an«, sagte Newman.

»Nicht im Geringsten. Er hat allerdings das Doppelte seines üblichen Honorars verlangt, was ich ihm aber gern gegeben habe. Der bewusste Killer scheint ein echter Profi zu sein. Vor ein paar Wochen hat er diesen französischen Minister getötet, der in der

Nationalversammlung eine flammende Rede gegen die Bestrebungen der USA gehalten hat, ihre Weltmachtstellung noch weiter auszubauen. Einen Monat zuvor hat er Heinz Keller beiseite geräumt, einen deutschen Politiker, der ebenfalls eine kritische Einstellung gegenüber Amerika hatte und bereits als zukünftiger Bundeskanzler gehandelt wurde.«

»Dann dürfte der Attentäter wohl Amerikaner sein«, sagte Paula.

»Nein, mit Sicherheit nicht«, widersprach Marler. »Wenn man genauer darüber nachdenkt, ist das auch ganz logisch. Würde der Mann nämlich jemals gefasst werden, bekäme es Washington mit wütenden Protesten aus aller Welt zu tun. Unsere Freunde jenseits des Atlantiks sind bei solchen Dingen in letzter Zeit etwas gewiefter geworden. Oder soll ich diabolischer sagen?«

»Wollen Sie uns nicht den Namen des Killers nennen?«, fragte Newman ungeduldig.

»Warum nicht?«, sagte Marler lässig. »Man nennt ihn das Phantom.«

»Das klingt aber ganz schön bedrohlich«, bemerkte Paula.

»Bedrohlich ist der Kerl zweifelsohne«, sagte Marler. »Und dazu noch ausgesprochen professionell. Sonst wäre es ihm niemals gelungen, das Attentat auf den scharf bewachten Premierminister zu verüben und dann spurlos zu verschwinden. Die vom Special Branch haben hinterher nicht einmal das Gewehr gefunden, das er benützt hat. Dabei ist es verdammt schwierig, so eine Waffe durch einen Kordon von Sicherheitskräften zu schmuggeln. Dass der Mistkerl den Premier vom Dach eines Lagerhauses aus erschossen hat, in dem ausgerechnet Schulbücher aufbewahrt werden, erinnert irgendwie an das Attentat auf John F. Kennedy damals in Dallas.«

»Hat das ›Ohr‹ denn einen Anhaltspunkt für die Nationalität des Attentäters?«, fragte Newman.

»Er soll Europäer sein, möglicherweise sogar Engländer. Das ›Ohr‹ hat aber betont, dass das ein bloßes Gerücht ist.«

»Dann weiß man über die Identität des Täters also rein gar nichts?«, sagte Newman.

»Richtig. Angeblich soll er eine Reihe von Freundinnen haben. Aber auch das hat das ›Ohr‹ als unbestätigtes Gerücht bezeichnet.«

»Uns fehlt also ein Name.«

»Zumindest derzeit noch. Aber das ›Ohr‹ hört sich weiter um. Er spricht sehr gut Englisch und wird mich hier kontaktieren, sobald er mehr herausgefunden hat. Er wird sich Maurice nennen und eine Nachricht hinterlassen, die möglicherweise nur aus einer Adresse und einer Uhrzeit besteht.

»Gibt es sonst noch irgendwelche Hinweise?«, fragte Tweed.

»Einen noch, aber der könnte irreführend sein. Das ›Ohr‹ behauptet, dass der Killer in Dollar bezahlt wird, aber das könnte auch eine Verschleierungstaktik sein. Niemand kann sagen, ob sein Auftraggeber wirklich in den USA sitzt.«

»Das war gute Arbeit, Marler«, sagte Tweed. »Aber jetzt sollten wir uns anhören, was Bob zu berichten hat. Er hat gerade Cord Dillon hinaus zum Bunker gebracht. Paula, könnten Sie Marler vielleicht kurz Ihr abenteuerliches Zusammentreffen mit Dillon schildern?«

»Abenteuerlich ist das richtige Wort«, sagte Paula und beschrieb in knappen Worten, was sie erlebt hatte. Während sie redete, bemerkte Newman wieder einmal, wie attraktiv Paula war. Sie war Anfang dreißig, hatte eine schlanke Figur und schöne Beine. Das schwarze, schulterlang geschnittene Haar glänzte weich und seidig. Das Gesicht war von markanten Wangenknochen und einem resoluten Kinn geprägt. Obwohl sie mit leiser Stimme sprach, verstand Newman ganz deutlich jedes Wort. Paula war eine Frau, nach der sich die Männer auf der Straße umdrehten. Darüber hinaus war sie enorm begabt und verfügte über großes Durchhaltevermögen.

»Das war's«, sagte Paula schließlich. »Cord und ich haben wahrscheinlich großes Glück gehabt.«

»Sie sind ein zähes Stück«, sagte Marler und legte Paula freundschaftlich eine Hand auf die Schulter.

»Wenn Sie das sagen ...«

»So, aber jetzt sollte uns Bob endlich ins Bild setzen«, sagte Tweed.

Während Newman davon berichtete, wie er Dillon in den Bunker gebracht hatte, machte Tweed sich ein paar Notizen. Monica stenografierte mit, so wie sie es auch bei Paulas Bericht bereits getan hatte.

»Das war's, um mit Paula zu sprechen«, sagte Newman, als er fertig war.

»Vielen Dank, Bob«, sagte Tweed. »Was Cord sagt, klingt teilweise ziemlich beunruhigend, finde ich. Aber er hat eine Reihe von Namen genannt und da sollten wir ansetzen. Monica, stellen Sie mir bitte gleich morgen früh Dossiers über folgende Leute zusammen: Jefferson Morgenstern, seines Zeichens Außenminister der Vereinigten Staaten, und Ed Osborne, Stellvertretender Direktor der CIA. Beide halten sich derzeit in London auf. Dann hätten wir da noch Sir Guy Strangeways, dem das Anwesen Irongates in Parham gehört, und ...« Er hielt kurz inne. »... und Sharon Mandeville. Von der brauche ich alles, was herauszukriegen ist, vom Lebenslauf bis zum beruflichen Werdegang. Könnte ziemlich interessant sein.« Tweed blickte nachdenklich zur Zimmerdecke hinauf. »Ach ja, setzen Sie auch noch Basil Windermere auf die Liste, wenn Sie so freundlich wären.«

»Ich fange sofort mit der Arbeit an«, sagte Monica. »In New York ist es fünf Stunden früher als hier, und einige meiner Gewährsleute arbeiten meistens bis spät in die Nacht hinein. In San Francisco ist es nochmal drei Stunden früher, da geht es sogar noch besser. Sehen Sie mich nicht so an, Tweed! Ich bin frisch wie der junge Morgen.«

Das Telefon klingelte, und Monica hob ab. Sie runzelte die Stirn, legte die Hand über die Sprechmuschel und wandte sich an Marler.

»Das ist für Sie. Maurice ist am Apparat.«

»Hier Marler. Wo sind Sie?«

»In einer Telefonzelle in Heathrow. Ich muss mich unbedingt mit Ihnen treffen.«

»Einen Augenblick, bitte.«

Jetzt legte Marler die Hand über den Hörer.

»Das ›Ohr‹ ist in Heathrow«, sagte er zu Tweed. »Er will sich mit mir treffen. Kann er hierherkommen? Ich habe ihm gesagt, dass ich für eine Versicherung arbeite.«

»Ja. Er soll ein Taxi nehmen. Sie können mit ihm im Wartezimmer reden.«

Kaum hatte Marler dem ›Ohr‹ die Adresse durchgegeben und aufgelegt, deutete Tweed in Richtung Fenster. »Wir müssen den Lincoln Continental da draußen entfernen – und zwar rasch. Die Typen in dem Wagen dürfen das ›Ohr‹ auf gar keinen Fall vor die Linse kriegen.«

»Ich kümmere mich drum«, sagte Newman und stand auf. »Ich nehme den Geländewagen und inszeniere einen kleinen Unfall. Könnten Sie dafür sorgen, dass die Polizei möglichst schon vorgestern da ist, Tweed?«

»Kein Problem. Dazu muss ich nur meinen alten Freund und Rivalen Roy Buchanan bei Scotland Yard anrufen. Ich habe ihn schon von den Schüssen in der Albemarle Street in Kenntnis gesetzt. Roy ist gar nicht gut auf die Amerikaner zu sprechen.«

Newman schnappte sich seinen Trenchcoat und einen Schal, den er sich auf dem Weg nach unten so um den Hals wickelte, dass sein Gesicht weitgehend verborgen war. Dann schlug er den Mantelkragen hoch und eilte durch den Haupteingang hinaus zu dem bulligen Geländewagen, der um die Ecke geparkt war.

Er fuhr einmal um den Block und steuerte, von der Hauptstraße kommend, auf den Lincoln zu, als gerade ein Flugzeug in geringer Höhe über die Häuser flog. Newman trat aufs Gaspedal und krachte mit der Stoßstange in den Kofferraum des Lincolns. Beim Zurücksetzen lösten sich große Metallteile von dem Auto.

»Billiges Konservendosenblech«, sagte Newman angewidert.

Er stellte den Motor ab und stieg aus. Kurz darauf kletterte aus einer der hinteren Türen des Straßenkreuzers ein nicht sehr freundlich aussehender kahl geschorener Mann mit der Nase eines Boxers und dem Gesichtsausdruck eines Vollidioten. Er baute sich gerade vor Newman auf, als ein Wagen neben ihnen zum Stehen kam. Am Steuer saß Chief Inspector Roy Buchanan und auf dem Beifahrersitz Sergeant Warden, ein Mann von kräftiger Statur.

»Ich werde dir jetzt die Fresse polieren, Freundchen«, sagte der Schlägertyp mit einem breiten amerikanischen Akzent.

»Probieren Sie's nur«, sagte Newman.

»Aber gern. Kannst dir gleich die Zähne im Magen zusammensuchen.«

Newman wartete ab, bis die riesige Faust auf seinen Mund zuraste. Dann riss er den Kopf zur Seite, sodass ihn der Schlag nur noch leicht am Kinn streifte. Newman machte keine Anstalten zurückzuschlagen, sondern wartete, bis Buchanan und Sergeant Warden aus ihrem Wagen stiegen.

»Da ist gerade ein Flugzeug ziemlich tief über uns hinweggeflogen. Das hat mich irgendwie kurz abgelenkt«, sagte Newman zu den Polizisten. »Außerdem dürfte hier eigentlich gar kein Fahrzeug stehen. Ist doch absolutes Halteverbot.«

»Ich habe genau gesehen, wie Sie den Mann angegriffen haben«, sagte Buchanan zu dem Schlägertypen.

»Wer zum Teufel sind denn Sie?«, knurrte dieser zurück.

»Chief Inspector Buchanan, Kriminalpolizei ...«

»Schwirr ab, Freundchen. Ich habe einen Diplomatenpass.«

Der Amerikaner fuchtelte mit dem Zeigefinger vor Buchanans Gesicht herum und fluchte wie ein Fuhrknecht.

»Das hätten Sie lieber unterlassen sollen«, sagte Buchanan. »Diplomatenpässe? Dass ich nicht lache.«

»Dann schau dir mal die Nummernschilder an, Kumpel«, sagte der Schläger. »Das ist eine Diplomatennummer.«

In der Ferne konnte Newman Polizeisirenen hören, die schnell näher kamen. Buchanan verschränkte die Arme und musterte den Amerikaner. Bald darauf erschienen drei Streifenwagen mit uniformierten Polizisten, die den Lincoln umstellten. Buchanan war ein großer, hagerer Mann Mitte vierzig, der einen dunklen Anzug trug. Auf seinem intelligenten Gesicht spielte ein ironisches Lächeln, welches von ihm verhaftete Verbrecher zumeist als extrem beunruhigend empfanden.

»Ich glaube, ich habe Ihr Gesicht schon mal gesehen«, sagte er zu dem Amerikaner. »Vor einem Monat gab es da einen Bankraub in der City. Bei dem ist zwar kein Geld gestohlen worden, aber dafür unter Verschluss gehaltene Dokumente über prominente britische Staatsbürger. Einer der Bankräuber ist von einer Überwachungskamera auf Video festgehalten worden. Er sieht Ihnen zum Verwechseln ähnlich. Ich würde es deshalb begrüßen, wenn Sie mir jetzt Ihren Namen mitteilen würden.«

»Bitte schön«, sagte der Amerikaner aufgebracht. Er hielt Buchanan einen Diplomatenpass vor die Nase.

»Hank Waltz«, las Buchanan.

»Auch bekannt als Diamond Waltz«, bemerkte Newman. »Sehen Sie sich bloß mal die Ringe an seinen Wurstfingern an! Bestimmt alles Imitate.«

»Ich geb dir gleich deine Imitate!« Waltz ballte die Fäuste. »Willst du noch eine?«

»Immer sachte, Kamerad.«

Einer der uniformierten Polizisten, die inzwischen alle aus den Streifenwagen gestiegen waren, trat nahe an den Amerikaner heran. Während Buchanan den Pass genauer betrachtete, kam der Fahrer des Lincolns auf ihn zu.

Er war groß, hatte die Figur eines Footballspielers und trug einen teuren Maßanzug. Sein Benehmen unterschied sich ganz wesentlich dem seines Mitfahrers. Mit einem versöhnlichen Lächeln wandte er sich an Buchanan.

»Guten Abend«, sagte er mit einem angenehm klingenden amerikanischen Akzent. »Es tut mir Leid, wenn wir irgendwelche Probleme verursacht haben. Hank ist leider manchmal etwas reizbar. Aber er mag nun mal diesen Wagen – normalerweise ist er der Fahrer.«

»Stimmt doch gar nicht!«

»Hank, jetzt, wo der Chief Inspector Ihnen Ihren Pass wiedergegeben hat, würde ich vorschlagen, dass Sie wieder in den Wagen steigen. Und bevor Sie noch einmal Ihr großes Maul aufreißen, sollten Sie sich lieber auf die Zunge beißen.«

»Dürfte ich Sie um Ihren Namen bitten?«, sagte Buchanan förmlich.

»Aber gern. Ich heiße Chuck Venacki und bin Attaché an der amerikanischen Botschaft.«

»Und was ist dort Ihr Aufgabenbereich?«, fragte Buchanan weiter.

»Public Relations.«

»Na, in diesem Bereich wird Ihnen Diamond Waltz ja nun nicht gerade eine große Hilfe sein.«

»Sein Name ist *Hank* Waltz. Er arbeitet als Leibwächter, seit gegen den neuen amerikanischen Botschafter Morddrohungen ausgesprochen wurden. Wollen Sie meinen Pass sehen?«

»Das ist nicht nötig.«

Newman hörte von hinten ein lautes, polterndes Geräusch. Er drehte sich um und sah einen großen Abschleppwagen heranfahren. Männer in Arbeitsmontur stiegen aus und gingen um den Lincoln herum.

»Darf ich fragen, was hier geschieht?«, sagte Venacki.

»Dürfen Sie. Ihr Wagen blockiert die Straße und muss entfernt werden. Für Sie und Ihre Begleiter lasse ich ein Taxi rufen.«

»Ist schon da!«, rief Newman, der bereits einem vorbeifahrenden Taxi gewinkt hatte.

»Sehr schön«, sagte Buchanan. Er maß Venacki mit einem kühlen Blick. »Das Taxi bringt Sie an jedes von Ihnen gewünschte Ziel.«

»Und was ist mit dem Lincoln?«

»Den stellen wir Ihnen vor die Botschaft. Wir können ihn aber auch gleich in eine Reparaturwerkstatt bringen lassen, wenn Sie wollen.«

»Nein, vielen Dank«, sagte Venacki hastig. »Grosvenor Square ist schon in Ordnung.«

»Dann würde ich vorschlagen, dass Sie alle vier jetzt in das Taxi steigen. Abschließend gestatten Sie mir noch die Bemerkung, dass ich Diamond Waltz, wenn er ohne Diplomatenpass gewesen wäre, wegen eines vor einem Monat geschehenen Verbrechens festgenommen hätte.«

»Vielen Dank für Ihre Hilfe, Chief Inspector.«

»Machen Sie sich auf den Weg. Das Taxameter läuft.«

Während der Lincoln auf den Abschleppwagen gehoben wurde, entfernte Newman die letzten Blechreste von der Stoßstange des Geländewagens, der selbst kaum einen Kratzer abbekommen hatte. Nachdem er den Wagen wieder in einer Nebenstraße abgestellt hatte, ging er mit Buchanan hinauf zu Tweeds Büro.

»Ich habe gesehen, dass noch Licht in seinem Büro brennt«, sagte der Chief Inspector auf der Treppe. »Tweed sollte für heute Schluss machen. Ich werde ihm vorschlagen, dass ich ihn in meinem Wagen mit nach Hause nehme.«

»Vermutlich haben Sie Recht«, sagte Tweed, als Buchanan ihm sein Angebot unterbreitete. »Monica bleibt im Büro und überprüft die Namen, die ich ihr gegeben habe. Und Sie können mir auf der Heimfahrt erzählen, wie es Ihnen mit dem Lincoln ergangen ist. Außerdem habe ich Ihnen einiges zu erzählen.«

»Was ist mit Paula?«, fragte Newman, als er zusammen mit Tweed und Buchanan wieder nach unten ging.

»Sie bleibt ebenfalls im Büro. Marler hat das vorgeschlagen.«

Das ›Ohr‹ fühlt sich bestimmt besser, wenn Paula bei dem Gespräch im Wartezimmer dabei sei, hatte Marler während Newmans Abwesenheit Tweed gegenüber erklärt. In Gegenwart von Frauen ist er merklich entspannter.

»Aber vielleicht vertraut er mir ja nicht«, hatte Paula zu bedenken gegeben.

»O doch, das wird er. Er ist ein guter Menschenkenner und hat ein fast unheimliches Gespür, wenn es gilt, jemanden einzuschätzen. Aber ich will Sie zu nichts zwingen, Paula. Bleiben Sie nur, wenn Sie sich der Sache auch gewachsen fühlen.«

»Ich kann es kaum erwarten, das ›Ohr‹ kennen zu lernen.«

3

Nachdem Tweed zusammen mit Newman und Buchanan das Gebäude verlassen hatte, bereitete Marler alles für das Eintreffen des ›Ohrs‹ vor. Dazu plünderte er den Barschrank von Direktor Howard und brachte drei Gläser und eine Flasche Weißwein nach unten ins Wartezimmer. Mit seiner nächsten Aktion stieß er George vor den Kopf.

»Ich überwache den Haupteingang selber«, sagte er. »Sie gehen nach oben und machen es sich gemütlich – aber bitte nicht in Tweeds Büro.«

»Aber ich bin hier der Wachmann«, protestierte der rotgesichtige vormalige Feldwebel der britischen Armee.

»Ja doch, aber wir erwarten einen Gast, der nicht wiedererkannt werden will.«

»Wie Sie meinen ...«

»Es geht leider nicht anders.«

Nachdem Paula auf einem der drei Stühle im Wartezimmer Platz genommen hatte, stellte sich Marler hinter Georges Theke und wartete auf das Geräusch eines sich nähernden Taxis, das aber ausblieb. Nach einer halben Stunde wurde die Glocke geläutet. Erstaunt blickte Marler durch den Spion in der massiven Eingangstür. Als er sah, wer draußen war, öffnete er die Tür und geleitete das ›Ohr‹ ins Wartezimmer.

»Darf ich vorstellen, das ist Paula«, sagte er. »Ich hoffe, es macht Ihnen nichts aus, dass sie bei unserem Gespräch dabei ist.«

Neugierig musterte Paula den Besucher. Sie hatte nicht erwartet, dass er so klein war. Der Mann maß kaum mehr als einen Meter fünfzig. Er bewegte sich mit einem schlurfenden Gang und trug eine Brille mit dicken Gläsern. Nachdem er den Raum betreten hatte, nahm er die Brille von der Hakennase und blickte erst Marler und dann Paula an.

»Das ist nur eine Verkleidung«, erklärte er. »Paula – was für ein hübscher Name«, fuhr er nach einer kurzen Pause fort, während er sie aus hellen blauen Augen intensiv ansah. Merkwürdigerweise kam das Paula überhaupt nicht aufdringlich vor.

Ohne die Brille schien das ›Ohr‹ ein ganz anderer Mensch zu sein. Unter seiner großen Nase, die jetzt noch gebogener wirkte, sah Paula einen dünnen, festen Mund und ein spitzes Kinn. Die Wangenknochen standen etwas hervor, und die buschigen, dunklen Augenbrauen waren leicht angehoben. Irgendwie erinnerte der Mann sie an eine Figur aus einem Roman von Charles Dickens.

»Es soll mir ein Vergnügen sein, dass die junge Dame anwesend ist«, verkündete das ›Ohr‹ schließlich. »Schickes Kostüm haben Sie da«, sagte er an Paula gewandt. »Ich mag Frauen, die wissen, wie man sich elegant kleidet.«

»Unser Besucher scheint kein Blatt vor den Mund zu nehmen«, sagte Marler rasch.

»Das stört mich nicht«, sagte Paula lachend. »Wer weiß, vielleicht sagt er ja die Wahrheit?«

»Und was für praktische Schuhe Sie tragen«, fuhr das ›Ohr‹ fort. »Gerade richtig, um sich sicher und leise zu bewegen.«

Diesem Mann entgeht wohl überhaupt nichts, dachte Paula, die ihre Beine übereinander geschlagen hatte, weshalb auch die Gummisohle eines ihrer Schuhe sichtbar war. Marler zog einen Stuhl für den Gast heran, während dieser Paula die Hand gab. Er hatte einen festen Händedruck.

»Ich heiße Kurt Schwarz.«

»Ich nehme mal an, es macht Mr. Schwarz nichts aus, wenn ich Ihnen verrate, dass er aus der Schweiz kommt«, sagte Marler. »Und zwar aus Basel.«

Marler nahm den beiden anderen gegenüber Platz. Kurt Schwarz legte den alten Schlapphut, der Teil seiner Verkleidung gewesen war, auf den Boden. Er trug eine schäbige Windjacke, die an den Ärmeln geflickt war, und Jeans, die ihre besten Tage ebenfalls längst hinter sich hatten. Unter dem spitzen Kinn hüpfte ein hervorstehender Adamsapfel auf und ab, was Paula gleich wieder an eine Dickens-Figur denken ließ. Schwarz nahm die Weinflasche in die Hand, betrachtete das Etikett und stellte sie dann wieder zurück auf den Tisch.

»Nicht schlecht, könnte aber besser sein«, sagte er zu Marler.

»Sie müssen ihn nicht trinken.«

»Ich will nicht unhöflich sein. Außerdem würde ich gern auf das Wohl der reizenden jungen Dame anstoßen.«

»Immer noch der alte Charmeur«, sagte Marler. »Wo haben Sie übrigens diese alten Klamotten her? Sie sehen ja aus wie ein Landstreicher.«

»Auf dem Weg vom Flughafen in die Stadt habe ich mich bei einem Trödler absetzen lassen, wo ich diese Sachen gekauft habe. Ich habe mich dann auf einer öffentlichen Toilette umgezogen.«

»Sie sprechen ein ausgezeichnetes Englisch, Kurt«, bemerkte Paula.

»Ich habe zwei Jahre in Hammersmith verbracht. Gibt es das eigentlich immer noch?«

»Leider ja.«

»Nun, im Vergleich zu vielen Vierteln von Paris ist Hammersmith die reinste Nobelgegend. Tja, die Slums, in denen ich verkehre, sind nicht gerade Touristengebiete.« Er sah zu, wie Marler mit einem trendy Korkenzieher versuchte, die Flasche zu öffnen. »Ich könnte den Korken mit den Zähnen herausziehen«, sagte er.

»Mit Ihrem künstlichen Gebiss wird das wohl nicht möglich sein.«

»Sie Scherzbold.«

Nachdem Marler den Wein eingeschenkt hatte, hob Kurt Schwarz sein Glas. »Auf die hübsche Paula. Möge sie ein langes und glückliches Leben haben.«

»Vielen Dank«, sagte Paula und stieß mit ihm an.

»Was haben Sie eigentlich mit Ihren anderen Kleidern gemacht?«, fragte Marler.

»Die habe ich in der Leinentasche hier.« Er griff nach unten und holte aus der Tasche eine schwarze Baskenmütze hervor, die er sich auf den dichten grauen Haarschopf setzte. Abermals hatte Paula das Gefühl, in einem Roman von Dickens zu sein. Sogar die raue, aber warme Stimme von Schwarz passte zu diesem Bild. »Kommen wir zum Grund meines Besuchs.«

»Ich bin gespannt«, erwiderte Marler.

»Die Amerikaner haben auf elektronischem Weg einhundert Millionen Dollar auf ein Konto der Zürcher Kreditbank in Basel überwiesen.«

»Sind Sie sich sicher, dass das stimmt?«

»Natürlich. Eigentlich dürfte ich es Ihnen ja gar nicht erzählen, aber ich kenne einen Kassierer in der Bank, der mich mit Informationen versorgt. Gegen Bezahlung, selbstverständlich.«

»Ich bin sprachlos«, sagte Paula.

»Die Amerikaner müssen eine Art geheimer Basis in der Gegend von Basel unterhalten. Nicht in der Stadt selbst, sondern irgendwo außerhalb«, fuhr Schwarz fort und wandte sich an Paula. »Sie wissen vielleicht, was für eine einmalige Lage Basel hat. Dort treffen die Schweiz, Deutschland und Frankreich aufeinander und man kann ganz leicht über die Grenze gelangen. Meine nächste Aufgabe wird also sein, diese Basis ausfindig zu machen.« Er trank einen Schluck Wein. »Sobald ich sie gefunden habe, werde ich Sie darüber informieren. Der Wein ist übrigens doch nicht so schlecht.«

»Das bedeutet, dass er nachgeschenkt bekommen will«, sagte Marler zu Paula und goss Kurts Glas noch einmal voll. »Aber passen Sie auf, wenn Sie den Amerikanern zu nahe kommen. Die haben ein paar ziemlich fiese Typen angeheuert.«

»Ist das was Neues?«

»Sie haben mich ziemlich spät von Heathrow aus angerufen«, sagte Marler. »Die letzte Maschine aus Paris ist schon vor Stunden gelandet.«

»Ich wurde beschattet und musste meinen Verfolger erst abschütteln, bevor ich hierher kommen konnte. Ich bin also ins Parkhaus gegangen, wo es die vielen Parkdecks gibt. Dort habe ich mich so lange hinter einem Auto versteckt, bis mein Schatten die Suche nach mir aufgegeben hat. Erst dann habe ich Sie angerufen.«

»Wie hat der Verfolger Sie überhaupt erkannt?«

»Er war im selben Flugzeug wie ich, wo ich einen blöden Fehler gemacht habe. Erst habe ich mit der Stewardess nur Französisch gesprochen, aber als ihr ein Tablett runtergefallen ist, habe ich zu Englisch gewechselt. Das muss mein Beschatter gehört haben. Blöder Zufall. Aber solche Zufälle sind es, die einen am Ende immer verraten.«

»Gibt es was Neues vom Phantom?«

»Dazu wollte ich gerade kommen. Den neuesten Gerüchten zufolge soll er ein Engländer sein, aber konkrete Beweise dafür gibt es noch nicht. Ein Name wurde bisher noch nicht genannt. Der Bursche ist sehr vorsichtig.«

»Das kann man wohl sagen«, bestätigte Marler. »Die Ermittler haben so gut wie keine Spuren von ihm. Lediglich die Stelle auf dem Dach des Lagerhauses, von der aus er geschossen hat, glauben sie zu kennen. Aber auch dort hat er nichts zurückgelassen, nicht einmal eine Patronenhülse.«

»Genauso war es auch, als er in Deutschland Heinz Keller und bei uns in Frankreich den Minister erschossen hat. Solange wir nicht mehr über ihn herausfinden, könnte es sich bei ihm genauso gut um einen Franzosen, einen Deutschen oder einen Usbeken handeln.«

»Wie bringen wir Sie wieder weg von hier? Es wird schon spät.«

»Kein Problem«, sagte Kurt Schwarz. »Hier in der Nähe gibt es haufenweise billige Hotels, in denen man gegen Vorauskasse jederzeit ein Zimmer bekommt.«

»Dann waren Sie wohl kürzlich hier? In London, meine ich«, fragte Paula intuitiv.

»Gut kombiniert«, sagte Schwarz und verzog die Lippen zu einem seltsam schiefen, aber doch irgendwie sympathischen Lächeln. »Ja, das war ich. Und zwar einige Male.«

»Das haben Sie mir in Paris aber nicht gesagt«, sagte Marler in scharfem Ton.

»Warum sollte ich, solange ich mir dessen, was ich herausgefunden habe, noch nicht sicher war? Ich gebe nur dann Informationen weiter, wenn ich wenigstens halbwegs davon ausgehen kann, dass sie auch stimmen. Schließlich bezahlen Sie mir gutes Geld dafür. Und ich sage Ihnen, dass hier etwas sehr Seltsames und Gefährliches im Gange ist. England ist mit der größten Bedrohung seit Adolf Hitler konfrontiert.«

»Ich habe einen Vorschlag«, sagte Paula. »Wir fahren jetzt alle drei in meine Wohnung in der Fulham Road. Dort werde ich uns auf die Schnelle etwas zu essen machen. Ich habe großen Hunger, und Sie doch sicherlich auch, Kurt.«

»Eine gute Idee, Paula«, sagte Marler. »Danach kann Kurt ja bei mir übernachten. Ich wohne nicht weit von Ihnen entfernt und habe immer ein Gästezimmer frei.«

»Keine Widerrede«, sagte Paula, da Schwarz gerade den Mund öffnete, um etwas zu sagen.

»Ich kapituliere.« Schwarz hob lächelnd beide Hände. »Und ich bin Ihnen sehr dankbar ...«

Kurze Zeit später saß er neben Paula in deren Ford, während Marler in seinem Kombi hinterherfuhr. Auf dem Weg zu ihrer Wohnung sprach Paula nicht viel. Sie musste ständig an einen von Schwarz' letzten Sätzen denken: *England ist mit der größten Bedrohung seit Adolf Hitler konfrontiert.*

4

»Fangen wir mit dem Profil von Sharon Mandeville an«, sagte Monica. »Oder besser mit dem, was ich bisher über sie herausfinden konnte.«

Es war am Morgen nach dem späten Nachtmahl, das Paula für sich und ihre Gäste bereitet hatte. Newman saß in einem Sessel und hatte die langen Beine lässig übereinander geschlagen. Paula, die ein Gähnen unterdrücken musste, hockte hinter ihrem Schreibtisch, während Tweed sich in seinem Drehstuhl interessiert nach vorn beugte.

»Sharon Mandeville ist zweiundvierzig Jahre alt, sieht aber jünger aus«, begann Monica. »Ein Freund von mir, der Redakteur bei einer Modezeitschrift ist, hat mir per E-Mail ein relativ neues Foto von ihr geschickt. Hier ist es.«

Newman nahm den Computerausdruck, setzte sich wieder und betrachtete ihn mit einem anerkennenden Pfeifen, bevor er das Blatt an Tweed weiterreichte.

»Blondes Gift.«

»Ich finde sie ziemlich rätselhaft«, sagte Tweed. »Ich habe sie einmal auf einer Party in Washington getroffen. Ist schon eine Weile her, bei meinem letzten Besuch dort vor drei Wochen.« Er gab Paula den Ausdruck. »Was halten Sie von ihr?«

»Schwer zu sagen. Ein Foto kann manchmal irreführend sein.«

»Dürfte ich bitte fortfahren?«, fragte Monica ungeduldig. »Sharon wurde in Washington, D. C., geboren. Damit ist sie amerikanische Staatsbürgerin. Ihre Mutter war Engländerin, ihr Vater ein reicher amerikanischer Industrieller. Ihre Ausbildung erhielt Sharon zur Hälfte in England und in den USA. Als sie fünfzehn war, zog die Familie hierher. Offenbar glaubte ihr Vater, er könne in England mehr Geld machen. Das Ergebnis war, dass er sein gesamtes Vermögen an der Börse verlor und alle drei zurück in die Staaten mussten. Bald darauf kamen beide Eltern bei einem Autounfall ums Leben. Sharon war damals achtzehn Jahre alt. Ein Jahr später heiratete sie einen texanischen Ölmillionär. Sie schloss mit ihm einen Ehevertrag. Als sie sich zwanzig Monate später von ihm scheiden ließ, war sie eine reiche Frau.«

»Wegen des Ehevertrags?«, wollte Tweed wissen.

»Ganz genau«, bestätigte Monica. »Und das war erst der erste Streich. Um es kurz zu machen: Sharon heiratete drei Mal und zwar immer Millionäre – in einem Fall war es sogar ein Milliardär. Jedes Mal gab es einen Ehevertrag, der ihr im Falle einer Scheidung eine großzügige Abfindung zusicherte. Inzwischen dürfte sie die reichste Frau Amerikas sein.«

»Eine echte Abzockerin«, sagte Newman.

»Nicht unbedingt«, widersprach Tweed. »Mir jedenfalls kam sie nicht so vor, als ich sie kennen gelernt habe. Sie dürfen nicht vergessen, wie es da drüben in den Staaten zugeht. Viele reiche Männer sehen ihre Frauen wie Trophäen an, mit denen man nach außen hin Eindruck schindet, aber zu Hause werden sie schikaniert und schlecht behandelt. Vielleicht hat Sharon deshalb solche Eheverträge geschlossen.«

»Könnte ich jetzt bitte fortfahren?«, fragte Monica etwas säuerlich. »Jetzt, nach der Scheidung von Ehemann Nummer vier, lebt sie alleine in einer Luxuswohnung in Chevvy Chase und genießt ihren Status als angesehenes Mitglied der Washingtoner Highsociety. Vor ein paar Jahren hat sie sich mit der Frau des Präsidenten angefreundet und bekam daraufhin verschiedene Jobs bei der Regierung zugeschanzt.«

»Newman hat Recht. Die Frau ist eine Abzockerin«, sagte Marler. Wenige Minuten zuvor war er in das Büro gekommen, hatte den anderen kurz zugenickt und sich wie üblich an die Wand gelehnt. »Aber eine verdammt hübsche, das muss man ihr lassen«, fügte er an, als Paula ihm das Foto gab.

»Das kann man anhand eines einzigen Bildes doch gar nicht beurteilen«, sagte Paula.

»Kommen wir jetzt zu Jefferson Morgenstern, dem amerikanischen Außenminister«, fuhr Monica fort. »Über ihn habe ich noch nicht viel Material bekommen. Ursprünglich stammt er aus Europa, allerdings habe ich noch nicht herausgefunden, aus welchem Land. Sein wirklicher Name ist Gerhard Morgenstern. Genau wie Sharon hält er sich zurzeit in der amerikanischen Botschaft hier in London auf.«

»Gute Arbeit, Monica«, sagte Tweed.

»Moment, ich bin noch nicht fertig. Da wäre noch Sir Guy Strangeways, der jetzt auf seinem Anwesen Irongates in Parham lebt. Er hat sein Geld als Bauunternehmer in Amerika gemacht, hat sich aber als ehemaliger Offizier der Royal Guards ein britisches Flair bewahrt. Strangeways verbrachte insgesamt zwanzig Jahre in Amerika, davon einige in Washington, D. C. Ansonsten reist er viel in der Welt herum. In seinem Lebenslauf gibt es mehrere Perioden, von denen niemand weiß, wo er sich da aufgehalten hat. Ich werde versuchen, mehr darüber herauszufinden.«

»Seit wann ist er denn wieder in England?«, fragte Tweed. »Bei meinem letzten Besuch in den USA war er noch in Washington.«

»Er ist vor zwei Wochen hier angekommen. Soll ziemlich überstürzt abgereist sein.«

»Das ist interessant«, bemerkte Tweed.

»Nun zu Ed Osborne«, sagte Monica. »Er ist der Geheimnisvollste von allen. Auch er hatte eine englische Mutter und einen amerikanischen Vater. Er wurde in Hoboken im Staat New Jersey geboren, wenn auch nicht gerade im vornehmsten Viertel der Stadt. Osborne war der Sohn einfacher Eltern und verbrachte seine Kindheit in bitterer Armut. Dann aber schaffte er es – der Himmel weiß, wie –, dass er einen Studienplatz in Harvard bekam. Nach dem Studium gibt es große Lücken in seinem Lebenslauf. Man kann nicht einmal sagen, ob er sich zu diesen Zeiten in den Vereinigten Staaten oder im Ausland aufgehalten hat. Sicher ist nur, dass er irgendwann einmal zur CIA kam und dort einen raketenhaften Aufstieg hinlegte. Ich trage immer noch Material über ihn zusammen.«

»Tun Sie das«, sagte Tweed.

»Bleibt nur noch Basil Windermere. Von dem weiß ich bisher nicht viel mehr, als dass er in Tonbridge von der Schule flog, weil er ein Verhältnis mit einem minderjährigen Mädchen hatte. So viel fürs Erste.«

»Na, was halten Sie von der ganzen Geschichte, Tweed?«, wollte Marler wissen.

»Ich wittere Gefahr.«

»Und wie kommen Sie darauf?«, fragte Paula.

»Das sagt mir mein sechster Sinn.«

»Sie sprechen wieder einmal in Rätseln.«

Kaum hatte Paula das ausgesprochen, fiel ihr auf, dass Kurt Schwarz und Tweed etwas gemeinsam hatten. Sie sagten nie, was sie dachten, bevor sie sich dessen nicht völlig sicher waren. Tweed wollte seine Leute nicht auf eine Richtung festlegen, bevor er nicht wusste, was wirklich gespielt wurde. Damit bewirkte er unter anderem, dass seine Mitarbeiter sich eigene Gedanken zur Lösung eines Problems machten.

»Ich habe einfach noch nicht genügend harte Fakten«, antwortete Tweed auf Paulas Bemerkung. »Übrigens werden Sie im

Laufe des Tages bemerken, dass einige wichtige Leute von hier verschwunden sind. Ich habe sie letzte Nacht in den Bunker geschickt, damit sie dort eine Art Eingreiftruppe bilden.«

»Sie sagen das so nebenbei«, bemerkte Newman, »dabei klingt es so, als hätten wir es mit einem Notfall zu tun.«

»Richtig erkannt, Bob.«

»Ich habe da eine Idee«, fuhr Newman fort. »Basil Windermere hat mir gestern den Vorschlag gemacht, sich mit mir in einer Bar zu treffen. Ich bin nicht näher darauf eingegangen, aber jetzt glaube ich, dass eine Unterhaltung mit ihm vielleicht ganz nützlich sein könnte. Unter Umständen kann ich auf diese Weise dazu beitragen, Monicas Dossier über ihn zu ergänzen.«

»Vorschlag angenommen«, stimmte Tweed zu.

»Wenn das alles ist, dann mache ich mich mal wieder auf die Socken«, sagte Marler.

»Noch eine gute Idee. Ich weiß, dass Sie alle kaum geschlafen haben. Gehen Sie nach Hause und legen Sie sich aufs Ohr.«

»Wieso steht eigentlich Ihr Feldbett hinter Paulas Schreibtisch, Tweed?«, fragte Marler.

»Mir ist das auch schon aufgefallen«, sagte Paula. »Bob hat mir erzählt, dass Sie kurz nach Mitternacht nach Hause gegangen sind, Tweed«, sagte Marler.

»Das bin ich auch.«

»Und wieso steht dann Ihr Feldbett hier?«

»Tja, das ist meine Schuld«, sagte Monica. »Ich habe gerade noch die Bettwäsche wegräumen können, da sind Sie schon alle hereingestürmt. Das Bett selber konnte ich nicht mehr verschwinden lassen.«

»Na schön, ich gestehe«, sagte Tweed mit gespielter Zerknirschtheit. »Ich bin am frühen Morgen wieder hierher gekommen. Ich wollte den Mitarbeitern, die zum Bunker fahren, noch letzte Instruktionen mitgeben. Sie wurden im Voraus verständigt.«

»Damit wir nichts davon mitbekommen«, sagte Marler leicht verärgert.

»Nein, damit ich mitten in der Aktion nicht alle möglichen Fragen beantworten muss. Danach bin ich gleich hiergeblieben, anstatt zurück in meine Wohnung zu fahren. So, und jetzt ab ins Bett, alle miteinander!.«

Noch bevor jemand den Raum verlassen konnte, klingelte das Telefon auf Monicas Schreibtisch. Die Sekretärin hob ab und blickte stirnrunzelnd hinüber zu Tweed.

»George sagt, dass unten ein gewisser Ed Osborne ist und Sie zu sprechen wünscht.«

»Soll raufkommen. Und Sie bleiben bitte alle noch eine Weile da.«

»Wie zum Teufel hat er unsere Adresse herausbekommen?«, fragte Newman.

»Vielleicht hatte Cord nicht mehr genügend Zeit, um vertrauliche Informationen auf seinem Computer in Langley zu löschen.«

Eine angespannt reservierte Atmosphäre machte sich in Tweeds Büro breit. Nur Tweed selbst schien davon nicht betroffen zu sein. Er blickte freundlich von seinem Schreibtisch auf, als George die Tür öffnete und ein etwa eins achtzig großer, aggressiv wirkender Amerikaner wie ein Wirbelwind hereinstürmte. Alles an dem Mann schien eine dynamische Energie zu verströmen. Das Haar war grau bis weiß, die blauen Augen blickten eiskalt unter buschigen Brauen hervor, und sein Gesicht mit der breiten, geraden Nase und dem dicklippigen Mund wirkte dominant. Sein Blick fiel zuerst auf Paula.

»Hi, Baby, Sie sehen nicht schlecht aus. Wie wär's, wenn wir uns mal privat treffen würden?«

»Vielen Dank, da verzichte ich, Mr. Osborne«, antwortete Paula kühl.

»Und Sie müssen Tweed sein«, sagte Osborne, während er dem Engländer die riesige Hand hinstreckte. Er drückte Tweeds Hand mit der Kraft einer Hydraulikpresse, wirkte aber erstaunt, dass dessen Händedruck dem seinen in nichts nachzustehen schien.

»Nehmen Sie doch Platz«, sagte Tweed zu dem Besucher. »Normalerweise ziehe ich es vor, wenn man telefonisch einen Termin mit mir vereinbart.«

»Die pure Zeitverschwendung. Ich platze rein, wann es mir passt.«

Osborne ließ seinen massigen Körper in den Sessel neben Newman sinken, hob die Beine und legte die Füße, die in riesigen Schuhen steckten, auf die Platte von Tweeds Schreibtisch. Newman beugte sich vor, packte den Amerikaner bei den Knöcheln und schubste dessen Füße zurück auf den Boden.

»So etwas mögen wir hier nicht«, sagte er. »Wir legen Wert auf gutes Benehmen.«

»Damit werdet ihr nicht weit kommen. Die Welt verändert sich. Wer nicht mitmacht, geht unter.«

»England gibt es schon eine Weile länger als die Vereinigten Staaten. Wir wissen bestens, was wir zu tun haben.«

»Sie sind doch Bob Newman, der Auslandskorrespondent, oder? Ich habe gehofft, wir würden gut miteinander auskommen. Wenn Sie ein Interview mit mir machen wollen, stehe ich Ihnen jederzeit zur Verfügung. Da hätten Sie zur Abwechslung mal was zum Schreiben. Aber eine Information kann ich Ihnen schon jetzt geben: In der Botschaft haben sie jetzt eine Abteilung ins Leben gerufen, die sie *Executive Action Department* nennen. Ich habe keine Ahnung, was die tut – wenn sie überhaupt was macht. Sie können sich ja mal danach erkundigen – nur so zum Spaß. EAD heißt sie abgekürzt. Ich bin übrigens der neue Stellvertretende Direktor der CIA. Den Job hat man mir auf einem Silbertablett serviert, als Cord Dillon ging. Also, vergessen Sie nicht: EAD.«

»Ihr Amerikaner seid in Abkürzungen richtig vernarrt«, sagte Newman.

»Genau. Sie sparen einem eine Menge Zeit. Wir mögen es halt, wenn alles schnell geht. Wenn Sie noch was wissen wollen – nur zu! Sie finden mich in der Botschaft.«

»Vielleicht könnten Sie uns jetzt über den Grund Ihres Besuch aufklären, Mr. Osborne ...«, sagte Tweed.

»Klar, wieso nicht? Aber wollen Sie mir nicht vorher sagen, wer dieser Strich in der Landschaft ist, der da an der Wand lehnt?«

»Der ist gerade auf eine Tasse Kaffee hier hereingeschneit«, sagte Newman.

»Kaffee könnte ich auch gebrauchen.«

Monica erhob sich langsam, nachdem ihr Tweed durch ein kurzes Nicken sein Einverständnis signalisiert hatte. Osborne drehte sich in seinem Sessel und grinste sie an.

»Stark und schwarz, Baby. Ruinieren Sie mir den Kaffee bloß nicht mit Milch oder Zucker.«

Mit geschürzten Lippen verließ Monica den Raum. Hoffentlich tut sie ihm kein Gift rein, dachte Newman, obwohl er die Idee an und für sich gar nicht so schlecht fand.

»Also, wieso bin ich hier?«, sagte Osborne mit seiner tiefen, polternden Stimme. »Wegen der speziellen Beziehung zwischen uns und euch Tommys natürlich. Wir finden, dass sie weiter ausgebaut werden soll. Zu einer noch engeren Zusammenarbeit, zum intensiven Austausch von Informationen über das, was in der Welt wirklich vor sich geht. So wie ich es sehe, sind wir natürliche Bundesgenossen. Wir sitzen beide im selben Boot und sollten Freunde sein.«

»Wieso?«, fragte Tweed.

»Na, weil wir dieselben Probleme haben. Eine Menge gefährlicher Gestalten haben in jüngster Zeit euer Land überschwemmt …«

»Das ist uns nicht entgangen«, sagte Newman.

»Mafiosi aus Osteuropa. Fanatische Moslem-Terroristen. Genau wie bei uns in den Staaten. Die Typen schleichen sich über die mexikanische oder kanadische Grenze. Nehmen Sie nur mal die Sache mit der Bombe im World Trade Center in New York. Wir brauchen strenge Kontrollen, damit unsere Länder nicht im Chaos versinken.« Osborne nahm einen Schluck von dem Kaffee, den Monica vor ihm auf Tweeds Schreibtisch gestellt hatte. Er verzog das Gesicht und begann zu würgen. »Das schmeckt ja wie Teer.«

»Sie wollten starken, schwarzen Kaffee«, sagte Monica ungerührt und setzte sich wieder hinter ihren Computer.

»Das Zeug schmeißt ja einen gottverdammten Ochsen um.«

»Würde es Ihnen etwas ausmachen, in der Gegenwart von Damen das Fluchen zu lassen?«, fragte Tweed.

»Die fluchen wahrscheinlich schlimmer als ich.«

»Das dürfte wohl kaum möglich sein«, warf Newman ein.

»Sie können mich mal ...«

»Ich schlage vor, dass Sie dieses Büro auf der Stelle verlassen«, fauchte Newman.

»Mr. Osborne –«, sagte Tweed.

»Nennen Sie mich Ed.«

»Wenn es zwischen uns etwas zu bereden gibt, sollten wir ein offizielles Treffen vereinbaren.«

»Also gut, in der Botschaft«, sagte Osborne brummig. »Und wann?«

»Ich werde es Sie wissen lassen, wenn ich einen Termin frei habe. Vielen Dank für Ihren Besuch.«

»Dann werde ich euch jetzt mal verlassen, Leute«, sagte Osborne, unter dessen halb geöffneter Windjacke ein kunterbunt gemusterter Pullover hervorlugte. Bedächtig erhob er sich und blickte in aller Seelenruhe in die Runde, wobei er Marler besonders ausgiebig in Augenschein nahm. »Ich kriege schon noch raus, wer Sie sind, Bohnenstange«, sagte er.

»Tun Sie sich keinen Zwang an«, erwiderte Marler beiläufig.

»Zumindest haben wir uns jetzt einmal kennen gelernt«, sagte Osborne an Tweed gewandt. »Ich bin mir sicher, dass wir in Zukunft noch öfter miteinander zu tun haben werden.«

»Nochmals vielen Dank dafür, dass Sie vorbeigeschaut haben«, sagte Tweed.

»Ich finde schon allein raus«, sagte Osborne und ging zur Tür. »Schönen Tag noch allerseits.«

»Was für ein ungehobelter Rüpel«, rief Paula entrüstet.

»Typisch Amerikaner eben«, sagte Marler gedehnt. »Viel Klappe, wenig Hirn.«

»Vorsicht! Ich halte den Mann für ausgesprochen gefährlich«, sagte Tweed. »Es wäre ein großer Fehler, ihn zu unterschätzen.«

»Möglicherweise ist er ja der Boss von all den miesen Typen, mit denen wir letzter Zeit zu tun hatten«, sagte Newman nach einer kurzen Pause. »Zumindest wäre er der Richtige für so einen Job.«

»Da könnten Sie Recht haben. Seltsam erscheint mir auch diese neue Abteilung, von der er gesprochen hat. EAD – Executive Action Department. Irgendwas daran gefällt mir nicht.«

»Wollen wir mal hoffen, dass die das erste Wort nicht als Synonym für Exekution auffassen«, meinte Paula nachdenklich.

»Jetzt werde ich dem Kerl erst recht auf den Zahn fühlen«, sagte Monica grimmig.

»Ja, tun Sie das«, bestärkte sie Tweed. »Versuchen Sie, die Lücken in seiner Biografie zu schließen. So, und jetzt finde ich, dass Sie alle endlich nach Hause gehen und sich ausruhen sollten. Ich werde noch eine Weile hier bleiben. Da sind noch eine Menge Dinge, über die ich nachdenken will.«

»Dürfte ich noch ein paar Minuten bleiben?«, fragte Paula. »Ich möchte etwas mit Ihnen besprechen.«

»Natürlich dürfen Sie das …«

Die anderen verließen das Büro. Marler ging hinter Newman die Treppe hinunter und begleitete ihn dann zu dessen Mercedes. Beide trugen Lammfellmäntel, die sie angesichts des schneidend kalten Windes gut gebrauchen konnten. Auch die Passanten auf der Hauptstraße am Ende der Park Crescent, die mit eingezogenen Schultern und gesenkten Köpfen vorbeieilten, trugen dicke Winterkleidung. Junge Mädchen hatten die Arme vor der Brust gekreuzt, um sich auf diese Weise zusätzlich vor der Kälte zu schützen.

»Sie haben gesagt, dass Sie sich mit Basil Windermere treffen wollen«, sagte Marler.

»Ja. Ich werde mal versuchen, mich für acht Uhr in der Kellerbar vom Bentleys zu verabreden. Weshalb fragen Sie?«

»Ich würde gern auch dort hinkommen. Aber nicht zusammen mit Ihnen«, fügte er an, weil Newman die Stirn runzelte.

»Windermere wird Sie erkennen.«

»Nein, das wird er nicht. Nicht einmal Sie werden mich erkennen. Ist es Ihnen Recht, wenn ich komme?«

»Weshalb interessieren Sie sich plötzlich so für Windermere?«, sagte Newman.

»Zunächst einmal weiß ich, dass er in letzter Zeit ein paar längere Reisen auf den Kontinent unternommen hat. Zum Beispiel nach Paris.«

»Na schön, schauen Sie ruhig vorbei«, sagte Newman, wenn auch ein wenig widerstrebend. »Aber sorgen Sie dafür, dass Windermere Sie nicht bemerkt.«

»Ich werde eine Tarnkappe tragen.«

»Sie wollten etwas mit mir besprechen«, sagte Tweed zu Paula. »Worum geht's denn?«

»Um den Bunker in der Romney Marsh, den ich selbst erst einmal gesehen habe. Es muss doch Monate gedauert haben, ihn zu bauen. Wie kam es eigentlich zu der Idee? Hat es vielleicht etwas damit zu tun, dass Sie innerhalb eines halben Jahres dreimal in Washington waren? Zum ersten Mal vor einigen Monaten, die anderen beiden Male kurz hintereinander vor nicht allzu langer Zeit. Das ist höchst ungewöhnlich für Sie.«

»Zunächst einmal zu Ihrer Frage bezüglich des Bunkers. Wir haben ihn in nur dreißig Tagen komplett ausgebaut.«

»Das ist ja unglaublich.«

»Marler hat seinen Arbeitern aus Osteuropa gehörig Dampf gemacht. Der Hauptgrund, weshalb ich gerade diesen Ort für den Bunker ausgewählt habe, waren die weit verzweigten Kellerräume, die es unter dem alten Farmhaus gibt. Ein Historiker hatte mir davon erzählt. Er meinte, dass sie einst von Schmugglern angelegt wurden. Es gibt dort sogar einen langen Tunnel, der zu einem verlassenen alten Glockenturm führt, der nicht weit von der Küste entfernt ist.«

»Tatsächlich? Der muss mir bei meinem Besuch im Bunker entgangen sein.«

»Erinnern Sie mich beim nächsten Mal daran! Dann zeige

ich Ihnen die versteckte Tür, die zu dem Tunnel führt. War's das?«

»Noch nicht ganz. Sie haben mir den zweiten Teil meiner Frage nicht beantwortet. Ich würde gern wissen, ob Ihre Reisen nach Washington etwas mit dem Bau des Bunkers zu tun hatten.«

»Sie haben eines vergessen«, sagte Tweed lächelnd. »Ich habe in letzter Zeit auch einige Reisen nach Paris unternommen.«

»Jetzt fängt das schon wieder an«, sagte Paula an Monica gewandt. »Tweed wird langsam so rätselhaft wie Marlers geheimnisvoller Freund Kurt Schwarz.«

»Wo ist der denn eigentlich abgeblieben?«, fragte Tweed. »Sie haben mir bei meinem Anruf gestern Nacht erzählt, dass Sie ihn bei sich zum Essen eingeladen hätten. Marler sagt ja, dass Schwarz einen herrlichen Sinn für Humor habe. Wahrscheinlich haben Sie sich königlich mit ihm amüsiert.«

»So war's auch. Kurt hat übrigens gesagt, dass er heute früh von Heathrow aus zurückfliegen wolle. So, jetzt muss ich aber gehen.«

»Das Fitness-Center wartet«, sagte Monica zu Tweed.

»Wie bitte?«

»Ach, das habe ich Ihnen noch gar nicht erzählt«, sagte Paula, während sie in den Mantel schlüpfte. »Ich gehe seit sechs Monaten regelmäßig in ein Fitness-Center.«

»Aerobic und so Zeug«, sagte Monica prustend. »Unsere Paula ist auf dem Gesundheitstrip. Jetzt ist sie fit wie der sprichwörtliche Turnschuh und fast so stark wie ein Ochse.«

»Wenn das so ist, haben Sie meinen Segen dazu«, sagte Tweed. Als Paula schon an der Tür war, rief er sie noch einmal zurück. »Hat Marlers Freund gesagt, wo genau er hinfliegen wollte?«

»Nach Paris.«

Nachdem Paula das Büro verlassen hatte, blieb Tweed noch hinter seinem Schreibtisch sitzen. Während Monica weiter an einem ihrer Dossiers tippte, die allerdings auf Tweeds Veranlassung nicht in das Computer-Netzwerk eingespeist wurden, nahm er einen großen Notizblock zur Hand und schrieb verschiedene Namen darauf, die er zu Gruppen zusammenfasste und durch Striche miteinander in Verbindung brachte. Nach einer Weile klingelte das Telefon.

»Es ist die amerikanische Botschaft«, verkündete Monica.

»Doch nicht schon wieder dieser unmögliche Osborne, oder?«

»Nein, Sharon Mandeville. Sie bezieht sich darauf, Sie auf dieser Party in Washington kennen gelernt zu haben.«

Tweed nahm den Hörer ab. »Tweed.«

»Sharon Mandeville. Ich weiß nicht, ob Sie sich noch an mich erinnern, aber wir hatten vor ein paar Wochen auf einer Cocktailparty in Washington ein längeres Gespräch.«

Ihre Stimme klang weich, einschmeichelnd und ein wenig zaghaft.

»Ja, ich erinnere mich gut an Sie, Ms. Mandeville. Was kann ich für Sie tun?«

»Ich möchte Sie unter vier Augen sprechen. Wäre es zu viel verlangt, wenn ich Sie bitte, zu mir in die Botschaft zu kommen?«

»Ganz und gar nicht. Was für einen Termin schlagen Sie vor?«

»Ich möchte nicht unverschämt klingen, aber ich dachte daran, ob Sie nicht schon heute Vormittag kommen könnten – natürlich nur, wenn es Ihnen passt.«

»Kein Problem. Wie wäre es mit sofort?«

»Wunderbar. Fragen Sie am Empfang nach mir. Ich erwarte Sie.«

Nachdem er aufgelegt hatte, sagte Tweed zu Monica: »Ich fahre zur amerikanischen Botschaft und treffe mich mit Sharon Mandeville.«

»Aber verlieben Sie sich nicht in sie«, sagte Monica und half ihm in den Mantel.

»Ich kann mich beherrschen. Heute Nachmittag fahre ich übrigens hinaus nach Parham. Ich muss mich gründlich mit Sir Guy Strangeways unterhalten. Vielleicht finde ich heraus, welche Rolle er in diesem seltsamen Stück spielt.«

5

Tweed bat den Taxifahrer, ihn direkt vor der Botschaft aussteigen zu lassen. Der Februar verabschiedete sich mit einem bitterkalten, schneidenden Wind, der eine Armada von dunklen Regenwolken über den Himmel trieb. Die eleganten Häuser am Grosvenor Square sahen grau und trist aus.

Tweed blieb einen Augenblick vor dem großen, modernen Gebäude stehen, dessen weiße Fassade sich hinter einem Vorgarten erhob. Sie kam ihm so solide wie eine Stahlwand mit Fenstern vor, wie ein Denkmal für die gigantische Weltmacht, deren Repräsentanten hinter ihr residierten. Mit einem leisen Knurren stieg Tweed den menschenleeren breiten Treppenabsatz hinauf und betrat durch eine gläserne Drehtür das Gebäude. Er ging unverzüglich zur Empfangstheke, hinter der eine attraktive Brünette saß, die ihn misstrauisch beäugte.

»Ms. Mandeville erwartet mich«, sagte er. »Mein Name ist Tweed.«

»Können Sie sich ausweisen, Sir?«

Die Frau, deren Stimme hart und näselnd klang, sprach mit einem breiten amerikanischen Akzent. Tweed zog aus seiner Brieftasche eine Visitenkarte hervor, die ihn als Leitenden Ermittler der General & Cumbria Assurance bezeichnete. Die Frau betrachtete die Karte, als hätte sie es mit einer Fälschung zu tun, was sie ja in gewisser Weise auch war.

»Ich werde Ihnen mitteilen, wenn Ms. Mandeville Zeit für Sie hat. Setzen Sie sich bitte dort drüben hin.«

»Ich bleibe lieber hier. Meine Verabredung ist für jetzt anberaumt.«

Die Empfangsdame zog einen Flunsch. Sie war es gewohnt, dass die Leute auch das taten, was sie von ihnen verlangte. Sie hob den Telefonhörer ab, sprach ein paar Worte und deutete dann auf den Lift.

»Nehmen Sie den Aufzug«, sagte sie barsch. »Erster Stock, Zimmer einundzwanzig.«

»Vielen Dank.«

Tweed bemerkte, dass neben dem Aufzug ein Wachmann in Zivil stand. Unter dessen linker Achsel war deutlich die Beule eines Schulterhalfters zu erkennen. Der Mann starrte Tweed, der ihm auf dem Weg zum Aufzug freundlich zuwinkte, mit versteinerter Miene an. Gemütliche Stimmung hier, dachte Tweed. Man kommt sich fast vor, als wäre die Botschaft im Belagerungszustand.

Tweed schlenderte in die Liftkabine und drückte den Knopf für den ersten Stock. Die Tür glitt geräuschlos zu, und der Aufzug setzte sich in Bewegung. Tweed war erstaunt, wie leise es in dem Gebäude war. Es kam ihm vor wie eine leere Bühne, die nur auf seinen Auftritt wartete.

Die Aufzugstür ging ebenso lautlos auf, wie sie zugeglitten war. Tweed betrat einen breiten Gang und sah dort drei Männer entlanggehen, die ihm den Rücken zukehrten. Einer von ihnen war Jefferson Morgenstern, den Tweed sofort an dessen Statur erkannte. Er hatte den nicht gerade groß gewachsenen amerikanischen Außenminister auf einem Empfang in Washington kennen gelernt. Morgenstern trug einen dicken schwarzen Aktenhefter unter dem Arm.

Die beiden Männer, die links und rechts von ihm gingen, waren viel größer und breiter gebaut als der mächtigste Mann dieser amerikanischen Behörde. Tweed erwartete eigentlich, dass sich jeden Augenblick einer der drei Männer umdrehen und ihn bemerken würde, aber sie gingen stur geradeaus, als wären sie völlig auf ein bestimmtes Ziel fixiert.

Vor einem Zimmer auf der rechten Seite des Gangs blieben sie stehen. Einer von Morgensterns Begleitern holte einen Schlüssel aus der Tasche und schloss damit die Tür auf. Die drei betraten den Raum, ohne die Tür wieder hinter sich zuzuziehen. Tweed, der neugierig geworden war, ging auf leisen Gummisohlen den Gang entlang.

Vor der offenen Tür blieb er stehen und lugte vorsichtig hinein. In einer Wand des Raums war ein großer Safe eingelassen, der Tweed an den Tresorraum einer Bank erinnerte. Morgenstern öffnete die Safetür, bückte sich und schob seinen Aktenhefter in ein

Fach des Tresors. Tweed ging leise weiter, merkte sich aber die Nummer des Raums, in den er soeben geblickt hatte. Es war die 16, und an der Tür war ein Schild mit der Aufschrift »Sicherheitsabteilung« befestigt.

Eilig ging er zum Raum Nummer 21 weiter, der sich auf der gegenüberliegenden Seite des Gangs befand. Gerade als er die Hand zum Anklopfen hob, ging die Tür von allein auf, und Sharon Mandeville stand vor ihm. Noch bevor einer der Männer den Raum der Sicherheitsabteilung wieder verlassen konnte, befand sich Tweed schon in Sharon Mandevilles Büro.

Tweed hatte das Gefühl, als hätte er Sharon Mandeville erst tags zuvor zum letzten Mal gesehen. Ihr Benehmen war zurückhaltend, aber ungezwungen. Tweed stellte fest, dass sie eher wie eine 32-Jährige als wie eine 42-Jährige aussah. Sie geleitete ihn zu zwei lederbezogenen Drehstühlen neben dem massiven Schreibtisch und bat ihn, sich in einen davon zu setzen. Danach nahm sie nicht etwa hinter ihrem Schreibtisch, sondern gleich neben Tweed in dem freien Stuhl Platz.

»Danke, dass Sie so schnell Zeit für mich hatten«, sagte sie mit ihrer sanften Stimme, in der keinerlei amerikanischer Akzent zu erkennen war. »Sicher möchten Sie einen Kaffee trinken. Draußen ist es bitterkalt.«

»Ein Kaffee wäre schön.«

»Schwarz, wenn ich mich recht erinnere. Ohne Milch und Zucker.«

»Sie haben ein bemerkenswertes Gedächtnis.«

»Sie tragen übrigens denselben Anzug wie damals in Washington. Ich mag es, wenn Männer gut gekleidet sind.«

»Ihr Gedächtnis erstaunt mich aufs Neue.«

»Wir Frauen merken uns eben solche kleinen Dinge ...«

Während Sharon Mandeville sich mit Tweed unterhielt, goss sie aus einer silbernen Kanne Kaffee in zwei Tassen, die auf einem Silbertablett auf dem Beistelltischchen standen. Tweed sah ihr dabei zu und bemerkte, wie schön ihr auffallend dickes blondes Haar war, das ihr in sanften Locken fast bis auf die Schultern fiel.

Wie bereits bei ihrem ersten Zusammentreffen in Washington waren es aber ihre grünen Augen, die ihn am meisten faszinierten. Das Kinn wirkte energisch, ohne aber die Schönheit des Gesichts, das einen hellen Teint besaß, zu stören. Die Stirn war hoch und der Mund breit, wobei die Lippen aber schmal waren.

Sharon Mandeville war eins achtundsechzig groß und schlank. Sie trug ein hellgrünes Kleid mit hohem Kragen, das gut zur intensiven Farbe der Augen passte. Graziös schlug sie die makellosen Beine übereinander, nahm einen Schluck aus ihrer Kaffeetasse und wandte sich, nachdem sie diese wieder abgesetzt hatte, an ihren Besucher.

»Darf ich fragen, was Sie nach England führt?«, fragte Tweed.

»Eigentlich ist das vertraulich, aber Ihnen werde ich es trotzdem sagen. Bei unserer ersten Begegnung habe ich den Eindruck gewonnen, dass man Ihnen vertrauen kann.«

Sie hielt inne und blickte mit ihren hypnotisch wirkenden Augen in die seinen. Sharon Mandeville ist schon eine sehr ungewöhnliche Frau, dachte Tweed, und das liegt nicht nur an ihrer Schönheit oder an ihren graziösen Bewegungen. Jedes Mal, wenn sie einen Raum voller Menschen betrat, hörten die Männer mit ihrer Unterhaltung auf und starrten sie an. Sie war eine Frau, die Eindruck machte.

»Ich bin mir nicht sicher, was genau meine Aufgabe hier ist«, fuhr sie fort. »Ich weiß nicht, weshalb, aber ich komme ziemlich gut mit der Frau des Präsidenten aus. Sie hat mich schon in der Vergangenheit öfter mit wichtigen Aufgaben betraut. Eines weiß ich allerdings: Ich soll hier ein Auge auf Ed Osborne werfen, den neuen Stellvertretenden Direktor der CIA. Er ist ein ungeschliffener Edelstein, und ich soll ihm ein bisschen den Weg ebnen. ›Sehen Sie zu, dass er die Tommys nicht zu sehr vor den Kopf stößt‹, hat die Präsidentengattin zu mir gesagt. Ich selbst mag das Wort Tommy übrigens nicht. Osborne wird bestimmt versuchen, mit Ihnen in Kontakt zu treten.«

»Wieso sollte er das?«, fragte Tweed mit Unschuldsmiene.

»Er hat mir erzählt, dass Sie mit seinem Amtsvorgänger Cord Dillon befreundet sind.«

»Das stimmt. Was macht Cord jetzt eigentlich?«

»Ich vermute, dass er sich zur Ruhe gesetzt hat. Als ich Ed dieselbe Frage gestellt habe, hat er nur gesagt: ›Der ist irgendwo beim Angeln‹, was ich wiederum ziemlich viel sagend fand.« Sie hielt inne, um eine Zigarette aus einem silbernen Etui zu nehmen. Tweed holte ein Feuerzeug aus der Jacketttasche und gab ihr Feuer.

»Danke.«

Ziemlich untypisch, dachte Tweed. Viele andere Amerikanerinnen hätten geantwortet: ›Danke, aber das kann ich schon selbst.‹

»Ich biete Ihnen keine an, weil ich weiß, dass Sie Nichtraucher sind«, sagte Sharon Mandeville.

»Sie wissen ja dermaßen viel über mich, dass Sie glatt eine Akte über mich zusammenstellen könnten«, sagte Tweed lächelnd.

Sharon machte ein Gesicht, das eine Mischung aus Stirnrunzeln und Lächeln war. »Sie wissen ja, ich habe ein gutes Gedächtnis für Kleinigkeiten«, sagte sie und strich sich mit der linken Hand eine Haarsträhne aus dem Gesicht.

Tweed wusste, dass sie naturblond war, denn in Washington hatte sie zwei Jugendfotos von sich aus der Handtasche gekramt und sie ihm gezeigt. Auf beiden war Tweed ihre dicke blonde Mähne aufgefallen.

»Ich trage diese Bilder normalerweise nicht mit mir herum«, hatte Sharon erklärt. »Aber ich möchte sie jemandem geben, der sie für mich einrahmen soll. Sie halten mir vor Augen, dass ich älter werde.«

»Aber nur ganz unwesentlich.«

»Sie schmeicheln.«

Während Tweed an diese Begegnung mit Sharon zurückdachte, trank er einen Schluck Kaffee und lächelte seine Gastgeberin an.

»Warum wollten Sie mich sehen?«, fragte er. »Kann ich Ihnen bei irgendwas behilflich sein?«

»Ja, das könnten Sie in der Tat.« Sie blickte ihm immer noch in die Augen. »Dillon hat der Frau des Präsidenten offenbar erzählt, dass Sie mit Ihren mannigfaltigen Verbindungen hier in England so etwas wie eine Schlüsselposition innehaben. Washington möchte die Verbindungen zwischen unseren beiden Ländern vertiefen, und deshalb dachte ich mir, Sie könnten mich vielleicht von Zeit zu Zeit einigen wichtigen Leuten vorstellen.«

Tweed verzog keine Miene, trank in aller Ruhe seinen Kaffee und ließ den Blick durchs Büro streifen. Auf Sharons Schreibtisch lag ein Stapel Akten, von denen einige mit einem roten Reiter gekennzeichnet waren. Der Raum hatte nur ein einziges Fenster, das auf eine kleine Seitenstraße hinausführte. Als Sharon ihm nachschenken wollte, nachdem er seine Tasse leer getrunken hatte, lehnte er höflich ab.

»Sie sollten sich vielleicht um ein Büro mit Blick auf den Platz bemühen«, sagte er.

»Oh, ich bin lieber hier hinten, da habe ich meine Ruhe. Osborne hat natürlich ein Büro von der Größe eines Tennisplatzes mit Aussicht auf den Grosvenor Square, aber das ist nicht mein Ding. Aber reden wir doch von Ihnen, Tweed. Wie läuft es im Versicherungsgeschäft? Sie verdienen damit wahrscheinlich eine Menge Geld.«

»Eigentlich nicht. Sie sind bestimmt viel wohlhabender als ich. Vier Ehemänner – das muss ja die reinste Achterbahnfahrt gewesen sein.«

»Da haben Sie nicht ganz Unrecht«, sagte Sharon nach einer langen Pause. »Als meine Eltern mich in die Staaten brachten, habe ich schnell erkannt, dass mein englischer Akzent mir bei erfolgreichen Männern Tür und Tor öffnet. Wenn man jung ist, schmeichelt einem so etwas ungemein. Tja, ich habe diesen Vorteil wohl schamlos ausgenützt. Verurteilen Sie mich deshalb?«

»Nein.«

»Geld ist nicht alles auf der Welt.«

»Wie kommt es, dass Sie nach all den Jahren dort drüben noch immer so ein akzentfreies Englisch sprechen?«

»Ich komme öfter mal hierher zurück und besitze sogar ein

kleines Anwesen in Dorset. Manchmal überlege ich mir, ob ich mich dort nicht für immer niederlassen soll. Amerika finde ich alles in allem ziemlich primitiv. Oh, müssen Sie schon gehen? Sie haben soeben auf Ihre Uhr gesehen.«

»Ja, leider. Unsere Unterhaltung war sehr nett, aber jetzt müssen Sie mich leider entschuldigen. Ich habe heute Nachmittag noch eine wichtige Verabredung.«

»Verstehe.«

An dem Telefon auf dem Schreibtisch blinkte schon seit einiger Zeit ein rotes Lämpchen, das Tweed in einem Spiegel neben der Tür hatte sehen können. Während er seinen Mantel vom Garderobenhaken nahm, an den Sharon ihn gehängt hatte, stand sie auf und hob den Hörer ab. Sie hörte eine Weile zu, bevor sie antwortete.

»Ja, ja, ja. Und jetzt lassen Sie mich bitte in Ruhe.«

Sie legte auf und ging langsam auf Tweed zu, dem wieder einmal auffiel, wie bemerkenswert graziös sie sich bewegte. Sharon gab ihm die Hand.

»Wenn Sie mal Zeit haben, könnten wir uns vielleicht zum Mittag- oder Abendessen verabreden«, sagte sie.

»Das wäre mir ein Vergnügen.«

Tweed trat hinaus auf den Gang, und nachdem Sharon die Tür hinter ihm geschlossen hatte, fühlte er sich auf einmal sehr allein.

Irgendetwas fand Tweed an der Atmosphäre, die in der Botschaft herrschte, zutiefst beunruhigend. Eigentlich hatte er erwartet, dass es in dem Gebäude zuging wie in einem Ameisenhaufen, aber nun war nirgendwo ein Mensch zu sehen. Als er sich nach einer kurzen Pause kopfschüttelnd in Bewegung setzte, sah er, wie sich auf der gegenüberliegenden Seite des Gangs eine Tür öffnete. Kurz darauf stand ihm ein groß gewachsener Mann mit glattem, ausdruckslosem Gesicht gegenüber.

Tweed kam der Mann so vor, als wäre dieser sich bewusst, dass er in der Hackordnung ziemlich weit oben angesiedelt war. Tweed fragte sich, ob diese Begegnung wohl zufällig war. Aber wie hatte der Mann wissen können, wann er Sharons Büro verlassen würde?

»Sind Sie Tweed?«, fragte der Amerikaner.

»Ja. Und mit wem habe ich das Vergnügen?«

»Chuck Venacki.«

Es dauerte einen Augenblick, bis bei Tweed der Groschen fiel. Dann aber erinnerte er sich an das, was Chief Inspector Buchanan ihm über den Vorfall mit dem Lincoln Continental erzählt hatte. Venacki war der Mann gewesen, dessen Auto Newman mit seinem Geländewagen gerammt hatte. Buchanan hatte ihn als eindrucksvolle Erscheinung bezeichnet und Tweed erzählt, dass der Mann offenbar Attaché an der amerikanischen Botschaft sei.

»Der Hauptaufzug, mit dem Sie hier heraufgekommen sind, hat eine Störung«, sagte Venacki knapp. »Sie müssen nach links den Gang entlang und dann am Ende wieder links. Dort ist ein weiterer Aufzug; der bringt Sie zu einem Seitenausgang.«

»Danke für den Hinweis.«

Venacki beachtete Tweed nicht weiter und schlug ihm die Tür vor der Nase zu. Nicht besonders höflich, dachte Tweed. Fast schon feindselig. Der scheint über meine Anwesenheit nicht gerade erfreut zu sein. Kopfschüttelnd wandte Tweed sich nach rechts und ging zu dem Aufzug, mit dem er heraufgekommen war.

An der Tür hing ein Schild: *Aufzug defekt*. Tweed drückte auf den Knopf, aber nichts tat sich. Neben dem Aufzug befand sich ein großes Treppenhaus, das ebenfalls nach unten führte. Gerade als er den Fuß auf die erste Stufe setzte, blickte er noch einmal den Gang entlang und sah, dass Chuck Venacki wieder aus seinem Büro getreten war und ihn beobachtete. Als Tweed ihn anblickte, verschwand er blitzschnell in der Tür. Tweed schüttelte nachdenklich den Kopf.

Langsam ging er mehrere kurze Treppenabsätze hinunter und lauschte immer wieder angestrengt in die Stille. Es war nicht das leiseste Geräusch zu hören. Seltsam. Die Atmosphäre kam ihm immer bedrohlicher vor. Als Tweed unten anlangte, sah er, dass die weiträumige Eingangshalle leer war. Lediglich die Empfangsdame saß hinter ihrer Theke, auf der gerade das Telefon klingelte. Sie hob ab, hörte einen Moment zu und knallte den Hörer wieder auf die Gabel. Dann stand sie auf und verschwand durch die Tür hinter der Theke. Tweed wollte ihr hinterher, aber die Tür ließ sich nicht öffnen.

Er drehte sich um und ging zu der Drehtür am Haupteingang, neben der sich ein kleiner Tisch für einen Wachmann befand. Als Tweed daran vorbeiging, summte das darauf stehende Telefon. Vorsichtig hob Tweed den Hörer ab und vernahm eine ihm unbekannte Männerstimme.

»Die Operation läuft. Melden Sie sich bei Charlie ...«

Was für eine Operation? fragte sich Tweed. Und wer war Charlie? Tweed ging rasch zur Drehtür, um das Gelände zu verlassen, aber die Tür ließ sich nicht bewegen. Dieser Ausgang war ihm also versperrt. Ruhig ließ er den Blick durch die Eingangshalle schweifen. Nirgends war ein Mensch zu sehen, an den er sich hätte wenden können. Es bestand kein Zweifel mehr daran, dass er in der Falle saß.

Tweed spähte durch die gläserne Drehtür nach draußen, wo gerade eine überlange Limousine vorfuhr und hinter einem blauen Chrysler anhielt, der am Straßenrand geparkt war. Ohne darauf zu warten, dass ihm der uniformierte Chauffeur die Tür öffnete, stieg ein Mann aus dem Fond und eilte die Treppenstufen zum Botschaftseingang hoch. Als Tweed das Gebäude vor einer halben Stunde betreten hatte, waren ihm zwei Videokameras aufgefallen, die beide auf die Treppe gerichtet waren und die irgendeinem verborgenen Wachmann jetzt sicherlich zeigten, wer da im Anmarsch auf das Gebäude war. Auch Tweed erkannte den schlanken, energiegeladenen Mann, dessen Bild er schon mehrmals in der Zeitung gesehen hatte. Es war der amerikanische Botschafter.

Ohne Tweed im Inneren der Eingangshalle zu beachten, drückte der Botschafter von außen gegen die Drehtür, die sich daraufhin zu bewegen begann. Tweed nutzte die Gelegenheit und schlüpfte auf der anderen Seite der Tür ins Freie. Die Luft draußen erschien ihm nach der Wärme im Inneren der Botschaft noch kälter als zuvor. Auf dem oberen Absatz der Stufen blieb Tweed kurz stehen und ließ den Blick über den Grosvenor Square streifen. Dann fuhr er sich mit der Hand übers Haar und setzte sich langsam in Bewegung.

Er war fast am unteren Ende der Treppe angelangt, als drei brutal aussehende Männer aus dem blauen Chrysler stiegen. Einer davon hielt die hintere Wagentür auf, während ein anderer Tweed mit einem harten amerikanischen Akzent ansprach.

»Mr. Tweed?«

»Ja …«

»Wir bringen Sie hin, wohin Sie wollen. Steigen Sie ein!«

»Nein, danke.«

»Ich sagte, Sie sollen einsteigen, Kumpel!«

Jemand rammte Tweed etwas Hartes, Kreisförmiges in den Rücken. Zwei der Männer packten ihn bei den Armen und schoben ihn auf den Wagen zu. Auf der Rückbank saß ein kleiner, glatzköpfiger Mann, der mit einer automatischen Pistole herumfuchtelte und Tweed hinterhältig angrinste.

Dann bemerkte Tweed eine Bewegung hinter sich und spürte, wie die beiden Schläger ihn losließen. Als er sich umdrehte, sah er Newman, der einem der beiden mit dem Lauf seiner Waffe auf den Kopf geschlagen hatte, und Marler, der den zweiten soeben mit einem Handkantenschlag niederstreckte. Harry Butler stand neben ihnen, richtete eine Pistole mit dickem Lauf ins Innere des Wagens und drückte ab. Eine Reizgaswolke breitete sich im Chrysler aus, worauf der Glatzkopf auf der Rückbank zu husten begann und sich mit beiden Händen die Augen rieb. Newman bugsierte einen der bewusstlosen Schläger auf den Rücksitz, und Marler schob den zweiten hinterdrein. Butler, der dem dritten Angreifer mit einem gezielten Boxhieb den Unterkiefer gebrochen hatte, riss die Vordertür auf und schubste den völlig benommenen Mann auf den Beifahrersitz, feuerte eine weitere Gaspatrone ins Innere des Chryslers und schlug die Tür zu.

»Weg hier!«, sagte Newman zu Tweed. »Der Mercedes parkt da drüben.«

»Habe ich schon gesehen.«

»Während Butler den Mercedes zurück zur Park Crescent steuerte, fragte Tweed: »Wie sind Sie eigentlich dazu gekommen, mich bei der Botschaft zu suchen?«

»Monica hat uns gesagt, dass Sie dort sind«, antwortete Newman, der ausnahmsweise neben Tweed auf dem Rücksitz Platz genommen hatte. »Wir haben uns gedacht, Sie könnten vielleicht etwas Rückendeckung brauchen. Bei all den merkwürdigen Gestalten, die in letzter Zeit unsere Stadt überschwemmen, kann man ja nie wissen.«

»Vielen Dank für Ihre Hilfe. Ich weiß nicht, was die Typen mit mir angestellt hätten, wenn ihnen die Entführung gelungen wäre. Vielleicht hätten sie mich verhört, vielleicht aber auch umgebracht …«

In knappen Worten erzählte er den anderen von seinen Erlebnissen in der Botschaft. Nachdem er damit fertig war, blickte er aus dem Fenster in den Sprühregen, der noch immer auf die Stadt herniederging.

»Wir müssen herausfinden, wer dieser Charlie ist«, sagte er nachdenklich. »Ich könnte mir vorstellen, dass es sich bei ihm um den wahren Kopf des ominösen Executive Action Department handelt.«

6

Um vier Uhr nachmittags fuhr Tweed in seinem Ford Sierra die schmale, kurvige Straße in Richtung Parham entlang. Paula, die neben ihm saß, schwieg. Sie spürte, dass Tweed über etwas nachdachte.

Es war fast schon dunkel, weshalb Tweed die Scheinwerfer eingeschaltet hatte. Am Himmel ballten sich schwere, schwarze Wolken zusammen. Bald würde es wieder regnen. Paula bemerkte, dass Tweed immer wieder in den Rückspiegel blickte. An einer Stelle, wo er die Straße gut überblicken konnte, fuhr er auf den Grasstreifen neben dem Fahrbahnrand und kurbelte das Fenster herunter. Dann streckte er eine Hand aus dem Fenster und bedeutete dem Wagen, der hinter ihm gefahren war, dass er anhalten solle.

»Wir haben Besuch.«

»Feindlich gesinnten?«

Paula griff nach hinten in ihre Umhängetasche und schloss die Hand um den Griff ihrer .32er Browning. Als sie sich wieder umdrehte, war Tweed bereits ausgestiegen und ging auf das andere Auto zu. Es war Newmans Mercedes. Jetzt stieg auch Paula aus. Im Fond von Newmans Wagen saßen Harry Butler und sein Kollege Pete Nield.

»Was hat das zu bedeuten?«, fragte Tweed.

»Ganz einfach«, sagte Newman. »Wir sind der Meinung, dass Sie jemanden brauchen, der Sie beschützt.«

»Ich dachte, ich hätte Ihnen im Büro klar und deutlich gesagt, dass ich alleine nach Parham fahren möchte.«

»Na ja. Und was ist mit Paula?«

»Paula hat Sir Guy Strangeways mal vor einiger Zeit bei einem Abendessen in London getroffen, wo sie sich ausgezeichnet mit ihm verstanden hat. Ich habe mit gedacht, dass er in ihrer Gegenwart vielleicht etwas lockerer ist. Wenn er euch drei sieht, hätte ich da allerdings meine Bedenken.«

»Darf ich Sie daran erinnern, dass ich neulich, als ich mit Cord Dillon zum Bunker unterwegs war, vier amerikanische Schlägertypen dabei beobachtet habe, wie sie in Strangeways' Anwesen verschwunden sind? Es ist gut möglich, dass diese Herren immer noch da sind. Haben Sie Ihr Erlebnis von vorhin denn schon wieder vergessen?«

»Strangeways wird es nicht zulassen, dass mir in seinem Haus irgendetwas geschieht. Aber da Sie schon mal hier sind, schlage ich Ihnen vor, dass Sie sich in Parham ein Lokal suchen, wo Sie Ihren Nachmittagstee zu sich nehmen können.«

»Glauben Sie im Ernst, dass man in diesem Land heutzutage

noch irgendwo einen Nachmittagstee bekommt?«, bemerkte Nield freundlich.

Obwohl Harry Butler und Pete Nield zwei sehr unterschiedliche Charaktere waren, bildeten sie zusammen ein gutes Team. Butler war klein und stämmig, hatte breite Schultern und schlecht frisiertes braunes Haar. Pete Nield hingegen war groß, schlank und blond. Er trug einen dünnen Schnurrbart. Anders als Butler, der meistens eine schäbige Windjacke und ausgelatschte Schuhe trug, legte er großen Wert auf sein Äußeres. Momentan hatte er einen eleganten grauen Anzug an, Schuhe und Regenmantel hatte er bei Aquascutum erstanden. Im Gegensatz zu Butler, der so sehr mit Worten geizte, als müsste er jedes einzelne mit barem Geld bezahlen, hielt Nield mit seiner Meinung nie lange hinter dem Berg.

»In Parham gibt es eine Teestube«, sagte Tweed. »Und halten Sie sich bloß fern von Irongates. Das soll ein ruhiger Besuch werden.«

»Ihr Wort in Gottes Ohr«, murmelte Paula.

Tweed und Paula stiegen wieder in ihren Wagen und fuhren weiter. Ein Blick in den Rückspiegel sagte Paula, dass der Mercedes noch immer am Straßenrand stand. Sie war wütend auf Tweed.

»Das ist keine Art, mit den Jungs zu reden«, sagte sie. »Besonders nach dem, was heute Vormittag passiert ist. Sie haben Sie vor Gott weiß was gerettet.«

»Und ich habe mich in der Park Crescent bereits ausgiebig bei ihnen dafür bedankt. So. Jetzt wären wir also in Parham.«

Tweed steuerte den Wagen durch die alte Dorfstraße und bog dann in Richtung Irongates ab. Vor dem Anwesen hielt er an. Von außen war kein Lebenszeichen zu erkennen. Das große Tor war zu.

»In dem Pfeiler an der rechten Seite ist eine Gegensprechanlage. Würde es Ihnen etwas ausmachen, rasch hinüberzugehen, um unseren Gastgeber von unserer Ankunft in Kenntnis zu setzen?«

»Natürlich nicht«, erwiderte Paula, die noch immer sauer war, schroff.

Sie stieg aus. Sie war der Meinung, dass Tweed ein unnötiges Risiko einging. Für ihren Geschmack war in letzter Zeit schon genug passiert. Erst hatte man versucht, Cord Dillon mitten in London auf offener Straße zu erschießen, und dann wäre Tweed um ein Haar vor der amerikanischen Botschaft entführt worden. Nur Gott allein wusste, was sie jetzt hier in Irongates erwartete. Am Pfeiler neben dem Tor angekommen, drückte sie auf den Klingelknopf neben der Gegensprechanlage und wartete. Nach einer Weile hörte sie eine Stimme, die sie sofort als die von Guy Strangeways erkannte.

»Wer will mich da stören?«, schnarrte der alte Offizier.

»Paula Grey. Ich bin mit Mr. Tweed hier. Wir haben eine Verabredung …«

»Reinkommen!«

»Aber das Tor ist zu.«

»Sperren Sie gefälligst Ihre Augen auf!«

Paula blickte auf das Tor und sah, dass sich dessen Flügel langsam und völlig geräuschlos nach innen bewegten. Sie ging eilig zum Wagen zurück und stieg wieder ein. Nachdem Tweed im Schritttempo auf das Grundstück gefahren war, schloss sich das Tor wieder.

»Die Angeln müssen gut geölt sein«, sagte Tweed.

Die Reifen des Fords knirschten auf dem Kies der Auffahrt, die von hohen, jegliche Sicht versperrenden Rhododendronbüschen gesäumt war. Paula verspürte einen Anflug von Klaustrophobie. Sie hatte das Gefühl, gänzlich von der Außenwelt abgeschnitten zu sein. Sie kam sich vor, als wäre sie auf dem Weg zum Kloster eines dubiosen Mönchsordens. Am Ende der sanft geschwungenen Auffahrt lag das alte dreistöckige Herrenhaus mit seinen runden Mansardenfenstern, die aussahen, als würden dahinter kleine Kanonen stehen. Das Gebäude war im neugotischen Stil aus dunklem, düster wirkendem Stein erbaut. Unter den Ecktürmchen schnitten groteske Wasserspeier ihre Grimassen.

»Strangeways war selbst an der Sprechanlage«, sagte Paula zu Tweed. »Er hat wie ein Bär mit Kopfweh geklungen. Damals, bei unserem Abendessen, hat er ganz anders auf mich gewirkt. Charmant, liebenswürdig und voller Späße.«

»Wie interessant.«

Paula merkte, dass Tweed ihr nur mit halbem Ohr zuhörte, während er angestrengt zum rechten Turm des Hauses hinaufspähte. Schließlich stellte er den Wagen vor einer breiten alten Steintreppe ab, die zu einer mit einer Balustrade versehenen Terrasse führte. Nachdem Tweed den Wagen zugesperrt hatte, blickte er abermals zu dem Turm hinauf.

»Was für ein grässliches altes Haus«, flüsterte Paula. »Hier würde ich nicht wohnen wollen.«

»Sie dürfen nicht vergessen, dass Strangeways zwanzig Jahre lang bei der Armee war, bevor er in die Wirtschaft gegangen ist. Zudem war er als Kind auf dem Internat. Wenn man so einen Hintergrund hat, schert man sich nicht viel um Geschmack oder Komfort.«

Als sie am oberen Ende der Treppe angelangt waren, öffnete sich die schwere Tür in der Mitte des Hauses. Strangeways stand in einem blauen Geschäftsanzug vor ihnen. Er war knapp einen Meter achtzig groß und hielt sich so gerade, als hätte er einen Ladestock verschluckt. Das fleischige Gesicht war gerötet. Die Nase über dem dünnlippigen Mund und dem aggressiven Kinn war gebogen wie ein Adlerschnabel. Strangeways hatte dunkle Augen, mit denn er sie Furcht einflößend anblickte. Der akkurat geschnittene Schnurrbart hatte dieselbe Farbe wie das graue Haar.

»Sie kommen zu spät«, schnauzte er Tweed an.

»Nein, wir sind pünktlich. Vielleicht geht Ihre Uhr falsch«, antwortete Tweed in mildem Ton.

»Ich lege großen Wert auf Pünktlichkeit«, sagte Strangeways mit knarrender Stimme. »Eine alte Angewohnheit aus meiner Zeit bei den Royal Guards.«

»Meine Uhr ist eine Accurist. Geht auf die Sekunde genau. So eine sollten Sie sich vielleicht auch mal zulegen«, gab Tweed im selben Ton zurück. »Aber wollen Sie uns eigentlich den ganzen Nachmittag lang hier draußen in der Kälte stehen lassen?«

»Nein, natürlich nicht. Bitte kommen Sie doch herein«, sagte ihr Gastgeber nun etwas verbindlicher. Nachdem er die Tür hinter ihnen geschlossen hatte, sagte er mit leiser Stimme: »Entschuldigen Sie bitte, aber mein missratener Sohn hat mir einen unerwarteten Besuch abgestattet. Ich werde Sie ihm vorstellen und ihm dann sagen, dass er verschwinden soll …«

Tweed und Paula folgten Strangeways über den groben Bohlenboden durch die leere Eingangshalle. Das einzige Möbelstück in dem riesigen Raum war eine hässliche Eichentruhe an einer der kahlen Wände. Strangeways führte sie in ein großes Zimmer. Links neben der Tür stand ein einfacher Tisch mit einem übergroßen Globus darauf. Darüber hing eine Weltkarte. In der Mitte des Raums befand sich ein weiterer Tisch, diesmal aus masssivem Eichenholz, um den einige unbequem aussehende Stühle mit hoher, gerader Lehne gruppiert waren. Das Innere von Irongates erinnerte Paula irgendwie an ein Gefängnis.

»Darf ich vorstellen: mein Sohn Rupert«, sagte Strangeways mit wenig Begeisterung in der Stimme.

Auf einer Couch im hinteren Teil des Raums lümmelte ein Mann um die dreißig, der einen Reitanzug trug. Die in glänzenden kniehohen Stiefeln steckenden Füße hatte er auf eine der Armlehnen der Couch abgelegt. In der rechten Hand hielt er eine Reitpeitsche, mit der er sich lässig an den Oberschenkel klopfte.

»Nimm deine verdammten Stiefel von meinem Sofa«, knurrte Strangeways. »Das hier ist Mr. Tweed, ein Freund von mir, und seine Assistentin Paula.«

Rupert ließ sich gehörig Zeit, bevor er die Füße vom Sofa nahm und aufstand. Er war schlank, vielleicht eins zweiundsiebzig groß und hatte gepflegtes, schwarzes Haar. Von seinem Vater hatte er die Adlernase und die dunklen Augen geerbt, die ihm einen lebhaften und wachen Ausdruck verliehen. Er streckte das spitze Kinn vor und musterte Paula mit unverschämten Blicken, die von ihren Beinen aufreizend langsam nach oben zu ihrem Gesicht wanderten. Paula lief es dabei eiskalt den Rücken hinunter.

»Paula, Sie gefallen mir«, sagte er. »Sie sehen nicht schlecht aus.«

»Soll das ein Kompliment sein?«

»Immer mit der Ruhe. So weit bin ich noch nicht.«

Strangeways bot Tweed, den Rupert überhaupt nicht beachtete, einen Stuhl an dem Tisch in der Mitte des Raumes an. Dann stellte er sich stocksteif hinter ihn und machte einen peinlich berührten Eindruck. Er hüstelte und blickte hinüber zu Paula.

»Ich weiß nicht, wie ich es sagen soll. Ich will auf keinen Fall unhöflich wirken …«

»… aber Sie würden es vorziehen, mit meinem Chef unter vier Augen zu sprechen«, ergänzte Paula mit einem Lächeln.

»Wenn Sie zurück in die Eingangshalle gehen, finden Sie linker Hand eine Bibliothek, meine Liebe. Falls Sie Interesse an Büchern haben, sollten Sie sich meine Sammlung nicht entgehen lassen. Ich habe sie im Lauf vieler Jahre zusammengetragen und kann wohl ohne Übertreibung sagen, dass sie ziemlich einmalig sein dürfte.«

»Es wird mir ein Vergnügen sein, dort zu warten.«

»Einen Augenblick noch«, sagte Strangeways und drückte einen altmodischen Klingelknopf neben der Tür. »Mrs. Belloc, meine Haushälterin, wird Sie mit Keksen und Tee versorgen. Welche Sorte bevorzugen Sie? Ceylon, Darjeeling oder Earl Grey? Ich muss Sie allerdings vorwarnen: Mrs. Belloc ist etwas seltsam. Unter anderem trägt sie ständig ein schwarzes Umschlagtuch über dem Kopf. Sie leistet hervorragende Arbeit, aber es ist schwer, hier in der Gegend Personal zu finden, das es länger mit ihr aushält. Ah, da ist sie ja.«

Als die Tür sich öffnete, bekam Paula einen Schrecken. Mrs. Belloc war eine kleine, kräftig gebaute Frau, die ein schwarzes Kleid trug, das ihr bis hinab zu den Knöcheln reichte. Das schwarze Umschlagtuch, von dem Strangeways gesprochen hatte, verbarg den größten Teil ihres Gesichts und ließ nur die an einen Papageienschnabel erinnernde Nase und ein Paar stechend dreinblickender Augen erkennen. Mrs. Belloc hatte eindeutig eine finstere Ausstrahlung.

»Sie haben mich gerufen, Sir?«, sagte sie zu ihrem Arbeitgeber.

Während Strangeways Mrs. Belloc sagte, sie solle Paula in der Bibliothek den Tee servieren, hörte sie nicht auf, Tweed penetrant anzustarren. Schließlich verließ sie ohne ein weiteres Wort mit Paula den Raum.

Nachdem die beiden fort waren, machte Rupert eine übertriebene Verbeugung und eilte, ohne Tweed und seinen Vater auch nur eines weiteren Blickes zu würdigen, mit einem höhnischen Lächeln auf den Lippen den Frauen hinterher.

»Verschwenden Sie doch nicht Ihre Zeit in der Bibliothek«, sagte er, als er Paula eingeholt hatte. »Machen Sie lieber einen kleinen Ausritt mit mir. Ich habe auch einen lammfrommen Gaul für Sie.«

»Ich möchte mich aber lieber in der Bibliothek umsehen. Außerdem bringt mir Mrs. Belloc meinen Tee.«

»Ich habe in meinem ganzen Leben noch kein Buch gelesen«, erwiderte Rupert kokett, während er ihr in die Bibliothek folgte.

»Es würde Ihnen vielleicht ganz gut tun, wenn Sie es einmal probieren würden«, sagte Paula.

»Ach, ich fühle mich auch ohne Bücher recht wohl.«

Sie befanden sich in einem großen, kühlen Raum, an dessen Wänden lange Regale voller Bücher standen. An einem der Regale lehnte eine fahrbare Leiter, mit deren Hilfe man an die oberen Fächer gelangen konnte. In der Mitte des Raums standen ein paar Ledersofas, die so aussahen, als hätten sie ihren Platz schon seit Generationen hier. Daneben waren Tischchen zum Ablegen der Bücher. Paula nahm ein Buch über Alexander den Großen aus dem Regal und setzte sich auf eines der Sofas. Rupert ließ sich neben ihr nieder.

»Wenn Sie so weiter machen, werden Sie Ihre Zeit mit dieser alten Schreckschraube Mrs. Belloc verbringen müssen. Dabei wäre es mit mir viel lustiger.«

»Das möchte ich bezweifeln.«

»Dann machen Sie doch, was Sie wollen«, sagte Rupert pikiert. »Stecken Sie Ihre Nase nur in ein langweiliges altes Buch! Sie wissen ja nicht, was Ihnen entgeht. Wenn Sie partout nicht reiten wollen, könnten wir ja auch ein paar Vögel schießen.«

»Dieser Vorschlag gefällt mir wiederum ganz und gar nicht.«

»Spielen Sie ruhig die Unnahbare«, sagte er und stand auf. »Ich will niemanden zu seinem Glück zwingen.«

Paula war erleichtert, dass Rupert die Bibliothek endlich verließ und die Tür hinter sich zumachte. Dann bemerkte sie an einem der Spitzbogenfenster eine Bewegung und rannte sofort hin. Draußen stand Harry Butler, der einen Finger auf die Lippen legte. Paula musste eine Weile mit dem altmodischen Riegel kämpfen, bevor es ihr gelang, das Fenster einen Spaltbreit zu öffnen.

»Was in aller Welt machen denn Sie hier?«

»Ich schleiche auf dem Grundstück herum und sehe zu, dass Tweed nichts passiert. Befehl von Newman. Wir sind mit einer ausziehbaren Leiter, die er im Kofferraum dabeihatte, über die Mauer gestiegen.«

»Sie müssen sich verstecken. Schnell! Die Haushälterin kann mir jeden Augenblick meinen Tee bringen.«

»Heben Sie mir eine Tasse auf!«, sagte Butler und verschwand.

Es gelang Paula mit Mühe, das Fenster zu schließen, bevor sie ein Geräusch hörte. Es war das Rascheln von steifem Stoff, ein Geräusch, das bereits Mrs. Bellocs Eintreten in den großen Saal vorhin begleitet hatte. Paula erstarrte. Sie hatte nicht gehört, wie die Tür aufgegangen war.

»Wenn ich Sie wäre, würde ich nichts mit ihm zu tun haben wollen«, sagte Mrs. Belloc mit harter Stimme.

Einen schrecklichen Augenblick lang dachte Paula, die Haushälterin hätte Butler bemerkt, aber dann sah sie, wie draußen vor dem Fenster Rupert auf einem großen Hengst vorbeiritt. Auf einmal riss er so heftig am Zügel, dass das Tier vorne hochstieg. Rupert blieb im Sattel und winkte Paula mit der Reitpeitsche zu, während die Vorderbeine des Pferds wieder den Boden berührten.

»Sehen Sie bloß, wie er wieder angibt«, sagte Mrs. Belloc verächtlich.

Paula drehte sich um und sah, wie die untersetzte Frau mit dem schwarzen Umschlagtuch über dem Kopf ein glänzendes Silbertablett mit Tee und Keksen auf eines der Tischchen stellte. Das Tablett sah aus, als wäre es ein Erbstück. Paula konnte sich beim besten Willen nicht vorstellen, dass Strangeways Geld für so etwas ausgab.

»Nehmen Sie Milch und Zucker in Ihren Tee?«

»Nur Milch, bitte. Das ist sehr freundlich von Ihnen, danke. Die Kekse sehen wirklich sehr lecker aus.«

Als Paula sich setzte, machte Mrs. Belloc keine Anstalten zu gehen. Sie hatte nach ihrem Eintreten die Tür geschlossen und bewegte sich jetzt nahe an Paula heran, die auf einem der Sofas saß und einen Schluck Tee nahm. Ihre großen, hässlichen Hände hatte Mrs. Belloc vor dem Bauch gefaltet, während sie Paula mit einem durchdringenden Blick anstarrte.

»Der Tee ist wunderbar«, sagte Paula. »Vielen Dank.«

»Rupert fährt häufig auf den Kontinent. Meistens nimmt er eine seiner Damen mit. Er hat einen ganzen Harem von Flittchen. Nein, das stimmt nicht ganz. Es sind keine Flittchen, sondern hochnäsige Gören aus gutem Haus, die nicht das geringste bisschen Verstand besitzen.«

»Tatsächlich?«

»Rupert geht gern in die Casinos auf dem Kontinent. Er hat dort schon ein Vermögen verspielt.«

»Vermutlich kann er es sich leisten.«

»Das weiß ich nicht. Als seine Mutter starb, hat sie ihm eine monatliche Rente hinterlassen. Sie hätte sich wohl nicht träumen lassen, was für eine Art Leben sie damit unterstützt.«

»Verstehe.«

Paula aß einen Keks. Sie achtete darauf, dass sie nicht zu viel sagte. Erstens hasste sie Klatsch, und zweitens wollte sie nicht, dass Mrs. Belloc Ruperts Vater irgendwelche despektierlichen Äußerungen ihrerseits über seinen Sohn hinterbrachte.

»Der junge Herr ist ein Jagdnarr. Hauptsächlich schießt er auf Fasane und gibt damit an, dass er mit jedem Schuss einen Vogel erlegt. So, jetzt lasse ich Sie aber in Ruhe. Ich muss hinauf in den Turm.«

»Was ist denn dort?«

»Vom Turm aus habe ich einen guten Überblick und kann beobachten, was Rupert so treibt. Ich rate Ihnen dringend, einen weiten Bogen um ihn zu machen.«

Mit diesen Worten ging sie langsam zur Tür und verließ dann die Bibliothek. Paula nahm sich einen weiteren Keks. Während sie ihn aß, gingen ihr die unterschiedlichsten Gedanken durch den Kopf. Unter anderem fragte sie sich, wie Tweed wohl mit ihrem Gastgeber vorankam.

»Wie wäre es mit einem doppelten Scotch?«, fragte Strangeways, kaum dass sie allein waren.

»Nein, danke. Ich muss noch Auto fahren.«

Strangeways ging forschen Schritts zu einem Wandschrank, wo er eine Flasche teuren Whiskys herausnahm. Als er sich davon eingoss, klirrte der Hals der Flasche gegen das Glas. Strangeways trank die Hälfte der großzügig eingeschenkten Spirituose mit einem Schluck, dann kam er zurück zum Tisch und nahm Tweed gegenüber Platz.

»So, da fühlt man sich doch gleich besser. Den habe ich richtig nötig gehabt.«

»Beunruhigt Sie etwas?«

»Mr. Tweed, wie Sie wissen, habe ich lange Jahre in den Vereinigten Staaten gelebt. Ich weiß, was da drüben vor sich geht, und kenne viele wichtige Leute dort. Heute Abend werde ich zum Beispiel mit Jefferson Morgenstern in der Stadt zu Abend essen.«

»Ist Morgenstern über irgendetwas beunruhigt?«

»Ich glaube schon. Versetzen Sie sich doch bloß mal in seine Lage! Global betrachtet, fühlen sich die Vereinigten Staaten von allen Seiten her eingekesselt. Jenseits des Pazifiks lauert China mit seinen Interkontinentalraketen und streckt seine Fühler nach Russland aus, um sich mit den dortigen Machthabern zu verbünden. So sieht die Lage für die Amerikaner im Westen aus. Im Osten haben sie es mit Europa und dem Mittleren Osten zu tun. Ich brauche nur den Iran zu erwähnen, wo die Mullahs bereits seit Jahren an der Atombombe basteln. Wenn die sich mit der Türkei verbünden, die ebenfalls auf dem besten Weg hin zu einem muslimischen Gottesstaat ist, könnten sie eines Tages ganz Europa überrennen.«

»Aber der Iran ist viele Meilen von Amerika entfernt«, gab Tweed zu bedenken und deutete auf die Weltkarte an der Wand.

»London liegt näher an der amerikanischen Ostküste als Peking an San Francisco. Und trotzdem machen sich die Amerikaner Sorgen um China.«

»Ich verstehe nicht ganz den Zusammenhang.«

»Wenn eine islamische Weltmacht sich Großbritannien einverleiben würde, dann würde aus Amerika eine isolierte Festung werden, die sowohl von Westen als auch von Osten her von Feinden bedroht wird.«

»Und wieso glauben die Amerikaner, dass so etwas passieren könnte?«, fragte Tweed.

»Weil sie die Europäische Union für ein heilloses Durcheinander halten. Da werden unzählige Nationen mit unterschiedlichen Sprachen und unterschiedlicher Geschichte, die teilweise einen unterschwelligen Hass aufeinander haben, zu einem äußerst instabilen Gebilde zusammengewürfelt. Die EU erinnert die Amerikaner an das habsburgische Österreich-Ungarn, das ein ähnlicher Vielvölkerstaat war, am Ende des Ersten Weltkriegs aber in viele kleine Einzelstaaten auseinander brach. Ein weiteres Beispiel aus der jüngeren Zeit ist Jugoslawien. Auch dort hat es ein Gemisch aus unterschiedlichen Völkern mit je eigenen Sprachen und Religionen gegeben. Nach Titos Tod ist alles wie ein Kartenhaus in sich zusammengefallen.«

»Und was ziehen die Amerikaner Ihrer Meinung nach für Schlüsse daraus?«

»Sie malen sich ein Szenario aus, in dem eine überlegene islamische Macht Westeuropa erobert. Nehmen wir doch nur einmal an, ein vereinigtes Europa würde angegriffen. Können Sie sich vorstellen, was dann in Brüssel los ist? Alles würde drunter und drüber gehen, und niemand könnte sich zu einer Entscheidung durchringen. Bis man mit dem Debattieren fertig wäre, hätten die Moslems längst den Rhein überschritten. Ich bin davon überzeugt, dass einige europäische Staaten einen etwaigen Krieg um jeden Preis vermeiden wollen würden und lieber kapitulieren.«

»Und was, meinen Sie, gedenken die Amerikaner dagegen zu tun?«

»Das weiß ich nicht, aber sie haben einen Plan. Denken Sie daran, dass Morgenstern von Geburt her Europäer ist und erst als junger Mann in die Vereinigten Staaten gegangen ist.«

»Ist der Plan, von dem Sie da sprechen, von ihm?«

»Keine Ahnung. Aber er hat enormen Einfluss in Washington.«

»Und wie sieht dieser Plan aus?«, fragte Tweed unverblümt.

»Ich sagte doch schon, dass ich das nicht weiß. Die Amerikaner haben keine Sekunde lang vergessen, dass ich Engländer bin.« Strangeways trank seinen Whisky aus. »Aus diesem Grund vertrauen sie mir nicht.«

»Dafür wissen Sie aber ziemlich gut Bescheid.«

»Ich weiß eben, wie die Amerikaner denken. Und wie steht es mit Ihnen? Haben Sie eine Ahnung, was vor sich geht?«

»Eigentlich nicht«, antwortete Tweed ausweichend.

»Mir ist bekannt, dass die Amerikaner große Stücke auf Sie halten, Tweed«, sagte Strangeways beiläufig und starrte dabei an die Wand. In der rechten Hand drehte er nachdenklich das leere Glas. Tweed meinte, eine seltsame Verschlagenheit an seinem Gastgeber zu entdecken, die ihm bislang noch nie aufgefallen war.

»Und wieso soll das so sein?«, fragte Tweed.

»Auf der anderen Seite des Atlantiks weiß man es zu schätzen, dass Sie die Dinge global sehen. Außerdem bewundert man das, was Sie in der Vergangenheit getan haben. Am meisten aber gefällt den Amerikanern, dass Sie kein Politiker sind. Morgenstern hat einmal über Sie gesagt, Sie hätten das Zeug zu einem echten Staatsmann.«

»Nett von ihm. Sind Sie persönlich eigentlich mit dem, was da offenbar gerade passiert, einverstanden?«

»Es ist eine verteufelte Sache, aber ich kann mich nicht entscheiden. Die Welt verändert sich von Tag zu Tag. Die jetzige Situation ist in der Vergangenheit ohne Beispiel.«

»Weshalb genau haben Sie mich eigentlich um dieses Treffen gebeten, Guy? Ich darf Sie doch Guy nennen?«

»Selbstverständlich. Nun, ich hatte einfach das Bedürfnis, Ihnen meine Gedanken mitzuteilen, um Ihre Meinung dazu zu hören. Na ja, ich glaube, ich brauche jetzt erst noch mal einen Whisky.«

»Ich hoffe, Sie sind mir nicht böse«, sagte Tweed und sah auf die Uhr, »aber ich muss bald wieder aufbrechen.«

Er sah sich in dem kühlen, ungemütlichen Raum um. Es war, wie gesagt, das typische Zimmer eines alten Militärs, der seine Jugend auf einem strengen Internat verbracht hatte. Hier herrschte eine Atmosphäre der Ruhelosigkeit, die Tweed nicht mochte und die ohne Zweifel von seinem Gastgeber ausging. Er fühlte sich außerdem höchst beunruhigt, wusste aber nicht genau, weshalb.

»Tut mir Leid, Tweed«, sagte Strangeways, als er mit einem frisch gefüllten Glas zurück an den Tisch kam. »Ich habe Sie mit meinen Bedenken überschüttet. Das ist sonst gar nicht meine Art.«

»Warum glauben Sie, dass unser Premierminister ermordet wurde?«, fragte Tweed unvermittelt.

Strangeways, der sich gerade gesetzt hatte, erstarrte. Dann begann er mit der Hand, in der er das Glas hielt, stark zu zittern. Mit einem grimmig entschlossenen Gesichtsausdruck stand er wieder auf.

»Das war eine schlimme Sache«, sagte er und nahm einen tiefen Schluck. »Aber ich will Sie nicht länger aufhalten.«

Strangeways geleitete Tweed hinaus in die düstere Eingangshalle und führte ihn in die Bibliothek. Paula blickte von ihrem Buch auf und lächelte.

»Ich habe die Ruhe hier sehr genossen.«

»Dann hat Rupert Sie also nicht belästigt?«

»Überhaupt nicht.«

Paula stand auf und stellte das Buch behutsam zurück ins Regal, was Strangeways sichtlich gefiel.

»Wissen Sie was?«, sagte er. »Sie sind die Erste, die ihr Buch nicht einfach auf einem der Tischchen liegen lässt. Tja, Tweed will jetzt gehen ...«

Als die drei durch die Eingangshalle gingen, wurde auf einmal die Haustür aufgerissen, und Rupert kam herein. Die Reitpeitsche gegen seinen Oberschenkel klatschend, blieb er unmittelbar vor Tweed stehen und starrte ihn an.

»Ich kenne Sie nicht.«

»Stimmt«, antwortete Tweed kurz angebunden.

»Aber ich will mich von der bezaubernden Paula verabschieden.«

»Geh nach oben auf dein Zimmer«, fauchte Strangeways ihn an.

»Dein Wunsch ist mir Befehl.«

Paula sah Rupert nach, wie er die breite, geschwungene Treppe hinaufstieg und dabei seine Reitpeitsche in der Luft herumwirbelte wie die amerikanischen Majoretten, die bei den Paraden vor großen Sportveranstaltungen allerlei Kunststücke mit ihren *bâtons* vollführen. Ein sportlicher Typ, dachte sie. Dann warf Rupert die Peitsche in die Luft und fing sie hinter seinem Rücken mit der anderen Hand wieder auf. Und gute Reflexe hat er auch.

»Ich rufe Sie an«, rief er zu Paula hinunter. »Wir könnten ja mal in London zu Abend essen.«

Paula gab keine Antwort. Strangeways blickte böse hinauf zu seinem Sohn, der aber bereits verschwunden war. Die Haustür, durch die Rupert hereingestürmt war, stand immer noch offen. Nachdem Paula ihrem Gastgeber gedankt hatte, verließen sie und

Tweed das Haus. Auf der Terrasse drehte Tweed sich noch einmal um.

»Viel Spaß bei Ihrem Abendessen mit Morgenstern«, sagte er.

Strangeways erwiderte nichts und schloss mit einem kurzen Nicken die Tür. Am unteren Ende der Treppe blieb Tweed stehen und blickte zu dem rechten Turm hinauf, bevor er sich hinter das Lenkrad seines Wagens setzte.

»Jemand beobachtet uns«, sagte er.

»Ich weiß. Das ist Mrs. Belloc, die sich davon überzeugen will, dass wir auch wirklich fahren. Ich bin übrigens froh, von hier wegzukommen. Das Haus ist mir unheimlich.«

7

Auf dem Weg durch Parham sah Tweed Newmans Mercedes, der vor einer Teestube geparkt war. Newman kam gerade zusammen mit Nield aus dem Lokal, und Paula bemerkte zu ihrer großen Erleichterung, dass auch Butler bei ihnen war. Während der Rückfahrt sagte Tweed, er werde ihr über das Gespräch mit Strangeways berichten, wenn sie wieder zurück in London seien, woraufhin Paula beschloss, ihm vorerst auch nichts von ihrer Begegnung mit Rupert zu erzählen.

Es war trocken, aber bitterkalt, als Tweed seinen Wagen abstellte und zusammen mit Paula in das Gebäude des SIS ging. George, der ihnen die Tür geöffnet hatte, deutete auf den Warteraum.

»Sie werden nie erraten, wer da drinnen auf Sie wartet.«

»Dann versuche ich es am besten gar nicht erst.«

Newman und Nield, die kurz nach Tweed angekommen waren, gingen gerade die Treppe hinauf.

»Marler ist oben. Er wartet auf Sie«, rief George ihnen nach.

Butler machte keine Anstalten, den beiden anderen nach oben zu folgen. »Ich muss noch rasch zu den Eierköpfen«, sagte er und steuerte die Tür zum Keller an. »Die brüten gerade ein neues Spielzeug für Marler aus.«

»Nun sagen Sie schon, wer da drinnen ist, George«, sagte Tweed, nachdem die drei verschwunden waren und er allein mit Paula und dem Wachmann in der Eingangshalle war.

»Chief Inspector Roy Buchanan«, sagte George. »Er wartet schon seit einer Stunde. Und wissen Sie, was er zu mir gesagt hat?«

»Spucken Sie's schon aus!«

»Wenn jemand von der Metropolitan Police für ihn anruft, soll ich sagen, ich hätte ihn nicht gesehen.«

»Hat er tatsächlich den Ausdruck ›Metropolitan Police‹ gebraucht?«, fragte Tweed ungläubig.

»Wortwörtlich.«

Tweed und Paula betraten den Warteraum. »Tut mir Leid, dass ich Sie so lange habe warten lassen, Roy«, sagte Tweed zu Buchanan. »Sie hätten mich vorher anrufen sollen.«

»Das habe ich absichtlich nicht getan. Es könnte sein, dass ich eine Wanze in meinem Büro habe.«

Paula starrte den Besucher an. Normalerweise legte Buchanan ein lässiges, fast sarkastisches Benehmen an den Tag, aber jetzt sah er aus wie ein Mann, der unter starkem Druck stand. Unwillkürlich musste sie daran denken, dass auch Guy Strangeways sich von einem liebenswürdigen Gesellschaftsmenschen in ein angespanntes Nervenbündel verwandelt hatte. In Irongates war er ihr so vorgekommen, als trüge er eine kaum mehr auszuhaltende Last auf seinen Schultern. Was um alles in der Welt war nur mit diesen beiden Männern geschehen?

»Roy«, sagte Tweed forsch, »oben in meinem Büro sind Newman, Nield und Marler. Und natürlich Monica. Wäre es Ihnen lieber, wenn sie nicht hören, was Sie mir zu sagen haben?«

»Nein, sie sollen es sogar hören. Denn ihnen kann man wenigstens vertrauen.«

Als sie alle miteinander in Tweeds Büro waren, fragte Monica, ob sie Kaffee machen solle. Buchanan nahm das Angebot dankbar an. Paula spürte, dass auch Monica die merkwürdige Veränderung des Chief Inspector aufgefallen zu sein schien. Normalerweise lehnte sich ihr Gast genüsslich in einem der Sessel zurück, jetzt aber hockte er stocksteif da.

»Dann schießen Sie mal los, Roy«, sagte Tweed.

»Etwas Schreckliches geht in diesem Land vor sich«, begann Buchanan. »Es ist, als ob ein riesiger Oktopus seine Tentakel nach allen Führungspositionen ausstrecken würde. Ich zum Beispiel wurde aufgefordert, die Amerikaner in Ruhe zu lassen.«

»Inwieweit?«, fragte Tweed.

»Zunächst einmal darf ich die Vorfälle in der Albemarle Street nicht mehr weiter untersuchen. Angeblich gibt es keine Zeugen ...«

»Aber das ist doch Humbug!«, sagte Paula aufgebracht. »Ich beispielsweise bin eine Zeugin – falls Tweed mich aussagen lässt. Allerdings dürfte ich nicht die Identität des Mannes preisgeben, auf den geschossen wurde.«

»Ich weiß, dass es Cord Dillon war, der frühere Stellvertretende Direktor der CIA«, sagte der Chief Inspector. »Tweed hat es mir am Telefon erzählt. Ich vermute mal, dass Sie Dillon irgendwo versteckt halten. Außer Ihnen gibt es leider keine weiteren Zeugen.«

»Die Straße war leer«, sagte Paula vehement. »Außerdem war es eine eiskalte Nacht, und das Ganze ist nach zehn Uhr abends passiert. Da ist es nicht verwunderlich, dass niemand den Schuss gehört hat.«

»Als Nächstes hat man mir nahe gelegt, den Bericht über den Unfall mit dem Lincoln Continental verschwinden zu lassen, den Newman mit dem Geländewagen gerammt hat. Wieder hieß es, ich solle die Amerikaner nicht belästigen.«

»Wer hat das von Ihnen verlangt?«, fragte Tweed.

»Der Commissioner höchstpersönlich. Er hat mich heute Vormittag in sein Büro rufen lassen. Zu einem Gespräch unter vier Augen. Er war geradezu kleinlaut und hat sich fast für sein Ansinnen entschuldigt. In letzter Zeit mehren sich die Gerüchte, dass er abgelöst werden soll. Und dabei gibt es im ganzen Land keinen besseren Mann für seinen Job.«

»Hat er mit sich reden lassen?«, fragte Tweed.

»Eigentlich nicht. Aber als er mich zur Tür brachte, hat er zu mir gesagt: ›Sie müssen sich Ihr eigenes Urteil bilden.‹«

Das Telefon klingelte. Monica, die Buchanan gerade eine Tasse Kaffee gebracht hatte, hob den Hörer ab. Sie hörte kurz zu und blickte dann hinüber zu Tweed.

»Tut mir Leid, dass ich Sie unterbrechen muss, aber Butler ruft aus dem Keller an. Er sagt, es sei dringend.«

»Was ist los, Harry?«, fragte Tweed, nachdem er seinen eigenen Hörer abgehoben hatte.

»Ich muss Ihnen ein Geständnis machen«, sagte Butler. »Als Sie in Irongates waren, bin ich mit einer ausziehbaren Leiter über die Mauer geklettert. Ich wollte mich vergewissern, dass mit Ihnen alles in Ordnung ist. Danach habe ich mich noch ein bisschen auf dem Grundstück umgesehen und dabei eine große Garage gefunden. Sie war mit einem Vorhängeschloss versperrt, aber der Schlitz zwischen den beiden alten Torflügeln war so breit, dass ich mit der Taschenlampe hineinleuchten konnte. Drinnen war der Chrysler, mit dem man Sie vor der amerikanischen Botschaft entführen wollte.«

»Sind Sie sich da sicher?«

»Absolut. Ich hatte mir die Nummer gemerkt.«

»Gut gemacht, Butler. Diese Information bringt uns sicherlich weiter.«

Tweed legte auf und wandte sich an Buchanan. Er erzählte ihm, dass er am Vormittag um ein Haar entführt worden sei und dass Butler den Wagen der Entführer auf Guy Strangeways' Grundstück entdeckt habe. Während Buchanan ihm zuhörte, hellte sich seine Miene zusehends auf. Nachdem Tweed fertig war, ließ er sich entspannt in seinen Sessel zurücksinken.

»Jetzt habe ich endlich etwas Konkretes in der Hand. Versuchte Entführung ist ein Kapitalverbrechen. Und falls Sie Ihre Leute aussagen lassen, Tweed, habe ich sogar mehrere Augenzeugen dafür. Newman und Butler würden vollauf genügen.«

»Geht in Ordnung«, sagte Tweed.

»Können Sie den SIS aus der Sache heraushalten?«, fragte Marler.

»Natürlich. Newman würde einen idealen Zeugen abgeben«, erklärte Buchanan. »Er ist schließlich einer der bekanntesten Auslandskorrespondenten der Welt. Und Butler arbeitet für die General & Cumbria Assurance, für die Tweed ja offiziell als Leitender Ermittler tätig ist. Und irgendwie passt es auch, dass die Versicherung prominente Persönlichkeiten für den Entführungsfall versichert. Ein guter Anwalt könnte mit dem, was wir haben, plausibel machen, dass einer von Tweeds Versicherungsnehmern sich in unmittelbarer Gefahr befindet, gekidnappt zu werden.«

»Können Sie sich eigentlich erklären, weshalb der Premierminister ermordet wurde?«, fragte Tweed aus heiterem Himmel.

»Nein, überhaupt nicht.«

»Aber ich. Es war bekannt, wer eigentlich sein Nachfolger werden sollte, aber diesmal haben Kabinett und Parlament rebelliert und einen anderen gewählt. Einen Mann, der offenbar neutral ist. Wer immer für das Attentat bezahlt hat, wollte damit wohl erreichen, dass der ursprünglich designierte Nachfolger nicht neuer Premierminister wird.«

»Scharfsinnig beobachtet«, sagte Buchanan. »Übrigens hat sich Interpol vor Kurzem an mich gewandt und behauptet, den Namen des Attentäters zu kennen.«

»Und wen haben sie präsentiert?«, fragte Marler dazwischen.

»Mir ist schon klar, warum ausgerechnet Sie das fragen. Wenn jemand den Bastard tatsächlich dingfest machen sollte, dann werden Sie das sein. Interpol hat mir auf meine Nachfrage lediglich mitgeteilt, dass der Täter ›das Phantom‹ genannt wird und dass er mit ziemlicher Sicherheit auch den Deutschen Keller und den französischen Minister getötet hat. Angeblich soll das Phantom ein Engländer sein, aber Interpol hat mich ausdrücklich darauf hingewiesen, dass es sich dabei um nichts weiter als ein Gerücht handelt.«

»Also, was machen wir jetzt mit dem Chrysler?«, drängte Tweed. »Wo Sie doch die Amerikaner in Ruhe lassen sollen.«

»Das ist mir egal. Ich besorge mir einen Durchsuchungsbefehl für Irongates und schaue mir die Garage an. Wenn man mich dafür absägt, kann ich auch nichts machen. So, dann werde ich jetzt aufbrechen. Ich muss meine Leute nach Parham schicken.«

»Aber seien Sie vorsichtig«, warnte Tweed.

»Das bin ich schon seit Jahren«, sagte Buchanan. Er stand auf und nahm seinen Mantel von dem Haken neben der Tür. »Und vielen Dank für den Kaffee, Monica. Ihrer ist der beste in ganz London.«

Mit einer Hand an der Tür drehte er sich noch einmal um und bedachte alle im Raum mit einem schiefen Grinsen.

»Nehmen Sie sich bloß kein Beispiel an mir. Sonst bringen Sie sich noch in die größten Schwierigkeiten ...«

»Jetzt ist er wieder der Alte«, sagte Paula, nachdem Buchanan gegangen war. »Das hat wohl der Kaffee bewirkt.«

»Und dass wir ihm etwas gegeben haben, woran er sich halten kann«, ergänzte Tweed.

»Übrigens, ich habe heute in aller Früh einen Anruf bekommen«, verkündete Newman. »Bei mir zu Hause.«

»Nun reden Sie schon«, sagte Paula. »Sie machen schon wieder so ein selbstzufriedenes Gesicht.«

»Sharon Mandeville möchte morgen mit mir zu Abend essen. Woher sie meine Privatnummer hat, ist mir schleierhaft, weil sie ja nicht im Telefonbuch steht. Sharon hat das Santorini's vorgeschlagen, das neue Lokal an der Themse.«

»Und, haben Sie zugesagt?«

»Ja. Ich habe mir gedacht, dass ich sie bei dieser Gelegenheit ja ein bisschen aushorchen kann.«

»Verstehe. Und das hinreißende Foto von ihr, das neulich hier im Umlauf war, hatte vermutlich nicht das Geringste mit Ihrer Entscheidung zu tun.«

»Es sieht so aus«, sagte Tweed nachdenklich, »als ob Sharon von Amerika die Schnauze voll hat. Sie will sich wahrscheinlich hier in England niederlassen. Immerhin hat sie schon ein Haus in

Dorset gekauft. Es wäre gut möglich, dass sie sich hier einen Freundeskreis aufbauen will.«

»Das mit dem Haus kann ich anhand meiner Recherchen bestätigen«, sagte Monica. »Es ist ein kleines Herrenhaus in Dorset.«

»Damit wäre meine Hypothese ja untermauert«, sagte Tweed.

»Ich muss mich langsam auf die Socken machen«, sagte Newman und stand auf. »Ich möchte noch nach Hause gehen und mich ein wenig ausruhen, damit ich meine fünf Sinne beeinander habe, wenn ich mich heute Abend mit dieser Kröte Basil Windermere treffe.«

»Denken Sie bei Ihren Ausgaben an morgen Abend«, sagte Paula grinsend. »Das Essen in Santorini's könnte Sie ein kleines Vermögen kosten. Ms. Mandeville zur Freundin zu haben ist bestimmt ein teures Vergnügen. Gut, dass Sie sich das leisten können.« Sie konnte es nicht lassen, Newman aufzuziehen.

»Ich verschwinde jetzt lieber. Paula hat mich wieder mal auf dem Kieker.«

Als Newman gerade zur Tür ging, kam Butler herein. Er trug eine Pappschachtel mit einer rosa Schleife unter dem Arm, die er sofort Marler reichte.

»Sie funktionieren«, sagte er.

»Was funktioniert?«, fragte Newman.

»Seien Sie nicht so neugierig«, sagte Butler.

»Warten Sie, ich komme mit, Bob«, sagte Marler zu Newman.

Auf dem Weg nach unten schärfte Newman Marler, der sich die Schachtel unter den Arm geklemmt hatte, noch einmal ein, dass Windermere ihn auf keinen Fall erkennen dürfe.

In der amerikanischen Botschaft stand in einem großen Raum, dessen Fenster direkt hinaus auf den Grosvenor Square blickten, ein langer Konferenztisch, an dessen Kopfende ein Mann namens Jake Ronstadt saß. Obwohl er nur einsdreiundsechzig groß war, dominierte Ronstadt aufgrund seiner starken Persönlichkeit die acht Amerikaner, die an den beiden Längsseiten des Tisches saßen, vollkommen. Ronstadt hatte einen großen Schädel, einen dünnen Mund, eine kurze, dicke Nase und einen mächtigen Unterkiefer. Er war glatt rasiert. Während er die Männer einzeln mit eiskalten, furchteinflößenden Blicken musterte, mischte er unablässig ein Kartenspiel.

»Für das viele Geld, das ihr verdient, müsst ihr Burschen schon noch einen Zahn zulegen«, sagte er knurrend. »Muss ich hier denn wirklich alles allein machen? Neulich hat mir so ein Typ Informationen über Strangeways angeboten. Er wollte fünftausend Dollar dafür, und jetzt liegt er am Grund der Themse. Ist euch klar, was ich damit sagen will?«

»Ja, Jake«, kam es fast gleichzeitig aus allen acht Mündern. Es war ein Chor, dem man die Furcht, die seine Mitglieder beherrschte, deutlich anmerken konnte.

Jake fuhr fort, die Karten zu mischen. Obwohl niemand ihn je Karten spielen gesehen hatte, war das Mischen längst zu seinem Markenzeichen geworden. Es war eine Marotte, ein Teil seiner Persönlichkeit. Ronstadt sprach mit einem Akzent, der seine Herkunft aus den ärmeren Stadtvierteln New Yorks nicht verleugnen konnte. Er hatte eine tiefe, polternde Stimme und machte lange Pausen zwischen den einzelnen Wörtern, Weshalb er so klang, als spräche er zu einer Versammlung von Vollidioten. Alle seine Untergebenen trugen schwarze englische Geschäftsanzüge, während Jake selbst in Lederhose und lederne Windjacke gekleidet war.

»Charlie sagt, dass die Operation zu langsam vorangeht.«

»Wer ist eigentlich dieser Charlie?«, fragte Diamond Waltz.

»Mein lieber Hank«, sagte Jake und hielt kurz inne. »Du hast da gerade irgendwie die falsche Frage gestellt. Wie kalt meinst du wohl, dass das Wasser am Grund der Themse ist?«

»Entschuldigung, Jake.« Der glatzköpfige Waltz zitterte vor Furcht. »Tut mir wirklich Leid, dass ich einen Fehler gemacht habe. Es soll nicht wieder vorkommen.«

»Ich bezahle euch nicht dafür, dass ihr Fehler macht. Also halt in Zukunft deine gottverdammte Klappe, Glatzkopf, wenn dir dein Leben lieb ist.«

»Arbeitet eigentlich Chuck noch immer mit uns zusammen?«,

fragte ein anderer Mann. »Ich möchte nur wissen, woran ich bin.«

»Chuck Venacki wurde nicht zu unserem heutigen Treffen gebeten«, antwortete Ronstadt knapp. »Also, ihr teilt alles, was ihr herausfindet, ausschließlich mir mit. Hier sind eure Ziele.«

Ronstadt stand auf und hielt ein Bündel Papiere in die Höhe. Dann ging er langsam um den Tisch herum und legte vor jeden der Männer, die sichtlich nervös waren, wenn er hinter ihnen stand, ein Blatt Papier auf den Tisch. Auf den Blättern stand nichts außer ein paar mit Schreibmaschine getippte Namen und Adressen. Kein Briefkopf oder irgendein anderes Zeichen wies darauf hin, dass die Papiere aus der amerikanischen Botschaft stammten. Nachdem Ronstadt alle Blätter verteilt hatte, ging er zurück zu seinem Stuhl, setzte sich und griff wieder nach den Spielkarten.

»Jeder von euch hat nun ein Blatt mit mehreren Namen vor sich. Eure Aufgabe ist es, so viel belastendes Material wie möglich über diese Leute zu sammeln, die allesamt prominente englische Staatsbürger sind. Glatzkopf, der erste Name auf deiner Liste ist besonders wichtig.«

»Paula Grey.«

»Ist denn das die Möglichkeit? Du kannst ja lesen! Wunderbar. Die Frau bekommt eine Spezialbehandlung. Und zwar so rasch wie möglich.«

»Soll ich sie vorher zum Sprechen bringen?«, fragte Waltz begierig.

»Natürlich. Aber dann ab in den Fluss mit ihr. Charlie meint, dass es ihrem Boss einen schweren Schlag versetzen wird, wenn man ihre Leiche aus dem Wasser fischt.«

»Ihre Adresse in Fulham steht ja auf dem Blatt. Sieht ganz nach einem leichten Job aus«, sagte Waltz.

»Nichts ist leicht in unserem Geschäft«, entgegnete Ronstadt und hob zur Warnung seinen dicken Zeigefinger. Dann blickte er jedem Einzelnen am Tisch in die Augen. »Ich habe euch alle dazu ausgebildet, wie man schmutzige Dinge über eine Person ausgräbt. Ganz gleich, ob einer Spielschulden hat, seine Frau betrügt, ein Perversling oder bestechlich ist. Wir brauchen alles, was als Druckmittel gegen diese Leute verwendet werden kann. Schließlich wollen wir, dass sie nach unserer Pfeife tanzen, wenn es mal so weit ist. So, jetzt habt ihr alle eure Namen und Adressen. Ist damit alles okay?«

»Alles okay, Boss«, sagte ein dünner Mann mit hartem Gesicht, der gleich neben Ronstadt saß.

»Nein, es ist noch nicht alles okay, Vernon, du Dämlack!«, fauchte Ronstadt. »Wie wollt ihr die Zielperson denn erkennen?« Mit diesen Worten schob er dem Mann einen dicken Umschlag zu. »Ich sehe nicht ein, wieso ich noch einmal um diesen Tisch wandern soll. In dem Umschlag sind kleinere Umschläge, für jeden der Herren einer. Darin findet ihr Fotos von euren Zielpersonen. Also steh gefälligst auf, Vernon, und verteile die Umschläge an deine Kollegen.«

Während Vernon den großen Umschlag öffnete und den anderen die für sie bestimmten Bilder brachte, lehnte sich Ronstadt in seinem Stuhl zurück und mischte wieder die Karten. Als Hank Waltz seinen Umschlag bekam, öffnete er ihn und besah sich die darin enthaltenen Fotos.

»Darf ich was fragen, Boss?«, sagte er mit nervöser Stimme.

»Wenn's sein muss.«

»In meinem Umschlag fehlt das Foto von der Frau.«

»Dann haben unsere Leute eben kein Bild von der Tussi machen können. Du wirst sie schon ohne Foto finden müssen.«

»Geht in Ordnung, Boss. Wenn ich sie habe, könnte ich sie in das alte Lagerhaus in der Eagle Street unten im East End bringen. Vernon hat es mir gezeigt, als wir neulich im Eurostar dran vorbeigefahren sind.«

»Die Idee ist bestimmt nicht auf deinem Mist gewachsen, aber sie klingt nicht schlecht. Dort wird niemand sie schreien hören.«

»Paula, wir haben einen stressigen Arbeitstag hinter uns«, sagte Tweed, während er sich aus seinem Drehstuhl erhob. »Hätten Sie nicht Lust, mit mir zusammen ins Goodfellows zu gehen?«

»Prima Idee. Ich würde gern mal wieder einen trinken gehen – und Bob und Marler sind ja heute Abend mit diesem Windermere unterwegs. Ich will nur schnell nach Hause und mir etwas anderes anziehen.«

»Tja«, sagte Tweed, »Gott sei Dank habe ich mir schon für unser Treffen mit Strangeways einen guten Anzug angezogen.«

Nachdem Paula gegangen war, blickte er hinüber zu Monica, die gerade telefonierte und sich dabei Notizen machte. Nach einer Weile legte sie auf und nickte zufrieden.

»Ich habe gerade mit einer Kontaktperson in Washington gesprochen«, erklärte sie. »Für eines meiner Dossiers.«

»Ich hätte in diesem Zusammenhang noch eine kleine Zusatzaufgabe für Sie, Monica. Könnten Sie vielleicht darauf achten, ob bei Ihren Recherchen ein Charlie oder Charles auftaucht?«

»Engländer oder Amerikaner?«

»Könnte beides infrage kommen. Ich habe den Namen gehört, als ich in der amerikanischen Botschaft am Telefon ein Stück einer Unterhaltung mitbekommen habe. Dieser Charlie könnte die Schlüsselfigur für das sein, was hier vorgeht.«

»Und was wäre das?«

»Da bin ich mir noch nicht sicher, aber ich befürchte, dass es sich um eine gigantische Verschwörung zum Schaden dieses Landes handelt. Das mit Charlie kann aber auch bis morgen warten. Gehen Sie jetzt nach Hause und ruhen Sie sich ein bisschen aus.«

»Ach, das braucht's nicht. Mein Adrenalinspiegel ist noch viel zu hoch. Genießen Sie Ihren Abend im Goodfellows. Ich habe gehört, dass das ein sehr gepflegtes Lokal sein soll. Und ein sehr teures dazu. Paula wird es gefallen.«

»Ich hoffe bloß, dass sie mir nicht böse ist, wenn sie die Klientel sieht, die dort verkehrt.«

»Wieso sollte sie böse sein?«

»Weil das Goodfellows bei gewissen Amerikanern gerade schwer in Mode ist.«

Paula parkte ihren Wagen in einer Sackgasse neben der Fulham Road. Glücklicherweise hatte sie eine Wohnung mit eigenem Abstellplatz, sodass sie nicht lange nach einem Parkplatz suchen musste. Sie bewohnte den oberen Teil eines kleinen, eleganten Hauses, das in zwei Wohnungen aufgeteilt worden war.

Kurz vor der Haustür fielen ihr die Autoschlüssel aus der Hand. Leise fluchend bückte sie sich, um sie vom Kopfsteinpflaster aufzuheben, und strich sich dann, nachdem sie sich wieder aufgerichtet hatte, das glänzende dunkle Haar glatt. Dann eilte sie die außen liegende Treppe hinauf und blieb im Licht einer an der Hauswand angebrachten Lampe stehen, um ihre Wohnungsschlüssel aus der Handtasche zu nehmen.

Auf der anderen Seite der Fulham Road stand ein Mann im Schatten eines Hauseingangs. Es war Diamond Waltz, der wegen des Borsalino-Huts, den er auf dem kahlen Kopf trug, wie eine Ganovenkarikatur wirkte. Die Kopfbedeckung, deren breite Krempe sich der Amerikaner tief ins Gesicht gezogen hatte, diente ihm teilweise als Verkleidung, teilweise als Schutz gegen die bittere Kälte.

»Hab ich dich, Paula Grey«, murmelte Waltz. »Tja, die letzten paar Stunden deines Lebens werden dir nicht allzu sehr gefallen. Obwohl du sie mit mir verbringen wirst.«

8

»Hallo, alter Knabe!«, rief Basil Windermere quer durch den Raum.

Newman, der soeben die Kellerbar betreten hatte, beantwortete den Gruß mit einem Winken. Windermere saß auf einem Barhocker am Tresen. Während Newman langsam auf ihn zuging, betrachtete er die Pärchen, die an den kleinen Tischen zu Abend aßen. Kein Marler weit und breit. Aber halt, da saß er ja, zusammen mit einer jungen Frau!

Um ein Haar hätte nicht einmal ich ihn erkannt, dachte Newman. Marler trug ein dunkles Jackett mit Samtkragen und eine große Hornbrille. Die Brille macht's, dachte Newman, der Marler noch nie zuvor mit Augengläsern gesehen hatte. Aus irgendeinem Grund hatte Marler seinen Regenmantel nicht an die Garderobe gehängt, sondern zusammengefaltet über einen leeren Stuhl gelegt.

»Ich habe gerade meinen ersten Drink geleert«, sagte Windermere, als Newman auf den Barhocker neben ihm kletterte.

Windermere trug eine getupfte Fliege, ein rosa Hemd und einen Glencheck-Anzug. Obwohl die Zusammenstellung eigentlich furchtbar geschmacklos war, wirkte sie doch irgendwie elegant. Windermere legte wie immer viel Wert auf seine äußere Erscheinung.

»Können Sie es noch ein paar Minuten aushalten?«, fragte Windermere.

»Aushalten?«

»Ohne was zu trinken, meine ich. Heute ist es mir hier nämlich viel zu ruhig. Ich würde dafür plädieren, dass wir ins Goodfellows auf der anderen Straßenseite gehen. Da tobt bestimmt das Leben.«

»Mit Leben meinen Sie wohl begüterte Frauen.«

»So kann man's auch ausdrücken, altes Haus.«

»Dann gehen wir meinetwegen«, sagte Newman mit absichtlich lauter Stimme.

»Und zwar stante pede, wie mein Freund Rupert sagen würde.«

Newman sah, wie Marler sich über den Tisch beugte und leise mit seiner Begleiterin sprach.

Marler zog einen Fünfzigpfundschein aus seiner Brieftasche und gab ihn der Frau neben ihm. »Tut mir Leid, aber ich habe dir ja gesagt, dass ich vielleicht nur Zeit für einen kurzen Drink haben werde«, sagte er. »Mein Piepser hat sich gerade gemeldet. Ich muss sofort zurück ins Büro.«

»Ich habe ihn gar nicht gehört.«

»Das solltest du auch nicht. Vibrationsalarm. Ich rufe dich an.«

»Nicht nötig. Oh, du hast ja nicht mal aufgegessen …« Die Frau sprach längst ins Leere.

Newman, der das Gespräch mit halbem Ohr mitbekommen hatte, glitt von seinem Barhocker und folgte Windermere, der bereits auf dem Weg nach draußen war. Marler schob sich an Newman vorbei, als ob er ihn nicht kennen würde, und streifte sich im Gehen den Mantel über.

Draußen auf der Straße war es bitterkalt. Als Marler Windermere hinterherblickte, bemerkte er in einiger Entfernung einen kleinen Mann, der einen alten Schlapphut und eine schäbige Windjacke trug und so tat, als würde er in einer Aschentonne herumwühlen. Es war Kurt Schwarz, das »Ohr«. Marler trat zurück in den Eingang der Bar und sah, wie der kleine Mann sich in Bewegung setzte, um dann in erstaunlichem Tempo an ihm vorbeizuschlurfen. Verblüfft stellte Marler fest, dass Schwarz offenbar Basil Windermere verfolgte.

»Ich habe den Eindruck, dass fast nur Amerikaner hier im Lokal sind«, flüsterte Paula.

Sie und Tweed hatten gerade den luxuriös ausgestatteten Goodfellows-Club betreten. Dicke Kristalllüster hingen an der Decke, und an jedem Tisch gab es zusätzlich eine kleine Lampe in Form einer teuren, geschmackvollen Vase mit rosafarbenem Stoffschirm. Die meisten Tische waren besetzt, und lebhaftes Geplauder mischte sich mit dem Klingen von Gläsern.

»Wir haben auf den Namen Tweed reserviert«, sagte Tweed zum Oberkellner.

»Dort drüben am Fenster, bitte. Sie werden mit dem Tisch zufrieden sein.«

Paula setzte sich so, dass sie einen guten Blick auf die Bar hatte, die aus poliertem Mahagoni war. Sie war froh, dass sie noch einmal nach Hause gefahren war und sich umgezogen hatte. Fast alle der anwesenden Männer trugen Abendanzüge mit schwarzen Krawatten oder elegante Geschäftsanzüge, während sich die Frauen dermaßen in Schale geworfen hatten, dass Paula in ihrem blauen Kleid mit dem hohen Kragen und dem dünnen Goldgürtel um die Hüfte nicht weiter auffiel.

»Ich dachte, wir wären hier, um uns zu entspannen«, sagte sie.

»Das will ich doch meinen«, entgegnete Tweed und blickte von der Speisekarte auf.

»Wie gesagt, das Restaurant hier ist voller Amerikaner. Da drüben an der Bar sitzt zum Beispiel der reizende Ed Osborne. Sie haben mich nur hierher gebracht, um zu sehen, wer sich alles in der Stadt rumtreibt.«

»Muss ich mich jetzt bei Ihnen entschuldigen?«

»Natürlich nicht«, sagte Paula und schüttelte leicht den Kopf. »Tut mir Leid, dass ich das gesagt habe. Wir müssen schließlich unseren Job machen.«

»Und dafür haben wir möglicherweise nicht mehr viel Zeit.«

Tweed wandte sich wieder der Speisekarte zu und blätterte durch die ledergebundene Mappe, bis er die Weinliste gefunden hatte. Als der Kellner an ihren Tisch kam, bestellte Paula einen trockenen Martini und Tweed ein Glas französischen Weißwein. Paula ließ den Blick abermals hinüber zur Bar wandern.

»Schauen Sie doch mal bei Gelegenheit ans hintere Ende des Tresens«, sagte sie zu Tweed. »Osborne spricht da mit einem seltsam aussehenden Kerl. Gerade eben hat er zu unserem Tisch gedeutet.«

»Wer könnte das sein?«, fragte Tweed, nachdem er sich vorsichtig umgedreht und sich den Mann angesehen hatte. »Sympathisch sieht er mir ja nicht gerade aus.«

Der Mann im Abendanzug, auf den Paula ihren Vorgesetzten aufmerksam gemacht hatte, war klein und breitschultrig und hatte einen stämmigen Oberkörper. Das braune Haar war kurz geschnitten. Auf einmal stand er auf, verließ die Bar und kam durch die Reihen der Tische direkt auf Paula und Tweed zu.

»Hi, Leute. Ed Osborne meint, ich soll mal bei Ihnen vorbeischauen und hallo sagen. Ich bin Jake Ronstadt.«

»Das ist Paula Grey«, antwortete Tweed. »Und um die Vorstellungsrunde komplett zu machen: Mein Name ist Tweed.«

»Sie scheinen einen guten Geschmack für Frauen zu haben, Mr. Tweed«, bemerkte Ronstadt. »Um Ihre Begleiterin kann man Sie nur beneiden.«

Mit diesen Worten beugte er sich nach unten und legte tapsig wie ein Bär einen Arm um Paulas Schultern, die insgeheim ihrem Herrgott dankte, dass sie kein schulterfreies Kleid angezogen hatte. Tweed musterte Ronstadt genau. Als er vorhin Paulas Namen genannt hatte, war ihm aufgefallen, dass die schweren Lider über den Augen des Amerikaners ganz kurz gezuckt hatten. Auch wenn die Bewegung kaum mehr als eine Millisekunde gedauert hatte, war die Reaktion doch ziemlich merkwürdig gewesen.

»Sie klingen so, als kämen Sie aus New York«, sagte Tweed. »Was führt Sie denn den weiten Weg hierher?«

»Genau ins Schwarze getroffen! New York stimmt.« Ronstadt entließ Paula aus seinem Griff und richtete sich wieder auf. »Ich arbeite für die amerikanische Botschaft.«

»Tatsächlich?«, hakte Tweed nach. »Und was tun Sie dort?«

»Nun, man könnte es Public Relations nennen.«

»Und was bedeutet das genau, Mr. Ronstadt?«

»Nennen Sie mich Jake«, sagte Ronstadt leutselig. »Ich sorge dafür, dass der Botschafter die Leute kennen lernt, mit denen er gern Freundschaft schließen würde.«

»Ich glaube kaum, dass ich zu diesen Leuten zählen dürfte.«

»Aber wie kommen Sie denn darauf? Natürlich zählen Sie dazu! Aus diesem Grund hat Ed mich ja an Ihren Tisch geschickt. Und ich will Ihnen noch etwas sagen ...« Er senkte die Stimme »Jefferson Morgenstern, unser Außenminister, würde sich gern mit Ihnen treffen.« Er legte einen Finger an seine dicke Nase. »Aber das muss unter uns bleiben. Sie verstehen schon, ja? Und jetzt lasse ich Sie wieder allein, damit Sie den Abend genießen können.«

Nachdem Ronstadt gegangen war, sagte Paula: »Ich mag den Mann nicht. Er strahlt zwar jede Menge körperlicher Vitalität und Kraft aus, aber sein Lächeln erinnert mich an ein Krokodil.«

»Wieder ein neuer Kandidat für eines von Monicas Dossiers«, sagte Tweed ruhig. »Aber was machen Sie denn für ein Gesicht Paula? Haben Sie noch jemand Unangenehmes an der Bar gesehen?«

»Sie werden es nicht glauben, aber eben ist Bob zusammen mit Basil Windermere hier hereingekommen. Sie sitzen am anderen Ende des Tresens vis-a-vis von Osborne.«

»Zum Auftakt hätte ich gern einen Scotch«, sagte Basil Windermere, während er auf den Barhocker kletterte.

»Sitzen Sie eigentlich ab und zu auch noch auf einem normalen Stuhl?«, fragte Newman.

»Nicht, wenn ich es vermeiden kann. Sie würden es nicht glauben, wie viele reiche Witwen es lieben, mit mir an einer Bar zu sitzen. Da fühlen sie sich wieder jung.«

»Sie müssen's ja wissen ... Ich nehme auch einen Scotch«, sagte er dann zum Barkeeper. »Sie haben vorhin von einem gewissen Rupert gesprochen. Wer ist denn das?«

»Na, wer wohl? Ich kenne nur einen Rupert, den Sohn des berühmten Sir Guy Strangeways. Rupert wird mal ein Vermögen erben. Wir trinken öfter einen miteinander.«

»Fahren Sie auch ab und zu mit ihm auf den Kontinent?«

»Nein.«

»Zum Wohl! Trainieren Sie eigentlich immer noch auf dem Schießstand unten an der Themse?«

»Ich war schon eine Ewigkeit nicht mehr dort. Irgendwie hat mich der Laden gelangweilt. Außerdem gehen die Geschäfte dort schlecht. Keine alten Damen mit Klunkern und so. Früher war ich mit Rupert öfter mal da. Aber auch er geht jetzt nicht mehr hin.«

»Ist Rupert denn ein guter Schütze?«

»Soll das ein Witz sein? Er kann schon froh sein, wenn er überhaupt die Scheibe trifft. Wenn einer von uns schießen kann, dann ich. Ach, sehen Sie mal, was für ein Zufall – da kommt Rupert gerade.«

Ein Mann Mitte dreißig steuerte mit einem überheblichen Grinsen im Gesicht auf den Barhocker neben Basil zu. Er trug einen teuren Maßanzug mit seidenen Aufschlägen. Der Barkeeper sah ihn erwartungsvoll an.

»Einen doppelten Scotch. Aber stante pede. Und schenken Sie mir gleich einen zweiten als Reserve ein.«

Der Barkeeper warf Rupert einen Blick zu, der alles andere als freundlich war. Newman überlegte, wie er Basil möglichst schnell wieder aus dem Lokal lotsen konnte. Als sie hereingekommen waren, hatte er Tweed und Paula an deren Fenstertisch entdeckt. Basil hingegen, der völlig auf die Bar fixiert war, hatte die beiden offenbar noch nicht gesehen. Außerdem war Newman aufgefallen, dass Osborne am anderen Ende des Tresens saß. Er fragte sich, wer wohl der kleine, grimmig dreinblickende Mann sein mochte, der bei Osborne war und ständig herüberstarrte. Der Mann machte einen äußerst rücksichtslosen Eindruck.

»Du solltest den Barkeeper nicht so herumkommandieren, Rupert«, sagte Basil. »So was mag er nicht.«

»Was kümmert mich der Barkeeper?«

»Ach ja, das hätte ich ja beinah vergessen. Du bist der Herr des Hauses, der König der Schöpfung. Das Geschenk Gottes an die Casinos in ganz Europa.«

»Soll ich dir meinen Scotch über deinen billigen Anzug kippen?«, fauchte Rupert.

»Kommen Sie, Basil, ziehen wir weiter«, sagte Newman und packte Windermere am Arm. »Irgendwie ist das hier nicht mein Publikum.«

»Meines auch nicht«, erwiderte Basil mit einem Seitenblick auf Rupert. »In letzter Zeit kommen ziemlich blasierte Dummschwätzer hierher.«

Rupert griff nach seinem Glas, und Newman konnte Basil gerade noch rechtzeitig vom Barhocker ziehen, sodass sich Ruperts doppelter Scotch lediglich auf die soeben leer gewordene Sitzfläche ergoss. Newman schob Windermere durch die Reihen der Tische in Richtung Ausgang. Draußen in der kalten Nachtluft begann Basil bedenklich zu schwanken.

»Gehen wir nach Hause«, sagte Newman. »Wir können ja dort noch einen zur Brust nehmen.«

Eineinhalb Stunden später bezahlte Tweed die Rechnung und verließ zusammen mit Paula den Club. Tweed hielt Ausschau nach einem Taxi, aber natürlich war wieder einmal weit und breit keines zu sehen.

»Wenn wir ein Taxi finden, begleite ich Sie nach Hause«, sagte er.

»Das ist wirklich nicht nötig. Sie wohnen doch ganz woanders als ich. Ich nehme lieber ein eigenes Taxi.«

»Meinen Sie wirklich?«

»Aber klar.«

Tweed war in einem Zwiespalt. Einerseits sagte ihm sein Gefühl, dass er Paula bis zu deren Wohnung in der Fulham Road begleiten sollte, andererseits wollte er zurück in sein Büro. Er war sich sicher, dass Monica bis in den frühen Morgen hinein an ihren Dossiers arbeiten würde. Er wollte sehen, was sie inzwischen alles herausgefunden hatte, und außerdem ein weiteres Dossier bei ihr über Jake Ronstadt in Auftrag geben. Irgendetwas an der Art des Amerikaners hatte ihn zutiefst beunruhigt.

»Es war schon seltsam, dass ausgerechnet Rupert Strangeways in dem Club aufgetaucht ist«, sagte Paula, während sie den Kragen ihres Mantels hochschlug.

»Vermutlich treibt er sich jede Nacht in solchen Clubs herum«, antwortete Tweed. »Besonders im Goodfellows. Das hat erst vor zwei Monaten aufgemacht und strahlt noch den Reiz des Neuen aus. Vielleicht ist er ja auf der Suche nach einer neuen Freundin. Sie haben mir doch erzählt, dass Mrs. Belloc eine Anspielung auf seinen Harem gemacht hat.«

»Er kommt mir wie der typische Sohn reicher Eltern vor. Faulpelz und Verschwender in einer Person. Und offenbar kennt er Windermere.«

»Gleich zu gleich gesellt sich gern. Die beiden sind ausgesprochene Nichtsnutze.«

»Einen Augenblick lang hat es fast so ausgesehen, als würde es

Streit zwischen ihnen geben«, erinnerte sich Paula. »Nur gut, dass Bob diesen Windermere so schnell aus dem Club bugsiert hat.«

»Da ist ja ein Taxi für Sie.«

Tweed öffnete die hintere Tür und ließ Paula einsteigen, bevor er dem Fahrer einen Schein reichte, der Fahrpreis und Trinkgeld reichlich abdeckte.

»Bringen Sie meine Freundin sicher zu der angegebenen Adresse.«

»Für so ein Trinkgeld bring ich sie sogar sicher nach Singapur, wenn's sein muss«, versicherte der Fahrer.

»Ich habe mich bei Ihnen noch gar nicht für das exzellente Abendessen bedankt«, sagte Paula aus dem Taxifenster heraus. »Liegt wohl an meiner Müdigkeit. Ich habe mich heute Abend mal richtig entspannt.« Sie beugte sich nach draußen und gab Tweed einen Kuss auf die Wange. »Nochmals vielen Dank. Und geben Sie Acht, dass Sie nicht nass werden. Es scheint geregnet zu haben, während wir im Lokal waren.«

»Gute Nacht. Wir sehen uns morgen früh.«

Kaum hatte Basil ein paar Schritte gemacht, konnte er zu Newmans Verwunderung auf einmal wieder völlig gerade gehen.

»Na, was ist?«, fragte Windermere und drehte sich zu Newman um. »Meine Wohnung ist gleich da vorn. In einer Seitenstraße der Regent Street. Zu Fuß sind es nur ein paar Minuten.«

Newman sah über die Straße in die Fenster eines Restaurants und entdeckte dort zu seiner Überrschung Marler, der allein an einem Tisch saß. Er trug noch immer die Hornbrille auf der Nase. Was der dort wohl trieb?

»Kommen Sie jetzt oder nicht?«, rief Windermere. »Mir ist es hier draußen eindeutig zu kalt.«

»Ihre Wohnung muss verdammt teuer sein«, bemerkte Newman, nachdem er zu seinem Begleiter aufgeschlossen hatte.

Basil Windermere schlug eine derart forsche Gangart an, dass Newman Mühe hatte, mit ihm Schritt zu halten. Windermere summte leise ein Lied vor sich hin und ließ keinerlei Auswirkungen des Alkohols mehr erkennen.

»Und ob die teuer ist«, sagte er nach einer Weile. »Verdammt teuer sogar. Aber mir kann das glücklicherweise egal sein, denn ich habe die Wohnung von einer reichen Dame zur Verfügung gestellt bekommen, die zurzeit auf dem Kontinent lebt.«

»Zahlen Sie eigentlich auch irgendetwas aus eigener Tasche?«, fragte Newman.

»Nur wenn es sich nicht vermeiden lässt. So, da wären wir schon. Diese Straße hier müssen wir rein.«

Newman hatte das unheimliche Gefühl, jemand würde sie verfolgen, aber als er sich umdrehte, konnte er niemanden entdecken. Seltsam. Normalerweise konnte er sich in dieser Hinsicht auf seinen Instinkt verlassen. Rasch gingen sie die schmale, menschenleere Straße entlang, bis Windermere vor einer Tür stehen blieb und in seiner Hosentasche nach dem Schlüssel kramte. Newman wandte sich ihm zu, um zu sehen, ob er den Schlüssel aufs erste Mal ins Schloss bekam. Windermere bewältigte die Aufgabe mit Bravour.

»Bob«, sagte Windermere und drehte sich zu Newman um. »Jetzt, wo wir hier sind, fühle ich mich auf einmal doch ein bisschen müde.«

»Dann gehen Sie am besten gleich zu Bett«, schlug Newman, der irgendwie erleichtert war, vor. Er war froh, nicht mehr länger mit Windermere zusammen sein zu müssen. »Sie sehen zwar immer noch recht frisch aus, aber …«

»Ich war gestern Nacht bis vier Uhr auf. Sie sind mir doch nicht böse, oder? Und danke, dass Sie mich nach Hause begleitet haben.«

»Dann schlafen Sie mal gut.«

Basil verschwand im Haus und schloss die Tür hinter sich ab. Newman blickte nach oben und spürte ein paar Regentropfen auf dem Gesicht. Als er sich umdrehte, sah er Marler, der nur ein paar Schritte von ihm entfernt war. Newman grinste und klopfte Marler auf die Schulter.

»Dann habe ich mich doch nicht geirrt. Ich hatte schon eine ganze Weile das Gefühl, verfolgt zu werden.«

»Das war auch so. Aber nicht von mir.«

»Von wem denn sonst?«

»Vom ›Ohr‹. Er schleicht Windermere schon den ganzen Abend über hinterher. Ich wüsste zu gern, weshalb er das tut.«

»Und wo ist er jetzt?«

»Vor uns. Er ist an Ihnen vorbeigeschlichen, als Sie Windermere beim Öffnen der Tür beobachtet haben. Er ist so leise, dass man ihn nicht hört, und zu sehen ist er auch kaum. Oh, es fängt an zu regnen. Wir sollten uns ein Taxi suchen und nach Hause fahren.«

Sie schlugen die Kragen ihrer Mäntel hoch und gingen die stille Straße zurück, in der das Rauschen des Regens und das Quietschen ihrer Schuhsohlen auf dem nassen Trottoir die einzigen Geräusche waren. Auf einmal blieb Newman stehen und starrte nach vorn. Eine kleine Gestalt mit einem Schlapphut auf dem Kopf war plötzlich aus dem Nirgendwo aufgetaucht und schlurfte vor ihnen die Straße entlang.

»Wer ist denn das?«, fragte Newman.

»Das ›Ohr‹. Jetzt wird er langsamer. Vielleicht will er mit mir reden.«

Marler blickte nach oben auf die tief hängenden Gewitterwolken, die beinah die flachen Dächer der Häuser zu berühren schienen. Auf einmal zuckte ein Blitz herab, dichtauf gefolgt von einem ohrenbetäubenden Donnerschlag.

»Wir sollten uns irgendwo unterstellen«, sagte Marler. »Das ›Ohr‹ hat sich auch in einen Hauseingang geflüchtet.«

Kaum hatten die beiden Zuflucht unter einem überhängenden Balkon gesucht, als ein wahrer Wolkenbruch auf die Straße herniederging. Der Regen war so dicht, dass er Newman wie ein Vorhang aus feinen Drähten vorkam. Dicke Sturzbäche schossen den Rinnstein entlang, und die Dachrinnen der Häuser liefen über, wodurch zusätzliche Kaskaden kalten Wassers auf die Straßen platschten.

»Deshalb ist das ›Ohr‹ langsamer geworden«, sagte Marler. »Er hat den Wolkenbruch kommen sehen.«

Marler beugte sich hinaus in den Regen, um sich zu vergewissern, dass das »Ohr« noch immer in dem Hauseingang stand. Schließlich ließ der Schauer ebenso abrupt nach, wie er begonnen hatte, und das Gewitter zog nach Osten ab. Marler lugte wieder unter dem Balkon hervor. Gleich darauf zuckte er zurück und presste sich stocksteif an die Wand.

»Was ist los?«, fragte Newman.

»Das ›Ohr‹ kommt direkt auf uns zu«, antwortete Marler. »Und jetzt weiß ich auch, was es wirklich war, wovor er sich versteckt hat.«

»Was denn?«

»Vor vier Männern, die gerade die Straße entlangkommen. Gut möglich, dass sie es auf ihn abgesehen haben.«

Zum ersten Mal seit Newman ihn kannte, entdeckte er in Marlers Stimme einen besorgten Unterton. Als er hinaus auf die Straße blickte, sah auch er den kleinen Mann. Er musste Marler, der inzwischen die Hornbrille abgenommen hatte, wohl erkannt haben, denn er deutete wortlos über die Schulter, bevor er im nächsten Hauseingang verschwand.

Hinter ihm sahen Newman und Marler vier bedrohlich aussehende schwarze Gestalten, die alle große, dunkle Regenschirme aufgespannt hatten. Sie hielten die Schirme so tief, dass man weder die Gesichter noch die Oberkörper darunter sehen konnte. Die Gestalten näherten sich dem Hauseingang, in dem das ›Ohr‹ sich versteckt hatte, und dann gingen zwei der Schirme in die Höhe.

Im Licht einer Straßenlaterne konnte Newman deutlich erkennen, dass die Männer darunter beide eine Waffe in der Hand hatten. Bald würden sie den Hauseingang erreicht haben. Newman griff nach seiner Smith & Wesson.

»Nicht nötig«, zischte Marler. »Überlassen Sie das mir.«

Er griff in die Tasche seines Regenmantels und holte eine Handgranate daraus hervor. Dann winkte er Kurt Schwarz zu, der sofort verstand und in einen anderen Hausgang flitzte. Marler ging in die Hocke, drückte einen Knopf an der Handgranate und rollte sie über das Pflaster auf die vier Regenschirme zu.

Die Männer blieben stehen und betrachteten die Hangranate, die zwischen ihnen liegen geblieben war. Als diese gleich darauf mit einem lauten Knall hochging, rannten sie mit wild schwankenden Regenschirmen panisch die Straße zurück, wo sie um die Ecke verschwanden.

»Ein Blindgänger«, sagte Newman. »Wenn sie richtig explodiert wäre, hätte sie alle vier in Stücke gerissen.«

»Das war kein Blindgänger«, sagte Marler grinsend und richtete sich wieder auf. Er zog sich den regennassen Mantel von den Knien und wartete darauf, dass Kurt Schwarz wieder aus dem Hausgang erschien.

»Was war es denn dann?«, wollte Newman wissen.

»Die neueste Erfindung der Eierköpfe in der Park Crescent. Sieht aus wie eine Hangranate und explodiert auch, aber dabei versprüht sie lediglich eine klare, klebrige Flüssigkeit. Die Kerle unter den Regenschirmen werden sie vermutlich für Gift halten, was sie aber nicht ist. Gut, dass ich das Ding dabeihatte – vier Leichen mitten auf der Straße hätten wir nun wirklich nicht gebrauchen können.«

»Wohl wahr. Und die Typen dürften wir auch so los sein. Wahrscheinlich hetzen sie jetzt zurück zur Botschaft, um sich ärztlich untersuchen zu lassen.«

»Da kommt das ›Ohr‹«, sagte Marler. »Ich werde Sie meinem Freund vorstellen.«

Der kleine Mann schlurfte langsam auf sie zu, wobei er wiederholt über die Schulter blickte. Ein vorsichtiger Bursche, dachte Newman, vermutlich hat er auch deshalb so lange überlebt. Als das »Ohr« kurz vor ihnen war, ging er auf die andere Straßenseite und schaute noch einmal zu der Ecke, hinter der seine vier Verfolger verschwunden waren. Auf einmal krachte ein Schuss.

Das ›Ohr‹ zuckte, torkelte an eine Hauswand und rutschte mit weit auseinander gespreizten Beinen daran herunter. Zusammengesunken blieb er liegen. Marler rannte zu ihm hinüber, dichtauf gefolgt von Newman, der seine Smith & Wesson gezogen hatte. Marler beugte sich über den bewegungslos daliegenden Mann, dem das Blut aus einem Einschussloch mitten in der Stirn quoll. Er öffnete den Mund und starrte Marler an.

»Basil ...«, keuchte er mit halb erstickter Stimme. »Schwarz ...«

Danach kam nichts mehr. Marler fühlte ihm an der Halsschlagader den Puls, dann stand er auf und sah Newman mit traurigem Blick an, einem Blick, den dieser bei ihm noch nie gesehen hatte.

»Er ist tot«, sagte Marler stockend. »Aber es war keiner der Typen von vorhin. Kurz bevor er getroffen wurde, hat er nach oben geblickt. Dem Winkel nach zu urteilen, muss der Schuss vom Dach eines dieser Häuser hier gekommen sein. Das legt den Schluss nahe, dass wir es mit dem Phantom zu tun haben.«

»Wenn mir dieses Schwein zwischen die Finger kommt, bringe ich es um«, sagte Newman wütend.

»Nein, das werden Sie schön bleiben lassen«, sagte Marler und legte Newman eine Hand auf den Unterarm. »Das Phantom gehört mir.«

9

Das Taxi, das Paula nach Hause brachte, hielt nicht weit von ihrem Haus entfernt. Paula stieg aus, dankte dem Fahrer und ging die paar Meter zu der kleinen Sackgasse, in der ihre Wohnung lag, zu Fuß.

Mehrere Autos waren auf dem Gehsteig geparkt, was um diese Stunde nichts Ungewöhnliches war, denn die Politessen waren so spät nachts nur selten unterwegs. Eine alte Frau trat auf Paula zu und streckte ihr eine faltige Hand entgegen.

»Haben Sie vielleicht einen Fünfer für eine arme, alte Frau?«, fragte sie in einem jammernden Ton. »Seit zwei Tagen habe ich nichts mehr gegessen. Ich breche vor Hunger zusammen.«

Die alte Frau hatte verfilztes graues Haar, das aussah, als wäre es seit einer Ewigkeit nicht gewaschen worden. Ihre Kleidung war zerlumpt und wurde an manchen Stellen nur noch von Sicherheitsnadeln zusammengehalten. Die Frau sah Paula aus dunklen Knopfaugen flehentlich an und schien am Ende ihrer

Kraft zu sein. Die dünnen Lippen zitterten ebenso wie die knochige Hand.

Paula griff mit beiden Händen in ihre Umhängetasche und suchte nach ihrer Geldbörse. Dabei blickte sie auf das Pflaster vor sich, auf das eine Straßenlaterne ihren Schatten warf. Auf einmal erstarrte sie. Da waren *zwei* Schatten zu sehen.

Weil sie mit beiden Händen nach ihrer Geldbörse gekramt hatte, kam Paula nicht schnell genug an ihre Browning heran, die in einem Spezialfach steckte. Eine raue Hand packte sie am Genick und sie trat mit einem Fuß nach hinten, wo sie ein Schienbein traf. Dann spürte sie, wie ihr etwas Weiches auf Nase und Mund gepresst wurde, und roch den beißenden Geruch von Chloroform. Sie versuchte die Luft anzuhalten, aber es war zu spät. Sie hatte schon zu viel von dem betäubenden Gas eingeatmet.

Das Gesicht der alten Frau, die den Mund auf einmal zu einem fiesen, zahnlückigen Grinsen verzog, begann vor Paulas Augen zu verschwimmen. Wie in einem Traum sah sie, dass eine Autotür geöffnet wurde. Dann wurde es ihr auf einmal schwarz vor den Augen, und sie verlor das Bewusstsein.

Paula hielt die Augen fest geschlossen. Sie fühlte sich wie besoffen und es war ihr, als müsste sie sich übergeben. Offenbar saß sie auf einer Art Couch, deren Polster ziemlich durchgesessen waren. Es war eiskalt. Paula zwang sich, still zu sitzen.

Auf einmal hörte sie, wie Schritte über einen Holzboden auf sie zukamen. Sie öffnete erst eines, dann beide Augen. Ein paar Meter von ihr entfernt befand sich ein kleiner, stämmiger Mann mit einer Glatze. Er hatte ihr den Rücken zugewandt. Der Raum, in dem sie auf dieser Couch saß, war groß und hoch. Er kam Paula wie ein altes Lagerhaus vor. Als der Mann sich umdrehte, schloss Paula schnell wieder die Augen.

Bei ihrem kurzen Blick auf ihr Gefängnis war ihr ein dicker Balken aufgefallen, der in etwa drei Metern Höhe über die ganze Breite des Lagerhauses lief. Über dem Balken hing eine glänzende neue Kette mit etwa sechs Zentimeter langen Gliedern. Obwohl

Paula eine bleierne Müdigkeit verspürte, zwang sie sich, wach zu bleiben.

In einiger Entfernung hörte sie den Mann wieder umhergehen. Ohne die Füße zu bewegen, versuchte sie die Zehen zu spreizen, um wieder etwas Gefühl in ihre tauben Glieder zu bekommen. Als sie den Mann vorhin gesehen hatte, hielt er eine Pistole in der Hand. Eine Colt Automatik.

Paulas eigene Waffe war in ihrer Umhängetasche, aber die war weiß Gott wo. Das Geräusch der Schritte kam wieder näher, und als es verstummte, wusste Paula, dass der Mann direkt vor ihr stand und auf sie herabblickte. Noch immer hielt sie die Augen geschlossen und bewegte sich nicht. Als der Mann anfing zu sprechen, erkannte sie an seinem Akzent, dass er ein Amerikaner war.

»Aufwachen, Lady! Es ist an der Zeit, dass wir etwas Spaß miteinander haben. Aber zuerst hätte ich noch ein paar Fragen, die du mir beantworten musst. He, was ist los mit dir, verdammt noch mal? Wach auf!«

Der Mann schlug ihr mit seiner groben Hand ein paar Mal ins Gesicht, und Paula ließ dabei den Kopf zur Seite fallen. Ich muss erst richtig zu mir kommen, bevor ich ihm zeige, dass ich wieder bei Bewusstsein bin, dachte sie. Schließlich hörte der Mann auf, sie zu schlagen, und fluchte gotteslästerlich.

Als Paula vernahm, dass seine Schritte sich wieder entfernten, versuchte sie so tief wie möglich durchzuatmen, ohne sich dabei zu bewegen. Ich muss einen klaren Kopf bekommen, sagte sie sich. Dazu brauche ich Zeit. An dem muffigen Geruch in der kalten Luft erkannte Paula, dass das Lagerhaus lang nicht gelüftet worden war. Die Schritte bewegten sich wieder auf sie zu. Es sah nicht so aus, als würde man ihr viel Zeit lassen.

»Wach auf, du blöde Schlampe!«, sagte der Mann vor ihr mit rauer Stimme. »Sonst schütte ich dir einen Eimer Wasser über den Kopf. Dem Wasser kommst du übrigens so oder so nicht aus, ganz gleich, ob du redest oder nicht.«

Innerlich zuckte Paula zusammen. Wovon redete der Mann? Seine letzten Worte bedeuteten bestimmt nichts Gutes.

Dann spürte sie, wie der Mann sie bei den Schultern packte und heftig schüttelte. Paula hielt die Augen fest geschlossen, obwohl sein Griff ihr wehtat. Sie versuchte, locker zu bleiben und dem Schütteln keinen Widerstand entgegenzusetzen.

»Okay, du willst es nicht anders. Jetzt hole ich den Eimer Wasser …«

Paula stöhnte leise und öffnete die Augen. Der Mann war furchtbar hässlich. Seine Glatze glänzte im Licht der nackten Glühbirnen, die von den Dachbalken herabhingen, und seine Augen glitzerten in freudiger Erwartung. Langsam zog er die Pistole aus dem breiten Ledergürtel unter seiner Windjacke.

»Ein fauler Trick, und ich jage dir eine Kugel durch den Schädel. Hast du mich verstanden?«

»Wo bin ich? Und wer sind Sie?«

»Meine Freunde nennen mich Glatzkopf. Dreimal darfst du raten, weshalb.«

»Ich kann mich nicht bewegen«, sagte Paula absichtlich undeutlich. »Und ich kann Sie nicht richtig erkennen. Wo bin ich?«

»An einem Ort, wo uns keiner stören wird, wenn wir beide gleich ein paar lustige Spielchen miteinander spielen.«

»Mir ist ganz schwummrig.«

Paula schloss die Augen wieder, woraufhin der Mann ihr mehrmals ins Gesicht schlug. Der Schmerz half ihr, völlig wach zu werden. Dann hörte sie, wie der Glatzkopf hinter die Couch trat. Auf einmal wurde ihr etwas Kühles und Schweres um den Hals gelegt. Es war die Kette, die sie vorhin über den Balken hatte hängen sehen. Paula musste gegen eine übermächtige Angst ankämpfen. Jetzt, wo sie wieder halbwegs klar denken konnte, wurde ihr schlagartig bewusst, in was für einer verzweifelten Situation sie sich befand. Ihr Entführer hatte nicht vor, sie am Leben zu lassen, denn sonst hätte er ihr nicht sein Gesicht gezeigt. Und nun hatte er ihr auch noch eine Kette um den Hals geschlungen. Sie fühlte sich völlig hilflos.

»So, du kannst jetzt aufstehen. Oder ist es dir lieber, wenn ich dich wie einen Hund an der Leine hochzerre?«, kicherte er. »Du würdest ein hübsches Hündchen abgeben.«

Paula öffnete die Augen. Der Mann hatte das eine Ende der Kette in der Hand und machte Anstalten, daran zu ziehen. Paula stützte sich mit beiden Händen auf der Couch ab.

»Ich glaube, ich kann nicht aufstehen.«

»Kein Problem. Dann ziehe ich dich eben.«

»Warten Sie einen Augenblick.«

»Steh auf, verdammt noch mal!«, schrie der Glatzkopf.

Paula erhob sich langsamer, als sie gekonnt hätte. Obwohl sie spürte, wie ihre Kräfte langsam zurückkehrten, war sie noch ziemlich wackelig auf den Beinen. Nun sah sie mehr von dem Lagerhaus, in dem sich hauptsächlich alte Möbel befanden. Neben der Couch, auf der sie gesessen hatte, erkannte Paula mehrere andere Sofas und einen verkratzten alten Holzstuhl, auf den der Glatzkopf ihren Mantel geworfen hatte. Über der Lehne hing auch ihre Umhängetasche. Paula hoffte, dass ihr Entführer die Tasche nicht genauer untersucht hatte und ihre Browning sich immer noch in dem verborgenen Spezialfach befand. Allerdings hatte Paula in ihrer momentanen Lage überhaupt nichts davon, wenn die Pistole noch da war. Sie hätte genauso gut eine Meile weit entfernt sein können.

»Wir werden jetzt einen kleinen Spaziergang machen«, sagte der Glatzkopf grinsend.

»Was ist, wenn ich nicht laufen kann?«

»Keine Angst, ich werde dir schon helfen.«

»Moment, ich versuche es mal.«

Der Glatzkopf zog an der Kette, deren anderes Ende um Paulas Hals geschlungen war. Paula spürte, wie das kalte Metall der Glieder sich an die nackte Haut drückte. Während des kurzen Wegs hinüber zu dem Balken, den sie schon zuvor gesehen hatte, hielt sie immer wieder kurz inne, um die Beine zu strecken und ihre Kraft zu testen.

»Nicht stehen bleiben, Hündchen«, sagte der Glatzkopf höhnisch. »Wir haben nicht die ganze Nacht lang Zeit.«

»Ich habe ganz weiche Knie«, sagte Paula, was aber nicht der Wahrheit entsprach.

»Ich kann dich auch über den Boden schleifen. Du hast die Wahl, Süße.«

Auf einmal ergriff eine eiskalte Wut von Paula Besitz. Am liebsten hätte sie dem Mann in sein widerlich grinsendes Gesicht geschlagen. Sie fühlte sich von ihm zutiefst gedemütigt. *Dieser miese kleine Schläger aus der Gosse wird mich nicht unterkriegen!* schwor sie sich und senkte den Kopf, damit der Glatzkopf ihr Gesicht nicht sehen konnte. Dabei fiel ihr Blick auf den Boden der Halle.

Unterhalb des Balkens, zu dem sie der Glatzkopf unaufhaltsam hinzog, entdeckte sie eine längliche, geschlossene Falltür. Dahinter war eine kleine Vertiefung im Holz, aus der ein breiter Metallhebel ragte. Als Paula über die mögliche Funktion dieses Hebels nachdachte, spürte sie, wie eine weitere Welle der Angst in ihr aufwallte. Paula unterdrückte die aufkommende Panik und konzentrierte sich ganz darauf, Zeit zu gewinnen.

»Jetzt komm schon, Baby. Schwing die Hufe!«

Er zog so fest an der Kette, dass Paula fast hingefallen wäre. Nur mit Mühe erlangte sie das Gleichgewicht wieder und machte ein paar langsame Schritte nach vorn. Als sie fast unter dem Balken angelangt war, kam der Glatzkopf auf sie zu. Ehe sie sich's versah, hatte er ihr die Kette einmal um den Oberkörper gewickelt.

»Ich rede nicht, wenn Sie mich so einschnüren«, fauchte sie.

»Halt deinen dummen Weibermund. Du wirst dich noch um Kopf und Kragen reden.«

Ohne die Kette loszulassen, ging er zu einem Tisch in der Nähe, auf dem ein Eimer mit Wasser und ein Glas standen. Er tauchte das Glas in den Eimer und trank einen Schluck. Er fuhr mit seinen fleischigen Lippen langsam um den Rand des Glases herum und schüttete dann den Rest des Wassers Paula ins Gesicht. Paula zuckte zusammen. Der Ekel davor, mit einer Flüssigkeit in Berührung zu kommen, die dieser widerwärtige Kerl mit den Lippen berührt hatte, kam ihr viel schlimmer vor als das kalte Wasser, das ihr die Brust des Abendkleids durchnässte. Der Glatzkopf trat wieder auf sie zu und schlang ihr die Kette so um beide Fußknöchel, das sich zwischen ihren Beinen ein etwa dreißig Zentimeter langes Stück frei hängende Kette befand.

Paula fühlte sich wie eine Gefangene in einem Straflager. Ich könnte den Dreckskerl eigenhändig erwürgen, dachte sie während ihre Wut mit Macht zurückkehrte. Der Glatzkopf baute sich mit dem Ende der Kette in der Hand direkt vor ihr auf. Hämisch grinsend strich er ihr mit der Hand über die Wange.

»Na, wie fühlst du dich, Baby?«

»Lassen Sie mich in Ruhe«, zischte Paula.

»Aber, aber. Wer wird sich denn gleich so aufregen?«

»Ich sage nicht ein Wort, solange ich so gefesselt bin.«

»Ach ja? Vielleicht sollte ich dir mal klarmachen, in was für einer Situation du dich hier befindest.« Der Glatzkopf schien die Sache sichtlich zu genießen. »Die Kette um deinen Hals ist eine Schlinge, die sich immer weiter zusammenzieht, bis du jämmerlich erstickst. Ich würde dir also dringend empfehlen, mir ein paar meiner Fragen zu beantworten und mich nicht in Rage zu bringen.«

Der Glatzkopf bewegte geräuschvoll die Lippen und spuckte Paula mitten auf die Brust. Paula musste sich zusammennehmen, um nicht vor Ekel zusammenzuzucken. *Diese Genugtuung darfst du dem Schweinehund nicht geben*, dachte sie.

Der Glatzkopf trat einen Schritt zurück und warf das Ende der Kette, das er in der Hand hielt, um den Balken über ihren Köpfen. Als er es wieder ergriff und strammzog, erkannte Paula, was er vorhatte.

»So, dann wollen wir mal mit unserer kleinen Quizshow anfangen«, sagte er. »Du kennst das ja vom Fernsehen: Ich frage und du antwortest. Kapiert?«

»Ich rede nur, wenn Sie mich zurück zu der Couch bringen.«

»Hör sich mal einer die gnädige Frau an! Will doch glatt Bedingungen stellen. Hast du mir etwa nicht zugehört, Schlampe?«

Der Glatzkopf trat auf Paula zu und boxte sie in die Rippen. Sie biss die Zähne zusammen und reagierte nicht. Da er mit der Hand geschlagen hatte, in der er auch die Kette hielt, war der Hieb nicht besonders fest gewesen. Nun rückte er ein paar Schrite von ihr ab. Paula spannte weiterhin die Muskeln, um wieder in Form zu gelangen.

»Wie heißt dein Boss?«, fragte ihr Entführer sie unvermittelt.

»Benson.«

»Was bist du nur für ein böses Mädchen! Lügst den lieben Quizmaster an. So was tut man nicht.«

Der Glatzkopf zog ruckartig an der Kette. Paula wurde hochgerissen und schwang mit den Füßen wenige Zentimeter über dem Boden an der Kette. Sie hatte bereits damit gerechnet und mit beiden Händen an ihren Hals gegriffen. Sie konnte verhindern, dass sich ihr die Kette ganz um den Hals schnürte und sie würgte. Der Glatzkopf zog so lange an der Kette, bis sie mit dem Kopf knapp unterhalb des Balkens hing.

»Kling, Glöckchen, klingelingeling«, sang er völlig daneben.

Die Kette schnitt sich Paula tief in die Handflächen ein. Der Schmerz war kaum mehr auszuhalten. Dann tat der Glatzkopf etwas, womit sie ebenfalls gerechnet hatte. Er ließ die Kette plötzlich los, und Paula raste hinunter auf den Hallenboden. Sie federte den Aufprall in den Knien ab, wie sie es im Trainingslager in Surrey gelernt hatte. Als sie sich wieder aufgerichtet hatte, kam ihr das verhasste Gesicht dieses Glatzkopfs ganz nahe.

»Lange hältst du das nicht aus, Baby. Also sag mir lieber, wie dein Boss heißt. Schließlich ist das ja nur meine erste Frage.«

»Benson.«

»Und schon wieder geht's hinauf …«

Paula wurde abermals so weit nach oben gerissen, dass sie mit dem Kopf fast den Balken berührte. Wieder ließ er sie wie eine Glocke hin und her schwingen. Paula verdrehte den Kopf und blickte nach unten. Ihr Peiniger stand etwa einen Meter von dem Balken entfernt. Paula zog die Knie an und begann durch Verlagerung des Gewichts, noch stärker zu schwingen, was sie ohne ihr Training im Fitnesscenter wohl nie hingekriegt hätte. Dann, als sie wieder zurückschwang, streckte sie die Beine aus und öffnete sie so weit wie möglich. Der Glatzkopf, der mit dieser Aktion nicht gerechnet hatte, starrte sie ungläubig an, als die Kette zwischen Paulas Füßen sich direkt unterhalb des Kinns um seinen Hals legte.

Geistesgegenwärtig ließ er das Ende der Kette los, aber damit hatte Paula gerechnet. Sie hoffte nur, dass sie sich beim Sturz auf den Holzboden nicht das Genick brechen würde. Zum Glück landete sie auf einem der Sofas, die in der Nähe der Falltür standen.

Während ihres Sturzes hatte Paula die Füße fest zusammengepresst und den Hals des Glatzkopfs nicht aus ihrer Umklammerung gelassen. Jetzt war sie es, die ihm mit der Kette die Luft abschnüren konnte. Ihr Peiniger, den sie bei ihrem Fall zu Boden gerissen hatte, lag auf der Falltür und versuchte mit beiden Händen die Kette zu lösen, die Paula immer fester zusammenzog. Verzweifelt nach Luft schnappend, begann er unkontrolliert mit den Beinen zu zappeln und trat dabei mit einem Fuß gegen den Hebel hinter der Falltür. Sofort klappte diese nach unten weg. Paula hatte gerade noch Zeit, die Beine zu öffnen, damit die Spannung der Kette zwischen ihnen nachließ. Das Kinn des Glatzkopfs rutschte unter ihren Gliedern hindurch. Dann verschwand sein schwerer Körper in der schwarzen Tiefe. Paula hörte einen heiseren Schrei, dann ein lautes Platschen und schließlich nichts mehr.

Paula zwang sich, ruhig zu bleiben. Mit kontrollierten Bewegungen befreite sie sich von der Kette und kroch zittrig auf den Rand der Falltür zu. Sie hörte das Geräusch von fließendem Wasser, konnte in der Dunkelheit aber nichts sehen. Paula rappelte sich hoch, ging hinüber zu ihrer Tasche und holte daraus ihre Browning und eine kleine Taschenlampe hervor. Sie leuchtete in die Dunkelheit hinab. Wie sie schon vermutet hatte, floss unmittelbar unter dem Lagerhaus die Themse entlang. Nun wusste sie, was der Glatzkopf mit seiner Anspielung auf das Wasser gemeint hatte. Wahrscheinlich hatte er vorgehabt, sich auf diese Weise ihrer Leiche zu entledigen. Nun hatte die Strömung ihn selbst mit sich gerissen.

Nachdem Paula die schwere Kette in den Fluss geworfen hatte, streifte sie sich ihren Mantel über. Dann ging sie zu der Tür am Ende des Lagerhauses, in deren Schloss ein rostiger Schlüssel steckte. Sie drehte ihn mit Mühe herum und zog dann den schweren hölzernen Riegel zurück. Mit der schussbereiten Browning in der einen Hand schob sie mit der anderen die Tür einen Spaltbreit auf und spähte vorsichtig nach draußen.

Paula sah eine leere Straße mit Kopfsteinpflaster, an der mehrere verfallene Gebäude standen. Eine Laterne zwischen ihnen beleuchtete ein Straßenschild: *Eagle Street.*

Links von Paula endete die Straße am Ufer der Themse, deren dunkle Fluten das wenige Licht der Laterne reflektierten, während sie rechts zu einer etwas breiteren Querstraße führte. Paula trat aus dem Lagerhaus hinaus und ging auf die Straße zu. Nirgends war ein Mensch zu sehen. Als Paula die Querstraße erreicht hatte, sah sie, dass sich dort ein Taxi näherte.

Paula winkte dem Taxi. Der Fahrer hielt an und musterte sie im Licht einer Straßenlaterne eingehend.

»Was hat eine vornehme Dame wie Sie bloß in dieser Gegend verloren?«, fragte er mit einem Blick auf Paulas eleganten Mantel und ihre teuren Schuhe.

»Ich hatte einen Streit mit meinem Freund. Er hat mich aus dem Auto geworfen und ist weggefahren.«

»Dann sollten Sie sich vielleicht nach einem neuen Freund umsehen. Wo soll's denn hingehen?«

»In die Park Crescent, bitte. Gegenüber vom Regent's Park.«

10

Zu ihrer großen Erleichterung sah Paula, dass im Büro noch Licht brannte. Sie hatte sich schon gedacht, dass Tweed noch länger arbeiten würde, aber als sie oben war, traf sie dort zudem nicht nur Monica sondern auch Newman und Marler an. Als Paula eintrat, sprang Tweed auf und kam auf sie zu.

»Was ist denn passiert?«

»Ich sehe wohl sehr schlimm aus …«

Paula ließ sich auf einen Stuhl sinken und schilderte den anderen ihr Erlebnis mit dem Glatzkopf. Dabei spürte sie, wie ihr die Knie unter dem Schreibtisch heftig zitterten. Jetzt, wo sie in Sicherheit war, begannen sich die Auswirkungen des Schocks bemerkbar zu machen. Auf Tweeds Veranlassung kochte ihr Monica eine Kanne Tee, den Paula dann mit viel Zucker trank, während sie mit ihrer Erzählung fortfuhr. Als sie fertig war, holte Monica den Verbandskasten und schmierte ihr Salbe auf die Schürfwunden, welche die Kettenglieder an Händen und Hals hinterlassen hatten.

Newman blickte hinüber zu Tweed und sah, dass dieser fast ebenso aufgelöst war wie Paula. Tweed machte sich schlimme Vorwürfe, dass er Paula mit dem Taxi allein nach Hause geschickt hatte. Als Paula einmal nicht hinsah, bedeutete er Newman und Marler mit Zeichen, dass sie ihr jetzt nicht von der Ermordung des »Ohrs« erzählen sollten. Das könne bis später warten, wenn Paula sich wieder erholt hatte.

»Das war's«, sagte Paula am Ende ihrer Erzählung. »Ich glaube, ich gehe jetzt am besten erst mal nach Hause.«

»Wir begleiten Sie«, sagte Tweed, ohne zu zögern. »Butler und Nield sind auch noch hier, die werden ebenfalls mitkommen. Ich möchte, dass sie über Nacht bei Ihnen bleiben. Wenn ich mich recht erinnere, haben Sie ja zwei Sofas im Wohnzimmer. Ich bin gleich wieder da …«

Paula protestierte zwar, dass das alles nicht nötig sei, aber Tweed ließ sich nicht davon abbringen. Ein paar Minuten später kam er mit Butler und Nield zurück. Nield ging sofort auf Paula zu.

»Das ist ja ganz schrecklich, was Ihnen da zugestoßen ist. Wir haben mit Tweed gesprochen und uns schon einen Plan zurechtgelegt. Harry und ich fahren voraus in Ihre Wohnung und schauen uns dort erst mal ganz genau um. Dazu brauchten wir allerdings Ihren Schlüssel. Sie klingen gar nicht gut.«

»Aber ich habe doch überhaupt nichts gesagt. Sie meinen wohl, dass ich nicht gut aussehe. Das mag allerdings der Fall sein. Vielen Dank für Ihr Mitgefühl, Peter. Hier ist der Schlüssel.«

Als die beiden gegangen waren, wandte sie sich an Tweed. »Ich würde gern kurz ins Badezimmer gehen und mich waschen. Ich fühle mich schmutzig.«

»Ich komme mit«, sagte Monica.

Als Tweed mit Newman und Marler allein war, sagte er grimmig: »Da steckt bestimmt dieser Jake Ronstadt dahinter. Als ich im Goodfellows ihm gegenüber Paulas Namen erwähnt habe, ist ein ganz eigenartiges, gemeines Glitzern über seine Augen gehuscht.«

»Wenn sich die Gelegenheit ergibt, breche ich dem Dreckskerl alle Knochen«, sagte Newman.

»Das wäre mal ein Anfang«, ergänzte Marler.

Zehn Minuten nachdem Butler und Nield gegangen waren, kamen Paula und Monica wieder ins Büro zurück. Paula hatte etwas Make-up aufgelegt und sich das Haar gebürstet, aber sie sah immer noch blass und mitgenommen aus.

In Newmans Mercedes fuhren sie zurück zu der Wohnung in der Fulham Road. Newman und Marler saßen vorn, während Tweed zusammen mit Paula die Rückbank einnahm. Tweed hatte den Arm um seine Mitarbeiterin gelegt, und Paula war ihm dankbar für diese Geste. Während der Fahrt durch die verlassenen, dunklen Straßen blickte Newman wiederholt in den Rückspiegel.

»Wir werden verfolgt«, sagte er auf einmal. »Von einem Taxi. Ich fahre mal kurz links ran und schaue es mir etwas näher an.«

Newman stieg aus und winkte dem Taxi. Zuerst sah es so aus, als wollte der Fahrer nicht anhalten, aber dann schien er es sich doch anders überlegt zu haben. Er starrte Newman unfreundlich an, als er die Tür öffnete.

»Sind Sie schon lange hier in diesem Land?«, fragte Newman lächelnd.

»Sicher. Aber was geht das Sie an?«

Der Mann hatte einen starken amerikanischen Akzent. Newman packte ihn beim Kragen seiner Lederjacke und zerrte ihn auf die Straße. Der Amerikaner riss sich los und griff ins Innere seiner Jacke.

»Das hättest du nicht tun soll …«

Er brachte den Satz nicht zu Ende, denn Newman gab dem Mann einen Kinnhaken, der diesen bewusstlos zusammenbrechen ließ. Newman packte ihn und schob ihn zurück auf den Fahrersitz. Dann öffnete er den Reißverschluss der Jacke und sah, dass der Mann ein Schulterhalfter trug, aus dem der Griff einer Waffe herausragte. In der Innentasche der Jacke steckte ein amerikanischer Diplomatenpass. Newman schaltete den Motor des Taxis aus, zog den Zündschlüssel ab und warf ihn in den Vorgarten eines nahen Hauses. Dann ging er zurück zu seinem Mercedes.

»So, jetzt können wir weiterfahren«, sagte er, als er wieder hinter dem Steuer saß.

»Wir wurden also verfolgt«, bemerkte Tweed nachdenklich. »Die haben offenbar den Taxifahrer bestochen.«

»Nein«, sagte Newman, der weiterhin ab und zu in den Rückspiegel schaute, »der Fahrer war ein Amerikaner.« Er warf den Pass nach hinten. »Sehen Sie selbst.«

»Ich frage mich, was mit dem wirklichen Fahrer passiert ist«, meinte Tweed, während er sich den Pass ansah.

»Möglicherweise liegt er auf dem Grund der Themse«, sagte Paula seufzend. »Dort lassen sie offenbar alle ihre Opfer verschwinden.«

»Der Mann in dem Taxi heißt Lew Willis«, sagte Tweed. »Ich werde von Paulas Wohnung aus Buchanan anrufen und ihm mitteilen, dass in dem Taxi ein Verdächtiger sitzt. Ohne seinen Diplomatenpass wird der Typ eine Menge Ärger bekommen …«

Butler erwartete sie am Eingang zu Paulas Wohnhaus. Als der Mercedes anhielt, kam Nield gerade mit dem anderen Wagen angefahren. Er stellte ihn ab und ging hinüber zu Butler. Tweed sagte Paula, sie solle mit Newman und Marler im Auto warten, bis er mit den anderen beiden gesprochen habe. Nield winkte seinem Chef fröhlich zu.

»Harry hat die Wohnung überprüft«, sagte er zu Tweed, »und ich habe inzwischen eine Runde durchs Viertel gedreht und nach etwaigen verdächtigen Gestalten Ausschau gehalten. Scheint alles in Ordnung zu sein. Wie sieht es in der Wohnung aus, Harry?«

»Alles paletti. In der Wohnung im Erdgeschoss ist niemand zu Hause. Offenbar wird sie zurzeit nicht bewohnt. Ich habe in Paulas Wohnung die Vorhänge zugezogen und ein paar Lichter angemacht.«

»Danke, Harry«, sagte Paula, die auf ein Zeichen Tweeds hin aus dem Wagen gekommen war. »Die Frau, die unter mir wohnt, ist verreist. Wie sind Sie überhaupt in meine Wohnung gekommen? Ich habe nämlich vergessen, Ihnen den Schlüssel für das zweite Schloss zu geben.«

»Mit einem Dietrich. Das war ein Kinderspiel.«

»Wissen Sie eigentlich, was für eine Strafe auf Einbruch steht?«, sagte Paula verschmitzt.

»Und ob ich das weiß. Aber für eine schöne Frau tue ich einfach alles. Sollten wir nicht lieber hineingehen? Hier draußen friert man sich ja alles ab. Ich habe mir erlaubt, schon mal die Heizung aufzudrehen.«

Als alle in der Wohnung waren, bestand Paula darauf, für alle Kaffee zu kochen. Tweed setzte sich ans Telefon und rief Buchanan an. Nachdem er den Hörer wieder aufgelegt hatte, sah er Paula an, die gerade gerade den Kaffee eingoss.

»Kann ich kurz mit Ihnen sprechen, oder fühlen Sie sich noch nicht fit genug?«

»Es geht schon – reden Sie nur. Ich bin zwar ziemlich müde, aber mein Verstand arbeitet noch.«

»Vergessen Sie das, was in der Eagle Street vorgefallen ist! Offiziell ist es nie passiert. Wir haben noch nie von dieser Straße gehört, geschweige denn von dem Lagerhaus. Wenn wir Buchanan davon berichten, werden wir in seine Untersuchungen mit hineingezogen, und dabei würden wir nur Zeit verlieren, die wir nicht haben. Die Leiche von Hank Sowieso …«

»Hank Waltz«, sagte Newman. »Besser bekannt als Diamond

Waltz. Das ist auch der Typ mit dem Lincoln neulich gewesen. Das erste Mal bin ich ihm über den Weg gelaufen, als ich vor ein paar Monaten in New York ein Interview mit Sir Guy Strangeways geführt habe.«

»Wollen Sie damit andeuten, dass Strangeways einen Schlägertypen wie den als Leibwächter angeheuert hat?«, fragte Tweed ungläubig.

»Sieht ganz so aus.«

»Bevor ich unter die Dusche gehe, hole ich noch rasch zwei Decken für Pete und Harry«, sagte Paula, »damit sie es sich auf den Sofas bequem machen können.«

»Eine Decke genügt«, entgegnete Nield. »Wir wechseln uns gegenseitig ab. Einer hält Wache, während der andere schläft. Wenn sich tatsächlich jemand in die Wohnung schleichen sollte, dann gnade ihm Gott.«

»Dann sage ich schon mal gute Nacht«, sagte Paula. Sie ging zu Tweed und umarmte ihn. »Und machen Sie sich keine Vorwürfe mehr deshalb, dass Sie mich vom Goodfellows allein nach Hause haben fahren lassen. Ich kann schon selber auf mich aufpassen. Das habe ich heute Abend ja wohl bewiesen.«

Als Paula im Badezimmer war, wandte Tweed sich an die anderen. »Ich wollte vorhin noch sagen, dass die Leiche von diesem Hank Sowieso wohl demnächst irgendwo stromabwärts angespült werden wird. Deshalb dürfen wir nicht durchsickern lassen, dass wir irgendetwas mit der Sache zu tun haben. Woher wollen Sie eigentlich wissen, dass es sich bei Paulas Entführer tatsächlich um diesen Diamond Waltz handelt, Bob?«

»Aus zweierlei Gründen. Erstens hat Paula ihn genau beschrieben, und zweitens bin ich mir ziemlich sicher, ihn vorm Goodfellows herumlumgern gesehen zu haben. Und was machen wir jetzt?«

»Wir fahren zurück zur Park Crescent. Wir haben heute Nacht noch viel zu tun ...«

»Buchanan hat mir vorhin am Telefon eine ziemlich beunruhigende Geschichte erzählt«, sagte Tweed zu Newman und Marler, als sie wieder im Büro waren. »Ein amerikanisches Mediensyndikat versucht, die Kontrolle über zwei der führenden Londoner Tageszeitungen zu bekommen. Außerdem soll es kurz davor stehen, einen der wichtigsten Fernsehsender und drei große Radiostationen aufzukaufen. Die Amerikaner bieten so viel Geld, dass ihnen das Geschäft vermutlich auch gelingen wird.«

»Was wird denn auf einmal gespielt?«, fragte Monica, die zwischen zwei Telefongesprächen gerade Zeit zum Zuhören gehabt hatte.

»Scheint eine ernste Sache zu sein. Wenn sich das Syndikat wirklich so massiv in die englische Presselandschaft einkaufen kann, dann ist es auch dazu in der Lage, einen Großteil der britischen Bevölkerung zu manipulieren. Irgendwie wirft da so etwas wie ein gewisser Dr. Goebbels seine Schatten voraus.«

»Das klingt ja richtig unheimlich«, sagte Monica.

»Das ist es auch«, bestätigte Tweed. »Und es wird von Stunde zu Stunde gefährlicher.«

»Was können wir dem entgegensetzen?«, fragte Newman.

»Wir brauchen mehr Leute, und die müssen so hart wie die Gegenseite – oder noch härter – sein«, warf Marler ein. »Sie wissen ja, dass ich einige Zeit im East End gelebt habe. Falls wir Verstärkung brauchen sollten, kann ich dort auf eine schlagkräftige Truppe zurückgreifen. Die Jungs nennen sich ›Alf's Mob‹ und sind knallharte Faustkämpfer.«

»Aber gegen die amerikanischen Revolverhelden haben sie keine Chance«, entgegnete Tweed.

»Meinen Sie?«, fragte Marler sarkastisch. »Die Fäuste der Burschen können tödlich sein. Außerdem habe ich sie in einer abgelegenen Gegend draußen auf dem Land im Gebrauch von Handgranaten, automatischen Gewehren und Pistolen trainiert. Darüber hinaus können sie sich so leise bewegen, dass sie einem die Kehle abdrücken können, ohne dass man sie hat kommen hören.«

»Ich bin beeindruckt.«

»Vergessen Sie nicht, dass es im Zweiten Weltkrieg die aus

Cockneys bestehenden Einheiten waren, die die Japaner in Birma das Fürchten gelehrt haben. Cockneys! Im Dschungelkrieg!«

»Gut, dann haben wir also eine Reserve, auf die wir vielleicht sogar gut werden zurückgreifen können. Ich arbeite nämlich gerade einen Plan aus, der uns in die Offensive gehen lässt. Wir dürfen die Initiative nicht länger diesen amerikanischen Killertypen überlassen. Aber davon erzähle ich Ihnen später mehr.«

»Wird auch langsam Zeit«, murmelte Marler vor sich hin.

»Tweed«, sagte Monica und lugte hinter ihrem Computerbildschirm hervor. »Ich wollte Sie übrigens noch vorwarnen. Howard ist aus Übersee zurück und könnte jeden Moment hier eintrudeln.«

»Dann gehen wir wohl lieber alle schnell nach Haus. Monica soll sich um Howard kümmern«, schlug Newman vor.

»Gute Idee!«, meinte Marler.

Howard, der Direktor des SIS, war bei seinen Leuten nicht gerade sonderlich beliebt. Er war ein großspuriger Mann, der sich ständig darüber beschwerte, dass Tweed ihn nicht vollständig auf dem Laufenden hielt. Damit hatte er nicht einmal Unrecht, denn Tweed neigte dazu, Informationen so lange für sich zu behalten, bis er selbst durchblickte, was genau gespielt wurde.

Das Telefon klingelte. Monica hob ab und machte ein erstauntes Gesicht. Dann hielt sie die Hand über die Sprechmuschel und wandte sich an Tweed.

»Da ist eine gewisse Denise Chatel am Apparat. Sie sagt, sie sei Sharon Mandevilles Assistentin. Sie ist am Autotelefon und fragt, ob Sie noch im Büro sind. Sie könnte in fünf Minuten hier sein.«

»Was will die Frau bloß so spät noch von mir? Egal, wir sollten ihr mal auf den Zahn fühlen. Wie klingt sie denn?«

»Sie hat eine bezaubernde Stimme.«

Tweed sah Monica fragend an, weil diese bisher noch nie etwas Derartiges über eine Frau gesagt hatte. Dann bedeutete er ihr mit einem Nicken, dass er Denise Chatel empfangen werde.

»Nun gut«, sagte er, nachdem Monica aufgelegt hatte. »Bevor Paula nach ihrem Erlebnis in der Eagle Street zu uns gekommen ist, Marler, haben wir gerade über Kurt Schwarz gesprochen, der vor Ihren Augen ermordet wurde.«

»Ich mache mir immer noch Vorwürfe, dass ich seine Leiche einfach zurückgelassen habe«, sagte Marler. »Es hat mich Überwindung gekostet, Buchanan durch einen anonymen Anruf auf den Toten aufmerksam zu machen.«

»Sie hatten doch keine andere Wahl«, sagte Tweed. »Wir können es uns jetzt einfach nicht leisten, in polizeiliche Ermittlungen hineingezogen zu werden. Aber sind Sie wirklich sicher, dass es nicht diese Männer mit den Regenschirmen waren, die ihn umgebracht haben? Immerhin waren sie ja bewaffnet.«

»Aber nur mit Pistolen«, sagte Marler. »Ich verstehe mein Handwerk gut genug, um zu erkennen, wann jemand von einer Gewehrkugel getötet wurde. Der Mörder muss das Phantom gewesen sein.«

»Vielleicht ist es ja interessant, dass Basil Windermere ein paar Minuten zuvor in seinem Haus ganz in der Nähe verschwunden ist«, merkte Newman an. »Und die letzten Worte von Kurt Schwarz waren: *Basil ... Schwarz ...*«

»Tja, schon seltsam, dass er den eigenen Namen genannt hat«, sagte Tweed. »Im Moment beschäftigt mich aber noch etwas anderes. Ich habe Ihnen doch erzählt, dass ich in der amerikanischen Botschaft gesehen habe, wie Jefferson Morgenstern eine Akte in einen Panzerschrank gelegt hat. Ich möchte zu gern wissen, was das für Papiere gewesen sind. Ich glaube, ich werde mal Pete und Harry darauf ansetzen, sie mir zu beschaffen. Die beiden haben sich eine kleine Abwechslung verdient. Dürfte spannend sein, wie sie es anstellen.«

»Vielleicht stecken sie dazu ja die ganze Botschaft in Brand«, meinte Monica.

»Das ist keine schlechte Idee.«

»Aber das war doch nur ein Witz«, meinte Monica abwehrend.

»Hab ich mir schon gedacht, aber die Idee ist trotzdem nicht schlecht.« Tweed hielt inne, weil das Telefon klingelte. Monica ging ran und sagte ihm kurz darauf, dass die angekündigte Besucherin da sei. »Sagen Sie George, er soll sie heraufbringen.«

George führte Denise Chatel in Tweeds Büro und zog sich gleich darauf wieder zurück. Beim Anblick der Frau, die jetzt verschüchtert in der Mitte des Raums stand, sprang Newman sofort auf. Marler, der wie gewohnt an der Wand lehnte, nahm seine Zigarette aus dem Mund und stellte sich gerade hin. Tweed amüsierte sich innerlich über die Reaktion seiner beiden Mitarbeiter.

Denise Chatel, die ein eng anliegendes dunkelblaues Kostüm trug, war tatsächlich ein verlockender Anblick. Sie war Anfang dreißig, etwa eins zweiundsiebzig groß und hatte eine gute, nicht zu üppige Figur und dunkelbraunes, schulterlanges Haar. Ihr Gesicht war länglich und schön geschnitten, und die Lippen umspielte der Anflug eines freundlichen Lächelns. Tweed stand auf und gab ihr die Hand.

»Bitte, setzen Sie sich doch, Ms. Chatel. Ich brenne darauf zu erfahren, was Sie mitten in der Nacht zu uns führt.«

Denise Chatel nahm Platz und schlug mit einer graziösen Bewegung die Beine übereinander. Weder Newman noch Marler ließen sie auch nur eine Sekunde lang aus den Augen.

»Ich bin selber eine Nachteule, Mr. Tweed. Das kommt meiner Chefin sehr entgegen, die gern dann arbeitet, wenn die meisten anderen die Botschaft schon verlassen haben.«

»Möchten Sie vielleicht eine Tasse Kaffee?«, fragte Newman.

»Ich wollte gerade eine Kanne aufsetzen«, sagte Monica in leicht gereiztem Ton.

»Das wäre wunderbar. Außerdem hätte ich gerne ein Glas kaltes Wasser – falls es nicht zu viel Mühe macht.«

Ihre Stimme klang kühl. Sie hatte eine leicht amerikanische Färbung, unter der aber ein gänzlich anderer Akzent mitschwang.

»Denise Chatel«, sagte Tweed und blickte die Besucherin durch seine Hornbrille an. »Der Name klingt französisch.«

»Mein Vater war Franzose, meine Mutter Amerikanerin. Ich war schon fast dreißig, als wir nach Washington gegangen sind, wo man meinem Vater einen guten Job angeboten hatte. Ich habe sie begleitet.«

»Kommen Sie denn ab und zu auch mal nach Frankreich zurück?«, fragte Tweed mit sanfter Stimme.

»Aber ja. Ziemlich oft sogar. Schon beruflich habe ich häufig in der amerikanischen Botschaft in Paris zu tun. Sharon möchte immer auf dem Laufenden über das sein, was in Europa gerade passiert.« Sie setzte ein Lächeln auf. »Aber soll das ein Verhör sein, Mr. Tweed?«

»Nein, überhaupt nicht. Ich finde es nur interessant, wenn jemand einen internationalen Hintergrund hat. Was für einen Job hat Ihr Vater denn in Washington?«

»Er war Diplomat.«

Tweed hatte Denise Chatel nicht angesehen, sondern Kringel auf seinem Notizblock gekritzelt. Jetzt ließ etwas im Ton ihrer Stimme ihn aufblicken.

»Er war?«

»Ja. Er ist vor einem Jahr zusammen mit meiner Mutter bei einem Autounfall in der Nähe von Washington gestorben.«

Tweed bemerkte einen feuchten Glanz in Denises Augen. Sie griff nach der Kaffeetasse, die Monica vor ihr hingestellt hatte, und nahm einen Schluck. Dann setzte sie die Tasse wieder ab und blickte sich wie ein scheues Reh um.

»Mein herzliches Beileid«, sagte Tweed. »Ich weiß, dass Worte einem nicht viel helfen können, wenn man einen solchen Verlust erlitten hat. Ich hoffe, es macht Ihnen nichts aus, wenn ich Ihnen noch eine diesbezügliche Frage stelle. Ich würde gern wissen, ob bei dem Autounfall ein anderes Fahrzeug beteiligt war.«

»Ist schon in Ordnung«, sagte Denise und trank einen weiteren Schluck Kaffee. »Ja, laut Auskunft der Polizei war ein weiteres Fahrzeug an dem Unfall beteiligt. Dessen Fahrer hat aber Fahrerflucht begangen und ist nie gefunden worden.«

»Eine andere Frage, Ms. Chatel«, mischte Marler sich ein.

»Dürfte ich Sie vielleicht morgen zum Abendessen einladen.«

»Kann ich mir das noch eine Weile durch den Kopf gehen lassen?«, fragte Denise und drehte sich in ihrem Stuhl um, um Marler genauer in Augenschein zu nehmen. »Aber zunächst einmal danke für das Angebot.« Sie wandte sich wieder Tweed zu und sagte mit leiser Stimme: »Kann man diesen Leuten hier vertrauen? Ich spüre ziemlich deutlich, dass die Frau, die mir den Kaffee gebracht hat, mich nicht mag.«

»Ich lege für alle drei meine Hand ins Feuer«, erwiderte Tweed ruhig.

»Ich habe Angst. Große Angst.«

Obwohl sie jetzt wieder mit normaler Stimme sprach, kam Tweed die Frau irgendwie verändert vor. Als sie in sein Büro gekommen war, hatte sie einen verschüchterten, aber lebhaften Eindruck auf ihn gemacht. Jetzt schienen ihre blauen Augen ihn geradezu um Hilfe anzuflehen. Sie machte tatsächlich den Eindruck, unter großer Angst zu leiden. Newman goss ihr noch etwas Kaffee nach.

»Ist das der Grund, weshalb Sie mich sprechen wollten?«, fragte Tweed.

»Ja. Aber ich hatte ursprünglich einen anderen Grund. Aber von dem erzähle ich Ihnen später.«

»Warum kommen Sie ausgerechnet zu mir?«

»Weil Cord Dillon mir gesagt hat, Sie wären der einzige Mensch, dem ich in London vertrauen könnte, wenn ich einmal in Schwierigkeiten gerate.«

Tweeds Gesichtsausdruck blieb unverändert, obwohl die Worte der Frau ihn hellhörig machten. In seinem Kopf überschlugen sich die Gedanken, und er ging eine Reihe von Möglichkeiten durch, die allesamt ziemlich bedrohlich waren.

»Wie haben Sie denn Cord Dillon kennen gelernt?«, fragte er vorsichtig.

»Sharon hat ihn ein paarmal aus Langley in ihr Washingtoner Büro gebeten. Was sie besprochen haben, weiß ich nicht, denn man hat mich immer hinausgeschickt. Aber Dillon hat einen sehr integren Eindruck auf mich gemacht. Einmal war er ein paar Minuten zu früh bei uns, und da haben wir uns miteinander unterhalten. Ich habe ihm erzählt, dass Sharon und ich nach London gehen würden. Daraufhin hat er mir Ihren Namen genannt.«

»Wovor haben Sie Angst?«

»Nun ...« Sie hielt inne. »Ich werde von einigen der Männer verfolgt, die vor kurzem neu in die Botschaft gekommen sind. Sie überwachen mich auf Schritt und Tritt und haben sogar mein Telefon angezapft. Mein Appartement hier in Belgravia – ganz in der Nähe von Sharons Wohnung übrigens – ist durchsucht worden, während ich in der Botschaft war. Sah nach der Arbeit von hochkarätigen Profis aus. Fast wäre es mir gar nicht aufgefallen, aber ich bin nun mal sehr ordentlich und merke es sofort, wenn irgendwelche Dinge nicht ganz am gewohnten Ort sind.«

»Und wie kann ich Ihnen in dieser Angelegenheit helfen?«

»Ich möchte, dass wir miteinander in enger Verbindung bleiben«, sagte sie und drehte sich zu Marler um. »Jetzt habe ich mich übrigens entschieden. Ich würde Ihre Einladung zum Abendessen gern annehmen. Wie heißen Sie übrigens?«

»Alec«, antwortete Marler wie aus der Pistole geschossen und verwendete dabei den erstbesten Namen, der ihm einfiel. »Ich schlage vor, dass wir ins Lanesborough gehen. Soll ich Sie von Ihrer Wohnung abholen?«

»Nein! Tun Sie das nicht!« Sie schien beunruhigt zu sein. »Mein Appartement wird ständig überwacht. Ich komme ins Hotel.«

»Dann sagen wir um acht Uhr? Ich werde etwas früher kommen und in der Bar auf Sie warten.«

»Vielen Dank.«

»Vielleicht erzählen Sie uns jetzt von dem Grund, dessentwegen Sie ursprünglich hierher kommen wollten«, erinnerte sie Tweed.

»Ach du meine Güte, das hätte ich fast vergessen!« Sie drehte sich so, dass sie Newman ansah. »Sharons Beschreibung nach müssten Sie eigentlich Mr. Newman sein. Sie sind doch morgen Abend mit ihr im Santorini's verabredet, oder? Sie hat mich mit dem Wagen hergeschickt, um Ihnen ausrichten zu lassen, dass sie um halb neun dort sein wird.«

»Aber das hätte sie Newman doch auch telefonisch mitteilen können«, sagte Tweed.

»Sie hat es versucht, aber es war ständig besetzt.«

Tweed blickte hinüber zu Monica, die durch ein Nicken das Gesagte bestätigte. Sie hatte alle Leitungen belegt, während sie mit ihren Kontaktpersonen in Amerika gesprochen hatte. Monica arbeitete immer noch fieberhaft an den Dossiers.

»Jetzt gehe ich aber lieber wieder«, sagte die Besucherin, »sonst fragt man sich noch, wo ich so lange bleibe. Und, bitte, nennen Sie mich Denise.«

»Ich bringe Sie zu Ihrem Wagen, Denise«, sagte Marler.

»Nein, bitte nicht. Möglicherweise ist man mir gefolgt. Ich will nicht, dass man Sie sieht. Aber danke für das Angebot.«

»Wir bleiben in Verbindung«, sagte Tweed. Er stand auf und gab ihr die Hand. Denise Chatel hatte einen festen Händedruck. »Wenn Sie Marler morgen Abend noch mehr erzählen wollen, kann er es ja an mich weiterleiten.«

Monica wartete, bis die Besucherin den Raum verlassen hatte, dann begann sie, mit den Fingern auf dem Schreibtisch herumzutrommeln.

»Die hat Sie alle ganz schön eingewickelt«, sagte sie.

»Wie kommen Sie darauf?«, widersprach Tweed.

»Als Frau merkt man so was. Aber ich muss zugeben, sie sieht fantastisch aus.«

»Ist Ihnen eigentlich nichts aufgefallen, Monica?«

»Was denn?«

»In Ihrem Dossier über Sharon Mandeville stand, dass *deren* Eltern bei einem Autounfall in den Staaten ums Leben gekommen sind. Und jetzt hören wir, dass Denises Eltern beide auf dieselbe Weise starben. Das ist für meinen Geschmack etwas zu viel Duplizität der Ereignisse, an die ich ja ohnehin nicht glaube.«

»Und was wäre Ihre Erklärung?«

»Zum Beispiel die, dass beide Elternpaare absichtlich umgebracht wurden, damit ihre Töchter ihnen eine bestimmte Sache nicht weitererzählen konnten. Aber das ist nichts als eine erste Vermutung. Haben Sie eigentlich diesen Charlie bereits identifizieren können?«

»Nein, noch nicht«, erklärte Monica. »Ich warte darauf, dass man mir Kopien von gewissen Geburtsurkunden zufaxt. Viele Leute bekommen von ihren Eltern mehrere Namen und benützen dann nur den, der ihnen am besten gefällt. Aber ich bin an der Sache dran.«

»Das habe ich auch nicht anders erwartet.«

Tweed fing wieder an, auf seinem Block herumzukritzeln. Nach einer Weile schaute er zu Marler hinüber.

»Basil ... Schwarz ...«, murmelte er mehr zu sich selbst. »Was für eine Nationalität hatte eigentlich dieser Kurt Schwarz?«

»Er war Schweizer«, antwortete Marler.

»Wissen Sie, aus welchem Teil der Schweiz er stammt?«

»Aus dem deutschsprachigen.«

»Jetzt hab ich's!«, rief Tweed und warf den Kugelschreiber auf den Block. »Bereiten Sie sich auf eine längere Reise vor. Wir werden demnächst alle zusammen in die Schweiz fliegen. Und packen Sie ein paar warme Sachen ein. Drüben auf dem Kontinent ist alles tief verschneit.«

11

Jake Ronstadt saß am Kopfende des langen Tischs im Konferenzraum der amerikanischen Botschaft. Die Jalousien waren heruntergelassen. Vor Ronstadt, der seine Spielkarten mischte, saßen acht Amerikaner, jeweils vier zu beiden Seiten des Tischs. Das Executive Action Department tagte mitten in der Nacht.

»Gestern sind zwei Männer spurlos verschwunden«, sagte Jake Ronstadt, der nicht bei bester Laune war. »Deshalb sind Brad und

Leo heute neu zu uns gestoßen. Ich mag es nicht, wenn meine Leute verschütt gehen.«

»Was ist denn mit den beiden passiert?«, fragte Vernon, der magere Mann mit dem harten Gesicht.

»Halt dein vorlautes Maul, Vernon! Darauf wollt ich gerade zu sprechen kommen. Hank Waltz sollte sich um Paula Grey kümmern. Ich habe keine Ahnung, ob er es geschafft hat, und ich kann es nicht ausstehen, wenn ich etwas nicht weiß. Das schreibt euch hinter die Ohren. Und dann ist auch noch Lew Willis verschwunden – er hat mich noch auf dem Handy angerufen, nachdem er ein Taxi gestohlen und damit zwei Männer aus der Park Crescent verfolgt hatte. Die sind wie die Verrückten durch winzige Seitenstraßen gefahren – da hat er sie verloren. Dann ist er zurück zur Park Crescent gefahren und hat von dort aus vier Leute in einem Mercedes verfolgt. Seitdem habe ich nichts mehr von ihm gehört. Absolut nichts. Auch sein Handy antwortet nicht. So, jetzt wisst ihr, warum ich so sauer bin.«

»Wir haben verstanden, Boss«, sagte Brad, ein untersetzter Mann mit großen Zähnen.

»Du verstehst überhaupt nichts, und deshalb halte gefälligst die Klappe!«

Ronstadt mischte weiter die Karten und ließ die acht Männer warten. Es war wichtig, dass sie in den Kopf bekamen, wer hier das Sagen hatte.

»Also, wir sollten jetzt damit beginnen, London in Angst und Schrecken zu versetzen«, sagte er schließlich. »Lassen wir unsere Muskeln spielen und zeigen wir den Brits, dass ihre Polizei ein Haufen Schulknaben ist. Verstanden?«

»Klar, Jake«, antworteten alle acht fast gleichzeitig. »Wir haben verstanden.«

»Wer's glaubt. Also, ich werde euch sagen, worum es geht. Das Zauberwort heißt Destabilisierung. Denen unter euch, die nicht wissen, was das bedeutet – und das dürften wohl alle sein –, werde ich jetzt erklären, was ich darunter verstehe. Zunächst einmal werden wir Zeitbomben in Supermärkten, Bars und Restaurants verstecken. Überall dort, wo viele Menschen zusammenkommen. Wenn diese Bomben hochgehen, werden sich die Brits nicht mehr aus ihren Häusern wagen. Bis dann die ersten Bomben *in* den Häusern losgehen. Terror ist eine mächtige Waffe. Habt ihr jetzt kapiert? Eine tolle Idee.«

»Ganz super.«

»Großartig.«

»Echt klasse Wurf.«

Die Männer versuchten, sich gegenseitig mit Komplimenten für Ronstadt zu übertreffen. Ronstadt sah sie mit fest aufeinander gepressten Lippen böse an. Dann schüttelte er den großen Kopf und mischte wieder einmal die Karten.

»Ihr habt es immer noch nicht kapiert. Wenn überall Bomben hochgehen und viele Menschen sterben oder verletzt werden, schreien die Brits lauthals nach der Polizei. ›Wieso wird nichts gegen den Terror unternommen?‹ werden sie fragen. Aber dann treten wir auf den Plan und bieten ihnen eine Spezialeinheit des FBI an. Eine Woche nachdem die ihre Ermittlungen aufgenommen hat, hören die Bombenanschläge auf. Und dann sieht jeder, dass die Amerikaner sehr viel bessere Arbeit leisten als die Blödmänner von der Londoner Polizei. ›Das FBI soll für unsere Sicherheit sorgen‹, werden die Brits betteln. Und wir werden uns nicht lange betteln lassen. Dann ist endgültig Schluss mit all diesem englischen Unsinn. Wie ihr die Bomben platzieren müsst, wisst ihr ja. Ihr habt es ja erfolgreich in Philadelphia mit Attrappen geübt, wie man es anstellt, dass sie nicht entdeckt werden.«

»Wann fangen wir an?«, fragte Brad, der es wieder wagte, den Mund zu öffnen.

»Bald. Zuerst muss ich die Sache aber noch mit Charlie beprechen. Bei solchen Anschlägen ist nichts so wichtig, wie der richtige Zeitpunkt …«

Tweed war auf dem Feldbett eingeschlafen, das Monica aus dem Schrank geholt und frisch bezogen hatte. Um vier Uhr früh läutete das Telefon, und Tweed wachte auf, als Monica den Anruf entgegennahm.

»Sind Sie wach?«, fragte sie leise.
»Ja.«
»Ed Osborne ist dran. Er möchte mit Ihnen sprechen.«
»Stellen Sie ihn auf meinen Apparat durch.«
Tweed stand auf, zog sich seinen Morgenmantel über und setzte sich an den Schreibtisch. Dann nahm er den Hörer ab.
»Hier Tweed. Was kann ich für Sie tun, Ed?«
»Ich hoffe, Sie haben noch nicht geschlafen.«
»Leider doch. Um was geht es denn?«
»Ich finde, wir zwei sollten einmal miteinander reden. Unter vier Augen. Kennen Sie das Pub namens Raging Stag in der Picadilly?«
»Kenne ich.«
»Können wir uns heute Mittag dort treffen? Sagen wir um zwölf?«
»Wollen Sie mir nicht schon mal sagen, worüber Sie mit mir reden wollen?«
»Nein. Nicht am Telefon.«
»Dann bis morgen Mittag im Raging Stag.«
Nachdem Tweed aufgelegt hatte, gab er den Inhalt der kurzen Unterhaltung an Monica weiter. Sie schüttelte den Kopf.
»Haben Sie denn noch immer nicht genug von dem Kerl?«, sagte sie. »Nach dem Auftritt, den er sich hier geliefert hat?«
»Amerikaner sind oft etwas ungestüm. Mir macht das nichts aus. Und je mehr ich über die Pläne der Gegenseite herausfinden kann, desto besser. Die Zeit läuft uns davon.«
»Ist Ihnen schon aufgefallen, was für ein großes Interesse die Amerikaner auf einmal an uns haben? Heute Abend geht Bob mit Sharon Mandeville ins Santorini's, und Denise Chatel hat Marlers Einladung ins Lanesborough angenommen.«
»Dasselbe habe ich mir eben auch gedacht. Ach übrigens, ich möchte, dass Sie für die nächsten Tage jeweils sechs Plätze in der ersten Swissair-Maschine nach Basel buchen, für mich, Paula, Newman, Marler, Harry Butler und Pete Nield. Ich weiß noch nicht, an welchem Tag wir fliegen werden, aber die Entscheidung kann ziemlich rasch fallen. Buchen Sie deshalb jeden

Tag und stornieren Sie die Buchung jeweils, sobald wir wissen, dass wir nicht fliegen. Keith Kent, unser Spezialist für Geld und Banken, hat mich angerufen und erzählt, dass viele Millionen Dollar auf der Zürcher Kreditbank eingezahlt wurden – was wiederum die Information bestätigt, die Kurt Schwarz Marler gegeben hat. Ich frage mich langsam, wozu das Geld gebraucht wird.«

»Wer kann das bei einer solchen Riesensumme schon sagen? Aber um noch einmal auf Osborne zurückzukommen: Ich bezweifle, dass er Ihnen viel sagen wird.«

»Irgendwas wird er schon herauslassen. Ach, ich hätte noch eine Bitte. Verbinden Sie mich heute Vormittag doch irgendwann einmal mit René Lasalle, dem Chef der *Direction de la Surveillance du Territoire* – der französischen Spionageabwehr.«

»Wird erledigt.«

»Haben Sie inzwischen denn herausgefunden, wer dieser Charlie ist?«

»Nein. Wie ich schon sagte, es ist nicht einfach. Aber ich werde weiter nachforschen.«

Das Telefon klingelte wieder. Monica hob ab und machte ein missmutiges Gesicht. Nachdem sie kurz zugehört hatte, verfinsterte sich ihre Miene noch weiter.

»Jetzt haben wir Roy Buchanan an der Strippe. Er sagt, es sei dringend.«

»Geben Sie ihn her.« Er nahm Monica den Hörer ab.

»Tut mir Leid, Sie um diese Zeit zu stören, aber ich weiß ja, dass Sie die ganze Nacht arbeiten«, sagte Buchanan.

»Sogar ich lege mich manchmal für ein paar Minuten aufs Ohr.«

»Dann bitte ich vielmals um Verzeihung. Aber es ist etwas Schlimmes passiert. Kann ich gleich bei Ihnen vorbeikommen? Es dürfte etwas sein, was Sie interessieren könnte.«

»Kann das denn nicht bis später warten?«

»Wie Sie meinen. Wann würde es Ihnen denn passen?«

»Um acht. Sie klingen besorgt, Buchanan, aber warten Sie erst mal, bis Sie mich hören. Dann werden Sie wirklich Sorgen haben.

Zumindest wenn meine Einschätzung der Situation zutreffend ist.«

»Ich habe auch so schon genug Ärger am Hals«, konterte Buchanan.

»Ihr armer Hals ...«, sagte Tweed. Er legte auf und wandte sich dann an Monica. »Und Sie gehen jetzt ins Büro nebenan und legen sich schlafen.«

»In Ordnung. Sie klingen, als würde bald ein Sturm losbrechen.«

»Ein Orkan. Windstärke zwölf.«

Tweed hatte wieder nur zwei Stunden geschlafen, als er davon aufwachte, dass die Tür zu seinem Büro geöffnet wurde. Er langte mit der rechten Hand unter das Kissen und griff nach der Walther Automatik, Kaliber 7,65 mm. Dass er die Pistole vor dem Einschlafen dorthin gelegt hatte, zeigte, wie ernst er die Situation nahm. Normalerweise lehnte Tweed es ab, eine Waffe in seiner Nähe zu haben.

Das Licht wurde eingeschaltet. Tweed drehte sich auf die Seite und zielte mit der Waffe in Richtung Tür, wo Howard, der Direktor des SIS, stand und ein erstauntes Gesicht machte. Mit einem Seufzer steckte Tweed die Pistole wieder unter das Kissen, stand auf und streifte sich den Morgenmantel über.

»Tut mir Leid, wenn ich Sie geweckt habe«, murmelte Howard. »Aber George hat mir gesagt, dass Sie noch da sind.«

»Wie Sie sehen, bin ich das auch«, sagte Tweed und schaute auf die Armbanduhr. »Ich habe zwei Stunden geschlafen. Das muss reichen. Aber was bringt Sie zu so früher Stunde ins Büro? Ich habe schon gehört, dass Sie aus dem Urlaub zurück sind.«

Tweed setzte sich hinter seinen Schreibtisch, während der Direktor in dem größten Sessel im Büro Platz nahm. Howard war Mitte fünfzig, eins zweiundachtzig groß und hatte ein dickes, rötliches Gesicht, das von ordentlich gekämmtem, schon leicht angegrautem Haar umrahmt wurde. Er trug einen blauen Chester-Barrie-Anzug von Harrods, ein blütenweißes Hemd und eine Hermès-Krawatte. Wie üblich legte er eines seiner langen Beine über die Armlehne des Sessels. Mit einer sonoren Stimme begann er zu sprechen.

»Das kann man ja wohl kaum als Urlaub bezeichnen. Ich bin gerade aus Washington zurückgekommen und gleich am Flughafen in ein Hotel gegangen, um mich richtig auszuschlafen. Dann habe ich früh gefrühstückt und bin sofort hierher gefahren.«

»Weshalb sind Sie überhaupt nach Washington geflogen?«

Tweed goss sich Wasser aus einer Karaffe, die Monica ihm noch in der Nacht auf den Schreibtisch gestellt hatte, in ein Glas. Er trank einen Schluck, während Howard sich mit der Hand die Haare glatt strich, eine Geste, die ein untrügliches Zeichen dafür war, dass ihn etwas beunruhigte.

»Ich war dort auf Einladung von Jefferson Morgenstern – nur um herauszufinden, dass der ehrwürdige Herr Außenminister inzwischen nach London abgedüst ist. Ein paar seiner hohen Beamten haben sich um mich gekümmert. Sie haben mich in die besten Restaurants eingeladen und jeder, den ich traf, hat mich so zuvorkommend behandelt, als wäre ich der wichtigste Mensch auf der ganzen Welt. Es war alles andere als die Behandlung, die man sonst dort drüben erfährt. Das hat mich alles ziemlich stutzig gemacht. Die Amerikaner wollten etwas von mir, aber sie kamen nie so weit, es offen auszusprechen. Unter ihrer freundlichen Fassade habe ich eine starke Anspannung gespürt. Da drüben in den Staaten ist irgendwas im Busch.«

Tweed erstaunten diese Worte, denn der selbstgefällige Howard bekam sonst nur selten mit, was um ihn herum vorging. Manchmal allerdings hatte er auch lichte Momente. Tweed trank noch einen Schluck Wasser, bevor er antwortete.

»Der Busch, in dem etwas ist, befindet sich hier. Ich habe Ihnen eine Menge zu erzählen ...«

Es war sehr ungewöhnlich, dass Tweed seinen Chef über alles informierte, was in dessen Abwesenheit vorgefallen war, aber jetzt tat er es. Falls es mich erwischt, dachte er, ist es besser, wenn Howard ganz im Bilde ist. Howard hörte sehr aufmerksam zu. Er nahm sogar das Bein von der Sessellehne und beugte sich nach vorn, um besser zuzuhören, was Tweed ihm erzählte.

»So, jetzt wissen Sie alles«, sagte Tweed am Ende seines Berichts. »Ist Ihnen denn in Washington nichts von alledem zu Ohren gekommen?«

»Nein. Aber alle haben ständig betont, wie wichtig angesichts der momentanen Weltlage der Schulterschluss zwischen England und Amerika sei. Aber jedes Mal wenn ich sie gebeten habe, mir das etwas konkreter zu erläutern, haben sie das Thema gewechselt.«

»Interessant. Ist Ihnen sonst noch was aufgefallen?«

»Sie haben mich ständig gefragt, ob ich denn wisse, wo Cord Dillon sich aufhält. Man hat ihn seines Postens enthoben, weil er angeblich Gelder unterschlagen hat.«

»Mumpitz.«

»Das dachte ich auch. Selbst wenn ich gewusst hätte, dass er hier bei uns ist, hätte ich es ihnen nicht gesagt. Jetzt verstehe ich, weshalb Sie den Bunker haben bauen lassen, Tweed. Sie sagten, Sie hätten Ihre wichtigsten Leute dorthin geschickt?«

»Nicht alle, aber immerhin so viele, dass wir jetzt über ein zweites, voll funktionsfähiges Hauptquartier an einem geheimen Ort verfügen.«

»Was ist denn dieser Ed Osborne, mit dem Sie heute zum Mittagessen verabredet sind, für einer?«, fragte Howard.

»Er ist das, was viele Amerikaner voller Hochachtung als einen harten Burschen bezeichnen würden.«

»Klingt nicht sehr sympathisch. Vielen Dank, Tweed, dass Sie so offen zu mir waren. Sie werden sich jetzt bestimmt duschen und anziehen wollen.«

»So ist es. Aber eines wollte ich Ihnen noch rasch mitteilen. Ich war neulich in der Downing Street und habe mich mit dem neuen Premierminister unterhalten. Ich kenne ihn glücklicherweise noch aus der Zeit, als er Kabinettsminister war. Er ist der Auffassung, man solle mit den Amerikanern möglichst behutsam umgehen.«

»Aber Sie sind da anderer Meinung?«, sagte Howard.

»Ich habe ihm eine Reihe von Vorschlägen gemacht. Offenbar drängt Morgenstern darauf, ihn zu sehen. Der Premier hat ihn bisher noch mit dem Hinweis abwehren können, er müsse sich erst in seinem neuen Job zurechtfinden.«

»Sehr interessant. So, ich glaube, ich lasse Sie jetzt besser allein. Wenn ich Ihnen irgendwie behilflich sein kann, zögern Sie nicht, mich anzusprechen. Und passen Sie auf sich auf.«

Auch diese Reaktion seines Chefs fand Tweed überraschend. Er hatte Howard noch nie so kooperativ erlebt. Als er frisch geduscht und angezogen wieder in seinem Büro erschien, saß Monica bereits hinter ihrem Schreibtisch und telefonierte. Als sie damit fertig war, wandte sie sich an Tweed.

»Ich könnte jetzt versuchen, René Lasalle in Paris anzurufen. Er geht früh zur Arbeit, soviel ich weiß, und außerdem ist es dort schon eine Stunde später.«

»Versuchen Sie's.«

Fünf Minuten später stellte Monica das Gespräch auf Tweeds Apparat durch.

»Hallo, René, alter Gauner, wie geht's?«

»Schlecht wäre noch untertrieben, Tweed«, sagte der Franzose in perfektem Englisch. »Ich wollte Sie ohnehin in nächster Zeit anrufen. Was haben Sie auf dem Herzen?«

»Ich brauche Informationen über einen Franzosen mit Namen Chatel. Den Vornamen weiß ich nicht. Er war mit einer Amerikanerin verheiratet. Seine Tochter heißt Denise. Ihr habt ihn als eine Art Diplomat nach Washington geschickt, wo er zusammen mit seiner Frau vor einem Jahr bei einem Autounfall ums Leben gekommen ist.«

»Ist die Telefonleitung sicher?«

»Harry Butler hat sie erst vor kurzem überprüft.«

»Gut. Das, was ich Ihnen zu Ihrer Frage sagen kann, ist nämlich streng vertraulich. Jean Chatel wurde als Attaché an unsere Botschaft in Washington geschickt, aber in Wirklichkeit gehörte er zum Geheimdienst. Er hatte gerüchteweise erfahren, dass die Amerikaner in Europa eine größere Operation vorbereiteten. Chatel ist in die Staaten gegangen, um mehr darüber herauszufinden. Aber noch bevor er seinen ersten Bericht zurückschicken konnte, war er tot.«

»Könnte gut sein, dass er ermordet wurde.«

»Den Verdacht hegen wir auch …«

»René, ich wäre Ihnen sehr verbunden, wenn Sie mir so viel Information wie möglich über Chatels Tochter Denise zukommen lassen könnten. Aber jetzt erzählen Sie mal, weshalb Sie mich anrufen wollten.«

»In letzter Zeit kommen immer wieder Amerikaner nach Paris, die vorgeben, normale Touristen auf dem Weg nach London zu sein. Sie haben aber alle Diplomatenpässe und sehen wie knallharte Profi-Gangster aus. Manche nehmen das Flugzeug nach Heathrow, aber die meisten bevorzugen den Eurostar. Als ich mitbekommen habe, was da los ist, habe ich meine Leute ausgeschickt und jeden, der aus den Staaten gekommen ist und am Flughafen einen Diplomatenpass vorgezeigt hat, unbemerkt fotografieren lassen. Mittlerweile habe ich schon eine hübsche Sammlung von Bildern beisammen.«

»Könnte ich mir die mal ansehen? Am besten wäre es, wenn Sie sie mir per Kurier zukommen lassen könnten, denn die Sache ist brandeilig.«

»Wird gemacht. Auch wir mögen die Amerikaner nicht besonders. Was wollen die Kerle denn bei euch drüben?«

»Das versuche ich gerade herauszufinden. Wir bleiben in Verbindung, René.«

»Der Kurier wird noch heute bei Ihnen eintreffen. Und sehen Sie sich vor, alter Freund …«

Tweed legte auf und starrte aus dem Fenster. Während er unter der Dusche gewesen war, hatte Monica das Feldbett mitsamt Bettzeug wieder im Schrank verstaut und die Vorhänge zurückgezogen. Der Wind peitschte die Wipfel der Bäume im Regent's Park, und die Menschen eilten mit gesenkten Köpfen und hochgeschlagenen Mantelkragen durch die Straßen.

»Monica, würden Sie mir bitte auch ein Dossier über Denise Chatel anfertigen? Ich habe Ihnen gestern Nacht noch ein paar Notizen über sie auf den Schreibtisch gelegt. Tut mir Leid, dass ich Ihnen so viel Arbeit aufhalsen muss, aber es ist wirklich wichtig.«

»Kein Problem.«

»Roy Buchanan scheint sich zu verspäten. Das sieht ihm aber gar nicht ähnlich.«

»Das finde ich auch.«

»Ich hoffe bloß, dass ihm nichts zugestoßen ist.«

Um neun Uhr vormittags öffneten sich die Tore eines großen Kaufhauses in der Oxford Street und eine lange Schlange von Kunden drängte hinein. AUSVERKAUF – LETZTER TAG – NIEDRIGPREISE WIE NOCH NIE war auf einem großen Transparent über dem Eingang zu lesen. Bald war das Erdgeschoss voller Kunden. Sie drängten sich um die Wühltische, grabschten nach den Waren und stellten sich dann an den Kassen an, um zu bezahlen. Manchmal kam es zum Streit zwischen zwei Kunden, die gleichzeitig nach demselben Sonderangebot gegriffen hatten. Weil immer noch viele Leute ins Kaufhaus strömten, hatte man Mühe, es wieder zu verlassen.

Genau um 9 Uhr 15 gab es mitten im Gewühl einen grellen Lichtblitz, gefolgt von einer ohrenbetäubenden Explosion. Verkaufstische wurden in die Luft geschleudert, und überall flogen Glassplitter herum. Viele Kunden waren auf der Stelle tot, andere wiederum taumelten blutüberströmt und mit fassungslosen Gesichtern durch das Chaos. Und dann begann das Schreien.

Von Panik getrieben, drängte die Menge auf die Ausgänge zu und trampelte dabei auf Toten und Verletzten herum. Von draußen war das sich rasch nähernde Heulen von Sirenen zu hören. Das Kaufhaus war ein Bild der Verwüstung, das an die Fernsehberichte von weit entfernten Kriegsschauplätzen erinnerte.

12

»Ich finde, wir sollten noch einmal rekapitulieren, was bisher geschehen ist«, sagte Tweed. »Vielleicht hilft uns das, die Dinge im richtigen Zusammenhang zu sehen. Momentan tappen wir nämlich ziemlich im Nebel herum.«

Mit ihm im Büro befanden sich Newman, Marler, Monica und Paula. Letztere saßen hinter ihren Schreibtischen. Roy Buchanan war noch immer nicht vorbeigekommen und hatte sich auch nicht gemeldet. Monica hatte allen einen starken Kaffee gebraut.

»Es fing alles damit an, dass Cord Dillon nach London kam und Paula ihn vor einem Mordanschlag rettete. Cord wurde von seinem Posten als Stellvertretender Direktor der CIA entfernt, weil er angeblich Geld unterschlagen hat. Er befindet sich jetzt im Bunker. Vor kurzem habe ich Keith Kent, einen Finanzfahnder, auf gewisse amerikanische Transaktionen in der Schweiz angesetzt. Er rief mich von Basel aus an und meinte, ich solle mir dort etwas ansehen. Dann erzählte er mir noch, dass große Summen von Washington auf die Zürcher Kreditbank transferiert wurden – und zwar auf deren Zweigstelle in Basel. Und jetzt würde ich Sie, Paula, bitten, uns eine kurze Zusammenfassung über die Personen zu geben, mit denen wir es in dieser Geschichte bisher zu tun hatten.«

»Sie treffen sich heute mit Ed Osborne zum Mittagessen und zwar auf seinen Vorschlag hin. Auch mit Sharon Mandeville haben Sie sich getroffen, was ebenfalls auf deren Veranlassung hin geschah, ebenso wie die Verabredung, die sie mit Bob für heute zum Abendessen getroffen hat. Marler wiederum trifft sich zur gleichen Zeit mit Denise Chatel, was zwar auf seine Einladung zurückgeht, die aber von ihr bereitwillig angenommen wurde. Alle diese Leute gehören zur Führungsriege der Amerikaner. Langsam drängt sich mir der Verdacht auf, dass sie uns aushorchen wollen.«

»Das kann gut möglich sein«, sagte Tweed. »Aber jetzt geben Sie uns bitte eine kurze Charakteristik der handelnden Personen.«

»Ed Osborne ist hart, intelligent und gefährlich. Ich vermute, dass er bei den Amerikanern ziemlich viel zu sagen hat. Sharon Mandeville habe ich bisher noch nicht persönlich getroffen, deshalb kann ich über sie nicht viel sagen. Denise Chatel *scheint,* nach allem was ich gehört habe, die Netteste von allen zu sein, kommt mir aber auf der anderen Seite ziemlich mysteriös vor. Ich würde sagen, dass sie nur schwer einzuschätzen ist. Wir sollten sie im Auge behalten. Auch hinter Sir Guy Strangeways würde ich ein großes Fragezeichen setzen. Meines Erachtens spielt er ein seltsames Spiel. Sein Sohn Rupert gehört in die Kategorie ›reicher, eingebildeter Nichtsnutz‹, ebenso wie Basil Windermere, bloß dass der nicht reich ist. Stimmen Sie bisher mit mir überein?«

»Nicht ganz, aber fahren Sie bitte fort«, antwortete Tweed.

»Als Nächsten hätten wir Jake Ronstadt. Ich habe ihn nur kurz im Goodfellows getroffen, aber ich habe das Gefühl, dass er sehr gefährlich ist. Er ist voller Energie. Als er mit uns sprach, war er sehr umgänglich, aber ich möchte nicht wissen, wie er mit seinen Untergebenen umspringt. Zu denen gehörte wohl Hank Waltz, der mich gefoltert hat, um Informationen aus mir herauszupressen. Ich bin mir sicher, dass er mich danach getötet hätte. Das zeigt, wozu diese Leute bereit und fähig sind. Dann haben wir noch eine Horde von professionellen Gangstern, die auf dem Umweg über Paris zu uns ins Land gekommen sind. Warum über Paris? Vermutlich, weil sie dachten, das würde weniger Aufsehen erregen.«

»Ich habe heute Morgen mit René Lasalle von der DST gesprochen«, unterbrach Tweed. »Er macht sich große Sorgen wegen dieser Amerikaner und schickt mir per Kurier einen Packen Fotos, die seine Leute von ihnen gemacht haben. Ich möchte, dass Sie alle sich die Bilder ansehen, sobald sie da sind. Was für Rückschlüsse ziehen Sie aus dem, was Sie bisher wissen, Paula?«

»Die Amerikaner versuchen zumindest, ihren Einfluss auf England zu vergrößern. Vielleicht sogar mehr.« Sie hielt inne. »Halten Sie mich nicht für verrückt, aber ich könnte mir vorstellen, dass sie vorhaben, dieses Land unter ihre Kontrolle zu bringen. Vielleicht wollen sie es sogar besetzen und ...«

Paula hörte auf zu sprechen, weil das Telefon klingelte. Monica ging ran und verkündete kurz darauf, dass Chief Inspector Roy Buchanan soeben angekommen sei. Tweed sagte ihr, sie solle ihn sofort heraufkommen lassen.

Als Buchanan hereinkam, waren alle erstaunt, was für ein grimmiges Gesicht er machte. Wortlos ließ er sich von Tweed einen Stuhl anbieten und von Monica einen Kaffee einschenken.

»Den hab ich bitter nötig«, sagte er schließlich und blickte in die Runde. »Ich weiß, dass ich Ihnen allen vertrauen kann, deshalb will ich kein Blatt vor den Mund nehmen. Haben Sie schon die Nachrichten gehört?«

»Welche Nachrichten?«, fragte Tweed. »Was ist eigentlich los mit Ihnen, Roy? Sie sehen ja völlig abgespannt aus.«

»In einem großen Kaufhaus in der Oxford Street ist heute Vormittag eine Bombe explodiert. Das Kaufhaus war wegen einer Ausverkaufsaktion gerade gerammelt voll mit Kunden. Die Bombe war in der Parfümerieabteilung versteckt worden. Bisher hat sie dreißig Menschen das Leben gekostet. Darüber, wie viele Menschen verletzt wurden, liegen noch keine genauen Zahlen vor. Ich komme gerade vom Ort des Geschehens. Es war grauenhaft.«

»Wer kann das getan haben?«, fragte Marler. »Eine radikale Splittergruppe der IRA?«

»Mit Sicherheit nicht. Unsere Sprengstoffspezialisten haben nämlich eine weitere Bombe gefunden, die Gott sei Dank nicht losgegangen ist. Man hat sie entschärft und untersucht. Der Zündmechanismus besitzt eine dermaßen komplizierte Elektronik, dass er nicht von der IRA stammen kann. Unsere Spezialisten tippen eher auf das Silicon Valley in den Vereinigten Staaten. Raten Sie mal, wo die zweite Bombe versteckt war.«

»Wo denn?«, fragte Tweed.

»In der Abteilung für Spielzeug und Baby-Bekleidung. Übrigens sind auch dem ersten Sprengsatz einige Kinder zum Opfer gefallen.«

»Diese verdammten Schweine!«, knurrte Newman.

»Wie sind die Bombenleger denn in das Kaufhaus gekommen?«, wollte Tweed wissen.

»Keine Ahnung. Die Angestellten, die um neun Uhr die Türen geöffnet haben, sollen keinerlei Anzeichen für einen Einbruch bemerkt haben. Die Attentäter müssen darüber hinaus die Alarmanlage aus- und später wieder eingeschaltet haben, sodass niemand vom Personal misstrauisch wurde.«

»Vielleicht will hier jemand Angst und Schrecken verbreiten«, sagte Tweed.

»Wenn das die Absicht der Bombenleger war, dann hatten sie damit vollen Erfolg. Noch bevor ich den Befehl zum Absperren der Oxford Street gegeben habe, war dort kein Mensch mehr zu sehen gewesen. Die Nachricht von der Explosion hat sich wie ein Lauffeuer in der Stadt verbreitet.«

»Haben Sie schon eine Vermutung, wer für den Anschlag verantwortlich sein könnte?«

»Bisher leider noch nicht. Aber die Untersuchung läuft ja erst an.«

»Roy, weshalb wollten Sie mich heute Nacht sehen?«

»Zuerst einmal wollte ich Ihnen sagen, dass wir eine Leiche aus der Themse gefischt haben. Sie wurde auf einer Schlammbank südlich vom East End angespült. Es war kleiner, untersetzter Mann mit Glatze. Hank Waltz.«

»Sind Sie sich da sicher?«

»Ja. Ich kenne ihn doch von dem kleinen Zwischenfall mit dem Lincoln. Außerdem hatte er einen durchweichten amerikanischen Diplomatenpass in der Hosentasche.«

»Werden Sie die amerikanische Botschaft informieren?«

»Nein, das werde ich nicht«, sagte Buchanan mit Nachdruck. »Sie werden es kaum glauben, aber ich habe den Pass verloren. Erst wenn die Yankees mich gezielt nach Waltz fragen, werde ich sie informieren. Und dann haben wir noch eine zweite Leiche gefunden.«

»Auch in der Themse?«, fragte Tweed.

»Nein. Ein anonymer Anruf hat uns auf sie aufmerksam gemacht. Er klang so mysteriös, dass ich selber hingefahren bin. Eigentlich dachte ich, wir würden einen weiteren Amerikaner finden, aber dem war nicht so. Der Tote lag vor einem Haus in der Regent Street. Er wurde von einer Gewehrkugel in der Stirn getroffen.«

»Hatte der Mann denn auch Papiere bei sich?«

»Ja. Einen Schweizer Pass auf den Namen Kurt Schwarz.«

»Mord?«

»Ohne jeden Zweifel. Und zwar mit einem einzigen Schuss. Wieso habe ich dabei bloß sofort an das Phantom denken müssen?«

»Die gleiche Vorgehensweise also wie bei unserem Premierminister, diesem Heinz Keller in Deutschland und dem französischen Minister. Gibt es irgendwelche Zeugen?«

»Ich habe meine Leute an jeder Haustür in der ganzen Straße klingeln und die Bewohner aus dem Bett holen lassen. Darunter war auch ein Mann namens Basil Windermere, von dem wir wissen, dass er sich von reichen Frauen aushalten lässt.«

»Und was hat dieser Windermere ausgesagt?«

»Dass er von einem leisen Knall aufgewacht sei! Er dachte, es wäre die Fehlzündung eines Autos, deshalb hat er sich wieder hingelegt. An die Uhrzeit kann er sich nicht mehr erinnern.«

»War er allein?«

»Ja.«

»Hatte er einen Schlafanzug an?«

»Ja. Aber weshalb interessieren Sie sich so für Windermere?«

»Schreiben Sie das meinem natürlichen Instinkt als Ermittler zu.«

»Verstehe«, sagte Buchanan und trank einen Schluck Kaffee. »Normalerweise sind Sie nicht so gesprächig.«

»Eine Frage noch, Roy«, sagte Tweed, um den Chief Inspector wieder von Windermere abzulenken. »Haben Sie schon was wegen dem Chrysler unternommen, den Newman in der Garage von Strangeways entdeckt hat?«

»Ja. Ich habe ein paar Leute nach Irongates geschickt. Sie hatten zwar einen Durchsuchungsbefehl dabei, haben es aber vorgezogen, im Schutz der Dunkelheit über die Mauer zu steigen. Mit einem Dietrich sind sie in die Garage gelangt. Sie war vollständig leer. Von einem Chrysler war weit und breit nichts zu sehen.«

»Dann haben sie den Wagen rechtzeitig weggeschafft.«

»Sieht ganz danach aus.« Buchanan nahm ein gefaltetes Blatt Papier aus seiner Jackentasche und gab es Tweed. »Das ist nur für Sie bestimmt. Erkennen Sie einen der Namen auf der Liste?«

»Ja. Zwei Minister zum Beispiel. Und mehrere prominente Parlamentsabgeordnete. Außerdem stehen einige bekannte Geschäftsleute drauf.«

»Alle diese Leute wurden von den Amerikanern mit hohen Dollarbeträgen bestochen. Die haben ganze Koffer voller Bargeld erhalten. Wir wissen das, weil wir die Botschaft am Grosvenor Square von Beamten des Special Branch überwachen ließen. Sie sind mehreren Amerikanern gefolgt, die das Gebäude mit solchen Koffern verlassen und sich in dubiosen Bars und Pubs mit den Leuten getroffen haben, deren Namen Sie auf dieser Liste sehen. Sie haben etwas miteinander getrunken, dann haben sich die Amerikaner verabschiedet und die Aktenkoffer entweder unter dem Tisch oder an der Bar stehen lassen. Als sie fort waren, haben die Personen auf der Liste die Koffer an sich genommen. Manche haben ihren Koffer sogar noch in dem Lokal geöffnet und die Bündel von Hundertdollarscheinen gezählt. Wir haben es hier mit einer Bestechung wichtiger britischer Persönlichkeiten in großem Stil zu tun.«

»Die Sache wird von Tag zu Tag bedrohlicher.«

»Was ich Ihnen eben mitgeteilt habe, ist streng vertraulich. Das gilt für alle in diesem Raum.«

»Und wir werden es auch so behandeln«, versicherte Tweed.

In diesem Augenblick platzte Howard herein. »Kommen Sie alle schnell in mein Büro! Im Fernsehen wird gleich ein Beitrag über eine Bombe gesendet, die in einem Kaufhaus in der Oxford Street explodiert ist. Haben Sie schon davon erfahren?«

Paula ging als Erste hinauf in Howards Büro, das eine Treppe höher lag. Newman und Marler folgten ihr. Tweed wandte sich an Buchanan, weil er nicht wusste, ob der Chief Inspector noch genügend Zeit hatte.

»Ich komme mit rauf«, sagte Buchanan. »Vielleicht sehe ich ja in dem Beitrag etwas, was mir bisher entgangen ist.«

In Howards Büro hatte dessen Sekretärin bereits ein paar Stühle vor den Fernseher gestellt, aber alle blieben vor dem Apparat stehen und warteten schweigend auf den Bericht.

»Wie sind die Fernsehleute denn durch die Absperrung gekommen?«, flüsterte Tweed Buchanan zu.

»Ich habe meine Leute angewiesen, sie durchzulassen. Die Bombenleger glauben vielleicht, dass sie mit einem solchen Anschlag die Bevölkerung in Angst und Schrecken versetzen können, aber ich bin da anderer Ansicht. Ich glaube, dass so etwas eher Trotz und Wut hervorruft. Aber jetzt geht es los ...«

Der Beitrag begann ohne einen einleitenden Kommentar, was die Bilder noch viel schrecklicher machte. Die Kamera schwenkte im Inneren des Kaufhauses herum und zeigte einen mit Glassplittern übersäten Boden und Sanitäter, die Männer und Frauen ins Freie geleiteten. Verkaufstheken und Kassen waren ein Bild der Verwüstung, und kaum ein Stück der Einrichtung war heil geblieben. Noch immer lagen Opfer des Anschlags auf dem Boden, wo sie von Ärzten und Sanitätern versorgt wurden. Einem Mann hatte die Explosion einen Arm abgerissen, und eine Frau lag mit blutdurchtränktem Kleid und einem von Glassplittern zerfetzten Gesicht auf einer Tragbahre. Einige der Körper, über die die Kamera bei ihrem Schwenk zum Ausgang glitt, rührten sich nicht.

Eine Frau, die von zwei Sanitätern auf einer Tragbahre abtransportiert wurde, hob den dick einbandagierten Kopf und starrte in die Kamera, als wüsste sie nicht, dass sie gefilmt wurde.

»Mein Mann!«, schrie sie. »Wo ist mein Mann?«

Der Sanitäter am hinteren Ende der Tragbahre schüttelte den

Kopf, was die Frau aber nicht sehen konnte. Paula schnappte nach Luft.

»O mein Gott«, hauchte sie atemlos.

»Das sieht ja aus wie auf einem Schlachtfeld«, sagte Newman zu Tweed.

Paula drehte sich um und ging. In der offenen Tür stand Monica, die von den Bildern ebenfalls genug hatte. Die beiden Frauen gingen wieder nach unten. Ein paar Minuten später folgten ihnen Newman, Marler, Tweed und Buchanan. Der Chief Inspector tippte Tweed auf die Schulter, bevor dieser wieder sein Büro betrat.

»Ich muss jetzt gehen. Aus dem Bericht habe ich nicht viel Neues erfahren. Wenigstens war niemand zu sehen, der nicht zu den Opfern oder zum Sanitätspersonal gehörte. Meine Männer haben ihren Job offensichtlich gut gemacht. Wir sollten versuchen, uns gegenseitig auf dem Laufenden zu halten.«

»Einverstanden.«

Als Tweed sein Büro betrat und sich hinter seinen Schreibtisch setzte, herrschte dort völlige Stille. Monica hatte die Hände in ihrem Schoß gefaltet und blickte mit ausdrucksloser Miene ins Leere. Paula sah schweigend ihre Kollegen an. Marler, der wie üblich an der Wand lehnte, hatte sich eine Zigarette in den Mund gesteckt, zündete sie aber nicht an.

Tweed beugte sich über seinem Schreibtisch vor. Alle starrten ihn an und wussten, dass er gleich etwas Wichtiges sagen würde. Als er schließlich das Wort ergriff, klang seine Stimme ruhig und entschlossen.

»Wir werden alles tun, um sie zu besiegen. Und wenn wir dazu die hinterhältigsten und rücksichtslosesten Methoden anwenden müssen, deren wir fähig sind.«

13

Wieder tagte das Executive Action Department im Konferenzraum der amerikanischen Botschaft. Jake Ronstadt saß wie üblich am Kopfende des Tischs, mischte sein Kartenspiel und ließ die anderen darauf warten, dass er etwas sagte. Draußen vor den Fenstern bogen sich die Äste der Bäume im stürmischen Wind des späten Vormittags.

»Fast hätte ich Vernon und Brad zu ihrer guten Arbeit gratulieren müssen«, sagte er schließlich.

»Wieso nur fast?«, fragte Vernon, der dünne Mann mit dem knochigen Gesicht, indigniert.

»Weil die zweite Bombe nicht hochgegangen ist, deshalb. Ihr habt wohl den Zünder falsch eingestellt. Wenn die auch noch explodiert wäre, hätten wir auf einen Schlag die Hälfte aller Kunden in dem Kaufhaus getötet. *Das* wäre eine wirkliche Sensation gewesen.«

Die Männer an dem Tisch machten betretene Gesichter. Jake Ronstadt hatte wie immer schlechte Laune. Nur Brad, der untersetzte Mann mit den spitzen Zähnen, wagte es, den Mund aufzumachen.

»Was jagen wir als Nächstes in die Luft?«, fragte er. »Ich finde, wir sollten den Engländern ordentlich einheizen und dafür sorgen, dass sie sich vor Angst in die Hosen machen.«

»Und ich finde, dass du deinen vorlauten Mund halten solltest, sonst stopfe ich ihn dir«, keifte Ronstadt zurück. »Ich habe langsam genug von euren dauernden Unterbrechungen. Wann die nächsten Bomben gelegt werden, bestimme ich und sonst niemand. Und jetzt zu den Listen, die ich einem jeden von euch gegeben habe. Wer seine Zielpersonen schon ausfindig gemacht hat, hebt jetzt die Hand.«

Alle acht Männer streckten eine Hand hoch in die Luft, ließen sie aber erst wieder sinken, als Jake, der schweigend seine Karten mischte, ihnen das Zeichen dazu gab. Vernon hätte zu gern gewusst, ob der Boss ein Pokerspieler war, aber er traute sich nicht, ihn danach zu fragen.

Von allen Anwesenden hatte Leo Madison am wenigsten Angst vor Ronstadt. Der Mann, dessen Kopf so rund und pockennarbig wie der Mond aussah, war ein hart gesottener Bursche, der einmal ein Baby mit einem Schuss in den Hinterkopf getötet und danach seelenruhig in einer Bar einen Cocktail getrunken hatte. »Wieso hat eigentlich Ed Osborne bisher an keinem unserer Treffen teilgenommen?«, fragte er.

Ronstadt überlegte sich, ob er aufstehen und Leo den Stuhl unter dem Hintern wegziehen sollte. Er wusste, dass das Mondgesicht sich zwar gern seine eigenen Gedanken machte, aber sehr an seinem Job hing. Er beschloss, Leo ordentlich an den Karren zu fahren, sobald sich die Gelegenheit dazu ergab. Jetzt aber war nicht der richtige Augenblick dafür.

»Ed ist ein viel beschäftigter Mann, und ich bin das auch. Die Idee, den Engländern einzuheizen, ist Unfug. London wimmelt jetzt von Bullen, die überall herumschnüffeln und ihre Informanten in der Unterwelt befragen. Ich bin sicher, dass Charlie in diesem Punkt einer Meinung mit mir ist.«

Er stand auf und starrte die anderen an. Allein die bloße Anwesenheit des kleinen, in Lederjacke und Lederhose gekleideten Mannes mit dem übergroßen Kopf wirkte auf seine Untergebenen Furcht einflößend.

»So, und jetzt macht, dass ihr verschwindet«, sagte er und verließ noch vor allen anderen den Konferenzraum.

Zur Mittagszeit hatten alle außer Monica und Paula das Büro in der Park Crescent verlassen. Paula hatte beschlossen, das Mittagessen ausfallen zu lassen. Die Bilder des Fernsehberichts hatten ihr gründlich den Appetit verdorben. Als das Telefon klingelte, sprach Monica kurz mit dem Anrufer und wandte sich dann an Paula.

»Es ist Mrs. Carson aus dem Bunker. Sie sagt, dass Cord Dillon Schwierigkeiten macht. Wollen Sie mit ihr reden?«

»Ja, geben Sie her! Mrs. Carson, hier spricht Paula. Was ist los?«

»Dillon wird immer unruhiger. Er fühlt sich eingesperrt und redet davon, auf eigene Faust nach London zu fahren.«

»Könnten Sie ihn bitte so lange beruhigen, bis ich bei Ihnen bin?«, fragte Paula, die sich schnell entschieden hatte. »Übrigens, haben Sie heute schon Nachrichten gehört?«

»Nein. Mr. Dillon mag Fernsehen und Radio genauso wenig wie ich. Warum fragen Sie?«

»Wahrscheinlich braucht Cord nur jemanden, mit dem er reden kann«, antwortete Paula ausweichend. »Sagen Sie ihm, dass ich auf dem Weg zu ihm bin und am Nachmittag im Bunker sein werde. Und schauen Sie sich zusammen mit ihm die nächsten Nachrichten im Fernsehen an. Das ist wichtig.«

»In Ordnung. Freut mich, Sie bald zu sehen. Es ist manchmal verdammt still hier draußen auf der Romney Marsh.«

Nachdem Paula aufgelegt hatte, nahm sie ihren pelzgefütterten Mantel vom Haken. »Monica, sagen Sie Pete Nield, dass ich rechtzeitig zurück sein werde, um mit ihm heute Abend ins Santorini's zu gehen.«

»Das ist doch das Lokal, in dem Newman mit Sharon Mandeville verabredet ist?«

»Ganz genau. Ich konnte leider nicht die Bekanntschaft von dieser Mandeville machen. Ich möchte sie mir wenigstens aus der Entfernung einmal ansehen, aber ohne Bob in die Quere zu kommen. Sagen Sie doch bitte Tweed, dass ich schnell zum Bunker fahre, um Cord Dillon zu beruhigen. Bis dann ...«

Später, als sie gerade über die Grenze zur Grafschaft Kent fuhr, fällte Paula eine weitere spontane Entscheidung. Weil Parham auf ihrem Weg lag, beschloss sie, auf einen Sprung in Irongates vorbeizuschauen. Bei ihrem Besuch zusammen mit Tweed hatte sie kaum mehr als ein paar Worte mit Guy Strangeways gewechselt – vielleicht war er ja jetzt etwas gesprächiger.

»Wie schön, dass Sie mich besuchen, meine Liebe. Kommen Sie doch herein«, tönte es aus der Sprechanlage.

Im Gegensatz zum letzten Mal, als er sie aus dem Lautsprecher angeblafft hatte, kam Strangeways Paula diesmal geradezu überschwänglich freundlich vor. Als sie ihren Wagen unterhalb der Terrasse parkte, stand er schon an der Haustür und wartete auf sie. Paula drehte sich um und sah, wie sich das Tor der Einfahrt langsam wieder schloss.

Auf dem Weg von London nach Parham hatte sie ständig das Gefühl gehabt, verfolgt zu werden, aber so sehr sie sich auch bemüht hatte, es war ihr nicht gelungen, einen Wagen zu entdecken, der hinter ihr hergefahren wäre. Vielleicht war es ja nur Einbildung gewesen, obwohl sie sich in solchen Dingen nur selten irrte.

»Herzlich willkommen«, sagte Strangeways. »Mrs. Belloc richtet gerade etwas zum Tee her. Ich weiß, es ist ein wenig früh, aber was Sie nicht wollen, können Sie ja einfach stehen lassen.«

Während Paula neben ihrem Gastgeber durch die leere Eingangshalle zur Bibliothek ging, musterte sie ihn eingehend. Er trug ein sportliches Jackett mit Lederflicken an den Ellenbogen, eine militärisch aussehende beigefarbene Hose und glänzend polierte handgenähte Schuhe. Trotz seiner äußerlichen Freundlichkeit kam er Paula ziemlich gestresst vor. Seine Augen waren geschwollen, als hätte er in der letzten Zeit nur wenig geschlafen. Anstatt in einem knarrigen Befehlston wie das letzte Mal, sprach er jetzt mit freundlicher, angenehmer Stimme. Paula wartete, bis Mrs. Belloc, die sie mit stechenden Blicken bedachte, den Tee eingeschenkt und die Bibliothek wieder verlassen hatte.

»Haben Sie schon von der Bombe in der Oxford Street gehört, Sir Guy?«

»Schrecklich. Wirklich schrecklich«, sagte Strangeways mit zitternder Stimme. »Wie Sie sich sicher vorstellen können, habe ich als Offizier auf dem Schlachtfeld schon viele Tote gesehen, aber deren Anblick hat mir nur wenig ausgemacht. Wenn man so etwas an sich herankommen lässt, kann man seine Aufgaben nicht mehr erfüllen. Aber diese Bilder im Fernsehen waren etwas ganz anderes. Die sind mir wirklich unter die Haut gegangen.«

»Wer, glauben Sie, hat die Bombe gelegt? Eine Splittergruppe der IRA?«

»Schwer zu sagen. Davon gibt es ja so viele …« Er machte eine

Pause. »Ganz zu schweigen von den anderen Terrororganisationen in der Welt. Es könnte so gut wie jede gewesen sein.«

Paula hatte den Eindruck, als ob ihm das Thema überhaupt nicht behagte. Er trank seinen Tee und knabberte lustlos an einem Keks, während Paula, die ja kein Mittagessen gehabt hatte, mit großem Appetit aß.

»Mich beschäftigt gerade ein ganz anderes Problem«, sagte Strangeways. »Mein Sohn Rupert ist eine furchtbare Enttäuschung für mich. Nicht genug damit, dass er ein schrecklicher Weiberheld ist, jetzt hat ihn auch noch die Spielsucht gepackt.«

»So etwas kann ziemlich schlimm werden.«

»Sie sagen es. Und ich soll auch noch für seine gottverdammten Spielschulden aufkommen!«, sagte Strangeways und warf die Hände hoch. »Entschuldigen Sie bitte. Ich bin zu laut geworden. Und dann habe ich auch noch in Gegenwart einer Dame geflucht. Verzeihen Sie. In dieser Hinsicht bin ich altmodisch.«

»Das weiß ich durchaus zu schätzen.«

»Erst neulich habe ich einen Anruf aus einem Casino in Campione bekommen. Das ist eine italienische Exklave in der Schweiz.«

»Ich weiß. Man erreicht sie mit dem Schiff von Lugano aus.«

»Nun, dieser Lümmel aus dem Casino hat doch glatt von mir verlangt, dass ich ihm einhunderttausend Pfund bezahle! Ich habe ihm gesagt, er könne von mir aus in den See springen, aber er behauptete steif und fest, dass Rupert ihn an mich verwiesen hat. Aber ich werde denen keinen einzigen Penny zahlen. Ich könnte es mir zwar leisten, aber Rupert soll die Suppe, die er sich eingebrockt hat, gefälligst selbst auslöffeln. Das habe ich ihm auch gesagt bevor er aus dem Haus gegangen ist. Er hat mich daraufhin einen Geizkragen geschimpft. Gerade habe ich ihn in seiner Wohnung in London angerufen, aber er ist nicht ans Telefon gegangen.«

»Das muss alles sehr ärgerlich für Sie sein.«

»Entschuldigen Sie. Ich habe Sie nicht hereingebeten, um Ihnen mit meinen kleinen Problemen auf die Nerven zu gehen. Essen Sie doch noch etwas!«

»Sie haben viel Besitz in den Vereinigten Staaten. Planen Sie eigentlich, dorthin zurückzukehren?«

»Nein, ich werde alles verkaufen und Amerika für immer Lebewohl sagen.«

»Tja, ich glaube, ich werde jetzt lieber wieder gehen. Sie haben sicher viel zu tun. Ich wollte ohnehin nur auf einen Sprung bei Ihnen vorbeischauen, denn ich habe anderswo noch eine wichtige Verabredung. Haben Sie vielen Dank für den Tee und die nette Gesellschaft. Ich habe beides sehr genossen.«

»Wie lieb von Ihnen, dass Sie das sagen. Ich werde Sie noch zu Ihrem Wagen bringen.«

Paula griff nach unten, um ihren rechten Schuh zurechtzurücken. Irgendwie drückte er sie. Vielleicht kommt das vom Autofahren, dachte sie, während Strangeways ihr kurz darauf in den Mantel half. Dann ging er durch die Eingangshalle voraus und öffnete ihr die schwere Haustür. Mit Paulas Schuh war noch immer nicht alles in Ordnung. Als sie sich wieder bückte, um ihn richtig anzuziehen, hörte sie einen scharfen Knall.

Eine Kugel prallte gegen den steinernen Türpfosten, vor dem sich Sekundenbruchteile zuvor noch Paulas Kopf befunden hatte, und sauste als Querschläger in die Auffahrt hinaus. Strangeways riss sie zurück ins Haus und trat mit dem Fuß die Tür zu.

»Warten Sie hier«, sagte er im Befehlston, während er einen Schlüsselbund aus der Jacketttasche nahm. »Ich laufe schnell zur Waffenkammer und hole mein Gewehr. Ich habe das Mündungsfeuer genau gesehen. Der Schuss ist vom Dach des Hauses gegenüber gekommen ...«

Paula atmete mehrmals hintereinander tief durch. Kurze Zeit später erschien Strangeways mit einer Flinte in der Hand. Seine Augen funkelten, aber er wirkte ruhig und kontrolliert. Er wollte gerade die Tür öffnen, als Paula ihn ansprach.

»Wenn es Ihnen nichts ausmacht, würde ich gern mal telefonieren.«

»Tun Sie das. In der Bibliothek ist ein Telefon. Ich warte so lange hier.«

In der Bibliothek zog Paula ein kleines Notizbuch aus der Tasche, in dem mehrere Telefonnummern standen, die Monica für sie herausgesucht hatte. Eine davon war die von Basil Windermere. Paula wählte sie und wartete, dass jemand abhob. Kurz darauf hörte sie Windermeres gepflegte Stimme auf dem Anrufbeantworter: »Hallo, Sie haben die Nummer von Basil Windermere gewählt. Es tut mir entsetzlich Leid, aber ich bin im Augenblick nicht zu Hause. Bitte hinterlassen Sie Ihren Namen und Ihre Telefonnummer, damit ich Sie so bald wie möglich zurückrufen kann. Es war mir ein Vergnügen. Cheerio!«

Windermere war also nicht daheim. Paula legte auf und ging zurück in die Eingangshalle, wo Strangeways sie instruierte, was sie zu tun hatte.

»Bleiben Sie in der Halle, und bewegen Sie sich nicht von der Stelle«, befahl er in seinem altgewohnten Kommandoton. »Ich gehe hinaus und erkunde die Lage.«

Dann öffnete er die Tür und ging nach draußen. Am unteren Ende der Stufen angekommen, marschierte er die Auffahrt entlang, als führe er eine Division in die Schlacht. Dabei hielt er das Gewehr ständig auf das Dach des Anwesens jenseits der Parkmauer gerichtet. Nach einigen Schritten blieb er stehen.

»Drücken Sie auf den roten Knopf links von der Tür, und laufen Sie dann zu Ihrem Wagen«, rief er Paula über die Schulter zu. »Wenn Sie im Auto sind, fahren Sie so schnell wie möglich vom Grundstück. Draußen auf dem Platz ist nie viel Verkehr. Tut mir Leid, dass das passieren musste. Und jetzt los. Bewegung!«

Paula tat, wie Strangeways ihr geheißen hatte. Sie drückte den Knopf, mit dem man das Parktor öffnete, rannte zu ihrem Wagen und sprang hinein. Strangeways trat, ohne das Gewehr zu senken, an den Rand der Auffahrt. Paula gab Gas, dass die Kieselsteine nur so spritzten, und raste hinaus auf den Platz vor dem Anwesen. Erst als sie in der Ortschaft war, verringerte sie ihre Geschwindigkeit so lange, bis sie wieder auf der offenen Landstraße war. Hier trat sie aufs Gas, und bald hatte sie Parham viele Meilen hinter sich gelassen. Immer wieder sah sie in den Rückspiegel.

Obwohl sie kein anderes Fahrzeug entdecken konnte, war sie sich inzwischen sicher, dass ihr tatsächlich jemand von London aus gefolgt war.

Die Regenwolken wurden immer dichter, während Paula auf einer mehrspurigen Schnellstraße Ashford umfuhr. Schließlich verdunkelten die Wolken den Himmel so sehr, dass Paula die Scheinwerfer des Wagens anschalten musste. Auf einmal drang das entfernte Geräusch eines Hubschraubers an ihr Ohr, und kurz darauf konnte sie die Maschine sehen. Sie war nur etwas weniger als einen Kilometer entfernt. Der Hubschrauber, ein Sikorsky ohne Buchstaben oder Zahlen auf dem Rumpf, kam auf Paula zu, die zunehmend unruhiger wurde. Wenn sie wie geplant weiterfuhr, würde sie den Hubschrauber direkt zum Bunker lotsen.

Links der Straße erstreckte sich ein weites Feld, über das gerade ein Traktor eine Egge zog. Kurz darauf kam eine alte Scheune in Sicht, deren Tor weit offen stand. Paula vermutete, dass dort der Traktor untergestellt wurde. Als sie wieder hinauf zu dem Hubschrauber blickte, sah sie, dass dieser gerade in einer tief hängenden Wolke verschwunden war. Paula reagierte sofort.

Sie trat auf die Bremse und fuhr den Wagen in die große Scheune. Drinnen roch es nach Heu. Als der Wagen weit genug in der Scheune war, um aus der Luft nicht mehr gesehen werden zu können, stellte Paula den Motor ab und blickte durch das Tor nach draußen. Sie sah den Helikopter nicht, hörte aber das laute Geräusch der Rotorblätter. Er flog jetzt offenbar tiefer als zuvor.

Während Paula auf den Hubschrauber lauschte, gönnte sie sich eine ihrer seltenen Zigaretten. Der Helikopter flog enge Kreise über dem Feld, und einmal klang er so, als würde er unmittelbar über der Scheune in der Luft schweben. Für Paula bestand jetzt kein Zweifel mehr daran, dass die Besatzung des Hubschraubers nach ihr Ausschau hielt.

»Die letzten paar Tage waren alles andere als langweilig«, sagte sie zu sich selbst. »Erst der Anschlag auf Cord, dann das Erlebnis in der Eagle Street und heute der Anschlag auf mich bei Strangeways. Der Schütze war fraglos das Phantom. Und jetzt hocke ich hier und muss mich vor einem Hubschrauber verstecken.«

Früher als sie es erwartet hatte, entfernte sich das Geräusch des Helikopters wieder, bis es schließlich nicht mehr zu hören war. Paula blieb trotzdem, wo sie war, denn schließlich konnte das ein Trick sein und der Hubschrauber kam nach kurzer Zeit wieder zurück. Als aber zehn Minuten lang nichts mehr von der Maschine zu hören war, setzte sich Paula wieder in ihr Auto und fuhr aus der Scheune zurück auf die Landstraße.

Bald kam sie an die Kreuzung, an der es links nach Ivychurch ging. Hier bog sie ab und näherte sich auf kleinen, kurvigen Straßen dem Bunker. Paula kannte den Weg, weil sie mit Tweed schon einmal beim Bunker gewesen war, als sich dieser noch im Bau befand. Kurz vor dem Farmtor hielt sie an, schaltete den Motor aus und horchte bei geöffnetem Fenster hinaus ins Freie. Anstatt eines Hubschraubergeräusches nahm sie lediglich eine tiefe, fast bedrückend wirkende Stille wahr. Auf allen Seiten erstreckten sich bis zum Horizont riesige Felder. Nirgends war ein Hügel oder auch nur ein Baum zu sehen, geschweige denn eine menschliche Behausung. Die kahlen, blätterlosen Hecken, die rechts und links die Straße säumten, kamen Paula mit ihren ineinander verschlungenen Zweigen wie natürliche Stacheldrahthindernisse vor. Nicht einmal das Zwitschern eines Vogels war zu hören. Paula zitterte. Ich könnte genauso gut mitten in der mongolischen Wüste sein, dachte sie. Das hier muss eine der verlassensten Gegenden Englands sein. Die Romney Marsh ist nichts für mich.

Paula startete den Wagen wieder und fuhr weiter. Als sie sich dem Tor näherte, sah sie, wie es langsam aufging. Mrs. Carson musste sie wohl mit dem Fernglas beobachtet haben.

»Willkommen im Paradies«, sagte Mrs. Carson, als Paula im Hof aus dem Auto stieg.

»Na ja, wie ein Paradies kommt es mir hier nicht gerade vor. Man kann sich schon fragen, wie Sie es hier aushalten.«

»Ich lese viel, meine Liebe. Aber kommen Sie doch herein! Seit Cord die Nachrichten gesehen hat, ist er wie ausgewechselt …«

»Hi, Paula. Schön, dass Sie da sind.«

Dillon, der vor dem offenen Kamin saß, stand jetzt auf. Draußen herrschte eisige Kälte, aber hier im Wohnzimmer war es so warm, dass Paula, die Mantel und Handschuhe trug, sofort zu schwitzen begann. Dillon sah alles andere als ruhelos aus. Er machte einen sehr entschlossenen Eindruck. Er war in einen alten Rollkragenpullover und eine schäbige Kordhose gekleidet, die ihm wohl Mrs. Carson gegeben hatte, damit er wie ein Landarbeiter aussah.

»Wie geht es Ihnen?«, fragte Paula, während sie Dillons rechte Hand in ihre beiden nahm.

»Ich bin empört. Mrs. Carson und ich haben gerade die Fernsehnachrichten gesehen. Der Leiter der Sprengstoffabteilung hat darin gesagt, dass das Massaker definitiv nicht auf das Konto der IRA geht. Er hat von einem ausgesprochen komplizierten elektronischen Zeitzünder gesprochen, wie er ihn noch nie an einer Bombe gefunden hat. Ich weiß, woher der Zünder stammt. Aus dem Silicon Valley.«

»Wie meinen Sie das?«, fragte Paula.

»Kurz bevor ich aus den Staaten fliehen musste, habe ich zufällig eine Unterhaltung zwischen zwei Wissenschaftlern aus dem Silicon Valley und einem neuen Mann bei der CIA mitbekommen, einem gewissen Jake Ronstadt. Sie haben über eine neue elektronische Schaltung gesprochen, die sie gerade entwickelt haben und die dazu dient, Zeitbomben mit sekundengenau einstellbarer Verzögerung zu zünden.«

»Und jetzt denken Sie, dass das etwas mit der Bombe in der Oxford Street zu tun haben könnte?«

»Und ob es etwas damit zu tun hat. Es macht mich ganz krank, wenn ich nur daran denke, dass meine Leute all diese Menschen in dem Kaufhaus auf dem Gewissen haben. Wenn ich sie zu fassen bekäme, würde ich sie an die Wand stellen und eigenhändig erschießen.«

»Wer ist dieser Jake Ronstadt, den Sie gerade erwähnt haben?«, fragte Paula vorsichtig.

»Einer von den neuen Leuten bei der CIA. Ich habe selber seine Akte gelesen. Ronstadt hat alle Tests bestanden bis auf einen. Der Psychiater, der ihn untersucht hat, bezeichnete ihn als ›psychisch instabil‹. Mit so einem Testergebnis hätte Ronstadt niemals eingestellt werden dürfen. Aber er wurde es trotzdem.«

»Weshalb ich hier bin: Tweed wäre sehr froh, wenn Sie sich dazu durchringen könnten, doch noch eine Weile hier im Bunker zu bleiben«, sagte Paula. »Wäre Ihnen das möglich?«

»Ja, ich werde bleiben. Tweed hat jetzt andere Sorgen, da muss er nicht auch noch auf mich aufpassen. Er lässt es sich vielleicht nicht anmerken, aber Dinge wie dieser Bombenanschlag gehen ihm verdammt nahe. Er ist ein sehr sensibler Mensch.«

Paula trank zusammen mit Dillon Kaffee und plauderte dabei mit ihm so fröhlich über nichtige Dinge, wie sie konnte. Dabei wusste sie es sehr zu schätzen, dass der Amerikaner sie nicht darüber ausfragte, was zurzeit in London los war. Schließlich sagte sie, dass sie jetzt wieder zurückfahren müsse, und verabschiedete sich.

»Das Haus hier ist wie eine Festung«, bemerkte Dillon, als er Paula zur Tür begleitete. »Tweed versteht sein Geschäft, das kann man nicht anders sagen, und Newman und Marler auch. Ich habe hier schon einige geradezu diabolische Verteidigungsmaßnahmen entdeckt.«

Paula kam nicht mehr dazu, ihn zu fragen, was er damit genau meinte. Auf der Rückfahrt drehte sie die Heizung des Wagens voll auf und dachte nach. Dabei sah sie sich immer wieder nach dem Hubschrauber um, konnte ihn aber nirgends entdecken. Das, was Dillon ihr über den Zeitzünder gesagt hatte, wollte ihr nicht aus dem Kopf gehen. Bisher hatte sie es nicht glauben wollen, dass Washington tatsächlich hinter einem solchen Anschlag stecken konnte, aber jetzt kamen ihr Zweifel.

Sie dachte auch an Dillons Einschätzung von Jake Ronstadt. Einige wichtige Puzzlesteine begannen langsam zusammenzupassen.

14

Als Paula wieder im Büro in der Park Crescent ankam, fand sie dort einen Mann in halb geschocktem Zustand vor, von dem sie es am wenigsten erwartet hätte.

»Ein Brief aus dem Jenseits«, sagte Marler, der stocksteif an die Wand gelehnt stand und nicht einmal eine Zigarette im Mund hatte.

Bereits beim Betreten des Büros hatte Paula gemerkt, dass hier eine merkwürdige Atmosphäre herrschte. Monicas Gesicht sah wie erstarrt aus, Newman saß kerzengerade in einem der Sessel, und Tweed hatte die Hände auf dem Schreibtisch gefaltet und zeigte keine Regung. Vor Marlers seltsamen Worten hatte niemand etwas zu ihr gesagt.

Jetzt ging Marler langsam auf Paula zu. Mit aschfahlem Gesicht reichte er ihr wortlos einen Umschlag und kehrte dann wieder in seine Ecke zurück.

Paula, die mit dem Mantel über dem Arm mitten im Raum stand, betrachtete den Umschlag. Er war in London abgestempelt worden und trug in einer fremdartig wirkenden Handschrift die Worte ›Mr. Marler, c/o General & Cumbria Assurance‹, gefolgt von der Adresse. Vorsichtig öffnete Paula den Brief und entnahm ihm ein gefaltetes Blatt Papier. Es war in derselben Handschrift verfasst wie die Adresse auf dem Umschlag.

Lieber Marler,
geben Sie auf die Lastkähne Acht. Sie müssen die Druckerpressen ausfindig machen.
Ihr Kurt Schwarz

Paula blickte die anderen der Reihe nach an, dann steckte sie den Brief wieder in den Umschlag und gab ihn Marler zurück. Nachdem sie Mantel und Handschuhe abgelegt hatte, ließ sie sich in ihren Drehstuhl sinken. Sie hatte Angst, etwas Falsches zu sagen, und war erleichtert, dass Newman das Wort ergriff.

»Dieser Brief hat Marler natürlich ...« Er wollte »geschockt« sagen, dachte aber, dass das sein Kollege nicht so gern hören würde, und entschied sich für ein anderes Wort: »... beunruhigt. Mir geht es zwar ganz genauso, aber Marler hat Kurt immerhin seit vielen Jahren gekannt. Die beiden waren Freunde, die einander unbedingtes Vertrauen entgegenbrachten.«

»Das ist eine weitere Kugel für das Phantom«, sagte Marler in derselben monotonen Stimme wie zuvor.

»Wir machen uns beide Vorwürfe, dass wir ihn einfach haben liegen lassen«, sagte Newman.

»Was hätten Sie denn sonst tun sollen?«, fragte Paula ruhig. »Mir tut es auch sehr Leid um Kurt«, fuhr sie fort und spürte, wie ihre Augen feucht wurden. »Er war ein freundlicher, charmanter Mann, den ich auf Anhieb sympathisch fand. Er war so fröhlich, so voller Humor. Es ist eine schreckliche Vorstellung, dass er ...« Sie brachte den Satz nicht zu Ende.

»Ich werde jetzt gehen«, sagte Marler, der sich wieder etwas gefangen zu haben schien. »Ich muss in die Badewanne und mich für meine Verabredung mit Denise Chatel umziehen. Bis dann.«

Tweed wartete, bis Marler das Büro verlassen hatte, bevor er wie beiläufig zu sprechen begann. Offenbar wollte er den anderen den Eindruck vermitteln, dass er nun wieder zum ganz normalen Tagesgeschäft überging.

»Möglicherweise hat Kurt uns in seinem Brief eine wichtige Information gegeben, deren wahre Bedeutung wir jetzt noch nicht erkennen können. Ich kann Marlers Reaktion voll und ganz verstehen. Ihm ist klar geworden, dass Kurt den Brief nur deshalb geschrieben hat, weil er mit seiner baldigen Ermordung rechnete.«

»Die Lastkähne«, sagte Paula nachdenklich. »Ob er damit wohl die Lastkähne auf der Themse gemeint hat? Und was soll das mit den Druckerpressen?«

»Keine Ahnung«, antwortete Tweed. »Kommt Zeit, kommt Rat. Paula, Sie haben einen ziemlich mitgenommenen Eindruck gemacht, als Sie zur Tür hereinkamen. Ist denn im Bunker etwas vorgefallen?«

»Ich muss lernen, mein Gesicht besser unter Kontrolle zu halten«, sagte Paula. Sie überlegte kurz, ob sie Tweed von dem erneuten Anschlag auf sich überhaupt erzählen sollte, aber dann entschied sie sich doch dafür, alles zu berichten, was passiert war. »Auf meinem Weg zum Bunker habe ich einen kurzen Abstecher zu Guy Strangeways gemacht ...«, begann sie ihre Erzählung.

Tweed saß gleichmütig wie ein Buddha auf seinem Stuhl und wandte die Augen, während er zuhörte, nicht von Paula ab. Als sie fertig war, beschloss er, sie nicht dafür zu maßregeln, dass sie ohne Rückfrage ein derartiges Risiko eingegangen war. Sie hatte in letzter Zeit schon genug durchgemacht.

»Sie scheinen sich ziemlich sicher zu sein, dass der Schuss Ihnen galt«, bemerkte er.

»Was meinen Sie damit?«

»Immerhin stand ja Guy Strangeways direkt neben Ihnen. Könnte es nicht sein, dass die Kugel für ihn bestimmt war?«

»Darüber habe ich noch gar nicht nachgedacht. Aber möglich wäre es natürlich schon.«

»Es ist das erste Mal, dass das Phantom danebengeschossen hat«, merkte Newman an. »Ganz gleich, auf wen es nun gezielt hat.«

»Interessant, dass Basil Windermere nicht in seiner Wohnung war, als Sie ihn angerufen haben, Paula. Da haben Sie bemerkenswert schnell reagiert«, sagte Tweed.

»Wie gesagt, Cord Dillon will zunächst einmal im Bunker bleiben«, sagte Paula und wechselte damit das Thema.

»Die Unterhaltung über den neuen Zeitzünder, die er in Langley mitbekommen hat, erscheint mir sehr aufschlussreich«, sagte Newman. »Jetzt wissen wir, mit wem wir es zu tun haben.«

»Bis zu einem gewissen Punkt zumindest«, schränkte Tweed ein.

»Wie war denn Ihr Mittagessen mit Ed Osborne?«, fragte Paula.

»Es hat gar nicht stattgefunden. Gerade als ich das Büro verlassen wollte, hat er mich angerufen, sich entschuldigt und gefragt, ob wir uns stattdessen nicht heute Abend treffen könnten. Um neun im Raging Stag.«

»Sollten Sie nach allem, was passiert ist, nicht jemanden zu Ihrem Schutz mitnehmen?«, fragte Paula. »Schließlich hat man bereits versucht, Sie vor der amerikanischen Botschaft zu entführen.«

»Tweed hat uns, als er aus der Botschaft kam, übrigens ein Signal gegeben«, erklärte Newman. »Er ist sich mit der Hand über den Kopf gefahren, als ob er sich das Haar glatt streichen wollte.«

»Ich muss sie jetzt leider allein lassen«, sagte Tweed. »Ich möchte Howard über die neueste Entwicklung der Ereignisse informieren. Bob, ich wünsche Ihnen viel Spaß bei Ihrem Abendessen mit Sharon. Ich sehe keinen Grund dafür, dass Sie es nicht genießen sollten. Und Ihnen, Paula, schlage ich vor, dass Sie sich von Pete Nield nach Hause fahren lassen. Er soll sich die Gegend um Ihre Wohnung genau ansehen, bevor er Sie aussteigen lässt. Dann würde ich mir an Ihrer Stelle etwas Einfaches zum Abendessen kochen und früh zu Bett gehen.«

Paula nickte, sagte aber nichts. Tweed sollte nicht erfahren, dass sie mit Nield ins Santorini's gehen wollte. Möglicherweise gefiel ihm ihre Idee, sich Sharon Mandeville aus der Nähe anzusehen, nicht besonders. Monica wartete, bis Tweed und Newman fort waren, dann wandte sie sich an Paula.

»Machen Sie sich keine Sorgen wegen Tweed«, sagte sie. »Ich habe dafür gesorgt, dass sich Harry Butler seine besten Sachen anzieht und in den Raging Stag geht, um ein Auge auf ihn zu werfen.«

Das Santorini's, Londons neuestes In-Lokal, war luxuriös ausgestattet. Es lag direkt über dem Fluss. Obwohl es fast bis auf den letzten Platz besetzt war, mussten Sharon Mandeville und Newman am Eingang nur kurz warten, bis der Oberkellner auf sie zukam.

»Mein Name ist Sharon Mandeville. Ich habe einen Tisch mit Blick auf die Themse reserviert.«

»Guten Abend, Ms. Mandeville! Wenn Sie mir bitte folgen wollen? Wir haben Ihnen unseren besten Tisch gegeben.«

Sharon trug ein eng anliegendes, einfach geschnittenes Kleid, das ein Vermögen gekostet haben musste. Das blonde Haar fiel ihr in sanft schwingenden Locken fast bis auf die Schultern herab. Als sie, gefolgt von Newman, durch das Lokal ging, drehten sich nicht wenige Männer nach ihr um, wobei sie sich von deren Begleiterinnen entweder ein nachsichtiges Lächeln oder einen bösen Blick einhandelte. Newman dachte, dass Sharon ohne jeden Zweifel die bestaussehende Frau in dem ganzen Restaurant war – und das bei einer Konkurrenz, die sich durchaus sehen lassen konnte.

Ihr Tisch befand sich vor einem großen Fenster direkt über dem Fluss, sodass man den Eindruck bekam, als würde das Wasser unmittelbar unter einem hindurchgleiten. Sharon setzte sich und schaute Newman aus ihren hypnotisch wirkenden grünen Augen an. Dabei schien sie überhaupt nicht zu bemerken, was für einen Aufruhr sie an den Nebentischen verursacht hatte.

»Ich hoffe, der Tisch ist nach Ihrem Geschmack, Bob«, sagte sie mit sanfter Stimme.

»Und ob er das ist. Sie müssen ganz schön einflussreich sein, um ihn reserviert zu bekommen.«

»Eigentlich nicht. Ich habe es einfach auf den Namen des Botschafters gemacht. Aber da kommt schon der Kellner. Bestellen wir uns einen Aperitif.«

Sharon war sehr ruhig, fast zurückhaltend. Ihre Bewegungen waren langsam und würdevoll, und sie blickte Newman ohne die leiseste Spur von Aggressivität oder Anmache in die Augen. Als die Aperitifs kamen, stießen sie miteinander an.

»Auf einen unvergesslichen Abend«, sagte Newman gut gelaunt.

»Darauf trinken wir«, erwiderte Sharon mit ruhiger Stimme.

»Haben Sie inzwischen in der Botschaft Fuß gefasst?«, fragte Newman. »Es muss doch eine ziemliche Umstellung gegenüber Washington sein.«

»London ist mir lieber. Schließlich war meine Mutter ja Engländerin. Deshalb fühle ich mich auch hier wie zu Hause. Ich habe mir bereits ein hübsches Haus in Dorset gekauft. Washington hingegen kommt mir manchmal wie ein Tollhaus vor.«

»Und doch haben sich alle wichtigen Ereignisse in Ihrem Leben in Amerika zugetragen.«

»Sie spielen wohl auf meine vier Ehen an. Werfen wir lieber einen Blick in die Speisekarte. Sie sind übrigens eingeladen.«

»Eigentlich wollte ich …«

»Ich hoffe, es ist nicht allzu schlimm für Sie, aber Sie können leider gar nichts dagegen unternehmen. Ich habe hier ein Konto eröffnet.«

»Das war ein teuflischer Schachzug«, sagte Newman grinsend. »Aber das nächste Mal bin ich dran.«

»Ich freue mich schon darauf.«

Sie brauchten eine ganze Weile, bis sie die reichhaltige Speisekarte gelesen hatten. Newman blickte aus dem Fenster und sah, wie an einer nahen Pier ein großer Lastkahn festmachte. Auf einmal kamen ihm die Worte aus Kurt Schwarz' letztem Brief an Marler wieder in den Sinn: *Geben Sie auf die Lastkähne Acht.*

»Woran denken Sie gerade?«, wollte Sharon wissen.

»An nichts. Ich sehe mir nur die Spiegelungen der Lichter auf dem Wasser an.«

»Ist das nicht wunderschön?«

»Nicht so schön wie Ihr Kleid. Dunkelrot steht Ihnen ausgezeichnet.«

»Vielen Dank.«

Newman bemerkte, dass Sharon überhaupt keinen amerikanischen Akzent hatte. Sie sprach so, als ob sie ihr ganzes Leben in England verbracht hätte. Er fand den Klang ihrer ruhigen Stimme sehr anziehend. Mit ihr zu sprechen war ebenso angenehm wie ihr Anblick. Die grünen Augen waren einfach wundervoll. Newman war dankbar, dass sie sie nicht als Waffe einsetzte, so wie andere Frauen das taten. Während er und Sharon sich das hervorragende Essen schmecken ließen, sprachen sie nur wenig miteinander. Wenn Newman seinen Blick durch das geschmackvoll eingerichtete Lokal wandern ließ, entdeckte er immer wieder Angehörige der Schickeria, die er aber fast alle nicht ausstehen konnte. Erst als sie beim Kaffee waren, kam Sharon auf ihr eigentliches Anliegen zu sprechen.

»Ich hoffe, Sie sind mir nicht böse deswegen, aber ich bin unter anderem auch deshalb heute Abend mit Ihnen zusammen, weil ich Ihnen etwas ausrichten soll. Man hat mich gebeten, Sie zu fragen, ob Sie nicht einen Artikel schreiben könnten, in dem Sie für eine engere Zusammenarbeit zwischen England und Amerika plädieren.«

»Darf ich fragen, wer Ihnen den Auftrag dazu gegeben hat?«

»Tut mir Leid, Bob, aber ich bin nicht befugt, Ihnen das mitzuteilen. Die Bitte kommt jedenfalls von sehr weit oben ...«

Paula und Pete Nield waren ein paar Minuten vor Sharon und Bob ins Santorini's gekommen. Paula hatte einen ruhigen Tisch unter Howards Namen bestellt, denn Howard, der Mitglied in etlichen exklusiven Clubs war, bekam in London jeden Tisch, den er haben wollte. So kam es, dass sie in einer etwas abgetrennten Nische saßen, von der aus Paula den Fenstertisch von Sharon und Newman gut im Blickfeld hatte.

»Na, was halten Sie von ihr?«, fragte Nield, nachdem sie mit dem Hauptgericht fertig waren.

»Die beiden scheinen sich recht gut zu verstehen, aber ich bin mir noch nicht sicher, ob mir Sharon gefällt. Zumindest trägt sie ein schönes Kleid.«

»Danach habe ich nicht gefragt.«

»Ich finde, sie hat Geschmack. Und sie wirkt sehr selbstsicher, so als ob sie in einem Lokal wie diesem ein und aus ginge. Außerdem hat sie eine ungewöhnliche Technik, um einen Mann für sich zu gewinnen.«

»Was für eine Technik denn?«

»Sie gibt sich etwas unterkühlt und sehr ruhig – jedenfalls an der Oberfläche. Dabei macht sie den Eindruck, als könnte sie gut zuhören – und das gefällt einem Mann immer. In Wirklichkeit aber ist sie diejenige, die das Gespräch führt, auch wenn es nicht danach aussieht.«

»Was meinen Sie mit ›an der Oberfläche‹?«

»Nun, ich frage mich, wie es in ihrem Inneren wirklich aussieht, was sich unter dieser ungewöhnlichen Ruhe verbirgt. Ach, ich weiß nicht.«

»Was wissen Sie nicht?«, fragte Nield mit einem Lächeln. »Nun kommen Sie schon, spucken Sie es aus.«

»Na ja, die Frau beun ... Die Frau verblüfft mich. Das ist alles.«

»Sie wollten gerade sagen, dass sie Sie beunruhigt, stimmt's? Was genau finden Sie denn so beunruhigend an ihr?«

»Ach, nichts. Vielleicht ist es ja bloß der Neid. Sie ist wirklich eine schöne Frau.«

»Sie sind schon fast wie Tweed. Nur nichts herauslassen. Und was Schönheit betrifft, da brauchen Sie sich hinter Sharon Mandeville nun wirklich nicht zu verstecken.«

»Danke, Pete«, sagte Paula. Um ein Haar wäre sie rot geworden. »Möchten Sie noch einen Nachtisch?«

»Nein danke. Ich bin ziemlich satt. So ein Essen reicht ja glatt für mehrere Tage. Aber Sie können sich gern noch etwas bestellen.«

»O nein, mir geht es genauso wie Ihnen. Aber weil Sie vorhin Tweed erwähnt haben: Ich weiß, dass das Raging Stag lang geöffnet hat. Vielleicht ist er ja noch dort. Würde es Ihnen etwas ausmachen, wenn wir unseren Kaffee dort trinken würden? Ich würde mich gern vergewissern, dass Tweed auch wirklich keine Gefahr droht.«

»Gute Idee. Ich lasse gleich die Rechnung bringen.«

Sie warteten, bis eine Gruppe von neuen Gästen zwischen ihnen und Sharon Mandevilles Tisch stand, und verließen dann das Lokal. In Nields Wagen fuhren sie in Richtung Piccadilly. Als sie den einzigen freien Parkplatz in ganz Mayfair fanden, stellten sie das Auto dort ab und gingen den Rest der Strecke zu Fuß.

Paula schlug den Mantelkragen hoch. Der Wind war so kalt, dass er vom Nordpol zu kommen schien. Ihr Weg führte sie auch durch die Albemarle Street, die still und verlassen dalag. Paula musste unwillkürlich an den Abend denken, an dem ihr Cord Dillon vor dem Brown's Hotel in die Arme gelaufen war. Mit Schaudern erinnerte sie sich an den entsetzlichen Augenblick, in dem die Kugel der amerikanischen Revolverhelden die Schaufensterscheibe hinter ihnen zertrümmert hatte.

Nield erwähnte den Vorfall mit keinem einzigen Wort, aber er nahm Paula am Arm und führte sie raschen Schritts durch die Albemarle Street. Erst als sie sich dem Raging Stag näherten, schlug er wieder eine langsamere Gangart ein. Er und Paula blickten in jede Seitenstraße und jeden Hauseingang, und suchten aber vergeblich nach finsteren Gestalten, die sich dort möglicherweise in der Dunkelheit versteckten.

Als sie das teuer hergerichtete Pub betraten, entdeckten sie Tweed an einem Tisch im weiter hinten gelegenen Restaurant-Teil des Lokals. Er hatte ihnen den Rücken gekehrt. Neben ihm saß Ed Osborne.

»An der Bar sind noch zwei Plätze frei«, sagte Nield. »Die werde ich uns gleich mal sichern ...«

Nield erreichte die beiden Barhocker fast gleichzeitig mit zwei Männern, die ihn böse ansahen und versuchten, ihn mit den Ellenbogen zur Seite zu drängen. Nield schüttelte den Kopf.

»Das sind unsere Plätze«, sagte der eine der Männer in aggressivem Ton.

»Tut mir Leid, aber ich bin mit einer Dame hier, und die wollen Sie ja wohl hoffentlich nicht stehen lassen, oder?«

Paula kam Nield zu Hilfe, indem sie sich an den Männern vorbeischob und auf einen der Hocker setzte. Dann drehte sie sich zu dem Größeren der beiden um und sagte mit freundlicher Stimme: »Haben Sie vielen Dank. Das war wirklich sehr nett von Ihnen.«

»Das haben Sie gut gemacht«, sagte Nield zu Paula, während sich die beiden Männer grollend verzogen. »Was möchten Sie trinken?«

»Ich bleibe bei Wein. Einen trockenen französischen Weißwein, bitte.«

Selbst zu dieser späten Stunde war das Pub mindestens ebenso voll wie das Santorini's. Paula fand ihren Platz bestens dazu geeignet, um Tweed im Auge zu behalten, denn in dem großen Spiegel hinter der Bar konnte sie den Tisch der beiden Männer deutlich sehen. Sie zog sich den Mantel aus und legte ihn sich zusammengefaltet auf den Schoß. Als ihr der Barkeeper den Wein hinstellte, trank sie einen Schluck davon – und erstarrte vor Schreck.

Im Spiegel sah sie Tweed und Osborne, die sich offenbar angeregt unterhielten. Osborne wedelte mit den Händen in der Luft herum, und Tweed nickte. Was Paula einen solchen Schreck einjagte, dass sie ganz vergaß, ihr Glas abzusetzen, war aber nicht der Anblick der beiden Männer, sondern eine dicke Aktentasche, die am Tischbein neben Tweed lehnte.

»Ist was?«, fragte Nield.

»Nein, nichts«, antwortete Paula, während sie sich ihr Halstuch so um das Gesicht legte, dass ihre Haare darunter verborgen waren. Der Kellner brachte Osborne gerade dessen Kreditkarte zurück. Der Amerikaner nahm sie von dem kleinen Tablett und steckte sie in seine Brieftasche. Nield beugte sich noch tiefer über den Tresen, damit Tweed, wenn er aufstand und das Lokal verließ, sein Gesicht nicht sehen konnte. Die beiden Männer, denen sie die Barhocker weggenommen hatten, standen jetzt mit Biergläsern in der Hand hinter ihnen und bildeten einen zusätzlichen Sichtschutz. Als Paula wieder in den Spiegel schaute, entdeckte sie Butler, der sich in einer Ecke des Lokals versteckt hatte.

Osborne stand auf, klopfte Tweed auf die Schulter und machte sich zum Ausgang auf, wobei er rücksichtslos die anderen Gäste aus dem Weg schob. Er trug nicht einmal einen Mantel – offenbar isolierte ihn das viele Fleisch auf seinem massigen Körper gegen die arktischen Temperaturen, die draußen herrschten.

»Sollen wir noch hier bleiben?«, fragte Nield.

»Wenn es Ihnen nichts ausmacht, würde ich gern noch meinen Wein austrinken. Ich bin erst zum zweiten Mal hier, und das Lokal gefällt mir.«

Nachdem Osborne gegangen war, blieb Tweed noch eine Weile allein am Tisch sitzen. Dann stand er auf, nahm die Aktentasche an sich und schlängelte sich langsam auf den Ausgang zu, wobei er, ganz anders als Osborne, die anderen Gäste höflich um Entschuldigung bat. Schließlich hatte Tweed das Lokal verlassen.

Paula war es immer noch ganz anders. Diese Aktentasche hatte sie bei Tweed noch nie gesehen. Sie blieb noch ein paar Minuten sitzen, bis sie das Glas geleert hatte.

»Jetzt würde ich gern gehen, Pete«, sagte sie. »Ich glaube, ich habe genug getrunken.«

Etwas an ihrer Stimme und ihrem Verhalten kam Nield merkwürdig vor, aber er wartete, bis sie auf dem Weg zu seinem Wagen waren, bevor er sie darauf ansprach.

»Bedrückt Sie etwas?«, fragte er.

»Nein, nicht im Geringsten. Es war ein wirklich schöner Abend, Pete. Vielen Dank, dass Sie mitgekommen sind …«

Als sie im Auto saßen, startete Nield den Motor und schaltete die Heizung an.

Er hatte eigentlich gedacht, dass er Paula zu ihrer Wohnung in der Fulham Road fahren werde, aber sie überraschte ihn mit der Bitte, sie zur Park Crescent zu bringen.

»Ich habe dort noch etwas zu tun«, sagte sie. »Später fahre ich dann mit meinem eigenen Auto nach Hause.«

»Das geht nicht. Sie brauchen jemanden, der auf Sie aufpasst.«

»Aber Pete! Ich bin doch kein kleines Hündchen, das man nicht von der Leine lassen kann.«

»Was bedrückt Sie, Paula? Geteiltes Leid ist halbes Leid.«

»Sorry, dass ich eben so aufbrausend war, Pete. Das war nicht nett von mir, noch dazu, wo wir einen so schönen Abend miteinander hatten. Aber ich will trotzdem erst noch in die Park Crescent.«

»Kein Problem. Aber ich könnte doch zu Ihrer Wohnung vorausfahren und nach dem Rechten sehen. Haben Sie schon vergessen, dass die Leute, die Sie umbringen wollten, genau wissen, wo Sie wohnen?«

»Ja, Sie haben Recht. Und ich bin Ihnen sehr dankbar dafür, dass Sie so viel für mich tun wollen. Hier sind die Schlüssel zu meiner Wohnung.«

»Wenn es Ihnen nichts ausmacht, würde ich dort gern warten, bis Sie kommen.«

»Nein, das macht mir nichts aus.«

Während der Fahrt zur Park Crescent saß Paula schweigend neben Nield. Sie ärgerte sich über ihren ungerechten Ausbruch von vorhin und wusste nicht, was sie sagen sollte. Als Pete vor dem Gebäude hielt, gab sie ihm einen Kuss auf die Wange und drückte ihm die Hand, bevor sie ausstieg. In Tweeds Büro brannte noch Licht.

»Guten Abend, Paula«, begrüßte sie George. »Mr. Tweed ist oben und nimmt gerade ein Bad. Monica ist auch noch da.«

Leise ging Paula die Treppe hinauf und öffnete die Tür. Monica war nicht im Büro, vermutlich war sie nach oben gegangen, um eine Kleinigkeit zu essen. Paula schloss die Tür hinter sich und sah sich beklommen in dem Raum um. Die dicke Aktentasche, die sie bereits im Raging Stag gesehen hatte, stand halb geöffnet unter Tweeds Schreibtisch. Paula blieb stehen und rang mit sich. Sie hatte noch nie in anderer Leute Sachen herumgeschnüffelt, aber sie wollte unbedingt wissen, was Sache war, denn sonst würde ihr die Ungewissheit keine Ruhe mehr lassen.

Sie beugte sich nach unten und zog die Aktentasche vorsichtig unter dem Schreibtisch hervor. Als sie einen Blick hineinwarf, wurde ihr fast schlecht. Die Tasche war voller Bündel mit Einhundertdollarscheinen, die mit Gummibändern zusammengehalten wurden. Paula nahm eines der Bündel heraus und zählte es rasch durch. Es enthielt genau hundert Scheine. Nach der Menge der Bündel zu schließen, musste Tweed eine Summe von mehreren hunderttausend Dollar erhalten haben.

Benommen schob Paula die Aktentasche an ihren Platz zurück und richtete sich langsam auf. Sie musste das Gebäude verlassen haben, bevor Tweed aus dem Badezimmer kam, denn heute Nacht konnte sie seinen Anblick nicht mehr ertragen. Rasch stieg sie die Treppe hinunter und blieb an Georges Tisch kurz stehen.

»Bitte, sagen Sie niemandem, dass ich noch hier war. Tweed glaubt, dass ich heute früh zu Bett gegangen bin.«

»Wird gemacht, Miss ...«

Paula setzte sich in ihren Wagen und ließ den Motor an. Bevor sie losfuhr, wartete sie noch eine Weile, bis sie sich ein wenig beruhigt hatte. Auf dem Weg zu ihrer Wohnung war sie dankbar dafür, dass zu dieser späten Stunde nicht mehr viel Verkehr war. Die Straßen waren leer. So leer, wie sie sich fühlte.

15

Etwa zur selben Zeit als Paula und Nield sich im Santorini's ihr Hauptgericht schmecken ließen, saß Marler mit Denise Chatel im Lanesborough. Denise, deren langes, dunkles Haar perfekt frisiert war, trug einen seidenen Hosenanzug. Marler war vom ersten Augenblick an tief beeindruckt von ihrer Erscheinung. Als sie sich setzten, sagte er ihr das auch.

»Was für ein reizendes Kompliment, Alec. Vielen Dank«, sagte sie mit einem freundlichen Lächeln.

Als Marler sie später bat, den Wein auszusuchen, wählte sie einen sehr guten Jahrgang im mittleren Preissegment. Während die beiden über Gott und die Welt sprachen, hatte Marler das Gefühl, als würde er Denise schon seit vielen Jahren kennen. Ihre blauen Augen, die sie manchmal durch das Restaurant streifen ließ, kamen immer wieder auf seinem Gesicht zur Ruhe.

»Das ist ein schönes Lokal«, sagte sie. »Kein Wunder, dass hier so viele Leute sind.«

»Früher war es einmal ein großes Krankenhaus, das dann später in ein Hotel umgewandelt wurde. Darf ich Ihnen noch etwas Wein nachschenken …?«

Nach dem Essen gingen sie zum Kaffeetrinken in einen anderen Raum. Denise ließ sich auf einer Couch nieder und schlug die wohlgeformten Beine übereinander. Marler, der sich neben sie setzte, überlegte, ob er ihr auch wegen der Beine ein Kompliment machen sollte, hielt es dann aber doch nicht für angebracht. So gut kannte er sie schließlich auch wieder nicht. Stattdessen machte er eine Bemerkung, mit der er das Gespräch in eine Richtung lenkte, deren Konsequenzen ihm erst viel später wirklich bewusst werden sollten.

»Wenn ich mich recht erinnere, haben Sie neulich gesagt, dass Ihr Vater Franzose war und Ihre Mutter Amerikanerin. Das klingt ziemlich kosmopolitisch.«

»Darauf …« Sie zögerte. »Darauf wollte ich ohnehin zu sprechen kommen. Ich hoffe, Sie missverstehen das, was ich Ihnen jetzt sagen werde, nicht als einen Versuch, auf billige Art und Weise Ihr professionelles Wissen anzuzapfen.«

»Aber natürlich nicht«, erwiderte Marler und beugte sich vor. »Ich interessiere mich für alles, was Sie angeht. Schießen Sie los.«

»Als ich bei Ihnen in der Park Crescent war, habe ich davon gesprochen, dass meine Eltern beide bei einem Autounfall ums Leben gekommen sind. An diesem Unfall gibt es einiges, was ziemlich mysteriös ist und mir seither Kopfzerbrechen bereitet. Der Unfall hat sich kurz hinter der Grenze nach Virginia in einem kleinen Ort ereignet. Ich schreibe den Namen des Orts am besten auf …«

»Hier ist mein Notizbuch«, sagte Marler und nahm ein kleines Heft aus der Tasche. »Je mehr Details Sie mir geben, desto besser.«

»Ich habe den Sheriff angerufen, der die Untersuchungen geleitet hat. Sein Name war Jim Briscoe. Den schreibe ich Ihnen auch auf. Ich bin dann dort hingefahren und habe mit ihm gesprochen. Er war ganz freundlich, aber ich hatte das Gefühl, als ob das Gespräch ihm peinlich wäre. Er meinte, dass solche Unfälle leider immer wieder vorkämen. Als ich ihn gefragt habe, ob es denn an der Stelle schon einmal einen Unfall gegeben hätte, hat er das verneint.«

»Sie haben sich die Stelle wahrscheinlich nicht angeschaut, oder?«

»Doch. Ich habe Jim Briscoe gebeten, mich dort hinzubringen. Vor der Brücke, auf der der Unfall passiert ist, waren keine Bremsspuren zu sehen. Als ich ihn darauf aufmerksam gemacht habe, schien ihm das irgendwie peinlich zu sein. Er hat daraufhin gemeint, dass die Reifen der anderen Autos, die inzwischen über die Brücke gefahren seien, sie ausradiert hätten. Das Problem ist nur, dass es sich um eine ziemlich ruhige Straße handelt, wo nur wenige Autos fahren. Ich hatte das Gefühl, als hätte jemand die Bremsspuren absichtlich beseitigt.« Sie lächelte betreten. »Aber jetzt halten Sie mich wohl für paranoid.«

»Überhaupt nicht. Ich glaube Ihnen. Was wollen Sie, dass ich tue?«

»Nun ja, Sharon hat mir neulich beiläufig erzählt, dass Tweed eine Art Spezialabteilung in Ihrer Versicherung leitet, die Prominente für den Entführungsfall versichert. Dazu braucht man doch sicher auch Ermittler.«

»Da haben Sie ganz Recht.«

»Nach einiger Zeit habe ich noch einmal mit Sheriff Briscoe Kontakt aufnehmen wollen. Es hat sich aber jemand anders am Telefon gemeldet und mir gesagt, dass Briscoe mit vollen Bezügen in Frühpension gegangen ist. Mir ist das ziemlich merkwürdig vorgekommen, denn Sheriff Briscoe war vielleicht gerade mal vierzig. Ich habe verlangt, dass das FBI eingeschaltet wird, denn schließlich ist der Unfall meiner Eltern jenseits der Staatsgrenze passiert. Der neue Sheriff ist daraufhin ziemlich unfreundlich geworden und gemeint, dass die Untersuchung endgültig abgeschlossen ist. Und dann hat er mir sogar damit gedroht, mich zu verklagen, weil ich ihm angeblich seine kostbare Zeit stehle.«

»Das ist wirklich seltsam. Können Sie mir den Ort näher beschreiben, an dem dieser Unfall passiert ist?«

»Ja. Es war auf einer breiten Straße, die auf einer Brücke über eine tiefe Schlucht führt. Jim Briscoe hat mir erst auf mehrfache Nachfrage ein Foto von dem Wagen gezeigt, in dem meine Eltern starben. Die linke Seite war eingedrückt, als hätte der Wagen dort ein schweres Fahrzeug gerammt, mehr war nicht zu sehen. Wahrscheinlich ist das an einem Punkt direkt vor der Brücke geschehen. Das Auto meiner Eltern ist sofort in die Schlucht gestürzt.«

»Merkwürdig, dass der Wagen dabei nicht in Flammen aufgegangen ist.«

»Tja, mein Vater war schon immer sehr reaktionsschnell gewesen. Er muss wohl den Motor abgeschaltet haben, als der Wagen von der Straße abkam. Briscoe hat mir jedenfalls bestätigt, dass der Zündschlüssel herumgedreht war.«

»Haben Sie die Telefonnummer von diesem Briscoe?«

»Nein, leider nicht. Aber von dem neuen Sheriff habe ich erfahren, dass Briscoe immer noch in demselben Ort lebt. Dem mit dem unaussprechlichen Namen, den ich Ihnen ins Notizbuch geschrieben habe. Ich notiere Ihnen auch den Namen des neuen Sheriffs und dessen Telefonnummer. Vielleicht können Sie ja etwas erreichen.«

»Da wäre ich mir nicht so sicher«, sagte Marler. »Aber vielleicht gelingt es mir ja herausfinden, was sich da wirklich zugetragen hat. An dieser Geschichte scheint einiges nicht ganz koscher zu sein.«

»Ich mache Ihnen eine Menge Umstände«, sagte Denise, während sie ihm das Notizbuch zurückgab. »Da drinnen steht jetzt auch die Adresse meiner Wohnung in Belgravia – und meine Geheimnummer, die ich mir habe geben lassen. Ich habe nämlich den Eindruck, dass das Telefon, das mir die Botschaft zur Verfügung gestellt hat, abgehört wird.« Sie lächelte abermals. »Aber jetzt halten Sie mich bestimmt für komplett verrückt.«

»Ich glaube, dass Sie aus gutem Grund beunruhigt sind. Ich werde sehen, was sich tun lässt.«

»So jetzt wollen wir aber mal über etwas anderes reden. Die bisherige Unterhaltung war sicher nicht gerade amüsant für Sie.«

»Um ehrlich zu sein, sie hat mich neugierig gemacht«, erwiderte Marler. Er bemerkte, dass Denise auf ihre Uhr blickte. »Müssen Sie schon gehen?«

»Ja, leider. Der Fahrer, der mich auch hergebracht hat, wartet schon seit einer halben Stunde auf mich …«

Nachdem sie ihre Mäntel angezogen hatten, begleitete Marler sie nach draußen, wo bereits eine Limousine wartete. Bevor Denise in den Wagen stieg, drehte sie sich zu Marler um und küsste ihn ganz leicht auf den Mund. Dann lächelte sie ihn liebevoll an.

»Vielen Dank für den wunderbaren Abend. Ich würde mich sehr freuen, wenn wir in Verbindung blieben.«

»Das werden wir«, sagte Marler und gab ihr ein Blatt Papier, das er aus seinem Notizbuch gerissen hatte. »Das ist meine Telefonnummer«, flüsterte er ihr zu. »Wenn ich nicht da bin, können Sie auf den Anrufbeantworter sprechen. Sie brauchen nur zu sagen, dass Sie es sind, dann rufe ich Sie auf Ihrer Geheimnummer zurück.«

»Passen Sie auf sich auf, Alec. Wir leben in einer gefährlichen Welt.«

16

In dieser Nacht tat Paula kein Auge zu. Trotz zahlreicher Versuche zu schlafen, wollte ihr die Geschichte mit der Aktentasche voller Geld einfach nicht aus dem Kopf gehen. Nicht einmal ein langes, heißes Bad half etwas.

Schließlich stand sie auf und machte sich einen Kaffee. Während sie ihn trank, musste sie an das denken, was Chief Inspector Buchanan ihnen erzählt hatte: dass wichtige Persönlichkeiten in England von den Amerikanern mit riesigen Bestechungssummen gekauft würden und wie die Geldübergaben vonstatten gingen. Buchanan hatte genau geschildert, wie die Beamten der Antiterroreinheit den Amerikanern mit den Geldkoffern von der Botschaft aus gefolgt waren und gesehen hatten, wie diese sich in verschiedenen Lokalen mit ihren »Zielpersonen« getroffen hatten. Genau so hatte sich wohl auch die Begegnung zwischen Tweed und Osborne im Raging Stag abgespielt. Es musste der Amerikaner gewesen sein, der die Aktentasche neben Tweed an das Tischbein gelehnt hatte.

Paulas Gedanken drehten sich im Kreis. War Tweed zu der Überzeugung gelangt, dass sie das Spiel nicht gewinnen konnten? War er auf die andere Seite übergelaufen? Wenn sie an all die Jahre dachte, die sie mit ihm zusammengearbeitet hatte, schien ihr das völlig ausgeschlossen. Da war es sehr viel wahrscheinlicher, dass es eine andere Erklärung gab, aber Paula fiel keine ein.

»Ich muss mich täuschen«, sagte sie laut. »Es gibt gar keine andere Möglichkeit.«

Trotzdem war sie noch nicht überzeugt. Tweed hatte sie gelehrt, sich immer an die Fakten zu halten. Schließlich hatte sie die »Transaktion« mit eigenen Augen gesehen. Nervös schüttete sie die restliche halbe Tasse Kaffee in den Ausguss und machte sich eine Kanne Tee. Dann tigerte sie durchs Wohnzimmer und rauchte eine ihrer seltenen Zigaretten.

»Ich geb's auf«, sagte sie laut.

Viel früher als sonst kam Paula in der Park Crescent an und war erleichtert darüber, dass sie die Erste war. Die Aktentasche mit den Dollars war verschwunden. Auf Monicas Notizblock standen drei hingekritzelte Worte: *Keith Kent. Basel.*

Als Monica kam, saß Paula bereits an ihrem Schreibtisch.

»Während Sie gestern in der Romney Marsh waren, hat Keith Kent, der Finanzermittler, aus Basel angerufen. Er hat gesagt, dass er das Sicherheitssystem der Zürcher Kreditbank geknackt hat und jetzt sofortige Unterstützung braucht.«

»Und wie hat Tweed darauf reagiert?«

»Fragen Sie ihn bitte selber, wenn er nachher kommt.«

Paula war dankbar für den Vorschlag, denn dann hatte sie wenigstens etwas, worüber sie mit Tweed reden konnte. Wenn sie bloß still dasäße, würde er sofort bemerken, dass mit ihr etwas nicht in Ordnung war. Nach einer Weile kam Newman, der sichtlich gut gelaunt war. Er grinste Paula an.

»Einen wunderschönen guten Morgen«, sagte er fröhlich.

»Ich wüsste nicht, was an diesem Morgen wunderschön sein sollte«, entgegnete Paula. »Heute ist es noch kälter als gestern.«

»Wenn es kalt ist, kann man gut nachdenken«, sagte Newman mit einem breiten Grinsen und ließ sich in einen der Sessel fallen.

Als Nächster kam Marler, der wie immer perfekt gekleidet war; heute trug er einen neuen grauen Anzug. Er winkte den anderen zur Begrüßung zu. Kurz darauf betrat Tweed entschlossenen Schrittes das Büro und setzte sich hinter seinen Tisch. Mit geschäftsmäßiger Miene schaute er seine Mitarbeiter einen nach dem anderen an.

»Monica hat mir erzählt, dass gestern Keith Kent aus Basel angerufen hat«, sagte Paula. »Er soll das Sicherheitssystem der Zürcher Kreditbank geknackt haben, was immer das auch bedeuten mag.«

»Stimmt. Langsam fügt sich alles zu einem Bild zusammen. Bob, wie war es gestern mit Sharon Mandeville?«

»Schön. Wussten Sie, dass sie nicht die Spur von einem amerikanischen Akzent hat? Mir kam sie wie eine echte englische Lady vor.«

Paula starrte ihn mit geschürzten Lippen an. War Newman am Ende dabei, sich in Sharon zu verlieben? Sein Ton jedenfalls ließ darauf schließen. Sie senkte die Augen, bevor er zu ihr herüberblickte.

»Wirklich?«, fragte Tweed. »Dann sind Sie wohl gut mit ihr ausgekommen. Glauben Sie, dass Sie sie wieder treffen werden?«

»Das möchte ich doch hoffen.«

»Dann nutzen Sie die Gelegenheit, aus ihr herauszubekommen, was die Amerikaner vorhaben. Vorausgesetzt, dass sie überhaupt darüber informiert ist.«

»Sharon hat mich gebeten, einen Artikel zu schreiben. Es war nicht ihre Idee, sondern die von jemandem weiter oben in der Hierarchie, dessen Namen sie mir aber nicht nennen durfte.«

»Was für einen Artikel denn?«

»Einen, der eine verstärkte Renaissance des speziellen Verhältnisses zwischen England und den USA einfordert.«

»Tatsächlich?« Ein leises Lächeln spielte um Tweeds Lippen. »Langsam wird ein Muster erkennbar. Werden Sie den Artikel schreiben?«

»Ich habe mich noch nicht entschieden. Aber wenn ich es tun sollte, zeige ich Ihnen erst den Entwurf, bevor ich den Artikel an die Zeitungen gebe.«

»Und jetzt zu Ihnen, Marler«, fuhr Tweed fort. »Hat Ihnen Ihr Treffen mit Denise Chatel gefallen?«

»Sehr sogar. Sie ist ziemlich nett. Sie hat mir eine merkwürdige Geschichte über den Tod ihrer Eltern erzählt ...«

Tweed hörte aufmerksam zu, während Marler das wiedergab, was er am Abend zuvor von Denise erfahren hatte. Aus seinem exzellenten Gedächtnis konnte er jedes einzelne ihrer Worte abrufen. Selbst Monica legte den Telefonhörer auf und hörte zu.

»Ich habe mir gedacht, dass vielleicht Cord Dillon die Nachforschungen für mich erledigen könnte«, sagte Marler am Ende seiner Erzählung. »Ich könnte ihm alles Wesentliche durchgeben, damit er dann vom Bunker aus in den Staaten anrufen kann. Oder glauben Sie, dass weitere Nachforschungen in dieser Angelegenheit reine Energieverschwendung sind?«

»Im Gegenteil«, sagte Tweed. »Ich werde Ihnen jetzt etwas mitteilen, das streng vertraulich ist. René Lasalle vom DST in Paris hat mir erst kürzlich auf meine Anfrage hin mitgeteilt, dass Denises Vater zwar als offizieller Attaché an die französische Botschaft in Washington geschickt worden war, in Wirklichkeit aber Mitarbeiter des Geheimdienstes gewesen ist. Er sollte die Einzelheiten einer größeren Operation herausfinden, die Washington geplant hatte, aber bevor er einen Bericht nach Frankreich schicken konnte, ist er ja, wie bekannt, zusammen mit seiner Frau bei einem Autounfall ums Leben gekommen. Sharon Mandevilles Eltern sind, wie wir wissen, auf dieselbe Weise gestorben. Sie alle wissen, dass ich nicht an die zufällige Duplizität von Ereignissen glaube.«

»Dann darf ich also Cord bitten, die Sache für mich abzuklären?«, fragte Marler.

»Ja. Sagen Sie ihm, dass ich ebenfalls daran interessiert bin.« Tweed lehnte sich in seinen Stuhl zurück. »Vor vielen Jahren, als ich noch bei Scotland Yard war ...«

»Und zwar als der jüngste Superintendent in der Geschichte der Mordkommission«, warf Paula ein.

»Was ich sagen wollte: Damals bin ich in Mordfällen zwar mehrmals aus purem Zufall über eine Sache gestolpert, aber zumindest habe ich immer die Bedeutung dessen erkannt, worüber ich da gestolpert bin. Marler ist, glaube ich, jetzt etwas Ähnliches passiert. Ich könnte mir vorstellen, dass das, was Denise ihm erzählt hat, sehr wohl etwas mit unseren gegenwärtigen Problemen zu tun hat.«

»Ein blindes Huhn findet auch einmal ein Korn«, sagte Marler selbstironisch.

»Gestern ist übrigens noch der Kurier aus Paris gekommen, der mir einen Umschlag von René Lasalle überbracht hat. Darin waren die Fotos, die Renés Leute von den Amerikanern am Flughafen gemacht haben.«

Tweed nahm den Umschlag aus einer Schublade und breitete den Inhalt auf dem Schreibtisch aus.

»Ich möchte, dass Sie alle einen Blick auf diese Bilder werfen und mir sagen, ob Sie eines der Gesichter schon einmal gesehen haben.«

Die anderen bauten sich im Halbkreis hinter ihm auf. Paula, die froh war, sich mit etwas anderem befassen zu können als mit der Aktentasche, betrachtete die Abzüge mit großer Sorgfalt. Dann deutete sie mit dem Finger auf eines der Bilder.

»Der da ist Hank Waltz, der Mann, der mich in der Eagle Street umbringen wollte.«

Tweed drehte das Foto um und besah sich das Datum auf der Rückseite.

»Er ist vor vier Wochen mit dem Eurostar zu uns herübergekommen. Erkennen Sie sonst noch jemanden?«

»Der Typ da ist Chuck Venacki«, sagte Newman. »Aalglatter Kerl mit aalglatten Manieren. Er ist Attaché an der Botschaft und geistig etwas höher angesiedelt als Waltz und Konsorten.«

»Den habe ich bisher noch nicht gesehen«, sagte Paula.

»Was nicht ist, kann noch werden«, warnte Newman. »Der Mann ist intelligent und kann deshalb ziemlich gefährlich werden.«

»Venacki ist vor drei Wochen angekommen«, sagte Tweed, nachdem er auf die Rückseite des Fotos geschaut hatte.

»Und der hier«, sagte Paula und tippte mit dem Finger auf ein weiteres Bild, »ist Jake Ronstadt.«

»Ist vor fünf Wochen hier eingetrudelt«, bemerkte Tweed. »Was ziemlich interessant ist. Offenbar hatte er hier schon vorab etwas in die Wege zu leiten. Möglicherweise ist er es, der das Executive Action Department organisiert hat.«

»Drei Leute sind jedenfalls auf keinem der Fotos zu sehen«, wunderte sich Paula. »Und zwar Denise Chatel, Ed Osborne und Sharon Mandeville. Die sind den Franzosen wohl durch die Lappen gegangen.«

»Das glaube ich weniger«, wandte Tweed ein. »Es liegt wohl eher daran, dass diese drei direkt von Washington nach Heathrow geflogen sind. Genau wie Jefferson Morgenstern.« Er erhob sich. »Das erinnert mich übrigens daran, dass ich mit Jefferson in der Residenz des Botschafters zum Abendessen verabredet bin. Sie ist ja nicht weit von hier. Morgenstern hat mich heute früh zu Hause angerufen, und ich habe sofort zugesagt.«

»Sie brauchen einen Leibwächter«, sagte Newman.

»Nein, den brauche ich nicht. Jefferson ist ein Ehrenmann der alten Schule, auch wenn er sich – wie jeder in seinem Job – manchmal ziemlich hinterhältiger Methoden bedienen muss. Monica, Sie buchen immer noch die Plätze bei der Swissair, wie ich annehme?«

»Aber sicher.«

»Und Sie haben alle die Koffer mit den warmen Sachen gepackt?«, fragte er und blickte zu den anderen, die bestätigend nickten. »Das ist gut, denn morgen früh fliegen wir mit der ersten Maschine in die Schweiz.«

»Gehen Sie aus?«, fragte Monica, als Tweed seinen Mantel anzog. »Für die Verabredung mit Morgenstern ist es doch noch viel zu früh.«

»Das schon, aber ich muss vorher noch woanders hin.«

»Am besten warne ich Butler und Nield gleich einmal wegen des Fluges vor«, sagte Monica.

»Nein, tun Sie das nicht. Die beiden haben hier noch etwas zu erledigen und kommen erst später nach Basel. Buchen Sie für sie aber weiterhin jeden Tag zwei Plätze. So, jetzt muss ich aber los. Die Dinge geraten in Bewegung.«

Nachdem er fort war, warf Monica ihren Kugelschreiber auf den Tisch und lehnte sich mit trotzig verschränkten Armen in ihrem Stuhl zurück.

»Was ist los?«, fragte Newman.

»Tweed macht das in letzter Zeit ständig mit mir. Er sagt, dass er so rasch wie möglich zurück sein will, und wenn ich ihn dann frage, wo ich ihn erreichen kann, speist er mich mit Floskeln ab wie: ›Ich muss ganz schnell wohin.‹ Keine Ahnung, was er wirklich macht.«

In Paulas Kopf herrschte ein einziges Durcheinander. Vorhin, als Tweed ihr wieder ganz normal und voller Aktivität erschienen war, hatte sie eine Weile nicht mehr an die Aktentasche mit den Dollars gedacht. Jetzt machte sie Monicas Murren wieder nachdenklich. Warum war Tweed nur so übermäßig geheimniskrämerisch? Und mit wem traf er sich jetzt?

Marler setzte sich an Tweeds Schreibtisch und rief Cord Dillon im Bunker an. Mrs. Carson hob ab und gab den Hörer an Dillon weiter.

»Cord, hier spricht Marler. Wir haben ein Problem, bei dem Sie uns vielleicht behilflich sein könnten. Natürlich nur, wenn Sie Lust dazu haben. Es geht um eine junge Frau Anfang dreißig, die in der amerikanischen Botschaft in London beschäftigt ist. Ich war gestern mit ihr zusammen beim Abendessen. Ihr Name ist Denise Chatel. Ich buchstabiere …«

Im Folgenden erläuterte Marler das Problem und erzählte von dem tödlichen Verkehrsunfall, der sich vor über einem Jahr in einem kleinen Ort in Virginia zugetragen hatte. Dann gab er Dillon die Namen und Telefonnummern durch, die Denise ihm in das Notizbuch geschrieben hatte. Mehrfach musste Dillon ihn bitten, eine Pause einzulegen, damit er mit dem Aufschreiben hinterherkam.

»Meinen Sie, dass Sie über das Telefon etwas in der Sache erreichen?«, fragte Marler, als er fertig war.

»Bestimmt. Ich bin froh, wieder etwas zu tun zu haben. Genau mit solchen Problemen habe ich es ja auch bei der CIA des Öfteren zu tun gehabt. Ich werde Jim Briscoes Telefonnummer herausfinden, ganz gleich, wo er jetzt wohnt. Allerdings geht das nicht sofort, denn die amerikanische Ostküste hinkt uns in der Zeit fünf Stunden hinterher. Ich muss also warten, bis drüben die Leute in ihren Büros sind. Kann ich Sie in der Park Crescent zurückrufen?«

»Ja. Und ich bin Ihnen sehr dankbar …«

»Nicht der Rede wert.«

Ohne ein weiteres Wort legte Dillon auf. Marler blieb an Tweeds Schreibtisch sitzen und betrachtete noch einmal die Bilder aus Paris. Nachdem er sich jedes Gesicht und jeden Namen genau eingeprägt hatte, steckte er sie wieder zurück in den Umschlag.

»Na, macht's Spaß?«, fragte Paula.

»Es ist immer gut, wenn man seine Feinde kennt. Jetzt fahre ich in meine Wohnung und packe ein paar warme Sachen ein, so wie Tweed es von uns haben will. Ich möchte allerdings bezweifeln, dass es auf dem Kontinent noch kälter ist als hier.«

Marler fuhr nicht direkt zu seiner Wohnung. Er hatte beschlossen, sich die Gegend anzuschauen, in der Denise Chatel und Sharon Mandeville wohnten. Es konnte nicht schaden, wenn man wusste, wo die Leute lebten, mit denen man es zu tun hatte.

Auf dem Weg zum Belgrave Square, einer der teuersten Wohnadressen in London, war ziemlich viel Verkehr. Marler vermutete, dass er dort keinen Parkplatz finden würde. Als er langsam den Platz entlangfuhr und nach der Nummer von Denises Wohnhaus suchte, sah er einen großen Lastwagen am Straßenrand stehen, dessen Fahrer gerade einen Reifen wechselte. Marler trat ein paarmal aufs Gas, sodass der Motor seines Wagens seltsame Geräusche von sich gab, und blieb dann unmittelbar neben dem Lastwagen stehen. Der Fahrer steckte sich eine Zigarette an und nickte Marler zu.

»Probleme, Kumpel?«

»Ja, der Motor macht Schwierigkeiten. Ausgerechnet jetzt, wo ich in Eile bin.«

»Das ist immer so.«

Marler blieb hinter dem Lenkrad sitzen, schaute zur Tür von Denises Haus und hoffte, dass kein Streifenwagen vorbeikam und ihn wegen Haltens in der zweiten Reihe aufschrieb. Auf einmal zuckte er zusammen. Es war nicht leicht, Marler aus der Fassung zu bringen, aber das, was er sah, verblüffte ihn doch ziemlich. Die Tür des Hauses war aufgegangen – und Tweed war herausgekommen. Kurz nach ihm erschien Denise Chatel in der Tür. Tweed drehte sich um und sprach ein paar Worte mit ihr. Dann schüttelten sie sich die Hand, und Denise schloss die Tür wieder hinter sich.

Marler verkroch sich hinter dem Steuerrad. Tweed hielt ein Taxi an und stieg ein. Er sagte etwas zu dem Fahrer, und das Taxi fuhr los.

Als es um die Ecke war, ließ Marler den Motor an, signalisierte mit hochgerecktem Daumen dem Fahrer des Lastwagens, dass alles wieder in Ordnung sei, und fuhr im dichten Verkehr zurück zur Park Crescent anstatt nach Hause, wie er es vorgehabt hatte. Er war wie vor den Kopf gestoßen. Was hatte Tweed nur bei Denise Chatel zu suchen gehabt? Marler konnte keine Erklärung dafür finden und beschloss, den anderen nichts von seiner Beobachtung zu erzählen.

»Tweed ist bei Howard«, sagte Monica, als Marler das Büro in der Park Crescent betrat. »Ich nehme mal an, er informiert ihn gerade über die Reise nach Basel. Die Tickets habe ich schon. Auch das Ihre.«

»Vielen Dank, aber ich fürchte, Sie müssen mich umbuchen. Ich möchte morgen mit der ersten Maschine nach Genf.«

»Wieso denn das?«, fragte Tweed, der gerade hereingekommen war und Marlers Worte mitbekommen hatte.

»Wir werden vor dem Abflug durch die normalen Kontrollen in Heathrow müssen«, erwiderte Marler.

»Nein, das müssen wir nicht«, sagte Tweed und nahm an seinem Schreibtisch Platz. »Ich habe mit meinem alten Freund Jim Corcoran gesprochen, der jetzt Sicherheitschef in Heathrow ist. Wir brauchen weder durch die Pass- noch durch die Zollkontrolle und gehen vor allen anderen Passagieren an Bord.«

»Aber bestimmt müssen wir trotzdem an den Metalldetektoren vorbei.«

»Ja, das müssen wir wohl. Nicht einmal Jim kann uns das ersparen.«

»Dann kommen wir also ohne Waffen in Basel an.«

»Das ist richtig.«

»Und genau aus diesem Grund fliege ich nach Genf. Ich kenne dort jemand, der mir ein paar Waffen verkaufen kann. Das wird allerdings eine Kleinigkeit kosten.«

»Und wenn Sie die Waffen haben, kommen Sie mit dem Zug nach Basel«, ergänzte Newman, der wie üblich in einem der Sessel saß.

»Sie haben's erfasst«, sagte Marler.

»Vergessen Sie nicht, mir eine Browning Automatik zu besorgen«, sagte Paula. »Und jede Menge Munition.«

»Die gnädige Frau wird ihre Lieblingswaffe bekommen«, sagte Marler konziliant.

»Daran hätte ich auch selber denken können«, sagte Tweed mit hochgezogenen Augenbrauen. »Aber ich habe in letzter Zeit einfach zu viel um die Ohren. Heute Abend ist dann auch noch dieser Essenstermin mit Jefferson Morgenstern.«

»Werden Sie ihm erzählen, was wir vorhaben?«, fragte Newman im Scherz.

»Natürlich nicht. Wo denken Sie hin?«

Paula kniff die Augen zusammen und blickte aus dem Fenster. Es kam bei Tweed nur selten vor, dass er gereizt reagierte. Irgendetwas musste ihn enorm unter Druck setzen. Wieder kamen Zweifel an ihrem Chef in ihr auf.

»Ich habe doch nur Spaß gemacht«, sagte Newman.

»Tut mir Leid, das habe ich nicht mitbekommen«, sagte Tweed kurz angebunden.

Das Telefon klingelte, und Monica ging ran. Sie bat den Anrufer dranzubleiben und wandte sich an Marler, nachdem sie die Hand über die Sprechmuschel gelegt hatte.

»Das ist für Sie. Ihre Freundin Denise Chatel.«

Tweed stand auf, damit Marler den Anruf an seinem Telefon entgegennehmen konnte. Als Marler den Hörer abnahm, bemerkte er, dass die anderen auf einmal alle aus dem Fenster blickten. Ist das eine Art, meine Privatsphäre zu respektieren? fragte er sich amüsiert.

»Hallo, Denise. Ich bin's, Alec. Wie geht es unserer schönen Halbfranzösin?«

»Nicht schlecht, danke der Nachfrage. Ich rufe über meinen Geheimanschluss an. Haben Sie schon Nachricht aus Virginia erhalten?«

»Noch nicht. Das kann noch ein paar Tage dauern. Ich melde mich, sobald es etwas Neues gibt.«

»Aber Sie werden mich hier nicht erreichen können. Deshalb rufe ich auch an. Sharon hat mir gerade mitgeteilt, dass wir noch heute nach Basel fliegen werden. Wir wohnen in einem Hotel mit Namen Drei Könige. Ich rufe Sie an, sobald ich wieder zurück bin – obwohl ich nicht weiß, wann das sein wird.«

»Hat Sharon Ihnen gesagt, weshalb sie sich so kurzfristig zu dieser Reise entschieden hat?«

»Nein, nicht einmal andeutungsweise. Aber das macht sie immer so. Ich muss jetzt gehen. Passen Sie auf sich auf.«

»Und Sie auf sich. Und reden Sie mit niemandem über die Virginia-Angelegenheit.«

»Versprochen.«

Tweed kehrte an seinen Schreibtisch zurück, und Marler lehnte sich an die Wand neben Paulas Sitzplatz. Dort zündete er sich umständlich eine Zigarette an. Niemand fragte ihn, weshalb Denise Chatel angerufen habe, aber Tweed sah ihn auffordernd an.

»Denise fliegt heute in die Schweiz«, sagte Marler schließlich. »Zusammen mit Sharon.«

Newman neigte den Kopf. »Dann kann ich meine Verabredung wohl vergessen.«

»Sie fliegen nach Basel«, fuhr Marler fort. »Dort steigen sie im Hotel Drei Könige ab.«

Tweed richtete sich auf. »Da wohnen wir ab morgen auch! Ist das ein weiterer Zufall? Na ja, möglich wäre es – das Drei Könige ist immerhin das älteste und beste Hotel in Basel.«

»Dann werde ich Sharon ja früher wiedersehen, als ich dachte«, sagte Newman mit deutlich fröhlicherer Stimme als zuvor.

»Bob«, sagte Tweed und wandte sich lächelnd an ihn, »wir werden in Basel sehr viel zu tun haben. Da wird Ihnen nicht viel Zeit für Ihre privaten Angelegenheiten bleiben.«

»Könnten Sie mir die letzten paar Worte noch einmal buchstabieren?«, sagte Newman flachsend.

»Nicht, dass ich Ihnen Steine in den Weg legen möchte«, erwiderte Tweed. »Im Gegenteil. Je näher Sie Sharon kommen, desto besser für uns. Sie ist eine schöne Frau – und Männer erzählen schönen Frauen für gewöhnlich eine Menge. Möglicherweise hat sie auf diese Weise etwas erfahren, was für uns interessant sein könnte. Wenn das tatsächlich so sein sollte, dann wird es ihr früher oder später bei einem Gespräch mit Ihnen herausrutschen.«

Das Telefon klingelte wieder. Der Anruf galt abermals Marler. Es war Cord Dillon.

Tweed räumte ein weiteres Mal seinen Stuhl und trat ans Fenster, wo er hinaus in den Schneeregen blickte. Die Scheibenwischer der Autos auf den Straßen hatten jede Menge zu tun.

»Hallo«, sagte Marler.

»Möglicherweise sind wir da auf eine ganz große Sache gestoßen«, sagte Dillon aufgeregt. »Auf eine, die weit hinauf nach Washington reicht. Ich habe Jim Briscoes Telefonnummer herausgefunden und ihn angerufen. Ich habe ihm gesagt, wer ich bin und was ich mache, wobei ich allerdings vergessen habe zu erwähnen, dass ich vor kurzem meinen Job verloren habe. Briscoe hatte etwas getrunken, war aber immer noch bei klarem Verstand. Der Mann ist total verbittert. Er ist fest davon überzeugt, dass Chatel und dessen Frau ermordet wurden. Ein Lastwagen oder ein anderes großes Fahrzeug muss ihren Wagen gerammt und in die Schlucht geschubst haben. Briscoe hat darüber einen Bericht an das FBI geschickt, aber kurz darauf hat man ihn seines Postens enthoben und durch einen anderen Sheriff ersetzt. Sein Bericht ist im Reißwolf verschwunden.«

»Das ist ja ein Ding!«

»Es kommt noch dicker. Ein paar Wochen nach seiner Zwangspensionierung hat Briscoe ein paar Gläser Bier mit einem jungen Hilfssheriff getrunken, der zusammen mit dem neuen Sheriff ins Amt gekommen ist. Als Briscoe den Chatel-Fall erwähnt hat, ist der Junge ziemlich gesprächig geworden. Sein Boss soll ihm erzählt haben, dass der Fall für immer zu den Akten gelegt sei. Sollte trotzdem noch einmal jemand daran rühren, werde in Washington jemand namens Charlie dafür sorgen, dass er und der Hilfssheriff für immer verschwinden würden. Das Ganze riecht nach einer riesigen Vertuschungsaktion. So – mehr habe ich im Augenblick nicht für Sie.«

»Das ist mehr als genug, Cord. Ich bin Ihnen sehr dankbar. Und schnell waren Sie auch.«

»Wenn man mir einen Job gibt, dann erledige ich ihn auch.«

Ohne ein weiteres Wort unterbrach der Amerikaner die Verbindung. Marler lehnte sich in Tweeds Stuhl zurück und erzählte den anderen, was Dillon gesagt hatte. Tweed hockte sich auf die Tischkante und sah Marler mit verschränkten Armen an.

»Wieder dieser Charlie«, murmelte er leise. »Ich weiß, dass Sie Ihr Bestes geben, Monica, aber Sie müssen unbedingt herausfinden, wer Charlie ist.«

17

Als das Abendessen in dem mit teuren Antiquitäten möblierten Salon etwa zur Hälfte vorbei war, kam Jefferson Morgenstern auf das Thema zu sprechen, das ihm am Herzen lag. Zuvor, als er und Tweed in einem anderen Raum einen Aperitif zu sich genommen hatten, hatten sie nur über ihr letztes Zusammentreffen in Washington geplaudert. Der amerikanische Außenminister war einen Meter zweiundsiebzig groß und Mitte fünfzig. Er war glatt rasiert und hatte graue Haare und ein längliches Gesicht mit einer großen Nase, auf der eine randlose Brille thronte. Seine Persönlichkeit strahlte eine gesunde Selbstsicherheit aus, ohne arrogant zu wirken, und er sprach rasch mit einer tiefen, angenehmen Stimme. Morgenstern strotzte vor Energie, und sein Verstand war so flink und lebendig wie Quecksilber. Tweed hielt ihn für einen der intelligentesten Männer, die er je kennen gelernt hatte.

Morgenstern, dem man eine Vorliebe für schöne und intelligente Frauen nachsagte, hatte ein lebhafte Mimik, die manchmal ernst und manchmal liebenswürdig wirkte. International hatte er den Ruf eines charmanten Gentlemans und hochbegabten Diplomaten. Trotz seines langen Aufenthalts in den Vereinigten Staaten wirkte er noch sehr europäisch.

»Wissen Sie, Tweed«, begann er, »die Welt um uns verändert sich tagtäglich, und wenn wir in ihr überleben wollen, müssen auch wir uns ändern.«

»Haben Sie da etwa eine konkrete Veränderung im Auge, Jefferson?«

Tweed hatte gerade sein viertes Glas Wein leer getrunken. Wie aus dem Nichts tauchte plötzlich ein Kellner neben ihm auf, goss nach und verschwand wieder. Was den Weinkonsum anlangte, stand Tweed seinem Gastgeber in nichts nach. Tweeds Stoffwechsel war ein Phänomen. Obwohl er oft monatelang so gut wie überhaupt nichts trank, konnte er, wenn es sein musste, große Mengen Alkohol vertragen, ohne dass es ihn im Geringsten beeinträchtigte.

»Zunächst einmal finde ich, dass wir das traditionell gute Verhältnis unserer beiden Länder zueinander beträchtlich ausbauen sollten. Und zwar auf allen Gebieten – wirtschaftlich, sozial und politisch.«

»Warum?«

»Sie sind immer noch der Alte, Tweed. Sie zögern nie, die

Kernfrage zu stellen. Das ist – zusammen mit Ihrer globalen Sichtweise – eines von den vielen Dingen, die ich an Ihnen mag.«

»Warum also?«, sagte Tweed.

»Aus unserer Sicht – und aus der Sicht der ganzen Welt – sind wir Amerikaner die führende Macht auf diesem Globus. Ganz unter uns gesagt, ich persönlich glaube allerdings, dass wir den Gipfel unserer Macht schon überschritten haben. Im Pazifikraum haben wir es jetzt mit China zu tun, das ständig daran arbeitet, noch größer und mächtiger zu werden und …«

»Warum liefern Sie dann China fortschrittliche Technik zum Aufbau seiner riesigen Kriegsmaschinerie?«, unterbrach Tweed die Ausführungen des Amerikaners.

»Weil unser Präsident machmal leider über das Ziel hinausschießt«, antwortete Morgenstern. »Auf der anderen Seite werden die Chinesen dadurch auch ruhig gestellt. Und ganz im Vertrauen: Wir haben natürlich sehr viel mehr in puncto Raketentechnik zu bieten als das, was wir China verkauft haben. Aber das Land hat eine Bevölkerung von über einer Milliarde Menschen, während wir es gerade mal auf zweihundertsechzig Millionen bringen. Sollte es zu einer militärischen Auseinandersetzung kommen, könnte China den Verlust von fünfzig Millionen Menschen ohne größere Probleme wegstecken. Für uns freilich wäre das ein vernichtender Schlag.«

»Ich verstehe, worauf Sie hinauswollen …«

»Wenn wir nach Europa blicken, sehen wir, dass die Staaten dort ihre Kräfte in einem nutzlosen Vereinigungsprozess vergeuden. Denken Sie doch nur an all die verschiedenen Nationen mit eigener Geschichte, eigener Sprache, eigenem Lebensstil. Das unter einen Hut bekommen zu wollen ist purer Wahnsinn. Dabei müsste die Geschichte die Europäer doch gelehrt haben, dass Vielvölkerstaaten, wie beispielsweise das alte Habsburgerreich einer war, dem Untergang geweiht sind. Jugoslawien ist ein weiteres Beispiel dafür – auch dieser Staat, der aus teilweise sogar untereinander zerstrittenen Nationen zusammengewürfelt war, ist bald nach Titos Tod in einem Blutbad zerfallen. Genau das kann auch mit der Europäischen Union passieren, die auch nichts anderes ist als ein großes Jugoslawien. Oder nehmen Sie den Zerfall der Sowjetunion. Sobald die Zentralmacht weg ist, brechen solche Gebilde aus verschiedenen Nationalitäten in einem einzigen Chaos auseinander. Verstehen Sie jetzt, weshalb wir uns in Washington große Sorgen um Europa machen?«

»Sie haben es überzeugend dargelegt.«

Der Kellner kam und füllte die Gläser ein weiteres Mal auf.

»Lassen Sie doch bitte die Flasche da«, sagte Morgenstern mit einem Lächeln. »Wir möchten jetzt nicht gestört werden. Wenn ich Ihre Hilfe brauche, werde ich nach Ihnen klingeln.«

»Ich glaube, Sie wollen auf etwas Bestimmtes hinaus, Jefferson«, bemerkte Tweed, als sie wieder allein waren.

»Hinter Europa lauern, von uns aus gesehen, noch größere Gefahren. Der islamische Fundamentalismus ist auf dem Vormarsch. Die Türkei, die durchaus ein islamischer Gottesstaat werden könnte, wird bald eine Bevölkerung haben, die fast so groß ist wie die von Deutschland, dem bevölkerungsreichsten Land in der Europäischen Union. Was wäre, wenn sich ein gewiefter Moslemgeneral zu einem neuen Mohammed aufschwingen und Europa überrennen würde? Von einem besetzten Großbritannien aus wären die Moslems in der Lage, ihre Atomraketen auf die Ostküste der Vereinigten Staaten abzufeuern, während die Chinesen die Städte an unserer Westküste in Schutt und Asche legen könnten. Sie stimmen doch mit mir überein, dass so ein Szenario durchaus denkbar ist, oder? Übrigens, das Dessert ist wirklich ausgezeichnet.«

»Das Beste, das ich seit Jahren gegessen habe«, sagte Tweed.

»Der Iran baut heute schon Atombomben und verfügt auch über Trägerraketen. Wenn sich der Iran mit der Türkei zusammentäte, könnte niemand in Europa ihre vereinten Armeen aufhalten.«

»Das klingt so, als würde man sich in Washington große Sorgen machen«, sagte Tweed.

»Und das mit gutem Grund, wie ich gerade dargelegt habe. England wiederum, das seit über tausend Jahren ein Bollwerk gegen jegliche Tyrannei auf dem Festland war, hat sich auf militärischem Gebiet selbst ins Abseits manövriert. Die britische Armee ist nicht mehr der Rede wert, Ihre Luftwaffe ist nur noch ein Gerippe und Ihre Marine längst der Schatten ihrer selbst. Dabei war Ihr Land noch vor nicht allzu langer Zeit einer der mächtigsten Eckpfeiler des Allianz gegen Hitler. Davon ist heute nicht mehr viel übrig geblieben.«

»Dem, was Sie gesagt haben, kann ich nicht viel entgegensetzen.«

»Wollen wir unseren Kaffee nicht im Nebenzimmer nehmen?«

»Das ist eine gute Idee.«

Das »Nebenzimmer« war fast genauso luxuriös ausgestattet wie der Salon und fast ebenso groß. Morgenstern und Tweed ließen sich auf zwei einander gegenüberstehenden Sofas nieder, zwischen denen ein kleiner Couchtisch stand. Morgensterns blaue Augen blitzten vor Vitalität.

»Angesichts all dieser Bedrohungen, die immer mehr an Stärke zunehmen, müssen wir uns anpassen, verändern und neue, revolutionäre Ideen entwickeln«, fuhr Morgenstern fort.

»Ich habe das Gefühl, dass wir uns langsam dem wahren Grund für Ihre Einladung zum Abendessen nähern«, sagte Tweed und nahm einen Schluck von seinem Cointreau.

»Sie sind ein Mann mit enormem Gespür. Diese seltene Gabe ist mir an Ihnen schon in Washington aufgefallen.«

»Warum haben Sie eigentlich nicht Howard zum Essen eingeladen?«, fragte Tweed.

Morgenstern gegenüber brauchte Tweed nicht vorzugeben, dass er bei einer Versicherung angestellt war. Der amerikanische Außenminister wusste nur zu gut, dass er der Stellvertretende Direktor des SIS und damit nach Howard der zweite Mann war.

»Howard ist ein netter Mensch«, sagte Morgenstern und hielt dann zum ersten Mal in ihrem Gespräch für eine Weile inne, als müsste er seine Worte sorgfältig wählen. »Aber er hat bei weitem nicht die globale Perspektive, über die Sie verfügen, Tweed. Für uns sind Sie eine der Schlüsselfiguren im neuen System.«

»Von was für einem neuen System reden Sie da, Jefferson?«

»Wie ich bereits sagte: Wir müssen revolutionär sein«, sagte Morgenstern und beugte sich über den Tisch. »England und Amerika müssen sich zu einer neuen, viel stärkeren Allianz zusammenschließen. Darüber möchte ich heute Abend mit Ihnen reden.«

»Zusammenschließen?«

»Ja. Auf wirtschaftlicher, sozialer und politischer Ebene.«

»Bevor Sie mir das näher erläutern, möchte ich Ihnen ein paar Fragen stellen. Ich vermute, dass Sie im Fernsehen die Bilder von dem Bombenanschlag in der Oxford Street gesehen haben.«

»Das habe ich. Entsetzlich. Was für ein schreckliches Verbrechen.«

»Ich glaube, dass die Bombe von Ihren Leuten gelegt wurde.«

»*Wie bitte*?« Morgenstern setzte sich auf und schien aufrichtig erschüttert zu sein. »Das kann doch nicht Ihr Ernst sein, Tweed. Das ist verrückt. Ich kann einfach nicht glauben, dass Sie so etwas auch nur denken können. Solche Dinge tun wir nicht. Warum sollten wir auch, um Himmels willen?«

Tweed, der normalerweise genau erkannte, ob jemand log oder nicht, hatte seinen Gastgeber genau beobachtet. Er hätte schwören können, dass Morgenstern auch tatsächlich das glaubte, was er sagte. Aber er ließ nicht locker.

»Wir haben außerdem herausgefunden, dass eine große Anzahl amerikanischer Gangstertypen – darunter polizeibekannte Killer – auf verschlungenen Wegen hierher gekommen sind.« Tweed öffnete den Aktenkoffer, den er mitgebracht hatte, und entnahm ihm einen Umschlag mit Fotos, die er vor Morgenstern auf dem Couchtisch ausbreitete. »Das sind die Männer, von denen ich eben gesprochen habe.«

»Die sehen ja aus wie Leute vom Medellín-Drogenkartell«, sagte Morgenstern, nachdem er sich die Bilder angesehen hatte. »Oder von der Mafia. Ich kann mir nur vorstellen, dass Sie einer bewussten Falschinformation aufgesessen sind, Tweed.«

»Dann haben Sie diese Leute also noch nie in Ihrer Botschaft am Grosvenor Square gesehen?«

»Gott bewahre! Natürlich nicht.«

»Darf ich fragen, ob Sie jeden einzelnen Menschen kennen, der in der Botschaft arbeitet?«

»Nein, bei weitem nicht. Warum sollte ich auch? Ich habe mich um die amerikanische Außenpolitik zu kümmern, nicht um Personalangelegenheiten. Wenn ich in der Botschaft bin, verlasse ich nur selten meine Büros im zweiten Stock. Außerdem benütze ich grundsätzlich einen Seiteneingang, allein schon um den Pressefotografen zu entkommen.«

Im zweiten Stock? fragte sich Tweed. Bei seinem Besuch in der Botschaft hatte er Morgenstern zusammen mit den zwei Leibwächtern doch im ersten Stock gesehen. Aber dann fiel ihm wieder ein, dass man in Amerika die Stockwerke ja anders zählte. Was dort der zweite Stock war, galt hier in England als der erste. Das, was Morgenstern erzählte, klang also doch plausibel. Abermals hatte Tweed das Gefühl, dass sein Gastgeber die Wahrheit sagte.

»Kennen Sie Sharon Mandeville?«, fragte er weiter.

»Ja. Sie hat ein Büro auf demselben Stockwerk wie ich. Ich weiß nicht, was ihre genauen Aufgaben sind, aber sie ist eine Freundin der First Lady und hat enge Verbindungen mit dem Weißen Haus. Wissen Sie was, Tweed? Sie würden einen guten Untersuchungsbeamten abgeben.«

»Ich wollte Ihnen nicht zu nahe treten.«

»Aber nicht doch«, sagte Morgenstern. »Sie gehören zu den Menschen, die bei mir großen Kredit haben. Es kann vielleicht sein, dass Sie sich von Kreisen, die Gräben zwischen uns aufwerfen wollen, in die Irre führen lassen, aber ansonsten gebe ich sehr viel auf Ihr Urteil. Außerdem bin ich ja auch nicht unfehlbar.«

»Könnten Sie mir vielleicht erklären, wie Sie sich den Zusammenschluss unserer beiden Länder, von dem sie vorhin gesprochen haben, konkret vorstellen?«

»Ich habe von Zusammenarbeit gesprochen, nicht von Zusammenschluss.«

»Macht das für Sie denn einen Unterschied?«

»Sie haben Recht. Eigentlich nicht. Kennen Sie die Geschichte, dass Churchill, als Frankreich im Zweiten Weltkrieg von den

Deutschen besetzt wurde, den Franzosen die doppelte Staatsbürgerschaft angeboten hat? Damit wären die Franzosen gleichzeitig Engländer gewesen – und die Engländer Franzosen.«

»Ja, das ist mir bekannt. Die Franzosen haben den Vorschlag damals abgelehnt.«

»Nehmen wir doch einmal an, dass Amerika England ein ähnliches Angebot machen würde. Alle Engländer wären damit amerikanische Staatsbürger und würden die immensen Vorteile genießen, die mit diesem Status verbunden sind.«

»Hat Washington denn vor, uns so ein Angebot zu machen?«

»Nun, es wurde im Nationalen Sicherheitsrat diskutiert – und zwar unter meinem Vorsitz.«

»Sie haben mir meine Frage noch nicht beantwortet.«

»Wir haben auch andere Aspekte eines etwaigen Zusammenschlusses der beiden Länder in allen Einzelheiten erläutert. So hätten unsere Militärs beispielsweise weitere Luftwaffen- und Marinestützpunkte auf den Britischen Inseln und unsere Raketen damit eine um dreitausendfünfhundert Meilen verlängerte Reichweite nach Osten. Für die Ostküste der Vereinigten Staaten wiederum wäre die Gefahr eines moslemischen Raketenangriffs von einem besetzten Großbritannien aus ein für alle Mal gebannt.«

»Was wird in Washington hinter verschlossenen Türen sonst noch alles besprochen?«, wollte Tweed wissen.

»Man hat eine Gesetzesvorlage für den Kongress vorbereitet, mit der Großbritannien in das amerikanische System eingebunden werden könnte.«

»Und worin bestehen die immensen Vorteile für uns, von denen Sie gerade eben gesprochen haben?«

»Ihr Land hat etwas mehr als achtundfünfzig Millionen Einwohner, während Kalifornien, der bevölkerungsreichste Bundesstaat der USA, nur über etwa vierunddreißig Millionen verfügt. England hätte also bei Präsidentschaftswahlen das weitaus größte Gewicht, denn es bekäme mehr Wahlmännerstimmen als jeder andere Staat in der Union. Aus amerikanischer Sicht würde dadurch das angelsächsische Element in unserem Land entscheidend gestärkt werden. Sie säßen an den Schalthebeln der Macht und, wer weiß, vielleicht würde in nicht allzu ferner Zukunft ein Engländer, der dann amerikanischer Staatsbürger wäre, sogar zum Präsidenten gewählt.«

»Sie klingen sehr überzeugend.«

»Vom Gefühl her würde ein solcher Zusammenschluss vielen Amerikanern gefallen«, sagte Morgenstern und beugte sich abermals vor. »Sie hätten irgendwie das Gefühl, zu ihren Wurzeln zurückgekehrt zu sein. Schließlich wurde die amerikanische Republik ja von den englischen Pilgervätern gegründet.«

Morgenstern goss Tweed noch etwas Cointreau nach und schenkte sich selbst ein weiteres Glas Grand Marnier ein. Nachdem er es halb geleert hatte, fuhr er mit unverminderter Energie fort: »Wenn die Briten es zulassen, dass sie in die zum Scheitern verurteilte europäische Union mit hineingezogen werden, dann wären sie ein Niemand, den die anderen bei jeder Entscheidung überstimmen könnten. Und mit wem würden sie da an einem Tisch sitzen? Mit niemand anders als ihren alten Feinden. Vor langer Zeit haben Sie die Armada der Spanier zerstört, und Marlborough, einer Ihrer besten Generäle, hat die Truppen Ludwigs XIV. mit einer Serie von großartigen Siegen in die Knie gezwungen. Die Engländer waren es, die den deutschen Kaiser besiegt haben – und schließlich auch Adolf Hitler.«

»Das Abendessen war wirklich ausgezeichnet«, sagte Tweed unvermittelt. Er vermutete, dass der Koch Franzose war. »Vielen Dank für diesen interessanten Abend.«

»Sie wollen doch nicht etwa schon gehen?«, fragte Morgenstern erstaunt. »Sie haben mir ja noch gar nicht gesagt, was Sie von alledem halten.«

»Was soll ich da schon groß sagen? Sie haben vor, Großbritannien zum einundfünfzigsten Staat der USA zu machen …«

18

»Sie sind alle nach Hause gegangen«, sagte George, als Tweed das Haus am Park Crescent betrat. Der Wachmann blinzelte, als hätte er gerade ein kleines Nickerchen gehalten. »Nur Paula ist noch im Büro.«

Tweed ging nach oben und sah, dass Paula an Monicas Schreibtisch saß. Sie schaute auf ihre Uhr und blickte dann Tweed an.

»Ich habe Monica überredet, nach Hause zu gehen und sich aufs Ohr zu legen. Sie hat wie eine Verrückte an ihren Dossiers gearbeitet und sah ganz erschöpft aus. Sie kommen ziemlich spät, Tweed. Hat das Essen mit Morgenstern denn so lange gedauert?«

»Nein, ich war danach noch in der Downing Street beim Premierminister, der ebenfalls bis spät in die Nacht hinein arbeitet.«

Tweed zog den Mantel aus und setzte sich an seinen Schreibtisch. Aus einer Karaffe, die Monica ihm wohl noch hingestellt haben musste, goss er sich ein Glas Wasser ein.

»Roy Buchanan hat angerufen«, berichtete Paula. »Als ich ihm gesagt habe, dass ich nicht weiß, wann Sie zurückkommen, hat er mich gebeten, Ihnen etwas auszurichten. Er hat aus einer recht zuverlässigen Quelle erfahren, dass die Sache mit der Übernahme bestimmter Medien durch die Amerikaner in die heiße Phase gegangen ist.«

»Ich weiß. Der Premierminister hat es mir bereits erzählt.«

»Und wir lassen das einfach tatenlos zu?«

»Der Premierminister ist der Meinung, dass man die Sache geschickt und ohne Aufhebens angehen muss. Er lässt die Amerikaner ihre Angebote machen, bevor er die Angelegenheit an die Kartellbehörde weiterverweist. Inzwischen will er beobachten, wie die Amerikaner mit ihrer neuen Propagandamaschinerie umgehen.«

»Das ist schlau. Wie war denn Ihr Gespräch mit Morgenstern? Oder soll ich Sie lieber nicht danach fragen?«

Paula redete wie ein Wasserfall, um ihre nagenden Zweifel an Tweed zu übertönen.

»Paula«, sagte er mit ernstem Gesicht, »was ich Ihnen jetzt sagen werde, ist nur für Sie bestimmt. Newman und Marler werde ich es vielleicht später einmal erzählen, ebenso wie allen anderen, von denen ich denke, dass sie es wissen sollten. Ist der Raum heute eigentlich schon auf Wanzen hin untersucht worden?«

»Erst vor einer Stunde. Harry Butler war hier und hat alles überprüft. Er meint, dass alles in Ordnung ist.«

»Ich erzähle Ihnen jetzt alles, was Morgenstern zu mir gesagt hat. Das kann eine Weile dauern ...«

Während Tweed ihr minutiös von seinem Abendessen mit dem amerikanischen Außenminister berichtete, spürte Paula, wie ihr Vertrauen zu ihm zurückkehrte. Als er zu Ende war, schlug er mit der geballten Faust auf seinen Schreibtisch.

»Jetzt wissen Sie alles. Ich bin übrigens inzwischen der Ansicht, dass die Amerikaner auf zwei verschiedenen Ebenen operieren.«

»Wie meinen Sie das?«

»Die eine Ebene ist die diplomatische, auf der Morgenstern aktiv ist. Ich bin mir sicher, dass er die Wahrheit gesagt hat, als er so vehement abstritt, dass seine Leute etwas mit dem Bombenanschlag in der Oxford Street zu tun haben könnten. Die andere Ebene wird vor ihm geheim gehalten, weil man weiß, dass ein Mann wie er sie niemals gutheißen würde.«

»Und was ist das für eine Ebene?«

»Die Ebene, auf der sich Charlie und Jake Ronstadt und all die Killer und Schlägertypen tummeln. Deren Job ist es, unser Land zu destabilisieren. Ich bin davon überzeugt, dass diese beiden Ebenen strengstens voneinander abgeschottet sind. Die diplomatische Ebene weiß von der Existenz der anderen nichts, dafür hat irgendwer – vielleicht dieser Charlie – mit diabolischer Durchtriebenheit gesorgt. Diese Leute benützen jeden Trick und sei er auch noch so schmutzig: Einschüchterung, Bestechung, Massenmord, was auch immer. Ihr Ziel ist es, England in die Knie zu zwingen, damit uns ein Zusammenschluss mit den USA als die letzte Rettung vorkommt. Ich könnte mir gut vorstellen, dass demnächst ein Team vom FBI hier aufkreuzt um ›endlich einmal richtig durchzugreifen‹.«

»Würde denn der Premierminister zulassen, dass so ein Team kommt?«

»Das weiß ich nicht. Aber ich habe ihn gefragt, was er denn tun würde, wenn die Amerikaner Logistikbomben gegen uns einsetzen würden.«

»Was um alles in der Welt ist denn das?«

»Ein neuer amerikanischer Ausdruck. Es geht um eine ganz neue Technik, mit der das Telefonnetz und die Stromversorgung eines Landes lahm gelegt werden kann. Stellen Sie sich nur vor, was es bedeuten würde, wenn man niemanden mehr erreichen könnte und keinen Strom mehr für Licht oder Heizung hätte – besonders bei den momentanen Witterungsbedingungen. Unsere gesamte Logistik würde zusammenbrechen – daher auch der Name Logistikbomben.«

»Kann man denn gar nichts dagegen tun?«

»Doch, das kann man, wenn man nur rechtzeitig Gegenmaßnahmen einleitet. So hat der Premierminister zum Beispiel bereits Truppen in der Nähe der wichtigsten Umspannwerke postieren lassen – möglichst unauffällig, versteht sich. Außerdem hat er Anweisung gegeben, die wichtigsten Computer und Faxgeräte der Regierung vom Netz zu nehmen. Von jetzt an findet die Kommunikation durch Armeekuriere auf Motorrädern statt.«

»Aber Sie scheinen nicht allzu viel davon zu halten.«

»Sagen wir mal, dass der Premierminister und ich über die Maßnahmen diskutiert haben.«

»Bleibt es dabei, dass wir morgen mit der ersten Maschine nach Basel fliegen?«

»Aber sicher.«

»Schön, dass wir im Hotel Drei Könige absteigen. Wir waren ja schon einmal zusammen dort – erinnern Sie sich noch?«

»Natürlich erinnere ich mich. Es ist interessant, dass Sharon und Denise auch dort wohnen. Ich würde mich gern noch einmal mit Sharon unterhalten.«

»Also ich freue mich auf die Reise.«

»Na ja, freuen Sie sich nicht zu früh. Mein sechster Sinn sagt mir, dass in der Schweiz ziemlich üble Dinge auf uns warten.«

Tweed, Paula und Newman stiegen ins Flugzeug nach Basel. Jim Corcoran, ein freundlicher Mann Ende dreißig, hatte sie durch die Sperren geleitet, sodass sie als Erste in der Maschine saßen. Erst danach kamen die anderen Passagiere. Das Flugzeug war nur zu einem Viertel besetzt. Tweed überließ Paula seinen Fensterplatz und setzte sich neben sie. Hinter ihnen machte Newman sich auf zwei Sitzen breit und hielt dadurch Tweed und Paula den Rücken frei, damit diese sich ungestört unterhalten konnten.

Tweed hatte einen Aktenkoffer bei sich, den er sich auf den Schoß legte. Das Flugzeug flog über Frankreich nach Deutschland, wo der Pilot dem Rhein entlang nach Süden folgte. Paula und Tweed ließen sich von der Stewardess etwas zu trinken bringen.

»Na, haben Sie Ihren Restalkohol von gestern Abend denn schon abgebaut?«, sagte Paula augenzwinkernd zu Tweed. »Bei diesen vielen Einladungen müssen Sie langsam aufpassen, dass Sie nicht zum Alkoholiker werden.«

»Nur gut, dass ich immer noch von einer Minute auf die andere mit dem Trinken aufhören kann. Würden Sie eigentlich gern wissen, was ich in dem Koffer habe?«

»Ja, das habe ich mich schon seit dem Start gefragt.«

Tweed blickte über die Schulter und vergewisserte sich, dass die Stewardessen im hinteren Teil des Flugzeugs beschäftigt waren, bevor er die Schlösser des Koffers aufsperrte und ihn aufklappte. Paula staunte nicht schlecht, als sie fein säuberlich aufeinander gestapelte Bündel von Hundertdollarscheinen erblickte. Das musste das Geld aus der alten Aktentasche sein.

»Das dürfte wohl ausreichen, um unsere Hotelrechnung zu begleichen«, sagte Tweed scherzhaft.

»Hoffen wir's. Grob geschätzt, dürften Sie wohl an die hunderttausend Dollar mit sich herumtragen.«

»Eher zweihunderttausend«, sagte Tweed und klappte den Koffer wieder zu. »Das Geld ist für Keith Kent bestimmt, der uns in Basel am Flughafen abholen wird.«

»Der Finanzspezialist. Wozu braucht er denn so viel Geld?«

»Er wird es auf ein bestimmtes Konto bei der Zürcher Kreditbank in Basel einzahlen. Keine Ahnung, wie das genau funktioniert, aber durch diese Bareinzahlung kann er das Konto so manipulieren, dass die Millionen Dollar, die die Amerikaner auf diese Bank überwiesen haben, einfach verschwinden. Das dürfte unsere Freunde wohl ein bisschen durcheinander bringen.«

»Die werden durchdrehen.«

»Und möglicherweise einen Fehler machen. Tja, das Wetter draußen sieht ja nicht allzu schön aus.«

Jetzt, wo Paula wusste, wofür das viele Bargeld war, überkam sie ein enormes Gefühl der Erleichterung, gemischt mit heftigen Selbstvorwürfen. Wie hatte sie nur jemals an Tweeds Integrität zweifeln können?

Sie drehte sich zum Fenster und blickte hinaus. Seit ihrem Abflug von Heathrow waren nur dunkle Wolken zu sehen gewesen. Jetzt, wo sich das Flugzeug Basel näherte, wurden sie sogar noch dichter.

»Wegen dieses Geldkoffers haben Sie uns wohl von Jim Corcoran an den Kontrollen vorbeischleusen lassen«, sagte sie.

»Richtig. Die Eierköpfe in der Park Crescent haben den Koffer vor einiger Zeit auf meine Anregung hin gebaut. Er sieht zwar aus wie Metall, besteht aber ausschließlich aus Plastik. Deshalb hat auch der Metalldetektor in Heathrow keinen Pieps von sich gegeben. Und weil Jim bei uns war, hat mich niemand den Koffer öffnen lassen. Ah, der Pilot beginnt schon mit dem Landeanflug.«

Fünf Minuten später durchstieß das Flugzeug die Wolkendecke. Paula blickte hinunter auf die Erde und seufzte tief.

»Fehlt Ihnen was?«, fragte Tweed.

»Da unten ist ja alles voller Schnee. Und ich dachte immer, in Basel schneit es nicht.«

»Das tut es auch nur selten. Drüben in Deutschland liegt mehr Schnee. Diese große, buckelförmige Erhebung ist übrigens der Schwarzwald ...«

Während sich die Flughäfen von Genf und Zürich längst zu großen Drehscheiben für den internationalen Luftverkehr entwickelt hatten, war der von Basel immer noch klein und überschaubar. Keith Kent erwartete Tweed und seine Leute am Ausgang.

»Willkommen in der Schweiz. Die Einheimischen hier behaupten immer, in Basel würde es nie schneien. Jetzt haben sie sich eines Besseren belehren lassen müssen und sind ziemlich bedrückt. Ist das der besagte Koffer, Tweed?«

»Ja«, sagte Tweed und gab übergab den Aktenkoffer an Kent. »Wann können wir damit rechnen, dass sich Millionen von Dollar in Luft auflösen?«

»In ein paar Stunden.«

Keith Kent war mittelgroß und schlank und hatte ein glatt rasiertes Gesicht mit scharfen Zügen und braunen Augen. Alles in allem machte er einen intelligenten Eindruck. Er trug einen dunklen Anzug unter einem eleganten Mantel. Wer ihn sah, musste ihn für einen Geschäftsmann halten, vielleicht sogar für einen Firmenchef. Er lächelte freundlich.

»Ich möchte ja nicht unhöflich erscheinen«, sagte er, »aber ich würde mich jetzt gern von Ihnen verabschieden, damit ich die Transaktion so rasch wie möglich erledigen kann. Monica hat mir erzählt, dass sie im Hotel Drei Könige absteigen. Ich werde später hinkommen und Ihnen berichten, wie es gelaufen ist. Bis dahin wünsche ich Ihnen einen angenehmen Aufenthalt in Basel.«

»Danke«, sagte Tweed, »aber ich habe so ein Gefühl, dass er alles andere als angenehm werden wird.«

»Dann passen Sie gut auf sich auf.«

»Keine Sorge, das werden wir«, sagte Newman, der zu den beiden getreten war. »Ich schlage vor, dass wir uns jetzt die Leihwagen holen, die Monica telefonisch vorbestellt hat. Ich werde einen davon fahren und Sie mit Paula den anderen«, fuhr er, an Tweed gewandt, fort. »Kennen wir uns eigentlich, wenn wir im Hotel sind?«

»Es macht wenig Sinn, wenn wir so tun, als hätten wir uns noch nie gesehen«, sagte Tweed. »Sharon und Denise wissen ja sowieso über uns Bescheid.«

Die Fahrt ins Hotel dauerte knappe fünfzehn Minuten und führte zunächst durch schneebedecktes, flaches Land und dann durch die alten Straßen der Stadt.

»Ich liebe Basel«, sagte Paula. »Es hat so viele verschlungene Straßen und Gässchen. Und hübsche Plätze mit alten Gebäuden.«

»Sie sagen es«, meinte Tweed, der am Steuer saß.

Als sie sich dem Hotel Drei Könige näherten, konnte Paula zwischen den mächtigen alten Steinhäusern das Wasser des Rheins erkennen. Vor dem Hotel hielten sie an, und Newman parkte seinen Wagen hinter dem ihren. Er bat den Portier, die Autos gleich in die Garage bringen zu lassen.

Die erste Person, die Newman sah, als er die Hotelhalle betrat, war Sharon Mandeville.

»Verfolgen Sie mich etwa?«, fragte Sharon und lächelte.

»Wie kommen Sie denn darauf? Ich dachte, Sie wären immer noch in London«, sagte Tweed und tat erstaunt. »An so eine angenehme Überraschung habe ich gar nicht zu denken gewagt.«

»Wow!«, sagte Newman und küsste Sharon auf die Wange. »Toll, Sie so schnell wieder zu sehen. Was führt Sie denn nach Basel?«

»Ich habe Freunde in der Schweiz, die mich zu sich eingeladen haben. Eine günstige Gelegenheit, der Botschaft für eine Weile zu entfliehen. Manche Leute dort sind mir nicht allzu sympathisch.«

»Aber ich vergesse ganz meine gute Erziehung«, unterbrach Tweed. »Sharon, darf ich Ihnen meine Assistentin Paula Grey vorstellen? Paula, das ist Sharon Mandeville.«

»Hi«, sagte Sharon freundlich und gab Paula die Hand. »Sie haben einen wunderbaren Chef.«

»Das finde ich auch«, erwiderte Paula ungezwungen.

»So, jetzt lasse ich Sie in Ruhe, damit Sie einchecken und auf Ihre Zimmer gehen können. Vielleicht könnten wir uns ja vor dem Mittagessen auf einen kleinen Aperitif treffen, was meinen Sie, Tweed? Wieso sind Sie gleich noch mal hier?«

»Ich habe noch gar nicht gesagt, weshalb wir hier sind. Nun, ich bin auf der Suche nach einem meiner Mitarbeiter, der seit einiger Zeit verschwunden ist. Als ich das letzte Mal von ihm gehört habe, war er in Basel.«

»Vergessen Sie nicht unsere Verabredung zum Aperitif …«

Newman hatte sich während des kurzen Gesprächs Sharon genau angesehen. Wie üblich war ihre Kleidung ebenso teuer wie geschmackvoll. Sie trug ein rotes Kostüm und hatte einen Schal von Chanel um den Hals geschlungen. Als sie durch die Hotelhalle ging, drehte sie sich noch einmal nach den drei Engländern um.

»Ist dieses Wetter nicht fürchterlich? Drüben in Deutschland sollen wegen des Schnees schon einige Straßen gesperrt worden sein. Packen Sie sich bloß gut ein, wenn Sie rausgehen.«

Während Tweed an der Rezeption eincheckte, sah sich Paula in der weiträumigen Empfangshalle um, an die sie sich von ihrem letzten Besuch her noch gut erinnern konnte. In ihrem hinteren Teil standen einige niedrige Tische mit gemütlichen Sesseln und Sofas drumherum. Überall herrschte eine Atmosphäre von dezentem Luxus, der aber nie prunkvoll oder überladen wirkte. Nachdem ein Hoteldiener ihre Koffer abgeholt hatte, fuhren die drei in einem kleinen Lift nach oben.

»Ich bin im ersten Stock«, sagte Tweed, als der Aufzug hielt.

»Bob und ich haben Zimmer im zweiten Stock«, sagte Paula. »Aber ich habe Ihre Zimmernummer mitbekommen.«

»Dann kommen Sie mich doch später besuchen …«

Tweed hatte ein großes Zimmer mit Blick über den Rhein. Zuerst machte er sich an das Auspacken seiner Sachen, die er in einem einzigen Schrank und in wenigen Schubladen verstaute, um sie im Notfall schnell wieder einpacken zu können. Nachdem er damit fertig war, trat er ans Fenster und schaute hinaus. Nach ein paar Minuten hörte er ein leises Klopfen an der Tür. Er öffnete sie und ließ Paula herein. Gemeinsam gingen sie zum Fenster.

»Unsere Zimmer schauen ebenfalls auf den Fluss«, sagte Paula.

»Ich habe ganz vergessen, wie breit der Rhein hier schon ist. Dabei sind es noch mehrere hundert Meilen bis zur Mündung.«

Paula bemerkte, dass Tweed ihr gar nicht zuhörte, sondern auf einen riesigen Lastkahn starrte, der auf ihrer Seite des Flusses stromaufwärts fuhr. Er erinnerte sich daran, dass der Schiffsverkehr auf dem Rhein streng geregelt war: Flussaufwärts fahrende Kähne mussten sich an einem, hinab zum Meer fahrende am anderen Ufer halten. Der Lastkahn war so lang, dass er eine volle Minute brauchte, bis er das Hotel passiert hatte und unter dem Bogen einer großen Brücke rechter Hand verschwunden war. Auf dem Heck des Kahns stand ein Kleinwagen.

»An was denken Sie?«, wollte Paula wissen.

»An nichts. Mich fasziniert bloß der Fluss. Haben Sie bemerkt, dass es wieder angefangen hat zu schneien? Ich würde vorschlagen, dass wir im Hotel bleiben. Zumindest so lange, bis Marler aus Genf zu uns stößt.«

»Das ist mir ganz recht. Ich bin müde. Die letzten Tage waren doch ziemlich anstrengend für mich. Wenn Sie nichts dagegen haben, würde ich mich gern in die Badewanne legen und dann eine Runde schlafen.«

»Tun Sie das. Ach, übrigens, was halten Sie eigentlich von Sharon?«

»An der Oberfläche kommt sie mir wie eine sehr elegante Frau vor, die ein wenig reserviert, aber freundlich ist.«

»An der Oberfläche?«

»Darunter scheint sie ziemlich rätselhaft zu sein. Schwer zu fassen.«

Das Telefon klingelte. Paula blieb am Fenster stehen, während Tweed den Hörer abhob. Er sprach mit leiser Stimme und Paula gab sich keine Mühe, das Gespräch mitzuhören. Als er wieder auflegte, ging sie zur Tür und vermied es absichtlich, Tweed danach zu fragen, wer denn angerufen habe.

»Das war Arthur Beck, der Chef der Schweizer Bundespolizei. Sie kennen Arthur ja.«

»Ich habe ihn immer gemocht. Und Sie haben ihn einmal als den besten Polizeichef in ganz Westeuropa bezeichnet.«

»Er hat ziemlich niedergeschlagen geklungen. Er will sofort von Bern aus hierher fliegen, um mich zu sehen, und hat mich gebeten, das Hotel bis zu seiner Ankunft nicht zu verlassen. Das kommt mir alles ziemlich seltsam vor.«

»Sie haben doch selbst gesagt, dass wir hier in etwas Übles hineingeraten könnten. Ich bin davon ausgegangen, Sie würden übertreiben.«

»In Wahrheit habe ich die Gefahr vermutlich sogar noch unterschätzt.«

»Wie hat Beck nur so schnell herausgefunden, dass wir hier sind?«

»Er hat bei Monica angerufen. Eigentlich hätte sie ihm nicht sagen dürfen, wo ich bin. Ich muss ihn fragen, wie er das aus ihr herausbekommen hat. Aber es wird ein paar Stunden dauern, bis er hier ist.«

»Dann gehe ich jetzt in die Wanne und dann ab ins Bett.«

»Aber Sie dürfen unter keinen Umständen das Hotel verlassen, Paula. Das ist ein Befehl.«

Kurz nachdem Paula gegangen war, kam Newman, der bester Laune war, in Tweeds Zimmer. Wieder ging Tweed mit seinem Gast ans Fenster und schaute hinaus auf einen Lastkahn, der sich unten auf dem Fluss vorbeischob. Im Gegensatz zu dem ersten Schiff, das Schüttgut geladen hatte, war dieses ein Tanker. Newman pfiff durch die Zähne.

»Muss ein interessanter Job sein, als Binnenschiffer den Rhein hinaufzufahren. Die Frau am Empfang hat mir erzählt, dass Basel die Endstation für diese Schiffe ist. Es gibt am Stadtrand von Basel einen Hafen, in dem sie be- und entladen werden.

»Auf dem linken Ufer gibt es noch einen weiteren Hafen«, sagte Tweed. »Und zwar an der Stelle, wo die Schweiz, Frankreich und Deutschland aneinanderstoßen. Aber setzen wir uns doch. Ich muss Ihnen etwas erzählen.«

Newman hörte aufmerksam zu, während Tweed ihm von seinem Telefongespräch mit Beck berichtete. Als sein Chef fertig war, pfiff er abermals durch die Zähne. Newman fand, dass

Tweed noch nie so ernst ausgesehen hatte. Der Stellvertretende Direktor des SIS unterdrückte ein Gähnen und streckte die Finger.

»Und er hat Ihnen nicht gesagt, worum es geht?«, fragte Newman.

»Nicht einmal andeutungsweise. Ich kann mir kaum vorstellen, was Beck dazu bringen könnte, alles liegen und stehen zu lassen und von Bern nach Basel zu fliegen, bloß um mit mir zu reden. Und dann hat er mir auch noch gesagt, wir sollten das Hotel nicht verlassen, was ich hiermit auch an Sie weitergebe. Es ist ein ausdrücklicher Befehl von mir. Solange wir nicht wissen, was Beck uns zu sagen hat, bleiben wir hier.«

»Das werde ich gleich Paula sagen.«

»Paula weiß Bescheid. Sie wollte ein Bad nehmen und sich dann aufs Ohr legen. Das könnte mir übrigens auch nicht schaden.«

»Vorher muss ich Ihnen aber noch ein paar Neuigkeiten berichten«, sagte Newman. »Auch Denise Chatel wohnt hier im Drei Könige. Ich habe sie vorhin mit einer zweiten Person am Lift gesehen. Ich habe gerade hinter einer Säule gestanden, und so hat sie mich nicht bemerkt.«

»Marler hat uns schon gesagt, dass sie mit Sharon in die Schweiz geflogen ist. Hatten Sie unten in der Halle ein Gespräch mit Sharon?«

»Nein, aber ich habe an der Rezeption nach ihr gefragt. Sie hat dort hinterlassen, dass sie ausgegangen ist. Vermutlich will sie sich mit den Schweizern treffen, von denen sie vorhin gesprochen hat. Aber ich bin mir sicher, dass sie nicht frieren wird. Neulich am Abend hatte sie einen Zobelmantel an.«

»Na ja, wenn sich jemand einen solchen Pelz leisten kann, dann sie.«

Newman hatte das Gefühl, dass Tweed gar nicht richtig anwesend war. Er hatte ihn noch nie so erlebt, vermutete aber, dass er damit beschäftigt war, über die vergangenen Ereignisse nachzudenken und sie zu einem logischen Muster zusammenzufügen.

Alles, was sie jetzt tun konnten, war warten. Warten auf Marler, warten auf Beck. Newman kam es so vor wie die Ruhe vor dem Sturm. Und dann merkte er auf einmal, dass Tweed gar nicht so abwesend war, sondern ihm genau zugehört hatte.

»Sie sagten, Sie hätten Denise Chatel vorhin zusammen mit einer anderen Person am Aufzug gesehen. Wenn Sharon aus dem Hotel gegangen ist, kann sie wohl kaum diese zweite Person gewesen sein.«

»Sie merken aber auch wirklich alles, Tweed.«

»Nun rücken Sie schon mit der Sprache heraus: Wer war die zweite Person?«

»Diesen Knaller habe ich mir absichtlich bis zum Schluss aufbewahrt.«

»Und?«

»Es war Ed Osborne. Er wohnt ebenfalls hier im Hotel.«

19

Newman packte Tweed an der Schulter und schüttelte ihn sanft. Tweed war sofort wach und setzte sich im Bett auf. Er hatte Jackett und Schuhe ausgezogen und die Krawatte gelockert, bevor er sich vor ein paar Stunden unter das Federbett gelegt hatte und eingeschlafen war. Newman, der nicht müde gewesen war, hatte sich derweil in einem Sessel niedergelassen und Leibwächter gespielt. Tweed schaute aus dem Fenster. Draußen war es dunkel.

»Wie spät ist es?«

»Halb fünf.«

»Großer Gott, hat das gut getan.« Tweed stand auf und eilte ins Badezimmer, wo er sich mit kaltem Wasser das Gesicht wusch und sich anschließend die Haare kämmte. »So tiefen Schlaf hatte ich schon lange nicht mehr.«

»Das zeigt, wie sehr Sie ihn gebraucht haben. Sie waren eine Ewigkeit lang fast ununterbrochen auf den Beinen, genauso wie

Paula. Sie ist auch erst vor ein paar Minuten aufgewacht und kommt gleich herunter. Ich habe Sie aufgeweckt, weil Marler soeben eingetroffen ist. Er ist schon auf dem Weg zu Ihnen.«

»Wunderbar. Jetzt fühle ich mich schon sehr viel besser.«

Als Tweed aus dem Bad kam, trug er wieder Jackett und Schuhe und hatte sich seine Krawatte frisch gebunden. Er setzte sich auf einen Stuhl und trank zwei Tassen von dem Kaffee, den Newman beim Zimmerservice bestellt hatte. Die erste trank er schwarz, die zweite mit etwas Milch. Dann klopfte es an der Tür, und als Newman vorsichtig öffnete, stand Marler davor. Er hatte zwei große, schwer aussehende Reisetaschen dabei.

»Was ist denn da drinnen?«, fragte Newman.

»Das erzähle ich Ihnen später. Erst einmal muss ich wichtige Neuigkeiten loswerden.«

Wieder klopfte es an der Tür. Newman ließ Paula herein, die erfrischt und energiegeladen wirkte. Bereit zu neuen Taten, dachte Tweed. Sie begrüßte Marler und setzte sich dann neben Tweed auf die Couch.

»Der Feind ist massiv in Basel eingefallen«, verkündete Marler.

»Genau das, was wir brauchen«, bemerkte Tweed sarkastisch. »Wo sind sie?«

»Also, ich bin erst noch zum Hauptbahnhof gefahren, weil ich meinen Vorrat an Zigaretten auffrischen wollte. Ich war noch nicht aus dem Wagen ausgestiegen, da habe ich zwei Männer aus dem Hotel Euler kommen sehen: Jake Ronstadt und Chuck Venacki. Die beiden sind über die Straße ins Victoria gegangen, ein kleineres Hotel. Ich bin im Wagen geblieben und habe gewartet.«

»Was hatte Ronstadt an?«, fragte Tweed.

»Einen Pelzmantel und eine passende Mütze dazu. Er ist über die Straße stolziert, als würde ihm ganz Basel gehören. Nach ein paar Minuten ist er wieder aus dem Victoria herausgekommen und hatte sechs übel aussehende Schlägertypen dabei, die ich alle von den Fotos aus Paris her kenne. Die ganze Bande ist ins Hilton gegangen. Ich vermute, dass sie dort an der Bar einen trinken wollten.«

»Dass die hier sind, könnte ein Problem darstellen«, sagte Tweed.

»Und zwar ein riesengroßes. Aber ich war noch nicht ganz fertig. Als Ronstadt aus dem Euler gekommen ist, hat er etwas aus seinem Auto geholt, einem weißen Citroën. Während er und seine Gorillas im Hilton waren, bin ich schnell hinüber zu dem Wagen und habe einen kleinen Sender, den mir mein Waffenlieferant mitgegeben hat, am Unterboden befestigt. Jetzt können wir genau verfolgen, wo Ronstadt hinfährt.«

»Und wie soll das gehen?«, fragte Paula.

»Gute Frage. Aber ich habe eine ebenso gute Antwort darauf: Zu dem Sender gehört auch ein Empfänger, den wir in Tweeds Auto installieren können. Doch damit nicht genug: Mein Lieferant hat mir sogar noch einen zweiten Empfänger für Newmans Wagen gegeben.«

»Das muss ja ein toller Waffenhändler sein«, sagte Newman.

»Ja, er hat kürzlich einen neuen Geschäftszweig eröffnet: Überwachungselektronik.«

»Wo ist meine Browning?«, fragte Paula.

»Ganz schön gierig, die Kleine«, flachste Marler. Er öffnete eine seiner Reisetaschen, und holte daraus eine .32er Browning Automatik mit Munition heraus und gab Paula alles. Newman hielt die Hand auf und bekam von Marler eine .38er Smith & Wesson. Dann gab er ihm noch ein Hüfthalfter und ein paar Päckchen Munition.

Newman zog sein Jackett aus und befestigte das Halfter an seinem Gürtel. Dann überprüfte er den Revolver, lud ihn und steckte ihn in das Halfter, bevor er sein Jackett wieder anzog und zuknöpfte. Dann schaute er hinunter auf die Reisetaschen.

»Und was haben Sie sonst noch für Schätze eingekauft?«

»Außer den Peilempfängern habe ich noch zwei Walther-Pistolen für Harry und Pete, wenn sie nachkommen, sowie ein paar Handgranaten und Rauchbomben. Mein Kontaktmann hatte sogar die Trickgranaten, von denen ich eine auf die vier Schläger in der Regent Street geworfen habe, kurz bevor das ›Ohr‹ erschossen wurde. Heutzutage lässt sich eben nichts geheim halten. Und ich dachte, die Eierköpfe in der Park Crescent hätten mal etwas erfunden, was außer uns niemand anders hat. Ach ja, und dann habe ich mir noch ein zerlegbares Armalite-Gewehr mit einem Zielfernrohr geben lassen.«

»Sie denken immer noch an das Phantom, stimmt's? Deshalb haben Sie sich das Armalite besorgt.«

»Stimmt. Ich habe das Phantom nicht vergessen«, antwortete Marler mit unbewegter Stimme.

»Sie sollten die beiden Taschen jetzt lieber verschwinden lassen«, sagte Tweed. »Arthur Beck ist auf dem Weg hierher. Leider scheint er keine guten Neuigkeiten für uns zu haben.«

»Und dabei hat uns Marler schon genügend schlechte Nachrichten überbracht«, bemerkte Newman.

»Das war eine simple Information, weiter nichts«, sagte Marler und nahm seine Taschen. »So, jetzt werde ich die mal in meinem Zimmer verstecken ...«

»Wenigstens wissen Ronstadt und Co nicht, dass wir hier in Basel sind«, sagte Tweed.

»Und es wäre gut, wenn das so bliebe«, ergänzte Paula.

Das Telefon läutete, und Tweed hob ab. Nachdem er kurz zugehört hatte, legte er wieder auf.

»Beeilen Sie sich, Marler! Beck ist gerade im Hotel angekommen und auf dem Weg nach oben.«

Arthur Beck betrat das Zimmer und lächelte. Zuerst ging er zu Paula, zu der er schon immer ein herzliches Verhältnis hatte, und umarmte sie. Dann zog er seinen schneegesprenkelten Mantel aus. Das Lächeln auf seinem Gesicht verschwand. Er ließ sich in einem Sessel nieder und lehnte Tweeds Vorschlag ab, frischen Kaffee kommen zu lassen. Beck war Ende vierzig und mittelgroß. Er hatte eine gute Figur und einen exakt geschnittenen Schnurrbart. Sein dichtes, dunkles Haar war von grauen Strähnen durchsetzt. Das Gesicht wirkte energisch, aber auch ein Funken Humor blitzte in seinen durchdringenden grauen Augen auf.

»Ich werde gleich zur Sache kommen. Lasalle vom französischen DST hat mir erzählt, dass eine kleine Armee von amerikanischen Gangstertypen auf dem Weg nach London durch Paris geschleust wurde. Manche per Flugzeug, andere im Eurostar. Er hat mir per Kurier auch eine Reihe von Fotos geschickt, die seine Leute von den Amerikanern gemacht haben. Ich habe Abzüge davon an meine Beamten auf den Flughäfen in Zürich, Genf und Basel verteilen lassen, für den Fall, dass diese Gestalten hier auftauchen würden. Man kann ja nie wissen. Und gestern sind doch tatsächlich einige dieser Leute in Basel eingetroffen. Ich habe die Fotos von denen, die wir erkannt haben, dabei.« Mit diesen Worten nahm er einen Umschlag aus der Brusttasche seines Jacketts und gab ihn an Tweed weiter. Der zog einen Packen Fotos heraus und sah sie sich an.

»Die Gesichter sind mir bekannt, Arthur. René hat nämlich auch mir einen Satz dieser Fotos zukommen lassen. Durch Zufall haben wir sogar schon erfahren, wo die Amerikaner abgestiegen sind. Manche wohnen im Euler, andere offenbar im Victoria.«

»Sie sind wie immer gut informiert über die Vorgänge in dieser bösen Welt.«

»Die in nächster Zeit wohl noch böser werden wird.«

»Und leider kann ich überhaupt nichts dagegen tun. Das frustriert mich maßlos. Meine Leute am Flughafen haben gesagt, dass die Typen mit amerikanischen Diplomatenpässen unterwegs sind. Washington macht mir langsam Angst. Was geht hier eigentlich wirklich vor?«

»Auf einen kurzen Nenner gebracht: Die Amerikaner sind die größte Supermacht auf diesem Planeten«, begann Tweed. »Und sie sind sich dessen vollauf bewusst. Manchmal reitet solche Supermächte der Teufel, und sie wollen noch mächtiger werden. Die Geschichte ist voller Beispiele dafür – ich brauche nur Napoleon und Hitler zu nennen.«

»England könnte in große Schwierigkeiten geraten.«

»Wir sind schon mittendrin. Aber wenn gewisse Informationen nicht falsch sind, dann haben wir die Chance, ihnen hier in Basel einen dicken Knüppel zwischen die Beine zu werfen. Ich weiß nicht, ob es uns gelingen wird, aber versuchen werden wir es auf jeden Fall.«

»Wenn ich Ihnen dabei irgendwie behilflich sein kann, stehe ich Ihnen gern zur Verfügung. Ich werde ein paar Tage in Basel bleiben. Sie erreichen mich nicht weit von hier im Polizeipräsidium in der Spiegelgasse. Ach, übrigens, Newman, was haben Sie denn für eine merkwürdige Beule an der Hüfte?«

»Das ist ein Muskel, den ich mir gezerrt habe. Ich musste ihn mir bandagieren lassen.«

»Na, dann schonen Sie diesen Muskel mal«, sagte Beck mit einem schiefen Lächeln. »So, jetzt muss ich aber gehen. Ich hoffe, Sie geben mir alle auf Paula Acht.« Er stand auf und zog seinen Mantel wieder an.

»Vielen Dank für den Hinweis«, sagte Tweed, »aber Paula kann sehr gut allein auf sich aufpassen.« Paula lächelte Tweed dankbar an.

»Davon bin ich überzeugt.«

Nachdem Beck gegangen war, sagte Newman: »Die Reise hierher hätte er sich sparen können.«

»Da bin ich ganz anderer Ansicht«, widersprach Tweed. »Er weiß jetzt zumindest andeutungsweise, was gespielt wird. Und wenn wir ihn brauchen, ist er in unserer Nähe. Ich halte Beck für einen wichtigen Bundesgenossen, der uns sehr helfen kann. Ich werde mir jetzt eine Telefonzelle suchen und Monica anrufen. Es ist besser, wenn solche Gespräche nicht über die Hotelanlage laufen. Und außerdem ist es schon vorgekommen, dass jemand in einem anderen Zimmer zufällig den Hörer abgehoben und ein Gespräch mitbekommen hat, das nicht für seine Ohren bestimmt war.«

»Aber Sie gehen nicht allein«, sagte Newman bestimmt. »Keine Widerrede.«

Es klopfte an der Tür. Newman zog seine Smith & Wesson und hielt sie hinter dem Rücken versteckt, bis Paula geöffnet hatte und er sah, dass es Marler war.

»Tweed will zu einer Telefonzelle gehen«, sagte Newman.

»Das trifft sich gut, denn ich wollte gerade ein bisschen frische Luft schnappen. Ich habe übrigens die Empfänger in den beiden Autos installiert.«

»Wir kommen auch mit«, sagte Paula und meinte damit Newman und sich.

»Also, gehen wir«, sagte Tweed und zog seinen Mantel an. »Nur gut, dass Ronstadt nicht weiß, dass wir hier sind.«

»Draußen ist es bitterkalt«, sagte der Portier zu ihnen, als sie das Hotel verließen.

»Das sind wir gewohnt«, scherzte Tweed grinsend. »Wir sind Engländer.«

Die Hotelhalle war fast leer, denn die meisten Gäste aßen im Speisesaal zu Abend. Marler ging als Erster durch die Drehtür und sah sich auf der Straße nach allen Richtungen um. Als Tweed, Paula und Newman Anstalten machten, ihm zu folgen, hielt er sie mit erhobener Hand zurück.

»Ich dachte, ich hätte gerade jemanden um die Ecke huschen sehen«, sagte Marler.

»Das war vermutlich Ihre Einbildung«, entgegnete Paula. »Mein Gott, ist das kalt! Und passen Sie auf – der Gehsteig ist voller Glatteis.«

Sobald sie das Hotel verlassen hatten, traf sie die Kälte wie ein Schlag ins Gesicht. Tweed ging, die Hände in den Taschen, voraus. In der Ferne rumpelte eine der kleinen, grünen Trambahnen Basels über die Rheinbrücke.

»Wir gehen hinauf zum Marktplatz«, sagte Tweed. »Da gibt es in einer Seitenstraße eine Telefonzelle. Zum Glück habe ich eine Menge Schweizer Münzen mitgebracht.«

Als das Geräusch der Trambahn verklungen war, senkte sich eine tiefe Stille über die Stadt, eine Stille, die Paula an die Romney Marsh erinnerte. Auf der von hohen, alten Häusern gesäumten Straße fuhr gerade kein Auto, und auch Fußgänger waren weit und breit keine zu sehen. Ein Gefühl der Beklemmung stieg in Paula auf. Plötzlich blieb sie unter einer Straßenlaterne stehen.

»Ich habe gerade Schritte gehört.«

»Das war vermutlich nur Ihre Einbildung«, sagte Marler spöttisch.

»Sind Sie sich sicher?«, fragte Tweed, der Paulas scharfes Gehör zu schätzen wusste.

Auch die anderen waren stehen geblieben. Paula drehte sich um, konnte aber nichts entdecken. Marler wiegte ungeduldig den Kopf hin und her.

»Können Sie die Schritte immer noch hören?«, fragte Tweed.

»Nein, jetzt nicht mehr.«

»Dann ist es ja gut. Wir haben keine Zeit zu verlieren.«

Newman ging voraus, und Paula und Tweed folgten ihm, während Marler die Nachhut bildete. Bald hatten sie den großen, offenen Marktplatz erreicht, auf dem das mit den Emblemen der Schweizer Kantone geschmückte Rathaus stand. Marler schob den Gurt der Leinentasche zurecht, die er über der Schulter trug. Nach ein paar Schritten drehte er sich wieder um und vergewisserte sich, dass sie auch wirklich niemand verfolgte.

»Wir biegen in diese Seitenstraße ein«, sagte Tweed. »Hier beginnt der älteste Teil Basels. Und da ist auch schon meine Telefonzelle.«

Im Inneren des Glashäuschens nahm er seine Münzen aus der Tasche und rief in der Park Crescent an.

»Hallo, Monica, ich bin's, Tweed. »Ich rufe von einer Telefonzelle aus an. Das ist sicherer.«

»Gut, dass Sie sich melden! Ich habe interessante Neuigkeiten für Sie. Die Sprengstoffspezialisten der Polizei haben in einem großen Fernmeldeamt zwei Bomben gefunden und noch rechtzeitig entschärfen können. Zwei weitere Bomben waren in der Postverteilstelle Mount Pleasant – auch die konnten unschädlich gemacht werden. Leider hat eine weitere Bombe zwei Stockwerke eines Kaufhauses in Knightsbridge zerstört. Bisher wurden fünfzig Tote aus den Trümmern geborgen, die Zahl der Verletzten steht noch nicht fest. Das war's.«

»Danke, Monica. Ich melde mich wieder bei Ihnen.«

Tweed verließ die Telefonzelle und teilte den anderen mit, was

Monica ihm erzählt hatte. Besonders Paula war erschüttert. Sie starrte Tweed an und hatte Mühe, ihre Worte zu artikulieren.

»Wann hört dieser Horror denn endlich auf?«, fragte sie.

»Wenn wir mit den Amerikanern fertig sind«, sagte Tweed. »Gehen wir lieber wieder zurück ins Hotel. Mir ist so kalt, dass ich mich schon fast wie ein Schneemann fühle.«

Sie waren am Ende der Seitenstraße angelangt, als Marler eine Hand hob. Dann zischte er den anderen leise zu:

»Die Männer mit den Regenschirmen sind wieder da. *Runter auf den Boden!*«

Um die Ecke kamen vier Regenschirme, die so eng aneinander gehalten wurden, dass sie die Menschen darunter verbargen. Einen Augenblick lang war Paula wie hypnotisiert von dem seltsamen Anblick dieser dunklen Halbkugeln, die wie eine Phalanx auf sie zukamen. Dann warf sie sich flach aufs Straßenpflaster, wo bereits ihre drei Gefährten lagen.

Fasziniert und entsetzt zugleich, beobachtete Paula, wie sich die Schirme in einer Art makabrem Ballett fast gleichzeitig hoben und den Blick auf die Männer darunter freigaben. Die vier trugen dunkle Mäntel und hielten die Schirme in der linken Hand, während sie mit der rechten in Leinentaschen griffen, die der von Marler zum Verwechseln ähnlich sahen. Als die Hände mit erstaunlicher Geschwindigkeit wieder aus den Taschen herauskamen, war in jeder eine Maschinenpistole. Die Läufe der Waffen richteten sich mit genau synchronen, einstudiert wirkenden Bewegungen auf die vier ausgestreckt am Boden liegenden Ziele. Paula griff nach ihrer Browning, aber sie wusste, dass es zu spät war. Was nun folgte, erlebte sie wie in Zeitlupe.

Bereits beim Hinwerfen hatte Marler eine Hand in seinen Leinensack gesteckt und eine Handgranate herausgeholt. »Der Trick funktioniert nicht mehr«, zischte Newman ihm zu. »Das sind dieselben Typen wie das letzte Mal.«

Paula spannte alle Muskeln an. Sie wartete auf den Feuerstoß aus den Maschinenpistolen und darauf, dass die Kugeln in ihren Körper schlugen. Marler warf die Granate in einem flachen Bogen mitten zwischen die Männer unter den Regenschirmen. Ein greller Lichtblitz flammte auf, gefolgt von einer lauten Detonation.

Zwei der Angreifer taumelten nach rückwärts und fielen mit einem dumpfen Schlag auf das Pflaster. Ein anderer machte ein paar Schritte in die Straße hinein, bevor er ebenfalls zusammenbrach, während der vierte mit dem Rücken an einer Hausmauer nach unten rutschte. Paula hatte durch den Boden die Vibrationen der Explosion gespürt und gesehen, wie die Splitter der Granate kleine Stücke aus den Mauern der umstehenden Häuser gerissen hatten. Drei der Regenschirme lagen zerfetzt zwischen den regungslosen Körpern der Angreifer. Der Mann, der an der Hausmauer zusammengesackt war, hatte noch einen Feuerstoß aus seiner Maschinenpistole abgegeben, aber weil der Lauf nach oben gerichtet gewesen war, hatte er damit nur das Glas einer Straßenlaterne getroffen, dessen Splitter jetzt zwischen den Toten lagen.

»Los, verschwinden wir von hier!«, sagte Tweed und sprang auf. Dabei kam er auf dem Glatteis so ins Rutschen, dass es ihn um ein Haar wieder hingeworfen hätte. »Das Polizeipräsidium ist hier ganz in der Nähe. Auch wenn die Häuser den Knall gedämpft haben, möchte ich kein Risiko eingehen. Wir gehen auf der anderen Straßenseite zurück.«

Mit Paula an seiner Seite überquerte er die Straße. Marler und Newman folgten ihnen.

»Von wegen Trickgranate«, sagte Marler zu seinem Kollegen. »Das war die volle Packung. Auf mich kann man sich verlassen.«

»Sie haben uns allen den Arsch gerettet«, sagte Newman bewegt.

Paula hielt sich an Tweeds Arm fest und deutete hinüber auf die andere Straßenseite, wo der vierte Schläger zusammengebrochen war. Sein Schirm, der als Einziger heil geblieben war, lag auf der hingestreckten Leiche und verdeckte sie halb. Für Paula sah es fast so aus, als hätte sich jemand unter seinem Regenschirm schlafen gelegt.

»Was für ein groteskes Bild«, flüsterte sie, während sie mit einem Schaudern die Blutspritzer auf einem Schaufenster hinter dem Mann betrachtete. Auf der kalten Scheibe waren sie sofort gefroren und sahen jetzt wie die Finger einer dunkelroten Hand aus. Tweed zog Paula sanft weiter in Richtung Hotel. Kurz davor blieben sie stehen und klopften sich den Schnee von den Mänteln, bevor sie die warme Halle betraten.

»Himmlisch«, sagte Paula leise.

Der Portier kam hinter der Empfangstheke hervor und holte ihnen den Lift, der zum Glück auch gleich kam.

Als sie alle zusammen in seinem Zimmer waren, machte Tweed eine Flasche Wein auf und goss vier Gläser davon ein. Dann setzte er sich zusammen mit Marler auf die Couch, während Paula und Newman in den Sesseln gegenüber Platz nahmen.

»Ich trinke darauf, dass wir noch einmal davongekommen sind«, sagte Tweed und hob sein Glas. »Ich muss mich übrigens bei Ihnen entschuldigen«, fuhr er fort, nachdem sie angestoßen hatten. »Ich habe vorhin gesagt, dass die Amerikaner nicht wüssten, dass wir hier sind. Das war ziemlich dumm von mir. Sie wussten es sehr wohl, wie wir ja eben auf sehr unangenehme Weise mitgekommen haben.«

»Wie haben die das nur so schnell herausgefunden?«, fragte Paula.

»Keine Ahnung. Aber ehrlich gesagt, mache ich mir wegen anderer Dinge Gedanken«, sagte Tweed und lächelte, damit es nicht allzu unhöflich erschien, dass er ihre Frage nicht beantwortete. »Bevor ich mich hingelegt habe, hat übrigens Keith Kent angerufen. Er kommt morgen Vormittag vorbei.«

»Mir knurrt der Magen«, bemerkte Paula.

»Bob, könnten Sie bitte unten im Restaurant anrufen und fragen ob man noch etwas zu essen bekommen kann?« Tweed schenkte allen etwas Wein nach. »Vier von denen hätten wir also erledigt. Dank Marler. Aber da sind noch viele andere.«

»Das mit dem Abendessen geht in Ordnung«, sagte Newman, der vom Telefon zurückkam.

»Tweed, Sie haben ja immer noch Ihren Mantel an«, sagte Paula.

»Tatsächlich? Das kommt wohl davon, dass ich mich auf etwas anderes konzentriert habe«, sagte er, während er aufstand und den Mantel auszog. »Morgen haben wir eine Menge zu erledigen, denn irgendetwas sagt mir, dass uns nur noch wenig Zeit bleibt. Ach, Paula, können Sie uns vielleicht die zwei verschiedenen Namen sagen, die diese Stadt bei ihren Einwohnern hat?«

»Sicher kann ich das«, antwortete Paula ein wenig perplex. »Da wäre zunächst einmal die französische Version, Bâle. Und dann die deutsche – Basel.«

»Mit langem a«, sagte Tweed nachdenklich. »B-a-a-sel. Und an was erinnert Sie das?«

»Keine Ahnung.«

»An den Namen Basil – besonders dann, wenn ihn jemand so gedehnt ausspricht wie Windermere.«

»Worauf wollen Sie hinaus?«, fragte Marler.

»Erinnern Sie sich noch an die letzten Worte, die das ›Ohr‹ gesagt hat? *Basil ... Schwarz.*«

»Richtig. Ich war doch dabei.«

»Sie haben damals aber eines übersehen: Wenn ein Mensch kurz vor seinem Tod noch etwas Wichtiges sagen will, tut er das häufig in seiner Muttersprache. Im Fall des ›Ohrs‹ war das Deutsch. Der arme Kurt hat im Sterben den Namen dieser Stadt hier gesagt – Basel. Als mir das klar wurde, habe ich den Entschluss gefasst hierher zu kommen.«

»Aber warum hat er dann auch noch seinen richtigen Namen gesagt – Schwarz?«

»Er meinte damit nicht seinen Namen, sondern – den Schwarzwald. Den zweiten Teil des Wortes hat er nicht mehr herausbekommen. Es gab in letzter Zeit immer wieder Gerüchte, dass die Amerikaner eine geheime Basis in der Nähe von Basel hätten. Ich glaube, dass diese Basis irgendwo im Schwarzwald liegt. Das wollte das ›Ohr‹ uns mitteilen, und jetzt ist es unsere Aufgabe herauszufinden, wo diese Basis sich befindet. Aber wir dürfen nicht vergessen, dass sie wahrscheinlich scharf bewacht wird.«

20

Am nächsten Morgen ging Marler als Erster hinunter zum Frühstück. Eigentlich hatte Tweed mitgehen wollen, aber er war noch mit dem Studium einer Karte des Schwarzwalds beschäftigt und hatte Marler deshalb telefonisch mitgeteilt, dass er nachkommen werde. Der Speisesaal war zu dieser frühen Stunde fast völlig leer. An einem der Tische saß ganz allein Denise Chatel.

»Darf ich mich zu Ihnen setzen?«, fragte Marler. »Oder gehören Sie zu den Menschen, die beim Frühstück unansprechbar sind? Ich hätte durchaus Verständnis dafür.«

»Nein, setzen Sie sich ruhig, Alec. Sharon ist schon unterwegs und kommt erst später wieder. Ich bin ganz froh, wenn mir jemand am Morgen Gesellschaft leistet.«

Marler bestellte ein englisches Frühstück. Während die freundliche Bedienung ihm eine Tasse Kaffee eingoss, griff er sich ein Brötchen und begann zu essen. Marler hatte Hunger. Denise hingegen hatte sich offenbar mit einem Croissant und einer Tasse Kaffee begnügt.

»Sind Sie schon aufnahmefähig?«, fragte er ruhig.

»Haben Sie etwa Neuigkeiten für mich?«, sagte sie begierig. »Wenn ja, dann heraus damit. Ich bin ein Morgenmensch und sofort hellwach, wenn ich aus dem Bett steige.«

»Meine Nachrichten sind aber eher schlecht.«

»Erzählen Sie mir sie trotzdem. Und zwar in allen Einzelheiten.«

Denise trug einen Rollkragenpullover und einen warmen, zweiteiligen Hosenanzug. Marler fand sie sehr chic angezogen. Während er ihr berichtete, was Cord Dillon über den Unfall ihrer Eltern herausgefunden hatte, sah sie ihn mit ihren blauen Augen unverwandt an. Als er fertig war, brachte die Bedienung ihm das bestellte Essen. Er und Denise waren noch immer die einzigen Gäste in dem Speisesaal.

»So Leid es mir tut«, sagte Marler, »aber es gibt kaum einen Zweifel daran, dass der Tod Ihrer Eltern ein kaltblütig geplanter Mord war, der von Washington vertuscht wird. Möglicherweise geht alles auf den Befehl eines mysteriösen Mannes namens Charlie zurück. Ich hoffe, ich habe Sie mit meinen Neuigkeiten nicht zu sehr schockiert.«

»Nein, Sie haben mir lediglich bestätigt, was ich schon immer vermutet habe. Wenn ich nur wüsste, wer dieser Charlie ist«, sagte sie heftig. »Ich habe bisher erst einmal gehört, wie sein Name in der Botschaft gefallen ist.«

»Wer hat ihn erwähnt?«

»Ein unangenehm aussehender Mann. Eine Freundin hat mir gesagt, sein Name sei Jake Ronstadt. Als ich einmal gerade auf dem Flur war, ist er zusammen mit einem anderen Mann aus einem der Zimmer gekommen und hat gesagt: ›Das muss ich zuerst mit Charlie besprechen.‹ Aus den Augenwinkeln habe ich gesehen, dass er mir hinterhergestarrt hat, aber ich bin weitergegangen, als hätte ich nichts bemerkt.«

»Haben Sie eine Ahnung, wovon er gesprochen hat?«

»Nein, überhaupt keine. Den Namen Charlie habe ich danach nie wieder gehört. Ich erinnere mich bloß daran, weil Ronstadt mir im Vorbeigehen einen so giftigen Blick zugeworfen hat.«

»Haben Sie eine Vorstellung, welchen Job Ronstadt in der Botschaft hat?«

»Nicht die geringste. Meine Freundin hat ihn mir in der Kantine gezeigt und gesagt, ich solle mich von ihm fern halten. Sie will gehört haben, dass er gefährlich ist. Das ist alles, was ich über ihn weiß.«

»Ich habe Sie ja völlig durcheinander gebracht. Sie haben nichts mehr gegessen, seit ich hier bin.«

»Machen Sie sich keine Sorgen, Alec«, sagte Denise mit einem strahlenden Lächeln. »Jetzt, wo ich weiß, dass mein Verdacht berechtigt war, fühle ich mich irgendwie erleichtert. Ich mochte meine Eltern sehr, besonders meinen Vater.«

»Weiß Sharon, dass ich hier bin?«

»Nein. Nicht einmal ich habe das bis eben gewusst. Sie weiß nicht, dass wir neulich miteinander gesprochen haben, und mir wäre es lieber, wenn das auch so bliebe.«

»Von mir aus gern. Weiß Sharon denn, dass Tweed hier ist?«

»Natürlich. Sie hat ihn ja in der Hotelhalle getroffen, als er zusammen mit Robert Newman angekommen ist.«

»Stimmt. Tweed hat mir davon erzählt. Wissen Sie vielleicht zufällig, wie lange Sharon in Basel bleiben will?«, fragte Marler wie beiläufig.

»Keine Ahnung. Ich komme zwar sehr gut mit ihr aus, aber sie ist mir gegenüber trotzdem ziemlich reserviert. Sie kommt mir sehr englisch vor. So, und jetzt müssen Sie mich leider entschuldigen, ich habe heute sehr viel zu tun. Aber vielleicht könnten wir einmal abends im Hotel zusammen essen?«

»Nichts täte ich lieber als das, aber leider bin auch ich sehr eingespannt. Ich arbeite zusammen mit Tweed an einem wichtigen Nachforschungsauftrag. Sollte ich wider Erwarten trotzdem Zeit haben, melde ich mich bei Ihnen.«

»Es war schön, Sie zu sehen«, sagte Denise, während sie einen kleinen Notizblock aus der Tasche nahm und etwas daraufschrieb. Dann riss sie das Blatt heraus und gab es Marler. »Das ist meine Zimmernummer. Aber jetzt muss ich wirklich los ...«

Marler sah ihr nach. Als sie an der Tür des Speisesaals war, kam gerade Tweed von der anderen Seite und hielt die Tür für sie auf. Er lächelte Denise an und wünschte ihr einen guten Morgen. Es klang ziemlich förmlich, als ob Tweed sie bisher nur das eine Mal bei ihrem Besuch in seinem Büro gesehen hätte. Mit einem leisen Grinsen erinnerte sich Marler daran, wie er Tweed beim Verlassen von Denises Wohnhaus am Belgrave Square beobachtet hatte.

»Newman und Paula kommen auch gleich«, sagte Tweed, während er Marler gegenüber auf einem Stuhl Platz nahm. »Tut mir Leid, dass ich Sie habe warten lassen«, fügte er mit leiserer Stimme hinzu. »Beck war gerade noch einmal bei mir. Er hat das Euler überwachen lassen. Am frühen Morgen sind zwei Amerikaner herausgekommen, die seine Leute anhand der Fotos wieder erkannt haben. Sie sind mit einem Wagen los. Becks Beamte haben sie bis zur Grenze verfolgt, wo die Typen nach Deutschland auf die Autobahn A 5 gefahren sind.«

»Wo führt diese Autobahn hin?«

»Linker Hand zum Rhein hin kommt irgendwann das Städtchen Breisach. Rechts der Autobahn liegt dann Freiburg, sozusagen das Tor zum Schwarzwald.«

»Schade, dass die Schweizer ihnen nicht nachfahren konnten. Aber an Ronstadts Wagen klebt ja unser Sender. Vielleicht sollten wir den Wagen vor dem Euler überwachen. Newman und ich könnten uns dabei abwechseln.«

»Das halte ich für keine gute Idee«, sagte Tweed kopfschüttelnd und blickte auf. Paula und Newman kamen auf ihren Tisch zu. »Ich muss Ihnen allen etwas sagen, solange es hier noch ruhig ist ...«

Tweed wiederholte für die beiden Neuankömmlinge das, was er schon Marler über Becks neuerlichen Besuch erzählt hatte. Außerdem informierte er sie über Marlers Vorschlag, den er soeben abgelehnt hatte.

»Warum das denn?«, fragt Paula. »Wenn wir nicht aufpassen, verschwindet Ronstadt, ohne dass wir es merken. Und dann werden wir nie herausfinden, wo sich die Basis der Amerikaner befindet.«

»Doch, das werden wir schon. Beck ist nämlich auch nicht auf den Kopf gefallen. Er hat mir das hier gegeben.« Mit diesen Worten reichte er Paula ein kleines Mobiltelefon, das etwas anders als die üblichen Handys aussah. »Ich finde Marlers Vorschlag deshalb nicht praktikabel, weil es gefährlich wäre, wenn nur einer von uns die Basis aufspüren würde. Dazu brauchen wir alle verfügbaren Kräfte.«

»Und wie sollen wir das bewerkstelligen?«, fragte Paula.

»Wie schon gesagt: mit Becks Hilfe. Er ist über die Bombenanschläge in London genauso entsetzt wie ich und will alles tun, um die Schuldigen dafür zu bestrafen. Er lässt das Euler von seinen Leuten überwachen, die alle ein Telefon wie dieses hier bei sich haben. Diese Geräte arbeiten auf einer Spezialfrequenz, die nicht abgehört werden kann. Sobald Ronstadt das Hotel verlässt, rufen sie Beck an, der umgehend mich informieren wird.«

»Aber das heißt noch lange nicht, dass Ronstadt uns nicht entwischt«, sagte Paula.

»Warten Sie bitte, bis ich ausgeredet habe. Wenn Ronstadt denselben Weg nimmt wie seine beiden Gorillas, dann muss er über die Grenze, bevor er auf die deutsche Autobahn kommt. Beck wird dann sofort den Kommandanten der Grenzpolizei anrufen und ihm die Nummer von Ronstadts Citroën durchgeben. Der wird den Wagen aufhalten lassen.«

»Wozu soll denn das gut sein?«, fragte Paula.

»Sie kommen mir heute Morgen ziemlich aggressiv vor, Paula«, sagte Tweed zu seiner Assistentin.

»Entschuldigung. Ich wollte Sie nicht unterbrechen.«

»Wie gesagt, die Grenzpolizei wird Ronstadt aufhalten. Die Beamten sagen, dass es sich um eine Routinekontrolle wegen Drogen handelt, und lassen sich sehr viel Zeit mit der Durchsuchung des Wagens. Dadurch wird Ronstadt so lange aufgehalten, bis wir selbst am Grenzübergang sind. Sie, Paula, und ich werden den ersten Wagen nehmen. Ich werde ihn fahren. Wenn wir uns der Grenzstation nähern, zünden Sie sich ganz umständlich eine Zigarette an. Die Beamten der Grenzpolizei, denen Beck eine genaue Beschreibung von uns und unserem Wagen gegeben hat, werden dann wissen, dass wir es sind.«

»Das ist wirklich ein guter Plan«, sagte Paula. »Auf diese Weise müssen wir Ronstadt nicht hinterherfahren und er kann uns nicht erkennen, wenn er in den Rückspiegel schaut. Immerhin hat er uns ja kurz im Goodfellows gesehen. Aber was machen wir, wenn wir ihn von der Grenze aus weiterverfolgen wollen?«

»Das kriege ich schon hin. Marler, Sie folgen uns in Ihrem Wagen, und den Schluss bildet Newman mit dem dritten Auto. Ich wünschte nur, Butler und Nield wären schon hier, dann könnte Butler bei Marler und Nield bei Bob mitfahren …« Tweed hielt inne. »Diese Untersuchung wird doch länger dauern, als ich dachte«, sagte er laut und setzte sich aufrecht hin.

Paula blickte über die Schulter und sah, dass Sharon Mandeville den Speisesaal betreten hatte. Sie trug einen eleganten roten Hosenanzug und kam direkt auf ihren Tisch zu.

»Ich habe Sie für zuverlässiger gehalten, als Sie sind, Tweed«, sagte sie mit ruhiger Stimme. »Wir wollten doch gestern Abend einen Aperitif zusammen trinken.«

»Entschuldigen Sie bitte, Sharon«, erwiderte Tweed und stand auf. »Ich hatte eine geschäftliche Besprechung, die leider viel zu lange gedauert hat.«

»Ich verzeihe Ihnen«, sagte Sharon. Newman sprang auf und holte einen Stuhl vom Nebentisch, den er neben den von Tweed stellte. »Vielen Dank, Bob. Aber ich wollte Sie nicht stören.« Als sie Platz nahm, saß sie Paula direkt gegenüber.

Lächelnd sagte sie: »Bei so vielen Männern am Tisch fühle ich mich richtiggehend in der Minderzahl.«

»Ich bin ja auch noch hier«, wandte Paula ein. »Ich werde Ihnen moralische Unterstützung geben.«

»Das ist sehr lieb von Ihnen.«

»Sie sehen wunderbar aus, Sharon«, sagte Newman. »Und so unternehmungslustig, als wollten Sie heute die ganze Welt erobern.«

Sharon erwiderte sein Kompliment mit einem warmen Lächeln und fuhr mit einem Stirnrunzeln fort: »Gestern hat jemand in London versucht, die amerikanische Botschaft in Brand zu setzen. Rauch und Flammen sind aus einem Fenster geschlagen, sodass die Feuerwehr kommen und löschen musste. Auf dem Grosvenor Square war ein schreckliches Chaos.«

»Woher wissen Sie das?«, fragte Tweed.

»Ich habe heute früh in der Botschaft angerufen. Über die Hintergründe des Brandes konnte man mir nichts Genaueres sagen.«

»In welchem Teil der Botschaft hat es denn gebrannt?«, fragte Tweed.

»Neben dem Wachraum im ersten Stock. Mein Büro ist zwar in der Nähe, aber es war Gott sei Dank nicht davon betroffen. Trotzdem bin ich froh, dass ich nicht dort war.«

»Ich auch«, sagte Newman.

»Hallo, allerseits«, ließ sich auf einmal eine Stimme von hinten vernehmen. »Was dagegen, wenn ich mich dazusetze?«

Tweed blickte auf und lächelte sarkastisch. Hinter Newman hatte sich die mächtige Gestalt von Ed Osborne aufgebaut. Der stiernackige Amerikaner zog mit einem breiten Grinsen einen Stuhl heran, setzte sich und klatschte in die großen Hände.

»Na, was sagt man dazu? Toll, Sie alle so schnell wieder zu sehen«, sagte er und blickte von Paula zu Tweed. »Was führt Sie in dieses verschlafene Provinznest?«

»Also, zunächst mal ist Basel kein Provinznest«, gab Newman zurück. »Es ist älter und interessanter als jede Stadt in Amerika.«

»Was Sie nicht sagen«, knurrte Osborne und klatschte abermals in die Hände. »Wenn ich an Ihrer Stelle wäre, würde ich meine große Klappe halten. Zu vorlautes Reden hat schon manchem geschadet. *Garçon!*«, rief er nach der Kellnerin. »Kaffee! Und zwar flott, ja?«

»Möchten Sie auch ein Frühstück?«, fragte die Kellnerin ruhig.

»Nein, bloß Kaffee, Süße«, sagte er. Nachdem die Kellnerin gegangen war, sagte er zu den anderen: »Ich habe gar nicht gesehen, dass das ein Mädchen war. Sie hat so kurze Haare.«

»Und ich habe noch nie einen Kellner mit einem Rock gesehen«, fauchte Paula.

»Ich schon. Transvestiten zum Beispiel …« Osborne hielt inne. »Aber das ist wohl nicht das richtige Gesprächsthema fürs Frühstück.« Er blickte Paula in die Augen. »Und wie gefällt Ihnen der Urlaub hier?«

»Bis zu Ihrem Eintreffen habe ich mich hier ziemlich wohl gefühlt.«

»Wunderbar!«, sagte Osborne mit einem breiten Grinsen. »Ich mag Frauen, die nicht auf den Mund gefallen sind. Wir beide müssen unbedingt mal zusammen ausgehen.«

»Kein Bedarf«, erwiderte Paula. »Was machen Sie überhaupt in Basel?«

»Ich bin auf Tour«, sagte Osborne und lachte dröhnend. »Auf krummer Tour!«

Tweed schob seinen Stuhl zurück, aber bevor er aufstehen und gehen konnte, beugte sich Sharon hinüber zu ihm und flüsterte ihm etwas ins Ohr.

»Heute vergessen Sie aber nicht, einen Drink mit mir zu nehmen. Sagen wir um zwölf an der Bar?«

»Abgemacht«, flüsterte Tweed zurück.

»He«, tönte Osborne, »ihr zwei habt doch nicht etwa was miteinander.«

»Entschuldigen Sie uns jetzt bitte, Mr. Osborne«, sagte Tweed und stand auf. »Wir haben eine wichtige Verabredung. War nett, mit Ihnen zu plaudern.«

»Ed. Ich habe Ihnen doch gesagt, dass Sie mich gern Ed nennen können.«

Ohne ein weiteres Wort verließ Tweed, gefolgt von Paula, Newman und Marler, den Speisesaal. Als sie draußen waren, konnte Paula nicht mehr an sich halten.

»Was für ein ungehobelter Kerl!«

»Unterschätzen Sie Osborne nicht«, warnte Tweed. »Hinter seiner groben Fassade ist er ein gewiefter Bursche. Und ein rücksichtsloser dazu, wenn mich nicht alles täuscht. Haben Sie übrigens bemerkt, wie er uns alle gemustert hat? Ich wette, dass er sich später auch noch an das kleinste Detail unserer Kleidung erinnert.«

»Na ja, vielleicht bekommt er dadurch ein paar Ideen, wie er sich selber besser anziehen könnte. Dieses grellfarbene Jackett passte ja nun wirklich nicht zu dem gestreiften Hemd und der gemusterten Krawatte. Von der piefigen Kordhose ganz zu schweigen. Seine Klamotten waren genauso aufdringlich wie das, was er gesagt hat.«

»Könnten wir kurz miteinander reden?«, sagte Marler zu Tweed. »Da drüben in der Ecke zum Beispiel?«

»Wenn Sie wollen.«

Sie setzten sich an einen kleinen Tisch in der hintersten Ecke der Hotelhalle, und Marler wollte gerade etwas sagen, als er mit halb geöffnetem Mund inne hielt. Von der Rezeption kam Pete Nield auf sie zu.

»Harry und ich sind gerade vom Flughafen hierher gekommen«, sagte Nield, nachdem er Tweed und die anderen begrüßt hatte.

»Gutes Timing, Messerwerfer«, sagte Marler.

»Wieso Messerwerfer?«, fragte Tweed.

»Pete hat ein neues Talent an sich entdeckt. Seit ein paar Monaten trainiert er sich im Messerwerfen«, erklärte Marler mit leiser Stimme. »Er hat es darin erstaunlich weit gebracht. Erst neulich hat er mich in eine ziemlich üble Kneipe in London eingeladen, wo viel Darts gespielt wird. Pete hat eine Lokalrunde ausgegeben und gefragt, ob er statt Wurfpfeilen auch ein Messer verwenden darf. Die Dart-Spieler haben ihn für verrückt gehalten, aber schließlich haben sie eingewilligt. Pete hat sich vor die Zielscheibe gestellt und sechsmal hintereinander sein Messer geworfen, jedes Mal mitten ins Schwarze. Ich habe eine Menge Geld verloren, weil ich mit ihm gewettet hatte, dass er das auf diese Entfernung niemals schaffen würde.«

»So eine Fähigkeit kann manchmal ganz nützlich sein«, bemerkte Tweed. »Aber was wollten Sie uns eigentlich erzählen, Marler?«

»Es geht um das ›Ohr‹. Der arme Kurt hat mir für den Notfall eine Adresse in Basel gegeben, wo ich immer Kontakt mit ihm aufnehmen könnte. Er hat sogar einen Plan gezeichnet, wie man dort hinkommt.« Marler nahm ein gefaltetes Blatt Papier aus seiner Jacketttasche und zeigte es Tweed. »Wie Sie sehen, ist diese Adresse nur fünf Gehminuten von hier entfernt – sofern man ein guter Treppensteiger ist.«

»Was schlagen Sie vor?«

»Dass wir zu dieser Adresse gehen und uns umsehen. Gewohnt hat Kurt dort zwar nicht, aber vielleicht hat er eine Nachricht für mich hinterlassen.«

»Und wer von uns soll hingehen?«, fragte Newman, nachdem er einen Blick auf den Plan geworfen hatte.

»Wir alle werden gehen«, sagte Tweed entschieden.

»Sind eigentlich irgendwelche amerikanischen Gorillas in Basel?«, fragte Nield.

»Und ob. Die ganze Stadt ist voll davon. Sie wohnen im Euler und im Victoria. Das sind zwei Hotels in der Nähe des Hauptbahnhofs.«

»Ich weiß, wo die Hotels sind«, sagte Nield, der sich von Newman den Plan hatte geben lassen. »Schließlich war ich schon einmal für Sie in Basel und kenne die Stadt seither ziemlich gut. Ich persönlich bin übrigens der Meinung, dass wir nicht im Pulk zu dieser Adresse gehen sollten.«

»Was schlagen Sie stattdessen vor?«, fragte Tweed.

»Dass ich allein hingehe und mich dort einmal umsehe. In ein paar Minuten bin ich wieder zurück. Harry kommt auch gleich herunter.«

Noch bevor Tweed etwas erwidern konnte, war Nield bereits mit dem Plan auf dem Weg nach draußen. Bevor er durch die Drehtür ging, zog er sich den Mantel an, den er über dem Arm getragen hatte. Dann war er verschwunden.

»Halten Sie das etwa für eine gute Idee?«, fragte Marler.

»Tja, hoffen wir das Beste.«

Die dunklen Wolken hingen so tief, dass sie fast die Dächer der alten Häuser zu berühren schienen. Als Nield den Gehsteig entlangging, hatte er das Gefühl, als wäre es noch Nacht und nicht bereits halb zehn am Vormittag. Auf der Straße waren kaum Menschen zu sehen, denn die meisten saßen jetzt wohl entweder im Büro oder in ihrer warmen Wohnung. Das Kreischen der Trambahn, die auf vereisten Schienen um die Kurve fuhr, war das einzige Geräusch, das zu hören war.

Nachdem Nield das Hotel verlassen hatte, war er nach links abgebogen. Den Plan hatte er noch in der Drehtür in die Brusttasche seines Jacketts gesteckt – ein Blick darauf hatte genügt, um zu wissen, wohin er gehen musste. Er eilte an den Stufen vorbei, die hinunter zum Rhein und zur Anlegestelle für die Ausflugsdampfer führten, die im Sommer mit Touristen auf dem Fluss unterwegs waren. Nield überquerte die Straße und kam an den Eingang zum Rheinsprung, einer steil ansteigenden Gasse, die für Autos gesperrt war. Er wusste, dass sie hinauf zum Münster führte, dem hoch über dem Rhein gelegenen Wahrzeichen der Stadt. Bevor er aber das Münster erreichte, bog Nield nach rechts in eine noch schmalere Gasse ab.

»Elftausendjungfern-Gässl«, las Nield, der perfekt Deutsch sprach, laut von dem Straßenschild ab. »Klingt nicht schlecht.«

Die einsame dunkle Gasse war eigentlich nur eine Treppe mit vielen Steinstufen, die weit den Berg hinaufführte. Nield fror an den Fingern und ärgerte sich, dass er vergessen hatte, seine Handschuhe mitzunehmen. Er steckte die Hände tief in die Manteltaschen und begann, die lange Treppe hinaufzusteigen.

Obwohl die Stufen vereist waren, bewegte Nield sich relativ sicher vorwärts. Ein Vorteil der unheimlichen Stille, die über der ganzen Stadt zu liegen schien, war der, dass er es nicht überhören konnte, wenn sich ihm jemand nähern sollte. Beim Steigen zählte Nield die Stufen. Es waren genau achtundsechzig, bis er ganz oben war. Dort blieb er stehen und sah sich um. An einer Hauswand lehnte ein Motorrad, eine nagelneue Yamaha mit Baseler Nummernschild.

Nield wusste, dass er am Martinsplatz angelangt war, einem kleinen kopfsteingepflasterten Quadrat, das an allen Seiten von alten Häusern umgeben war. Als er den verlassenen Platz überquerte, verspürte er eine leise Beklemmung. Das Haus, zu dem er wollte, befand sich direkt neben dem, an dessen Wand das Motorrad stand. Die schwere Holztür war zu, aber als Nield die Klinke nach unten drückte, ließ sie sich öffnen. Drinnen war es angenehm warm. Nield schloss leise die Tür, deren Angeln offenbar gut geölt waren. Eine schwache Lampe erleuchtete das Innere des Hauses. Nield ging ein paar Schritte hinein und blieb dann wie angewurzelt stehen.

Auf einem Stuhl in einer Ecke saß eine alte Frau in einem knöchellangen dunklen Kleid. Ein kräftig gebauter Mann stand neben ihr und hielt ihr eine brennende Zigarette an das rechte Auge. Der Mann war groß und dick und trug einen schwarzen Anorak, eine schwarze Hose und ein schwarzes Barett. Als er Nield sah, wirbelte er herum und richtete eine Magnum-Pistole, die er in der anderen Hand hatte, auf ihn. Die Mündung der Pistole war so groß, dass sie Nield an eine Kanone erinnerte. Wie viele dicke Männer bewegte sich der Gorilla erstaunlich rasch und geschmeidig. Er warf die Zigarette auf den Steinfußboden, sprang auf Nield zu und schlug ihm mit dem Lauf der Pistole auf den Kopf. Obwohl Nield sich wegdrehte, sodass der Schlag ihn nur streifte, war er doch einen Augenblick lang benommen. Der Gorilla packte ihn am Kragen und stieß ihn mit gewaltiger Kraft nach hinten. Nield konnte gerade noch den Kopf zwischen die Schultern ziehen, als er auch schon mit dem Rücken an die Steinwand prallte. Seine Beine gaben nach, und er sank nach unten, wo er, an die Wand gelehnt, sitzen blieb.

Nield war ziemlich groggy, aber er spürte, wie der Gorilla ihn unter den Schultern und am Gürtel nach einer Waffe abtastete. Verschwommen sah er, wie der Gorilla sich aufrichtete und nach ihm ausspuckte.

»Ich weiß zwar nicht, wer du bist, aber du darfst mir jetzt zusehen, wie ich diese dumme alte Frau da ein bisschen foltere«, sagte der dicke Mann mit einem starken amerikanischen Akzent. »Wenn sie geredet hat – und sie wird reden, verlass dich drauf –, kümmere ich mich um dich.«

Nield versuchte sich aufzurichten, sackte aber gleich wieder zusammen. Nur langsam begann er wieder klarer zu sehen. Er befand sich in einem quadratischen Zimmer mit Wänden aus Naturstein. Die Wärme, die er bei seinem Eintritt gespürt hatte, kam von einem alten, mit Holz befeuerten Kachelofen in einer Ecke des Raums. Der Gorilla grinste und ließ hinter seinen dicken Lippen eine Reihe von spitzen Zähnen aufblitzen. Dann zündete er sich eine neue Zigarette an, trat an die alte Frau heran und brachte die Glut ganz nahe an ihr Gesicht.

21

Nield spürte, wie eine unbändige Wut in ihm aufstieg und ihm das Adrenalin durch alle Adern pumpte. Die Zigarettenglut war jetzt nur noch wenige Millimeter vom Auge der alten Frau entfernt. Vorsichtig schob Nield sich ein wenig nach oben. Er wagte es nicht, sich zu schnell zu bewegen, denn er wollte den Gorilla nicht auf sich aufmerksam machen. Schließlich hatte er sich so weit von der Wand weggedrückt, dass er eine Hand unter seinen

Mantel und sein Jackett schieben konnte. In diesem Augenblick bemerkte der Gorilla die Bewegung und drehte sich um. In der rechten Hand hatte er noch immer die riesige Pistole.

Mit einer raschen Bewegung riss Nield sein Stilett aus der Scheide, die er verborgen am Rücken trug, und warf es quer durch den Raum. Mit erschreckender Präzision bohrte es sich mitten durch den Kehlkopf des Gorillas. Einen Augenblick lang passierte nichts. Dann ließ der Gorilla erst die Zigarette und danach die Pistole fallen und griff mit einer Hand nach dem Messer, während er langsam nach vorn zu kippen begann. Ein hässliches gurgelndes Geräusch drang aus seiner durchbohrten Kehle. Hellrotes Blut rann den Hals hinunter. Dann schlug er mit dem Kopf voran auf den Steinfußboden, wobei das Messer so tief in den Hals getrieben wurde, dass es auf der anderen Seite wieder herauskam. Er blieb reglos liegen.

Nield atmete erleichtert durch. In diesem Augenblick ging die Tür auf, und Marler kam, die Walther Automatik in der Hand, herein. Tweed, Newman und Butler folgten ihm auf dem Fuß. Newman, der sofort begriff, was los war, rannte zu Nield und half ihm beim Aufstehen.

»Wenn das ein Film wäre, müsste ich jetzt wohl sagen: ›Wo wart ihr so lange?‹«, sagte Nield mit einem matten Lächeln.

»Wer ist die Dame?«, fragte Tweed, während er auf die alte Frau zuging.

»Keine Ahnung.«

Tweed musterte die Frau eingehend. Sie war wohl über siebzig Jahre alt. Das schüttere weiße Haar hatte sie zu einem Knoten gebunden. Aus den klaren braunen Augen in ihrem faltigen Gesicht sah sie Tweed an, der ihr sanft die Hand auf die Schulter legte.

»Jetzt ist alles in Ordnung«, sagte er mit einem mitfühlenden Lächeln. »Verstehen Sie meine Sprache?«

»Ja.«

»Was war hier los?«, fragte Tweed an Nield gewandt.

Nield räusperte sich und erzählte den anderen so knapp wie möglich, was geschehen war. Während Tweed zuhörte, bückte er sich und fühlte dem reglos daliegenden Gorilla den Puls. Als er sich erhob, formte er mit den Lippen lautlos das Wort: »Tot.«

»Gut«, sagte Nield mit grimmiger Befriedigung.

Dann fuhr er mit seiner Erzählung fort, bis er an den Punkt kam, an dem er das Messer geworfen und den Gorilla mitten in den Hals getroffen hatte. »Direkt ins Schwarze«, flüsterte Marler.

»Und nachdem ich mit dem Burschen fertig war, sind Sie hier hereingestürzt«, sagte Nield.

»Darf ich fragen, wer Sie sind?«, sagte Tweed an die alte Frau gewandt, die immer noch auf dem Stuhl saß.

»Haben Sie die Losung?«, fragte sie mit klarer Stimme.

»General Guisan«, sagte Marler.

»Dann sind Sie der Richtige«, antwortete die Frau. »Kurt hat mir gesagt, dass Sie kommen würden.«

»Ich habe allerdings schlechte Nachrichten für Sie«, sagte Marler ruhig.

»Ich weiß.« Die alte Frau griff sich ans Herz. »Ich habe es hier drinnen ganz deutlich gespürt. Mein Mann ist tot.«

»Es tut mir sehr Leid. Er ist rasch gestorben und hat nicht lange leiden müssen.«

»Ich bin Helga Irina«, sagte die Frau. »Vor vielen Jahren war ich einmal Russin. Ich habe Kurt in einer Bar kennen gelernt und mich sofort in ihn verliebt. Er war ein sehr intelligenter Mann. Hat mir geholfen, aus Moskau wegzukommen. Ich hatte ein schreckliches Leben dort. Kurt hat mich nach Helsinki gebracht. Dann nach Westdeutschland. Dann hierher, wo Kurt aufgewachsen ist. Wir haben geheiratet. Kurt hat mir immer gesagt: Wenn er stirbt, wird sein Freund, der Engländer, zu mir kommen. Ich werde ihn an der Losung erkennen: General Guisan. Vor ein paar Wochen wurde Kurt von KGB-Typen verfolgt. Nachdem Kurt einmal zusammen mit einem Schweizer Freund in einer Bar war, hat ein KGB-Typ diesen Freund betrunken gemacht und ihn ausgefragt, nachdem Kurt weg war. In seinem Suff hat der Freund ihm von Kurts Frau Irina erzählt. Von mir. Deshalb hat mich der da gefunden.« Sie deutete auf die Leiche des Gorillas zu ihren Füßen.

»Eine Woche später wurde Kurts Freund mit eingeschlagenem Schädel aus dem Fluss gezogen.«

»Kann ich Sie nach Hause bringen?«, fragte Tweed. »Sie haben viel durchgemacht.«

»Nein!«, rief Irina und sprang auf. »Kurt hat mir gesagt, ich soll dem Mann, der die Losung sagt, sein kleines schwarzes Buch geben.«

Schwankend richtete Irina sich auf und fing an zu gehen. Tweed nahm sie am Arm und stützte sie, bis ihre Schritte sicherer wurden. An der Wand neben dem Ofen blieb sie stehen und griff mit einer ihrer knotigen Hände nach oben. Mit langsamen, aber erstaunlich sicheren Bewegungen zog sie einen der Steine aus der Wand und gab ihn Tweed. Dann griff sie in den kleinen Hohlraum dahinter und zog ein schwarzes Buch mit abgegriffenem Einband daraus hervor. Nachdem sie es kurz an die Brust gedrückt hatte, ging sie hinüber zu Marler und überreichte es ihm. Hinter Marlers Rücken nahm Tweed zehn Tausendfrankenscheine aus seiner Brieftasche und steckte sie sich in die Manteltasche.

»Vielen Dank«, sagte Marler.

»Dem da hätte ich das niemals gegeben – ganz gleich, was er mir angetan hätte«, sagte sie mit einem verächtlichen Blick hinüber zu dem toten Amerikaner. »Kurt hat immer gesagt, dass das Buch wichtige Informationen enthält.«

»Ich muss Ihnen noch das Geld geben, das Kurt verdient hat.«

»Nein! Das Buch ist sein Geschenk an Sie.«

Tweed schaute hinüber zu Marler und deutete mit dem Kopf in Richtung Tür. Marler verstand sofort.

»Und jetzt bringe ich Sie heim«, sagte Tweed.

»Das ist nicht nötig«, protestierte Irina. »Das schaffe ich schon allein.«

»Aber es könnten noch mehr böse Männer draußen sein. Es ist sicherer, wenn ich Sie nach Hause begleite«, sagte Tweed bestimmt.

»Der Ofen«, sagte Irina. Sie drehte sich um, bückte sich und legte einen Hebel um. »Damit geht er aus. Aber das dauert eine Weile.«

»Wir kümmern uns darum«, sagte Marler.

»Haut ab, sobald wir weg sind«, flüsterte Tweed Newman zu. »Wenn die Polizei kommt und die Leiche findet, habt ihr sonst eine Menge zu erklären.«

»Wird gemacht.«

Irina nahm ihren Mantel, den der Gorilla achtlos hinter dem Stuhl auf den Boden geworfen hatte. Marler wartete, bis Tweed Irina halb über den Platz geführt hatte, dann schlüpfte er selbst aus dem Haus. Seine Aufgabe war es, den beiden unauffällig zu folgen und dafür zu sorgen, dass sie unbehelligt Irinas Wohnung erreichten.

»Sie haben vorhin gesagt, Ihr Name sei Helga Irina«, sagte Tweed, um die Gedanken der Frau in eine andere Richtung zu lenken. »Irina ist russisch«, fuhr Tweed fort, während er langsam weiterging, »und Helga ist deutsch. Passt das zusammen?«

»Sind Sie der Chef der Engländer?«

»Ja.«

»Dann danken Sie dem jungen Mann mit dem Messer dafür, dass er mich gerettet hat. Ich habe es vorhin vergessen.«

»Das werde ich tun.«

»Sie fragen nach meinen Namen«, sagte sie und hängte sich bei Tweed ein, was ihm signalisierte, dass sie Vertrauen zu ihm gefasst hatte. »Meine Mutter war Russin. Sie hat sich in einen deutschen Kriegsgefangenen verliebt, der aus Stalins Gulag geflohen war. Die beiden haben sich heimlich vom Priester einer Untergrund-Kirchengemeinde trauen lassen. Als ich geboren wurde, nannte meine Mutter mich Irina, während ich für meinen Vater Helga war. Die beiden waren in der antikommunistischen Opposition aktiv. Ein Freund von ihnen hat mir erzählt, wie sie bei dem Versuch, nach einer geheimen Versammlung aus einem Keller zu fliehen, erschossen wurden. Ich war damals zehn Jahre alt.«

Wie schrecklich das Leben manchen Menschen doch mitspielt, dachte Tweed. Sie hatten einen weiteren verlassenen Platz überquert und betraten nun den Rheinsprung, der hinauf zum Münster führte. Hier ließ Irina Tweeds Arm los und blieb stehen. Tweed nutzte die Gelegenheit, ihr die gefalteten Banknoten in die Manteltasche zu schieben. Irina runzelte die Stirn und steckte die Hand in die Tasche.

»Das ist eine Menge Geld«, sagte sie, nachdem sie die Scheine herausgenommen und gezählt hatte. »Das schwarze Buch war ein Geschenk von Kurt. Danke, dass Sie mich nach Hause gebracht haben. Aber Ihr Geld will ich nicht.«

Tweed trat rasch ein paar Schritte zurück, damit Irina ihm die Scheine nicht wieder zustecken konnte.

»Kurt hat sich das Geld redlich verdient. Er hat uns wertvolle Informationen dafür gegeben. Es ist sein Honorar, das Sie nicht zurückgeben können. Also nehmen Sie es. Passen Sie auf sich auf…«

Mit diesen Worten machte er sich auf den Weg hinunter zum Fluss, von dem aus es nicht mehr weit bis zum Hotel war. Vorsichtig setzte er auf dem eisglatten Kopfsteinpflaster einen Fuß vor den anderen. Er wusste, dass Marler so lange auf Irina aufpassen würde, bis sie sicher in ihrer Wohnung war. Als Tweed an der Abzweigung zum Elftausendjungfern-Gässl vorbeikam, erschien auf einmal wie aus dem Nirgendwo Newman neben ihm.

»Irina ist auf dem Weg nach Hause«, sagte Tweed. »Marler behält sie so lange im Auge, bis sie dort sicher ist.«

Zusammen überquerten sie die leere Straße mit den Trambahngleisen. Dort stießen Nield und Butler auf sie.

»Sie haben gute Arbeit geleistet, Pete«, sagte Tweed, während er zügig das Hotel ansteuerte. »Dass Sie die alte Dame gerettet haben, war eine echte Großtat. Von nun an aber müssen wir alle diese Gegend meiden.« Er griff in die Innentasche seines Mantels, holte ein Notizbuch hervor und reichte es, nachdem er eine bestimmte Seite aufgeschlagen hatte, an Nield weiter. »Pete, das hier ist die Telefonnummer, unter der Beck in Basel zu erreichen ist. Rufen Sie dort an, und nennen Sie mit verstellter Stimme die Adresse, an der wir gerade waren. Sagen Sie, dass er dort eine Leiche finden wird. Und fassen Sie sich kurz, damit er den Anruf nicht zurückverfolgen kann.«

In der Hotelhalle trafen sie auf Paula, die gerade aus dem Lift kam.

»Keith Kent ist auf Ihrem Zimmer«, sagte sie mit leiser Stimme zu Tweed. »Er sagt, dass die Amerikaner fuchsteufelswild sind.«

22

Paula sperrte Tweeds Hotelzimmer mit dem Schlüssel auf, den er ihr dagelassen hatte. Er hatte sie gebeten, im Hotel zu bleiben für den Fall, dass Kent inzwischen käme. Alle bis auf Nield, der von seinem Zimmer aus den Anruf bei Beck machen wollte, folgten ihr in den Raum.

Keith Kent saß in einem der Sessel und hielt ein Glas Brandy in der Hand. Da alle ihn kannten, musste Tweed niemanden vorstellen. Kent hob das Glas.

»Paula war so freundlich, mir den hier einzuschenken«, sagte er. »Das ist meine Art von Zentralheizung, damit mir wieder warm wird.«

»Wie ich höre, haben Sie Neuigkeiten für mich«, sagte Tweed und zog sich den Mantel aus. Die anderen folgten seinem Beispiel. Paula hängte die Mäntel an die Garderobe. »Ich kann es kaum erwarten, sie zu hören«, fuhr Tweed fort, während er sich in den Sessel neben Kent sinken ließ.

»Ich schätze mal, dass jeder von uns jetzt eine Tasse Kaffee vertragen kann«, sagte Paula und hob, ohne auf eine Antwort zu warten, den Telefonhörer ab.

Keith Kent war die Ruhe selbst. Auch in den kniffligsten Situationen behielt er stets die Nerven. Wie üblich war er elegant gekleidet – er trug einen dunkelblauen Anzug, ein blassblaues Hemd und eine Chanel-Krawatte mit Pfauenmotiv.

»Paula hat Ihnen wohl schon erzählt, dass die Amerikaner stinksauer sind«, begann er. »Sie führen sich auf, als wären sie völlig verrückt geworden.«

»Woher wissen Sie das, Keith?«

»Ich bin heute Vormittag noch einmal zur Zürcher Kreditbank gegangen, um zu überprüfen, ob meine Transaktionen geklappt haben. Aber ich musste mit der Kassiererin gar nicht erst reden, denn vor ihrem Schalter haben zwei wütende Amerikaner gestanden, von denen der eine ständig mit der Faust auf die Theke geschlagen und die arme Frau in einem fort angebrüllt hat.«

»Können Sie den Amerikaner beschreiben?«

»Er war nicht besonders groß und hatte einen dicken Kopf. Glatt rasiert, Boxervisage mit schmalem Mund und starkem Kinn. Die Brust war breit, die Taille sehr schmal. Kleine Füße, braune Haare. Einmal hat er mich kurz angesehen. Die Augen waren so hart wie Diamanten.«

»Jake Ronstadt«, murmelte Paula vor sich hin.

»Würde er Sie wieder erkennen?«, fragte Tweed.

»Ich glaube nicht. Ich hatte mir den Hut tief ins Gesicht gezogen und einen dicken Schal um. Bei diesem Wetter kein ungewöhnlicher Aufzug.«

»Erzählen Sie weiter.«

»Wie gesagt, der Amerikaner hat die Frau an der Kasse fürchterlich angebrüllt. ›Auf diesem Konto war gestern noch ein Vermögen, und jetzt soll es auf einmal völlig leer sein?!‹ Dann ist er mit leiserer Stimme fortgefahren, aber ich habe ein gutes Gehör und konnte deshalb alles mitbekommen. ›Ich möchte sofort euren gottverdammten Direktor sprechen, verstanden!‹ hat er gezischt und dann abermals mit der Faust auf die Theke geschlagen. Was die Kassiererin ihm geantwortet hat, trug nicht gerade zu seiner Beruhigung bei.«

»Was hat sie denn gesagt?«

»Dass alle Direktoren bei einem Treffen in der Zentrale seien. Da ist bei dem Amerikaner die letzte Sicherung durchgebrannt. ›Dann rufen Sie verflucht noch mal dort an, und sagen Sie ihnen, dass einer von den Scheißdirektoren sofort hierher kommen soll, oder ich schlage alles kurz und klein! Millionen von Dollar können nicht einfach von heute auf morgen verschwinden, Sie dumme Pute!‹ An diesem Punkt habe ich mich verdrückt.«

»Sie haben vorhin von zwei Amerikanern gesprochen. Wie sah denn der andere aus?«

»Ein großer, knochiger Mann mit einem harten Gesicht. Der andere hat ihn Vernon genannt.«

»Das könnte Vernon Kolkowski gewesen sein«, sagte Newman. »Als ich in New York war, hat mir ein Captain von der Polizei ein paar Fotos von verschiedenen Verbrechern gezeigt. Darunter war auch dieser Kolkowski, genannt ›der dünne Mann‹, ein notorischer Killer, dem die Polizei allerdings nie etwas nachweisen konnte. Jeder Zeuge, der gewillt war, gegen ihn auszusagen, wurde ein paar Tage später tot aus dem Hudson gefischt.«

»Klingt ganz nach der Art von Leuten, mit der wir es hier zu tun haben«, bemerkte Tweed.

»Nachdem ich die Bank verlassen habe«, fuhr Kent fort, habe ich mich in mein Auto gesetzt und gewartet, ob noch etwas passiert. Etwa fünf Minuten später ist der kleine Mann mit der breiten Brust aus der Bank gestürmt und schnurstracks über die Straße gerannt. Ein Wagen, der gerade vorbeifuhr, musste eine Notbremsung hinlegen, um ihn nicht zu überfahren. Der Amerikaner hat mit der Faust auf die Kühlerhaube des Wagens geschlagen, den Fahrer unflätig beschimpft und ist dann in sein Auto gestiegen, das auf der anderen Straßenseite geparkt war. Vernon ist ihm etwas bedächtiger mit einigem Abstand gefolgt. Ich hatte den Eindruck, als wollte er nicht in der Nähe des Kleinen sein. Er konnte gerade noch in das Auto steigen, bevor der andere Gas gegeben hat und losgefahren ist.«

»Paula hat mir schon gesagt, dass die Amerikaner fuchsteufelswild sind. Das waren vermutlich Ihre Worte.«

»Das alles zeigt uns, dass mein Trick funktioniert hat. Deren Millionen haben sich in Luft aufgelöst. Sie werden Wochen, wenn nicht gar Monate brauchen, um den Verbleib des Geldes festzustellen.«

»Vielen Dank, Keith. Sie haben uns einen großen Schritt weitergebracht. Vergessen Sie nicht, mir eine Rechnung zu schicken.«

»Keine Angst, das werde ich.« Kent trank seinen Brandy aus und grinste. »Soll ich noch eine Weile hier in Basel bleiben?«

»Ja. Wo wohnen Sie?«

»Im Hilton.«

»Das ist gut. Die Amerikaner sind im Euler und im Victoria abgestiegen.«

»Ich bringe Sie noch nach unten«, sagte Paula, als Kent aufstand.

»Wir bleiben in Verbindung«, sagte Tweed. »Und nochmals vielen Dank.«

Kurz nachdem Paula und Kent das Zimmer verlassen hatten, kam Nield herein. Er nahm die von Tweed angebotene Tasse Kaffee dankend an und setzte sich neben Newman auf die Couch.

»Ich habe gewartet, bis Kent weg war«, sagte er. »Also, ich habe den Anruf erledigt. Beck hat allerdings versucht, mich möglichst lang in der Leitung zu halten, wahrscheinlich damit seine Leute feststellen können, woher der Anruf kam.«

»Aber Sie haben es doch kurz gemacht, oder?«, fragte Tweed.

»Natürlich. Ich habe lediglich gesagt, er soll sich die Adresse aufschreiben und dass er dort eine Leiche vorfinden wird. Beck hat dann mit der Fragerei angefangen, aber ich habe aufgelegt. Das ganze Gespräch hat nicht länger als dreißig Sekunden gedauert.«

»Gut«, sagte Tweed, als Paula wieder zurückkam. Bei ihr war Marler. »Ist Irina sicher nach Hause gekommen?«

»Ja«, antwortete Marler. »Und gesehen hat sie mich auch nicht.«

»Was war das für eine Geschichte mit der Losung?«, fragte Tweed.

»Kurt hat mir einmal gesagt, dass ich, wenn ihm etwas zustoßen sollte, mich an diese Adresse begeben soll. Ich würde dort jemanden treffen, dem ich die Losung ›General Guisan‹ sagen soll.«

»General Guisan«, wiederholte Tweed nachdenklich. »Das war doch der Oberkommandierende der Schweizer Armee im Zweiten Weltkrieg. Er hat mit clever ausgedachten Drohungen die Nazis von einem Überfall auf die Schweiz abgeschreckt.« Tweed hörte auf zu sprechen, weil das Telefon klingelte. Paula ging ran und legte kurz darauf den Hörer wieder auf.

»Das war Beck. Er ist auf dem Weg nach oben.«

Tweed hatte sich innerlich schon auf einen aggressiven Beck eingestellt, aber als der Chef der Schweizer Bundespolizei schließlich vor ihm stand, kam er ihm eher nachdenklich vor. Beck ließ sich von Tweed einen Stuhl anbieten, wollte aber keinen Kaffee. Als er saß, blickte er in die Runde und musterte nacheinander alle Anwesenden.

»Falls Sie es noch nicht wissen sollten«, begann Beck mit einem ironischen Unterton in der Stimme, »meine Leute haben gestern Nacht in der Nähe des Marktplatzes vier Tote gefunden. Sie wurden von einer Handgranate ins Jenseits befördert. Übrigens hatten alle amerikanische Diplomatenpässe bei sich.«

»Was für eine schreckliche Sache«, sagte Tweed.

»Ich habe am frühen Morgen im Hotel Euler angerufen. Der Nachtportier weiß, wer ich bin, und hat mich an der Stimme erkannt. Ich habe ihn gebeten, mir die Namen der Amerikaner vorzulesen, die in den letzten Tagen dort abgestiegen sind. Nur einer von ihnen hatte eine Suite gemietet. Ein Mann namens Jake Ronstadt. Der dürfte wohl der Boss der Kerle sein.«

»Wir haben in London schon flüchtige Bekanntschaft mit dem Herrn gemacht.«

»Ich habe mich vom Nachtportier mit ihm verbinden lassen«, fuhr Beck fort. »Er war nicht gerade glücklich darüber, dass ich ihn zu so früher Stunde aufgeweckt habe, und noch viel weniger über die Neuigkeiten, die ich ihm zu berichten hatte. Ich habe ihm die Namen der Toten genannt, und er hat zugegeben, dass sie ›Mitglieder seines Stabes‹ seien – so jedenfalls hat er sich ausgedrückt. Aber es wäre ihm auch gar nichts anderes übriggeblieben, denn die Männer waren auf seinen Namen im selben Hotel gemeldet.«

»Wie genau hat er reagiert, Arthur?«

»Er ist an die Decke gegangen. Ob ich die Schweine, die für dieses gemeine Verbrechen varantwortlich seien, schon dingfest gemacht habe. Was, das hätte ich nicht? Warum nicht? Er werde den Vorfall der amerikanischen Botschaft in Bern melden. Ich habe gesagt, dass die Untersuchungen eben erst angelaufen seien und noch einige Zeit in Anspruch nehmen würden. Daraufhin hat er angefangen, mich zu beschimpfen. Ich habe ihn dann noch gefragt, was die Männer denn von Beruf gewesen seien.«

»Das hat ihn sicher in Verlegenheit gebracht«, sagte Tweed.

»Nicht im Geringsten. Er hat mir keine Antwort gegeben, sondern lediglich wiederholt, dass er sich mit der Botschaft in Bern in Verbindung setzen werde. Ich habe gesagt, dass auch ich das für das Beste hielte. Daraufhin hat er einfach aufgelegt.«

»Klingt ganz so, als hätten Sie ihn aus der Fassung gebracht.«

»Er war stinksauer. Vor ein paar Minuten musste ich ihn noch einmal anrufen, weil wir eine weitere Leiche gefunden haben, auf die uns ein anonymer Anrufer aufmerksam gemacht hat. Tja, ich frage mich, wer dieser Anrufer wohl gewesen sein könnte. Die Leiche lag im Erdgeschoss eines Hauses am oberen Ende des Elftausendjungfern-Gässls und hatte ein Messer so tief in der Kehle stecken, dass es auf der anderen Seite des Halses wieder herausschaute.«

»Und wer war dieser Tote?«, fragte Tweed.

»Auch ein Amerikaner. Ein gewisser Rick Sherman, der ebenfalls einen Diplomatenpass bei sich hatte. Auch er war im Euler abgestiegen.«

»Und wie hat Mr. Ronstadt auf diese neuerliche Eröffnung reagiert?«

»Er klang so, als würde er gleich einen Schlaganfall erleiden. Er hat mich angebrüllt und gefragt, wie ich es als Chef der Bundespolizei zulassen könne, dass Basel die Mordhauptstadt Europas werde. Und dann hat er wieder aufgelegt, noch bevor ich ihm sagen konnte, er solle sich doch an seine Botschaft in Bern wenden.«

»Die Dinge scheinen sich allmählich zu entwickeln«, sagte Tweed.

»Ich weiß, dass diese Männer alle Gangster waren«, sagte Beck in grimmigem Ton, »aber ich muss ihren Tod trotzdem untersuchen.« Er hielt inne und sah erst Newman und dann Butler an, die beide mit übereinander geschlagenen Beinen vor ihm saßen. »Ich frage mich, ob Sie wohl heute schon außer Haus waren. Newmans Schuhsohlen sind noch ganz feucht, ebenso wie die von Mr. Butler.«

»Wir waren kurz am Blumenrain, um ein bisschen frische Luft zu schnappen«, sagte Tweed. »Aber es war dann doch zu frisch. Bei dem Spaziergang habe ich bemerkt, dass die Wasserpolizei immer noch das Bootshaus unterhalb der Promenade hat.«

»Der Fluss muss ständig überwacht werden«, sagte Beck. »Dann waren Sie also am Blumenrain und nicht im Elftausendjungfern-Gässl.« Er stand auf. »Vielen Dank, dass Sie mir so geduldig zugehört haben.«

»Gern geschehen, Arthur«, sagte Tweed und erhob sich ebenfalls.

Paula wollte Beck schon die Tür öffnen, da drehte sich der Polizeichef noch einmal um und lächelte Tweed an.

»Apropos: Was immer auch die Amerikaner für Pläne gehabt haben, sie scheinen sie auf Eis gelegt zu haben.«

»Wie meinen Sie das?«

»Nun, der Wagen, mit dem die beiden Amerikaner in Richtung Freiburg und möglicherweise weiter in den Schwarzwald gefahren sind, ist wieder zurückgekommen. Der Beamte am Grenzübergang hatte den Eindruck, als wären die beiden Insassen in großer Eile gewesen. Aber jetzt muss ich wirklich gehen. Passen Sie gut auf sich auf ...«

Nachdem Beck gegangen war, rieb sich Tweed die Hände. Paula goss ihm noch eine Tasse Kaffee ein und blickte ihn an.

»Sie sehen ziemlich zufrieden aus.«

»Das kommt daher, dass ich genau gewusst habe, dass Ronstadt zumindest vorübergehend schachmatt gesetzt werden würde.«

»Sie wussten es?«, sagte Paula erstaunt.

»Wissen ist vielleicht der falsche Ausdruck. Mein sechster Sinn hat es mir gesagt.«

»Und woher wussten Sie, dass das Bootshaus für die Wasserpolizei noch immer an derselben Stelle ist?«, fragte sie. »Wir sind doch nie am Blumenrain spazieren gegangen.«

»Wenn Sie sich aus meinem Fenster lehnen würden, so wie ich das gleich nach unserer Ankunft gemacht habe, dann würden Sie es sehen. Aber jetzt Schluss mit dem Verhör«, sagte er mit einem Augenzwinkern. »Pete, ich wollte Sie schon die ganze Zeit fragen, ob Sie Ihre Fingerabdrücke am Griff des Messers abgewischt haben.«

»Natürlich habe ich das. Es war zwar nicht einfach, weil Sherman doch auf dem Bauch lag, aber ich habe es geschafft.«

»Aber nur, weil ich die Leiche angehoben habe«, sagte Butler.

»Gott sei Dank haben Sie daran gedacht«, sagte Tweed. »Und was ist mit dem Stein, den Irina aus der Wand gezogen hat?«

»Den haben wir ganz sorgfältig wieder zurückgesteckt«, versicherte ihm Newman.

»Sie haben wirklich an alles gedacht.«

»Das ist unser Job«, sagte Newman.

»Ich bin mir sicher, dass Ronstadt und seine Gorillas irgendwann doch in den Schwarzwald fahren werden. Kurt Schwarz hat uns mit seinen letzten Worten sagen wollen, dass sich dort ihre geheime Basis befindet. Die Ereignisse in jüngster Zeit haben Mr. Ronstadt zwar aus der Bahn geworfen, aber irgendwann wird er das Verschwinden des Geldes und den Tod seiner fünf Männer verdaut haben. Bis dahin haben wir wohl noch eine Atempause.«

»Ich möchte Ihnen noch etwas geben«, sagte Marler und überreichte Tweed das kleine schwarze Buch mit dem abgenützten Einband, das Irina aus dem kleinen Hohlraum in der Wand genommen hatte.

Tweed wollte es gerade aufschlagen, da ergriff Nield das Wort: »Ich habe auch etwas für Sie. Ich muss es bloß aus meinem Zimmer holen. Bin gleich wieder zurück.«

Tweed hatte nur einen kurzen Blick auf die in Englisch geschriebenen Zeilen in dem Buch werfen können, als Nield auch schon wieder zurückkam und ihm einen Aktendeckel in die

Hand drückte. Schlagartig erinnerte sich Tweed daran, wie er in der amerikanischen Botschaft in London Jefferson Morgenstern mit einer ganz ähnlichen Akte vor jenem großen Safe gesehen hatte. Er blickte auf.

»Ist sie das, Pete?«

Nield nickte. »Es ist die Akte, die wir für Sie aus dem Tresor in der amerikanischen Botschaft holen sollten.«

»Aber wie um alles in der Welt haben Sie das geschafft? Ich habe mir im Nachhinein gedacht, dass ich Sie mit diesem Auftrag eigentlich vor eine unlösbare Aufgabe gestellt hatte.«

»Es war ziemlich einfach«, erklärte Nield. »Die meiste Arbeit hatte Harry, der die Schlösser und den Tresor knacken musste. Aber das ist ja seine Spezialität. Wir sind einfach spätabends durch eine Seitentür in die Botschaft eingedrungen, nachdem Harry vorher die Alarmanlage lahm gelegt hatte. Weil immer noch Leute im Gebäude waren, haben wir uns auf einer Nebentreppe nach oben geschlichen. Das Schloss des Zimmers direkt neben dem Tresorraum haben wir mit einem Dietrich geöffnet. Dort haben wir dann eine Brandbombe mit Zeitzünder unter dem Fensterbrett deponiert, bevor sich Harry an die Tür zu dem anderen Raum gemacht hat ...«

»Pete hat dabei für mich Schmiere gestanden«, ergänzte Butler, »sodass ich mich voll und ganz auf meine Arbeit konzentrieren konnte.«

»Und die bestand darin, den Safe zu knacken. So etwas habe ich in meinem ganzen Leben noch nicht gesehen.«

»Je komplizierter diese Safes sind, desto leichter sind sie aufzukriegen«, sagte Butler lässig. »Nachdem wir die Akte herausgenommen hatten, habe ich die Tür wieder zugemacht und das Zahlenschloss so eingestellt, dass niemand die Manipulation bemerken würde.«

»Und dann ist die Brandbombe explodiert«, fuhr Nield fort. »Sie hat eine derart starke Hitze entwickelt, dass die Fensterscheiben zersprungen sind. Das war wichtig, denn dadurch konnte der Qualm der Brandbombe nach draußen dringen. Kurz darauf ging der Feueralarm an und alles stürzte sich ins Freie.«

»Und wie sind Sie aus dem Gebäude gekommen?«, fragte Tweed.

»Ganz einfach. Wir haben ein Fenster geöffnet, der Feuerwehr wie wild zugewinkt und uns über eine Teleskopleiter nach unten bringen lassen. Dann sind wir einfach weggegangen. Wir haben beide tiefschwarze Geschäftsanzüge getragen, wie sie die Amerikaner zurzeit anhaben, wenn sie wie Engländer aussehen wollen. Keiner hat sich um uns gekümmert. Wir sind in unseren Wagen gestiegen und zurück zur Park Crescent gefahren. So einfach war das.«

»Nun, ganz so einfach, wie Sie es darstellen, war es wohl auch wieder nicht.« Tweed schlug den Aktendeckel auf und las das erste Blatt darin mehrmals hintereinander durch. »Großer Gott«, sagte er.

»Was ist denn?«, fragte Paula, die eine solche Reaktion von Tweed nur ganz selten erlebt hatte. Er reichte ihr die Akte.

»Sie brauchen bloß das erste Blatt zu lesen«, sagte er. »Die Amerikaner gehen bei ihrer Operation viel rascher vor, als ich gedacht habe. Das bedeutet, dass uns nur noch sehr wenig Zeit bleibt, um sie aufzuhalten ...«

Der starke Flottenverband, der vor ein paar Stunden die Marinebasis Newport News an der Küste von Virginia verlassen hatte, fuhr in strenger Formation hinaus auf den nächtlichen Atlantik. Das Flaggschiff der Kampfgruppe war der gigantische 110000-Tonnen-Flugzeugträger *President*, der bei vielen als der Stolz der amerikanischen Navy galt. Die schwimmende Festung hatte eine Besatzung von 6500 Mann und transportierte eine Unzahl modernster Atomraketen. Solche Flugzeugträger stechen nie ohne eine ganz Armada von Begleitschiffen in See, die nach allen Seiten hin einen undurchdringlichen Schutz gegen Angriffe vom Wasser oder aus der Luft gewährt. Keine Nation auf der Erde außer den USA wäre in der Lage gewesen, eine so moderne und große Flotte zu entsenden.

Auf einem der Begleitschiffe befand sich auch eine Einheit der SEALs, jener Spezialeinheit der amerikanischen Marines, deren hervorragend ausgebildete Angehörige die härtesten Kämpfer der Welt sind. Dasselbe Schiff beförderte auch neu entwickelte schnelle Amphibienfahrzeuge, mit denen die SEALs an jedem beliebigen Strand landen und sofort ins Landesinnere vorstoßen konnten.

Am Rand des schier endlos erscheinenden Decks der *President* befand sich die Kommandobrücke, die im Navy-Jargon »Insel« genannt wurde und über zwölf Meter hoch war. Der Flugzeugträger war das Kronjuwel der amerikanischen Streitkräfte. Der Kommandant war Rear Admiral Joseph Honeywood. Er war knapp eins neunzig groß und hatte die Figur eines Footballspielers. Das von Falten zerklüftete Gesicht hatte ihm in der U.S. Navy den Spitznamen »Crag« eingebracht. Er hatte blaue Augen und das Haar war dunkel. Seine Bewegungen waren langsam und bedächtig. Honeywood saß entspannt in seinem Kommandantenstuhl auf einer der unteren Ebenen der Insel.

Crag war ein ruhig wirkender Mann, den keine Krise aus dem Gleichgewicht bringen konnte. Seine knappen Befehle gab er mit leiser Stimme. Er verabscheute es geradezu, wenn jemand auf der Brücke die Nerven verlor und laut wurde. Wer das tat, wurde sofort abgelöst. Umso erstaunlicher war es, dass Honeywood beim Lesen seiner Einsatzbefehle, die er einem versiegelten Umschlag entnommen hatte, innerlich richtig gehend zusammengezuckt war, was allerdings keiner der anderen Männer auf der Brücke mitbekam. Nachdem Honeywood die Befehle noch einmal durchgelesen hatte, gab er sie seinem Ersten Offizier weiter.

»Werfen Sie da mal einen Blick drauf, Bill.«

Schon als er den ersten Absatz las, musste sich der Erste Offizier gehörig zusammennehmen, um seine Überraschung nicht sichtbar werden zu lassen. Dieser Einleitung folgte eine Reihe von routinemäßigen Instruktionen, die im Wesentlichen besagten, dass sich der Verband auf einem Kurs abseits aller Schifffahrtsstraßen und ziviler Luftkorridore seinem Ziel nähern solle. Genau wie der Rear Admiral vor ihm las auch der Offizier den ersten Absatz noch ein zweites Mal durch:

Operationsziel: Großbritannien. Einsatzort: Ärmelkanal vor Portsmouth.

»Tja, wir werden nicht länger als sieben Tage brauchen, bis wir in unserem Operationsgebiet sind, Bill«, sagte Crag in einem fast beiläufigen Ton.

23

»Es ist höchste Zeit, dass wir einen von den verdammten Engländern umlegen«, knurrte Vernon. »Oder noch besser, wir radieren die Arschlöcher mit einer einzigen Bombe aus. Dann haben wir ein für alle Mal unsere Ruhe vor ihnen.«

»Gar keine so schlechte Idee«, sagte Ronstadt mit einem boshaften Grinsen. »Könnte direkt von mir sein.«

Ronstadt hatte das Treffen in seiner Hotelsuite einberufen. Außer ihm nahmen nur zwei Personen daran teil: Vernon und Brad, die er vor kurzem zu seinen Stellvertretern ernannt hatte. Ronstadt hielt das für einen schlauen Einfall. Um ihm zu beweisen, dass sie seines Vertrauens würdig waren, würden die beiden, ohne mit der Wimper zu zucken, auch die gefährlichsten Aufgaben übernehmen, und falls etwas schief gehen sollte, konnte er die Verantwortung dafür auf sie abwälzen.

»Na, Jungs, wie gefällt euch meine Suite?«, fragte er leutselig.

»Wunderbar, Jake«, sagte Vernon schnell.

»Echt toll«, sagte Brad nicht minder beflissen.

»Wenn ihr eure Karten richtig spielt, dann wohnt ihr eines Tages vielleicht – vielleicht, habe ich gesagt – auch in so einer Suite.« Er hielt das Kartenspiel, das er wie üblich in Händen hielt und mischte, in die Höhe. »Habt ihr verstanden, was ich euch sagen will, ihr Hohlköpfe?«

»Ja, Jake«, antworteten beide gleichzeitig.

»Vollidioten. Das war ein Witz«, knurrte Ronstadt. »Das Problem mit euch Burschen ist, dass ihr keinen Sinn für Humor habt. Erinnert ihr euch noch an das, was wir letztes Jahr in der Nähe von Paris durchgezogen haben? Ja? Erstaunlich. Ich glaube, wir könnten dasselbe auch hier machen. Was wir brauchen, ist jemand, der diesem Dreckskerl Tweed etwas einflüstert. Und ich glaube, ich weiß auch schon, wer das für uns tun könnte.«

Ronstadt stand auf, ging zum Fenster und schaute hinunter auf die Straße vor dem Hotel. Er dachte nach. Dann drehte er sich plötzlich um und kam wieder zurück an den Tisch, wo seine beiden Stellvertreter auf ihn warteten.

»Ich weiß, wie wir es anpacken, Leute. Die Bar hier im Euler dürfte der geeignete Ort für unser Vorhaben sein. Ich hoffe, ihr habt den Sprengstoff aus dem Höllental mitgebracht, wie ich es euch telefonisch befohlen habe.« Er hielt inne und grinste gemein. »Ist doch ein hübscher Name: ›Höllental‹, findet ihr nicht? Na ja, die Hölle wird auch hier bald losbrechen. Und zwar für Tweed und seine Meute.« Sein Ton wurde immer gehässiger. »Die Dreckschweine haben fünf meiner Leute auf dem Gewissen. Das werden sie mir büßen. Wie oft muss ich euch eigentlich noch fragen? Habt ihr nun den Sprengstoff mitgebracht oder nicht?«

»Natürlich«, sagte Vernon. »Genug, um das ganze Hotel Drei Könige in die Luft zu jagen.«

»So viel werden wir auch brauchen. Die Einzelheiten erkläre ich euch später. Bis dahin bleibt auf euren Zimmern und trinkt keinen Alkohol. Wieso seid ihr immer noch hier? Ich muss telefonieren.«

»Dann gehen wir jetzt«, sagte Vernon. Er sprang auf und verließ zusammen mit Brad die Suite.

Als Ronstadt allein war, blieb er noch eine Weile sitzen und mischte langsam und gedankenverloren seine Karten. Er hatte seinen Stellvertretern von den fünf toten Männern erzählen müssen, denn deren Fehlen ließ sich nicht lange verheimlichen. Wovon er ihnen allerdings nichts gesagt hatte, war das wahre Ausmaß des finanziellen Desasters. Vernon hatte er dazu verdonnert, über die Szene, die er am Schalter der Bank mitbekommen hatte, keinem Menschen etwas zu erzählen. Und was verstand Vernon schon vom Geld?

Sehr gegraust hatte es Ronstadt davor, Charlie über die Fehlschläge zu unterrichten und darum zu bitten, auf elektronischem Weg noch einmal eine hohe Summe auf die Zürcher Kreditbank zu überweisen. Charlie hatte ihn am Telefon nach allen Regeln der Kunst fertig gemacht.

Ronstadt stand auf und ging abermals ans Fenster. Während er hinaus auf die winterlichen Straßen starrte, dachte er mit einem bösen Grinsen an das, was heute Abend geschehen würde, und winkte dann hinter der Gardine in Richtung des Hotels Drei Könige.

»Adieu, Mr. Tweed …«

Paula betrachtete noch immer ganz benommen das Blatt Papier, das Tweed ihr gegeben hatte. Sie konnte kaum glauben, was sie soeben gelesen hatte:

DAS COMMONWEALTH VON GROSSBRITANNIEN
Gouverneur: Tweed

In den nächsten Zeilen folgte eine lange Liste weiterer Posten, neben denen die Namen von bekannten englischen Persönlichkeiten standen.

»Zeigen Sie es den anderen«, sagte Tweed, als Paula ihn ungläubig anstarrte.

»Was hat das zu bedeuten?«, fragte sie, während sie das Blatt an Newman weiterreichte. »Und wieso wird da das Wort Commonwealth in so merkwürdiger Weise verwendet?«

»Weil in Amerika einige Staaten einen solchen Namen tragen. Da gibt es beispielsweise das Commonwealth von Virginia. Was Sie hier sehen, ist der Plan für ein Großbritannien unter der Herrschaft der USA. Wenn er gelingen sollte, würde sich Amerika uns als seinen einundfünfzigsten Staat einverleiben.«

»Glauben Sie wirklich, dass sie das versuchen werden?«

»Ich weiß es. Morgenstern hat es mir bei unserem Essen neulich unverblümt mitgeteilt. Er hat mir eine Menge Gründe dafür dargelegt, weshalb die Amerikaner es aus ihrer Sicht tun müssten. Ich habe die meiste Zeit bloß zugehört, um herauszufinden, was sie vorhaben. Aus irgendeinem Grund hat Morgenstern großes Vertrauen in mich, weshalb ich wohl auch auf dieser Liste ganz oben stehe.«

»Sie würden bestimmt keinen schlechten Gouverneur abgeben«, sagte Newman.

»Aber ich würde mich niemals dafür hergeben. Lieber emigriere ich auf den Kontinent, als dass ich mich in die schmutzigen Pläne der Amerikaner mit hineinziehen lasse. Jetzt, wo Sie dieses Blatt gesehen haben, wissen Sie alle, was für enorme Anstrengungen wir vor uns haben, wenn wir die Amerikaner noch stoppen wollen. Und ich habe das schreckliche Gefühl, dass uns nur sehr wenig Zeit dafür bleibt.«

»Was können wir dagegen tun?«, fragte Marler, während er die Liste an Tweed zurückgab.

»Ich habe mir Kurts Notizbuch angesehen«, antwortete Tweed. »Darin steht der Name eines Ortes: St. Ursanne. Zufälligerweise war ich schon dort – es ist ein hübsches Dorf in der französischsprachigen Schweiz, das langsam zu einer Kleinstadt wird. Dort werden wir noch heute Vormittag hinfahren.«

»Warum?«, fragte Paula.

»Weil Kurt in dem Buch unter dem Stichwort St. Ursanne die Adresse eines Hotels und den Namen einer Frau aufgeschrieben hat. Das Hotel heißt Hôtel d'Or, und die Adresse lautet La Ruelle. Die Frau heißt Juliette Leroy. Diese Eintragungen hat er direkt hinter die Losung ›General Guisan‹ geschrieben. Ich vermute, dass ich es benützen muss, wenn ich mit Juliette Leroy sprechen will. Kurt Schwarz hat sich offenbar gern auf die Verschwiegenheit von Frauen verlassen. Zumindest was Irina anbetrifft, lag er damit nicht verkehrt.«

»Er war ein Mann, zu dem die Frauen sich hingezogen fühlten«, bemerkte Paula. »Auch ich war sehr von seiner sanften Persönlichkeit angetan, als wir gemeinsam in meiner Wohnung zu Abend gegessen haben.«

»Nach dem, was in letzter Zeit geschehen ist, wäre es besser, wenn wir alle mitkommen würden«, sagte Marler an Tweed gewandt. »Aber was ist dann mit dem Schwarzwald? Wenn Ronstadt und Co. dorthin fahren, werden wir ihnen nicht folgen können.«

»Ronstadt fährt in der nächsten Zeit bestimmt nirgendwohin. Nach Keiths Coup in der Bank muss er erst einmal auf frisches Geld warten.«

»Sie klingen so, als wüssten Sie genau, was Ronstadt vorhat«, sagte Paula.

»Ich gehe jede Wette ein, dass ich Recht habe. Trotzdem werde ich Beck darum bitten, die Amerikaner während unserer Abwesenheit im Auge zu behalten. Ich gehe nachher gleich mal hinüber zu ihm. Vielleicht kann ich ihn überreden, dass er zwei Beamte in Zivil am Grenzübergang postiert, die Ronstadt verfolgen könnten, wenn er wider alles Erwarten doch nach Deutschland fahren sollte. Wir aber müssen jetzt herausfinden, was es mit dem Hotel in St. Ursanne auf sich hat. Informationen, die von Kurt Schwarz kommen, haben sich bisher immer als wertvoll herausgestellt.«

»Wenn Sie jetzt zu Beck gehen, komme ich mit«, sagte Newman.

»Gut. Die anderen können sich inzwischen auf unsere kleine Reise vorbereiten. Wir werden übrigens mit dem Zug fahren. Paula, wären Sie vielleicht so freundlich und würden beim Bahnhof nach den Abfahrtszeiten fragen? Wir müssen in einem Ort namens Delémont umsteigen.«

Das Telefon klingelte, und Paula ging ran. Sie bat den Anrufer, einen Augenblick zu warten, und wandte sich an Marler.

»Es ist für Sie. Denise Chatel. Sie sagt, sie hat wichtige Neuigkeiten und will Sie unbedingt sprechen.«

»Geben Sie ihr meine Zimmernummer, und sagen Sie ihr, dass ich dort auf sie warten werde …«

Nachdem Marler den Raum verlassen hatte, sagte Paula: »Ich frage mich, wieso Marler ihr gesagt hat, sein Vorname sei Alec. Nur gut, dass wir Bescheid wissen, um uns nicht zu verplappern.«

»Vielleicht war es der erstbeste Name, der ihm in den Sinn gekommen ist«, mutmaßte Tweed. »Bob, wir warten noch, bis Marler zurückkommt. Ich möchte gern wissen, was Denise als wichtige Informationen bezeichnet.«

»Kommen Sie doch herein, Denise«, sagte Marler und hielt ihr die Tür seines Zimmers auf. »Sie sehen wieder einmal fantastisch aus.«

Denise Chatel trug einen dunkelblauen Hosenanzug und einen bunten Seidenschal.

»Ach, das ist nur mein Arbeitsoutfit«, sagte sie beiläufig, aber Marler merkte trotzdem, dass sie sich geschmeichelt fühlte. »Aber wenigstens hält es warm. Ich habe leider nur sehr wenig Zeit.«

»Aber setzen werden Sie sich doch, oder? Wollen Sie eine Tasse Kaffee? Ich glaube, er ist noch warm.«

»Nein, vielen Dank.« Sichtlich außer Atem ließ sie sich in einen Sessel fallen und faltete die kleinen Hände im Schoß. Marler konnte sehen, wie nervös sie war. »Das, was ich Ihnen jetzt erzählen werde, verstehe ich selbst nicht ganz, aber ich fand es ziemlich bedrohlich.«

»Ich bin ein guter Zuhörer.«

»Vor einer halben Stunde habe ich auf meinem Zimmer einen Anruf von einem Mann erhalten, dessen Stimme mir unbekannt war. Aber es war ein Amerikaner. Er hat gesagt, dass Sharon ganz überraschend ins Hotel Euler gefahren sei und nun wolle, dass ich nachkomme. Ich solle sie in der Bar treffen. Ich habe mir also ein Taxi genommen und bin hingefahren.«

»Was für eine Stimme hatte der Anrufer denn?«

»Sie hat sehr höflich und gebildet geklungen. Außerdem hat er sehr schnell geredet. Ich habe leider in der Eile vergessen, ihn nach seinem Namen zu fragen.«

»Das kann ich verstehen. Aber erzählen Sie doch bitte weiter.«

»Als ich endlich in der Bar des Euler war, konnte ich dort weit und breit keine Sharon entdecken. Ich habe mich an einen Tisch gesetzt und mir einen Kaffee bestellt, in der Annahme, dass sie wohl gleich kommen würde. Kurz danach haben zwei Männer die Bar betreten und sich an den Tisch hinter mir gesetzt. Es waren Amerikaner.«

»Haben Sie diese Männer schon mal gesehen?«

»Nein, nie.«

»Können Sie mir die beiden wenigstens beschreiben?«

»Nur vage. Ich habe sie bloß im Vorbeigehen gesehen. Aber sie waren ein komisches Paar. Der eine war ziemlich klein und gedrungen und der andere sehr groß und dünn. Sie waren mir beide recht unsympathisch.«

»Und dann?«

Denise, die noch immer angespannt und nervös wirkte, fuhr sich mit den Fingern durch das lange dunkle Haar.

»Sie haben sich etwas zu trinken bestellt, und sobald der Kellner das Bestellte gebracht hatte, haben sie eine Unterhaltung angefangen. Sie haben zwar geflüstert, aber ich habe jedes Wort verstanden. Der Dünne hat gesagt, dass am Nachmittag ein Treffen für alle anberaumt worden sei, zu dem auch Charlie kommen würde. Es sollte an Bord eines Rheinkahns namens *Minotaurus* stattfinden.«

»Sind Sie sich sicher, dass Sie den Namen des Schiffes richtig verstanden haben?«

»Ganz sicher, Alec. *Minotaurus.* Wie das kretische Monstrum aus der griechischen Sage. Der Dünne hat also gesagt, dass sie um vier Uhr am Hafen sein müssten und dass es bei der Besprechung darum gehe, Tweed und seine gesamte Organisation auszulöschen. Deshalb habe ich vorher das Wort ›bedrohlich‹ gebraucht. Ich möchte auf keinen Fall, dass Ihnen etwas zustößt, Alec.«

»Ich weiß Ihre Fürsorge sehr zu schätzen. Haben Sie sonst noch etwas gehört?«

»Ja. Und zwar den Vornamen des dünnen Mannes. Er heißt Vernon. Der Untersetzte hat ihn einmal so genannt. Und dann haben die beiden noch davon gesprochen, dass sie nun endlich diesen mysteriösen Charlie kennen lernen würden. Danach sind sie aufgestanden und gegangen. Auch ich bin nicht mehr lange im Euler geblieben und habe mir dann ein Taxi hierher genommen. Keine Ahnung, was mit Sharon los war.«

»Werden Sie ihr von diesem Erlebnis erzählen?«

»Nein. Sie hat ihre eigenen Probleme. Das Schweizer Ehepaar, das sie besucht, hat vor, sich scheiden zu lassen. Sharon versucht, die beiden wieder zusammenzubringen, und möchte, dass sie sich die Sache noch einmal überlegen.«

»Ich bin Ihnen sehr dankbar dafür, dass Sie Ihre Informationen an mich weitergegeben haben, Denise.«

»Ich muss jetzt gehen. Sharon hat mir eine Menge unerledigte Arbeit aufgehalst, die sie von London mitgebracht hat.« Denise stand auf und ging zur Tür. Als Marler sie zum Abschied umarmte, lächelte sie. »Passen Sie gut auf sich auf.«

»Darin habe ich einige Erfahrung.«

»Ach, eines habe ich noch vergessen«, sagte Denise, während sie hinaus auf den Gang trat. »Der dünne Mann hat gesagt, dass ein gewisser Jake das Treffen auf der *Minotaurus* einberufen habe …«

»Denise hat mir einiges erzählt«, verkündete Marler, als er wieder zurück in Tweeds Zimmer war.

»Wir haben noch Zeit«, sagte Paula. »Ich habe am Bahnhof angerufen. Den Zug nach Delémont haben wir gerade verpasst, und der nächste fährt erst in einer Stunde.«

»Aber wir haben noch eine Menge zu tun«, warnte Tweed. »Ich muss hinüber in die Spiegelgasse und mit Beck sprechen. Also, was gibt's zu erzählen, Marler?«

Während Marler von seinem Gespräch mit Denise Chatel berichtete, hörten alle im Raum ihm schweigend zu. Tweed lehnte sich in seinem Stuhl zurück und nahm die Informationen mit halb geschlossenen Augen auf.

»Erstaunlich, dass Charlie an Bord des Lastkahns sein wird«, sagte er, nachdem Marler seinen Bericht geendet hatte. »Jetzt kann ich Beck gleich noch viel mehr erzählen. Sie kommen mit Denise recht gut aus, Marler, nicht wahr?«

»Sie ist eine nette Frau.«

Etwas in seinem Ton ließ Paula einen Blick auf Marler werfen. Hatte er sich am Ende in Denise verliebt? Gleich fiel ihr ein, wie begeistert Newman von Sharon war. Die beiden Frauen hatten einen mächtigen Eindruck auf ihr Team gemacht.

»Können Sie noch mal die Beschreibung wiederholen, die Denise von diesem Vernon gegeben hat?«, bat Newman.

»Nun, sie hat ihn als sehr groß und dünn bezeichnet.«

»Und sie hat gesagt, dass sein Name Vernon sei. Ich glaube, wir haben es hier tatsächlich mit diesem Vernon Kolkowski zu tun. Wir sollten ihn lieber im Auge behalten. Wie schon gesagt, ich habe einmal in New York ein Foto von ihm in der Verbrecherkartei gesehen. Ein knallharter Mörder.«

»So, jetzt muss ich aber hinüber zu Beck«, sagte Tweed und stand auf. »Bob, Sie kommen mit mir. Paula, Sie schreiben Marler die Abfahrtszeit des nächsten Zuges nach St. Ursanne auf einen Zettel. Und Sie beide« – er blickte hinüber zu Butler und Nield – »fahren zusammen mit Paula und Marler zum Hauptbahnhof. Die Trambahnstation ist dort, wo wir den Kampf mit den Regenschirmmännern hatten. Nehmen Sie die Linie eins oder acht. Wir treffen uns dann im französischen Bahnhof. Ich habe eine Menge mit Beck zu besprechen, besonders jetzt, wo wir von dem Treffen auf dem Lastkahn wissen.«

Tweed nahm seinen Mantel von der Garderobe und drehte sich noch einmal um.

»Sie haben Denise Chatel gerade als nette Frau bezeichnet«, sagte er zu Marler. »Aber denken Sie bei aller Sympathie für sie immer daran, dass wir in diesem Spiel niemandem trauen können. Absolut niemandem. Was ich gesagt habe, gilt übrigens nicht nur für Marler, sondern für Sie alle.«

Jake Ronstadt stand in seiner Suite im Euler vor dem Telefon und rief in einem anderen Zimmer im selben Hotel an. Ronstadt hielt es nie lange im Sitzen aus. Seit seiner Kindheit im New Yorker Stadtteil Hoboken, der nicht gerade eine vornehme Gegend war, zog er es vor, in Bewegung zu bleiben.

»Leo, bist du das?«, fragte er, als am anderen Ende der Leitung der Hörer abgenommen wurde. Gleich darauf bellte er los: »Verdammt noch mal, Vermittlung, was ist denn das für eine miese Verbindung?«

Als keine Antwort kam, wusste Ronstadt, dass die Telefonistin nicht mithörte. Das, was er Leo zu sagen hatte, war nicht für fremde Ohren bestimmt.

»Leo, hast du die Männer eingeteilt, die das Hotel Drei Könige überwachen sollen?«

»Klar, Boss. Einer steht gerade dort, und ich werde in fünf Minuten selbst hinüberfahren und ihn ablösen.«

»Die Typen, mit denen wir es zu tun haben, sind mit allen Wassern gewaschen. Meinst du, die werden deinen Mann erkennen? Oder dich?«

»Keine Chance. Wir haben uns wie Schweizer angezogen und tun so, als würden wir auf die Straßenbahn warten. In der Nähe des Hotels gibt es eine Haltestelle. Weil da mehrere Linien fahren, fällt es auch nicht weiter auf, wenn wir nicht einsteigen.«

»Das klingt, als hättet ihr die Sache im Griff«, sagte Ronstadt widerstrebend. »Aber ruft mich sofort von euren Handys aus an, wenn ihr einen von den Engländern seht. Ich habe euch ja eine Beschreibung von Tweed und Paula Grey gegeben, und ihr habt Bilder von Newman. So, und jetzt leg auf und beweg dich!«

24

Paula stieg als Erste in die Trambahn, gefolgt von Nield und Butler. Nield setzte sich ein wenig abseits von Paula und tat so, als würde er sie nicht kennen. Butler folgte seinem Beispiel. Der Trambahnzug bestand aus drei miteinander verbundenen grünen Wagons und war etwa zu einem Viertel voll.

Marler, der sich noch die Wartenden an der Haltestelle angesehen hatte, war der Letzte, der einstieg. Alle waren ihm wie normale, in dicke Winterkleider gehüllte Schweizer Bürger vorgekommen. Direkt vor ihm stieg ein mondgesichtiger Mann ein und ging in den hinteren Teil des letzten Wagens. Marler setzte sich neben Paula.

»Ich verstehe nicht, weshalb Tweed wollte, dass ich Ihnen die Abfahrtszeit des Zuges noch einmal extra aufschreibe. Sie fahren doch mit mir.«

»Tweed ist eben ein schlauer Fuchs. Wenn wir am Bahnhof

sind, kaufen Sie Fahrscheine für sich und Nield, während ich welche für Butler und mich besorge. So werden wir nicht miteinander in Verbindung gebracht, falls jemand von der Gegenseite uns beobachtet. Schließlich befindet sich ja der Bahnhof in der Nähe des Hotels Euler.«

»Stimmt. Wieso habe ich nicht selbst daran gedacht? Ich muss noch halb geschlafen haben.«

»Keine Angst, wenn es heiß hergeht, werden Sie gleich hellwach.«

»Was haben Sie denn in der Tasche da?«

»Eine Thermosflasche mit Kaffee, ein paar Orangen und andere Dinge zum Essen. Nur für den Fall, dass wir ein Picknick machen wollen.«

»Bei diesem Wetter sicher nicht.«

Als sie an der Stelle vorbeikamen, an der sich der Zwischenfall mit den Regenschirmmännern ereignet hatte, blickte Paula stur geradeaus. Die Trambahn fuhr auf einer kurvigen Strecke nach oben, da der Bahnhof auf einer Anhöhe über dem Rhein lag.

An der Haltestelle Bankverein sah Paula kurz das Gebäude der Zürcher Kreditbank, bevor sich die Trambahn wieder in Bewegung setzte. Verstohlen betrachtete sie dann die anderen Fahrgäste, die alle mit stumpfen Blicken nach draußen starrten. Es muss doch kälter sein, als sie es gewohnt sind, dachte Paula, während sie noch einmal auf Marlers Tasche deutete.

»Und außer dem Kaffee und dem Essen ist nichts drin?«, fragte sie.

»Na ja«, sagte Marler gedehnt und senkte die Stimme. »Ein paar Waffen habe ich schon auch dabei, unter anderem eine .32er Browning, damit eine gewisse Dame sich nicht nackt fühlen muss.«

»Aber vielleicht werden wir irgendwo kontrolliert«, gab Paula zu bedenken.

»Genau das ist ein weiterer Grund, einzelne Fahrscheine zu kaufen. Wenn man mich aufhält, dann kommt wenigstens ihr durch.«

»Sie denken wirklich an alles. Ah, da ist ja schon der Bahnhof.«

Der mondgesichtige Mann auf der hintersten Sitzbank zog ein Handy aus seiner Manteltasche, drehte sich zur Seite und tippte eine Nummer ein. Nachdem er rasch etwas hineingeflüstert hatte, steckte er das Handy wieder ein. Es war Paula, die er anhand von Jakes detaillierter Beschreibung erkannt hatte.

»Wer ist dran?«, raunzte Ronstadt in sein Handy.

»Hier spricht Leo Madison ...«

»Was gibt's, Mondgesicht?«

»Ich sagte: Hier spricht Leo Madison.«

»Ich in nicht taub, Mondgesicht. Also spuck's schon aus. Gibt es was Neues von den Drei Königen?«

»Paula Grey und drei andere Leute sind am Bahnhof und wollen mit dem Zug nach St. Ursanne fahren. Dazu müssen sie in Delémont umsteigen. Ich habe mir selbst eine Fahrkarte gekauft und ...«

»Moment mal. Wo ist das Kaff? Dieses St. Sowieso?«

»St. Ursanne. Das ist im Süden, im Schweizer Jura. In der französischsprachigen Schweiz.«

»Ich hab's«, sagte Ronstadt, der eine Karte der Schweiz vor sich auf dem Tisch ausgebreitet hatte. »Wirf deine Fahrkarte weg.«

»Was soll ich machen?«

»Du hast gehört, was ich gesagt habe. Im Zug werden sie dich garantiert entdecken. Nimm dir ein Taxi zum Flughafen. Wir haben dort einen Hubschrauber. Ich werde den Piloten anrufen und ihm sagen, dass er sich bereithalten soll. Und dann verfolgt ihr diesen Zug und schaut, ob die verdammten Engländer auch wirklich in Delémont umsteigen. Hast du deine Verkleidung noch?«

»Die habe ich immer bei mir. Der ausziehbare Stock steckt in meinem Gürtel und die dunkle Brille habe ich in meiner Manteltasche.«

»Dann benütze sie, wenn du sie in diesem Sankt Weiß-der-Himmel verfolgst. Ich wette, dass sie sich dort mit jemandem treffen wollen. Wer immer das auch sein mag, du musst ihn eliminieren. Kapiert?«

»Aber der Zug fährt in fünf Minuten …«

»Mondgesicht, jetzt zerreiß deinen gottverdammten Fahrschein und fahr zum Flugplatz. Das letzte Mal, als du mich angerufen hast, warst du in derselben Trambahn mit den Engländern. Diese Leute sind verdammt gerissen. Wenn die dich im Zug noch einmal sehen, wissen sie, was los ist. Also nimm dir jetzt ein Taxi und ab zum Flugplatz!«

»Mein Name ist Leo. Das nächste Mal, wenn Sie mich Mondgesicht nennen, klebe ich Ihnen eine. Und jetzt fahre ich zum Flugplatz …«

»Wenn du noch einmal so mit mir redest, dann hast du nichts mehr, womit du mir eine kleben könntest!«

Ronstadt schaltete das Handy aus. Das Mondgesicht hatte den Anruf doch tatsächlich einfach unterbrochen. »Den Mistkerl bringe ich um«, knurrte er vor sich hin. Der Mann ist einer von denen, die nicht zu bändigen sind, dachte Ronstadt und erinnerte sich daran, dass das Mondgesicht bei einem anderen Auftrag einem Baby ungerührt einen Genickschuss verpasst hatte. Er schüttelte sich und rief den Piloten an.

Im französischen Bahnhof gab es zwar eine Passkontrolle, aber hinter dem Zollschalter saß niemand, sodass Marler mit seiner Tasche keine Probleme bekam. Tweed und Newman stießen wenige Minuten vor Abfahrt des Zuges zu den anderen. Paula erwartete sie mit ihren Fahrkarten und rannte dann mit ihnen zusammen zum Bahnsteig. Nield und Butler saßen im letzten Wagon, der leer gewesen war, als sie einstiegen. Marler hatte sich zu ihnen gesellt und sah aus dem Fenster, als Paula, Tweed und Newman im letzten Augenblick auf den Zug sprangen.

»Das war knapp«, sagte Paula keuchend, als der Zug sich in Bewegung setzte.

»So was Ähnliches hat Wellington in Waterloo auch gesagt«, erwiderte Tweed.

Marler schaute weiter aus dem Fenster, bis der Zug den Bahnsteig hinter sich gelassen hatte. Als er sich setzte, fragte ihn Tweed, wonach er denn Ausschau gehalten habe.

»Ich habe mir die Gesichter der Leute in der Trambahn gemerkt. Keiner von ihnen ist in diesen Zug gestiegen.«

»Damit dürften wir sie wohl abgehängt haben«, sagte Paula.

»Hoffen wir's mal«, entgegnete Tweed.

»Sie haben doch an allem Ihre Zweifel.«

»Stimmt. Nur deshalb bin ich noch am Leben.«

»Wie war denn Ihr Treffen mit Beck?«, fragte Paula.

»Beck war sehr hilfsbereit. Wir haben zusammen einige Vorkehrungen getroffen. Vor vier Uhr heute Nachmittag müssen wir wieder zurück im Polizeipräsidium sein.«

»Wenn wir Glück haben, schaffen wir das«, sagte Paula, nachdem sie den Fahrplan konsultiert hatte. »Vom Bahnhof in St. Ursanne geht man gute zehn Minuten in den Ort. Ich habe das Gefühl, dass Sie sehr gespannt auf diese Juliette Leroy sind, die wir im Hôtel d'Or treffen wollen.«

»Ich halte große Stücke auf Kurt Schwarz.«

»Was hat Beck eigentlich zu dem Treffen auf dem Rheinkahn gesagt?«

»Er hat mich darüber aufgeklärt, dass die *Minotaurus* vor einigen Jahren in ein schwimmendes Hotel mit Konferenzzentrum umgebaut wurde. Auf dem Schiff gibt es Sitzungssäle, eine Bar, ein Restaurant und alle modernen Kommunikationseinrichtungen. Der Besitzer wurde heute von einem Amerikaner namens Davidson angerufen, der die *Minotaurus* für eine ganze Woche gemietet hat.«

»Davidson?«

»Ich glaube, dass es sich dabei in Wirklichkeit um Jake Ronstadt gehandelt hat. Beck hat vor, den Kahn von einem Polizeiboot verfolgen und aufhalten zu lassen. Dann will er die Amerikaner an Bord festnehmen und verhören. Als Vorwand dazu dienen ihm die toten Männer mit den Regenschirmen.«

»Wie das?«, fragte Paula.

»Die Männer haben Waffen getragen und alle im Hotel Euler gewohnt. Also glaubt Beck, dass er auch bei den Leuten an Bord des Kahns Waffen finden wird.«

»Schade, dass wir nicht dabei sein können.«

»Doch, das werden wir. Beck leiht uns ein Boot und ich habe ihn außerdem um ein Megaphon gebeten, das er mir ebenfalls zur Verfügung gestellt hat. Ich habe es noch rasch in mein Hotelzimmer gebracht, bevor Bob und ich mit einem Taxi zum Bahnhof gefahren sind.«

»Wozu brauchen Sie denn ein Megaphon?«

»Es kann nicht schaden, wenn man eines dabeihat...«

Tweed verstummte und widmete sich seinen Gedanken, während Paula aus dem Fenster schaute. Der Zug hatte Basel verlassen und fuhr nun durch einen sonnigen Wintertag mit strahlend blauem Himmel. Paula war froh, aus der Stadt zu kommen. Obwohl ihr Basel bei ihrem ersten Besuch zusammen mit Tweed sehr gefallen hatte, waren ihr jetzt die grauen alten Häuser wie die Mauern einer finsteren Festung vorgekommen.

Ihr war klar, dass dieser Eindruck einerseits auf das deprimierende Wetter und andererseits auf die Geschehnisse des vergangenen Tages zurückzuführen war. Der Tod der Regenschirmmänner und Nields Erzählung von dem Gorilla, der drauf und dran war, Irina zu foltern, steckten ihr noch in den Knochen. Der Zug fuhr jetzt durch eine tiefe Schlucht, deren hohe Kalksteinwände links und rechts neben den Gleisen emporragten. Paula brachte das Gesicht ganz nahe an die Scheibe und spähte nach oben, wo sie die Gipfel der schneebedeckten Berge sehen konnte. Im Zug war es so warm, dass alle ihre Mäntel ausgezogen hatten.

»Das ist der Jura«, sagte Tweed. »Nicht so hoch wie die Berge des Berner Oberlands, aber ich mag ihn gerade deswegen. Hier hat man wenigstens nicht ständig das Gefühl, dass einem Millionen Tonnen Fels auf den Kopf fallen könnten.«

Als der Zug die Schlucht verlassen hatte, breiteten sich zu beiden Seiten der Bahnstrecke weite Felder aus. Hin und wieder waren einsame Bauernhöfe zu sehen, von denen manche eine große Scheune hatten. Das war die Schweiz, wie man sie von den Postkarten kannte.

»Sieht so aus, als hätten wir Ronstadt und seine Gorillas abgeschüttelt«, bemerkte Newman.

»Im Zug ist jedenfalls keiner von ihnen«, stimmte Marler ihm zu.

»Ich fühle mich jedenfalls sicher«, sagte Paula. »Und endlich mal wieder richtig zufrieden mit der Welt. Die Sonne ist wunderbar.«

Kaum hatte sie das gesagt, bemerkte sie den Hubschrauber, der in einer Entfernung von einem halben Kilometer neben dem Zug herflog. Als sie ihn sah, kam Paula ihr Erlebnis in der Romney Marsh wieder in den Sinn.

»Der wird wohl den Verkehr überwachen«, sagte Tweed. »Das ist in der Schweiz so üblich.«

»Mich erinnert der Helikopter an etwas, was ich Ihnen noch gar nicht erzählt habe«, begann Paula zögerlich. »Als ich neulich zum Bunker gefahren bin, um mit Cord Dillon zu sprechen, war da plötzlich ein Hubschrauber über mir. Zum Glück war es ziemlich wolkig. Deshalb konnte ich auch unbemerkt mit dem Wagen in eine offen stehende Scheune fahren. Ich habe noch gehört, wie der Helikopter eine ganze Weile über der Scheune gekreist ist, bevor er dann wieder verschwunden ist und ich weiterfahren konnte.«

»Das war klug von Ihnen«, sagte Tweed. »Der Bunker ist inzwischen unser wichtigstes Operationszentrum. Bevor wir hierher geflogen sind, habe ich das Personal dort noch zusätzlich verstärkt, sodass jetzt in der Park Crescent nur noch einige wenige Leute sind. Howard fand die Idee gut. Er steht übrigens ständig mit dem Bunker in Verbindung.«

»Das ist aber eine ziemlich drastische Maßnahme«, sagte Paula. »Warum haben Sie das getan?«

»Es dürfte Ihnen allen ja wohl inzwischen klar geworden sein, dass wir den mächtigsten Staat der Erde zum Gegner haben. Amerika verfügt über unerschöpfliche Ressourcen und unglaublich viel Geld. Es hat eine Weile gedauert, bis ich begriffen habe, dass die Amerikaner tatsächlich darauf aus sind, sich England einzuverleiben. Der Gedanke schien mir zu abwegig und monströs, um wahr zu sein, aber seit meinem Essen mit Morgenstern ist das nicht mehr so. Ein weiterer schlagender Beweis ist die Akte, die Pete und Harry aus der amerikanischen Botschaft gestohlen haben. Nur wenn wir sehr umsichtig vorgehen und eine Menge Glück haben, können wir die Amerikaner noch aufhalten. Aber machen Sie kein so ernstes Gesicht, Paula. Wir sind gleich in Delémont, wo wir umsteigen müssen. St. Ursanne wird Ihnen gefallen.«

An Bord des Hubschraubers nahm Leo Madison – oder Mondgesicht, wie Ronstadt ihn abfällig nannte – ein starkes Fernglas vom Gesicht und beugte sich hinüber zu dem Piloten.

»Von jetzt an müssen wir unsere Taktik ändern«, sagte er. »Wir wollen schließlich nicht, dass die da unten auf uns aufmerksam werden. Der Zug fährt gerade in Delémont ein. Können Sie die Maschine ruhig halten, damit ich hinunter auf die Bahnsteige schauen kann?«

Der Pilot verlangsamte den Hubschrauber, bis er auf der Stelle schwebte. Durch sein Fernglas konnte Leo ganz deutlich erkennen, wie Paula Grey, Tweed und Newman aus dem Zug stiegen. Bei ihnen waren drei weitere Männer, die er nicht kannte. Er sah, wie die Gruppe eilig zu einem anderen Zug ging, der auf dem gegenüberliegenden Bahnsteig bereitstand. Als der Zug langsam anfuhr, ließ er das Fernglas sinken.

»Jetzt folgen Sie diesem Zug da«, sagte er zum Piloten. »Aber wechseln Sie ab und zu die Flugrichtung, damit niemand Verdacht schöpft.«

Wieder hatten Tweed und seine Leute einen Wagon ganz für sich allein. Als der Regionalzug hinaus auf offenes Land fuhr, nahm Paula die Augen nicht vom Fenster. Die Landschaft draußen war wunderschön. Auf den Buckelwiesen neben dem Gleis zeigte sich schon der erste Hauch von Grün, und, so weit das Auge reichte, breiteten sich sanfte Hügel aus, aus denen hin und wieder ein schlanker Kirchturm ragte. Der Hubschrauber war verschwunden.

»Da haben Sie sich wohl umsonst Sorgen gemacht«, meinte Newman. »Von unserem fliegenden Begleiter ist nichts mehr zu sehen.«

Kurz darauf fuhr der Zug in einen Tunnel. Paula, die spürte, wie sie ruhiger wurde, lehnte sich zurück, lauschte dem Rumpeln der Räder und freute sich auf St. Ursanne, von dem Tweed so geschwärmt hatte. Sie schloss die Augen und schlief fast ein, aber als der Zug dann plötzlich aus dem Tunnel wieder ans Sonnenlicht kam, war sie mit einem Schlag wieder hellwach.

Jetzt waren in der Ferne höhere Berge mit steileren Flanken zu erkennen. Nirgendwo war mehr ein Dorf zu sehen. Paula bemerkte einen Wagen auf der Straße, die parallel zum Schienenstrang verlief. Die Strecke stieg allmählich an.

»Da ist er wieder«, sagte sie.

»Wer?«, fragte Marler.

»Der Hubschrauber. Hört ihr nicht das Knattern seiner Rotorblätter? Wahrscheinlich fliegt er direkt über dem Zug.«

»Ich glaube, Sie haben Recht«, sagte Marler.

»Aber woher sollen die denn wissen, wo wir hinfahren?«, warf Nield ein.

»Da ist was dran«, sagte Tweed.

Er war bemüht, Paula zu beruhigen, aber er glaubte nicht, was er sagte. Inzwischen hielt er es für eine gute Idee, dass Marler die Waffen mitgenommen und vorhin an alle verteilt hatte. Ein Hubschrauber in der Nähe der Romney Marsh. Und jetzt ein weiterer hier im Jura. Das sah ganz nach den Amerikanern aus, die offenbar über unbegrenzte Ressourcen verfügten. Tweed blickte auf die Uhr. Sie waren fast in St. Ursanne.

»Wir werden bald da sein«, sagte er. »Gut, dass das Wetter so schön ist. Wie gesagt, brauchen wir vom Bahnhof in die Ortschaft gute zehn Minuten, vielleicht auch eine Viertelstunde …«

Als der Zug in den Bahnhof fuhr, ließ der Pilot den Hubschrauber nach oben steigen und entfernte sich in einer weiten Kurve. Auf diese Weise hoffte er, die Leute im Zug darüber hingwegzutäuschen, dass er ihnen gefolgt war. Kurz zuvor hatte Leo den kleinen Bahnhof mit dem Fernglas angeschaut und auf einem Schild den Namen St. Ursanne gelesen.

»Sehen Sie das Dorf da hinten?«, fragte er den Piloten.

»Ja.«

»Fliegen Sie mich dorthin, und landen Sie so nahe am Ortskern wie möglich. Dort lassen Sie mich aussteigen und warten so lange, bis ich zurückkomme.«

»Okay.«

Während der Pilot den Hubschrauber auf das Dorf zu lenkte, bemerkte er, wie sein Passagier auf dem Sitz herumrutschte und offenbar seinen Sicherheitsgurt löste. Weil er sich auf die Suche nach einem geeigneten Landeplatz konzentrieren musste, ließ er ihn gewähren.

»Da können wir runtergehen«, sagte er und deutete auf eine freie Wiese am Ortsrand.

»Landen Sie, kurz bevor der Zug in den Bahnhof fährt. Ich sage Ihnen, wann.«

»Okay.«

Dann schaute der Pilot hinüber zu seinem Passagier und erschrak. Fast hätte er den Mann nicht mehr als Leo Madison erkannt.

25

»So, da wären wir«, sagte Tweed, als sie auf dem leeren Bahnsteig standen.

»Außer uns ist niemand ausgestiegen«, sagte Paula.

»Was zu dieser Jahres- und Tageszeit auch nicht weiter verwunderlich ist«, entgegnete Marler.

Tweed war in Eile. Raschen Schrittes verließ er den Bahnhof und begann, gefolgt von den anderen, eine schmale Straße hinunterzugehen. Sie führte an einer Felswand entlang steil nach unten. Nirgends war ein Fahrzeug zu sehen. An einer Kurve blieb Tweed stehen und deutete nach vorn.

»Das ist St. Ursanne.«

Die Schönheit der in helles Sonnenlicht getauchten Ortschaft raubte Paula fast den Atem. Sie bestand aus jahrhundertealten

Häusern, die sich im Talgrund eng aneinander schmiegten und aus deren Mitte ein spitzer Kirchturm pfeilgerade in den Himmel ragte. St. Ursanne war eine Idylle.

Linker Hand der verlassenen Straße fiel die Felswand steil nach unten ab, wo ein kleiner Fluss durch Wiesen und Felder auf den Ortsrand zu mäanderte. Paula deutete hinab.

»Wissen Sie, wie dieser Fluss heißt?«, fragte sie Tweed.

»Das ist der Doubs, der auch in dem Roman *Rot und Schwarz* von Stendhal erwähnt wird. Aber jetzt müssen wir wirklich weiter. Wir haben es eilig.«

Noch bevor er richtig ausgesprochen hatte, hatte sich Tweed schon wieder in Bewegung gesetzt und ging mit weit ausholenden Schritten die immer steiler werdende Straße hinunter. Seine Beine bewegten sich dabei auf und ab wie die Kolben eines Motors. Die anderen hatten Mühe, ihm hinterherzukommen.

»Gibt's da unten was umsonst?«, rief Nield von hinten.

Tweed gab keine Antwort. Er schien sich nur darauf zu konzentrieren, sein Ziel so schnell wie möglich zu erreichen. Bald tauchte auf der linken Straßenseite ein Gehsteig auf, aber Tweed ignorierte ihn und blieb in der Mitte der Straße. Paula, die ihn jetzt eingeholt hatte, musste fast rennen, um mit ihm Schritt zu halten. Erst als sie kurz vor der Ortschaft waren, blieb Tweed stehen. Sie waren vor einem der alten Bauernhöfe angelangt, die in den Hang gebaut waren.

»Von hier ab müssen wir vorsichtig sein«, sagte er, als alle zu ihm aufgeschlossen hatten.

»Wenigstens ist der Hubschrauber verschwunden«, sagte Paula. »Ich frage mich, ob wir Juliette Leroy nicht hätten anrufen und auf unseren Besuchen vorbereiten sollen.«

»Nein, das wäre falsch gewesen«, widersprach ihr Tweed. »Bestimmt will sie uns sehen, bevor sie uns etwas sagt. Bei Irina war das genau so.«

»Hört ihr das?«, fragte Marler.

Tapp … tapp … tapp …

Ein seltsames Geräusch durchdrang die heiter Stille des sonnigen Nachmittags. Wie auf Kommando drehten sich alle um und sahen, wie ein Mann langsam durch den Garten des Bauernhofes hinter ihnen ging. Er hatte einen langen, weißen Stock in der Hand, mit dem er die niedrigen Stufen abtastete, die vom Haus zu dem niedrigen Gartentor führten. Als er es erreicht hatte, öffnete er es umständlich, trat langsam hinaus auf die Straße und zog das Tor hinter sich zu. Dann setzte er sich wieder in Bewegung und schlurfte langsam die Straße entlang.

Tapp ... tapp ... tapp ...

Der Mann trug einen dicken Mantel, in dem es ihm in der Sonne sicherlich bald zu warm werden würde, und einen Schweizer Schlapphut. Die Augen waren hinter einer dunklen Brille verborgen. Er ging mit gesenktem Kopf und bewegte seinen Stock, der Paula an eine ausziehbare Autoantenne erinnerte, vor sich von einer Seite auf die andere, bis dessen mit einem Gummipfropfen versehene Spitze gegen die Kante des Gehsteigs schlug.

»Der arme Kerl ist blind«, flüsterte Paula.

»Gehen wir ihm aus dem Weg und lassen ihn vorbei«, sagte Tweed.

Sie gingen auf die andere Straßenseite und warteten schweigend, bis der Mann mit der dunklen Brille an ihnen vorbeigeschlurft war. Offenbar hatte er sie gar nicht bemerkt. Direkt vor ihm war ein alter, aus Feldsteinen gemauerter Turm mit einer Durchfahrt, die genau so hoch und breit war, dass ein beladener Bauernwagen durch sie hindurchpasste. Der Blinde hob den Stock und tastete damit die Wand des Turmes ab, bevor er durch den Torbogen hindurchging.

»Das ist bestimmt ein Einheimischer«, sinnierte Paula. »Wahrscheinlich findet er sich hier als Blinder besser zurecht als wir.«

Als der Mann schon ein Stück weit in der Ortschaft war, blieb er stehen und holte eine Pfeife aus seiner Manteltasche. Mit dem Daumen drückte er den Tabak darin zusammen, bevor er ihn mit einem Feuerzeug anzündete. Dann setzte er sich langsam wieder in Bewegung.

»Also los«, sagte Tweed.

Die Straße hinter dem Torturm hieß *Rue du 23 juin*, wie Paula an einem Schild an einer Hauswand erkennen konnte. Tweed blieb stehen und schaute nach links, wo ein paar Stufen hinauf zum Hôtel La Couronne führten.

»Dort können wir nach dem Weg fragen«, sagte Tweed und deutete hinauf zu der Tür des Hotels.

Paula schüttelte den Kopf. »Das glaube ich nicht.«

Sie deutete auf ein kleines Schild in einem Fenster neben der Tür, auf dem *fermé* stand. Geschlossen. Tweed zuckte mit den Schultern, während Paula den Blick durch die Hauptstraße des Ortes wandern ließ. Sie war fasziniert von den eng aneinander gebauten alten Häusern, die mit ihren verschieden hohen Schindeldächern und gelb, ocker und cremefarben gestrichenen Fassaden aussahen wie aus einem Märchenbuch.

»Das sieht geradezu paradiesisch aus«, sagte sie. »Und so ruhig. Bis auf den Blinden scheint kein Mensch auf der Straße zu sein. Aber wie sollen wir unser Hotel finden, wenn wir niemanden fragen können?«

»Lesen Sie doch mal das Straßenschild da drüben! Da steht La Ruelle.« Tweed ging bis zur nächsten Seitenstraße und blickte hinein. »Sehen Sie, da haben wir auch schon unser Hôtel d'Or.«

Paula folgte Tweed zu einer Treppe, die zur Tür des Hotels hinaufführte. Hinter den Fenstern daneben hingen angegilbte Gardinen. Tweed drückte auf den Klingelknopf. Nach kurzer Zeit wurde die Tür von einer großen, schlanken und attraktiven Frau Anfang fünfzig geöffnet. Als sie Tweed und Paula sah, band sie sich rasch die Schürze ab.

»Sprechen Sie Englisch?«, fragte Tweed.

»Ja, Monsieur. Kann ich Ihnen behilflich sein?«

»Ich komme von General Guisan.«

»Bitte, treten Sie doch ein«, sagte die Frau und blickte an Tweed vorbei in die Gasse, wo Newman und die anderen drei standen. »Sind das Ihre Freunde?«

»Sind Sie Juliette Leroy?«

»Ja.«

»Diese Leute gehören zu mir, aber ich wollte Ihnen nicht mit einer so großen Gruppe ins Haus fallen.«

»Das macht doch nichts. Bitten Sie Ihre Freunde doch herein.«

Die Frau führte sie in einen großen Raum, der offenbar als Speisesaal diente. Die mit Kiefernholz getäfelten Wände verliehen ihm eine gemütliche Atmosphäre. An seiner hinteren Wand befand sich eine gut bestückte Bar. Neben dem Durchgang zur Küche hingen einige Gemälde mit dicken Goldrahmen, die Landschaften aus dem Jura darstellten. Einer der Tische war für zehn Personen gedeckt, aber auf den anderen lagen nicht einmal Tischtücher.

»Ich wusste, dass Sie irgendwann einmal kommen würden«, sagte Juliette Leroy. »Ich soll Ihnen etwas von Albert übergeben.«

»Wer ist Albert?«, fragte Tweed erstaunt. »Der Freund, dessentwegen ich hier bin, heißt Kurt.«

»Entschuldigen Sie bitte, das war nur ein kleiner Test. Einen Augenblick, bitte.«

Sie ging in die Küche und zog eine Schublade mit Besteck aus einem der Schränke. Dann stellte sie die Schublade mit der Kante auf einen der Tische und langte an die Unterseite, von wo sie einen Umschlag entfernte, der dort mit einem Klebeband befestigt war. Nachdem sie die Schublade wieder in den Schrank geschoben hatte, brachte sie Tweed den Umschlag.

»Bitte schön. Wie Sie sehen, hat Kurt auf der Rückseite des Umschlags unterschrieben. Haben Sie Hunger?«

»Wir wollten uns nicht aufdrängen …«

»Nun sagen Sie schon.« Als sie mit ihren blaugrauen Augen Tweed geradewegs sah, erkannte er, dass er es bei Juliette Leroy mit einer starken Persönlichkeit zu tun hatte. Gleichzeitig lächelte sie ihn strahlend an. »Mögen Sie *filet de perche* mit *pommes frites*? Die meisten Engländer sind ganz verrückt danach. Wie Sie sehen, ist der Tisch schon gedeckt.«

»Aber doch wohl nicht für uns, Mademoiselle.«

»Madame. Ich bin Witwe. Die Leute, die diesen Tisch bestellt haben, kommen erst am Abend. Ich habe genug eingekauft, das reicht auch für Sie und Ihre Freunde.«

Tweed schaute auf die Uhr. Auf einmal hatte er enormen Hunger. Was Madame Leroy ihm eben angeboten hatte, war eines seiner Leibgerichte.

»Wir müssen in einer Stunde wieder am Bahnhof sein, damit wir den Zug nach Basel noch erwischen.«

»Das schaffen Sie. Nehmen Sie doch bitte Platz.«

Madame Leroy ging in die Küche, stellte ein paar Pfannen auf den Herd und holte Lebensmittel aus einem großen Gefrierschrank. Als alle sich gesetzt hatten, bemerkte Paula, dass die Haustür nicht richtig zu war. Als sie hinging, um sie zu schließen, sah sie, wie sich draußen auf der Straße etwas bewegte. Neugierig geworden, trat sie hinaus auf den Treppenabsatz. Nirgends auf der Straße, von der mehrere kleinere Gässchen abgingen, war jemand zu sehen. Dann muss ich mich wohl getäuscht haben, dachte Paula. Sie schloss die Tür und setzte sich neben Tweed an den Tisch.

Schneller als Tweed es erwartet hatte, zauberte Madame Leroy sechs Teller mit wunderbar aussehendem Fischfilet auf den Tisch. Sie nahm Tweed gegenüber Platz und bemerkte, dass er bereits etwas von dem herrlich knusprigen Weißbrot gegessen hatte. Sie lächelte.

»Sie müssen wirklich hungrig sein.«

»Das ist mit das beste Brot, das ich seit langem gegessen habe«, sagte Tweed. »Haben Sie vielen Dank, Madame.«

»Es ist mir eine Freude, Sie zu bewirten«, erwiderte Juliette und ließ den Blick über Newman, Nield, Butler und Marler wandern, bis er schließlich auf Paula zur Ruhe kam. »Und es freut mich, wenn es Ihnen schmeckt.«

Was für eine nette Frau, dachte Paula. Sie strahlt einfach gute Laune aus und mag es, wenn es anderen Leuten gut geht. Schade, dass es nicht mehr von ihrer Sorte gibt.

»So Leid es mir tut, aber wir müssen jetzt gehen«, sagte Tweed kurze Zeit später. »Wie schon gesagt, wir müssen unseren Zug nach Basel erreichen.«

Er und die anderen standen auf. Tweed bestand darauf, das Essen zu bezahlen, was Madame Leroy freundlich, aber bestimmt ablehnte.

»Aber Sie betreiben ein Hotel und müssen von etwas leben!«, protestierte Tweed.

»Machen Sie doch einfach mal Urlaub bei mir«, erwiderte Madame Leroy, »dann können Sie Ihr Geld loswerden.«

Zögernd steckte Tweed seine Brieftasche wieder weg. Gegen diese Frau hatte er keine Chance.

»Madame Leroy ...«, begann er mit resignierter Miene.

»Bitte, nennen Sie mich Juliette.«

»Gut, Juliette, wir kommen bestimmt einmal in Ihrem wunderschönen Ort Urlaub machen. Und dann werden wir auch ausgiebig Ihre Kochkünste genießen. Dieses Essen werden wir nicht so schnell vergessen.«

»Vielen Dank. Aber jetzt müssen Sie gehen, sonst verpassen Sie noch Ihren Zug. Alles Gute, und möge Gott Sie behüten.«

Unter dem Torbogen blieb Paula stehen und warf noch einmal einen Blick zurück auf das schöne St. Ursanne, um es möglichst gut in Erinnerung zu behalten. Dann drehte sie sich entschlossen um und hastete hinter den anderen die Straße zum Bahnhof hinauf, die ihr jetzt viel steiler als beim Hinuntergehen vorkam. Auf halbem Weg blieb Newman stehen und fluchte leise vor sich hin.

»Was ist denn los?«, fragte Paula.

»Ich habe meine Autofahrerhandschuhe auf dem Tisch im Hotel liegen gelassen.«

»Etwa die Handschuhe, die ich Ihnen zu Weihnachten geschenkt habe?«

»Genau die.«

»Sie werden den Zug verpassen«, sagte Tweed.

»Das werden wir ja sehen«, erwiderte Newman. »Sie wissen doch, dass ich beim letzten Stadtmarathon in London unter den ersten zehn war.«

Newman rannte wie ein Hase den Berg hinab, während Paula die kurze Pause zu einem letzten Blick auf St. Ursanne nutzte. Bald würde die Sonne hinter den Bergen untergehen und die Ortschaft in der Dunkelheit versinken. Noch aber konnte sie im kristallklaren Abendlicht jede Einzelheit erkennen.

»Wirklich ein traumhafter Ort«, sagte Paula, während sie sich neben Tweed wieder in Bewegung setzte. »Ein Urlaub hier muss wunderbar sein.«

»Ich freue mich auch schon drauf«, pflichtete Tweed ihr bei.

Newman hatte inzwischen schon den halben Weg zu dem alten Torturm zurückgelegt, als er über einen großen Stein stolperte und der Länge nach hinschlug. Die Wucht des Sturzes fing er größtenteils mit den Unterarmen ab, aber als er sich wieder aufrappelte, merkte er, dass ihm der rechte Knöchel wehtat. Er hockte sich an den Straßenrand, zog die Socke nach unten und untersuchte die schmerzende Stelle. Als er den Fuß bewegte erkannte er, dass der Knöchel weder gebrochen noch verstaucht war. Lediglich ein kleiner blauer Fleck war zu sehen.

Newman stand auf und trat auf den verletzten Fuß. Er konnte ihn ohne Probleme belasten. Dann drehte er sich nach den anderen um. Sie waren schon an der Kurve vor dem Bahnhof und hatten seinen Sturz offenbar nicht bemerkt. Dankbar dafür, dass nichts Schlimmes passiert war, eilte Newman auf den Torbogen zu.

Tapp ... tapp ... tapp ...

Juliette Leroy runzelte die Stirn, als sie das merkwürdige Geräusch hörte, das die Stufen vor dem Hoteleingang heraufkam. Sie ging an die Tür und öffnete. Ein Mann mit dunkler Brille und einem weißen Blindenstock stand bewegungslos auf der Schwelle.

»Entschuldigen Sie, dass ich Sie störe«, sagte er auf Englisch mit einem starken amerikanischen Akzent, »aber ich bin sehr durstig. Ich habe einen langen Weg hinter mir. Würden Sie mir bitte ein Glas Wasser geben?«

»Natürlich. Kommen Sie doch bitte herein.«

Juliette war ein wenig enttäuscht, denn sie hatte gerade ein Paar Handschuhe auf dem Tisch gefunden und gehofft, dass einer ihrer neuen Freunde zurückkäme, um sie zu holen. Andererseits aber tat ihr der Blinde Leid. Er sah so allein und verloren aus. Es musste schrecklich sein, kein Augenlicht mehr zu haben.

Tapp ... tapp ... tapp ...

Juliette drehte sich um und sah, wie ihr Besucher quer durch den Raum auf sie zukam und sich dabei mit dem Stock seinen

Weg suchte. Sie hatte irgendwo einmal gelesen, dass Blinde ein sehr scharfes Gehör entwickeln. Er musste wohl gehört haben, wie sie in die Küche ging.

Juliette drehte ihrem Besucher den Rücken zu und nahm ein frisches Glas aus dem Schrank, das sie noch einmal sorgfältig mit einem sauberen Tuch abwischte. Juliette legte sehr großen Wert auf Sauberkeit und Hygiene. Nachdem sie das Glas noch einmal begutachtet hatte, füllte sie es zu drei Vierteln mit Wasser aus dem Wasserhahn.

Leo hinter ihr handelte rasch. Er drehte seinen Blindenstock um und legte den halbrund gebogenen Griff um Juliettes Hals. Dann drückte er einen Knopf, und der Griff zog sich gnadenlos zu. Juliette ließ das Glas fallen und versuchte zu schreien, aber der elastische Griff des Blindenstocks schnürte ihr die Luft ab. Alles, was sie hervorbrachte, war ein leises, ersticktes Gurgeln. Mit beiden Händen versuchte sie, sich aus der Umklammerung zu befreien, aber Leo packte sie an den Schultern und riss sie nach hinten.

Juliette geriet ins Schwanken und kippte um. Dabei schlug sie mit der Schläfe gegen eine Tischkante und sackte auf dem Boden zusammen. Leo beugte sich über die bewusstlos daliegende Frau und fühlte ihr den Puls. Als er feststellte, dass er stark und gleichmäßig ging, fluchte er gotteslästerlich.

Leo sah sich um und ging hinüber zu den Bildern in den goldenen Rahmen. Er nahm eines von der Wand und wunderte sich, wie schwer es war. Umso besser, dachte er. Dann konnte der Haken an der Wand umso mehr Gewicht verkraften.

Aus einer Manteltasche nahm Leo eine dünne, kräftige Nylonschnur, die so widerstandsfähig wie Stahldraht war. An einem Ende des Seils befand sich ein bleistiftdünner Griff, am anderen eine stabile Öse. Er bückte sich und band das Ende mit dem Griff zu einer Henkersschlinge, die er der bewusstlosen Frau um den Hals legte. Dann zog er die Schlinge zu, und zerrte die Frau damit bis an die Wand mit dem Bilderhaken. Beidhändig hob er den leblosen Körper hoch, hängte die Öse am anderen Ende des Seils an den Haken und ließ los.

Leo hatte die Länge des Seils genau berechnet.

Die Frau hing so da, dass die Füße gerade nicht mehr den Boden berührten. In diesem Augenblick kam sie wieder zu Bewusstsein und schlug die Augen auf. Leo trat einen Schritt zurück und sah zu, wie sie mit den Füßen zu strampeln begann und mit den Fersen wie wild gegen die Wand schlug, während sich die Schlinge um ihren Hals immer enger zuzog. Nach einer Weile wurden ihre Bewegungen langsamer und hörten schließlich ganz auf. Bewegungslos hing sie am Haken. Mit weit aufgerissenen Augen starrte sie fassungslos ins Leere.

Leo hob seinen Stock vom Boden auf, schob ihn zusammen und sicherte den Griff mit einem Gummiband, bevor er ihn in das Spezialhalfter an seinem Gürtel steckte. Dann ging er zur Tür, öffnete sie langsam und blickte hinaus. Auf der Straße war niemand zu sehen.

Er rannte die Stufen hinunter und hinaus auf die Hauptstraße. Als er an dem Torbogen angelangt war, blieb er abrupt stehen. Newman kam die Straße hinab auf den Ort zugelaufen. Er stolperte und fiel zu Boden. Leo versteckte sich hinter dem Turm und wartete. Als Newman sich umdrehte und hinauf zum Bahnhof sah, nutzte er die Gelegenheit und eilte an dem Tor vorbei in eine schmale Seitengasse.

Hinter diesem Teil von St. Ursanne erhob sich ein Hochplateau, an dessen Rand kahle Laubbäume standen. Auf der Hochebene befand sich der wartende Hubschrauber. Auf dem Hinweg war er über einen Gartenzaun geklettert und an einem offenbar unbewohnten Haus vorbei in den Ort gelangt. Er wusste, dass er nicht denselben Weg zurückgehen durfte, und war froh, als er am Ende der Straße einen Fußweg fand, der in mehreren Kehren hinauf auf das Plateau führte. Bald würde er den Hubschrauber erreicht haben, der ihn zurück nach Basel bringen würde.

26

Der Zug fuhr schon an, als Newman keuchend den Bahnsteig erreichte. Paula, die an der offenen Tür des Wagons auf ihn gewartet hatte, reichte ihm die Hand und zog ihn hinein. Schweißüberströmt ließ sich Newman auf eine Sitzbank sinken.

Tweed und Marler saßen ihm gegenüber, während Butler und Nield auf einer Bank jenseits des Gangs Platz genommen hatten. Ein weiteres Mal hatten sie einen ganzen Wagon für sich allein. Als Newman wieder halbwegs normal atmen konnte, trocknete er sich mit einem Taschentuch den Schweiß vom Gesicht.

Noch nie in seinem Leben war er so schnell gerannt und schon gar nicht bergauf. Jetzt starrten ihn alle an, was Newman überhaupt nicht gefiel. Er wäre viel lieber allein gewesen. Paula war die Erste, die ihn ansprach.

»Wie ich sehe, haben Sie Ihre Handschuhe wieder«, sagte sie mit ruhiger Stimme.

Newman blickte hinab auf seine rechte Hand, in der er noch immer die Autofahrerhandschuhe hielt. Er hatte das Gefühl, als ob er eigentlich nicht in dem Zug säße, denn in Gedanken war er noch immer im Hôtel d'Or in St. Ursanne. Als er dort angekommen war und gesehen hatte, dass die Tür halb offen stand, war er misstrauisch geworden. Er hatte seine Smith & Wesson gezogen und war langsam die Stufen hinaufgeschlichen. Drinnen hatte er sich rasch umgesehen, nachdem er automatisch die Tür hinter sich zugemacht hatte.

Jetzt trat ihm noch einmal das ganze Grauen vor Augen, das er im Inneren des Hotels vorgefunden hatte. Er sah wieder Juliettes Körper, der wie ein Stück Fleisch an dem Bilderhaken hing. Die Muskeln waren erschlafft und die weit aufgerissenen Augen ohne Leben. Seinen ersten Impuls unterdrückend, zwang sich Newman, zunächst in Speisesaal und Küche nachzusehen, ob der Mörder sich vielleicht dort versteckte. Dann trat er auf Juliette zu und fühlte ihr den Puls. Sie war tot. So tot, wie man nur sein konnte. Trotzdem machte Newman sich Vorwürfe, dass er ihr nicht gleich den Puls gefühlt hatte.

Newman steckte die Pistole zurück in das Halfter und fasste Juliette um die Hüften. Dann hob er sie von dem Haken herunter und legte sie behutsam auf ein in der Ecke stehendes Sofa. Er holte ein Messer aus der Küche, schnitt damit den Henkersknoten durch und entfernte das Seil von ihrem geschwollenen Hals.

Kurz dachte er daran, die Polizei anzurufen, verwarf die Idee aber wieder. Er wollte nicht, dass man ihn tagelang festhielt und verhörte. Vielleicht als Zeugen, vielleicht aber auch als Tatverdächtigen. Und Tweed brauchte ihn dringend in Basel, wo viel Arbeit auf sie wartete. Als er sich umdrehte, um zu gehen, sah er etwas unter einem der Tische auf dem Boden liegen und hob es auf. Nun wusste er, wer der brutale Mörder war.

Einmal ging er noch zurück zur toten Juliette und legte ihr eine Hand aufs Gesicht. Es fühlte sich schon ganz kalt an. Danach wischte er mechanisch wie ein Roboter mit seinem Taschentuch den Griff des Messers und die Türklinke ab und eilte nach draußen. Obwohl er nicht erwartet hatte, den Killer auf der Straße zu sehen, schaute er sich trotzdem um. Nirgends war ein Mensch zu sehen.

Newman schaute auf die Uhr. Es war fast unmöglich, dass er den Zug noch erreichte, aber er wollte es trotzdem versuchen und rannte los. Dabei konzentrierte er sich nur aufs Laufen und verbannte alle anderen Gedanken aus seinem Gehirn. Erst jetzt, wo der Schock langsam abklang, konnte er wieder klar denken.

»Wollen wir den Platz tauschen, Paula?«, fragte er mit normaler Stimme. »Sie sitzen doch gern am Fenster.«

Paula tat, was er vorgeschlagen hatte, aber sie blickte nicht nach draußen, sondern auf Newman, dem nicht bewusst war, dass sein Gesicht aschfahl aussah. Alle anderen außer Tweed bemühten sich nun, ihn nicht anzusehen. Sie wollten ihm Zeit lassen, wieder zu sich zu finden.

»Sie sehen ziemlich mitgenommen aus, Bob«, sagte Tweed vorsichtig. »Ist was passiert?«

»Das kann man wohl sagen.«

»Wollen Sie uns nicht sagen, um was es sich handelt?«

Weil Paula neben ihm saß, die in letzter Zeit eine Menge durchgemacht hatte, wählte Newman seine Worte sehr sorgfältig.

»Ich habe schlimme Neuigkeiten«, begann er.

»Das habe ich mir schon gedacht«, sagte Tweed ebenso ruhig wie Newman.

»Hat es etwas mit Juliette Leroy zu tun?«, flüsterte Paula.

»Als ich in das Hotel kam, war sie tot. Erdrosselt.«

»O nein …«

Paula biss die Zähne aufeinander, und Newman beschloss, keine Einzelheiten zu erzählen. Das konnte er später nachholen, wenn er mit Tweed allein war. Jetzt wäre jede nähere Beschreibung nur eine Quälerei für Paula gewesen. Er langte in die Tasche seines Mantels und holte den Gegenstand hervor, den er unter dem Stuhl in Juliettes Hotel gefunden hatte. Es war ein Knopf von einem Mantel.

»Wissen Sie, woher der stammt?«, fragte er und gab Marler den Knopf.

»Nein.«

»Wirklich nicht?«

»Ich habe keine Ahnung.«

»Er stammt vom Mantel von Juliettes Mörder, dem falschen Blinden, der vor dem Torturm an uns vorbeigeschlurft ist. Das war eine verdammt ausgefuchste Verkleidung. Wie Tweed schon sagte: Wir haben es hier mit Profis zu tun.«

»So genau habe ich mir den Blinden gar nicht angesehen«, sagte Marler.

»Aber ich. Sein Mantel war ziemlich alt und hatte genau dieselben Knöpfe. Schon als ich den Blinden an uns vorbeigehen sah, ist mir das seltsame Symbol auf dem Knopf aufgefallen, aber erst jetzt erkenne ich, was es darstellt. Es sieht aus wie die Fackel der New Yorker Freiheitsstatue.«

»Stimmt«, sagte Marler und gab ihm den Knopf zurück. »Wo haben Sie ihn gefunden?«

»Unter einem Stuhl im Speisesaal des Hotels. Vielleicht hat es zwischen dem Mörder und Juliette einen Kampf gegeben, vielleicht hing der Knopf aber auch nur noch an einem Faden und fiel von allein ab.«

»Und ich habe den Blinden noch bedauert, als er an uns vorbeigegangen ist«, murmelte Paula.

»Genau das war wohl auch seine Absicht«, sagte Tweed.

»Die arme Juliette«, fuhr Paula fort. »Sie war so eine nette, freundliche Frau. Ich habe mich schon darauf gefreut, bei ihr einmal einen Urlaub zu verbringen. Jetzt kann mir das ganze St. Ursanne gestohlen bleiben.«

Sie starrte aus dem Fenster, wo die Abendsonne ihre letzten Strahlen über die von zartem Grün bedeckte Landschaft warf. Aber Paula hatte keine Augen für die schöne Umgebung, denn sie dachte an das Mittagessen im Hôtel d'Or. Tweed und Juliette waren so gut miteinander ausgekommen und hatten so nett zusammen geplaudert. Vielleicht hätten sich die beiden angefreundet, wenn es wirklich zu dem geplanten Urlaub gekommen wäre. Paula hätte das Tweed, dessen Frau ihn vor ein paar Jahren wegen eines millionenschweren griechischen Reeders verlassen hatte, von Herzen gegönnt. Soviel Paula wusste, war Tweed allerdings noch nicht geschieden.

Auch Tweed blickte nachdenklich aus dem Fenster. Der Zug fuhr in einen Tunnel. Als er auf der anderen Seite wieder herauskam, meldete sich Marler zu Wort.

»Kurz bevor der Zug losgefahren ist, habe ich ein Geräusch wie von einem startenden Hubschrauber gehört.«

»Tatsächlich?«, fragte Newman.

»Vielleicht ist der Mörder mit dem Hubschrauber gekommen und nach seiner Tat wieder weggeflogen.«

»Das könnte durchaus sein«, stimmte Newman ihm zu.

Tweed betrat hinter Paula das Hotel Drei Könige und blieb wie angewurzelt stehen. An der Empfangstheke lehnte jemand, den Tweed hier nun wirklich nicht erwartet hatte: Sir Guy Strangeways.

»Hallo, mein Freund«, grüßte Strangeways. »Wie klein doch die Welt ist.«

»Da kann ich Ihnen nur zustimmen«, erwiderte Tweed.

»Ich würde mich gern mit Ihnen unterhalten. Hätten Sie wohl Zeit für ein kurzes Gespräch im Schreibzimmer gegenüber vom Lift?«

»Aber nur ein paar Minuten. Ich komme gleich.«

Als Strangeways in dem Raum verschwunden war, ging Tweed zu den anderen, die auf den Aufzug warteten.

»In einer halben Stunde müssen wir in Becks Büro sein«, sagte er mit leiser Stimme. »Wenn Sie fertig sind, gehen Sie schon mal hinüber. Ich habe hier noch etwas mit Strangeways zu besprechen.«

Das kleine Schreibzimmer war leer. Tweed schloss die Tür hinter sich und ging auf Strangeways zu, der an einem Tisch saß und etwas auf ein Blatt Papier schrieb. Als er Tweed kommen hörte, legte er den Füller beiseite und machte ein besorgtes Gesicht.

»Gut, dass Sie so schnell gekommen sind. Bitte, setzen Sie sich doch.«

»Woher wussten Sie, dass ich hier bin?«, fragte Tweed.

»Das darf ich Ihnen nicht sagen. Tut mir Leid, aber ich habe mein Wort gegeben.«

»Weshalb wollen Sie mich sprechen? Ich bin in Eile.«

»Ich habe Probleme.«

»Wer hat die nicht? Um was geht es, Guy?«

»Zunächst mal um meinen Sohn Rupert«, antwortete Strangeways und verzog das Gesicht. »Ich habe Ihnen ja schon erzählt, dass er einen Haufen Schulden bei diesem Spielcasino in Campione hat. Die Leute dort werden langsam unangenehm.«

»Wo ist Rupert denn zurzeit?«

»Tweed, ich wäre Ihnen wirklich verbunden, wenn Sie sich setzen würden.«

»Ich habe wirklich nur ein paar Minuten Zeit.«

»Rupert ist mit mir hier in Basel.«

»In diesem Hotel?«

»Ja. Unter den gegebenen Umständen habe ich es für das Beste gehalten, ihn unter meine Fittiche zu nehmen.«

»Passen Sie nur auf, dass er Ihnen nicht ausbüxt«, warnte Tweed. »Nicht, dass er sich irgendwo Geld leiht.«

»Das hat er zu Hause schon probiert. Niemand wird ihm etwas geben. Kurz vor unserem Abflug hat er mir übrigens eröffnet, dass ich drei Tickets bezahlen muss.«

»Für wen denn noch?«

»Für Basil Windermere.«

»Hat der etwa auch ein Zimmer hier?«, fragte Tweed und hatte Mühe, seinen Ärger zu unterdrücken.

»Ja, leider. Windermere gehört zwar zu den Menschen, die ich nicht gern in meiner Nähe habe, aber ich hatte keine andere Wahl. Rupert und er sind enge Freunde. Auch wenn sie sich manchmal in den Haaren liegen, sind sie kurz danach wieder dicke Kumpel. Vielleicht ist es ja auch nicht schlecht, wenn Rupert jemand in seinem Alter bei sich hat.«

»Und wie kann ich Ihnen nun bei Ihren häuslichen Problemen helfen?«

»Nun ja …«, sagte Strangeways und schraubte umständlich seinen Füller zu. »Ich dachte, dass Bob Newman vielleicht den Spielbankchef in Campione anrufen und ihm damit drohen könnte, einen ungünstigen Artikel über ihn zu schreiben.«

»Drohen? Newman kennt das Casino ja nicht einmal.« Tweed verschränkte die Arme und schaute hinab auf den besorgt dreinblickenden Strangeways. »Ich glaube übrigens nicht, dass das der wirkliche Grund dafür ist, dass Sie sich die Mühe gemacht haben, mich hier ausfindig zu machen und mir nachzureisen.«

»Stimmt. Es geht auch um etwas anderes.«

»Dann sagen Sie es mir. In ein paar Minuten muss ich gehen.«

»Morgenstern hat mich gebeten, zu ihm in die Botschaft zu kommen. Sie kennen ihn ja – er will immer alles am liebsten sofort haben, wenn nicht noch früher. Ich bin also zu ihm und er hat mich die ganze Zeit über damit behämmert, dass das spezielle Verhältnis zwischen England und den Vereinigten Staaten enorm vertieft werden müsse. Und zwar so schnell wie möglich. Sie, Tweed, spielen bei diesem Prozess seiner Meinung nach eine Schlüsselrolle. Er hat gesagt, dass er schon einmal mit Ihnen darüber gesprochen habe, und jetzt will er Sie möglichst bald wiedersehen. Die ganze Entwicklung bereitet mir große Sorgen.«

»Warum?«

»Wie Sie vielleicht wissen, wurden in jüngster Zeit eine Menge englischer Energieversorgungsgesellschaften von amerikanischen Konzernen übernommen. Bei den Wasserwerken sieht es ähnlich aus. Es dauert nicht mehr lange, und die Amerikaner haben unser ganzes Land unter Kontrolle. Ich schwanke, ob wir Widerstand leisten oder mit ihnen zusammenarbeiten sollen.«

»Guy, Sie waren doch viele Jahre lang Soldat. Haben Sie sich da jemals gefragt, ob man mit dem Feind zusammenarbeiten soll?«

»So gesehen, haben wir keine Wahl. Aber ich würde mich mit Ihnen dennoch gern noch einmal ausführlicher über mein Gespräch mit Morgenstern unterhalten.«

»Später, Guy. Ich muss jetzt wirklich gehen …«

Tweed war noch keine Minute auf seinem Zimmer, da klopfte es an der Tür. Es war Paula, die er von der Rezeption aus angerufen hatte, bevor er mit dem Lift nach oben gefahren war. Sie trug ihren Pelzmantel über dem Arm und hatte sich kniehohe Winterstiefel angezogen. Sie ging zum Tisch, goss ein Glas Mineralwasser ein und reichte es Tweed. Dann legte sie Mantel und Handschuhe über einen Stuhl und reichte Tweed eine Tablette, die sie in der Hand gehalten hatte.

»Schlucken Sie die.«

»Was ist das für ein Zeug?«

»Vomex gegen Seekrankheit. Der Fluss hat hohe Wellen und ich weiß, wie schnell es Ihnen auf dem Wasser schlecht wird. Eigentlich hätten Sie die Tablette schon früher nehmen sollen. Sie braucht einige Zeit, bis sie wirkt.«

»Vielen Dank.«

Tweed schluckte die Pille und trank das ganze Glas Wasser nach. Dann setzte er sich auf die Couch. Paula, die einen grimmigen Ausdruck auf seinem Gesicht bemerkt hatte, nahm neben ihm Platz.

»Was ist los?«, fragte sie.

»Erstens wird Keith Kent gleich hier sein. Ich habe ihn von der Rezeption aus angerufen und hergebeten. Ich möchte ihm zeigen, was in dem Umschlag war, den mir Juliette gegeben hat. Ich habe ihn im Taxi vom Bahnhof ins Hotel geöffnet und hineingeschaut.«

»Das habe ich mitbekommen. Aber ich dachte, Sie würden mir schon noch sagen, was drin war.«

»Nur das hier. Sonst nichts.«

Er nahm den Umschlag aus der Brusttasche und holte zwei Banknoten daraus hervor, die er Paula überreichte. Sie sah sie genau an, bevor sie sich mit einem fragenden Gesichtsausdruck wieder Tweed zuwandte.

»Zwei englische Banknoten zu zehn und zwanzig Pfund«, sagte sie. »Was soll das? Wieso ist Kurt den ganzen Weg nach St. Ursanne gefahren, nur um Juliette zwei ganz normale Geldscheine zu geben? Und wieso hat er ihre Adresse extra in dem kleinen schwarzen Notizbuch vermerkt, das Irina aus dem Versteck in der Mauer geholt hat?«

»Weil er uns eine Spur hinterlassen wollte. Ich vermute, dass er sich beobachtet fühlte und nach St. Ursanne gefahren ist, um seine Verfolger abzuschütteln.«

»Und wieso hat er dort lediglich zwei Banknoten hinterlegt?«

»Keine Ahnung.«

»Steht denn sonst nichts in dem schwarzen Buch?«

»Doch, aber wir haben jetzt keine Zeit, diesen Hinweisen nachzugehen. Ach, übrigens, ich habe doch eben Guy Strangeways getroffen ...«

Tweed erzählte Paula in knappen Worten, worüber er und Strangeways gesprochen hatten. Sie hörte ihm aufmerksam zu und dachte erst eine Weile nach, bevor sie ihm antwortete.

»Da ist etwas ganz oberfaul. Übrigens habe ich vorhin selbst gesehen, dass Rupert hier im Hotel ist. Er wohnt auf demselben Stockwerk wie ich.«

»Hat er Sie gesehen?«

»Nein. Ich bin sofort wieder in meinem Zimmer verschwunden und habe gewartet, bis er den Gang entlanggegangen war. Aber wie hat Strangeways bloß herausgefunden, dass wir hier sind? Monica hat ihm das doch bestimmt nicht gesagt.«

»Ich habe Ihnen ja schon gesagt, was er auf meine diesbezügliche Frage geantwortet hat. Mir gefällt das ebenso wenig wie Ihnen. Irgendwo muss es bei uns eine undichte Stelle geben ...«

Tweed verstummte, weil das Telefon klingelte. Paula sprang auf und ging ran.

»Keith Kent ist unten in der Halle«, sagte sie.

»Er soll sofort raufkommen«, antwortete Tweed und sah auf die Uhr. »Wir haben noch fünf Minuten, dann müssen wir hinüber zu Beck. Ach, ich sehe gerade, dass Marler das besorgt hat, worum ich ihn gebeten habe. Er hat es wohl von einem Zimmermädchen auf mein Zimmer bringen lassen.«

Mit diesen Worten ging er zu einem der Sessel, neben dem eine Reisetasche aus Leinen stand. Er öffnete sie und drehte sie auf den Kopf, um Paula zu zeigen, dass sie leer war. Paula, die keine Ahnung hatte, was Tweed beabsichtigte, sah zu, wie er einen Schrank aufsperrte und ein Megaphon herausnahm. Er steckte es in die Tasche und machte sie wieder zu.

»Wozu brauchen Sie denn das?«, fragte Paula.

»Ich hoffe, dass ich es überhaupt nicht gebrauchen werde. Aber wenn, dann wird es Leben retten.«

Bevor Paula weitere Fragen stellen konnte, klopfte es leise an der Tür. Sicherheitshalber holte Paula ihre Browning aus der Tasche, bevor sie die Tür einen Spaltbreit öffnete. Draußen stand Keith Kent.

»Warm haben Sie's hier«, sagte er, während er eintrat und seinen Mantel auszog. »Gehen Sie bloß nicht nach draußen. Sie werden erfrieren.« Er lächelte Paula an. »Könnte ich vielleicht eine Tasse Kaffee bekommen? Normalerweise ist der Service hier im Hotel erstklassig.«

Paula ging hinüber zu dem großen Tisch und fühlte die Temperatur der silbernen Kanne, die dort stand. Sie war so heiß, dass sie sich fast die Hand verbrannt hätte. Offenbar hatte das Zimmermädchen in Tweeds Abwesenheit frischen Kaffee gebracht. Der Service hier im Drei Könige war wirklich hervorragend. Irgendjemand musste bemerkt haben, dass Tweed ein starker Kaffeetrinker war. Paula nahm die Kanne und schenkte Kent eine Tasse ein.

»Vielen Dank«, sagte der Finanzexperte, setzte sich und nahm einen Schluck. »Das tut gut. Wärmt einen richtig von innen auf. Also, was kann ich für Sie tun?«

»Sehen Sie sich doch bitte diese beiden Scheine an, Keith«, sagte Tweed und gab ihm die beiden Banknoten aus dem Umschlag.

Kent betastete sie vorsichtig mit den Fingern, bevor er aufstand und sie am Fenster gegen das Licht hielt. Dann ging er zu seinem Sessel zurück, setzte sich und nahm eine Juwelierlupe aus der Jackentasche. Er klemmte sich das Vergrößerungsglas ins Auge und unterzog die Geldscheine einer eingehenden Untersuchung. Schließlich steckte er die Lupe wieder ein und gab Tweed die Banknoten zurück.

»Tut mir Leid, Keith«, sagte Tweed, »aber wir müssen in drei Minuten los. Könnten Sie sich also bitte kurz fassen?«

»Kein Problem. Wo haben Sie die Scheine her?«

»Das kann ich Ihnen nicht sagen. Ist es wichtig?«

»Eigentlich nicht.« Kent trank wieder von seinem Kaffee. »Es hätte mich nur interessiert.«

»Ist Ihnen an den Geldscheinen etwas aufgefallen?«

»Und ob. Es sind Fälschungen, allerdings verdammt gute. Das Papier, auf dem sie gedruckt sind, ist zum Beispiel echt. Ich frage mich, wo die Fälscher es nur herbekommen haben.«

»Würde ein Kassierer in einer Bank merken, dass es sich um Falschgeld handelt?«

»Ja. Besonders, wenn jemand mit einem Bündel dieser Scheine in einer englischen Bank auftauchen würde. Beim Durchblättern des Bündels würde dem Kassierer der Fehler ins Auge springen. Wenn viele von diesen Scheinen im Umlauf wären, würde man sie auf jeden Fall schnell erkennen, so gut sie auch sind.«

»Vielen Dank. Das bringt uns ein großes Stück weiter. Keith, würde es Ihnen etwas ausmachen, vom Hilton in dieses Hotel zu ziehen? Zu dieser Jahreszeit sind hier viele Zimmer frei.«

»Ich gehe gleich los und hole meine Sachen.«

»Nochmals vielen Dank«, sagte Tweed, während er seinen Mantel anzog und die Leinentasche nahm. »Wir müssen uns jetzt beeilen. Sehen Sie zu, dass Sie ein Zimmer mit Blick auf den Rhein bekommen.«

»Worauf Sie sich verlassen können«, erwiderte Kent. »Ich lege großen Wert auf Lebensstil.«

27

In zwei zivilen Polizeifahrzeugen fuhren sie über die Brücke, die Tweed von seinem Hotelzimmer aus sehen konnte, auf die andere Seite des Rheins. Im ersten Wagen saß Beck zusammen mit Tweed, der seine Leinentasche auf dem Schoß hielt, auf den Vordersitzen, während Paula und Newman die Rückbank einnahmen. Die anderen folgten im zweiten Fahrzeug.

»Die *Minotaurus* wird auf dieser Seite den Fluss entlangkommen«, erklärte Beck. »Der Beamte, den ich zur Beobachtung des Kahnes abgestellt habe, hat gesehen, wie einige voll besetzte Autos zu dem Schiff gefahren sind. Kurze Zeit später sind diese, nur mit den Fahrern besetzt, wieder abgefahren. Die Ausflugsgesellschaft ist offenbar an Bord gegangen.«

»Hat Ihr Beamter gesehen, ob die Autos später wieder zurückgekommen sind?«, fragte Tweed.

»Nein, er hat seinen Posten verlassen, um mir Bericht zu erstatten. Aber wieso sollten sie so rasch zurückkehren?«

»War nur eine Frage.«

Als sie über die Brücke fuhren, bemerkte Paula, dass ein plötzlich aufgekommener Wind den Rhein zu hohen Wellen aufpeitschte, und hoffte, dass die Tablette, die sie Tweed gegeben hatte, möglichst schon wirkte. Auf dem Boot würde es ziemlich unruhig werden. Der Wind trieb dunkle Wolken über die Stadt.

»Wie abgemacht bekommen Sie Ihr eigenes Boot«, sagte Beck zu Tweed, während er eine parallel zum Fluss verlaufende Straße entlangfuhr. »Ich selbst werde mit meinen Leuten auf dem großen Polizeiboot sein. Außerdem haben wir noch drei weitere Boote im Einsatz, von denen eines auch zum Entern ausgerüstet ist – nur für den Fall, dass die *Minotaurus* meinem Befehl zum Beidrehen nicht nachkommen sollte. Den werde ich ein Stück weit flussabwärts geben, in der Nähe des Hafens.«

»Ich habe das Megaphon dabei, um das ich Sie gebeten habe«, sagte Tweed. »Wenn ich Sie damit auffordere, sich von der *Minotaurus* zu entfernen, müssen Sie ihm unverzüglich nachkommen – und alle anderen Boote auch.«

»Aber was sollte Sie dazu veranlassen?«

»Ein Notfall.«

»Ganz wie Sie wollen, Tweed. Normalerweise wissen Sie ja, was Sie tun. Die Schiffe sind alle mit Funkgeräten ausgestattet, aber die Kapitäne haben zusätzlich ein Handy, genauso wie ich.«

»Wenn es hart auf hart kommt, nehmen Sie lieber die Handys. Das geht schneller.«

»Ich weiß, dass ich Ihnen diese Frage schon früher hätte stellen sollen, aber weiß jemand von Ihnen, wie man mit einem PS-starken Boot umgeht?«

»Ja«, sagte Tweed. »Newman und Marler.«

»Wir haben ein Stück von der Uferpromenade abgesperrt«, fuhr Beck fort, »um die Schaulustigen von der Anlegestelle unserer Boote fern zu halten.«

»Sie haben offenbar an alles gedacht.«

»Das habe ich auch geglaubt, bis Sie die Bemerkung mit dem Megaphon gemacht haben. Ich habe eigentlich erwartet, dass die Aktion reibungslos vonstatten gehen wird. Wir stoppen das Schiff unter dem Vorwand, einen anonymen Hinweis auf Drogen an Bord bekommen zu haben, und verhaften alle an Bord. Wahrscheinlich werden die meisten einen Diplomatenpass vorzuweisen haben, aber ich werde die Echtheit dieser Dokumente anzweifeln und behaupten, ich müsse die Pässe erst einmal bei den amerikanischen Behörden überprüfen lassen. Ronstadt wird glauben, ich würde das bei der Botschaft in Bern machen, aber in Wirklichkeit werde ich mich direkt an das Außenministerium in Washington wenden. Bis ich von dort Antwort bekomme, werden wir die Passagiere des Kahns in Gewahrsam nehmen.«

»Das ist ein wirklich guter Plan. Haben Sie übrigens von der amerikanischen Botschaft in Bern irgendeine Reaktion auf Ronstadts Beschwerde erhalten?«

»Bisher noch nicht. Anscheinend hat der Kerl geblufft. Das lässt tief blicken.«

»Es ist schon nach vier«, sagte Tweed. »Wenn sich die Amerikaner an ihren Plan halten, dann müsste die *Minotaurus* bald kommen.«

»Da vorn sind unsere Boote.«

Paula war erstaunt darüber, wie behände Tweed an Bord des großen Motorboots kletterte, das Beck ihnen zugeteilt hatte. Er ging sofort an den Bug, hielt sich mit einer Hand an der Reling fest und nahm mit der anderen das Megaphon aus der Leinentasche.

Selbst jetzt, wo das Boot noch am Anleger festgemacht war, schwankte es bereits heftig. Trotzdem schienen die Bewegungen Tweed nichts auszumachen. Er blickte flussaufwärts und hielt Ausschau nach der *Minotaurus*. Auf den anderen vier Booten drängten sich uniformierte Polizisten.

Becks großes Polizeiboot hatte eine Brücke, die alle anderen Boote überragte. Darüber befanden sich ein großer Suchscheinwerfer und eine kräftige Schiffshupe. Nachdem Beck mit dem Kapitän gesprochen hatte, kam er zu Tweed auf dessen Boot.

»Wir lassen die *Minotaurus* erst mal an uns vorbeifahren, bis sie unter der Brücke hindurch ist. Erst dann fahren wir ihr hinterher. Die Strömung ist sehr stark, sodass der Kahn ziemlich schnell unterwegs sein dürfte. Viel Glück ...«

Der eisige Wind schnitt wie ein Messer durch Paulas Pelzmantel. Sie hoffte, dass die *Minotaurus* bald kommen würde. Ein Polizist kam von Becks Boot herüber und brachte für jeden von ihnen einen Satz Ölzeug.

»Ziehen Sie sich diese Sachen an«, sagte er zu Newman, der sich gerade am Motor zu schaffen machte. »Sie sind extra warm gefüttert. Außerdem halten sie die Nässe ab.«

»Vielen Dank«, sagte Newman.

»Das ist schon viel besser«, meinte Paula, während sie das Ölzeug über ihren Mantel anzog.

Auch Tweed streifte die wasserdichte Kleidung über und trat danach wieder nach vorn an die Reling. Auf dem Rhein war kein anderes Schiff zu sehen, und von Gaffern, die Beck mit seiner Absperrung hatte fern halten wollen, gab es ebenfalls keine Spur. Bei dem kalten Wetter blieben die Leute lieber zu Hause.

»Da kommt er!«, rief Tweed auf einmal.

Hinter der Biegung des Flusses erschien der Rumpf des ehemaligen Lastkahns. Tweed bemerkte, dass vor den meisten Bullaugen, die man beim Umbau in den Rumpf geschnitten hatte, die Vorhänge zugezogen waren. Hinter ihnen war ein gedämpfter Lichtschimmer zu erkennen.

»Die haben Musik an Bord«, rief Tweed.

»Wie schön für die«, sagte Paula.

»Na ja, schließlich handelt es sich ja um einen Vergnügungsdampfer«, meinte Newman, während er den Motor wieder abstellte.

Er war verblüfft, wie stark motorisiert das Boot war, und fragte sich, wie schnell es wohl sein würde. Von der *Minotaurus* drangen die Klänge des Donauwellenwalzers herüber. Nicht gerade passend für den Rhein, dachte Paula. An Deck des Kahns war niemand zu sehen, was aber angesichts des kalten Wetters nicht weiter verwunderlich war.

»Ich sehe den Rudergänger«, sagte Tweed. »Er steht in dem Häuschen hinten am Heck.«

»Sieht so aus, als ob er allein wäre«, bemerkte Marler.

»So ein Kahn lässt sich gut von einer Person fahren«, klärte Newman ihn auf.

Keines der Polizeiboote hatte bisher den Motor angeworfen. Tweed vermutete, dass Beck erst dann den Befehl dazu geben würde, wenn die *Minotaurus* die Anlegestelle passiert hatte. Vermutlich wollte er die Leute auf dem Kahn nicht auf seine einsatzbereite Flottille aufmerksam machen.

Obwohl sie Handschuhe trug, fror Paula an den Händen. Butler und Nield schlugen die Arme an den Oberkörper, um warm zu bleiben. Trotz der Kälte machte sich eine Atmosphäre von unterdrückter Spannung auf dem Boot breit. In wenigen Minuten würden sie sämtliche Amerikaner festnehmen, die in Basel eingefallen waren.

Je mehr sich der umgebaute Lastkahn ihnen näherte, desto größer kam er Paula vor. Seine Bugwelle breitete sich auf dem Fluss aus und ließ die Boote an ihrer Anlegestelle noch wilder auf und ab tanzen. Tweed hielt sich an der Reling fest und starrte hinüber zu dem rasch vorbeigleitenden Monstrum.

Soweit Paula es beurteilen konnte, beobachtete er unablässig die dunkle, stämmige Silhouette des Rudergängers in seinem Häuschen am Heck des Kahns. Der Mann bewegte sich kaum, nur mit den Händen korrigierte er ab und zu durch eine Drehung am Steuerrad den Kurs. Konzentriert blickte er nach vorn auf den Brückenbogen, unter dem er hindurchfahren musste, und schaute weder nach rechts noch nach links.

Beck, der auf der Brücke des großen Polizeiboots stand, rührte sich ebenfalls nicht und würdigte den vorbeifahrenden Lastkahn scheinbar keines Blickes. Die *Minotaurus* war so lang, dass es trotz ihrer hohen Geschwindigkeit eine kleine Ewigkeit dauerte, bis sie an der Anlegestelle vorbei war. Auf ihrem Hauptdeck erkannte Paula einige Schlauchboote mit Außenbordmotor. Das sind wohl die Rettungsboote, dachte sie.

Als das Heck des Kahns an ihnen vorüberglitt, hatte dessen Bug schon fast den Bogen der Rheinbrücke erreicht. Paula bemerkte, dass Tweed das Megaphon auf das Deck zu seinen Füßen gestellt hatte und jetzt ein Fernglas in der Hand hatte, mit dem er zu dem Lastkahn hinübersah.

Die *Minotaurus* fuhr jetzt unter der Brücke hindurch und befand sich auf gleicher Höhe mit dem Hotel Drei Könige. Wer dort am Fenster sitzt, hat praktisch einen Logenplatz für das, was sich gleich ereignen wird, dachte Paula. Beck, der immer noch bewegungslos auf der Brücke des Polizeiboots stand, sah auf die Uhr. Paula vermutete, dass er die Geschwindigkeit des Lastkahns schätzte und darauf wartete, dass dieser einen gewissen Punkt auf dem Fluss erreichte.

Paula blickte zurück ans Ufer und bemerkte, dass die Wagen, die sie an die Anlegestelle gebracht hatten, inzwischen wieder abgefahren waren. Sie fragte sich, wo sie an Land gehen würden, und erinnerte sich dann daran, dass Beck davon gesprochen hatte, die *Minotaurus* weiter flussabwärts anlegen zu lassen. Vielleicht waren die Wagen schon einmal vorausgefahren und warteten darauf, sie und die anderen dort wieder aufzunehmen.

Das Heck des Kahns war jetzt außer Sicht. Warum wartet Beck so lange? fragte sich Paula. Als hätte er ihre Gedanken gelesen, hob der Polizeichef die rechte Hand und blickte auf seine Armbanduhr. Die Motoren der Boote wurden angelassen, aber noch keines legte ab. Dann ließ Beck die Hand sinken.

Einer seiner Männer machte die Heckleine los, und das große Polizeiboot glitt in die Mitte des Flusses. Auch Newman hatte den Motor angeworfen und legte ab. Paula bemerkte, wie die starke Strömung ihnen zusätzliche Geschwindigkeit verlieh. Tweed hatte sich das Fernglas an einem Riemen um den Hals gehängt und hielt jetzt wieder das Megaphon in der Hand.

»Bob! Geben Sie Gas und überholen Sie Becks Boot!«, rief er nach hinten zu Newman.

»Leichter gesagt als getan«, sagte Newman zu Marler.

Er gab Vollgas, und das Boot machte daraufhin einen solchen Satz nach vorn, dass Tweed sich mit beiden Händen an der Reling festhalten musste. Das Boot bretterte über die Wellen hinweg auf Becks Polizeiboot zu, das gerade unter der Brücke hindurchfuhr. In einiger Entfernung sah Paula jetzt wieder die *Minotaurus*, die sich einer weiteren Brücke näherte. Tweed drehte sich zu Newman um.

»Halten Sie sich so nahe am Ufer, wie es gefahrlos möglich ist. Und machen Sie Tempo!«

»Was glaubt der eigentlich, was ich tue?«, sagte Newman zu Marler.

Er änderte den Kurs so, wie Tweed es verlangt hatte. Paula verstand nicht, was der Chef vorhatte. Becks Boot blieb weiterhin in der Mitte des Rheins. Paula blickte so angespannt nach vorn, dass sie gar nicht mitbekam, wie sie am Hotel Drei Könige vorbeifuhren.

Nachdem Newman den Kurs geändert hatte, holte er das Letzte an Leistung aus dem Bootsmotor heraus. Paula, die sich wie alle anderen außer Tweed hingesetzt hatte, schaute nach hinten. Die anderen Polizeiboote folgten ihnen in kurzem Abstand. In diesem Augenblick fiel ihr ein, dass Newman einmal in Cannes an einem Rennen für Schnellboote teilgenommen und dort sogar gewonnen hatte, obwohl einige renommierte Rennbootfahrer gegen ihn angetreten waren.

Becks Polizeiboot war jetzt unter der zweiten Brücke, und

Newman schloss mit einem grimmigen Ausdruck auf dem Gesicht immer mehr zu ihm auf. Obwohl Beck ihm mit Gesten bedeutete zurückzubleiben, schob sich Newman mit genügend Sicherheitsabstand an dem großen Boot vorbei.

Paula drehte sich wieder nach vorn und war erstaunt, wie weit sie sich bereits der *Minotaurus* genähert hatten, die gerade am Verwaltungsgebäude einer großen Arzneimittelfirma vorbeifuhr.

Jetzt waren sie ein kurzes Stück vor Becks Boot. Tweed hielt sich mit einer Hand an der Reling fest und hob mit der anderen das Fernglas ans Gesicht. Er sah, wie der Rudergänger aus seinem Häuschen trat und eines der Schlauchboote ins Wasser warf. Dann ließ er eine Strickleiter an der Bordwand hinab und kletterte in das Schlauchboot, das über eine Leine mit dem Lastkahn verbunden war.

Tweed ließ das Fernglas sinken und hob das Megaphon an den Mund.

»An alle Boote!«, gellte seine Stimme über das Wasser. »Haltet euch so weit wie möglich von dem Kahn entfernt! Er fliegt gleich in die Luft!«

Paula erinnerte der Klang von Tweeds durch das Megaphon verzerrten Worten an alte Aufnahmen von Winston Churchills Radioansprachen im Krieg. Sie sah, wie Beck sein Handy ans Ohr nahm. Der Rudergänger des Lastkahns schnitt das Seil zur *Minotaurus* mit einem Messer durch und nahm mit dem Schlauchboot Kurs auf das gegenüberliegende Ufer.

»Festhalten!«, schrie Newman.

Paula, die bereits eine Hand an der Reling hatte, hielt sich mit der anderen zusätzlich an der Unterseite ihrer Sitzbank fest. Newman riss das Steuerrad herum und zwang das Boot in eine so scharfe 180-Grad-Kurve, dass Paula einen Augenblick lang befürchtete, sie würden kentern. Auch Tweed hatte sich jetzt hingesetzt und krallte sich mit beiden Händen an die Reling.

Das Boot hatte inzwischen eine Neigung von fast fünfundvierzig Grad. Wie in einem rasend schnell ablaufenden Film sah Paula, wie Becks Polizeiboot und die anderen Fahrzeuge ebenfalls ein Wendemanöver fuhren. Dann drehte sie sich um und erstarrte.

Die *Minotaurus* hatte sich in einen riesigen Feuerball verwandelt. Während der Knall der Explosion über den Rhein wummerte, flog ein riesiges Stück vom Rumpf des Kahns in hohem Bogen durch die Luft und traf einen großen Ausflugsdampfer, der am gegenüberliegenden Ufer festgemacht war. Das Schiff, das glücklicherweise unbesetzt war, begann sofort zu sinken. Ein weiteres Metallstück klatschte genau an der Stelle aufs Wasser, wo Sekundenbruchteile zuvor noch Tweeds Boot gewesen war.

Als Newman sein gewagtes Wendemanöver beendet hatte und entgegen der ursprünglichen Fahrtrichtung nun flussaufwärts raste, traf sie die Druckwelle der Explosion wie ein Windstoß aus einem Hochofen. Das Boot wurde wild hin und her geworfen, aber Newman hatte es bereits aus der Gefahrenzone gebracht. Auch die anderen Polizeiboote waren unbeschadet dem Inferno entronnen.

Paula klapperte mit den Zähnen und wusste nicht, ob das vor Angst oder wegen der Kälte war. Dann hörte sie auf einmal Becks ruhige Stimme über das Wasser schallen. Auch er verwendete ein Megaphon. »Alle Boote folgen mir. Wir fahren zurück zur Anlegestelle.«

»Ich könnte etwas *terra firma* unter den Füßen vertragen«, sagte Tweed lässig.

Als sie ein wenig steifbeinig ans Ufer stiegen, lag Becks großes Polizeiboot bereits am Anleger. Während Beck auf Tweed zuging, schaute Paula zurück aufs Wasser des Rheins. Aus den Resten des Lastkahns schlugen die Flammen in den Abendhimmel. Feuerwehrboote, die scheinbar aus dem Nichts aufgetaucht waren, richteten bereits die Wasserstrahlen ihrer Löschkanonen auf das brennende Wrack.

»Was ist mit den Passagieren?«, fragte sie.

»Da waren mit Sicherheit keine drauf«, antwortete Tweed, »sonst hätten wir bestimmt welche an Deck gesehen. Ich gehe jede Wette ein, dass nur der Rudergänger an Bord war. Vermutlich hat er das Steuerrad mit irgendetwas fixiert, bevor er mit dem Schlauchboot das Weite gesucht hat. Ich habe übrigens gesehen, wie er an Land gegangen und mit einem dort bereitstehenden

Auto weggefahren ist. Die Bombe wurde bestimmt per Funk gezündet, sobald der Rudergänger in Sicherheit war.«

»Haben Sie gewusst, was passieren wird, Tweed?«, fragte Beck und machte ein grimmiges Gesicht.

»Nein, nicht mit Bestimmtheit. Aber die Art, wie wir an die Informationen über das Schiff gekommen sind, hat mich stutzig gemacht.«

»Ihre Wagen sind schon da. Ich habe sie über Handy herbeordert. Wir fahren Sie jetzt zurück in Ihr Hotel. Paula, stehen Sie unter Schock?«

»Nein. Aber danke der Nachfrage. Was ich jetzt brauche, ist etwas Warmes zu trinken.«

»Das kriegen Sie im Hotel.« An Tweed gewandt, knurrte er dann noch: »Und wir beide sprechen uns noch, Tweed.«

28

Vor dem Hotel Drei Könige stiegen sie aus den beiden zivilen Polizeifahrzeugen. Tweed beugte sich ans offene Fenster, um Beck noch etwas zu sagen, während die anderen vor dem Eingang auf ihn warteten.

»Danke fürs Herbringen«, sagte Tweed. »Es tut mir Leid, dass die Aktion zu einem solchen Fiasko geworden ist.«

»Wir reden später darüber«, antwortete Beck kurz angebunden.

Als Newman, der sich draußen noch nach verdächtigen Gestalten umgesehen hatte, als Letzter ins Hotel kam, lief er dort Basil Windermere in die Arme

»Na, wie geht's Ihnen, Bob?«, fragte Windermere, der einen nagelneuen Kamelhaarmantel trug. »Schön, dass Sie auch hier sind. Lassen Sie uns doch in die Bar gehen und einen Schluck zusammen trinken.«

Fast hätte Newman den Vorschlag abgelehnt, aber er war so verblüfft, Windermere in Basel zu treffen, dass er es besser fand, den Grund von dessen Hiersein herauszufinden. Tweed hatte noch keine Zeit gehabt, ihn über das Gespräch mit Guy Strangeways zu unterrichten. Also folgte er Windermere zögernd in die Bar, die hinter den beiden Restaurantsälen des Hotels lag.

»Mir ist nach Feiern zumute«, sagte Windermere, nachdem sie es sich in zwei roten Ledersesseln bequem gemacht hatten. Außer ihnen war nur eine attraktive blonde Kellnerin in der Bar, die sofort an ihren Tisch kam. Windermere ließ den ersten Blick anerkennend über ihre Figur streifen, was der jungen Frau sichtlich unangenehm war.

»Ich nehme einen doppelten Scotch«, sagte Newman. Nach all dem, was an diesem Tag passiert war, hatte er ihn sich redlich verdient. Er schwor sich allerdings, keinen Augenblick länger als unbedingt nötig in Windermeres Gesellschaft zu verbringen.

»Prosit, alter Junge. Auf ewige Freundschaft«, sagte Basil und hob sein Glas.

»Was feiern wir denn?«, fragte Newman ohne großen Enthusiasmus.

»Dass wir uns hier getroffen haben natürlich. Sie sehen großartig aus.«

»Warum sind Sie hier?«

»Er kann's nicht lassen, der Herr Auslandskorrespondent«, sagte Windermere mit einem melancholischen Lächeln, mit dem er reiche alte Damen vermutlich in Verzückung stürzte. »Ständig auf der Suche nach neuen Informationen.«

»Sie haben mir meine Frage nicht beantwortet.«

»Ich bin hier, weil ich meinen lieben Freund Rupert Strangeways begleite.«

»Ist Rupert etwa auch in Basel?«

»Er wohnt sogar in diesem Hotel, alter Kumpel, genau wie ich auch. Sir Guy ist ebenfalls hier.«

»Dann ist mir einiges klar. Sie reisen auf Kosten von Ruperts Vater.«

»Ein bisschen mehr Taktgefühl könnte Ihnen nicht schaden, Bob.«

»Wenn etwas so offensichtlich ist, muss man es auch offen aussprechen.«

»Sie haben Ihren Whisky ja schon ausgetrunken«, bemerkte Windermere und winkte die Bedienung herbei. »Noch einmal dasselbe?«

»Diesmal einen einfachen Scotch, bitte.«

»Wissen Sie was, Bob?«, sagte Windermere, als sie wieder allein waren. »Das Leben kann mitunter verdammt hart sein. Manchmal weiß man nicht, wo man den nächsten Penny hernehmen soll.«

Windermere trug einen blauen Armani-Anzug, ein teures, frisch gestärktes Hemd und eine Krawatte von Valentino. Er lümmelte halb liegend in seinem Sessel und hatte die weit von sich gestreckten Beine an den Fesseln übereinander geschlagen. Die Füße steckten in maßgefertigten Schuhen.

«Nach Ihrer Kleidung zu schließen, kann es Ihnen nicht allzu schlecht gehen.«

»Ach, der äußere Schein trügt ja so oft!«, erwiderte Windermere und legte einen Finger an seine klassische Nase. »Sie dürfen es nicht weitersagen, alter Freund, aber momentan besitze ich nicht einen roten Heller. Deshalb habe ich gedacht, Sie könnten mir vielleicht ein bisschen unter die Arme greifen. Zwanzigtausend Pfund würden genügen. Natürlich nur leihweise«, fügte er eilends hinzu. »Ich zahle Ihnen das Geld zurück, sobald ich wieder auf die Füße gekommen bin.«

»Und wann wird das sein? Nächstes Jahr? Übernächstes Jahr? Vielleicht niemals?«

»Ich weiß, dass Sie es sich leisten könnten. Sie haben doch ein dickes Bankkonto seit Ihrem Bestseller. Wie hieß er noch mal? *Kruger – der Computer, der versagte.* Dieser Welterfolg dürfte Sie doch bis an Ihr Lebensende finanziell saniert haben.«

Windermere hatte den Nagel auf den Kopf getroffen, aber Newman sah keine Veranlassung, ihm das zu bestätigen. Er trank seinen Whisky aus und sah seinem Gesprächspartner ins Gesicht.

»Basil, ich verleihe niemals Geld. Das ist ein Grundsatz, den Sie sich vielleicht auch zu Eigen machen sollten.«

Die Bedienung hatte die Rechnung auf den Tisch gelegt, damit Windermere sie unterzeichnen konnte. Sein Gesicht hatte einen unangenehmen Ausdruck angenommen. Er hob sein Glas, trank es rasch aus und stellte es mit Schwung zurück auf den Tisch.

»Und ich dachte, Sie könnten mir aus einer Verlegenheit helfen. Ich bin mit meiner Miete bereits ein paar Monate im Rückstand …«

»Dann ziehen Sie eben in ein billigeres Stadtviertel um. Wie wär's mit Clapham?«

»Sie wissen genau, dass ich meine Freunde nicht in Clapham empfangen kann …«

»Freundinnen meinen Sie wohl. Ihre reichen Witwen. Haben Sie eigentlich jemals daran gedacht, sich eine ehrliche Arbeit zu suchen?«

»Nehmen Sie es mir nicht übel«, sagte Windermere mit scharfer Stimme, »aber Ihre Vorschläge finde ich nicht sehr aufbauend.«

»Das Leben ist kein Zuckerschlecken, Basil.«

Newman stand auf und wollte gehen, aber Windermere hielt ihn am Ärmel des Jacketts zurück. Das Lächeln war aus seinem Gesicht gewichen, und Newman erschrak fast, als er den bösen Ausdruck sah, der es ersetzt hatte.

»Sie haben die Rechnung noch nicht unterschrieben«, sagte Windermere und deutete auf den Tisch.

»Und Sie haben wohl vergessen, dass Sie mich zu einem Drink eingeladen haben.«

Ohne auf eine Antwort zu warten, verließ Newman die Bar. Im Lift dachte er noch immer an den giftigen Ausdruck in Windermeres Gesicht, der so überhaupt nicht in das Bild eines Möchtegern-Playboys passen wollte, der sich von reichen Damen aushalten ließ. Newman beschloss, Tweed von seiner Unterredung zu erzählen.

Tweed war allein in seinem Zimmer. Nachdem er ein ausgiebiges heißes Bad genommen hatte, zog er sich frische Sachen an und dachte über einiges nach, was an diesem Tag geschehen war. Gerade als er Newman, Marler und Paula anrufen wollte, klingelte das Telefon. Es war der Portier, der ihm sagte, dass Beck unten in der Halle sei und ihn sprechen wolle.

»Bitten Sie ihn doch herauf zu mir«, sagte Tweed.

Kurze Zeit später stand ein ernst dreinblickender Beck vor der Tür. Er setzte sich kerzengerade in den Sessel, den Tweed ihm angeboten hatte, und schlug die Beine übereinander. Er sah so aus, als müsste er erst einmal seine Gedanken ordnen und wüsste nicht so recht, wo er anfangen solle. Tweed ließ sich ihm gegenüber auf der Couch nieder und wartete.

»Das war eine schlimme Geschichte vorhin«, fing Beck schließlich an. »Zum Glück ist dabei niemand zu Schaden gekommen, was meiner Ansicht nach an ein Wunder grenzt.«

»Wissen Sie, was mit der Explosion bezweckt werden sollte?«, fragte Tweed. »Man wollte mich und meine Leute auf einen Schlag ausradieren. Und ich möchte bezweifeln, dass Sie und Ihre Leute mit dem Leben davongekommen wären.«

»So viel habe ich mir auch schon zusammengereimt. Ich hatte gerade ein ziemlich heftiges Telefongespräch mit Jake Ronstadt. Ich habe ihn angerufen und ihm gesagt, was passiert ist, und dass ich den Vorfall nach Washington melden würde, zusammen mit der Information, dass fünf seiner Begleiter, die alle Waffen bei sich trugen, in Basel umgebracht worden sind.«

»Wie hat er denn reagiert?«

»Genau so, wie ich es mir gedacht hatte. Er ist aufgebraust und hat behauptet, das alles habe nicht das Geringste mit ihm zu tun. Bei der Gelegenheit hat er noch einmal auf seinen Diplomatenstatus hingewiesen. Ich habe ihn unterbrochen und gesagt, dass ich ihn im Polizeipräsidium sprechen wolle – und zwar nach meinem Telefonat mit Washington. Daraufhin ist er erst richtig in die Luft gegangen.«

»Was hat er gesagt?«

»Er hat ins Telefon geschrien, dass er es satt habe, ständig von der Schweizer Polizei belästigt zu werden. Außerdem habe er vor, in den nächsten Tagen zusammen mit seinen Leuten das Land zu verlassen und nicht mehr wiederzukommen. Und dann hat er den Hörer auf die Gabel geknallt.«

»Damit haben Sie ja erreicht, was Sie wollten«, sagte Tweed mit einem reumütigen Lächeln.

»Das verstehe ich nicht.«

»Doch, Sie verstehen mich nur zu gut, Arthur. Ihr Telefonanruf hatte doch nur den Zweck, Ronstadt und seine Männer außer Landes zu treiben. Das haben Sie geschafft.«

»Ich muss zugeben, dass ich von dem Terror, den diese Amerikaner hier verbreiten, die Schnauze gestrichen voll habe.«

»Und darüber hinaus sind Sie heilfroh, wenn Sie auch von uns nichts mehr sehen«, fügte Tweed mit ruhiger Stimme an.

»Das habe ich nicht gesagt.«

»Natürlich nicht. Dazu sind Sie viel zu taktvoll. Aber Sie wissen auch, dass wenn Ronstadt und Co. von hier verschwinden und möglicherweise nach Deutschland gehen, wir ihnen folgen werden.«

»Meine Aufgabe ist es, die Sicherheit der schweizerischen Bevölkerung zu gewährleisten«, sagte Beck. »Zum Glück ist bis jetzt keiner unserer Bürger zu Schaden gekommen. Aber wenn es so weitergeht wie bisher, ist es nur eine Frage der Zeit, bis es dazu kommt.

»Ich finde, Sie haben völlig Recht. Übrigens glaube ich, dass sich Ronstadt ziemlich bald aus dem Staub machen wird, vielleicht sogar schon morgen.«

»Ich lasse meine Beamten immer noch den Grenzübergang an der A 5 überwachen. Sollten Ronstadt und seine Bande dort auftauchen, werde ich sie, wie besprochen, wegen Verdachts auf Drogenschmuggel festhalten lassen. Das wird Ihnen genügend Zeit geben, sich ihnen an die Fersen zu heften.«

»Dafür bin ich Ihnen sehr dankbar. Sie waren mir in all den Jahren immer ein loyaler Verbündeter.«

»Nun, das beruht ja auf Gegenseitigkeit. Aber jetzt muss ich gehen. Sie können schließlich allein auf sich aufpassen. Behalten Sie übrigens das Handy, das ich Ihnen gegeben habe. Ich weiß zwar, dass Sie nicht viel von diesen Dingern halten, aber damit können Sie mich jederzeit erreichen, wo immer Sie sich auch befinden. Tja, ich persönlich halte diesen Ronstadt für einen hinterhältigen Burschen. Es kann gut sein, dass er mitten schon in der Nacht von hier verschwindet ...«

Nachdem Beck gegangen war, rief Tweed die anderen an und bat sie zu sich aufs Zimmer. Paula erschien als Erste, fast unmittelbar gefolgt von Newman, Marler, Butler und Nield. Tweed hatte drei Kannen Kaffee und Tassen für sieben Personen bestellt und danach Keith Kent angerufen, um ihn ebenfalls herzubitten.

Tweed stand am Fenster und blickte, während er die Hände auf dem Rücken verschränkt hatte, hinaus in die Nacht. Diese Haltung kannte Paula gut. Tweed nahm sie immer ein, wenn er in der Park Crescent an einem Problem herumknabberte.

»Wie wäre es mit Kaffee?«, fragte sie die anderen. »Wer eine Tasse haben will, hebt die Hand.«

Sechs Hände gingen hoch, und Paula schenkte eine Tasse nach der anderen ein. Keith Kent, der als Letzter gekommen war, nickte den anderen zur Begrüßung zu. Dann ergriff Marler als Erster das Wort, was ziemlich ungewöhnlich für ihn war.

»Tweed, als wir vorhin an der Anlegestelle waren, habe ich mitbekommen, wie Sie Beck gesagt haben, dass die Art, wie die Information über die *Minotaurus* zu uns gelangt ist, Sie misstrauisch gemacht habe. Damit meinen Sie wohl das, was Denise Chatel mir erzählt hat.«

»Genau«, sagte Tweed.

»Glauben Sie denn, dass Denise die Geschichte erfunden hat?«

»Das weiß ich nicht. Aber mir ist die ganze Sache ein wenig zu simpel vorgekommen. Denise wird von einem unbekannten Amerikaner ins Euler bestellt, wo angeblich Sharon auf sie warten sollte. Sharon ist natürlich nicht da, dafür aber hört Denise wie aus Zufall die Unterhaltung mit, in der von der Versammlung auf dem Kahn die Rede ist.«

»Dann können wir Denise also auch nicht vertrauen«, sagte Marler.

»Wir können niemandem vertrauen«, entgegnete Tweed mit Nachdruck.

»Ich habe eine wunderbare Neuigkeit für Sie«, meldete sich Newman mit einem ironischen Unterton in der Stimme zu Wort. »Unser Freund Rupert ist hier im Hotel.«

»Ich weiß«, erwiderte Tweed. »Sir Guy hat es mir erzählt.«

»Und er hat seinen Kumpel Basil mitgebracht«, fuhr Newman fort. »Ich habe mit dem Traum aller reichen Witwen vorhin etwas getrunken. Und da wollte er mich doch tatsächlich anpumpen …«

Newman erzählte von seinem Erlebnis an der Bar, wobei er die Sache zwar ein bisschen abkürzte, aber die Stimmung zwischen ihm und Windermere genau wiedergab.

Paula schluckte. »Zwanzigtausend Pfund! Ist der Kerl von allen guten Geistern verlassen?«

»Natürlich war Basil nicht gerade erfreut, als ich ihm geraten habe, er soll es doch einmal mit ehrlicher Arbeit probieren, aber es hat mich dann doch erstaunt, wie böse er mich daraufhin angefunkelt hat.«

»Er muss sich wohl in einer ziemlich verzweifelten Lage befinden«, meinte Paula.

»Und verzweifelte Menschen können gefährlich werden«, sagte Tweed. »Ich möchte doch zu gern wissen, wie Guy Strangeways herausgefunden hat, dass wir hier sind. Er wollte es mir partout nicht sagen.«

»Vielleicht hat Ronstadt es ihm erzählt?«, sagte Nield. »Es ist doch offensichtlich, dass Ronstadt schon eine ganze Weile von unserer Anwesenheit wusste.«

»Und warum sollte Ronstadt das tun?«, fragte der ansonsten so schweigsame Butler.

»Vielleicht um mich zu verwirren«, sagte Tweed. »Damit ich von etwas Wesentlichem abgelenkt werde.«

»Das würde aber bedeuten, dass Strangeways mit den Amerikanern unter einer Decke steckt«, bemerkte Butler.

»Wie ich vorhin schon sagte: Wir können niemandem mehr vertrauen.«

»Nicht einmal Denise Chatel«, sagte Marler.

»Beck war vor ein paar Minuten hier bei mir«, begann Tweed und berichtete den anderen, was ihm der Chef der Bundespolizei erzählt hatte. »Wenn er Recht hat«, schloss er, »dann sollten wir jetzt Vorkehrungen treffen, um diese Stadt jederzeit verlassen zu können. Sobald diese Unterredung beendet ist, geht jeder auf sein Zimmer und packt seine Sachen.«

»Glauben Sie immer noch, dass die Basis der Amerikaner im Schwarzwald liegt?«, fragte Newman.

»Das müssten Sie eigentlich besser wissen als ich. Sie haben doch Kurts letzte Worte gehört. Ich gehe jede Wette ein, dass er den Schwarzwald gemeint hat.«

Das Telefon klingelte, und Paula ging ran. »Es ist Beck«, sagte sie und gab den Hörer an Tweed weiter.

»Ja, Arthur ...«

»Ich habe gerade den neuesten Wetterbericht hereinbekommen und mir gedacht, es würde Sie vielleicht interessieren, dass es im Schwarzwald heftig schneit. Das soll noch eine Weile so bleiben, was für diese Jahreszeit eigentlich ungewöhnlich ist. Manchmal aber passiert es eben doch. Das war alles, was ich Ihnen sagen wollte. Ich stecke bis zum Hals in Arbeit.«

Tweed legte auf und erzählte den anderen, was Beck gesagt hatte. Paula seufzte.

»Das hat uns gerade noch gefehlt«, sagte sie. »Wenn ich noch Zeit habe, werde ich mir ein Paar Pelzstiefel kaufen.«

»Ach, übrigens, Keith«, sagte Tweed. »Ich würde es begrüßen, wenn Sie uns begleiten könnten.«

»Wie Sie wünschen. Wenn Sie mich dafür bezahlen, gehe ich mit Ihnen überall hin. Dann werde ich jetzt wohl auf mein Zimmer gehen und meine Sachen packen.«

»Tun Sie das.«

Nachdem Kent gegangen war, sagte Newman: »Was glauben Sie, dass dieser Strangeways für ein Spiel spielt?«

»Wenn ich das bloß wüsste«, antwortete Tweed. »Aber eines verspreche ich Ihnen: Sobald es mir möglich ist, werde ich aus ihm herausbekommen, wer ihm gesagt hat, dass wir hier sind. Er ist in einer ziemlich nervösen Gemütsverfassung. Als ich mit ihm gesprochen habe, war er ganz zittrig und hat ständig mit seinem Füller herumgespielt.«

»Ich glaube, wir sollten jetzt alle auf unsere Zimmer gehen und unsere Sachen packen«, sagte Newman und stand auf. »Möglicherweise hat Beck Recht, und Ronstadt versucht sich in der Nacht davonzustehlen.«

Paula blieb zusammengerollt wie eine Katze in ihrem Sessel sitzen, bis alle anderen gegangen waren. Tweed schenkte ihr noch eine Tasse Kaffee ein, bevor er sie ansprach.

»Heraus mit der Sprache, Paula. Sie haben doch etwas auf dem Herzen.«

»Stimmt. Aber machen Sie sich keine Sorgen, weil ich nicht packen gehe. Ich habe meine Sachen schon fast alle im Koffer.«

»Das habe ich auch nicht anders erwartet. Ich weiß ja, wie gut organisiert Sie sind. Also, was bereitet Ihnen Kopfzerbrechen?«

»Nichts. Aber ich bin nun einmal neugierig und frage mich, weshalb Sie unbedingt wollen, dass Keith Kent mit uns kommt.«

»Ich habe Ihnen doch auf der Fahrt zu der Anlegestelle erzählt, was er über die beiden englischen Banknoten gesagt hat, die Juliette mir in dem Umschlag gegeben hat. Das macht mir Sorgen.«

»Wieso?«

»Erinnern Sie sich noch an den Brief, den Marler von Kurt Schwarz erhalten hat? Er nannte ihn den ›Brief aus dem Reich der Toten‹ oder so was Ähnliches. In dem Brief stand: *Geben Sie auf die Lastkähne Acht.* Damals in der Park Crescent habe ich noch gedacht, er meinte damit die Lastkähne auf der Themse, aber als ich die Lastkähne hier auf dem Rhein gesehen habe, ist mir der Gedanke gekommen, dass Schwarz vielleicht diese gemeint haben könnte. Jetzt wissen wir, dass das stimmt. Aber wir werden wohl nie erfahren, wie er vorausahnen konnte, was passieren würde.«

»Aber was hat das mit den Banknoten zu tun?«

»Der zweite Satz in Kurts Brief lautete: *Sie müssen die Druckerpressen ausfindig machen.* Und worauf entstehen Banknoten? Auf Druckerpressen. Ich glaube, dass Washington sich einen teuflischen Plan ausgedacht hat, um England zu destabilisieren. Die Zeit drängt, wenn wir seine Ausführung noch verhindern wollen. Und ich glaube, dass wir die Lösung des Rätsels im Schwarzwald finden werden.«

29

Kurz nachdem Paula gegangen war, klingelte erneut das Telefon. Als Tweed abhob, meldete sich Sharon Mandeville. Tweed konnte sich die Bemerkung nicht verkneifen, dass er seit seiner Ankunft in Basel nicht allzu viel von ihr gesehen habe.

»Nun, manche Leute würden sagen, dass Sie daran nicht ganz unschuldig sind«, schalt sie ihn mit sanfter Stimme. »Schließlich haben Sie mich schon am ersten Tag versetzt.«

»Dafür wollte ich mich gerade nochmals entschuldigen. Es hatte sich etwas ergeben, das keinen Aufschub duldete. Ich musste ganz schnell das Hotel verlassen.«

»Ich verzeihe Ihnen. Ich rufe übrigens an, weil ich es nett fände, wenn Sie und Bob Newman heute mit mir zu Abend essen würden. Hier im Hotel, wenn Ihnen das recht ist.«

»Und ob mir das recht ist. An welche Uhrzeit haben Sie gedacht?«

»Geht es bei Ihnen um acht? Danach könnten wir ja noch alle zusammen in die Bar gehen und einen Schluck trinken.«

»Klingt gut. Ich kann Bob Newman anrufen, dann brauchen Sie nicht Ihre wertvolle Zeit zu vergeuden.«

»Das ist lieb von Ihnen. Ich muss nämlich gleich los, um mich mit meinen Schweizer Freunden zu treffen. Sie fangen langsam an, mir auf die Nerven zu gehen, aber ich habe ihnen nun mal versprochen, dass ich bei ihnen vorbeischaue. Bis heute Abend dann ...«

Tweed rief Newman an und bat ihn, in sein Zimmer zu kommen. Als er da war, erzählte er ihm von der Einladung.

»Ich hoffe, Sie haben nichts dagegen, dass ich in Ihrem Namen zugesagt habe.«

»Natürlich nicht. Im Gegenteil, ich bin froh, dass Sie es getan haben. Ich frage mich nur, was Sharon vorhat.«

»Sie hat geklungen, als hätte sie die Schnauze von ihren Schweizer Freunden voll und müsste mal mit jemand anders reden. Ich hoffe, dass ich ein paar Informationen aus ihr herausquetschen kann.«

»Aber was könnte sie uns erzählen?«

»Vielleicht hat sie ja in der Botschaft in London etwas mitbekommen, das für uns interessant ist. So, jetzt gehe ich kurz hinunter zur Rezeption. Ich muss das Mädchen dort etwas fragen.«

»Und ich packe weiter meine Sachen.«

»Machen Sie schnell. Und dann sorgen Sie dafür, dass wir Autos mit Winterreifen bekommen. Wenn es im Schwarzwald wirklich so heftig schneit, wie Beck sagt, dann werden wir sie dringend brauchen.«

»Ich rufe Marler an und sage ihm, dass er sich darum kümmern soll. Er wird jetzt zwar keine Autovermietung mehr erreichen, aber morgen früh kann er alles in die Wege leiten. Wir können bloß hoffen, dass Ronstadt und Co. nicht schon in der Nacht abhauen. Wann ist eigentlich das Essen mit Sharon?«

»Um acht Uhr unten im großen Restaurant. Und vergessen Sie nicht, sich für Sharon in Schale zu werfen ...«

Anstatt den Lift zu benützen, ging Tweed über die breite Treppe nach unten. Die Hotelhalle war leer, niemand saß an den Tischen mit Blick auf den Rhein. Er ging auf die Rezeption zu und lächelte die junge Frau dort an.

»Vermutlich haben Sie schon von dem Unglück gehört, das sich heute Abend auf dem Rhein ereignet hat.«

»Natürlich. Die ganze Stadt spricht darüber. Ein Schiff ist explodiert, aber glücklicherweise wurde niemand verletzt.«

»Das stimmt. Angeblich soll eine Gasflasche an Bord explodiert sein.«

»Ach, das war die Unglücksursache«, sagte die junge Frau.

Tweed vermutete, dass sie die Information sofort weitererzählen und so dafür sorgen würde, dass die Spekulationen nicht allzu wild ins Kraut schossen. »Hier von der Hotellobby aus hätte man den Kahn eigentlich vorbeifahren sehen müssen«, sagte er.

»Zwei Gäste haben das auch. Eine davon war Mrs. Mandeville. Sie hat allein an einem Ecktisch gesessen, als der Kahn vorbeikam. Und dann war da noch Mr. Osborne, der auf einem Stuhl drüben beim Restaurant Platz genommen hatte. Beide hatten Ferngläser dabei. Die Explosion hat man aber auch mit bloßem Auge gesehen. Das muss aber eine große Gasflasche gewesen sein.« Sie hielt inne und blickte an Tweed vorbei in die Halle.

»Hi, Tweed«, tönte eine sehr amerikanisch klingende Stimme von hinten. »Ich habe Sie schon überall gesucht.« Eine kräftige Hand legte sich auf Tweeds Schulter. »Wird Zeit, dass wir beide zusammen einen zur Brust nehmen. Vielleicht auch mehr als einen. Die Tische am Fenster sind alle frei.«

»Ich habe leider nur wenig Zeit«, versuchte Tweed sich herauszureden.

»Ach, für einen kleinen Drink ist immer Zeit.«

Osborne geleitete Tweed zu dem Tisch in der Nähe des Restaurants, an dem er nach Aussage der Frau am Empfang schon zuvor gesessen hatte. »Schicken Sie uns einen Kellner«, rief er der Rezeptionistin zu. »Und zwar *tut sweet*, wie die Franzosen sagen.«

»Die sprechen hier alle sehr gut Englisch«, bemerkte Tweed, während er sich setzte.

»Aber das hindert mich nicht, meine Fremdsprachen ein wenig zu üben. Als ich einmal in Rom war, da ...«

»Ich hätte gern ein Glas trockenen französischen Weißwein«, sagte Tweed zu dem Kellner, der sofort an den Tisch gekommen war.

»Die haben hier keinen Bourbon«, sagte Osborne zu Tweed. »Weiß der Himmel, weshalb. Dann muss ich wohl wieder einen doppelten Scotch on the rocks nehmen.«

»Haben Sie mitbekommen, dass auf dem Fluss ein Lastkahn explodiert ist?«, fragte Tweed.

»Na klar doch. Ist aber niemand dabei hopsgegangen, soviel ich gehört habe.«

»Ed, weshalb sind Sie eigentlich in Basel?«

»*Ed*. Das gefällt mir schon besser. Sehr viel besser sogar. Warum ich in dieser komischen Stadt bin? Die Botschaft hat mich hergeschickt, damit ich mir eine Schweizer PR-Agentur einmal näher ansehe. Ich soll mich vergewissern, dass die Kerle ihr Handwerk auch wirklich beherrschen. Ich schätze, das tun sie. Vielleicht werben wir ihnen ihre Top-Leute ab und schicken sie nach New York. Ah, da kommen unsere Drinks. Auf Ihr Wohl, Tweed.«

»Auf das Ihre, Ed.«

»Jetzt, wo meine Arbeit hier beendet ist, werde ich wohl bald weiterziehen. Nach Freiburg. Das ist am Fuße des Schwarzwalds. Ich habe mir sagen lassen, dass es dort ein nettes Hotel mit Namen Schwarzwälder Hof gibt. Da will ich hin.«

»Wissen Sie schon, wann Sie fahren?«

»Nein, ich überlege noch.« Er hielt inne. »Aber wahrscheinlich in den nächsten Tagen.«

Osborne rutschte auf dem Stuhl herum, der unter seinem Gewicht stöhnte und ächzte. Er trug ein cremefarbenes Jackett mit orangefarbenen Streifen, blassgelbe Hosen und ein weißes Hemd mit einer auffällig gemusterten Krawatte. Das ganze Outfit kam Tweed grell und schreiend vor und erinnerte ihn daran, wie er vor etlichen Jahren einmal in Kalifornien gewesen war und viele ähnlich gekleidete Leute gesehen hatte.

»Wieso sind Sie ausgerechnet hier im Hotel Drei Könige abgestiegen?«, fragte Tweed.

»In der Botschaft in London habe ich gehört, dass Sharon nach Basel fliegt«, antwortete Osborne und senkte die Stimme. »Ich habe sie gefragt, wo sie denn wohnen werde, und sie hat mir etwas widerwillig den Namen dieses Hotels genannt. Also habe ich auch ein Zimmer hier gebucht. Ich dachte, wir könnten uns Gesellschaft leisten. Aber da sehen Sie mal, wie naiv ich bin. Seit ich hier bin, habe ich Sharon so gut wie nie zu Gesicht gekriegt. So ist das Leben ...«

»Dürfte ich Sie fragen, was genau Sie in Europa machen?«

Die beiden sprachen sehr leise. Osborne nahm ein Etui mit Zigarren aus der Tasche und bot Tweed eine an, der aber ablehnte. Nachdem der Amerikaner umständlich das Ende seiner Zigarre abgeschnitten hatte, steckte er sie sich in den Mund und zündete sie an, indem er ein brennendes Streichholz mit kreisenden Bewegungen an ihre Spitze hielt.

»Ich baue eine Propagandagruppe auf«, sagte er schließlich und blies eine bläuliche Rauchwolke in die Luft. »Ein Team von

PR-Spezialisten und Meinungsmanipulatoren, das den Leuten eine gehörige Gehirnwäsche verpasst, damit sie auch ja das tun, was wir wollen. Klingt wie aus dem Lehrbuch des Dr. Goebbels, finden Sie nicht?«

»Und dieses Team ist für die amerikanische Regierung tätig?«

»Für wen denn sonst?« Osborne sah Tweed mit einem trockenen Lächeln an.

»War es nicht Abraham Lincoln, der einmal gesagt hat: ›Man kann nicht alle Leute allezeit zum Narren halten‹ oder so ähnlich?«

»Stimmt.«

»Gefällt Ihnen Ihr Job eigentlich?«

»Klar«, sagte Osborne. »Es ist eine Arbeit wie jede andere auch. Solange ich nichts Besseres gefunden habe, mache ich das.«

»Danke für den Drink«, sagte Tweed und stand auf. »Ich muss mich jetzt entschuldigen.«

»Den nächsten können wir ja heute Abend trinken«, rief Osborne ihm nach.

Von seinem Platz aus, der ihm einen Überblick über die ganze Hotelhalle gewährte, hatte Tweed gesehen, wie Denise Chatel aus dem Lift gestiegen und ins Schreibzimmer gegangen war. Im selben Augenblick hatte Paula, von der Treppe her kommend, die Hotelhalle betreten. Tweed ging hinüber zur Tür des Schreibzimmers und öffnete sie. Denise wirbelte auf ihrem Stuhl vor einem der Schreibtische herum. Als Tweed die Tür hinter sich schloss, sah Denise ihn erschrocken an. Tweed fragte sich, ob der Psychiater, der sie als hypernervös bezeichnet hatte, am Ende vielleicht doch nicht falsch gelegen hatte.

»Wenn ich Sie störe, dann gehe ich wieder«, sagte er.

»Nein, nein. Bleiben Sie doch. Bitte, setzen Sie sich«, sagte sie förmlich.

Denise machte einen angespannten Eindruck und hatte einen gehetzten Ausdruck auf ihrem hübschen Gesicht. Tweed ließ sich in den Stuhl neben dem ihren nieder und lächelte sie an.

»Na, wie geht es Ihnen?«, fragte er. »Diese Akte vor Ihnen hat hoffentlich nichts mit Ihrer Arbeit zu tun.«

»Doch, das hat sie. Ich habe vor dem Essen noch eine Menge zu erledigen«, erwiderte sie hastig. »Manchmal habe ich den Eindruck, dass Sharon sich Arbeit für mich ausdenkt, bloß damit ich beschäftigt bin. Aber erzählen Sie ihr das bitte nicht.«

»Natürlich nicht. Warum sagen Sie ihr nicht einfach, dass Sie müde sind und eine Pause brauchen?«

»Sharon hält nichts von Pausen. Selbst wenn sie eine Verabredung hat, nimmt sie sich noch ein paar Akten mit in den Wagen, um sie während der Fahrt durchzusehen. Deshalb hat sie auch immer einen Chauffeur. Sie ist eine Karrierefrau wie aus dem Bilderbuch. Manchmal bewundere ich ihre Energie. Die Frau kommt mit einem Minimum an Schlaf aus.«

»Haben Sie heute Nachmittag mit jemand anders außer ihr gesprochen? Nur so zur Abwechslung, meine ich.«

»Ich habe ein paar Worte mit Angestellten des Hotels gewechselt, darunter auch mit dem Manager vom Dienst. Die Leute sind alle sehr nett hier. Ich glaube, sie haben mitbekommen, dass ich viel allein bin.«

»Haben Sie heute schon mal Marler gesehen?«

»Nur kurz. Ich bin ihm vorhin auf dem Gang begegnet.«

»So, und jetzt halte ich Sie nicht mehr länger von Ihrer Arbeit ab«, sagte Tweed mit einem Lächeln und stand auf.

»Wenn ich fertig werden will, muss ich mich wirklich ranhalten.«

»Überanstrengen Sie sich nicht. Ich werde Sie jetzt allein lassen.«

Als er über die Treppe wieder hinauf in sein Zimmer ging, kam Marler ihm entgegen. Sie waren allein im Treppenhaus. Nirgends war jemand zu sehen, der ihnen hätte zuhören können.

»Ich habe erfahren, dass Sie nach der Explosion der *Minotaurus* Denise begegnet sind.«

»Begegnet ist das richtige Wort. Sie hat kurz hallo gesagt und ist dann weiter den Gang entlanggeeilt. Sie kam mir ziemlich beschäftigt vor.«

»Das ist sie wohl auch. Wie sieht es übrigens mit unseren neuen Wagen aus? Wahrscheinlich hatten Sie so spät kein Glück mehr.«

»Doch, hatte ich. Ich habe die Autovermietung angerufen, von der unsere Wagen am Flughafen waren. Es war gerade noch jemand im Büro, und den habe ich überredet, uns zwei weiße Audis mit Winterreifen in die Hotelgarage bringen und die anderen Wagen abholen zu lassen.«

»Sehr gut. Dann können wir jetzt jederzeit von hier verschwinden. Und das könnte ziemlich bald sein.«

Auf dem Weg hinauf in sein Zimmer plagten Tweed beunruhigende Gedanken. Denise war es gewesen, die Marler von dem Treffen auf der *Minotaurus* unterrichtet hatte, Denise hatte mit den Hotelangestellten gesprochen, wobei es sicherlich um die Explosion des Lastkahns gegangen war, und Denise hatte Marler kurz auf dem Gang getroffen. *Und doch hat Denise Marler gegenüber mit keinem Wort das Unglück erwähnt – und mir gegenüber auch nicht.*

30

Um sieben Uhr abends ging Paula allein durchs Hotel, um sich ein bisschen umzusehen.

»Es gibt hier zwei feindliche Elemente«, sagte sie zu sich. »Ed Osborne und Denise Chatel. Wahrscheinlich hat Osborne Denise angewiesen, uns von dem angeblichen Treffen auf der *Minotaurus* zu erzählen, um uns damit in die Falle zu locken. Wenn wir bei der Explosion in der Nähe des Kahns gewesen wären, hätte es uns alle das Leben gekostet.«

Sie war gerade vom zweiten Stock in den ersten hinabgestiegen und ging nun dort den Korridor entlang, als sich ein paar Meter vor ihr eine Tür öffnete und Denise Chatel herauskam. Es war die Tür zu Tweeds Zimmer. Denise drehte sich noch einmal um, sagte etwas und schloss die Tür hinter sich. Dann ging sie mit ausdruckslosem Gesicht an Paula vorbei, als ob diese für sie überhaupt nicht existierte.

»Was geht hier vor, zum Teufel?«, fragte sich Paula.

Das Hotel war seltsam still. Paula ging wieder zurück zur Treppe und hinunter ins Erdgeschoss. Weder in der Hotelhalle noch in den Restaurantsälen war jemand zu sehen. Auch das Schreibzimmer war leer. Paula stieg in den Lift und fuhr hinauf zu Tweed.

Einen Augenblick lang dachte sie, in einem alten Film zu sein, der immer und immer wieder abgespielt wurde, denn als sie den Gang entlangging, öffnete sich abermals die Tür von Tweeds Zimmer. Diesmal war es Sharon Mandeville, die herauskam, noch etwas sagte und dann die Tür schloss. Mit graziösen Schritten kam sie auf Paula zu.

»Gut, dass ich Sie treffe«, sagte Sharon mit einem freundlichen Lächeln und blieb stehen. »Ich organisiere gerade ein kleines Abendessen unten im Restaurant. Bob Newman und Tweed haben meine Einladung schon angenommen. Hätten Sie nicht auch Lust zu kommen?«

»Nun, ich ...«

»Denken Sie nicht lange drüber nach, sagen Sie einfach ja.« Sharons Lächeln wurde immer strahlender. Aus ihren grünen Augen sah sie Paula freundlich an. »Haben Sie Mitleid mit mir. Eine Frau und zwei Männer geht meistens nicht gut. Wenn Sie nicht kommen, bin ich in der Minderzahl.«

»Ich komme gern. Vielen Dank für die Einladung.«

»Um acht Uhr im großen Restaurant. Nicht in der Brasserie daneben.«

»Ich werde da sein.«

Paula sah Sharon noch eine Weile nach. Die Frau ging so leichtfüßig mit geradem Rücken, dass sie fast zu gleiten schien. Als sie um die Ecke verschwunden war, runzelte Paula die Stirn, bis sie sich an eine Freundin erinnerte, die ihr einmal gesagt hatte, dass man davon Falten bekäme. Sie drehte sich um und klopfte an Tweeds Tür.

»Herein«, rief er von innen.

»Ich bin's nur«, sagte Paula, nachdem sie eingetreten war. »Ich war gerade unterwegs und dachte mir, ich schaue mal nach, wie es Ihnen geht.«

»Mir geht's gut. Sie wissen ja, dass ich mir gern etwas Zeit nehme, um mich auf ein gutes Essen vorzubereiten. Sharon hat mich und Newman heute Abend ins Restaurant eingeladen. Nett von ihr, dass sie uns nicht hinaus in die kalte Nacht hetzt.«

Tweed, der seinen besten dunkelblauen Anzug anhatte, saß auf der Couch und schnürte seine spiegelblank geputzten Schuhe. Er machte einen entspannten Eindruck.

»Ich bin gerade draußen im Gang Sharon in die Arme gelaufen«, sagte Paula, während sie sich auf der Armlehne der Couch niederließ. »Sie hat mich ebenfalls zu dem Abendessen eingeladen, und ich habe zugesagt.«

»Das freut mich. Dann sind wir also zu viert. Wissen Sie was? Bis auf Sharons Anruf vor einer Weile hat dieses Telefon nicht ein einziges Mal geklingelt. Es ist schön, zur Abwechslung mal ein wenig Ruhe zu haben.«

»Ich werde jetzt auf mein Zimmer gehen und mich herrichten. Sich mit Sharon zu messen ist kein leichtes Unterfangen.«

»Ach, ich weiß nicht. Sie sehen doch immer ganz wunderbar aus, Paula.«

»Danke für das Kompliment.«

Sie beugte sich zu Tweed hinunter, gab ihm einen zarten Kuss auf die Wange und verließ das Zimmer.

Obwohl sie nach dem Abenteuer auf dem Rhein ein Bad genommen hatte, beschloss Paula, noch einmal unter die Dusche zu hüpfen.

Auf dem Weg zum Badezimmer blieb sie vor dem großen Spiegel an der Wand stehen und betrachtete ihr dunkles, glänzendes Haar, ihre großen, blaugrauen Augen unter den dichten Brauen, ihr gut geschnittenes Gesicht und ihren zarten Teint.

»Ich bin eine Brünette und Sharon eine Blondine«, sagte sie laut. »Was hat die Frau nur an sich, das sie so umwerfend macht? Ich werde sie beim Essen genau beobachten. Aber was rede ich da? Ich klinge ja schon wie eine alte, neidische Hexe.«

Paula hörte ein Klopfen an der Tür und machte auf. Draußen stand Newman, den sie mit einem Lächeln in ihr Zimmer bat. Auch er trug seinen besten Anzug und eine nagelneue Krawatte von Valentino, die sie noch nie an ihm gesehen hatte. Wie brachte es Sharon nur fertig, so unterschiedliche Männer in ihren Bann zu ziehen?

»Ich wollte bloß kurz vorbeikommen, um Ihnen zu sagen, dass Sharon mich und Tweed zum Essen ins Hotelrestaurant eingeladen hat.«

»Ich weiß. Sie wollte, dass ich auch komme. Ich habe zugesagt.«

»Das ist ja echt toll. Ich hatte schon Angst, Sie würden sich ausgeschlossen fühlen, wenn Sie uns mit Sharon gesehen hätten.«

»Das ist nett von Ihnen, Bob. Jetzt brauchen Sie keine Angst mehr zu haben.«

»Sie wollen sich jetzt wahrscheinlich umziehen. Ich werde Sie also nicht länger aufhalten.«

»Ist schon in Ordnung. Ich will nur noch schnell unter die Dusche.«

»Bin schon weg.«

»Bob, noch eine Frage, bevor Sie gehen. Ist Ihnen eigentlich auch schon aufgefallen, dass Tweed oft weiß, was in den Köpfen unserer Gegner vor sich geht? Er nennt das seinen sechsten Sinn.«

»Stimmt, das habe ich auch schon bemerkt.«

»Nun, ich glaube nicht an einen sechsten Sinn. Ich glaube, er hat einen Agenten im gegnerischen Lager.«

Nachdem Newman Paulas Zimmer verlassen hatte, ging er nach unten. Dabei tat er etwas, das völlig untypisch für ihn war: Er blieb kurz vor einem Spiegel im Gang stehen und musterte seine Erscheinung. Windermeres Valentino-Krawatte hatte ihn darauf gebracht, seinen eigenen erst kürzlich gekauften Schlips aus dem Koffer zu kramen. Zufrieden mit seinem Aussehen ging Newman die Treppe hinunter und betrat die Halle, wo ihn Rupert Strangeways entdeckte, der allein an einem Tisch mit Ausblick über den Fluss saß. Newman wünschte, er wäre auf sein Zimmer gegangen.

»He, Newman, kommen Sie doch her und trinken Sie was mit mir. Ich komme mir hier schon richtig einsam vor.«

»Was führt Sie nach Basel?«, fragte Newman, der überprüfen

wollte, ob die Geschichten von Vater und Sohn übereinstimmten. Anstatt zu antworten, winkte Rupert den Kellner herbei.

»Alles hübsch der Reihe nach. Was wollen Sie trinken?«

»Einen doppelten Scotch ohne Eis, bitte.«

Den werde ich auch brauchen, wenn ich mit Rupert rede, dachte Newman bei sich. Rupert trug einen teuren dunklen Smoking, schwarze Hosen mit messerscharfen Bügelfalten und ein frisch gestärktes Hemd mit einer gepunkteten Fliege. Er sah nicht gerade wie jemand aus, der bis über beide Ohren in Schulden steckte. Newman waren Männer, die Fliegen trugen, immer ein wenig suspekt.

»Und ich nehme einen sehr trockenen Martini. Geschüttelt, nicht gerührt. Ich war schon immer ein Fan von James Bond«, fügte Rupert mit einem schiefen Lächeln an, nachdem der Kellner gegangen war. »Ein trauriger Scherz, ich weiß. Vielleicht werden meine Einfälle nach ein paar Drinks etwas spritziger.«

»Ich glaube, ich habe Sie gefragt, was Sie nach Basel führt.«

»Das haben Sie in der Tat, Newman. Über was für ein ausgezeichnetes Gedächtnis Sie doch verfügen.« Rupert grinste. »Das war jetzt nicht sarkastisch gemeint. Sollte ein Witz sein. Aber ich bin nicht sonderlich komisch, nicht wahr?«

»Was noch nicht ist, kann ja noch werden. Ich bin ganz Ohr.«

»Mein Vater hat die Uniform wieder angezogen. Nur in übertragenem Sinn, versteht sich. Er hat mir befohlen, mit ihm zu kommen. Er will damit wohl verhindern, dass ich mich in Schwierigkeiten bringe. Also sitze ich hier und warte darauf, dass eine Frau mit schönen Beinen auf mich zukommt, und wen sehe ich stattdessen? Sie! War nicht böse gemeint.«

»So habe ich es auch nicht aufgefasst. Ich habe vorhin schon etwas mit Basil getrunken. Ich schätze, Ihr Vater bezahlt ihm die Reise.«

»Genau. Und wenn etwas umsonst ist, kann der gute Basil nicht widerstehen.« Rupert grinste wie ein Wolf. »Mein alter Herr bezahlt ihm nicht nur das Hotel und den Flug, sondern auch alle anderen Ausgaben. Wahrscheinlich braucht er jemanden, der auf mich aufpasst, und dafür hat er sich Basil ausgesucht.«

»Als eine Art Kindermädchen«, sagte Newman scherzhaft.

»Ich finde das nicht besonders witzig. Aber Reporter wie Sie waren ja noch nie allzu taktvoll. Eines allerdings bewundere ich an Ihnen: Sie haben bestimmt eine Menge Kies mit Ihrem Bestseller gemacht. *Kruger – der Computer, der versagte.* Ich kenne einige Reporter, die es zu nichts gebracht haben und hinter irgendeinem kleinen Schreibtisch gelandet sind, wo sie für das Gehalt eines Buchhalters die Geschichten anderer Leute redigieren.«

»Was haben Sie eigentlich vor, wenn Sie wieder zu Hause sind?«

»Ich hätte nichts gegen einen Job als Manager einer Investmentgesellschaft.«

Newman traute seinen Ohren kaum. So kannte er Rupert gar nicht. Er hatte immer gedacht, dass der Sohn von Guy Strangeways nicht im Entferntesten daran dachte, eine richtige Arbeit anzunehmen. So etwas war für jenen bisher doch nur etwas für Bauerntölpel gewesen.

»Sie erstaunen mich«, sagte er.

»Das habe ich auch nicht anders erwartet, alter Junge. Ach, übrigens, ist denn die bezaubernde Paula auch hier?«

»Ja«, antwortete Newman und wurde misstrauisch. »Aber sie hat nur sehr wenig Zeit. Heute Abend ist sie beispielsweise zum Essen eingeladen. Ich übrigens auch, deshalb muss ich mich jetzt verabschieden.« Er griff nach der Rechnung, die der Kellner auf den Tisch gelegt hatte.

»Nein, lassen Sie das«, sagte Rupert und nahm ihm die Rechnung aus der Hand. »Ich habe Sie schließlich eingeladen.«

Newman stand auf und ging. Als er bereits ein paar Schritte entfernt war, rief Rupert ihm noch etwas nach.

»Grüßen Sie Paula von mir, wenn Sie sie sehen ...«

Jack Ronstadt saß am Kopfende eines langen Tischs in seiner Suite im Hotel Euler. Er war stinksauer. Dass er trotzdem mit leiser, kontrollierter Stimme sprach, alarmierte alle, die mit ihm im Raum saßen. Sie wussten, dass man sich vor ihm in Acht nehmen musste, wenn er so ruhig war.

»Ihr habt alles vermasselt, was man nur vermasseln kann«, begann er. »Erst lassen sich vier von euch von einer einzigen Handgranate umlegen, dann kriegt Rick Sherman, der diese Irina ausquetschen und dann umbringen sollte, ein Messer in die Kehle …« Er hielt inne und sah sich in der Runde um. »Hat sonst wer noch eine Idee? Könnte sich einer von euch vorstellen, was ihr sonst noch vermasselt habt? Wie steht es mit dir, Vernon? Möchtest du etwas beitragen?«

»Na ja, Boss …« Der dünne Mann räusperte sich. »Ich glaube, Sie spielen auf den Lastkahn an.«

»Da hast du verdammt Recht«, fauchte Ronstadt und schlug mit der Hand auf den Tisch. »Ich habe dich damit beauftragt, dafür zu sorgen, dass wir diesen Tweed und seine Bagage endlich loswerden. Und was machst du?«

»Es hat irgendwie nicht geklappt …«

»*Irgendwie*?« Ronstadt kam langsam in Fahrt. »Willst du mich für blöd verkaufen? Es war eine gottverdammte Katastrophe.«

Er ballte die Faust und gab damit so schnell, dass keiner es kommen sah, Vernon einen Kinnhaken. Vernon fiel mitsamt seinem Stuhl nach hinten auf den Boden, wo er sich mühsam wieder aufrappelte. Mit gesenktem Kopf und kaum verhohlenem Hass auf Ronstadt setzte er sich wieder an den Tisch.

Ronstadt machte ein unbeteiligtes Gesicht, so als wäre nichts passiert. Er hatte seinen Untergebenen nur mit halber Kraft geschlagen, denn wenn er richtig hingelangt hätte, würde Vernon jetzt einen gebrochenen Unterkiefer haben, und das konnte sich Ronstadt nicht leisten. Er brauchte Vernon noch.

»Machen wir also weiter«, fuhr er mit ruhiger Stimme fort. »Morgen in aller Frühe werden Vernon und Brad alle unsere Leihwagen zurückgeben und stattdessen welche mit Winterreifen holen. Drüben im Schwarzwald hat es heftige Schneefälle gegeben. Morgen Nacht möchte ich von hier verschwinden, und wenn ich ›Nacht‹ sage, dann meine ich mitten in der Nacht. In der Basis wartet eine große Lieferung darauf, auf schnellstem Weg nach England gebracht zu werden.« Zum ersten Mal seit Beginn des

Treffens huschte ihm ein Lächeln über das Gesicht. »Habt Ihr noch Fragen?«

Keiner sagte etwas, denn niemand wagte nach dem, was mit Vernon passiert war, den Mund aufzumachen. Ronstadt seufzte und fing an, sein Kartenspiel zu mischen.

»Irgendeine von euch Intelligenzbestien hätte vielleicht fragen können ›Und was ist mit den Waffen?‹«

»Und was ist mit den Waffen?«, fragte Vernon gehorsam.

»So ist's recht, Vernon«, sagte Ronstadt und packte Vernon freundschaftlich an der Schulter. »Anscheinend ist bei dir doch noch nicht Hopfen und Malz verloren. Morgen früh werfen wir unsere Waffen und den übrig gebliebenen Sprengstoff in den Rhein. Die Typen von der Schweizer Zollkontrolle am Grenzübergang sind verdammt scharfe Hunde. Wenn wir erst drüben in Deutschland sind, treffen wir uns mit einem Wagen von unserer Basis, der uns mit neuen Waffen versorgt. Und dass mir heute Nacht keiner von euch ins Bett geht! Ich werde später noch ein weiteres Treffen einberufen, nachdem ich mit Charlie gesprochen und das Okay für unsere Abreise habe ...«

Als Paula sich für das Abendessen zurechtgemacht hatte, setzte sie sich in einen Sessel und dachte an Denise Chatel. Irgendwie kam die Frau ihr sehr einsam vor. Vielleicht verletzte es sie, dass sie nicht auch zu dem Abendessen eingeladen war. Paula ging zum Telefon und rief bei der Rezeption an.

»Könnten Sie mich bitte mit dem Zimmer von Denise Chatel verbinden?«

»Das ist leider nicht möglich. Miss Chatel ist abgereist.«

»Was soll das heißen?«

»Sie hat mich vor etwa einer Dreiviertelstunde gebeten, ihren Wagen vorfahren zu lassen. Dann hat sie ihre Rechnung bezahlt und ist abgefahren.«

»Hat sie eine Adresse hinterlassen?«

»Nein.«

»Vielen Dank.«

Paula eilte zu Tweeds Zimmer. Tweed ließ sie herein. Paula

sagte nichts, bis sie auf der Couch saß. Sie war wie vor den Kopf gestoßen. Normalerweise kapierte sie ziemlich schnell, was vor sich ging, aber jetzt rasten ihr die Gedanken wie ein Mahlstrom im Kopf herum.

»Ich habe gerade erfahren, dass Denise Chatel abgereist ist«, sagte sie.

»Wann?«, stieß Tweed hervor.

»Vor mehr als einer Dreiviertelstunde. Sie hat sich ihren Wagen an den Eingang bringen lassen und ist dann weggefahren.«

»Wissen Sie, wohin?«

»Keine Ahnung. Sie hat auch keine Adresse hinterlassen. Was geht hier nur vor, Tweed?«

»Trinken Sie eine Tasse Kaffee ...«

»Nein, ich mag jetzt keinen. Mir steht der Kaffee bis hier. Und ich finde, dass Sie viel zu viel von dem Zeug trinken. Zu viel Koffein macht einen nervös.«

Tweed setzte sich ihr gegenüber in einen Sessel und sah sie an, während er sich selbst eine Tasse Kaffee eingoss. Er nahm einen Schluck und lehnte sich zurück.

»Tut mir Leid«, sagte Paula. »Dieser Ausbruch war sehr unhöflich von mir. Ich weiß nicht, was in mich gefahren ist.«

»Vielleicht war es der viele Kaffee«, erwiderte Tweed lächelnd und stellte seine Tasse zurück auf den Tisch. »Newman und Marler können jeden Augenblick hier sein. Ich muss mich kurz mit Ihnen dreien unterhalten, bevor wir hinunter zum Essen gehen. Es wundert mich übrigens nicht, dass Sie verwirrt sind, Paula. Das war ich auch, bis mir klar wurde, dass einige Leute eine ganz bewusste Vernebelungstaktik verfolgen. Man kann auch sagen, dass sie sich mit Worten tarnen. Sie versuchen, vor mir zu verbergen, was wirklich gespielt wird.«

»Danke. Jetzt geht es mir schon wieder besser. Ich dachte schon, es läge an mir.«

Gerade als sie ausgesprochen hatte, kamen Newman und Marler herein. Marler lehnte sich an die Wand und zündete sich eine Zigarette an.

»Marler, wissen Sie schon, dass Denise Chatel vor einer knappen Stunde abgereist ist?«, sagte Paula. »Sie ist ganz allein mit ihrem Wagen weggefahren.«

»Wie bitte?«

Bei Marler konnte man selten von seinem Gesichtsausdruck auf seine Gemütsverfassung schließen, aber jetzt drückte seine Miene Verblüffung und Ratlosigkeit aus.

»Sie hat keine neue Adresse hinterlassen, sodass wir nicht sagen können, wo sie hingefahren ist oder warum sie sich so plötzlich zur Abreise entschlossen hat.«

»Mir hat sie auch kein Wort davon gesagt. Das verstehe ich nicht.«

»Möglicherweise gibt es eine ganz einfache Erklärung dafür«, mischte Tweed sich ein und sah Marler an. »Paula, Bob und ich werden sie vielleicht jetzt gleich beim Essen von Sharon Mandeville erfahren. Aber überlasst das Fragen mir«, warnte er Paula und Newman. »Ich werde schon zur rechten Zeit das Gespräch auf Denise Chatel lenken. Übrigens habe ich vor, behutsam mit Sharon umzugehen – wundern Sie sich deshalb nicht über das, was ich zu ihr sagen werde. Im Augenblick ist es wichtig, dass wir den Feind nicht unnötig beunruhigen. Ich glaube, ich kann Sharon aushorchen, ohne dass sie es mitkriegt.«

»Sollten wir nicht Pete Nield und Harry Butler damit beauftragen, nach Denises Verbleib zu forschen?«, fragte Marler.

»Das wollte ich gerade selbst vorschlagen«, antwortete Tweed. »Im Augenblick probieren sie gerade die neuen Audis mit den Winterreifen aus. Ich hatte vorhin übrigens eine recht interessante Unterhaltung mit Ed Osborne.«

»Das hat Ihnen bestimmt gefallen«, witzelte Paula.

»Es ist ihm scheinbar herausgerutscht, dass er bald nach Freiburg gehen wird. Er hat mir sogar den Namen seines Hotels dort genannt. Es ist der Schwarzwälder Hof.« Tweed sah hinüber zu Paula. »Vielleicht könnten Sie noch vor dem Essen dort anrufen und Zimmer für uns alle buchen? Auf dem Block da drüben habe ich die Adresse und Telefonnummer des Hotels aufgeschrieben.«

»Soll ich die Zimmer unter unseren richtigen Namen buchen?«

»Ja. Und sagen Sie, dass wir wahrscheinlich morgen kommen,

dass es aber auch ein paar Tage dauern kann. Man soll die Zimmer so lange für uns reservieren. Notfalls bezahlen wir sie auch, wenn wir sie nicht in Anspruch nehmen.«

»Ist das wirklich eine so gute Idee, uns alle zusammen in einem Hotel in der Nähe des Schwarzwalds einzuquartieren?«, fragte Paula nach.

»Ja. Ich möchte unsere Kräfte gebündelt halten.«

»Ehe ich's vergesse«, begann Newman. »Ich habe unten in der Halle Rupert getroffen, der mir ganz verwandelt vorkam ...«

Er erzählte den anderen, die ihm ungläubig zuhörten, von seinem Drink mit Rupert.

»Haben Sie ihm das etwa geglaubt?«, platzte es aus Paula heraus, sobald er fertig war. »Rupert und ehrliche Arbeit? Das ist doch völlig ausgeschlossen.«

»Es könnte ja sein, dass Rupert schön Wetter bei seinem Vater machen möchte«, erwiderte Newman. »Schließlich ist Sir Guy mehrfacher Millionär.«

»Tweed, was halten Sie davon?«, fragte Paula.

»Ich habe dazu keine Meinung.«

»Um noch mal auf Osborne zurückzukommen«, sagte Newman. »Sie haben vorhin gesagt, das mit dem Hotel in Freiburg sei ihm ›scheinbar‹ herausgerutscht. Glauben Sie etwa, dass er Ihnen diese Information absichtlich zugespielt hat?«

»Das wäre durchaus möglich.«

»Dann wäre ich dafür, keine Zimmer in diesem Hotel zu buchen.«

»Tut mir Leid, Bob, aber ich habe mich nun mal dafür entschieden. Ich möchte, dass Paula die Zimmer bucht.«

»Das verstehe ich nicht.«

»Ich dachte, ich hätte mich klar ausgedrückt.«

»Das ist eine Falle!«, sagte Newman vehement.

»Na und? Dann gehen wir ihnen eben in die Falle.«

Als Tweed, Paula und Newman in den Speisesaal kamen, wartete Sharon dort bereits auf sie. Sie hatte einen Tisch am Fenster bekommen und sogar kleine Tischkärtchen aufstellen lassen, die

Tweed neben sie und Paula und Newman auf der anderen Seite des Tischs platzierten. Paula bekam den Stuhl am Fenster und saß damit Sharon direkt gegenüber.

»Ich glaube, wir sind pünktlich«, begrüßte Tweed ihre Gastgeberin.

»Auf die Minute«, erwiderte Sharon lächelnd.

Als sie Paula die Hand gab, merkte nur Newman, wie angespannt Paula dabei war.

»Ihr Kleid ist wirklich das eleganteste, das ich in dieser Saison gesehen habe.«

»Danke für das Kompliment, Paula. Wie großzügig von Ihnen.« Sharon sah die beiden Kellner an, die an den Tisch getreten waren. »So, dann wollen wir mal. Nimmt jeder einen Aperitif?«

Während Sharon die Bestellung aufgab, musterte Paula sie trotz ihres Vorsatzes, genau das nicht zu tun. Sie trug ein smaragdgrünes Kleid mit hohem Kragen und um die Hüfte einen schmalen goldenen Gürtel. Sie sah fantastisch aus, wie sie aufrecht, aber ohne eine Spur von Arroganz dasaß.

Paula fand, dass sie eine fast unwirkliche Ruhe ausströmte. Alle ihre Bewegungen waren langsam und kontrolliert und ihre grünen Augen wanderten beständig von einem Gesicht zum anderen, als wollte sie ihre Gäste bis ins kleinste Teil erforschen. Dabei war sie kein bisschen nervös und fuhr sich nie mit der Hand durch ihre umwerfenden Haare, wie das so viele andere Frauen getan hätten. Ihr blasses, schön geschnittenes Gesicht war dazu angetan, die Aufmerksamkeit fast eines jeden Mannes auf den ersten Blick zu fesseln. Trotzdem war in ihrer sehr englisch klingenden Stimme nicht der leiseste Anflug von Koketterie, wenn sie mit Tweed oder Newman sprach.

»Ich möchte einen Toast ausbringen«, sagte Tweed und hob sein Glas. »Auf Sharon, unsere Gastgeberin, eine der bemerkenswertesten Frauen der Welt.«

»Darauf trinke ich«, stimmte Newman ein.

»Da werde ich ja gleich rot«, erwiderte Sharon und nippte an ihrem Glas. »Ich habe in Amerika wirklich schon mit Gott und der Welt diniert, aber noch nie bin ich mit so dynamischen und talentierten Leuten zu Tisch gesessen wie heute Abend.« Sie sah Paula geradewegs in die Augen. »Das gilt in vollem Umfang auch für Sie, meine Liebe.«

»Vielen Dank, aber ich fürchte, Sie übertreiben.«

»Nein, Amerikaner übertreiben. Ich nicht.«

Paula hatte Sharon genau beobachtet, während diese mit ihrer sanften Stimme gesprochen hatte. Soweit Paula es beurteilen konnte, war die Frau absolut ehrlich. Während sie noch weiter darüber nachdachte, sagte Newman etwas, was dazu angetan war, die angenehme, entspannte Atmosphäre am Tisch zu zerstören.

»Sie müssen es ja wissen, Sharon«, meinte er. »Schließlich waren Sie ja mit vier Amerikanern verheiratet.«

»Und ob ich das war«, entgegnete Sharon mit einem fröhlichen Lachen und blickte Newman direkt an. »Es ist wohl kein Zufall, dass ausgerechnet Sie meine Abenteuer – oder sagen wir besser Experimente – mit den amerikanischen Männern erwähnen. Als ich zum ersten Mal in die Vereinigten Staaten kam, war ich noch sehr jung und absolut überwältigt von dem, was ich dort sah. Ein Jahr später habe ich bemerkt, dass ich meinen Mann nicht leiden konnte. Er hat von seinen phänomenalen Geschäften geprahlt und ständig ein Auge auf andere Frauen geworfen. Also bin ich zum Anwalt gegangen, der dann die Scheidung eingeleitet hat. Ich war völlig verblüfft, als er mir gesagt hat, wieviel mir das finanziell einbringen würde. Und dann wurde es mir langsam klar.«

»Was denn?«

»Wenn Sie rauchen wollen, Bob, dann tun Sie sich keinen Zwang an.«

Sharon hatte bemerkt, wie Newman in seine Tasche nach der Zigarettenschachtel gegriffen und es sich dann doch anders überlegt hatte. Nun nickte er, holte die Schachtel heraus und zündete sich eine Zigarette an.

»Ja, was ist mir klar geworden?«, fuhr Sharon fort. »Mir wurde klar, dass die Amerikaner nur dann Respekt vor Menschen haben, wenn diese reich sind. Und ich entschloss mich, dieses Spiel mitzuspielen. Mein erster Mann hatte mich in die Welt der Country Clubs, Luxushotels, Topmodels, Cadillacs und so weiter eingeführt. Und in dieser Welt traf ich auch meinen zweiten Mann.« Sie brach wieder in ein leises Lachen aus. »Gleich erzähle ich Ihnen weiter, aber jetzt sollten wir uns erst einmal die Speisekarte ansehen.«

Paula war von Sharons Persönlichkeit fasziniert. Bei der Erzählung über ihre Ehemänner war sie auf einmal sehr lebhaft geworden. Sie sprühte vor Vitalität, und Paula wurde klar, warum die Männer in aller Welt so fasziniert von ihr waren.

Als alle ihr Essen ausgewählt hatten, wobei allgemein auf Vorspeisen verzichtet wurde, bat Sharon Tweed um Hilfe bei der Wahl des Weins. Nachdem sie ihre Bestellung aufgegeben hatten, ergriff sie wieder das Wort.

»Jetzt erzählen Sie aber auch mal was«, sagte sie zu Tweed. »Ich rede sonst den ganzen Abend.«

»Wussten Sie, dass Denise Chatel abgereist ist? Mir hat das jemand kurz vor dem Essen erzählt.«

»Ja. Auch ich habe das über zwei Ecken herausgefunden.« Sharons Lebhaftigkeit wich wieder ihrer Ruhe. »Sie hat mir kein Wort davon gesagt, und ich verstehe nicht, wieso sie das getan hat. Keine Ahnung, wo sie hingefahren ist.«

»Dann ist sie also einfach so verschwunden?«

»Ohne ein Wort des Abschieds. Und das, nachdem sie zwei Jahre für mich gearbeitet hat. Ich bin verblüfft – und ich mache mir Sorgen.«

»Sollte man nicht die Polizei einschalten?«, gab Tweed zu bedenken.

»Daran dachte ich auch schon, aber dann habe ich doch davon Abstand genommen. Denise ist eine erwachsene Frau, die ihre eigenen Entscheidungen treffen kann. Sie hat gute Arbeit geleistet, aber ich war mir nie sicher, was in ihr vor sich ging.«

»Tut mir Leid, dass ich dieses Thema angeschnitten habe. Aber jetzt wollen wir uns entspannen und unser Essen genießen«, sagte Tweed.

»Wir waren bei Ehemann Nummer zwei«, sagte Newman.

»Sie geben wohl nie auf, Bob.« Sharon unterdrückte ein Kichern. »In meinen zweiten Mann habe ich mich wirklich verliebt. Nachdem wir uns verlobt hatten, flog er mit mir nach Hawaii, und ehe ich mich's versah, war ich auch schon verheiratet – in einer romantischen Zeremonie am Strand. Sechs Monate später allerdings war es mit der Romantik vorbei, denn dann begann er anderen Frauen hinterherzulaufen. Inzwischen hatte ich mich mit meinem Anwalt Joshua Warren angefreundet, und nach einem Jahr gab ich ihm den Auftrag, eine weitere Scheidung einzuleiten. Abermals war ich erstaunt, was für eine Summe Joshua für mich herausholte. Ehemann Nummer drei erspare ich Ihnen, denn auch bei ihm lief alles nach dem altgewohnten Schema.«

»Wo haben Sie mit ihm gelebt?«, fragte Newman.

»In Washington. Das größte Problem für eine allein stehende Frau ist das Misstrauen der Ehefrauen, die alle glauben, man wäre hinter ihren Männern her. Also wird man nirgendwo mehr eingeladen. Nicht dass ich mich allein langweilen würde – ich lese zum Beispiel für mein Leben gern –, aber irgendwann einmal wird man auch der besten Bücher überdrüssig. Schließlich hat mich Joshua mit Ehemann Nummer vier bekannt gemacht. Ich gebe zu, dass ich ihn bloß geheiratet habe, um wieder unter Leute zu kommen. Als auch er über die Stränge schlug, war Joshua wie gewohnt zur Stelle und organisierte eine weitere Scheidung für mich.« Sharon hielt kurz inne. »Ich muss sagen, dass ich ziemlich naiv war, denn erst jetzt wurde mir bewusst, was für fürstliche Honorare Joshua bei meinen Scheidungen kassiert hat. Ich habe diesen Mann saniert.« Sie wurde plötzlich sehr still und sah von einem ihrer Gäste zum anderen. »Ich habe mich auf einmal wie ein hochkarätiges Callgirl mit Joshua als Zuhälter gefühlt. Aber so funktioniert es nun mal in Amerika – die Gesellschaft dort ist durch und durch korrupt. Deshalb sehne ich mich auch danach, wieder in England zu leben.«

Sie blickte auf, weil der Weinkellner an den Tisch getreten war und ihr eine Flasche zeigte.

»Ich habe einen 1992er bestellt«, sagte sie scharf, nachdem sie das Etikett gelesen hatte. »Das hier ist ein 94er.«

»Tut mir Leid, Madame. Ich muss Sie wohl falsch verstanden haben.«

»Ich habe laut und deutlich gesprochen.«

Tweed blickte zum Eingang des Speisesaals, wo soeben Rupert und Basil erschienen waren. Sie gingen den Mittelgang des Restaurants entlang, und als sie an Tweeds Tisch vorbeikamen, blieb Rupert stehen und starrte Sharon an.

»Was für eine wundervolle Frau«, sagte er.

Sharon blickte mit einem neutralen Blick zu ihm auf. Sie sah ihn an, senkte den Blick und machte ein verärgertes Gesicht.

»Wollen Sie mich der Dame nicht vorstellen, Bob?«, sagte Rupert.

Basil neben ihm grinste verbindlich in die Runde und zupfte sich das Seidentuch in der Brusttasche seines Jacketts zurecht.

»Nein, das will ich nicht«, antwortete Newman brüsk. »Und nur zu Ihrer Information: Das hier ist ein privates Essen, und wir wollen nicht gestört werden.«

»Mein Gott, was sind Sie aber empfindlich. Legen Sie doch einen *cordon sanitaire* um den Tisch, wie die Franzosen sagen. Tut mir Leid, dass ich überhaupt existiere. Basil und ich sind bloß auf dem Weg zur Bar.«

»Da gehören Sie auch hin. Ich wäre Ihnen wirklich sehr verbunden, wenn Sie sich jetzt auf schnellstem Weg dorthin begeben würden.«

Newman hatte seinen Stuhl zurückgeschoben, um Rupert notfalls am Kragen packen und aus dem Restaurant befördern zu können. Aber in diesem Augenblick kam der Oberkellner an den Tisch, der offenbar bemerkt hatte, dass es Ärger gab.

»Ist alles in Ordnung?«, fragte er. »Alles zu Ihrer Zufriedenheit?«

»Es ist alles fan-tas-tisch«, sagte Rupert. Die Herrschaften hätten gern dasselbe noch einmal.«

Bevor Newman einschreiten konnte, packte Basil Rupert am Arm und zog ihn vom Tisch fort. Leise auf ihn einredend, geleitete er ihn in Richtung Bar.

»Alles ist bestens«, sagte Tweed dem Oberkellner. »Das Essen ist wirklich vom Feinsten.«

»Vielen Dank.«

Inzwischen waren sie schon beim Hauptgericht angelangt. Tweed und Newman hatten Steinbuttfilet bestellt, während Paula und Sharon sich für Hummer- und Jakobsmuschelspieße entschieden hatten, die auf einem Bett aus Kartoffelbrei und verschiedenen Gemüsen serviert wurden. Während der kurzen Pausen zwischen den Teilen ihrer Erzählung hatte sich Sharon mit eleganten Bewegungen über ihr Essen hergemacht. Jetzt legte sie ihr Besteck ab und blickte hinüber zu Paula.

»Wer war denn der ungezogene Schuljunge?«

»Das war Rupert Strangeways, der Sohn von Sir Guy Strangeways.«

»Ich habe ihn ein paarmal in Washington getroffen – Sir Guy meine ich natürlich«, erklärte Sharon. »Ein netter Mann. Vielleicht sollte ich das nicht sagen, aber er hat einen besseren Sohn verdient.«

»Wenn Sie es nicht gesagt hätten, hätte ich es getan«, meinte Newman. »Wie dem auch sei – zum Glück ist er weg ...«

Es folgte eine kurze Stille, während der sich alle ihrem Essen widmeten. Erst nach dem Dessert stellte Tweed Sharon die Frage, die ihn schon den ganzen Abend über beschäftigte.

»Kennen Sie eigentlich einen Mann namens Jake Ronstadt?«

Die Stille am Tisch wurde noch tiefer. Sharon tupfte sich die Lippen mit der Serviette ab und wandte sich an Newman.

»Tweed ist ein interessanter Mann, der seine Fragen immer dann stellt, wenn man sie am wenigsten erwartet.« Sie lächelte freundlich hinüber zu Tweed. »Irgendwie erinnert er mich an einen Detektiv. Aber zu Ihrer Frage: Ich habe Ronstadt zweimal ganz kurz in unserer Botschaft in London getroffen. Ein unangenehmer Kerl, der mir fast wie ein Gangster vorkommt. Ich habe keine Ahnung, was er in der Botschaft verloren hat.«

»Dort ist er auch nicht mehr, Sharon«, sagte Tweed.

»Ach, haben sie ihn zurück nach Washington geschickt?«

»Nein, er ist im Euler.«

»Was ist das Euler?«

»Ein teures Hotel hier in Basel, nicht mehr als einen Kilometer von diesem Tisch entfernt.«

»Das kommt mir aber äußerst merkwürdig vor. Was macht er denn hier in Basel?«

»Keine Ahnung. Jemand, der weiß, wie er aussieht, hat ihn gesehen und mich informiert. Ich war bloß neugierig.«

»Das bin ich jetzt aber auch. Übrigens, ich werde nicht mehr lange hier bleiben. Auch ich reise ab, aber ich weiß noch nicht genau, wann.«

»Sie reisen ab?«, wiederholte Tweed.

»Ja. Aber das wollte ich Ihnen eigentlich bei einem Kaffee und einem Digestif an der Bar erzählen.« Sie winkte den Kellner heran. »Können wir unseren Kaffee in der Bar trinken? An einem ruhigen Tisch, wenn möglich.«

»Selbstverständlich, Madame.«

Newman hatte sich in seinem Stuhl herumgedreht und den Blick durch das Restaurant schweifen lassen. Nur wenige Tische waren noch besetzt. An einem entdeckte er Ed Osborne, der ganz für sich allein saß und ein grimmiges Gesicht machte. Newman nickte ihm zu, aber Osborne tat so, als hätte er ihn nicht bemerkt, und schlug eine Zeitung auf. Newman fragte sich, was für eine Laus Osborne wohl über die Leber gelaufen war.

Als Basil zuvor mit Rupert durch die Brasserie in die Bar gegangen war, hatte er seinen schwankenden Freund, den er an einem Tisch in der Hotelhalle vor einer Reihe leerer Gläser gefunden hatte, stützen müssen, damit dieser nicht hinfiel.

»Ich muss unbedingt was trinken«, murmelte Rupert, als Basil ihn in die Bar bugsierte.

»Bist du dir da sicher?«

»Was ist los mit dir, Basil, verstehst du kein King's English mehr? Wenn ich sage, dass ich was zu trinken brauche, dann brauche ich wohl kaum was zu essen.«

»Heutzutage heißt das Queen's English. Und zwar schon ziemlich lange.«

»Basil!«, herrschte Rupert seinen Kompagnon in einem aggressiven Ton an. »Du willst mir doch wohl nicht vorschreiben, wie ich meine Muttersprache verwenden soll. Ich will jetzt einen Scotch. Und zwar einen doppelten.«

Die Bar war leer, und im Augenblick saß auch niemand hinter der Theke. Basil vermutete, dass die junge Frau gerade einen Drink ins Restaurant brachte. Er steuerte Rupert quer durch den Raum auf einen zweiten Ausgang zu, der direkt hinaus auf die Straße führte.

»Erst musst du frische Luft schnappen«, sagte Basil mit Nachdruck. »Dann können wir von mir aus wieder reingehen und etwas trinken.«

»Frische Luft kann man nicht trinken. Weißt du das denn nicht?«

»Ich bringe dir einen Scotch nach draußen«, log Basil.

»Das ist gegen die schweizerischen Gesetze. Ich habe keine Lust, wegen dir in den Knast zu gehen.«

»So, jetzt haben wir's gleich geschafft.«

Basil war darauf bedacht, Rupert ins Freie zu befördern, bevor jemand die Bar betrat. Also packte er ihn fest am Arm und zerrte ihn auf die Tür zu, die er mit dem Rücken aufdrückte. Die Luft draußen schlug ihnen wie ein Eishauch aus der Arktis entgegen. Sobald Rupert im Freien war, gaben seine Knie nach, und er sank wie ein nasser Sack zusammen. Basil lehnte ihn mit dem Rücken an die Wand des Hotels und ließ ihn dort sitzen. Er war davon überzeugt, dass Rupert sich rasch erholen und dann sofort zurück in die Bar gehen würde, um sich einen Whisky zu bestellen.

Basil lief um das Hotel herum, betrat es durch den Haupteingang und fuhr mit dem Lift auf sein Zimmer, das er kurze Zeit später wieder verließ. Er trug jetzt einen langen schwarzen Mantel, der ihm fast bis an die Knöchel reichte. Er nahm den Aufzug nach unten, schritt durch die Hotelhalle und verschwand in der Nacht.

Als Sharon und die anderen auf ihrem Weg zur Bar durch die Brasserie kamen, sah Tweed dort Nield und Butler beim Essen sitzen. Keiner der beiden blickte auf oder sagte ein Wort. An einem anderen Tisch saß ganz allein Marler, der so tat, als wäre er in eine Zeitung vertieft.

»Lassen Sie mich zuerst in die Bar und schauen, ob die Luft rein ist«, sagte Newman.

»Das ist doch nicht nötig. Leute wie dieser Schuljunge lassen mich kalt.«

Tweed und Paula folgten ihnen mit einigem Abstand.

»Rupert scheint wieder ganz der Alte zu sein«, sagte Paula mit leiser Stimme. »Widerwärtig wie eh und je.«

»Ich habe das, was er Newman gesagt hat, ohnehin nicht geglaubt. Das war nichts weiter als eine Seifenblase. Aber wer weiß? Vielleicht hat er es ja wirklich geglaubt.«

»Meinen Sie?«

»Sie klingen ziemlich skeptisch.«

»Ich glaube, er hat Newman etwas vorgespielt. So, da wären wir. Gott sei Dank, die Bar ist leer. Nichts zu sehen von den beiden.«

Sie bestellten ihren Digestif bei der jungen Frau, die kurz zuvor an ihren Platz hinter der Theke zurückgekehrt war. Als sie gesehen hatte, dass die vier sich an einen Tisch setzten, war sie herbeigekommen und hatte die Bestellung aufgenommen.

»Sharon«, sagte Tweed, »nach dem zu schließen, was Sie vorhin beim Essen gesagt haben, haben Sie genug von den Amerikanern.«

»Und ob. Deshalb bin ich ja auch hier. Es hat mir einen ziemlichen Schock versetzt, dass Ronstadt auch in Basel ist. Auch wenn ich mir eine Menge Arbeit mitgebracht habe, bin ich offiziell auf Urlaub hier. Ich wollte etwas ausspannen, bevor ich eine große Entscheidung treffe, wollte mich von allem ausklinken, um endlich wieder klar denken zu können. Ich spiele mit der Idee, für immer nach England zu ziehen, und zwar in mein Haus in Dorset.«

»Bleiben Sie noch länger in Basel?«

»Nein, ich brauche wieder mal etwas Luftveränderung. Deshalb werde ich wohl bald nach Freiburg fahren, wo ich im Colombi absteigen werde, einem Fünfsternehotel. Dieser dunkelblaue Anzug steht Ihnen übrigens ausgezeichnet, Tweed. Nur die ausgebeulte Tasche dort stört etwas.«

Tweed griff in die Tasche und nahm mit einem resignierten Lächeln Becks Handy heraus.

»Das habe ich automatisch mitgenommen. Ich hätte es wohl besser auf meinem Zimmer lassen sollen.«

Er hatte den Satz noch nicht einmal richtig zu Ende gesprochen, als das Handy auch schon zu läuten begann. Tweed stand auf, zuckte mit den Schultern und warf Sharon einen betretenen Blick zu.

»Entschuldigen Sie mich bitte. Bin gleich wieder da ...«

Er ging in eine Ecke der Bar, wo er niemanden störte, und nahm den Anruf an. Er kam von Beck.

»Wo sind Sie gerade, Tweed?«

»In der Hotelbar.«

»Könnten Sie so schnell wie möglich zu mir kommen? Es handelt sich um einen Notfall.«

Als Tweed zurück an den Tisch kam, dankte er Sharon für den bezaubernden Abend und sagte, dass er dringend zu einer Besprechung müsse. Dann verließ er raschen Schritts die Bar. In der Brasserie kam er an Marler vorbei, der gerade einen Kaffee trank. Als Tweed in den Aufzug stieg, sprang Marler mit in die Kabine. Tweed erzählte ihm von Becks Anruf.

»Ich begleite Sie ins Präsidium. Keine Widerrede ...«

31

»In London ist der Teufel los«, sagte Beck grimmig.

Tweed zog seinen Mantel aus und gab ihn einem uniformierten Polizisten, der bereits den von Marler über dem Arm hatte. Becks Büro war ein kahler, wenig einladender Raum, in dem der Polizeichef hinter einem großen hölzernen Schreibtisch saß, auf dem sich lediglich zwei Telefone und ein Notizblock befanden. Tweed und Marler setzten sich auf die zwei Stühle vor Becks Schreibtisch.

»Erzählen Sie«, bat Tweed.

»Heute Vormittag ist eine Bombe in einem Laden in der Regent Street explodiert, in dem gerade ein Ausverkauf stattfand. Der Laden war gerammelt voll, sodass mindestens hundert Menschen starben und noch viel mehr verletzt wurden. Ich habe das alles von Chief Inspector – pardon, man hat ihn gerade befördert – Superintendent Roy Buchanan erfahren. Monica hat in Bern angerufen und glücklicherweise meinen Assistenten erwischt, der sie kennt. Er gab ihr meine Nummer hier, die sie an Buchanan weiterleitete. Der wiederum hat mich angerufen und bittet Sie nun, ihn zurückzurufen.«

»Kann ich das von hier aus tun?«

»Sicher. Aber erst muss ich Ihnen noch etwas erzählen. Buchanan hat gesagt, dass ein amerikanisches Syndikat die *Daily Despatch* aufgekauft hat. Jetzt hat die Zeitung einen amerikanischen Chefredakteur, und die Schlagzeile der ersten Ausgabe lautete: *HOLT ENDLICH DAS FBI!*«

»Die Schlinge zieht sich zu«, bemerkte Tweed ruhig.

»Ich kann Sie jetzt mit Buchanan verbinden.«

»Tun Sie das, bitte.«

Marler sah sich in Becks Büro um. Die Wände waren in einem hässlichen Grün gestrichen. An einer Wand standen zwei Aktenschränke aus Stahlblech und an der Decke hing eine Neonröhre. Die Jalousien waren heruntergelassen.

»Hallo, Roy, hier Tweed.«

»Hallo. Hat Beck Ihnen schon alles erzählt?«

»Ja. Böse Sache das in der Regent Street. Und die Amerikaner haben die *Despatch* übernommen und gleich für eine schlimme Schlagzeile gesorgt.

»Dann sind Sie ja halbwegs im Bilde. Heute Mittag hat mich der Commissioner gefragt, ob ich die Antiterrorabteilung übernehmen wolle. Ich habe zugesagt, aber nur unter der Bedingung, dass ich uneingeschränkte Befugnisse erhalte. Er meint, dass der Premierminister damit einverstanden sei.«

»Klingt so, als würde der Premier endlich Rückgrat zeigen.«

»Der Anschlag in der Regent Street war der Tropfen, der das

Fass zum Überlaufen gebracht hat. Inzwischen hat man auch versucht, ein wichtiges E-Werk in die Luft zu jagen, aber das hatten wir vorsorglich bewachen lassen. Zwei Wagen, die sich dem Werk genähert hatten, wurden von meinen Leute aufgehalten. Der Fahrer des ersten Wagens ist ausgestiegen und zurück zum zweiten Fahrzeug gerannt, und dann sind sie losgebraust. Ein Polizist, der sich dem Auto in den Weg gestellt hat, wurde überfahren. Er ist tot. Der erste Wagen war voller Sprengstoff, aber zum Glück konnten wir den funkgesteuerten Zünder rechtzeitig entschärfen.«

»Sie haben einen schweren Job übernommen.«

»Aber einen, hinter dem ich schon länger her war. Ich habe Ihnen ein Videoband mit meiner Rede an die Öffentlichkeit geschickt, die ich heute Nachmittag im Fernsehen gehalten habe. Ist es schon da?«

»Noch nicht.«

»Dann wird es wohl demnächst bei Ihnen eintreffen. Ich habe es Ihnen aber nicht aus Eitelkeit geschickt, sondern weil ich will, dass Sie sich einmal ansehen, wie ich mit der Situation umgehe. Wie läuft es denn bei Ihnen?«

»Wir haben es mit einer großen Gruppe Amerikaner zu tun. Möglicherweise steht eine entscheidende Auseinandersetzung mit ihnen bevor.«

»Viel Glück. Ich muss jetzt wieder weitermachen.«

»Passen Sie auf sich auf.«

Tweed legte auf und erhob sich. Er steckte die Hände in die Taschen und starrte ins Leere. Marler hatte ihn noch nie so gedankenversunken erlebt. Tweeds Gesichtsausdruck erinnerte ihn an ein Bild von Bismarck, das er irgendwo einmal gesehen hatte. Erst nach einer Weile kam Tweed wieder aus seiner Trance heraus.

»Danke, Arthur«, sagte er. »Dürfte ich Sie noch um einen Gefallen bitten? Es wäre gut, wenn Marlers Wagen an der Grenze nicht durchsucht würde.«

»Ich gehe mal davon aus, dass Marler nichts außer Landes bringen würde, womit ich nicht einverstanden wäre«, sagte Beck mit einem trockenen Lächeln. »Also kann ich den Beamten an der

Grenze guten Gewissens sagen, dass sie ihn in Ruhe lassen sollen. In wie vielen Autos werden Sie fahren?«

»In zwei.«

Beck riss ein Blatt von seinem Notizblock ab und legte es zusammen mit einem Kugelschreiber vor Tweed auf den Tisch.

»Schreiben Sie mir die Nummern von Ihren Autos auf.«

»Das mache ich«, sagte Marler und nahm Blatt und Stift.

»Ich werde die Nummern an den Dienst tuenden Beamten der Grenzstation weiterleiten«, erklärte Beck.

»Eines noch, Arthur«, sagte Tweed. »Es bleibt doch bei unserer Abmachung, dass Sie mich auf dem Handy anrufen, wenn Ronstadt und seine Leute an der Grenze sind?«

»Natürlich. Ganz unter uns gesagt, habe ich zusätzlich einen Kriminalbeamten im Euler einquartiert. Er wird mich sofort verständigen, wenn die Amerikaner Anstalten zur Abreise machen.«

»Ich möchte mich bei Ihnen noch einmal ganz herzlich für die hervorragende Zusammenarbeit bedanken«, sagte Tweed. »Wenn sich im Schwarzwald das befindet, was ich vermute, kommt Ihnen eine Schlüsselrolle bei der Aufklärung zu.«

»Unsinn«, sagte Beck. »Ich hoffe, dass Sie nichts dagegen haben, aber ich habe mir erlaubt, Ihren alten Freund Otto Kuhlmann, den Chef des Bundeskriminalamts in Wiesbaden, anzurufen. Er hat mir versprochen, dass er Ihnen nicht in die Quere kommen wird, aber es ist vielleicht gut, wenn er Bescheid weiß.«

»Ronstadt ist offenbar nicht der einzige, der eine Schlinge zuziehen kann. Nochmals herzlichen Dank. So, aber jetzt müssen wir ins Hotel zurück, damit ich meine Leute informieren kann.«

Ronstadt saß zusammen mit Vernon in der Bar des Euler. Bis auf den Barkeeper, der in einiger Entfernung von ihrem Tisch hinter der Theke stand, waren sie allein. Ronstadt hatte seine Lieblingskleidung an: eine schwere braune Lederjacke und eine Lederhose in derselben Farbe, dazu Schuhe mit Gummisohlen, in denen man sich praktisch lautlos bewegen konnte.

»Hast du mit Brad die Waffen und den Rest des Sprengstoffs in den Fluss geworfen?«

»Ja, Boss.«

»Bei Tageslicht wahrscheinlich«, sagte Ronstadt beiläufig.

»Nein, es war dunkel. Wir sind flussaufwärts gefahren und haben uns eine ruhige Stelle weit weg von Basel gesucht. Keine Häuser, keine Menschen. Nichts. Ich bin mit dem Wagen ganz nahe ans Ufer gefahren, und Brad hat mir das Zeug gereicht, das ich dann so weit wie möglich hinein in die Strömung geworfen habe.«

»Wenn du so weitermachst, dann ernenne ich dich eines Tages vielleicht zu meinem Stellvertreter.«

»Ich dachte, das wäre ich schon.«

»Jetzt bist du mein Stellvertreter *auf Zeit*. Und das bleibst du auch, bis ich weiß, wie du dich machst. Eine Frage, Vernon. Was machst du, wenn du eine große Schlange siehst?«

»Ich renne so schnell wie möglich davon ...«

»Siehst du, Vernon, vielleicht schaffst du es doch nicht bis zum richtigen Stellvertreter. Du hättest antworten müssen, dass du der Schlange den Kopf abschlägst.«

»Ich verstehe nicht, worauf Sie hinaus wollen.«

»Auf Tweed natürlich. Er ist der Kopf der Schlange, die mir so viele Probleme bereitet. Also muss ich etwas gegen ihn unternehmen. Ich kann es nicht zulassen, dass er uns weiter in die Quere kommt. Besonders jetzt nicht, wo wir gerade dabei sind, von hier abzuhauen.«

»Das ist schlau, Boss. Sehr schlau sogar.«

»Und ob es das ist«, sagte Ronstadt und kicherte leise vor sich hin. Es war ein unangenehmes Geräusch.

Tweed und Marler verließen den Spiegelhof, in dem das Polizeipräsidium untergebracht war, und gingen die Spiegelgasse entlang zurück zum Hotel Drei Könige. An einer Querstraße mussten sie anhalten, um eine bis auf ihren Fahrer völlig leere Trambahn vorbeifahren zu lassen. Als ihr Rumpeln verklungen war, senkte sich wieder die kalte Stille über die Stadt, die für sie zu einem Markenzeichen von Basel geworden war.

Als sie sich dem Haupteingang des Hotels näherten, blickte

Marler nach oben zu den Dächern der Gebäude auf der gegenüberliegenden Straßenseite. Tweed trottete tief in Gedanken versunken neben Marler her. Als sie an der Drehtür ankamen, packte Marler ihn plötzlich bei den Schultern und schob ihn so vehement in eines der Drehabteile, dass er unweigerlich nach drinnen katapultiert wurde. Im selben Augenblick schlug eine Kugel genau dort ins Pflaster des Gehsteigs, wo Tweed noch vor Sekundenbruchteilen gestanden hatte, und heulte als Querschläger durch die Luft.

Marler blickte hinauf zum Haus gegenüber, bevor er Tweed in die Hotelhalle folgte.

»Was war das?«, fragte Tweed ruhig.

»Eine Kugel, die für Sie bestimmt war.« Marler sprach leise, weil die Frau vom Empfang auf sie zukam. »Es hat keinen Sinn, den Schützen zu verfolgen. Er ist bestimmt längst verschwunden, bevor ich drüben auf dem Dach bin.«

»Das Phantom?«

»Ganz ohne Zweifel.«

»Sagen Sie den anderen nichts davon.«

Die Frau vom Empfang brachte Tweed ein Päckchen, das an ihn adressiert war. Marler nahm es entgegen.

»Das wurde von einem Boten gebracht. Er hat gesagt, sein Flugzeug hat Verspätung wegen einer vereisten Landebahn gehabt.«

»Danke«, sagte Tweed.

»Ich nehme das mit auf mein Zimmer und überprüfe es sorgfältig, bevor ich es öffne«, sagt Marler, als sie im Lift waren.

»Wenn Sie damit fertig sind, kommen Sie auf mein Zimmer. Ich werde auch die anderen dorthin bestellen. Wir müssen dringend noch etwas besprechen, bevor wir abreisen.«

Als Paula in Tweeds Zimmer kam, gab er ihr ein paar Anweisungen.

»Ich möchte, dass Sie im Hotel Colombi in Freiburg ebenfalls Zimmer für uns alle reservieren, genauso wie Sie es bereits im Schwarzwälder Hof getan haben. Geben Sie meine Kreditkartennummer an und sagen Sie, dass wir nicht wissen, wann wir ankommen, dass wir die Zimmer aber auf jeden Fall bezahlen.«

»Wozu soll das gut sein?«, fragte Paula erstaunt. »Nur weil Sharon in dem Hotel absteigt?«

»Nein, das ist nicht der Grund. Auf diese Weise haben wir zwei Quartiere in Freiburg, zwischen denen wir hin und her pendeln können.«

»Ich rufe gleich an ...«

Tweed wartete, bis auch die anderen eingetroffen waren und Paula ihr Telefonat beendet hatte. Dann nahm er den Hörer ab und rief Keith Kent an.

»Hallo, Keith, hier Tweed. Könnten Sie auf einen Sprung zu mir heraufkommen? Wir müssen etwas besprechen.«

Dann setzte er sich auf einen Stuhl und fing an zu reden. »Zunächst mal möchte ich Ihre Meinung über Sharon hören, Paula. Sie haben ihr bei unserem Abendessen ja direkt gegenüber gesessen.«

»Ich finde sie ziemlich rätselhaft.«

»Das sagt mir nicht viel. Könnten Sie das vielleicht etwas präzisieren?«

»Sie scheint sehr erfahren im Umgang mit vielen Menschen zu sein, aber sie spielt sich nicht in den Vordergrund. Einerseits strahlt sie eine tiefe Ruhe aus, andererseits kann sie aber auch leutselig und sehr lustig sein. Und dann weiß sie noch immer nicht, ob sie in den Staaten bleiben oder für immer nach England ziehen soll. Ich vermute, dass sie eher zu Letzterem tendiert. Bis sie eine Entscheidung getroffen hat, reist sie viel herum, um einen neuen Ausblick auf ihr Leben zu gewinnen.«

»Und Sie, Bob, was halten Sie von Sharon?«

»Ich glaube der Frau kein Wort.«

Alle blickten ihn erstaunt an, und Paula war sogar so perplex, dass sie sich eine Zigarette anzündete.

»Worauf begründet sich diese Meinung, Bob?«

»Das war nur ein Scherz. In Wirklichkeit finde ich Sharon ganz großartig.«

»Was macht sie für Männer nur so attraktiv?«, fragte Tweed in die Runde.

»Das kann ich Ihnen sagen«, erwiderte Paula. »Die Frau besitzt

Persönlichkeit. Sie ist kühl und aufregend zugleich, und das lieben die Männer nun mal. Sie wissen nicht, woran sie bei ihr wirklich sind. Und wozu führt das? Dass sie Sharon kennen lernen wollen.«

»Ziemlich gerissen«, gab Newman zu.

»Aber nun zu etwas anderem. Ich habe schlechte Nachrichten für Sie«, sagte Tweed unvermittelt. »Sie haben mich über Beck und Roy Buchanan erreicht ...«

Dann erzählte er den anderen von dem jüngsten Bombenanschlag in London. Niemand sagte ein Wort, aber Butler ballte die Fäuste, als wollte er die Verantwortlichen für dieses Massaker eigenhändig niederschlagen. Nield schloss die Augen, und als er sie wieder öffnete, funkelten sie vor Wut.

»Wir müssen diese Bastarde zur Strecke bringen«, rief Butler.

»Da stimme ich hundertprozentig mit ihnen überein«, erwiderte Tweed. »Ich möchte, dass Sie sich jetzt mit mir zusammen ein Video anschauen, das Roy Buchanan mir per Kurier geschickt hat. Es zeigt ihn bei einer Fernsehansprache heute Nachmittag. Marler, können wir?«

»Ja.«

Tweed schob die Kassette in den Videorecorder und setzte sich mit der Fernbedienung in der Hand auf die Lehne von Paulas Sessel. Dann drückte er den Startknopf, und auf dem Bildschirm erschien ein Nachrichtensprecher der BBC, der eine ungewöhnliche Warnung aussprach:

»Bevor wir Ihnen den folgenden Beitrag zeigen, möchten wir darauf hinweisen, dass er nichts für zart besaitete Gemüter ist. Wir empfehlen vor allem Eltern, ihren Kindern diese Bilder nicht zugänglich zu machen.«

Es folgten Szenen, die noch viel schlimmer waren als die Bilder, die man nach dem Anschlag in der Oxford Street gezeigt hatte.

Paula schluckte und hätte am liebsten die Augen geschlossen, zwang sich aber, weiter hinzuschauen. Die Bilder, die sie zeitweise an Fernsehberichte aus Vietnam erinnerten, zeigten entsetzlich verstümmelte Verletzte, die blutüberströmt aus dem Laden getragen wurden. Keiner von ihnen gab noch ein Lebenszeichen von sich. Überall in dem Chaos, das die Explosion hinterlassen hatte, waren große Blutlachen zu sehen. Eine Frau kam schwankend aus dem zerstörten Eingang des Ladens und blickte sich verwirrt um, bis ein Sanitäter auf sie zueilte und sie sanft aus dem Blickfeld der Kamera führte.

Nach diesen Bildern war wieder der Nachrichtensprecher zu sehen, der mit ernster Stimme verkündete:

»Es folgt eine Ansprache von Superintendent Roy Buchanan von der Londoner Polizei.«

Buchanans Gesicht erschien auf dem Bildschirm. Er blickte mit grimmiger, entschlossener Miene direkt in die Kamera. Seine Stimme klang ruhig und fest.

»Liebe Mitbürgerinnen und Mitbürger, der Commissioner der Londoner Polizei hat mich soeben zum Leiter der Antiterrorabteilung ernannt. Ich habe umfassende Befugnisse erhalten, darunter auch die, mir Hilfe von sämtlichen anderen Behörden zu holen. Wir wissen, dass der grauenvolle Anschlag, den Sie soeben gesehen haben, ebenso wenig von der IRA verübt wurde wie die zwei anderen Bombenanschläge auf Kaufhäuser in London, die kürzlich stattgefunden haben. Es gibt auch keinerlei Hinweise darauf, dass ultra-extremistische Moslemsekten dafür verantwortlich sind. Ich werde Tag und Nacht daran arbeiten, die feigen Mörder zur Strecke zu bringen, und habe meinen Männern Befehl gegeben, bei einem Kontakt mit ihnen sofort das Feuer zu eröffnen. Vielen Dank für Ihre Aufmerksamkeit.«

»Das war ziemlich starker Tobak«, sagte Newman, nachdem Marler den Fernseher ausgeschaltet hatte. »Zum Glück meint er wirklich, was er sagt.«

»Er ist ebenso entschlossen wie ich«, sagte Tweed mit sehr ruhiger Stimme. »Wir werden diese feige Brut vernichten.«

Marler blieb zurück, während die anderen wieder auf ihre Zimmer gingen. Tweed hatte ihnen noch geraten, sich nicht schlafen zu legen, da sie jeden Moment damit rechnen mussten, das Hotel binnen Minuten zu verlassen.

»Nach dem Schuss auf Sie habe ich bei Basil Windermere auf

dessen Zimmer angerufen. Es hat niemand abgehoben. Danach habe ich die Nummer von Rupert Strangeways gewählt. Auch dort war niemand. Die beiden sind offenbar nicht im Hotel.«

»Und jetzt glauben Sie, dass einer von ihnen das Phantom ist.«

»Und Sie?«

»Es könnte auch jemand ganz anderes sein, der bisher noch nicht in Erscheinung getreten ist«, meinte Tweed.

»Obwohl das Phantom ein fantastischer Schütze ist, hat er bereits zweimal vorbeigeschossen. Einmal bei dem Schuss auf Paula in Irongates und das zweite Mal heute Abend.«

»Könnte das nicht Absicht gewesen sein, um meine Nerven zu zerrütten? Und warum muss das Phantom überhaupt ein Mann sein? Frauen können genauso gut mit einem Gewehr umgehen wie Männer«, sagte Tweed.

»Eines Tages werde ich ihn – oder sie – schon erwischen, darauf können Sie sich verlassen.«

»Übrigens«, sagte Tweed, »wenn wir nach Freiburg fahren, was meiner Meinung nach sehr bald der Fall sein wird, dann werden wir zunächst im Hotel Colombi absteigen. Ich war schon einmal dort: Es ist ein erstklassiges Haus nicht weit vom Bahnhof entfernt. Den Schwarzwälder Hof heben wir uns als Ausweichquartier auf. Er liegt mitten in der Altstadt. Vielleicht müssen wir auch zwischen den beiden Hotels hin und her pendeln. Und seien Sie nicht erstaunt, wenn Sie im Colombi auf Sharon treffen. Sie hat uns beim Abendessen gesagt, dass sie ebenfalls dort wohnen wird.«

»Ich frage mich, ob diese Frau nicht etwas im Schilde führt.«

»Im Augenblick versucht sie herauszufinden, ob sie in Amerika bleiben oder ihr Domizil in England aufschlagen soll.«

Es klopfte an der Tür. Marler ging öffnen und ließ Paula herein. Sie nahm nicht Platz, sondern blieb mitten im Zimmer stehen.

»Störe ich? Dann kann ich jederzeit wieder verschwinden. Aber die Warterei macht mich ganz unruhig.«

»Nein, bleiben Sie ruhig hier«, sagte Tweed. »Setzen Sie sich.« Dann wandte er sich wieder an Marler. »Ich frage mich, weshalb Sie sich solche Gedanken wegen Sharon machen.«

»Ich glaube nicht, dass der Befehl, Sie zu töten, von außerhalb kam. Vermutlich hat ihn jemand gegeben, der hier im Hotel ist.«

»Wovon sprechen Sie überhaupt?«, fragte Paula. »Was soll das für ein Befehl sein?«

»Das wollte ich Ihnen eigentlich erst später erzählen«, erklärte Tweed. »Auf dem Rückweg vom Polizeipräsidium hierher wurde direkt vor dem Hoteleingang auf mich geschossen. Aber es besteht kein Grund zur Beunruhigung – der Schuss ging meilenweit daneben.«

»Wie man's nimmt«, sagte Marler.

»Aber warum soll ausgerechnet Sharon etwas damit zu tun haben?«, fragte ihn Tweed. »Hier im Hotel wohnen schließlich noch andere Leute.«

»Wer denn zum Beispiel?«

»Ed Osborne.«

Mitten in der Nacht rief Jake Ronstadt seine Männer zu sich auf seine Suite. Wie befohlen, waren alle reisefertig angezogen. Ganz entgegen seiner Gewohnheit blieb Ronstadt am Kopfende des Tischs stehen.

»Wer zum Teufel hat gesagt, dass ihr euch setzen dürft?«, polterte er los, als seine Leute automatisch Platz genommen hatten. »Steht auf, verdammt noch mal. Wir sind hier nicht im Altersheim!«

»Entschuldigung, Boss«, sagte Vernon.

»Pennt mir bloß nicht ein, sonst landet ihr mit einer Kugel im Kopf im Straßengraben«, sagte er drohend. »Habt ihr alle euer Zeug gepackt? Wer das noch nicht gemacht hat, hebt die Hand.«

Alle Hände blieben unten, während Ronstadt lauernd von einem zum anderen blickte. Keiner wagte es, auch nur einen Muskel zu bewegen. Als Ronstadt wieder sprach, klang seine Stimme bedeutend ruhiger.

»Wir verlassen jetzt das Hotel und fahren erst nach Freiburg und dann in den Schwarzwald. Das habe ich euch zwar schon gesagt, aber weil viele von euch offenbar ein Gedächtnis wie ein Sieb haben, wiederhole ich es noch einmal. Ich fahre den ersten

Wagen und Vernon den zweiten. Wenn wir in Deutschland auf der Autobahn sind, halte ich irgendwann mal den Arm aus dem Fenster und zeige Vernon damit den Parkplatz, auf dem die Wagen mit den Waffen warten. Vernon lädt dann die Waffen in sein Auto um und schließt, so schnell er kann, wieder zu mir auf. Ist das zu schwierig für dich, Vernon?«

»Nein. Das ist stinkeinfach, Boss.«

»Wollen wir's hoffen. So, die Hotelrechnung ist bezahlt – worauf warten wir also noch?«

»Hat Denise sich seit ihrer Abreise mal bei Ihnen gemeldet?«, wollte Tweed von Marler wissen.

»Nein. Aber warum sollte sie auch? Ich bin wohl der Letzte, an den sie sich wenden würde, nachdem sie uns dieses Lügenmärchen von der *Minotaurus* aufgetischt hat.«

Tweed wusste nicht so recht, was er seinen Leuten sagen sollte. Inzwischen hatten sich alle wieder in seinem Zimmer versammelt. Auch Keith Kent war gekommen. Er machte von allen den gelassensten Eindruck. Es war mitten in der Nacht, und die Spannung stieg. Alle warteten darauf, dass es endlich weiterging, wussten aber auch, dass es genauso gut sein konnte, dass überhaupt nichts geschah. Paula saß in einem Sessel und wippte mit den übereinander geschlagenen Beinen. Sie überlegte sich, ob sie sich noch eine Zigarette anzünden sollte, ließ es dann aber doch bleiben. Newman saß auf der Couch und sah immer wieder auf die Uhr. Butler und Nield unterhielten sich leise.

»Möchte vielleicht noch jemand eine Tasse Kaffee?«, fragte Tweed.

Niemand meldete sich. Newman dachte daran, dass er sich wohl doch lieber noch ein wenig aufs Ohr hätte legen sollen. Paula trat ans Fenster und schaute durch den Spalt zwischen den Vorhängen hinaus. In den alten Häusern auf dem gegenüberliegenden Rheinufer brannten noch vereinzelte Lichter, die sich auf den Wellen des Flusses spiegelten. Schlaflosigkeit gibt es wohl überall auf der Welt, dachte sie.

Das Handy, das Tweed auf den Tisch gelegt hatte, begann auf

einmal zu läuten. Tweed vermied es, zum Tisch zu stürzen. Er nahm das Mobiltelefon mit einer ruhigen Bewegung ans Ohr. Dabei war er sich bewusst, dass sechs Augenpaare ihn anstarrten.

»Hallo?«

»Sie sind losgefahren. Bald dürften sie an der Grenze sein.«

»Danke.«

Becks Stimme hatte entschlossen und sachlich geklungen. Tweed steckte das Handy in die Jackentasche und wandte sich betont lässig an die anderen, als wollte er sie zu einer sonntäglichen Ausflugsfahrt einladen.

»Es ist so weit, Leute. Dann wollen wir uns mal auf den Weg machen.«

Im Atlantik, viele Meilen von der amerikanischen Küste entfernt, lehnte sich Rear Admiral Joseph Honeywood in seinem Stuhl auf der Brücke des Flugzeugträgers *President* zurück. Es war Nacht, eine Zeit, in der Crag, wie ihn seine Leute nannten, gern in der Kommandozentrale war. In der Dunkelheit musste man ständig mit unangenehmen Überraschungen rechnen.

»Wir machen gute Fahrt«, sagte Crag zu seinem Ersten Offizier, der neben ihm stand. »Wenn wir weiter so vorankommen, werden wir in weniger als vier Tagen den Ärmelkanal erreicht haben.«

»Da haben Sie Recht, Sir.«

»Und bisher hatten wir Glück, Bill. Wir sind weder von einem anderen Schiff noch von einem Verkehrsflugzeug gesichtet worden.«

»Ich habe allerdings das Gefühl, dass das nicht mehr lange so bleiben wird, Sir. Früher oder später müssen es die Engländer ja merken, dass wir uns ihrer Küste nähern.«

»Sind die SEALs einsatzbereit?«

»Ja, Sir. Wenn sie erst einmal an Land sind, machen sie jeden Widerstand platt. Sie können es kaum mehr erwarten, zum Einsatz zu kommen.«

32

Paula fand die Autofahrt durch das nächtliche Basel ziemlich unheimlich. Sie mochte die Stadt, aber in der Dunkelheit machten die alten, von den Straßenlaternen nur schwach beleuchteten Gebäude einen ebenso gespenstischen wie majestätischen Eindruck. Auf den Straßen war niemand zu sehen, Straßenbahnen verkehrten schon seit Stunden nicht mehr und die Schatten zwischen den Häusern wirkten düster und bedrohlich.

Paula saß neben Newman auf dem Beifahrersitz, während Tweed und Keith Kent die Rückbank einnahmen. Tweed saß aufrecht da. Er spürte, wie ihm das Adrenalin durch die Adern schoss, und blickte unablässig aus dem Fenster, um eine etwaige Gefahr sofort erkennen zu können.

»Wir nähern uns der Grenze«, sagte er nach einer Weile zu Newman.

»Marler ist hinter uns. Nicht zu nahe, aber auch nicht mit zu großem Abstand«, sagte Newman nach einem Blick in den Rückspiegel.

Tweed drehte sich um und sah nach hinten. Marler saß am Steuer des zweiten Audis, auf dessen Rückbank Butler und Nield Platz genommen hatten. Der Beifahrersitz war leer. Als Newman seinen Wagen abbremste, verlangsamte auch Marler die Fahrt, bis beide Autos zum Stillstand kamen.

Die Grenzstation lag unmittelbar vor ihnen. Paula konnte hinter dem Steuer eines schwarzen Audis die massige Gestalt von Jake Ronstadt ausmachen. Er hatte das Fenster auf seiner Seite heruntergekurbelt und diskutierte mit einem der Grenzbeamten. Ein anderer Beamter durchsuchte den Kofferraum des Wagens, während drei Männer in dunklen Mänteln um ihn herumstanden.

»Was soll denn das, verdammt noch mal?«, raunzte Ronstadt zum dritten Mal. »Ich habe Ihnen einen Diplomatenpass gezeigt. Sie haben kein Recht, uns aufzuhalten, geschweige denn, unseren Wagen zu durchsuchen.«

»Wir haben einen Hinweis bekommen.«

»Was für einen Hinweis denn, Freundchen?«

»Ich bin nicht befugt, Ihnen das mitzuteilen. Würde es Ihnen etwas ausmachen, aus dem Wagen zu steigen, damit ich die Vordersitze untersuchen kann?«

»Und ob mir das etwas ausmachen würde. Ich werde mich über Sie beschweren, darauf können Sie sich verlassen. Wie heißen Sie?«

»Ich bin der Leiter dieser Grenzstation und habe hier die alleinige Befehlsgewalt …«

Er hielt inne, weil ein anderer Beamter ihn am Ärmel zupfte. Die beiden entfernten sich ein paar Meter von dem Wagen und unterhielten sich leise, wobei sie es vermieden, hinüber zu den beiden Audis mit Newman und Marler am Steuer zu blicken, die in einiger Entfernung mit ausgeschalteten Scheinwerfern parkten. Dann kehrten sie zu Ronstadts Wagen zurück.

»Sie können weiterfahren«, sagte der Leiter der Grenzstation.

Ronstadt ließ den Motor an und fuhr los. Als er über der Grenze war, lehnte er sich aus dem Fenster und rief zurück: »Sie können mich mit Ihrer Befehlsgewalt am Arsch lecken!«

Dann trat er aufs Gas und fuhr auf die Autobahn. Drei weitere schwarze Audis folgten ihm. Newman wartete noch eine Weile.

»Vier Wagen«, sagte er dann. In jedem sitzen vier Männer, macht zusammen sechzehn. Sie sind eindeutig in der Überzahl.«

»Bereitet Ihnen das Sorgen?«, fragte Tweed vom Rücksitz aus.

»Überhaupt nicht. Wir waren vorher ja auch schon in der Minderzahl. Aber jetzt sollten wir langsam mal fahren.«

Der Grenzbeamte winkte sie durch und salutierte sogar, als die beiden Audis an ihm vorbeifuhren. Kurze Zeit später waren sie auf einer vierspurigen Autobahn mit einer stählernen Leitplanke beiderseits des mit Büschen bepflanzten Mittelstreifens. Weil zu dieser späten Stunde so gut wie kein Verkehr war, hielt Newman großen Abstand zu den vier Autos vor ihnen, während Paula neben ihm im Licht einer Taschenlampe eine ADAC-Straßenkarte konsultierte, die sie in Basel gekauft hatte.

»Nach Freiburg sollten wir die Ausfahrt Nummer zweiundsechzig nehmen«, sagte sie. »Aber es dauert noch eine Weile, bis wir dort sind.«

»Nur keine Eile. Wir kommen schon noch früh genug dorthin.«

Vorn in Ronstadts Wagen saß Leo Madison, der Mann, der Juliette Leroy in St. Ursanne umgebracht hatte, neben seinem Boss auf dem Beifahrersitz. Er schaute ständig nach hinten und überlegte hin und her, ob er Ronstadt etwas sagen sollte.

»Ich sehe schon die ganze Zeit die Lichter von zwei Autos hinter uns.«

»Na und?«

»Jedes Mal, wenn wir beschleunigen, beschleunigen sie auch. Und wenn wir langsamer fahren, tun sie das Gleiche.«

»Na und?«

»Ich könnte mir vorstellen, dass das Tweed und seine Meute sind. Deutsche Fahrer überholen gern, habe ich mir sagen lassen.«

»Und das beunruhigt dich, Mondgesicht?«

»Mein Name ist Leo Madison. Wenn sie uns bis an unser Ziel folgen, könnte das durchaus ein Grund zur Beunruhigung sein.«

»Du wirst lachen, Mondgesicht, aber ich habe es geradezu erwartet, dass Tweed uns verfolgt. Wozu meinst du wohl, dass die Schmierenkomödie an der Grenze sonst gedient haben sollte? Die haben uns doch bloß so lange aufgehalten, bis Tweed da war. Das war wohl wieder so eine Idee von diesem trotteligen Beck. Ich wäre richtig froh, wenn Tweed in einem dieser Autos hinter uns sitzt. Dann bräuchten wir nämlich nur auf eine günstige Gelegenheit zu warten und könnten ihn mitsamt seinen Bastarden in die ewigen Jagdgründe schicken. Schwirren in diesem Ding, das du dein Hirn nennst, vielleicht sonst noch irgendwelche Ideen herum?«

»Nein Boss. Keine.«

»Gut. Wir nähern uns nämlich dem Parkplatz, an dem Vernon die Waffen übernimmt. Wir halten dahinter auf dem Seitenstreifen an und warten auf ihn.«

Ein paar Minuten später bremste er den Wagen ab, kurbelte das Fenster herunter und gab dem Audi hinter ihm mit herausgestrecktem Arm ein Zeichen. Dann hielt er an und parkte vorschriftswidrig auf dem Standstreifen.

Tweed hatte aus seiner Tasche ein Nachtsichtglas genommen und richtete es, nachdem er seine Brille abgesetzt hatte, auf den hintersten der vier schwarzen Audis vor ihnen, die gerade um eine lang gestreckte Autobahnkurve fuhren.

»Sie werden langsamer«, brummte er. »Und zwar mehr als vorher.«

»Sie wollen testen, ob wir ihnen folgen«, meinte Newman. »Vielleicht sind wir ihnen aufgefallen.«

»Ronstadt erwartet bestimmt, dass wir ihn verfolgen«, sagte Tweed. »Zumindest hoffe ich das. Ich möchte, dass er ständig unter Druck steht. Keith, Sie haben ihn doch in der Zürcher Kreditbank gesehen. Was hatten Sie für einen Eindruck von ihm?«

»Sehr selbstsicher und dynamisch, aber auch sehr ungeduldig. Wie jemand, dem schnell die Sicherung durchbrennt.«

»Genau das habe ich mir auch gedacht, als er im Santorini's zu Paula und mir an den Tisch kam. Vielleicht kann man seine Sicherung ja tatsächlich zum Durchbrennen bringen. Wenn das der Fall ist, fängt er womöglich an, Fehler zu machen. Da, sehen Sie, jetzt fährt einer der Wagen auf einen Parkplatz und die drei anderen halten auf dem Seitenstreifen an.«

»Dann sollten wir uns auch auf die Standspur stellen und schauen, was sie machen«, sagte Newman. »Hoffentlich kommt kein Streifenwagen vorbei und fragt, was wir dort machen.«

»Halten Sie ruhig an. Wenn die deutsche Polizei kommt, lasse ich die Beamten über Funk Otto Kuhlmann in Wiesbaden kontaktieren. Der wird ihnen sagen, dass sie uns in Ruhe lassen sollen ...«

»Wenn sie Marlers Wagen durchsuchen würden, käme er ganz schön in die Bredouille.«

»Und das würde Marler überhaupt nicht gefallen«, sagte Marler, der seinen Audi hinter ihnen angehalten hatte und ans offene Fenster gekommen war. »Was machen die da vorn?«

»Keine Ahnung«, erwiderte Tweed. »Möglicherweise ist das eine Art Waffenübergabe. Ich nehme nicht an, dass sie bewaffnet über die Grenze gefahren sind.«

»Dann wäre jetzt die günstigste Gelegenheit, sie fertig zu machen«, drängte Marler.

»Nein, ist es nicht«, sagte Tweed, während er wieder durch das Nachtsichtglas blickte. »Wenn wir unbewaffnete Männer erschießen, die noch dazu Diplomatenpässe haben, sind wir geliefert. Selbst Kuhlmann müsste uns dann verhaften. Ich bin mir sicher, dass auf dem Parkplatz jemand wartet, der den Amerikanern neue Waffen übergibt. Wir werden also warten, bis sich die Kolonne wieder in Bewegung setzt.«

»Inzwischen kann ich Ihnen ja Ihre eigenen Schießwerkzeuge aushändigen«, sagte Marler und langte in seine Leinentasche. Er gab Newman dessen Smith & Wesson komplett mit Munition und Schulterhalfter und Paula die Browning nebst Patronen. Als Nächstes reichte er Newman zwei Handgranaten. Als er auch Paula eine geben wollte, lehnte sie ab.

»So was brauche ich nicht.«

»Nehmen Sie sie trotzdem. Da vorn in den Audis sitzen keine Unschuldslämmer, sondern die kaltblütigsten und professionellsten Killer, mit denen wir es seit langem zu tun hatten.«

Dann blickte er auf Keith Kent, der entspannt in seinem Sitz saß und so aussah, als würde er ein kleines Nickerchen machen.

»Ich finde, Sie sollten auch eine Waffe tragen, Keith. Wie wäre es mit einer Walther Automatik?«

»Vielen Dank«, erwiderte der Finanzexperte. »Allerdings habe ich seit einer Ewigkeit keine Pistole mehr in der Hand gehabt.«

»Dann müssen wir uns vor Ihnen wohl in Acht nehmen«, sagte Marler augenzwinkernd, bevor er wieder zurück zu seinem Wagen ging.

»Während wir warten, kann ich Ihnen ja erzählen, dass Sharon Mandeville eine Stunde vor uns abgereist ist. Und zwar in einem Mercedes.«

»Dann hat sie ihren Entschluss, nach Freiburg zu fahren, wohl ziemlich rasch in die Tat umgesetzt«, bemerkte Paula.

»Und ob. Der Nachtportier hat mir außerdem mitgeteilt, dass auch Ed Osborne mit seinem Wagen vom Hotel weggefahren ist.«

»Vermutlich ebenfalls in Richtung Freiburg«, sagte Paula. »Sieht so aus, als würde es langsam ziemlich voll in dieser Stadt.« Sie blickte hinüber zu Tweed. »Was ich Sie schon die ganze Zeit über fragen wollte: Hat Monica Ihnen am Telefon eigentlich etwas Neues über die Identität von Charlie sagen können?«

»Sie hat mich erst kurz vor unserer Abfahrt angerufen und mir in verklausulierten Worten, deren wahren Sinn nur sie und ich verstehen konnten, mitgeteilt, dass sie bei ihrer Suche bisher keinen Erfolg gehabt hat. Aber sie bleibt weiter dran.«

Fünf Minuten später schaute Tweed wieder durch sein Nachtsichtglas. Paula hatte das Fenster heraufgekurbelt, damit nicht noch mehr von der eiskalten Nachtluft ins Innere des Wagens kam. Weil Newman den Motor laufen ließ, sorgte die Heizung ziemlich bald wieder für angenehme Temperaturen.

»Der vierte Wagen ist wieder da«, sagte Tweed. »Jetzt steigen vier Männer mit Koffern aus und bringen zwei davon in den ersten Wagen und je einen zu Wagen zwei und drei. Wir müssen wohl davon ausgehen, dass Ronstadt und seine Leute jetzt bis an die Zähne bewaffnet sind.«

»Insofern war es ja eine gute Idee von Marler, uns die Handgranaten zu geben«, sagte Newman. »Jetzt fahren sie wieder los.«

Er wartete noch einen Augenblick, bevor er den Audi wieder in Bewegung setzte. Marler folgte ihm. Paula sah auf die Karte. Draußen war der Mond aufgegangen und tauchte die leere Landschaft links und rechts von der Autobahn in ein milchig-weißes Licht. Als sie die Ausfahrt Nummer 65 passiert hatten, reduzierte Newman die Geschwindigkeit. Paula blickte auf und sah, dass eine dünne Schneedecke auf der Autobahn lag. Sekunden später fuhr auch der Konvoi vor ihnen langsamer.

»Unter dem Schnee ist ab und zu etwas Glatteis«, erklärte Newman.

»Bei dieser Geschwindigkeit hätte ich keine Lust, dass wir ins Schleudern geraten«, sagte Paula.

»Wenn es eine durchgehende Eisfläche wäre, würde ich schon damit zurechtkommen«, erwiderte Newman, »aber wenn es mal glatt ist und dann wieder nicht, ist das etwas anderes. Ronstadt ist offenbar zu derselben Erkenntnis gekommen. Eines muss man dem Mann ja lassen: Er ist ein ausgezeichneter Autofahrer.«

»Vielleicht hat er seine Verbrecherkarriere in den Staaten als Fahrer von Fluchtfahrzeugen begonnen«, meldete Keith Kent sich zum ersten Mal zu Wort.

»Das würde mich nicht wundern«, sagte Newman. »Und dann hat er sich wahrscheinlich über einen Berg von Leichen emporgearbeitet.«

Die sechs Audis glitten weiter hintereinander durch die Nacht. Ronstadts Konvoi fuhr jetzt sehr viel langsamer. Die weiten Felder neben der Autobahn schimmerten weiß im Mondlicht. Auf dem Beifahrersitz von Newmans Wagen sah Paula ein weiteres Mal auf die Landkarte.

»Wir fahren jetzt auf die Ausfahrt Nummer dreiundsechzig zu, bis dahin ist es aber noch ein gutes Stück. Wenn wir die Autobahn über die Ausfahrt Nummer zweiundsechzig verlassen, kommen wir in Freiburg-Mitte an.«

»Darf ich mal einen Blick auf die Karte werfen?«, fragte Tweed.

Paula reichte ihm die Landkarte, die er im Licht der Taschenlampe sorgfältig studierte. Er hatte zwar die Gegend von seinem letzten Besuch her noch recht gut im Kopf, aber es war schließlich möglich, dass die Deutschen während seiner Abwesenheit eine neue Straße gebaut hatten.

»Könnten Sie mal kurz anhalten?«, sagte er zu Newman. »Ich muss kurz etwas mit Marler besprechen.«

»Wird gemacht.«

Newman bremste den Wagen ab und lenkte ihn auf den Standstreifen. Marler hielt knapp hinter ihnen und kam, ohne dass Tweed ihm ein Zeichen geben musste, nach vorn an sein Fenster.

»Bisher ist ja alles gut gelaufen«, sagte er lächelnd. »Und wie geht es weiter?«

»Sehen Sie sich mal die Karte hier an«, sagte Tweed und beleuchtete sie mit der Taschenlampe. »Wenn Ronstadt die Ausfahrt zweiundsechzig nimmt, was er höchstwahrscheinlich tun wird, kommen wir auf die Bundesstraße einunddreißig, die nach Freiburg hineinführt. Hier an der Kreuzung mitten in der Stadt geht es links zum Hotel Colombi ab. Wenn man ein Stück weiter geradeaus fährt und erst später links abbiegt, kommt man zum

Schwarzwälder Hof. In beiden Hotels haben wir Zimmer gebucht. Mein Gefühl sagt mir, dass an dieser Kreuzung ein paar von den Audis da vorn geradeaus weiterfahren werden. Sollte das der Fall sein, wird Paula Ihnen mit der Taschenlampe durchs Rückfenster drei kurze Blinkzeichen geben. Das bedeutet, dass Sie den Autos folgen. Warten Sie, bis die Insassen im Schwarzwälder Hof eingecheckt haben, und lassen Sie sich dann Ihre Zimmer geben.«

»Alles klar«, sagte Marler. »Und was machen Sie?«

»Wir folgen den Wagen, die nach links abbiegen. Möglicherweise steigt Ronstadt im Colombi ab. Wir rufen uns gegenseitig an, sobald wir im Hotel sind.«

»Gut. Dann gehe ich jetzt zurück zu meinem Wagen.«

»Und wir sollten uns beeilen«, sagte Newman von vorn. »Legen Sie die Sicherheitsgurte an. Es wird nicht einfach sein, Ronstadt bei dem Glatteis wieder einzuholen.«

Sobald er den Wagen wieder in Bewegung gesetzt hatte, trat Newman aufs Gas und beschleunigte, obwohl er hier und da das dünne Eis unter den Reifen knistern hörte. Paula saß verkrampft auf ihrem Sitz neben ihm, während Tweed sich entspannt zurücklehnte und die Augen für ein kurzes Nickerchen schloss. Nur einmal kam der Audi bei der rasenden Fahrt ins Rutschen, aber Newman meisterte die Situation souverän, indem er den Wagen kurz vor der Leitplanke wieder abfing.

»Wir haben sie eingeholt«, verkündete er kurze Zeit später und ging vom Gas. »Ich kann ihre Rücklichter sehen ...«

»Wir müssten jetzt eigentlich kurz vor der Ausfahrt dreiundsechzig sein«, sagte Paula.

»Da kommt sie schon«, entgegnete Newman. »Sie fahren dran vorbei.«

»Die Ausfahrt Freiburg-Mitte kommt ziemlich bald danach«, warnte Paula.

»Und damit der entscheidende Moment«, sagte Tweed, der die Augen wieder geöffnet hatte.

»Wäre lustig, wenn Ronstadt einfach weiterfahren würde«, meinte Newman. »Die nächste größere Stadt ist Offenburg.«

»Damit wäre mein ganzer schöner Plan beim Teufel«, sagte Tweed.

»Nicht unbedingt«, meldete Paula sich zu Wort. »Auch die übernächste Ausfahrt – Freiburg-Nord mit der Nummer einundsechzig – führt in die Stadt.«

Sie spürte, wie die Spannung das Wageninnere erfüllte. Selbst Newman hatte das Lenkrad jetzt fester umfasst, und als Paula nach hinten blickte, sah sie, wie Keith Kent sich vorbeugte und durch die Windschutzscheibe starrte. Nur Tweed war die Ruhe selbst. Er lehnte bequem in seinem Sitz und hatte die Augen schon wieder halb geschlossen.

»Ich möchte nicht noch näher auffahren, denn dann merken sie wirklich, dass wir sie verfolgen«, sagte Newman.

Es war eine überflüssige Bemerkung, wie Paula sie von Newman nicht gewohnt war. Ganz anders als sonst schien er der Meinung zu sein, unbedingt etwas sagen zu müssen.

»Das wissen die inzwischen ohnehin«, sagte Tweed mit ruhiger Stimme.

»Da kommt die Ausfahrt Nummer zweiundsechzig«, sagte Paula.

»Ich kann selber lesen«, fauchte Newman sie an.

Eine düstere Stille machte sich im Inneren des Wagens breit. Keiner sagte ein Wort, während sie alle nach vorn starrten.

33

»Die werden wir ganz schön hinters Licht führen«, sagte Ronstadt gut gelaunt. »Der arme, alte Tweed wird nicht mehr wissen, was er tun soll.«

»Vorausgesetzt, er geht uns auf den Leim«, bemerkte Leo Madison.

»Begreifst du denn überhaupt nichts, Mondgesicht? Am liebsten würde ich jetzt die Tür aufmachen und dich aus dem Wagen werfen. Ein Schädelbruch wäre das Mindeste, was du dir damit einhandeln würdest.«

Madison beschloss, darauf lieber keine Antwort zu geben. Außerdem wusste er, dass Ronstadt sich einen Revolver in den Gürtel seines Maßanzuges gesteckt hatte, und erinnerte sich daran, wie Ronstadt Vernon während eines Treffens in der Suite des Hotels Euler einen Kinnhaken verpasst hatte. Sein Boss war ein unberechenbarer Mann.

In einiger Entfernung hinter den schwarzen Audis stieß Paula einen Seufzer der Erleichterung aus, als die Autos über die Ausfahrt 62 die Autobahn verließen und auf die Bundesstraße nach Freiburg abbogen. Tweed drückte ihr den Arm.

»Sie werden sehen, es läuft so, wie ich es mir vorgestellt habe«, sagte er.

»Wie machen Sie das bloß? Es ist fast so, als könnten Sie Ronstadts Gedanken lesen.«

»Da ist nichts Übernatürliches dabei. Ich versuche bloß, mich in die Lage meiner Feinde zu versetzen. Haben Sie Ihre Taschenlampe griffbereit, damit Sie Marler das Signal geben können?«

»Ja, habe ich.«

Paula schaute aus dem Fenster auf die vom Mondlicht beschienene Landschaft. Die Straße, die sie jetzt entlangfuhren, war viel schmaler als die Autobahn, aber hervorragend ausgebaut. Sie verlief auf einer Art erhöhtem Damm oberhalb der verschneiten Felder, an deren Rändern kahle Bäume wie stumme Wächter ihre Zweige in den Himmel reckten. Paula kam es fast so vor, als würden sie sich auf einem von Bäumen eingesäumten Boulevard bewegen. Als sie durch die Windschutzscheibe nach vorn blickte, konnte sie in einiger Entfernung einen tief verschneiten Gebirgsstock erkennen, der im Mondlicht wie eine zu Eis gefrorene Woge wirkte.

»Was sind denn das für düster wirkende Berge da vorn?«, fragte sie.

»Das«, antwortete Tweed, »ist der Schwarzwald.«

»Sieht ziemlich bedrohlich aus.«

»Im Winter, wenn er verschneit ist, kann der Schwarzwald sogar ausgesprochen schön sein.«

»Wenn Sie es sagen ...«

Paula wandte sich wieder der Karte zu. Sie waren jetzt nicht mehr weit von der Kreuzung entfernt, von der Tweed gesprochen hatte. Als sie wieder nach draußen blickte, schien das Gebirge noch höher und abweisender zu sein. Davor befand sich jetzt eine Reihe von Gebäuden, über die sich am Nachthimmel eine gelbliche Lichtglocke wölbte. Paula setzte sich gerade hin und starrte nach vorn zu den roten Rücklichtern der vor ihnen fahrenden Audis.

Kurze Zeit später sah sie, wie das erste Auto nach links abbog, während die drei dahinter weiterhin geradeaus fuhren. Rasch drehte sie sich um und sah, dass Marlers Wagen ihnen in relativ geringem Abstand folgte. Sie hob die Taschenlampe, richtete sie auf das Rückfenster und schaltete sie dreimal hintereinander ein und aus. Nach dem dritten Lichtzeichen glaubte sie erkennen zu können, wie Marler ihr bestätigend zunickte.

»Schon wieder wussten Sie genau, was die anderen tun würden«, sagte sie zu Tweed.

»Stimmt. Aber das funktioniert nicht immer«, erwiderte Tweed und beugte sich vor. »Biegen Sie nach links ab, Bob. Ich werde versuchen, Sie zum Colombi zu lotsen. Hoffen wir, dass sie das Hotel nicht verschoben haben«, fügte er in scherzhaftem Ton hinzu.

»Wird uns denn nicht Ronstadt automatisch hinführen?«

»Ich glaube schon. Aber man kann ja nie wissen. Wenn wir dann im Hotel sind, achten Sie darauf, dass Sie nur das wirklich Notwendigste auspacken. Es kann sein, dass wir ziemlich schnell wieder verschwinden müssen.«

Sie warteten zehn Minuten in einer dunklen Seitenstraße, bis Ronstadt und die drei Männer aus seinem Wagen im Colombi verschwunden waren. Ein uniformierter Page fuhr den Audi in die Garage. Die dunklen Gebäude beiderseits der Straße warfen schwarze Schatten, zu denen der hell erleuchtete, einladend wirkende Eingang des Hotels in starkem Kontrast stand. Tweed sah auf die Uhr.

»Gehen wir hinein und hoffen wir, dass Ronstadt und seine Schlägertypen schon auf ihre Zimmer gegangen sind. Vielleicht haben sie ja Hunger und lassen sich vom Zimmerservice noch etwas bringen …«

Als sie aus dem Wagen stiegen, kamen bereits Hotelbedienstete auf sie zu und nahmen ihnen das Gepäck ab. Derselbe Page, der auch Ronstadts Wagen weggefahren hatte, bot sich an, dasselbe mit dem von Newman zu tun. Newman lehnte ab.

»Es kann sein, dass ich gleich wo hinfahren muss. Lassen Sie das Auto also lieber hier auf der Straße stehen.«

»Aber das ist sehr ungewöhnlich.«

»Ich bin eben ein ungewöhnlicher Mann.«

Newman lächelte den Mann an und gab ihm einen Hundertmarkschein, woraufhin es keine weitere Diskussion gab. Tweed und Paula waren bereits im Hotel. Während Tweed das Anmeldeformular unterzeichnete, sah Paula sich um. Das Hotel sah luxuriös und gediegen aus. Als Tweed fertig war, warf er einen Blick in die Hotelhalle – und erstarrte.

»Was ist denn?«, flüsterte Paula. Im selben Augenblick stieß Newman zu ihnen.

»Kommen Sie mit und sehen Sie selbst.«

Tweed betrat mit dem Mantel über dem Arm die Halle. Paula meinte, ihre Ankunft im Hotel Drei Könige noch einmal zu erleben, als sie Sir Guy Strangeways erblickte, der an einem niedrigen Tisch saß. In dem Sessel gegenüber hatte Sharon Mandeville Platz genommen, die ein Glas in der Hand hielt. Als sie Tweed erblickte, hob sie die Augenbrauen und lächelte ihn einladend an.

»Was für ein unerwartetes Vergnügen«, sagte sie. »Jetzt können Sie mich ja morgen Abend zum Essen einladen. Oder sollte ich besser heute Abend sagen? Schließlich ist es fast sechs Uhr früh.«

»Sind Sie uns gefolgt?«, fragte Strangeways mit barscher Stimme.

»Dann sind Sie wohl gemeinsam hierher gereist?«, fragte Tweed zurück.

»Nein, das sind wir nicht«, antwortete Sharon. »Ich bin allein in einem Mercedes hierher gefahren. Aber ich habe Sir Guy in Basel gesagt, dass ich in diesem Hotel absteigen würde, und er hat geantwortet, dass er ebenfalls hierher kommen würde. Ich dachte erst, er macht einen Witz, aber wie Sie sehen, hat er es ernst gemeint. Aber setzen Sie sich doch. Schön, Sie zu sehen, Paula. Und Sie, Bob, machen unsere kleine Party vollständig.«

»Eine Party um sechs Uhr früh?«, fragte Newman.

»Warum nicht?«, entgegnete Sharon mit einem gewinnenden Lächeln. »Das ist doch die schönste Zeit des Tages. Ich jedenfalls mag sie sehr. Niemand im ganzen Hotel ist auf den Beinen, nur wir fünf. Einen Schluck Schampus, Paula?«

»Nein, danke. Nicht für mich.«

Sharon hatte eine Champagnerflasche aus einem Eiskübel auf dem kleinen Tisch geholt und füllte ein frisches Glas.

»Aber Sie trinken schon einen mit, Bob, oder?«

»Ja. Aber nur ein Glas. Entweder hält es mich wach oder es macht mich so müde, dass ich gut schlafen kann.«

»Und Sie, Tweed, trinken doch sicher auch einen. Wollen Sie mir nicht verraten, wie viel Sie in den vergangenen vierundzwanzig Stunden geschlafen haben?«

»Ich habe auf der Fahrt hierher ein paar kurze Nickerchen gemacht.«

»So was dachte ich mir schon. Sie und ich, wir haben eines gemeinsam«, sagte sie, während sie ihm mit einem hinreißenden Lächeln ein Glas Champagner einschenkte. »Wir sind mit einem erstaunlichen Durchhaltevermögen gesegnet. Ich komme mit vier Stunden Schlaf pro Nacht aus. Wenn es sein muss, auch mit weniger. Darf ich Ihnen auch noch etwas nachschenken, Guy?«

»Nein, vielen Dank. Ich werde wohl bald ins Bett gehen. Aber vorher möchte ich noch eine Antwort auf meine Frage, Tweed. Warum verfolgen Sie uns?«

»Ihre Frage vorhin war noch etwas anders gestellt, Guy. Ich möchte die Frage gern zurückgeben. Erst kommen Sie kurz vor uns im Hotel Drei Könige in Basel an und jetzt passiert hier das Gleiche.«

»Ich muss jetzt wirklich ins Bett«, sagte Strangeways und wuchtete sich aus seinem Sessel hoch. »Mir fallen schon die Augen zu. Gute Nacht, allerseits ...«

Während Strangeways sich vom Tisch entfernte, verglich ihn Tweed mit Sharon. Während Sir Guy dick geschwollene Tränensäcke unter den Augen hatte und einen angespannten, fast ausgezehrten Eindruck machte, wirkte sie so frisch wie der sprichwörtliche junge Morgen. Als er sie ansah, erwiderte sie seinen Blick mit ihren lebhaften grünen Augen.

»Es kommt mir so vor, als ob sich Guy wegen etwas große Sorgen machen würde – finden Sie nicht auch?«, fragte Tweed.

»Mir geht es ähnlich. Seit er sich vor einer ganzen Weile zu mir gesetzt hat, hat er ständig nervös herumgezappelt. Ich habe ihn ganz direkt gefragt, was er denn hat, aber er wollte nicht einmal eine Andeutung machen. Dafür hat er so viel Champagner getrunken, dass ich eine zweite Flasche bestellen musste. Aber ich habe auch mitgehalten, so ist das nicht«, ergänzte sie lächelnd. »Guy hat eindeutig etwas auf dem Herzen, aber er will nicht damit herausrücken.«

»Wahrscheinlich ist es ihm peinlich«, sagte Tweed nachdenklich und nahm einen Schluck aus seinem Glas.

»Das kann gut sein«, erwiderte Sharon und blickte hinüber zu Paula. »Aber Sie sind ja heute so still. Seit Sie hier sitzen, haben Sie noch kein einziges Wort gesagt.«

»Tut mir Leid, das war nicht sehr höflich von mir. Aber ich bin einfach müde. Es war ein langer Tag für mich.« Sie lächelte. »Und eine lange Nacht. Wenn es Ihnen nichts ausmacht, würde ich jetzt gern auf mein Zimmer gehen.«

»Ich schätze, wir könnten alle eine Mütze voll Schlaf gebrauchen«, meinte Newman und erhob sich fast zeitgleich mit Paula. »Ich freue mich schon darauf, Sie wiederzusehen, Sharon!«

»Aber Sie lassen mich hoffentlich nicht ganz allein hier sitzen?«, fragte Sharon mit einem Seitenblick auf Tweed.

»Ich fürchte, ich muss. Ich habe noch ein paar wichtige Papiere durchzusehen. Aber wie Bob bereits sagte: Wir sehen uns sicher in ein paar Stunden wieder.«

»Dann verlassen Sie mich also«, sagte Sharon mit gespielter Enttäuschung.

»Aber nicht für lange. Das brächte ich nicht übers Herz.«

»Tweed«, rief sie ihm hinterher, als er schon auf dem Weg zum Aufzug war. »Dieser unsägliche Ed Osborne wohnt ebenfalls hier im Hotel. Ich dachte, das würde Sie vielleicht interessieren ...«

»Dann wäre das Wolfsrudel ja wieder beisammen.«

»Ich hätte es gern, wenn Sie beide noch auf einen Sprung mit in mein Zimmer kommen würden«, sagte Tweed, als sie im Aufzug waren. »Wir müssen uns noch einen Plan für den Notfall zurechtlegen.«

Tweed schloss sein Zimmer auf und ließ Paula als Erste hineingehen. Sie sah sich um und stieß einen leisen Freudenseufzer aus.

»Was für ein hübsches Zimmer. Der reine Luxus.« Sie setzte sich aufs Bett und prüfte die Matratze. »Wunderbar. Wenn Sie nicht aufpassen, schlafe ich Ihnen hier auf der Stelle ein.«

»Kein Problem. Dann bringe ich eben meine Sachen auf Ihr Zimmer. Ich habe ohnehin nicht vor, viel auszupacken.«

»Was halten Sie davon, dass Ed Osborne hier ist?«, fragte Paula. »Wir wussten ja, dass er nach Freiburg kommen würde, aber eigentlich wollte er doch im Schwarzwälder Hof absteigen.«

»Sie haben ja gehört, was ich vorhin zu Sharon gesagt habe.«

»Ja, und das hat mir zu denken gegeben. Im Aufzug haben Sie von einem Notfallplan gesprochen. Ich vermute, Sie meinen damit, dass wir uns für einen unvermittelten Aufbruch bereithalten sollten. Ich für meinen Teil habe vor, mich ganz kurz unter die Dusche zu stellen, mir frische Unterwäsche anzuziehen und dann zu Bett zu gehen. Außerdem lege ich mir warme Kleidung und Stiefel zurecht. Ich glaube, es wird sehr kalt werden.«

»Eiskalt«, ergänzte Newman.

»Paula hat erkannt, worum es mir geht«, sagte Tweed und setzte sich auf einen Stuhl. »Wir müssen jederzeit aufbruchbereit sein. Vermutlich wird Marler es als Erster mitbekommen, wenn die Amerikaner die Stadt verlassen. Drüben im Schwarzwälder Hof sind sehr viel mehr von ihnen abgestiegen als hier.«

»Dann warten Sie also auf einen Anruf von Marler?«, fragte Newman.

»Ja. Als er ans Auto kam, um uns die Waffen zu geben, habe ich ihm Becks Mobiltelefon zugesteckt.«

»Und was ist, wenn Beck Sie anruft?«, wollte Paula wissen.

»Dann kann Marler die Nachricht entgegennehmen und sie mir überbringen. Ich vermute, dass Ronstadt schon morgen – das heißt heute – aufbrechen wird. Falls ihm nicht etwas dazwischenkommt.«

»Hoffen wir mal, dass das der Fall sein wird«, sagte Paula und stand auf. »Ich jedenfalls reiße mich nicht gerade darum, so bald wieder auf Achse zu sein. Ich würde lieber etwas Schlaf nachholen. Außerdem habe ich das Gefühl, dass Sie alle zusammen ein Auge auf Sharon geworfen haben.«

»Welcher Mann würde das nicht tun?«, sagte Tweed mit einem schiefen Lächeln. »Sie ist wirklich eine sehr bemerkenswerte Frau.«

»Rechnen Sie morgen früh nicht mit mir. Ich werde mir mein Frühstück aufs Zimmer bringen lassen. Ich könnte es nicht ertragen, diesen Ed Osborne zu sehen. Als wir die Bar im Hotel Drei Könige verlassen haben, hat er so fürchterlich geschaut.« Sie verzog das Gesicht zu einer Grimasse. »Als ob jeden Moment die Welt untergehen könnte.«

»Vielleicht tut sie das ja auch bald«, sagte Tweed.

»Haben Sie schon eine Vorstellung davon, wo im Schwarzwald die Amerikaner hinfahren könnten?«, fragte Paula, die schon die Türklinke in der Hand hatte.

»Ins Höllental. Kurt Schwarz hat es in seinem kleinen schwarzen Notizbuch erwähnt.«

»Klingt richtig anheimelnd. Grüßen Sie Marler schön von mir, wenn er anruft …«

Marler hatte keine große Mühe gehabt, den drei schwarzen Audis hinterherzufahren, obwohl die Route alles andere als unkompliziert gewesen war. Kurz nach der Kreuzung waren sie in ein verschlungenes System von Einbahnstraßen geraten, an dem Marler erkannt hatte, dass sie die Altstadt erreicht hatten.

Jahrhunderte alte Häuser standen beiderseits schmaler Straßen, die von kleinen Laternen nur schlecht erleuchtet wurden. Tiefe Schatten wechselten sich mit in helles Licht getauchten Abschnitten ab. Viele der Straßen hatten Kopfsteinpflaster, auf dem die Reifen des langsam fahrenden Wagens rumpelnde Geräusche von sich gaben. Vor sich sah Marler die Rücklichter der drei anderen Audis über die unebene Fahrbahn tanzen. Zum Glück war außer ihnen so gut wie niemand mehr unterwegs, dafür aber verstellten Marler oft die am Straßenrand geparkten Autos die Sicht.

Einmal tauchte über den Häusern der vom Mondlicht beschienene Turm des Münsters auf. Nield auf dem Beifahrersitz sah ihn an und nickte.

»Gleich dürften wir da sein. Ich vermute, dass sie in einem Parkhaus in der Nähe des Münsters parken werden.«

»Das glaube ich auch«, sagte Marler.

»Dann folgen wir ihnen unbemerkt bis zum Hotel.«

»Klingt vernünftig. Wir lassen ihnen Zeit, um einzuchecken und auf ihre Zimmer zu gehen. Am liebsten wäre es mir, wenn Sie beide nicht in Erscheinung treten würden. Das bedeutet, dass Sie am besten gleich auf Ihre Zimmer gehen, während ich die Anmeldung erledige. Sie können sich ja vom Zimmerservice etwas zu essen bringen lassen.«

»Soll mir recht sein«, sagte Butler.

»Gute Idee«, stimmte auch Nield zu. »Und was machen Sie?«

»Ich werde ins Restaurant gehen und sehen, ob es noch etwas zu essen gibt. Ich schätze, die Amerikaner werden das auch tun. Ich will mir ihre Gesichter einprägen.«

»Hoffentlich vergeht Ihnen dabei nicht der Appetit«, meinte Nield.

Sie folgten den Amerikanern ins Parkhaus und sahen, wie zwölf Männer die Wagen verließen. Als sie in einer kleinen Straße verschwunden waren, warteten Marler und die beiden anderen noch eine Weile, bevor sie die Verfolgung aufnahmen. Mit ihren

Reisetaschen in den Händen gingen sie ebenfalls hinüber zu der Gasse, die zum Hotel führte. Sie war schmal, kopfsteingepflastert und sehr finster. Linker Hand sahen sie die hellen Lichter des Hotels. Als sie die Tür öffneten, schlug ihnen ein Schwall warmer Luft entgegen. Marler ging sofort zur Rezeption.

»Tut mir Leid, dass wir in aller Frühe hier hereinschneien«, sagte er zu dem Nachtportier, »aber wir haben Zimmer reserviert.« Er nannte dem Portier die Namen. »Könnten meine Freunde vielleicht gleich auf ihre Zimmer gehen? Sie sind sehr müde.«

»Natürlich. Hier sind die Schlüssel. Wenn Sie mir vielleicht noch das Anmeldeformular ausfüllen würden ...«

»Ich würde gern etwas essen«, sagte Marler. »Ist das Restaurant schon geöffnet?«

»Natürlich. Wenn Sie gleich hingehen wollen, werde ich inzwischen dafür sorgen, dass man Ihr Gepäck auf Ihr Zimmer bringt.«

»Vielen Dank, aber diese Tasche hier möchte ich lieber mit ins Restaurant nehmen.«

Das Restaurant war groß und einladend. Wände und Boden bestanden ebenso aus Fichtenholz wie mehrere im Raum verteilte Stützpfeiler. Die müssen hier im Schwarzwald eine Menge Holz haben, dachte Marler. An einer Wand des Restaurants waren mehrere Nischen eingelassen, die jeweils einen Tisch für sechs Personen beherbergten. Marler setzte sich, schaute auf die Speisekarte und bestellte sein Essen bei einem Kellner.

Er war ganz allein in dem geräumigen Lokal, aber nicht für lange. Kaum hatte er den ersten Schluck von seinem Kaffee getrunken und etwas Brot gegessen, als zwölf brutal aussehende Männer hereinkamen. Ein großer, dünner Mann sah sich in dem Raum um und ließ die Gruppe schließlich an zwei von den Nischentischen Platz nehmen. Die Männer trugen dicke Wollpullover und schwere, dunkle Hosen. Manche von ihnen hatten auch schwarze Anoraks an.

Während Marler sein Essen verspeiste, beobachtete er die Amerikaner aus den Augenwinkeln. Neben dem langen Dünnen saß ein kleinerer Mann, der ebenfalls sehr schmal gebaut war. Marler bemerkte, wie dieser Mann zu ihm herübersah, und hob den Kopf, woraufhin dieser den Blick sofort abwandte und ein Gespräch mit dem Dünnen begann, der offenbar der Anführer der Gruppe war.

»Vernon«, sagte der Mann leise. »Den Typ da drüben in dem smarten Anzug habe ich schon mal gesehen.«

»Wo denn, Bernie?«

»Als ich für Jake in Basel das Hotel Drei Könige observiert habe. Jake hat mir dazu eine Beschreibung der Frau gegeben, die bei Tweed ist. Wenn ich mich nicht irre, heißt sie Paula Grey.«

»Na und? Komm endlich zur Sache!«

»Ich habe diese Grey aus dem Drei Könige kommen sehen. Zusammen mit diesem Typ da drüben und einem anderen Mann.«

»Bist du dir da sicher?«

Bernie schaute noch einmal hinüber zu Marler, wandte seinen Blick aber rasch wieder ab, als Marler ihn zu bemerken schien. Bernie stopfte sich ein Stück Brot in den Mund.

»Lass das«, fauchte Vernon. »Ich habe dich gefragt, ob du dir sicher bist.«

»Klar bin ich das.«

Als Marler mit dem Essen fertig war, rief er den Kellner.

»Wie kalt ist es draußen?«, fragte er überflüssigerweise, aber so laut, dass die Amerikaner es hören mussten. »Ich würde nämlich gern noch etwas frische Luft schnappen, bevor ich ins Bett gehe.«

»Sehr kalt«, antwortete der Kellner.

»Ich werde trotzdem einen kurzen Spaziergang machen«, sagte Marler, während er die Rechnung unterschrieb, die ihm der Kellner auf den Tisch gelegt hatte.

Marler stand auf, hängte sich seine Tasche an ihrem Riemen über die Schulter und verließ das Restaurant. Auf einer geschwungenen Treppe stieg er hinauf zu seinem Zimmer, wo er nach einem Versteck für die Waffen suchte. Schließlich entschied er sich für einen Wäschekorb im Badezimmer, in den er die Tasche hineinstellte und mit ein paar zusammengeknüllten Handtüchern bedeckte. Nachdem er den Deckel des Wäschekorbs wieder geschlossen hatte, hängte er seinen Mantel in den Schrank. Marler war nicht sehr empfindlich gegenüber Kälte, und ein Mantel würde seine Bewegungen nur unnötig behindern.

Als er wieder unten war, ging er quer durch das Restaurant zu einer Tür an dessen hinterem Ende, die hinaus auf eine schmale Gasse führte.

Kaum hatte Marler die Tür hinter sich geschlossen, wandte sich drinnen im Restaurant Vernon an Bernie.

»Geh ihm nach und mach ihn fertig«, flüsterte er seinem Untergebenen ins Ohr. »Aber sieh zu, dass es nicht allzu nahe am Hotel passiert.«

»Das kann ich nicht, Vernon. Ich bin doch nur ein Drucker.«

»Bernie, jetzt hör mir mal gut zu. Als du zu unserer Truppe gestoßen bist, hat dich Jake nach Philadelphia geschickt, um einen Typ kaltzumachen. Das war ein Test, den Jake mit allen Neulingen macht. Er will, dass sie mit einer Waffe umgehen können, wenn es hart auf hart kommt. Du hast den Typ in Philadelphia erledigt, und genauso wirst du jetzt diesen Kerl beseitigen. Wozu schleppst du denn sonst deinen Revolver mit dir herum?«

»Alles klar, Vernon. Kriege ich etwas extra dafür?«

»Darüber reden wir später. Jetzt mach erst mal deine Arbeit.«

Nachdem Marler die Restauranttür hinter sich geschlossen hatte, blickte er hinauf zu dem Straßenschild an der gegenüberliegenden Hausmauer. *Münzgasse* war dort im Licht einer Straßenlaterne zu lesen. Die Gasse war mit Kopfstein gepflastert und leer. Mit langsamen Schritten begann er sie entlangzugehen. Eine genaue Kenntnis der Umgebung des Hotels könnte sich später einmal vielleicht als nützlich erweisen. Es war sehr kalt und sehr still.

Kurz vor dem Ende der Gasse blieb er stehen. Links von ihm war ein Café, das zu dieser frühen Stunde noch geschlossen war. Im Gehen hatte er Schritte hinter sich gehört. Langsame, vorsichtige Schritte, die Marler nur deshalb bemerkt hatte, weil der Trottel, der ihm folgte, offenbar Schuhe mit Metallbeschlägen an den Sohlen trug. Marler sah sich absichtlich nicht um.

Nachdem er die Gasse verlassen hatte, rieb er sich erstaunt die Augen. Vor ihm lag etwas, das er in einer alten Stadt wie dieser nun wirklich nicht erwartet hätte: ein seltsam anmutender Komplex sehr modern wirkender Betonhäuser, der sich an der Flanke eines steilen Hügels emporzog. Die Wohnanlage erinnerte Marler an ähnliche Siedlungen, die er in Amerika gesehen hatte.

In der Mitte des Komplexes führte eine breite Treppe mit Betonstufen den Hügel hinauf, über die man zu den in mehreren Ebenen übereinander gestaffelten Häusern gelangte. Hinter der Siedlung waren dunkle, mit dichtem Nadelwald bewachsene Berghänge zu sehen. Sie erinnerten Marler daran, dass sich die Stadt am Rand des Schwarzwalds befand. Jetzt hörte er wieder die Schritte hinter sich, die sich rasch zu nähern schienen.

Marler fing an die Treppe hinaufzusteigen. Die Schritte wurden noch schneller. Auf einmal drehte Marler sich ruckartig um und erblickte den kleinen, dünnen Mann, der im Restaurant neben dem Anführer der Amerikaner gesessen hatte. Er trug einen schwarzen Anorak und hielt einen Revolver in der rechten Hand. Marler, der schon fast das Ende der Treppe erreicht hatte, lächelte ihn an.

»Was soll denn das werden, wenn es fertig ist?«

»Wir haben nun mal was gegen Schnüffler.«

»Wieso halten Sie mich für einen Schnüffler?«

»Ich habe Sie schon in Basel gesehen, wie Sie mit Ihrer Freundin Paula Grey aus dem Hotel Drei Könige gekommen sind.«

»Wollen Sie mir damit etwa Angst machen?«, fragte Marler mit einem Blick auf die Waffe.

»Ich will Sie damit umbringen.«

Marler fixierte seinen Blick auf einen Punkt hinter dem Rücken des Revolverhelden und tat so, als hätte er keinerlei Grund zur Beunruhigung. Es war ein uralter Trick.

»Haben Sie auch einen Namen?«, fragte er den Mann mit einem entspannten Lächeln. »Ich möchte gern wissen, wer da eine Waffe auf mich richtet.«

»Wenn's weiter nichts ist«, sagte der Amerikaner. »In ein paar Sekunden sind Sie ohnehin tot. Mein Name ist Bernie Warner.«

Marler starrte immer noch auf den Punkt hinter Bernie, was diesen ebenso nervös machte wie Marlers penetrantes Lächeln. Wenn man gleich eine Kugel durch die Brust geschossen bekommt, lächelt man nicht. Marler nickte mit dem Kopf.

»Schnapp ihn dir, Mike!«, rief er laut.

Bernie wirbelte herum, sah, dass hinter ihm niemand war, und drehte sich wieder zu Marler um. Der aber hatte die kurze Zeit genützt, um die restlichen Stufen hinaufzuspringen und sich hinter einem Betonpfeiler zu verstecken. Dort kauerte er zwischen einem Haufen grauer, nicht sehr appetitlich riechender Abfallsäcke, die offenbar auf die Müllabfuhr warteten.

Bernie rannte die Treppe hinauf, blieb stehen und richtete seine Waffe auf Marler. In diesem Augenblick knallte ein Schuss, und auf Bernies Stirn erschien ein roter Fleck, der wie das Mal einer indischen Kaste aussah. Mit seiner Walther Automatik in der Hand sah Marler zu, wie Bernie nach hinten auf die Betonstufen fiel. Er ging zu der hingestreckten Gestalt und fühlte an der Halsschlagader nach dem Puls. Bernie war tot.

Marler eilte zurück zu dem Müllhaufen, bei dem auch ein paar zusammengefaltete leere Säcke gelegen hatten. Er nahm einen davon, ging zurück zu Bernie und zog diesem den Sack über Kopf und Schultern. Als er mit einigen Schwierigkeiten auch Bernies Arme in den Sack bekommen hatte, brauchte er ihn nur noch vorsichtig anzuheben und den Rest des Toten hineingleiten zu lassen.

»Gut, dass der Kerl so klein war«, murmelte Marler vor sich hin.

Er nahm sein Taschentuch, hob damit Bernies Beretta auf und warf sie ebenfalls in den Sack. Dann ging er zurück zu den anderen Säcken, öffnete einen von ihnen und stopfte den Müll daraus in den Sack mit dem toten Bernie. Nachdem er den Sack zugebunden hatte, wuchtete er ihn sich auf die Schulter und trug ihn zu dem Müllhaufen, der an dem Betonpfeiler auf seine Abholung wartete. Zum Schluss wischte er noch mit dem Taschentuch die kleine Blutlache auf, die sich auf der Treppe gebildet hatte.

Zum dritten Mal sah er sich zwischen den Betonbungalows um. Nirgends war ein Licht zu sehen. Wenn irgendjemand den Schuss gehört haben sollte, hatte er ihn wohl für die Fehlzündung eines Autos gehalten.

Marler eilte die Treppe hinab. Unten wandte er sich nach links und kam bald auf eine große Straße, von der er annahm, dass es diejenige war, auf der sie Freiburg wieder verlassen würden. Der Fluss Dreisam, der sich hier entlangwand, kam ihm sehr gelegen: Er ließ das blutverschmierte Taschentuch hineinfallen. Es stammte aus einem Satz ähnlicher Tücher, die er einmal in Berlin gekauft hatte. Niemand würde es mit ihm in Verbindung bringen können.

Er kehrte um und ging zurück zum Hotel, das er durch dieselbe Tür betrat, durch die er es auch verlassen hatte. Fünf der amerikanischen Schlägertypen saßen noch an ihrem Tisch in einer der Nischen, darunter auch der Dünne, den Marler für den Chef der Truppe hielt. Er erinnerte sich an Keith Kents Beschreibung des Mannes, der zusammen mit Ronstadt in der Zürcher Kreditbank gewesen war. Ein großer, dünner Mann mit einem mageren, knochigen Gesicht. Newman hatte den Dünnen als Vernon Kolkowski identifiziert. Kolkowski hatte zwei leere Bierkrüge neben sich stehen und trank gerade aus einem dritten. Als er Marler durch das Restaurant gehen sah, setzte er den Krug ab und starrte ihn mit ungläubig staunenden Blicken an.

»Gute Nacht«, sagte Marler im Vorübergehen. »Oder besser: guten Morgen.«

Kolkowski machte ein missmutiges Gesicht, sagte aber nichts. Marler verließ das Restaurant und stieg die Treppe zu seinem Zimmer hinauf. Nachdem er die Tür von innen verriegelt hatte, setzte er sich aufs Bett und nahm das Mobiltelefon zur Hand, das Tweed ihm gegeben hatte. Er wählte die Nummer des Hotels Colombi und ließ sich mit Tweeds Zimmer verbinden.

»Hier Marler. Bei uns waren zwölf kleine Negerlein. Jetzt sind es nur noch elf. Und ich bin auf dem Weg zum Colombi, um Ronstadts Audi eines von meinen Gimmicks zu verpassen.«

»Danke, dass Sie mich auf dem Laufenden halten…«, sagte

Tweed, der noch nicht geschlafen hatte. Er schrieb etwas auf einen kleinen Notizblock und wusste genau, was Marler gemeint hatte. Von nun an hatten sie es nur noch mit elf Männern in schwarzen Audis zu tun.

34

Die Auswirkungen seines Zusammenstoßes mit Bernie Warner zogen viel weitere Kreise, als Marler sich das vorstellen konnte. Jake Ronstadt, der in seiner Luxussuite im Hotel Colombi keinen Schlaf finden konnte, war immer noch wach, als eine graue Morgendämmerung über Freiburg anbrach. Er saß in einem chinesischen Morgenmantel mit Drachenmuster am Schreibtisch und überlegte sich, ob er noch an diesem Tag weiter ins Höllental fahren oder lieber noch vierundzwanzig Stunden warten sollte.

Einerseits hatte er nur wenig Zeit, andererseits wusste er, dass seine Männer müde und damit nur vermindert kampffähig waren. Auch Ronstadt selbst fühlte sich ausgelaugt, und die Tatsache, dass er dem Bourbon in seinem Flachmann ausgiebig zugesprochen hatte, war auch nicht gerade dazu angetan, seine Fahrtüchtigkeit zu verbessern.

Einige Zeit zuvor hatte er, in der Bar versteckt, beobachtet, wie Tweed, Newman und Paula Grey zusammen mit Sharon Mandeville und Sir Guy an einem Tisch gesessen hatten. Das hatte ihn erstaunt, denn er war eigentlich davon ausgegangen, dass die Engländer alle im Schwarzwälder Hof absteigen würden. Offenbar hatten sie sich in zwei Gruppen geteilt, und das beunruhigte ihn.

Als Ronstadt einen weiteren Schluck aus seinem Flachmann nahm, klingelte das Telefon.

»Was ist?«

»Ich bin's, Vernon. Wir haben ein Problem, Boss.«

»Genau das, was ich jetzt brauche. Was für ein Problem denn? Spuck's schon aus!«

»Bernie ist verschwunden. Wir haben überall nach ihm gesucht, aber er ist nirgends aufzufinden.«

»*Das glaube ich einfach nicht*!«, schrie Ronstadt ins Telefon. »Bernie muss doch bei euch sein. Er ist der Drucker, verdammt noch mal. Ich brauche ihn zur Kontrolle.«

»Zu was für einer Kontrolle denn?«

»Das geht dich nichts an. Und jetzt sag mir gefälligst, was geschehen ist.«

»Das wollte ich ja gerade, Boss. Wir haben alle im Restaurant hier etwas gegessen, da hat Bernie einen von Tweeds Männern an einem der anderen Tische erkannt. Er hat ihn in Basel aus dem Hotel Drei Könige kommen sehen. Als der Kerl hinausgegangen ist, um frische Luft zu schnappen, habe ich mir gedacht, das wäre eine gute Gelegenheit, die Gegenseite zu dezimieren, und ihm deshalb Bernie hinterhergeschickt. Aber Bernie ist nicht wieder zurückgekommen.«

»Du Vollidiot! Für so was hättest du niemals Bernie nehmen dürfen!«

»Aber er war's doch, der den Typ erkannt hat.«

»Vorhin hast du gesagt, dass ihr überall nach Bernie gesucht habt«, fauchte Ronstadt. »Was hast du damit genau gemeint?«

»Ich habe mit fünf von unseren Männern die Gegend ums Hotel abgesucht. Brad wäre dabei fast von der Müllabfuhr überfahren worden.«

»Schade, dass es nicht du warst«, sagte Ronstadt höhnend und atmete tief durch, um sich wieder unter Kontrolle zu kriegen. »Für den Rest des heutigen Tages tut ihr alle überhaupt nichts mehr, hast du mich verstanden? Ihr bleibt auf euren Zimmern und wartet darauf, dass ich euch anrufe.«

»Okay, Boss. Wir können eine Verschnaufpause gut gebrauchen.«

»Deine Verschnaufpause kannst du dir in den Arsch stecken. Mir will immer noch nicht in den Kopf, wieso du ausgerechnet dem Drucker einen solchen Auftrag gegeben hast. Bernie war wichtig. Viel wichtiger als du!«, schrie Ronstadt in den Hörer, bevor er ihn auf die Gabel knallte.

Er stand auf, ging zu einem der Sessel und ließ sich hineinsinken. Sollte er versuchen, Charlie anzurufen? Nein! Charlie würde ihm den Arsch aufreißen. Ronstadt musste einen Termin einhalten, und nun hatte er in seiner Wut weitere vierundzwanzig Stunden vergeudet. Aber er wusste nicht, was er als Nächstes tun sollte, und das kam bei ihm nur sehr selten vor. Er überlegte, ob er Charlie um einen Ersatzmann für Bernie bitten sollte, verwarf die Idee aber gleich wieder. Die Zeit reichte nicht dafür, und Charlie würde nur unnötig sauer auf ihn werden.

Ronstadt griff nach seinem Flachmann, ließ ihn dann aber doch auf dem Schreibtisch stehen. Was er jetzt brauchte, war ein heißes Bad. Danach würde er sich anziehen und hinunter zum Frühstück gehen. Vielleicht konnte er irgendwie herausfinden, was Tweed vorhatte. Und dann kam ihm eine Idee, die ihn sogar sein immer stärker werdendes Kopfweh vergessen ließ. Er würde mitten in der Nacht ins Höllental abfahren und damit Tweed und seine Meute ein für alle Mal abhängen.

Als Paula aufwachte, fühlte sie sich erstaunlich frisch. Sie sah auf die Uhr und stellte fest, dass es bereits halb zehn war. Vielleicht wurde unten im Speisesaal ja noch das Frühstück serviert. Paula mochte es nicht, sich das Essen aufs Zimmer bringen zu lassen. In ihren Augen war das eine amerikanische Unsitte. Nachdem sie sich schnell geduscht und angezogen hatte, ging sie nach unten. Im Speisesaal angekommen, stellte sie fest, dass man tatsächlich noch Frühstück bekommen konnte.

Ed Osborne, der seinen massigen Körper in einen weißen Rollkragenpullover und eine graue Hose gehüllt hatte, saß allein an einem Tisch, von dem aus er den ganzen Saal beobachten konnte. In einer Ecke entdeckte Paula Sharon, die ebenfalls einen Tisch für sich hatte. In einer Hand hielt sie eine Scheibe Toast, während sie mit der anderen in einer Akte herumschrieb. Diese Frau hört wohl nie auf zu arbeiten, dachte Paula. Als Osborne sie sah, warf er ihr einen düsteren Blick zu, bevor er sich wieder in eine Zeitung vertiefte. An einem Vierertisch in der Mitte des Raumes saßen Tweed und Newman, die sie zu sich winkten. Paula setzte sich so, dass sie Sharon Mandeville beobachten konnte.

»Als ich heruntergekommen bin, habe ich Sharon gefragt, ob sie lieber allein frühstückt«, erzählte Tweed. »Sie hat das bejaht und mir für meine Rücksichtnahme gedankt.«

»Die Frau ist eine Sklaventreiberin«, sagte Newman, »und ihr Sklave ist sie selbst. Wir haben so früh noch nicht mit Ihnen gerechnet, Paula. Haben Sie denn überhaupt geschlafen?«

»Wie ein Murmeltier. Mein Schlaf war zwar nicht lang, aber umso erholsamer.« Sie blickte auf, weil ein Kellner an den Tisch getreten war. »Ich hätte gern Kaffee, ein Glas Orangensaft und zwei Croissants. Sonst nichts, vielen Dank.« Paula wandte sich wieder Tweed zu. »Wissen Sie schon, was wir heute zu tun haben?«

»Nein. Wir müssen auf ein Zeichen von Marler warten. Ach, sehen Sie mal, wer da kommt.«

Paula schaute zum Eingang des Speisesaals, wo Jake Ronstadt stand und seinen Blick über die frühstückenden Gäste schweifen ließ. Obwohl sich niemand zum Frühstück sonderlich in Schale geworfen hatte, war Ronstadts Aufzug doch ziemlich merkwürdig: Er trug eine braune Lederjacke, eine Lederhose in derselben Farbe und derbe Schuhe mit dicken Sohlen. Über dem Arm trug er einen Mantel und in einer Hand eine Baseballmütze.

»Sieht aus, als wollte er nach draußen«, bemerkte Paula. »Mein Gott, ich glaube, er kommt an unseren Tisch.«

Kaum hatte Ronstadt sich in Bewegung gesetzt, beobachtete Paula, wie Sharon Mandeville kurz aufsah und sich gleich darauf wieder ihrer Akte zuwandte. Auch Osborne schien Ronstadts Ankunft bemerkt zu haben, denn er warf seinem Landsmann einen ausdruckslosen Blick über die Zeitung zu.

»Hallo, Leute«, sagte Ronstadt, der inzwischen an Tweeds Tisch angelangt war. »Was für eine Überraschung. Ist ein weiter Weg vom Goodfellows in London bis hierher.« Er streckte Paula seine große Hand hin, sodass sie gar nicht anders konnte, als sie zu schütteln. »Festen Händedruck haben Sie für eine Frau.«

»Der kann manchmal recht hilfreich sein«, erwiderte Paula und schaute ihm in seine harten Augen.

»Durchaus, durchaus.« Ronstadt ließ ein freudloses Kichern hören, das aus der Tiefe seiner Brust zu kommen schien. »Damit lassen sich beispielsweise unliebsame Verehrer abschrecken. Vermutlich haben Sie es ziemlich häufig mit solchen zu tun. Tja, Sie kommen ganz schön in der Weltgeschichte herum.« Die letzten Worte waren an Tweed gerichtet.

»Sie aber auch«, antwortete Tweed unverblümt. »Wo zum Beispiel kommen Sie denn jetzt gerade her?«

»Ich war in Basel. Eine nette, friedliche Stadt, in der so gut wie nie etwas passiert.« Er hielt inne, als würde er auf eine Reaktion von Tweed warten. »Und jetzt sehe ich mich ein bisschen in Deutschland um und spanne etwas aus. Wenn ich wieder zurück nach London komme, wartet viel Arbeit auf mich.«

»Was für Arbeit denn?«, platzte es aus Newman heraus.

»Ach, ich muss neue Leute einarbeiten. Wir stocken nämlich unser Botschaftspersonal auf. London wird langsam zur wichtigsten Stadt in der westlichen Welt.«

»Die aber ganz gut ohne die jüngsten Bombenanschläge hirnloser Terroristen leben könnte«, sagte Paula in vorwurfsvollem Ton. Aus den Augenwinkeln bemerkte sie, wie Sharon und Osborne beide zu ihr herübersahen. Offenbar war sie zu laut geworden.

»Da haben Sie hundertprozentig Recht«, stimmte Ronstadt ihr gleichmütig zu. »Aber jetzt will ich Sie nicht mehr länger stören. Einen schönen Tag wünsche ich Ihnen.«

Er ging weiter zu einem leeren Tisch und setzte sich.

»Kellner«, rief er laut. »Sofort zu mir! Ich habe Hunger!«

»Was für ein aggressiver, ungehobelter Bastard«, zischte Paula leise und knüllte mit der rechten Hand verärgert die Serviette zusammen.

»Ach, der wollte uns doch absichtlich provozieren«, sagte Tweed ruhig. »Ich fand es gut, dass Sie das mit den Bomben und den Terroristen gesagt haben, Paula. Das hat ihm sichtlich nicht gefallen, und schon gar nicht, dass das ganze Restaurant es gehört hat.«

»Hat er Ihnen mit seinem Händedruck eigentlich wehgetan?«,

fragte Newman. »Ich habe gesehen, wie er mit aller Kraft zugedrückt hat.«

»Nein. Ich habe einen mindestens ebenso starken Händedruck wie er. Schließlich gehe ich nicht umsonst ins Fitnesscenter. Außerdem wollte ich mal sehen, wie stark Ronstadt ist. Vielleicht muss ich mich ja mal allein gegen ihn behaupten.«

»Das wollen wir doch nicht hoffen«, sagte Newman mit leiser Stimme. »Bestimmt hat er ständig eine Waffe bei sich.«

»Das habe ich auch«, sagte Paula. »Er sieht so aus, als wollte er nach dem Frühstück das Hotel verlassen, findet ihr nicht auch?«

»Nein«, sagte Tweed.

»Wieso sagen Sie das?«

»Ich bin mir sicher, dass das nur eine Maskerade ist, um uns hinters Licht zu führen.«

»Inwiefern?«

»Eine ziemlich plumpe Show, damit wir glauben, dass er gleich nach dem Frühstück das Hotel verlässt. Wenn er wirklich gehen wollte, würde er versuchen, es vor uns geheim zu halten und wohl kaum mit Mantel und Baseballkappe hier erscheinen. Ich vermute, dass er stinksauer auf uns ist, und das mit gutem Grund. Marler hat mir am Telefon etwas erzählt, was nicht gerade angetan sein dürfte, Mr. Ronstadts Laune zu heben. Ich erzähle es Ihnen später.«

»Dann bleiben wir also noch eine Weile hier?«

»Vermutlich den ganzen Tag, wenn ich mich nicht täusche. Aber ich sehe gerade, dass Sharon mit dem Frühstück fertig ist.« Er sah Sharon hinterher, wie sie den Speisesaal verließ, und goss sich noch eine Tasse Kaffee ein. »Ja, wen haben wir denn da?«, sagte er kurz darauf erstaunt und nickte in Richtung Eingang.

Paula und Newman folgten seinem Blick und sahen Denise Chatel, die ein taubengraues Kostüm trug und eine große Handtasche bei sich hatte. Nach einem kurzen Rundblick durch den Speisesaal verschwand sie wieder.

35

Newman stand auf, während Tweed hinüber zu Ronstadt sah. Offenbar hatte der Denise nicht bemerkt. Er hielt ein Handy ans Ohr und schien ganz in eine Unterhaltung vertieft zu sein.

»Ich gehe ihr nach«, sagte Newman.

»Gute Idee«, erwiderte Tweed.

Er bezweifelte, dass Newman seine Worte noch gehört hatte, denn dieser war mit raschen Schritten bereits auf dem Weg aus dem Speisesaal. Draußen war keine Spur von Sharon zu entdecken. Sie musste wohl auf ihr Zimmer gegangen sein. Denise stand an der Garderobe und ließ sich ihren Mantel geben. Newman kam gerade rechtzeitig, um ihr hineinzuhelfen. Denise zuckte erschreckt zusammen, aber als sie Newman erkannte, entspannte sie sich. Sie ging in Newmans Begleitung zum Ausgang.

»Haben Sie im Speisesaal jemanden gesehen, dessen Gesicht Ihnen nicht gefallen hat?«, fragte er fröhlich.

»Ja.«

»Ronstadt? Oder Osborne?«

»Darüber möchte ich jetzt nicht reden.«

»Aber ein Frühstück möchten Sie schon, habe ich Recht? Vielleicht können wir irgendwo ein nettes Café finden? Davon soll es ja in Freiburg eine Menge geben.«

»Ich bin richtiggehend ausgehungert, Bob.«

Sie waren jetzt auf der Straße, und Newman spürte, wie Denise immer mehr Zutrauen zu ihm fasste. Sie bogen nach links ab und gingen so rasch, dass Denise auf einem Flecken Glatteis ausrutschte und fast gestürzt wäre, wenn Newman sie nicht aufgefangen hätte.

»Hängen Sie sich bei mir ein«, sagte er bestimmt.

Denise tat, wie geheißen. Er spürte, dass sie zitterte, und zwar nicht vor Kälte, denn sie trug einen dicken Mantel mit hohem Kragen. Im Weitergehen lächelte er sie an.

»Wenn die Leute uns so sehen, werden sie sich ihren Teil denken.«

»Das ist nicht lustig.«

»Tut mir Leid.«

»Bob«, sagte Denise und sah ihn an. »Es ist eiskalt hier draußen. Sollten wir nicht zurück ins Hotel gehen und Ihren Mantel holen?«

»Kälte macht mir nichts aus. Unter starker Hitze und hoher Luftfeuchtigkeit leide ich immer viel mehr.«

Newman sagte die Wahrheit. In dieser Hinsicht war er wie Tweed, der zwar tiefe Temperaturen, aber keine schwüle Wärme ertragen konnte. Als Denise ein großes Café mit Restaurant entdeckte, zog sie Newman am Arm.

»Versuchen wir es da drinnen. Ich möchte, dass Sie aus der Kälte kommen.«

Das Café war ziemlich altmodisch eingerichtet und hatte eine Decke aus dicken, dunklen Holzbalken. Drinnen saßen einige Pärchen, die wie Einheimische aussahen. Denise nickte und ging auf einen Tisch im hinteren Teil des Raums zu. Newman spürte die Wärme auf Händen und Gesicht und half Denise aus dem Mantel. Dann setzten sie sich.

»Wann haben Sie zum letzten Mal gegessen?«, fragte Newman und griff nach der Speisekarte.

»Gestern Abend auf meinem Zimmer im Hotel Drei Könige.«

»Und seither nichts? Verstehe. Wie wäre es mit einem großen Omelett?«

»Klingt wunderbar. Am liebsten mit Pilzen, wenn es hier so etwas gibt. Ansonsten nehme ich auch ein Omelett ohne alles. Und viel Kaffee mit Milch.«

Eine Bedienung in karierter Bluse und dunklem Rock erschien. Newman bestellte ein großes Omelett für Denise und ein kleines für sich. Er hatte zwar schon gefrühstückt, aber er dachte, dass sie sich besser fühlen würde, wenn er sie nicht allein essen ließ. Newman vermied es, ihr in die Augen zu schauen, und sah sich stattdessen in dem Café um.

»Ist Alec auch hier?«, fragte Denise plötzlich.

»Alec?«

»Marler.«

»Ach so. Ja, der ist auch bei uns. Tut mir Leid, ich war einen

Augenblick mit den Gedanken woanders. Aber er ist gerade unterwegs, sodass Sie wohl mit mir vorlieb nehmen müssen.«

»Tut mir Leid, Bob, so war das nicht gemeint. Ich fühle mich sehr wohl mit Ihnen.«

»Das ist schön. Vielen Dank.«

Newman redete nichts mehr, bis das Essen kam. Dann wartete er, bis Denise ihr riesiges Omelett bis auf den letzten Rest verspeist hatte. Dazu aß sie viel Brot und trank mehrere Tassen Milchkaffee. Ihr Gesicht, das zuvor noch aschfahl gewesen war, nahm langsam wieder eine gesündere Farbe an. Als sie mit dem Essen fertig war, lehnte sie sich in ihrem Stuhl zurück und legte eine Hand auf den Bauch.

»So, jetzt fühle ich mich schon viel besser.«

»Sind Sie mit dem Auto aus Basel gekommen?«

»Ja. Es war eine anstrengende Fahrt. Ich habe dann sofort im Hotel eingecheckt.«

Sie griff in ihre Handtasche, holte den Zimmerschlüssel daraus hervor und zeigte ihn Newman, damit er die Nummer darauf lesen konnte. Dann ließ sie den Schlüssel wieder in die Tasche fallen. Newman fragte sie, ob er eine Zigarette rauchen dürfe.

»Schenken Sie mir denn auch eine?«, fragte Denise. »Vielen Dank. Hat Alec Ihnen eigentlich über den Autounfall meiner Eltern in den Vereinigten Staaten erzählt?«

»Ja.«

»Sie fragen sich vielleicht, was ich seit meiner Abreise aus dem Drei Könige gemacht habe.«

»Wenn Sie wollen, können Sie es mir ja erzählen.«

»Ich habe nicht einmal Alec über mein Verschwinden informiert. Kein Mensch hat davon erfahren. Ich wusste nicht, wem ich überhaupt noch vertrauen konnte. Vor kurzem habe ich einen Privatdetektiv angeheuert, um den mysteriösen Tod meiner Eltern zu untersuchen. Es ist ein hervorragender Mann namens Walt Banker. Walt hat Jim Briscoe aufgesucht, den zwangspensionierten Sheriff, der mich zu der Unfallstelle geführt hat, und sagt, dass Briscoe inzwischen seine Meinung geändert hat und nun ebenfalls behauptet, es sei ein Unfall gewesen. Walt kam das seltsam vor, deshalb hat er auf irgendwelchen verschlungenen Wegen Briscoes Bankkonto überprüft und herausgefunden, dass darauf kürzlich fünfzigtausend Dollar eingezahlt wurden. Er geht davon aus, dass es sich dabei um Bestechungsgeld handelt, mit dem Briscoe zum Schweigen gebracht wurde.«

»Hat Ihr Detektiv Briscoe denn nach der Herkunft des Geldes befragt?«

»Ja, das hat er. Briscoe behauptet, dass er das von einem Onkel geerbt hat, aber als Walt nach dessen Namen fragte, wurde Briscoe stinksauer und warf ihn hinaus. Ein paar Tage später wäre Walt fast ums Leben gekommen. Ein Wagen hat ihn nur um Haaresbreite verfehlt. Walt hat sich die Nummer gemerkt und nachgeprüft. Es kam heraus, dass es ein Mietwagen von einem Autoverleih aus Washington war.«

»Interessant. Sehr interessant sogar. Was haben Sie jetzt vor? Wollen Sie zurück ins Hotel?«

»Ich habe Angst, Bob. Was soll ich denn bloß Sharon sagen? Nachdem ich das Hotel Drei Könige verlassen hatte, habe ich mir ein Zimmer in einem kleineren Hotel genommen, wo ich mit dem Detektiv telefonieren konnte, ohne Angst davor haben zu müssen, dass jemand die Gespräche abhört. Wenn ich Sharon wieder unter die Augen trete, wird sie bestimmt furchtbar wütend auf mich sein. Sie wird mich rausschmeißen, und ich muss mir einen anderen Job suchen. Sharon zahlt sehr gut, müssen Sie wissen.«

»Aber brauchen Sie die Anstellung bei Sharon überhaupt? Für jemanden mit Ihrer Erfahrung müssten doch in Washington massenhaft Jobs zu finden sein.«

»Inzwischen hat sich die Geschichte bestimmt schon überall herumgesprochen, und ich stehe auf der schwarzen Liste. So ist das in Washington nun mal.«

»Wie genau ist es denn?«, fragte Newman.

»Leute von Sharons Kaliber kennen sich alle untereinander und informieren sich über ihre Angestellten. Wenn man bei denen erst mal unten durch ist, kriegt man nie wieder einen Fuß in die Tür.«

»Tatsächlich? Glauben Sie denn, dass Sharon Sie auf die schwarze Liste setzen wird?«

»Das ist ihr jederzeit zuzutrauen.«

»Dann würde ich ihr Folgendes erzählen«, sagte Newman und trank von seinem Kaffee. »Sie haben am Abend einen Spaziergang in der Nähe des Hotels gemacht, um wieder einen klaren Kopf für die Arbeit zu kriegen, und wurden von einem langen, dünnen Mann mit knochigem Gesicht verfolgt. Können Sie sich das merken?«

»Ja. Aber so wie Sie den Mann beschreiben, kommt er mir nicht gerade wie ein angenehmer Zeitgenosse vor.«

»Das ist er auch nicht. Aber es gibt ihn, und möglicherweise ist er Sharon sogar schon mal in Ihrer Botschaft in London über den Weg gelaufen. Dieser dünne Mann – er hat übrigens einen schwarzen Mantel getragen – ist Ihnen auf Ihrem Spaziergang immer näher gekommen, aber als er Sie fast eingeholt hatte, fuhr ein Streifenwagen der Polizei die Straße entlang. Der Mann blieb stehen, und Sie nutzten die Gelegenheit, die Straße zu überqueren, um zurück zum Hotel zu gehen. Als sie kurz vor dem Eingang waren, kam Ihnen derselbe Mann aus der entgegengesetzten Richtung entgegen. Sie rannten hinauf in Ihr Zimmer, packten Ihre Sachen und ließen sich vom Portier Ihren Wagen vorfahren. Dann zahlten Sie die Rechnung und fuhren in das andere Hotel in Basel, von dem Sie mir vorhin erzählt haben. Als Sie sich nach ein paar Tagen beruhigt hatten, fuhren Sie hierher nach Freiburg. Können Sie sich das merken?«

»Ich habe mir jedes Wort genau eingeprägt. Sharon ist es durchaus zuzutrauen, dass sie mich ins Kreuzverhör nimmt.«

»Wenn sie das tut, dann bleiben Sie stur bei Ihrer Geschichte. Schmücken Sie sie nicht aus. Sollte Sharon Sie in die Enge treiben, fingieren Sie notfalls einen hysterischen Anfall und sagen Sie ihr, dass Sie vor lauter Angst nicht klar denken konnten. Erwähnen Sie auch, dass Sie immer noch daran dächten, die Polizei in Basel von dem Vorfall zu verständigen.«

»Das könnte funktionieren«, sagte Denise.

»Es wird funktionieren. Und jetzt gehen Sie zurück zum Colombi, und zwar allein. Wenn Sie dort sind, lassen Sie sich Sharons Zimmernummer geben und gehen Sie unverzüglich zu ihr.«

»Ich bin Ihnen sehr dankbar, Bob ...«

»Schon gut. Gehen Sie jetzt.«

Allein am Tisch sitzend, trank Newman noch eine Tasse Kaffee. Dann zahlte er und stand auf, um Marler von seiner Unterredung mit Denise zu informieren. Als er das Café verließ, fror er in der eiskalten Winterluft. Nicht weit entfernt entdeckte er ein Geschäft für Herrenmode, wo er sich einen Mantel und ein Paar Handschuhe kaufte. Er zog sie gleich an und ging wieder hinaus auf den von mürrisch dreinblickenden Passanten bevölkerten Gehsteig. Schwere, dunkle Wolken lagen wie ein Deckel auf der Stadt. Vor einer Tafel mit dem Stadtplan von Freiburg blieb er stehen und suchte die Konviktstraße, die ganz in der Nähe des Münsters sein musste.

Indem er sich am hoch über den Häusern aufragenden Turm des Münsters orientierte, gelangte Newman durch ein Gewirr von verwinkelten Gassen zum Münsterplatz. Dort waren so viele Leute unterwegs, dass Rempeleien nicht ausblieben. Die Leute entschuldigten sich und eilten weiter. Und dann sah er Marler. Newman erstarrte. Marler, der langsam durch die hektisch durcheinander laufende Menge schritt, wurde von einem Mann verfolgt, der sich bereits wenige Schritte hinter ihm befand.

Newman setzte sich in Bewegung. Passanten aus dem Weg schiebend, eilte er auf Marler zu. Dann sah er, wie der Mann, der einen schwarzen Mantel trug, von Marler abließ und quer über den Platz auf den Eingang zu einer schmalen Gasse zuging. Dort drehte er sich um und blieb stehen, als ob er Marler beobachten wollte.

Nun konnte Newman ihn sich besser ansehen. Er war groß, dünn und hatte ein hartes, knochiges Gesicht. Es war Vernon Kolkowski, der Mann, den Newman soeben Denise beschrieben hatte und den Keith Kent zusammen mit Ronstadt in der Zürcher Kreditbank in Basel gesehen hatte. Newman ging auf Marler zu.

»Sie hatten gerade einen Schatten.«

»Guten Morgen, Bob«, sagte Marler gedehnt. »Sie sagen mir nichts Neues. Der Typ steht da drüben an der Gasse, die zum

Schwarzwälder Hof führt, und beobachtet mich, während ich jemand anders beobachte.«

»Wen denn?«

»Folgen Sie mir.«

Marler führte Newman durch verwinkelte Gassen zu einem Parkhaus, vor dessen Ausfahrt sie Posten bezogen. Bald darauf fuhr ein schwarzer Audi heraus, in dem vier Personen saßen.

»Sie fahren weg …«

»Aber nicht alle. Wo sind die anderen? Es sind übrigens nur noch sieben, nicht mehr acht, seit ich mit einem von ihnen heute Morgen eine kleine Auseinandersetzung hatte, die ihn leider das Leben gekostet hat. Die vier hier haben gerade das Hotel verlassen.«

»Hatten sie denn Gepäck dabei?«

»Ja. Jeder von ihnen hatte eine Tasche.«

»Denn sollten wir uns so schnell wie möglich zum Colombi begeben und Tweed davon in Kenntnis setzen.«

»Gute Idee.«

Jake Ronstadt lag ausgestreckt auf der Couch in seiner Suite und schlief. Die Füße, die immer noch in den schweren Stiefeln steckten, hatte er auf einem teuren bestickten Kissen abgelegt und einer der Arme hing über der Couch bis fast auf den Boden. Als sein Handy, das er auf den niedrigen Tisch neben der Couch gelegt hatte, zu klingeln begann, wachte er auf und griff danach.

»Ja?«

»Hier Vernon. Lief alles wie geschmiert.«

»Vielleicht hättest du die Güte, mir ein paar Einzelheiten zu erzählen, Knallkopf. Was ist wie geschmiert gelaufen?«

»Na, der Plan, Boss. Wie die Zielperson ein zweites Frühstück gegessen hat, habe ich vier Männer mit Reisetaschen durchs Restaurant nach draußen gehen lassen. Der Typ lässt sein Frühstück stehen und rennt ihnen hinterher zum Parkhaus. Auf dem Münsterplatz stößt noch ein anderer von den Engländern zu ihm. Die beiden sehen zu, wie der Audi abfährt, und sprinten los. Könnte es vielleicht sein, dass sie zu Ihrem Hotel laufen, Boss?«

»Na sicher tun sie das, Knallkopf.«

»Soll ich den anderen jetzt sagen, dass wir ebenfalls losfahren?«

»Bist du verrückt?«, fauchte Ronstadt. »Ihr bleibt, wo ihr seid, und verlasst eure Zimmer erst dann, wenn ich es euch sage. Geht dir das in deinen dicken Schädel?«

»Klar, Boss.«

»Was für ein Wunder. Brad und die drei anderen fahren gar nicht zu unserer Basis, sondern warten an der Stelle, von der ich dir vorhin erzählt habe.«

»Alles klar. Ich habe sie auf der Landkarte markiert. Brad hat ein bisschen Angst vor der Kurverei auf den schmalen Bergstraßen.«

»Das ist sein Problem. Haben sie auch zu essen und zu trinken dabei? Sie werden bis nach Einbruch der Dunkelheit warten müssen. Dann erst lotse ich die Engländer hinter mir her ins Höllental. Hat Brad die Brechstangen besorgt?«

»Ja, Boss. Ich habe ihn in einen Supermarkt und in eine Eisenwarenhandlung geschickt. Brad meint, es wird ziemlich mühselig werden, so viele Steine auszugraben.«

»Der soll sich nicht so anstellen. Meint er vielleicht, eine Lawine lässt sich durch Nichtstun auslösen? Und jetzt geh auf dein Zimmer, Knallkopf.«

»Da bin ich schon.«

»Dann leg dich hin und versuch zu schlafen, aber sieh zu, dass du das Telefon in deiner Nähe hast. Und lass dir vom Hotel etwas zu essen und zu trinken für euch alle einpacken.«

»Wird gemacht, Boss.«

»Noch so ein Wunder. Du hast offenbar in letzter Zeit viel Fisch gegessen. Das ist gut fürs Gehirn. Aber damit es wirklich etwas fruchtet, wirst du noch eine Menge mehr davon essen müssen ...«

Ronstadt legte auf und streckte sich wieder auf der Couch aus. Eigentlich war er es gar nicht gewohnt, sich so viel Ruhe zu gönnen.

»Das war's dann wohl, Tweed«, sagte er mit einem grimmigen Grinsen. »Im düsteren Schwarzwald ist endgültig Schluss für dich.«

36

»Nein, auf gar keinen Fall«, sagte Tweed.

Zehn Minuten zuvor hatte er sich schweigend angehört, was Marler und Newman beobachtet hatten. Als die beiden auf Tweeds Zimmer gekommen waren, hatten sie dort auch Paula und Keith Kent vorgefunden. Newman hatte Marler zuerst berichten lassen, dann erst erzählte er den anderen von seinem Gespräch mit Denise Chatel. Tweed hatte dabei mit hinter dem Rücken verschränkten Händen am Fenster gestanden und die beiden unverwandt angeblickt. Es war Newmans abschließender Vorschlag gewesen, der Tweed zu seiner nachdrücklichen Äußerung gebracht hatte. »Wir finden, wir sollten diesem Audi hinterherfahren«, hatte Newman gesagt. »Ich bin mir sicher, dass wir ihn auf der Straße ins Höllental noch einholen werden.«

Nachdem Tweed den Vorschlag so vehement verworfen hatte, sagte Newman: »Warum denn nicht? Unsere Gegner haben einen entscheidenden Fehler gemacht. Sie haben sich in zwei Gruppen aufgeteilt, die wir eine nach der anderen vernichten können.«

»Es geht mir nicht um die Männer, sondern um die Basis. Die will ich vernichten«, antwortete Tweed und nahm einen Umschlag aus seiner Jackentasche. Er öffnete ihn und nahm die beiden falschen britischen Banknoten heraus, die er in St. Ursanne erhalten hatte. »Ich bin mir sicher, dass die Amerikaner dort einen teuflischen Plan ausführen wollen, um Großbritannien endgültig ins Chaos zu stürzen.«

»Und was sollen diese beiden Blüten damit zu tun haben?«, fragte Paula.

»Das werden Sie gleich verstehen, Paula. Marler, ist Ihnen an diesem Bernie Warner, den Sie heute früh erledigt haben, etwas aufgefallen? Hatte er vielleicht schwarze Fingerkuppen?«

»Aber ja, jetzt wo Sie es sagen. Es ist mir zunächst unwichtig vorgekommen …«

»Das war Druckerschwärze«, sagte Tweed. »Vermutlich haben Sie einen von Ronstadts wichtigsten Männern erschossen.« Seine Stimme nahm einen grimmigeren Ton an. »Aber trotzdem müssen wir diese Basis zerstören, und der Einzige, der uns dort hinführen kann, ist Ronstadt. Wir müssen also warten, bis er selbst das Hotel verlässt. Haben Sie einen ausreichenden Vorrat an Sprengstoff, Marler?«

»Genug, um halb Freiburg in die Luft zu jagen.«

»Gut.«

»Was Bob Sorgen bereitet, ist die Möglichkeit, dass die vier Männer in dem Audi vielleicht einen Hinterhalt für uns vorbereiten«, sagte Marler.

»Dessen bin ich mir sogar sicher«, erwiderte Tweed gleichmütig. »Aber ich bin mir ebenso sicher, dass Sie sich darum kümmern können, während wir anderen Ronstadt hinterherfahren.«

»Möglicherweise haben sie Panzerfäuste, die sie auf uns abfeuern«, warnte Paula. »Sie wissen ja, wie die Amerikaner sind: je größer, desto besser.«

»Aber wir haben eine Menge Rauchbomben«, gab Marler zu bedenken. »Wer eine Panzerfaust abfeuert, muss sein Ziel erst einmal sehen. Aber das kann er nicht, wenn er mit Rauchbomben eingedeckt wird. Sein Ziel verschwindet im Nebel und er ist aufgeschmissen. Ich werde Ihnen noch ein paar zusätzliche Rauchbomben mitgeben.«

»Da ist noch was«, meldete sich Newman wieder zu Wort. »Wie erfahren wir, wann Ronstadt das Hotel verlässt?«

»Darum habe ich mich bereits gekümmert«, antwortete Tweed. »Ich habe meinen Freund Kuhlmann, den Chef des Bundeskriminalamtes in Wiesbaden, angerufen. Er hat sich mit dem Hotelmanager in Verbindung gesetzt und ihm gesagt, dass er hinter einer Gruppe von Terroristen her sei. Der Manager hat Anweisung, mich sofort in Kenntnis zu setzen, wenn Ronstadt abreist.«

»Sehr gut.«

»Um noch einmal zu der interessanten Geschichte zurückzukehren, die Denise Ihnen erzählt hat: Wenn sie wahr ist, dann könnte der so genannte Autounfall ihrer Eltern vielleicht sogar der Auslöser für die ganzen unglaublichen Ereignisse sein, mit denen wir es jetzt zu tun haben.«

»Wie denn das?«, fragte Newman erstaunt.

»Das kann ich Ihnen noch nicht so genau sagen, denn die Idee ist mir eben erst gekommen, als Sie mir von Denise erzählt haben. Irgendwie habe ich auch das Gefühl, dass ein weiterer wichtiger Schlüssel für das Verständnis der ganzen Sache in der Identität dieses mysteriösen Charlie liegen dürfte. Solange wir nicht wissen, wer sich hinter diesem Namen verbirgt, werden wir wohl auch nicht erkennen, was wirklich gespielt wird.«

Kurze Zeit später wies Tweed Marler an, zurück zum Schwarzwälder Hof zu gehen und ihn telefonisch über alles zu informieren, was dort vor sich ging. Nachdem Marler gegangen war, wandte er sich an die anderen und sagte ihnen, dass er nun eine wichtige Besprechung habe und dass sie jetzt auf ihre Zimmer gehen und warten sollten, bis er sie wieder zu sich rufe. Als sie draußen waren, hob er das Telefon ab, wählte die Nummer von Guy Strangeways und bat ihn, doch auf sein Zimmer zu kommen. Während er auf seinen Besucher wartete, legte sich Tweed ein Diktiergerät zurecht und überprüfte, ob es aufnahmebereit war.

»Nehmen Sie doch bitte Platz, Guy. Möchten Sie eine Tasse Kaffee?«

»Nein danke, ich habe beim Frühstück schon zu viel davon getrunken.«

»Geht es Ihnen nicht gut? Sie scheinen mir irgendwie nicht der Alte zu sein.«

Strangeways ließ sich in einen Sessel sinken, während Tweed ihm gegenüber Platz nahm. Sir Guy machte einen nervösen und erschöpften Eindruck und zupfte, während er hinüber zu Tweed blickte, ständig am Schnurrbart herum.

»Können Sie mir erklären, was das alles soll?«, fragte er mit zitternder Stimme. »Wieso haben Sie mich hergerufen?«

»Es geht um Sie, Guy. Ich habe den Eindruck, dass Sie etwas auf dem Herzen haben, was Ihnen großen Kummer bereitet. Vielleicht kann ich Ihnen helfen. Schließlich kennen wir uns schon sehr lange.«

»Sie haben völlig Recht, Tweed. Ich könnte wahrlich Hilfe gebrauchen.« Strangeways hielt inne, bevor es geradezu aus ihm herausbrach: »Ich habe den Namen meiner Familie entehrt. Das muss wohl furchtbar altmodisch für Sie klingen.«

»Nein, überhaupt nicht. Worum geht es denn?«

»Ich habe drüben in den Staaten ein paar riskante Geschäfte gemacht und dringend Geld gebraucht. Es war nur für kurze Zeit, aber meine Konkurrenten haben mich gnadenlos in die Enge getrieben. Um es kurz zu machen, Tweed, ich habe mich von den Amerikanern bestechen lassen. Und zwar mit einer halben Million Dollar.«

»Jedem, der in den USA Geschäfte macht, kann es passieren, dass er in die dort herrschende Korruption mit hineingezogen wird. Was haben Sie denen als Gegenleistung für die halbe Million denn versprechen müssen?«

»Die Yankees haben vor, Großbritannien zu ihrer Kolonie zu machen«, platzte es aus Strangeways heraus. Seine Stimme klang jetzt kräftiger. »Sie wollen England zu einem Bundesstaat ihrer verdammten Union machen. Hawaii ist der fünfzigste Staat, und wir sollen der einundfünfzigste werden. Als Gouverneur dafür sind eigentlich Sie vorgesehen, aber für den Fall, dass Sie absagen sollten – was die Amerikaner übrigens sehr schmerzen würde –, soll ich den Posten übernehmen. Dafür habe ich die halbe Million bekommen.« Er stand auf und fing an, im Zimmer auf und ab zu gehen. »Jetzt, wo ich Ihnen das gesagt habe, geht es mir schon etwas besser. Paradoxerweise habe ich das Geld dann doch nicht gebraucht. Ich wollte es zurückgeben, aber sie haben es nicht genommen. Es ist immer noch auf einem Sperrkonto in London, das ich dafür eingerichtet habe.«

»Was geschah genau, als Sie die halbe Million zurückgeben wollten?«

»Sie haben mir ein Foto gezeigt, das sie heimlich bei der Geldübergabe gemacht hatten. Es zeigt mich mit dem Koffer voller Geld. Sie behaupten, sie würden das Bild den Boulevardzeitungen in England und New York zuspielen. Das würde meinen Ruf total ruinieren.«

»Wer hat Ihnen das Geld übergeben, Guy?«

»Dieser widerwärtige Ronstadt. Ein Mann, den ich nie zu mir

nach Hause einladen würde. Auf dem Foto hatte er ein gemeines Grinsen auf dem Gesicht. Ich werde das Geld übrigens auf keinen Fall behalten. Ich habe sogar schon in einer besonderen Klausel in meinem Testament verfügt, dass es wohltätigen Zwecken zukommen soll.« Seine Stimme begann wieder zu zittern. »Aber vielleicht gelingt es mir ja, es schon vorher zurückzugeben.«

»Wie wollen Sie das bewerkstelligen?«

»Ich habe Sharon um die Privatanschrift des amerikanischen Finanzministers gebeten. Sie will sie mir besorgen, weiß aber nicht, weshalb ich sie haben will.«

»Nun, nur dadurch, dass Sie das Geld angenommen haben, konnten Sie überhaupt in Erfahrung bringen, was die Amerikaner vorhaben. Ist es nicht so?«, sagte Tweed ruhig.

»Das ist richtig.«

»Wir müssen diese Leute aufhalten, Guy, und es ist fünf Minuten vor zwölf. Ich habe hier ein kleines Tonbandgerät, und ich möchte, dass wir jetzt unser Gespräch noch einmal führen, damit ich es aufnehmen kann. Sie beantworten meine Frage und erklären, dass Sie die Bestechungssumme nur deshalb angenommen haben, um die Absichten der Amerikaner herauszufinden. Wenn Sie das tun würden, wäre das eine große Hilfe für mich.«

»Tatsächlich?«

»Und ob! Können wir anfangen?«

Tweed stellte Strangeways noch einmal dieselben Fragen und Sir Guy beantwortete sie mit klarer, fester Stimme. Verwundert bemerkte Tweed, wie sehr sich sein Gesprächspartner verwandelt hatte. Von einer Minute auf die andere kam er ihm um Jahre verjüngt vor. Sein Gesicht wirkte aufgeweckt, und die blauen Augen sprühten vor Energie. Als er seine Erzählung beendet hatte, schaltete Tweed das Diktiergerät aus.

»Rechnen Sie damit, dass es zu einem Feuergefecht mit dem Feind kommt?«, fragte Strangeways unvermittelt.

»Das wäre durchaus möglich.«

»Haben Sie genügend Leute dafür?«

»Der Gegner ist zwar in der Überzahl, aber das macht uns nicht Bange.«

»Nehmen Sie mich mit, dann haben Sie einen Mann mehr.«

»Darf ich noch eine Weile darüber nachdenken?«

»Sie meinen wohl, ich kann das nicht? Ich habe eine Waffe!«

Strangeways zog einen .38er Revolver, wie ihn auch Newman gern verwendete, aus einem Schulterhalfter unter seiner Jacke. Er klappte die Trommel heraus und stellte sechs Patronen auf den Couchtisch.

»Wozu brauchen Sie den Revolver?«

»Um mich verteidigen zu können, falls man mir auf den Pelz rückt. Stellen Sie sich vor, das Bild da drüben wäre das Ziel.«

Er hob den entladenen Revolver und drückte sechsmal hintereinander ab. Tweed war beeindruckt, wie wenig sich Sir Guys Hand dabei bewegt hatte.

»Vergessen Sie nicht, dass ich im Golfkrieg war«, sagte Strangeways, während er den Revolver lud und wieder in das Halfter steckte. »Ich habe dort als General einen Teil der linken Flanke kommandiert, die der irakischen Präsidentengarde den Weg durch die Wüste abgeschnitten hat. Wenn die verdammten Yankees uns nicht verboten hätten, weiter vorzurücken, hätten wir Saddam Hussein binnen vierundzwanzig Stunden den Garaus gemacht.«

»Das ist mir bekannt«, sagte Tweed. »Aber bevor ich Ihnen eine Antwort geben kann, muss ich mit einem Mann aus meinem Team Rücksprache halten. Kann ich Sie später in Ihrem Zimmer anrufen?«

»Natürlich. Und wenn Sie mit Ihrem Mann sprechen, dann sagen Sie ihm, dass ich durchaus gewillt bin, von ihm Befehle entgegenzunehmen wie ein einfacher Soldat. Ich werde ihm auch keine Ratschläge erteilen, außer er bittet mich ausdrücklich darum.«

»Ich werde es weitergeben. Jetzt aber habe ich noch eine Frage wegen dieser leidigen Geldgeschichte. Haben Sie Sharon davon erzählt?«

»Natürlich nicht. Habe ich das nicht vorhin schon klargestellt? So etwas würde mir nicht einmal im Traum einfallen. Sie sind der Einzige, den ich ins Vertrauen gezogen habe, und dabei soll es auch bleiben. Aber bevor ich gehe, muss ich Ihnen noch von einem weiteren Problem erzählen.«

»Was denn?«

»Das übliche Problem. Mein Sohn Rupert. Dieser ekelerregende Basil Windermere hat einen schlechten Einfluss auf ihn.« Er lächelte bitter. »Allerdings dürfte das auf Gegenseitigkeit beruhen. Vermutlich hat Rupert einen ebenso schlechten Einfluss auf Windermere wie dieser auf ihn. Übrigens sind die beiden auch hier in Freiburg.«

»Tatsächlich?«

»Ja, und zwar in diesem Hotel. Ich habe sie in meinem Wagen aus Basel mit hierher genommen. Ich hielt es für das Beste, sie im Auge zu behalten. Im Augenblick sind sie unten in der Bar. Wo sonst?«

»Wenn Sie mit uns kommen, können Sie auf die beiden nicht mehr aufpassen.«

»Das Problem ist, dass Basil hier in Freiburg einen Wagen gemietet hat und sie jetzt mobil sind. Aber es gibt wichtigere Dinge als Rupert und Basil. Ich werde jetzt auf mein Zimmer gehen. Rufen Sie mich an, wenn Sie eine Entscheidung getroffen haben.«

Nachdem Strangeways gegangen war, rief Tweed über Becks Handy, das Marler ihm zurückgegeben hatte, bei Monica an. Bereits am Klang ihrer Stimme erkannte er, dass etwas Außergewöhnliches geschehen war.

»Ist die Verbindung sicher, Tweed?«, fragte sie.

»Ja. Gibt es was Neues?«

»Roy Buchanan hat angerufen und wollte mit Ihnen sprechen. Als ich ihm gesagt habe, dass Sie nicht hier seien, hat er mich gebeten, Ihnen etwas auszurichten. Es gab keine weiteren Bombenanschläge. Und wissen Sie, warum?«

»Das werden Sie mir sicher gleich sagen.«

»Nun …«

»Monica, können Sie kurz dranbleiben? Ich muss etwas nachsehen. Dauert nur eine Sekunde …«

Tweed hatte ein Geräusch vom Gang her gehört und ging zur Tür. Als er sie öffnete, sah er draußen im Gang Paula stehen, die ein seltsames Gesicht machte. Tweed trat hinaus und sah rechts von Paula Ed Osborne, der eine soeben angezündete Zigarre rauchte.

»Hi, Tweed. Ich finde, es ist Zeit für unseren Drink in der Bar.«

Osborne schien in derselben leutseligen Stimmung zu sein, in der er Tweed auch in dessen Büro in der Park Crescent besucht hatte.

»Was ist denn los, Paula?«, fragte Tweed irritiert.

»Ich war gerade auf dem Weg zu Ihrem Zimmer, als ich plötzlich Stimmen hörte. Die eine war die von Guy Strangeways, aber die andere habe ich nicht erkannt. Die beiden hatten offenbar einen schlimmen Streit. Als ich um die Ecke gekommen bin, habe ich gerade noch Sir Guy verschwinden sehen. Und Mr. Osborne stand vor Ihrer Tür.«

»Nennen Sie mich doch Ed«, sagte Osborne freundlich. »Ist das okay, Paula?«

»Für Sie immer noch Miss Grey«, sagte sie scharf. »Haben Sie vielleicht gesehen, wer mit Sir Guy hier im Gang gesprochen hat?«

»Nein. Ich komme gerade aus meinem Zimmer. Gibt es etwa ein Problem?«

»Nein«, antwortete Tweed. »Kommen Sie doch bitte herein, Paula. Ich bin gerade am Telefon.«

Als sie beide im Zimmer waren, verriegelte Tweed die Tür und ging zurück zu dem Handy, das er auf den Tisch gelegt hatte.

»Es ist Monica«, erklärte er Paula. »Gleich habe ich Zeit für Sie.«

»Hallo, Monica, da bin ich wieder«, sagte er in den Hörer. »Entschuldigen Sie, dass ich Sie habe warten lassen. Die Sache war nicht der Rede wert. Also, was hat Buchanan Ihnen gesagt?«

»Er hat seine neuen Kompetenzen voll ausgeschöpft und lässt die amerikanische Botschaft rund um die Uhr von einem Ring aus bewaffneten Zivilbeamten überwachen. Wenn jemand das Gebäude verlässt, wird er verfolgt. Seit Buchanan diese Taktik anwendet, hat es keine weiteren Anschläge mehr gegeben.«

»Gibt es Proteste vonseiten der Amerikaner?«

»Darauf können Sie Gift nehmen. Buchanan war zufällig gerade selbst am Grosvenor Square, als Jeffrey Morgenstern in einer Limousine die Botschaft verließ. Buchanan ist ihm in einem Polizeifahrzeug gefolgt. Als Morgenstern das offenbar bemerkte, ließ er die Limousine anhalten und verlangte zu wissen, was diese Überwachung solle. Buchanan erklärte ihm, dass er Hinweise auf mögliche Bombenanschläge gegen die Botschaft habe und dass seine Maßnahmen dem Schutz der dort Beschäftigten gälten.«

»Ein kluger Schachzug. Ich finde es ziemlich bezeichnend, dass die Anschläge aufgehört haben.«

»Zuvor hat man noch eine große Bombe in einer Vermittlungsstelle für Telefongespräche gefunden und entschärft.«

»Gibt es sonst noch etwas?«

»Das wollte ich Ihnen gerade erzählen. Die Amerikaner haben ein FBI-Team eingeflogen und der Regierung angeboten, es zur Aufklärung der Anschläge einzusetzen, aber Buchanan hat das abgelehnt. Er hat gesagt, er brauche keine fremde Hilfe. Das hat den Amerikanern überhaupt nicht gefallen. Im Moment sieht es so aus, als hätte Buchanan die Situation unter Kontrolle.«

»Vielen Dank, Monica. Schreiben Sie sich doch bitte meine Nummer hier im Hotel auf, obwohl es sein kann, dass ich nicht mehr lange hier bin. Für diesen Fall gebe ich Ihnen gleich noch meine Handynummer ...«

Nachdem Tweed die Nummern durchgegeben hatte, dankte er Monica noch einmal und beendete das Gespräch. Dann sah er Paula an, die inzwischen in einem der Sessel Platz genommen hatte.

»Da draußen im Gang ist ja offensichtlich etwas sehr Seltsames vorgefallen. Ich glaubte zunächst sogar, einen Kampf zu hören. Sind Sie sicher, dass Sie die zweite Stimme nicht doch erkannt haben?«

»Ja, das bin ich. Ich habe diese Stimme noch nie zuvor gehört. Sie hatte einen unangenehmen, schneidenden Ton.«

»Wissen Sie wenigstens, ob es die eines Mannes oder die einer Frau war?«

»Nein, leider nicht. Ich glaube, sie hat einen amerikanischen Akzent gehabt, aber sicher bin ich mir dessen nicht. Schließlich war ich im Gang um die Ecke, und alles hat ziemlich gedämpft geklungen.«

»Und dennoch haben Sie Sir Guys Stimme erkannt?«

»Ja, aber die ist schließlich unverwechselbar. Ich glaube, er hat gesagt: ›In diesem Ton lasse ich nicht mit mir reden‹, aber auch das kann ich nicht mit Sicherheit sagen. Als ich um die Ecke kam, habe ich gerade noch Strangeways' Rücken gesehen und Ed Osborne, der vor der Tür zu Ihrem Zimmer stand.«

»Wie lange, glauben Sie, dass er schon auf dem Gang war?«

»Schwer zu sagen. Es sah so aus, als wäre er gerade aus seinem Zimmer gekommen, denn seine Zigarre war eben erst angezündet worden.«

»Diese Geschichte gefällt mir ganz und gar nicht«, sagte Tweed, während er sich in den Sessel gegenüber Paula setzte. »Hier geht etwas Unheimliches vor.«

Paula griff nach der Kaffeekanne und fühlte, ob sie noch warm war. Dann nahm sie eine Tasse mit Untertasse vom Tisch.

»Der Kaffee scheint noch relativ frisch zu sein. Trinken Sie doch eine Tasse. Das hilft beim Nachdenken.«

Paula sah zu, wie Tweed langsam den Kaffee trank und dabei ins Leere starrte, als wäre er in Gedanken meilenweit entfernt. Schließlich stellte er die Tasse zurück auf den Tisch und begann zu sprechen.

»Guy war kurz zuvor bei mir«, sagte er. »Er hat mir angeboten, uns beim Kampf gegen Ronstadt und dessen Leute zu unterstützen. Er weiß in etwa, was sie vorhaben, und ist der Meinung, dass das verhindert werden muss. Aber noch einmal zu dem Vorfall draußen auf dem Gang. Könnten Sie sich vorstellen, wer die Person war, mit der Strangeways die Auseinandersetzung hatte?«

»Vorhin habe ich schon fast gedacht, dass es Osborne war.«

»Aber hätten Sie den denn nicht an der Stimme erkannt?«

»Nicht unbedingt. Schließlich habe ich ihn ja noch nie erlebt, wenn er wütend war.«

»Stimmt. Wenn jemand erregt ist, kann sich seine Stimme stark verändern.«

»Halten Sie Guys Angebot eigentlich für eine gute Idee?«

»Ich bin zu dem Entschluss gelangt, dass er uns durchaus eine Hilfe sein könnte. Wenn ich ihn mitnehme, kann er ja in Marlers Audi mitfahren. Überhaupt, ich sollte vielleicht Marler anrufen und ihn um seine Meinung dazu fragen. Wenn er ablehnt, muss Guy hier bleiben.«

Tweed nahm wieder das Handy und rief Marler im Schwarzwälder Hof an. Nachdem er ihm vage Andeutungen über sein Gespräch mit Strangeways gemacht hatte, ohne dessen Namen zu erwähnen, legte er das Telefon zurück auf den Tisch.

»Wir müssen warten, bis Marler mich von einer Telefonzelle aus zurückruft«, sagte er zu Paula.

Es dauerte zehn Minuten, in denen weder Tweed noch Paula ein Wort sagte. Tweed runzelte die Stirn, was bei ihm ein Zeichen dafür war, dass er angestrengt nachdachte. Paula wollte ihn dabei nicht stören. Als das Telefon schließlich klingelte, erklärte Tweed Strangeways' Vorschlag im Detail und betonte, dass die Entscheidung darüber aber allein bei Marler liege. Nachdem er das Gespräch beendet hatte, lächelte er Paula an.

»Marler ist einverstanden, dass Guy mitmacht. Guys Angebot, sich wie ein normaler Soldat behandeln zu lassen, hat dabei wohl den Ausschlag gegeben. Guy war im Krieg und weiß, wie man kämpft. Und wenn ich mich nicht täusche, ist das genau das, was uns im Schwarzwald erwartet: Krieg.«

»Wäre es vielleicht möglich, unten im Restaurant zu Mittag zu essen?«, fragte Paula. »Ich habe zwar ausgiebig gefrühstückt, aber ich bin schon wieder hungrig. Muss wohl an der Kälte liegen.«

»Na schön, gehen wir hinunter.«

Unten in der Halle bemerkten sie sofort, dass etwas nicht in Ordnung war. Angestellte des Hotels, die einen entsetzten Eindruck machten, rannten aufgeregt herum. Als der Chefportier Tweed sah, eilte er auf ihn zu.

»Mr. Tweed, Sir Guy Strangeways ist erschossen worden. Er hat noch gesagt, er wolle einen Spaziergang machen. Weil er seine Handschuhe hier hat liegen lassen, bin ich ihm nach. Auf einmal habe ich einen Schuss gehört und gesehen, wie Sir Guy unmittelbar vor der Tür zu Boden gestürzt ist. Er war auf der Stelle tot.«

37

Paula stand wie angewurzelt vor dem Portier und konnte kaum fassen, was sie soeben gehört hatte. Auch Tweed musste die Neuigkeit erst einmal verdauen, bevor er nachfragte: »Haben Sie draußen irgendjemanden oder irgendetwas gesehen?«

»Nein, nichts. Bis auf einen braunen Opel, der gerade um die Ecke fuhr.«

»Wo ist der Tote?«

»Ich habe ihn in den Aufenthaltsraum dort drüben bringen lassen.«

»Vielen Dank«, sagte Tweed und sah, wie Newman die Treppe herabkam. Während Newman von Paula über das Vorgefallene informiert wurde, ging Tweed zu dem Raum, den ihm der Hotelangestellte gezeigt hatte. Gerade als er die Hand nach der Türklinke ausstreckte, kam Rupert Strangeways von der Seite auf ihn zu und packte ihn am Arm.

»Sie dürfen da nicht hinein«, knurrte er.

»Nehmen Sie sofort Ihre Finger weg!«, herrschte Tweed ihn an und stieß ihn mit der Schulter zur Seite. Rupert hielt sich am Türrahmen fest und wollte erneut auf Tweed losgehen, aber Newman packte ihn von hinten und drehte ihm den Arm um.

»Sie tun mir weh!«, fauchte Rupert.

»Keine falsche Bewegung, sonst breche ich Ihnen Ihren verdammten Arm.«

Tweed öffnete die Tür und trat in den Raum, in dem eine mit einem Leintuch bedeckte Couch stand. Er hob das Tuch an und sah den toten Sir Guy an, der mit geschlossenen Augen auf dem Rücken lag. Der alte Soldat hatte einen friedlichen Ausdruck auf dem Gesicht, zu dem allerdings das schwarze Loch mitten auf der Stirn nicht so recht passen wollte. Tweed ließ das Tuch wieder sinken und verließ den Raum.

»Wie lange ist Sir Guy schon tot?«, fragte er den Chefportier, der wieder hinter der Empfangstheke stand.

»Seit einer guten halben Stunde, Mr. Tweed.«

Tweed wandte sich an Paula und führte sie aus dem Eingangsbereich, wo es immer noch von aufgeregt herumlaufenden Hotelangestellten wimmelte. In einer ruhigen Ecke blieb er stehen.

»Ist es wirklich schon eine halbe Stunde her, seit Sie den Streit auf dem Korridor gehört haben?«

»Das ist gut möglich. Schließlich haben Sie erst einmal Kaffee getrunken und dann Marler angerufen. Wir haben immerhin eine ganze Weile auf seinen Rückruf warten müssen. Dann haben Sie Marler ausführlich von Sir Guys Vorschlag erzählt, was auch eine ganze Weile gedauert hat. Oft vergeht die Zeit viel schneller, als man denkt.«

»Was ist denn da drüben los?«, fragte Tweed auf einmal unvermittelt.

Paula drehte sich um und sah, wie Rupert zwei dunkelgrau gekleidete Männer mit einer Bahre zu dem Zimmer führte, in dem sein toter Vater lag.

»Was geht hier vor?«, fragte Tweed.

»Das geht Sie gar nichts an«, erwiderte Rupert. »Aber wenn Sie es unbedingt wissen wollen: Diese Männer werden meinen Vater zum Flughafen bringen.«

»Wieso denn zum Flughafen?«

»Weil es dort Flugzeuge gibt«, sagte Rupert sarkastisch. »Ich habe eine Privatmaschine gechartert, die meinen Vater auf direktem Wege nach Hause fliegt. Das hätte er selbst so gewollt.«

»Sind Sie verrückt geworden? Sie haben wohl vergessen, dass Ihr Vater ermordet wurde. In solchen Fällen muss eine Autopsie durchgeführt werden.«

»Ich lasse es nicht zu, dass irgendwelche ausländischen Kurpfuscher an der Leiche meines Vaters herumschnippeln. Ich bin der nächste Angehörige und kann allein entscheiden, was mit ihr zu geschehen hat. Sie haben da überhaupt nichts zu melden.«

»Ich vielleicht nicht, aber dafür die deutsche Polizei.«

»Mit der habe ich schon alles geregelt. Ich habe einen gewissen Herrn Kuhlmann in Wiesbaden angerufen und ihm gesagt, Sie seien mit der Rückführung der Leiche einverstanden.«

»*Was* haben Sie getan?«, fragte Tweed in einem bei ihm eher seltenen Anflug von Wut. »Wie können Sie es wagen, meinen Namen für Ihre Zwecke zu missbrauchen? Was hat Kuhlmann Ihnen geantwortet?«

»Dass er angesichts der außergewöhnlichen Umstände eine Ausnahme macht. Allerdings hat er zur Bedingung gemacht, dass er aus London einen vollständigen Autopsiebericht erhält.«

»Und wo fliegt das Privatflugzeug hin, das Sie gechartert haben?«

»Nach Heathrow. Kuhlmann hat sich sogar bereit erklärt, die Flugüberwachung zu verständigen und aile Formalitäten mit ihr abzuklären.« Ruperts Ton wurde hochnäsig. »Ich weiß überhaupt nicht, weshalb Sie sich so anstellen, Tweed. Ich habe Sie bisher immer für einen Freund meines Vaters gehalten.«

»Fliegen Sie eigentlich auch mit zurück?«

»Da sei Gott vor. Meinen Sie etwa, ich habe Lust, mit einer Leiche im Flugzeug zu hocken? So was tue ich mir nicht an.«

Newman machte Anstalten, Rupert wieder am Arm zu packen, aber Paula hielt ihn zurück und flüsterte ihm etwas ins Ohr. Die Bahrenträger, die während des Wortwechsels in dem Aufenthaltsraum verschwunden waren, kamen jetzt wieder heraus und trugen den toten Sir Guy zu einem vor dem Hotel wartenden Leichenwagen.

»Ich hätte gute Lust, Kuhlmann anzurufen und ihn über den wahren Sachverhalt zu informieren«, sagte Tweed. »Dann würden Sie mal sehen, wie schnell er seine Erlaubnis wieder zurückzieht. Und eines möchte ich unmissverständlich klarstellen: Wenn Sie jemals wieder meinen Namen für eine Ihrer krummen Touren verwenden, lasse ich Sie sofort wegen Amtsanmaßung verhaften.«

»Von mir aus«, antwortete Rupert achselzuckend. »Tun Sie sich nur keinen Zwang an.«

»Und Sie passen auf, was Sie sagen«, fauchte Newman, »sonst stopfe ich Ihnen eines Tages Ihr verdammtes Schandmaul.«

»Das probieren Sie mal. Aber jetzt muss ich gehen. Ich habe am Flughafen noch ein paar Formalitäten zu erledigen.«

»Ich werde dem Fahrer des Leichenwagens sagen, dass er sich in eine illegale Aktion verwickelt«, sagte Tweed kalt.

»Einen Augenblick«, mischte Paula sich mit leiser Stimme ein. »Es ist besser, wenn Sie sich da nicht einmischen. Wir haben doch auch so schon genug am Hals, oder etwa nicht?«

»Sie haben Recht, Paula«, erwiderte Tweed, der sich von einer Sekunde auf die andere beruhigt zu haben schien. »Ach, sehen Sie bloß, wer da hereinkommt. Ich glaube, den sollte ich mir mal vorknöpfen.«

Es war Basil Windermere, der einen teuren Kaschmir-Mantel trug und soeben die Eingangshalle betrat. Als er das Durcheinander dort sah, blickte er sich verwundert um. Tweed ging zu ihm hinüber.

»Wieso läuft denn hier so viel Hotelpersonal herum?«, fragte Windermere mit blasierter Stimme. »Haben die denn nichts Besseres zu tun? Oder steigt hier eine Party, von der ich nichts weiß?«

»Von einer Party kann wohl kaum die Rede sein«, entgegnete Tweed. »Ruperts Vater ist ermordet worden. Jemand hat ihn direkt vor dem Hoteleingang kaltblütig erschossen.«

»Wirklich? Nun ja, sein alter Herr konnte einem manchmal ziemlich auf die Nerven gehen, aber einen solchen Abgang hat er nicht verdient. Ihn einfach so abzuknallen ist wahrlich nicht die feine englische Art.«

»Wo waren Sie vor einer halben Stunde?«, fragte Tweed zähneknirschend.

»Ich habe mir eine kleine Stadtrundfahrt durch Freiburg gegönnt und eine Weile vor einem teuren Modegeschäft geparkt. Da sind eine Menge schicker Frauen hineingegangen, von jungen Häschen bis hin zu den reiferen Semestern. Die Inhaber des Ladens müssen ein Riesengeschäft machen.«

»Ich habe schon gehört, dass Sie sich einen Wagen geliehen haben. Steht er vielleicht draußen vor dem Hotel?«

»Wenn ihn der Page noch nicht in die Garage gefahren hat, dann schon.«

»Was ist es für eine Marke?«

»Ein Opel. Nicht gerade standesgemäß, aber was will man machen?«

»Den würde ich mir gern mal ansehen«, sagte Tweed. Er winkte den Chefportier herbei und bat ihn, mit ihm zusammen nach draußen zu gehen. Windermeres Opel stand gleich vor dem Eingang am Straßenrand. Er war blau. »War das der Wagen, der vorhin um die Ecke fuhr?«, fragte Tweed den Portier.

»Das kann ich Ihnen leider nicht sagen. Es ist alles so schnell gegangen.«

»Sie haben behauptet, der Opel sei braun gewesen«, sagte Tweed. »Dieser hier ist blau.«

»Ich habe ihn wirklich nur ganz kurz gesehen und auch nicht sonderlich darauf geachtet. Immerhin lag ein toter Hotelgast vor der Tür.«

»Würde mir vielleicht freundlicherweise jemand sagen, was dieses Theater mit dem Auto zu bedeuten hat?«, fragte Windermere ungehalten.

Tweed sah ihm tief in die blassen Augen, in denen er nicht den leisesten den Anflug einer menschlichen Regung entdecken konnte. Windermere schienen die jüngsten Ereignisse völlig unberührt zu lassen.

»Wir suchen nach einem kaltblütigen Serienkiller«, erwiderte Tweed, ohne den Blick von Windermeres Gesicht zu nehmen.

Dann drehte er sich um und ging zurück zu Paula und Newman. Er nahm sie mit hinauf auf sein Zimmer, wo er sich in einen Sessel setzte und sie bat, es sich ebenfalls bequem zu machen. Als alle saßen, nahm er Becks Handy aus der Jackentasche.

»Was hat das alles zu bedeuten?«, fragte Newman. »Haben wir es vielleicht schon wieder mit dem Phantom zu tun?«

»Mit ziemlicher Sicherheit sogar. Guy wurde von einer Kugel mitten durch die Stirn getötet, ebenso wie Kurt Schwarz und die anderen Opfer vor ihm.«

»Aber warum sollte jemand Guy umbringen?«, wollte Paula wissen.

»Ich könnte mir vorstellen, dass es etwas mit dem Streit zu tun hatte, den Sie vorhin auf dem Gang gehört haben. Ich vermute, dass Sir Guy danach auf sein Zimmer gegangen ist und sich nach einer Weile dazu entschlossen hat, einen Beruhigungsspaziergang zu machen. Bis dahin hatte die Gegenseite bereits in aller

Eile seine Ermordung organisiert. Irgendjemand hat da ganz schnell reagiert.« Während Tweed das sagte, tippte er bereits eine Nummer auf dem Handy ein.

»Marler? Ich bin's. Die Verstärkung, mit der wir gerechnet haben, wird nun doch nicht zu uns stoßen.«

»Verstanden«, antwortete Marler.

Nachdem Tweed das Handy wieder ausgeschaltet hatte, sagte er zu den anderen: »Ich muss vorsichtig sein, wenn ich ihn im Schwarzwälder Hof anrufe. So, jetzt werde ich mal versuchen, Roy Buchanan zu erreichen.«

»Was wollen Sie denn von Buchanan?«, fragte Paula.

»Hören Sie mir zu, dann werden Sie es erfahren«, antwortete Tweed. »Falls ich ihn an die Strippe bekomme.«

Kurze Zeit später hatte er Buchanan tatsächlich am Apparat und erzählte ihm von Sir Guys Ermordung und Ruperts Plan, die Leiche nach England fliegen zu lassen. Dann bat er ihn, ein paar Leute nach Heathrow zu schicken und dafür zu sorgen, dass der Tote auch wirklich obduziert wurde.

»Lassen Sie die Kugel in seinem Kopf mit der vergleichen, die den Premierminister getötet hat. Außerdem sind da noch die Kugeln, denen der Mann in Nähe der Regent Street, der deutsche Politiker Heinz Keller und der französische Minister zum Opfer gefallen sind ...«

Nachdem er das gesagt hatte, hörte Tweed Buchanan einige Minuten aufmerksam zu, bevor er sich bei ihm bedankte und die Verbindung unterbrach.

»Gibt es was Neues von Roy?«, fragte Paula.

»Ja. Er war gerade auf dem Weg nach Heathrow. Ein anonymer Anrufer hat gesagt, dass in einem nach Westen fliegenden Flugzeug eine Bombe versteckt sei. Dafür kommen natürlich sehr viele Maschinen in Frage, die jetzt alle nicht abheben können. In Heathrow ist daraufhin das Chaos ausgebrochen, was wohl genau das war, was der Anrufer bezweckt hat. Offenbar handelt es sich um einen neuen Plan, um England zu destabilisieren. Roy hat mir versprochen, so lange am Flughafen zu bleiben, bis die Maschine mit Guys Leiche gelandet ist.«

»Ach, Tweed«, sagte Newman. »Kurz bevor wir auf Ihr Zimmer sind, ist mir übrigens noch aufgefallen, wie jemand, von draußen kommend, das Hotel betrat. Es war Ed Osborne.«

»Interessant«, sagte Tweed. »Aber jetzt gehen wir erst mal hinunter ins Restaurant und sehen zu, dass wir noch etwas zum Mittagessen bekommen. Ich glaube, die Stunde null rückt unaufhaltsam näher.«

Als die drei den Speisesaal betraten, räumten die Bedienungen gerade die Tische ab. Nur ein einziger Gast saß noch im Saal. Es war Sharon Mandeville.

Nachdem Tweed vom Oberkellner erfahren hatte, dass es noch etwas zu essen gab, steuerte er einen Tisch im hinteren Teil des Saals an. Als er und die anderen an Sharon vorübergingen, winkte sie ihnen zu. Sie goss sich gerade etwas Kaffee aus einer Kanne ein, die ihr ein Kellner soeben auf den Tisch gestellt hatte. Dann vertiefte sie sich wieder in eine Akte, die sie neben ihrem halb leer gegessenen Teller liegen hatte.

Nachdem Tweed, Paula und Newman ihre Bestellung aufgegeben hatten, lehnte Paula sich in ihrem Stuhl zurück und seufzte leise.

»Diese Frau hört wohl nie mit dem Arbeiten auf«, sagte sie. »Haben Sie gesehen, dass sie einen ganzen Aktenstapel auf dem Stuhl neben sich liegen hat?«

»Sie kann wohl nicht anders«, sagte Tweed.

»Ob sie wohl schon weiß, dass Guy ermordet wurde?«

»Wenn nicht, dann wird sie es sicher bald erfahren.«

»Sie kommen mir so vor, als ob Sie in Eile wären.«

»Das bin ich auch. Zu dieser Jahreszeit wird es bald dunkel«, sagte Tweed und machte sich über sein Essen her, das der Kellner vor ihn hingestellt hatte.

»Und das bedeutet?«, fragte Paula.

»Dass Ronstadt jeden Augenblick aufbrechen kann. Ich wundere mich, dass Marler sich noch nicht gemeldet hat. Er wird wohl der Erste sein, der etwas vom Aufbruch der Amerikaner mitbekommt.«

»Dann sollten wir heute wohl lieber auf unseren Kaffee verzichten.«

»So ist es.«

Newman blickte auf und sah, wie ein gut gekleideter großer Mann mit glattem Gesicht den Speisesaal betrat. Er blickte hinüber zu Sharon, die so sehr in ihre Arbeit vertieft war, dass sie nicht mitbekam, wie der Mann Newman zuwinkte.

»Entschuldigen Sie mich bitte einen Augenblick«, sagte Newman zu Tweed. »Ich bin gleich wieder zurück.«

Der große Mann verließ den Speisesaal, und Newman folgte ihm in die Bar, wo Basil Windermere mit dem Rücken zu ihnen an der Theke saß und ein Glas in der Hand hielt.

»Chuck Venacki«, sagte Newman zu dem Mann. »Wenn das keine Überraschung ist. Das letzte Mal sind wir uns in London in der Park Crescent begegnet.«

»Wo Sie mit Ihrem Geländewagen mein Auto angefahren haben. Ein genialer Trick, das muss man Ihnen lassen.«

»Was treibt Sie hierher, Mr. Venacki?«

»Sie können mich Chuck nennen, wenn Sie wollen. Und sagen Sie Tweed, dass er auf sein Zimmer gehen soll. Und zwar sofort.«

»Weshalb?«

»Das wird er dann schon herausfinden. Aber er muss schnell machen. Sie haben nicht mehr viel Zeit.«

»Wollen Sie mir nicht sagen, worum es geht?«

»Sputen Sie sich, Newman, bevor es zu spät ist.«

Newman ging zurück in das Restaurant, setzte sich und schob den leeren Teller weg, auf dem seine Nachspeise gewesen war. Dabei beugte er sich zu Tweed vor.

»Ich würde Ihnen vorschlagen, so rasch wie möglich auf Ihr Zimmer zu gehen. Es könnte dringend sein.«

»Ich komme mit«, sagte Paula.

»Ich gehe derweil auch auf mein Zimmer«, sagte Newman. »Sie können mich dort jederzeit erreichen.«

Als Tweed zusammen mit Paula den Speisesaal verließ, blickte er hinüber zu Sharon, die aber so vertieft in ihre Arbeit war, dass sie ihn nicht sah.

»Diese Frau muss über eine ungeheure Konzentrationsfähigkeit verfügen«, bemerkte Paula.

»Eine echte Denkmaschine.«

Erst als sie auf dem Zimmer waren und die Tür verriegelt hatten, stellte Paula Tweed die Frage, die ihr schon die ganze Zeit im Kopf herumgegangen war.

»Wer war denn der Mann, mit dem Newman geredet hat? Bob schien ihn zu kennen.«

»Vielleicht hat er ihn schon einmal interviewt.«

»Das glauben Sie wohl selber nicht.«

»Ehrlich gesagt, weiß ich im Augenblick nicht, was ich überhaupt noch glauben soll«, entgegnete Tweed.

»Und warum war es so wichtig, dass Sie sofort auf Ihr Zimmer gehen?«, fragte Paula.

»Keine Ahnung. Aber wenn Bob mir sagt, dass ich etwas tun soll, dann tue ich es auch.«

Kurz darauf klingelte das Telefon. »Vielleicht war es ja deshalb«, sagte Tweed, bevor er abhob. »Ja, bitte. Wer ist dran?«

»Ronstadt hat soeben seine Rechnung bezahlt und mit seinem Gepäck das Hotel verlassen.«

»Wer sind Sie?«

»Das möchte ich lieber nicht sagen. Alles Gute.«

Tweed legte auf und ging zum Schrank, um seine fertig gepackte Reisetasche herauszunehmen.

»Es geht los«, sagte er zu Paula. »Der Anrufer wollte mir nicht seinen Namen nennen, aber er hatte eine gepflegte Stimme mit amerikanischem Akzent. Gehen Sie auf Ihr Zimmer, und holen Sie Ihr Gepäck. Ich rufe inzwischen die anderen an.«

Paula, die bereits ihre warmen Sachen trug, zu denen auch Leggings und dicke Winterstiefel mit Profilsohlen gehörten, blieb auf dem Weg zur Tür noch einmal stehen, weil Tweeds Handy klingelte.

»Ich bin's«, sagte Marler. »Hier ist etwas im Gange. Kommen Sie mit dem Auto herüber, und sagen Sie Bob, er soll am Ende der Herrenstraße parken. Er weiß dann schon, wo.«

»Das war Marler«, sagte Tweed zu Paula, die nun endgültig das Zimmer verließ.

Tweed ging ans Telefon und wählte die Nummer von Newmans Zimmer.

»Es ist so weit«, sagte er. »Nehmen Sie Ihre Sachen und gehen Sie schon mal zum Wagen. Ich zahle noch rasch die Rechnung und komme nach. Und sagen Sie Keith Kent Bescheid.«

38

Als sie in dem Audi vom Hotel wegfuhren, war es schon fast dunkel. Die Sitzverteilung war dieselbe wie auf der Herfahrt: Newman saß am Steuer und Paula auf dem Beifahrersitz, während Tweed und Keith Kent sich die Rückbank teilten. Paula hatte eine auseinandergefaltete Karte auf den Knien. Es herrschte nicht viel Verkehr, sodass sie nicht lange bis zum vereinbarten Treffpunkt brauchten. Dort hielt Newman an und schaltete das Licht aus. Wie aus dem Nichts tauchte auf einmal Marler neben dem Wagen auf und sprach durch das geöffnete Fahrerfenster mit hastigen Worten auf Newman ein.

»Ihr seid gerade noch rechtzeitig gekommen. Ronstadt ist soeben abgefahren. Er sitzt selbst am Steuer und hat drei von seinen Gorillas dabei. Die beiden anderen Audis sind, mit sieben Mann besetzt, zuvor schon abgefahren. Sie fahren voraus, und Ronstadts Wagen folgt ihnen. Haben Sie den Empfänger eingeschaltet, den ich in Ihrem Auto installiert habe, Bob?«

»Nein. Aber das werde ich jetzt nachholen.«

»Wie funktioniert er denn?«, fragte Tweed und beugte sich vor.

Marler hatte unter dem Armaturenbrett einen runden beleuchteten Monitor von etwa fünfzehn Zentimetern Durchmesser angebracht, der durch mehrere dünne Linien in die vier Quadranten der Kompassrose aufgeteilt war. Ein roter Punkt, der etwa so groß war wie eine britische Fünf-Pence-Münze, bewegte sich darauf langsam nach Osten.

»Dieser Punkt ist Ronstadt«, erklärte Marler. »Der Sender, den ich auf dem Dach seines Wagens befestigt habe, ist etwa so groß wie ein Mantelknopf und sendet ein Signal zu einem Satelliten, der es verstärkt und zu den beiden Empfängern in unseren Wagen zurückschickt. Zum Glück ist der Sender schwarz, sodass er auf Ronstadts Audi nicht weiter auffällt. Haben Sie das Prinzip begriffen?«

»Ich glaube schon«, sagte Paula. »Aber ersparen Sie uns bitte weitere technische Einzelheiten.«

»Allzu schnell werden sie nicht vorankommen«, fuhr Marler fort. »Ich habe vorhin den Wetterbericht gehört. Für den Schwarzwald ist heftiger Schneefall angesagt. Aber bevor wir losfahren, werde ich noch einmal Weihnachtsmann spielen.«

Er griff in die Leinentasche, die er über die Schulter gehängt hatte, und reichte Waffen durchs offene Fenster hinein.

»Eine Maschinenpistole mit Munition.«

»Die nehme ich«, sagte Paula. »Ich habe neulich in Surrrey mit einer geübt.«

»Zwei Walther Kaliber 7,65 mm mit Extra-Magazinen.«

»Eine für mich«, sagte Tweed grimmig. »Wie gesagt, wir müssen dieses Ungeziefer vernichten.«

Keith Kent nahm die zweite Walther. Marler griff wieder in seinen Beutel.

»Handgranaten, Rauchbomben ...«

»Aber gern«, rief Paula und verstaute beides sorgfältig in ihrer Umhängetasche. Dann lud sie die Maschinenpistole und legte sie auf den Wagenboden, wobei sie darauf achtete, dass die Mündung in Richtung Tür zeigte.

»Sind Sie damit einverstanden, dass ich vorausfahre und Newman mir folgt, Tweed?«, fragte Marler, nachdem er alle Waffen verteilt hatte. »Wenn es einen Hinterhalt geben sollte – wovon ich übrigens ausgehe –, dann möchte ich derjenige sein, der sich darum kümmert. Denken Sie an den Audi, der ein paar Stunden vor den anderen in Freiburg losgefahren ist. Wenn ich mich um die Gorillas in diesem Auto kümmere, kann Bob weiterfahren und Ronstadts Konvoi weiter verfolgen. Wenn er die Basis erreichen sollte, bevor ich aufgeholt habe, warten Sie auf mich. Ronstadt hat sieben Männer bei sich. Zusammen mit den vieren im ersten Audi sind das elf – zu viele, um es ohne uns drei mit ihnen aufzunehmen.

»Vielleicht finden Sie uns ja gar nicht«, gab Newman zu bedenken.

»Keine Sorge, ich werde Sie finden«, erwiderte Marler. »Ich befestige nämlich jetzt gleich noch so einen Sender auf dem Dach Ihres Autos. Das erscheint dann als blauer Punkt auf meinem Monitor, und ich kann Sie jederzeit wieder finden. Natürlich nur, wenn der Sender auch funktioniert. Dieses elektronische Zeug ist nicht immer zuverlässig.«

»Ich stimme Ihrer Strategie zu, Marler«, sagte Tweed.

»Dann auf in die Schlacht«, sagte Marler. »Auf in den Schwarzwald.«

Marler nahm den Sendermagneten und setzte ihn auf das Dach von Tweeds Audi. Dann ging er rasch zu seinem Wagen, wo Nield und Butler auf ihn warteten. Kurz bevor er dort angelangt war, drehte er sich um und kam zurück.

»Ich habe noch etwas vergessen«, sagte er zu Newman. »Wenn das rote Licht auf dem Monitor zu blinken beginnt, sind Sie ganz nahe an Ronstadt dran. So, und jetzt muss ich wirklich los.«

»Manchmal befleißigt sich unser guter Marler einer ziemlich drastischen Ausdrucksweise.«

»Sie meinen damit wohl den Ausdruck ›auf in die Schlacht‹«, sagte Paula. »Ich finde das nicht so schlimm. Mir ist gerade der arme Guy Strangeways eingefallen – ich kann es kaum erwarten, es diesen Schweinen heimzuzahlen.«

Schneller als erwartet hatten sie Freiburg hinter sich gelassen und fuhren auf einer Straße mit geschlossener Schneedecke in die Dunkelheit. Ein paar Minuten später ging der Mond auf und tauchte die stille Landschaft in ein gespenstisches bläuliches Licht. Die Landschaft bestand jetzt aus steilen, dicht bewaldeten Hügeln. Die schwarzen Stämme der Fichten erinnerten Paula an eine feindliche Armee, die nur darauf wartete, sich auf sie zu stürzen. Der Schnee auf den Zweigen glitzerte im Mondlicht.

»Sehen Sie jetzt, wie schön der Schwarzwald sein kann?«, fragte Tweed. »Paula? Hören Sie mir überhaupt zu?«

Paula starrte auf das rote Licht auf dem Bildschirm und machte ein Gesicht, als wäre sie meilenweit entfernt. Sie schüttelte den Kopf und drehte sich zu Tweed um.

»Entschuldigung. Ich habe nicht gehört, was Sie gesagt haben.«

»Ist nicht so wichtig. Worüber haben Sie nachgedacht?«

»Über alles Mögliche. Zum Beispiel frage ich mich, warum uns der Manager des Colombi nicht benachrichtigt hat, als Ronstadt abgereist ist. Kuhlmann hatte ihn doch ausdrücklich darum gebeten.«

»Vielleicht hatte er ja gerade keinen Dienst. Oder er wollte einfach nicht einen Gast für andere ausspionieren, was ich ihm nicht verübeln kann. Immerhin muss er an den guten Ruf seines Hotels denken.«

»Und dann habe ich noch über die drei Männer nachgedacht, die mit in Ronstadts Wagen sitzen. Wir haben sie die ganze Zeit nicht zu Gesicht bekommen.«

»Wahrscheinlich hat er ihnen befohlen, auf ihren Zimmern zu bleiben.«

»Ganz schön einsam, diese Straße«, sagte Paula. »Seit Freiburg haben wir kein anderes Auto gesehen.«

»Aber jetzt kommt uns etwas entgegen«, sagte Marler.

»Was ist denn das?«

»Ein riesiger Schneepflug. Eines muss man den Deutschen lassen: Sie verschwenden nicht viel Zeit, wenn es gilt, ihre Straßen freizuhalten.«

»Aber wieso haben wir dann bisher keinen solchen Schneepflug gesehen?«, fragte Paula.

»Weil zurzeit keine Touristen hier sind«, antwortete Newman. »Die Skisaison ist schon vorbei. O Mann, so ein Schneepflug ist schon ein gigantisches Gerät.«

»Fahren Sie langsam, Bob«, sagte Tweed scharf.

»Aber Marler ist auch nicht langsam gefahren.«

»Tun Sie, was ich Ihnen sage. Vielleicht ist das einer von Ronstadts schmutzigen Tricks.«

Tweed kurbelte das Fenster auf seiner Seite herunter und hob die Hand mit der Pistole. Paula nahm ihre Maschinenpistole und legte sie sich auf den Schoß. Als der Schneepflug näher kam, verlangsamte Newman den Wagen. Paula nahm ihre Waffe in beide Hände. Der Schneepflug war jetzt so langsam, dass sie das Gesicht des Fahrers sehen konnte. Auch Newman fuhr fast in Schrittgeschwindigkeit über den Schnee.

»Können Sie außer dem Fahrer sonst noch jemanden erkennen?«, fragte Tweed.

»Von meiner Position aus nicht«, antwortete Newman.

Paula drückte Tweed sanft zurück auf die Sitzbank und hob die Maschinenpistole ans offene Fenster. Zuvor war es in dem Wagen so warm gewesen, dass Paula fast eingeschlafen wäre. Jetzt, wo die eiskalte Nachtluft durchs Fenster hereinströmte, war sie plötzlich wieder hellwach.

Das Rumpeln des großen Schneepflugs, der dem Auto immer näher kam, war jetzt bedrohlich laut. Seine mächtige Pflugschar schob große Mengen Schnee in hohem Bogen von der Fahrbahn. Kurz bevor der Pflug sie passierte, nahm der Fahrer die Mütze ab und winkte ihnen zu. Paula ließ rasch die Waffe sinken, und dann war das riesige Fahrzeug auch schon an ihnen vorbei. Paula atmete tief durch.

»So, jetzt können wir uns wieder entspannen«, sagte sie.

»Wenn Sie sich da mal nicht täuschen«, entgegnete Tweed. »Irgendwo da vorn lauert vermutlich ein Hinterhalt auf uns. Bleiben Sie also wachsam.«

Newman beschleunigte den Wagen wieder, um etwas mehr zu Marler aufzuschließen. Tweed und Paula schlossen die Fenster und schauten hinaus in die Nacht. Hier und dort konnte Paula ein einsames Schwarzwaldhaus erkennen, in dessen Fenstern anheimelnd warme Lichter brannten. Die Häuser hatten Krüppelwalmdächer, die steil bis zum Boden reichten, vermutlich damit sich kein Schnee auf ihnen ansammeln konnte. In der Ferne sah sie eine Kette von schneebedeckten Gipfeln, zwischen denen sich tief eingeschnittene Täler mit kleinen Ortschaften befanden. Im Mondlicht kam ihr dieses Panorama geradezu paradiesisch vor.

»Das sieht alles so friedlich aus«, bemerkte sie.

»Bis jetzt ist es das ja auch«, entgegnete Tweed.

»Das rote Licht entfernt sich von uns«, sagte Newman. »Aus irgendeinem Grund fährt Ronstadt jetzt schneller.«

»Marler übrigens auch«, sagte Keith Kent, der bisher kein Wort gesprochen hatte.

»Dann werde ich mal ein bisschen Gas geben«, sagte Newman, während er beschleunigte.

»Wir nähern uns dem Höllental«, verkündete Paula, nachdem sie mit Hilfe einer Taschenlampe die Karte konsultiert hatte. »Wir müssten gleich dort sein.«

Kurze Zeit später erreichten sie eine tiefe Schlucht, in der zu beiden Seiten der Straße steile Berghänge nach oben führten. Paula verspürte wieder ein ungutes Gefühl. Die Abhänge, die teilweise fast senkrecht aufragten, kamen ihr wie die Wände eines Gefängnisses vor. Sie verdeckten sogar den Mond, sodass der Talgrund in tiefem Schatten lag. Nirgends waren mehr die gemütlich wirkenden Häuser mit dem warmgelben Licht in den Fenstern zu sehen, nur schwarze, kalte Felswände, die Wagen und Straße von der Außenwelt abschnitten.

»Ich frage mich, was Marler wohl treibt«, murmelte Newman. »Aus irgendeinem Grund ist er wieder langsamer geworden.«

»Behaltet mir die Hänge der Schlucht im Auge«, sagte Marler zu Butler und Nield.

»Das tue ich schon die ganze Zeit«, erwiderte Butler.

»Wenn die Amerikaner da oben sind, dann müssen sie eine Straße gefunden haben, die hinaufführt. Ich glaube nicht, dass sie etwas fürs Bergsteigen übrig haben. Und wenn sie dennoch hochgekraxelt sein sollten, müssten sie ihren Wagen irgendwo hier an der Straße abgestellt haben.«

»Warum fahren Sie so langsam?«, fragte Butler, der auf dem Rücksitz saß.

»Damit ich sehen kann, ob sie irgendwo abgebogen sind.«

Marler hatte das Fernlicht angeschaltet, um so viel wie möglich zu sehen. An den Hängen über ihnen befanden sich mächtige, schneebedeckte Felsblöcke, deren Anblick ihm nicht sonderlich gefiel. Er blickte auf den Bildschirm und sah, dass Ronstadts Wagen sich rasch entfernte. Weshalb nur?

Marler beugte sich nach vorn und blickte den steilen Abhang rechts der Straße hinauf. War da etwas? Er fuhr langsam weiter, schaute aber immer wieder nach oben. Hatte er sich vielleicht getäuscht? Nein, jetzt konnte er es deutlich sehen. Auf den Hang rechts von ihm führte eine Reifenspur durch den jungfräulichen Schnee nach oben. Marler trat aufs Gas.

»Haltet euch fest!«, rief er. »Wir fahren den Hang hinauf. Die Amerikaner sind dort oben. Wer weiß, wie viele Meter über uns.«

Butler hielt den Atem an, als Marler mit hoher Geschwindigkeit den Wagen von der Straße lenkte. Die Reifen rutschten auf dem frischen Schnee durch. Marler hatte einen Forstweg entdeckt, der sich an dem Steilhang in Serpentinen nach oben wand. Er war froh, dass sie ein Allradfahrzeug mit Winterreifen hatten.

Hoch oben über der Schlucht lehnte Brad an einem Felsen und beobachtete die Straße durch ein starkes Nachtsichtglas. Ein paar Minuten zuvor hatte der gedrungene, hässliche Mann gesehen, wie Ronstadts Konvoi aus drei schwarzen Audis die Schlucht passiert hatte. Brad kommandierte die Gruppe von vier Männern, die Tweed und seine Leute vernichten sollten.

»Dan«, rief er einem großen Mann mit einem Walrossschnurrbart zu. »Nimm das Schnellfeuergewehr und klettere in den Baum da drüben. Mach schnell, die Mistkerle werden bald da sein.«

»Buster!«, rief er dann einem dicken Mann zu, dessen Gesicht so ausdruckslos wie eine Steinplatte war. »Du versteckst dich mit der Maschinenpistole hinter dem Felsen dort unten, wo du freies Schussfeld auf den Ausgang der Schlucht hast. Und du, Bruce, sieh zu, dass du deinen Felsen zur selben Zeit in Bewegung setzt wie ich den meinen.«

Bruce, ein breitschultriger Mann mit einer Narbe auf der Stirn, stand am Rand eines steilen Abhangs und hatte ein Brecheisen in der Hand, mit dem er einen großen Felsblock gelockert hatte.

Nun musste er ihn nur noch ein kleines Stück nach vorn bewegen, um ihn den Steilhang hinunterpoltern zu lassen.

Auch Brad hatte einen schneebedeckten Felsen vor sich, den er mit seinem Brecheisen aus dem gefrorenen Boden gehebelt hatte und den er nun mit einem kleinen Schubs hinab in die Schlucht schicken konnte.

»Die Felsen werden Tweed und seine Leute nicht töten«, rief er hinüber zu Bruce. »Aber die Lawine, die von den Klamotten ausgelöst wird, wird die beiden Wagen unter sich begraben. Auf dem Hang unter uns liegen Tonnen von Schnee ...«

Als Marler kurz entschlossen von der Hauptstraße auf den Forstweg abbog, konnte er nicht wissen, dass er sich und den beiden anderen Insassen seines Wagens damit – zumindest fürs Erste – das Leben gerettet hatte. Für Brad, der sich auf den richtigen Zeitpunkt zum Auslösen der Lawine konzentrierte, kam das Manöver völlig überraschend. Kurz zuvor, als der Audi noch auf der Straße gefahren war, hatte er durch das Fernglas dessen Insassen betrachtet und weder eine Frau noch Tweed, den Ronstadt ihm beschrieben hatte, entdecken können.

»Bruce!«, schrie er. »Noch nicht! Sie kommen den kleinen Weg herauf.« Dann wandte er sich an den Mann mit der Maschinenpistole. »Buster! Sobald du sie siehst, eröffnest du das Feuer ...«

Marler kam dank des Allradantriebs auf den engen Serpentinen rasch voran, konnte aber nicht sehen, was sich über ihm befand.

»Dieser verdammte Weg nimmt wohl überhaupt kein Ende«, sagte Butler missmutig von hinten.

»Irgendwann müssen wir ja oben sein«, antwortete Marler.

Er hatte den Satz noch nicht beendet, als er durch eine letzte Kurve fuhr und den vom Mondlicht beschienenen oberen Rand der Schlucht einsehen konnte.

Unten auf der Straße fragte sich Newman noch immer, weshalb sich der rote Punkt auf seinem Bildschirm, der Ronstadts Wagen symbolisierte, so rasch entfernte. Er beschleunigte den Audi weiter, während Paula neben ihm den Steilhang rechter Hand hinaufblickte. Hoch über sich sah sie mehrere große Felsblöcke, die wohl schon seit der letzten Eiszeit dort lagen.

»Wir kommen Ronstadt wieder näher«, sagte Newman. »Aber Marlers Rücklichter sind nirgends zu sehen. Merkwürdig.«

»Fahren Sie weiter«, drängte Tweed.

»Was meinen Sie, was ich die ganze Zeit tue?«

Oben am Rand der Schlucht trat Marler auf die Bremse. Er hielt den Wagen an, ließ aber den Motor laufen. Fieberhaft versuchte er, sich in seine Gegner hineinzuversetzen, und fragte sich, was er an ihrer Stelle tun würde. Dann traf er eine schnelle Entscheidung.

»Hier steigen wir aus«, sagte er zu den beiden anderen. »Wer weiß, was uns dort vorn erwartet.«

»Schwärmen wir aus?«, fragte Nield.

»Ja.«

»Ich gehe links entlang«, verkündete Butler, der bereits die Tür geöffnet hatte.

»Und wir beide gehen rechts«, sagte Marler zu Nield. »Aber schauen Sie nicht nach unten ...«

Sekunden später setzten sich die drei in Bewegung. Marler hatte das Armalite in der einen und die Walther in der anderen Hand. Butler begann, den kurzen schneebedeckten Abhang neben dem Weg hinaufzusteigen. Auch er hatte eine Walther gezückt. Als er oben angelangt war und auf der anderen Seite nach unten blickte, erschrak er.

Er befand sich nur wenige Meter von Brad entfernt, der mit beiden Händen am Brecheisen hinter seinem Felsblock stand. Brad blickte hinab auf die Straße, auf der sich der zweite weiße Audi mit hoher Geschwindigkeit näherte. Im Gürtel unter dem Anorak hatte er nicht weniger als drei Pistolen stecken. Aus den Augenwinkeln sah er, wie sich schräg hinter ihm etwas bewegte. Er drehte sich um, sah Butler und tat genau das Falsche, indem er das Brecheisen losließ und verzweifelt versuchte, eine seiner Pistolen zu ziehen.

Butler feuerte in rascher Folge drei Schüsse auf ihn ab, die alle trafen. Die Brust des Anoraks färbte sich rot, während Brad rückwärts gegen den Felsblock taumelte. Er fiel hin und begann, den Hang hinunterzurutschen. Der Versuch, sich am Felsblock festzuhalten, hatte diesen aus dem Gleichgewicht gebracht. Wie in Zeitlupe setzte er sich in Bewegung und überrollte Brad, den er tief in den Schnee drückte. Im Licht des Mondes konnte Butler sehen, dass ein Teil des riesigen Felsblocks, der nun unaufhaltsam weiter ins Tal rollte, voller Blut war.

Paula sah zu ihrem Entsetzen, wie sich der Felsblock in Bewegung setzte und immer rascher auf sie zukam. Ihren Berechnungen nach musste er kurz vor ihnen auf die Straße fallen – falls er den Audi nicht gleich zermalmte.

»*Treten Sie auf die Bremse, Bob*!«, schrie sie.

Newman reagierte sofort, ohne zu wissen, weshalb, und brachte den Wagen mit einer Notbremsung zum Stehen. Obwohl sich Tweed und Kent festgehalten hatten, wurden sie nach vorn in die Sicherheitsgurte gedrückt. Der riesige Felsbrocken schlug unmittelbar vor dem Wagen auf der Fahrbahn auf und rollte mit kaum gebremster Wucht in den Straßengraben.

»Danke, Paula«, sagte Newman. »Das war knapp.«

»Gern geschehen.«

Newman setzte den Wagen wieder in Bewegung, da sah Paula einen weiteren Felsblock von oben auf sie zurasen. Für Sekundenbruchteile verschlug ihr der Schreck die Sprache, dann schrie sie aus voller Kehle:

»*Geben Sie Gas!* Fahren Sie, so schnell Sie können!«

Newman trat das Gaspedal bis zum Anschlag durch, und der Audi schoss in einer Wolke aufgewirbelter Schneekristalle nach vorn. Paula, deren Handflächen schweißnass waren, sah den Felsblock auf sie zupoltern. Und sie sah noch etwas: Der ganze Hang schien ins Rutschen gekommen zu sein und bewegte sich wie eine riesige Flutwelle aus Schnee und Steinen unaufhaltsam auf sie zu. Offenbar hatte der zweite Felsbrocken eine Lawine ausgelöst. Paula murmelte ein Stoßgebet, während Newman nur mit Mühe verhindern konnte, dass er von der Straße abkam.

Paula drehte sich um und sah, wie der Felsbrocken hinter ihnen auf die Straße fiel, auf die Gegenfahrbahn rollte und aus ihrem Blickfeld verschwand. Auch die Lawine, die nicht so umfangreich war, wie Paula zunächst befürchtet hatte, erreichte jetzt das Tal. Newman konnte den Wagen gerade noch auf die Gegenfahrbahn lenken, während die rechte Spur unter den Schneemassen begraben wurde. Dann herrschte auf einmal eine tiefe Stille in der Schlucht.

»Am besten übernehmen Sie jetzt das Steuer«, sagte Newman halb im Scherz zu Paula.

»Ronstadt muss ganz in unserer Nähe sein«, bemerkte Tweed ganz ungerührt. »Das rote Licht fängt an zu blinken ...«

Nachdem Bruce, der Mann mit der Narbe auf der Stirn, den zweiten Felsblock losgehebelt hatte, zog er die Pistole, die er im Gürtel stecken hatte. Kurz zuvor hatte er Marlers drei Schüsse gehört und gesehen, wie Brads Block nach unten donnerte. Von Brad selbst fehlte jede Spur, dafür aber sah Bruce zwei Männer, die durch den tiefen Schnee auf ihn zukamen. Mit beiden Händen hob er seine Waffe, da hörte er einen weiteren Schuss. Marler hatte ihn ins Fadenkreuz seines Armalite genommen, sorgfältig gezielt und abgedrückt. Die Kugel traf Bruce direkt neben der Narbe mitten in der Stirn. Eine Sekunde lang blieb er mit einem ungläubigen Ausdruck auf dem Gesicht noch stehen. Dann sanken die Arme herab, die Waffe fiel in den Schnee, und schließlich kippte er nach hinten um und blieb auf dem Rücken liegen. Die toten Augen starrten hinauf in den mondhellen Himmel.

»Seien Sie vorsichtig«, warnte Marler Nield und Butler. »Zwei von denen müssen noch irgendwo hier unterwegs sein.«

»Ich glaube, da drüben im Wald war etwas«, flüsterte Nield. »Ich werde mal nach dem Rechten sehen.«

»Gute Idee.«

Marler legte sich auf den Bauch und kroch in einer flachen Mulde auf das Ende des Wegs zu, den sie heraufgekommen waren, während Nield, gebückt und immer wieder Deckung hinter Felsblöcken suchend, auf den Wald zulief. Er wunderte sich, dass bei einem der Bäume weniger Schnee auf den Zweigen lag als bei den anderen. Der Baum hatte einen dicken Stamm und kräftige Äste, die fast bis auf den Boden herabreichten. Eine Art natürliche Leiter, dachte Nield, wie geschaffen für jemanden, der sich einen Überblick von oben verschaffen will. Als er den Blick vom Stamm des Baumes löste, sah er, wie Marler sich aufrichtete und weithin sichtbar über freies Gelände ging. Von oben aus dem Baum fiel auf einmal etwas Schnee herab.

Nield musste sofort handeln, denn Marler war in tödlicher Gefahr. Er nahm eine Handgranate aus der Anoraktasche, zog den Stift und wartete einen Augenblick, bevor er sie durch eine Lücke im dichten Geäst hinauf in die Krone der Fichte warf. Die Granate explodierte mit einem lauten Knall, und dann fiel Dan von Ast zu Ast herab. Sein Gewehr landete Sekundenbruchteile später im Schnee.

Fast im selben Moment erhob sich Buster aus der Deckung hinter einem Felsblock und gab einen Feuerstoß aus seiner Maschinenpistole ab. Marler hob sein Gewehr und traf ihn zweimal kurz hintereinander in die Brust. Buster sackte zusammen und begrub seine Waffe unter sich.

»Das waren alle«, rief Nield. »Ich habe ihren Audi gefunden.«

»Jagen Sie ihn in die Luft«, rief Marler zurück.

»In Ordnung. Wir treffen uns dann an unserem Wagen.«

Nield ging zu der Stelle, an der er den Audi der Amerikaner hinter einer Reihe von tief verschneiten Büschen entdeckt hatte. Anhand der Reifenspuren im Schnee war er nicht schwer zu finden gewesen. Nield suchte sich einen großen Felsblock in der Nähe aus, stellte sich dahinter und warf eine Handgranate, deren Flugbahn er so berechnete, dass sie direkt unter den Wagen kullerte. Dann nahm er hinter dem Felsblock Deckung und wartete, bis die Granate explodierte. Ein gewaltiger Feuerball stieg aus dem Benzintank des Audis in den Himmel. Der Schnee rings um das brennende Wrack begann zu schmelzen. Nield sah, dass die Handgranate das ganze Heck des schwarzen Audis zerfetzt hatte.

Dann ging er den Forstweg zurück zum Wagen, in dem Marler und Butler bereits saßen. Nachdem auch er eingestiegen war, wendete Marler und fuhr den Weg wieder hinab.

»Ist schon merkwürdig«, sagte Butler. »Wenn es nur ein bisschen anders gelaufen wäre, wären wir jetzt alle tot.«

»Na ja«, sagte Marler. »Gott sei Dank war das nur ein Haufen von Dilettanten.«

39

»Wenn ich weiterhin so schnell fahre, verlieren wir Marler«, sagte Newman mit einem Blick auf den Monitor unterhalb des Armaturenbretts.

»Dieses Risiko müssen wir eingehen«, antwortete Tweed von hinten. »Der Mann, den wir nicht verlieren dürfen, ist Ronstadt. Wenn die Amerikaner das durchführen, was ich vermute, werden sie England in ein riesiges Chaos stürzen, von dem es sich vielleicht nie wieder erholt.«

»Wir sind zu viert und die anderen sind zu elft«, gab Newman zu bedenken. »Das ist eine erdrückende Übermacht.«

»Fahren Sie weiter«, sagte Tweed brüsk. »Eines ist mir allerdings schleierhaft: Wir sind bereits durch das Höllental hindurch. Offenbar befindet sich die Basis der Amerikaner doch woanders. Kurt Schwarz hat da vielleicht etwas falsch verstanden.« Er nahm das kleine schwarze Notizbuch zur Hand, das Irina ihm in Basel gegeben hatte. »Könnten Sie mir bitte mal Ihre Taschenlampe borgen, Paula?«

»Was wollen Sie nachsehen?«

»Mir ist gerade eingefallen, dass Kurt hinter der Seite, auf der das Wort ›Höllental‹ steht, eine Leerseite gelassen hat. Vielleicht hat das ja eine Bedeutung.«

»Die Erklärung dafür könnte ganz einfach sein«, sagte Paula, während sie ihm die Taschenlampe reichte. »Auch ich habe in meinem Notizbuch schon mal aus Versehen zwei Seiten gleichzeitig umgeblättert und erst auf der übernächsten Seite weitergeschrieben.«

»Vielleicht haben Sie ja Recht. Aber ich will trotzdem sehen, was auf der Seite nach der Leerseite steht. Ah, da haben wir's ja. *Schluchsee.* Das muss wohl ein Gewässer sein.«

»Wenn Sie mir die Taschenlampe wieder geben, kann ich auf der Karte nachsehen.«

Paula schaute auf die Karte und dann auf den Bildschirm, auf dem das rote Licht anzeigte, wo Ronstadt gerade war.

»Wir sind vorhin in südöstlicher Richtung durch das Höllental gefahren«, sagte sie schließlich. »Jetzt nähern wir uns dem Titisee, der östlich davon liegt. Der ist hier als beliebtes Urlaubsziel eingetragen. Bald werden wir auf eine große Gabelung stoßen. Wenn wir die rechte Abzweigung nehmen, fahren wir am Ufer des Titisees entlang.«

»Aber da wollen wir doch gar nicht hin«, protestierte Tweed.

»Das weiß ich auch«, sagte Paula. »Vielleicht lassen Sie mich ausreden, dann klärt sich alles auf. Der Schluchsee hat eine lang gestreckte Form. Es sieht so aus, als wäre er ziemlich einsam gelegen. Hinter dem Titisee kommen wir an eine weitere Gabelung. Geradeaus geht es zum Feldberg.«

»Dem höchsten Berg des Schwarzwalds«, sagte Tweed. »Fast 1500 Meter hoch. Entschuldigung.«

»Wenn Sie so weitermachen, werde ich nie fertig. An dieser Gabelung biegen wir nach links ab und kommen so direkt zum Schluchsee, der im Südosten liegt.«

»Wenn Marler uns nicht mehr auf seinem Schirm hat, wird er uns auf dieser Route nie hinterherkommen«, wandte Newman ein.

»Dieses Risiko müssen wir eingehen«, sagte Tweed.

»Mir gefällt das ganz und gar nicht«, entgegnete Newman. »Ich bin dafür, wir sollten langsamer fahren und warten, bis Marler uns eingeholt hat.«

»Ich wiederhole mich ungern«, erklärte Tweed. »Ihr Job ist es, an Ronstadt dranzubleiben. Das ist ein Befehl.«

»Es wäre vielleicht ganz gut, wenn wir uns alle wieder etwas beruhigen würden«, schlug Keith Kent vor.

»Sie haben völlig Recht«, stimmte Tweed ihm zu. »Solche Auseinandersetzungen bringen überhaupt nichts.«

»Ihr Wort in Gottes Ohr, Tweed«, sagte Paula.

»Wir verlieren den Anschluss an Tweed«, sagte Marler, der den Audi weiter beschleunigte. »Das blaue Licht ist schon am Rand des Monitors. Wir müssen noch schneller fahren.«

»Und riskieren, dass wir von der Straße abkommen«, warnte Nield.

»Keine Angst«, sagte Marler. »Schließlich bin ich früher mal Autorennen gefahren.«

»Aber wir sind hier nicht in Le Mans«, sagte Nield. »Komisch, wir sind doch eigentlich davon ausgegangen, dass hier irgendwo die Basis der Amerikaner ist, dabei sind wir schon längst aus dem Höllental raus.«

»Passen Sie auf, Marler«, sagte Butler von hinten. »Unter dem Schnee könnte sich Glatteis verbergen.« Nield bemerkte erstaunt, dass Butler zum ersten Mal, seit er ihn kannte, Unruhe verspüren ließ.

»Ich lasse Tweed nicht im Stich«, verkündete Marler. »Haben Sie eigentlich vorhin im Höllental das ausgedehnte Gehöft gesehen? Das Hofgut Sternen?«

»Na klar. Ich wäre dort gern ausgestiegen und hätte einen Happen gegessen«, sagte Butler. »Das Gasthaus, in dem die vielen Lichter brannten, sah ziemlich einladend aus.«

»Und wie viele Autos davor geparkt waren!«, ergänzte Nield. »Muss ein ziemlich beliebtes Restaurant sein.«

»Die Wagen hatten alle deutsche Nummernschilder, die meisten mit Freiburger Kennzeichen«, sagte Marler. »Viele hatten Skier auf dem Dach. Offenbar hat der Schneefall die Leute hergelockt.«

Eine Weile herrschte Schweigen im Innern des Autos, das Marler mit unverminderter Geschwindigkeit durch die Nacht steuerte. Rechter Hand stiegen weite, dicht mit Nadelwald bewachsene Hänge an. Weit und breit war kein anderes Auto zu sehen, was Nield als ein Geschenk des Himmels ansah.

»Laut Monitor machen wir gegenüber Tweed Boden gut«, sagte Marler auf einmal. »Aber er muss wohl von der Bundesstraße abgebogen sein, denn er fährt auf einmal mehr in südliche Richtung.«

»Da vorn kommt eine Abzweigung«, sagte Nield, der eine aufgeschlagene Straßenkarte auf den Knien hatte und sie ähnlich wie Paula im Licht einer kleinen Taschenlampe studierte. »Newman fährt auf den Feldberg zu. Das ist der höchste Punkt im ganzen Schwarzwald.«

»Und das bedeutet, dass der Schnee dort noch einmal so tief ist«, murmelte Butler.

»Fahren Sie langsamer, Marler«, sagte Nield flehentlich. »Wollen Sie uns alle ins Grab bringen?«

Angesichts der Tatsache, dass sie sich Tweeds Audi wieder näherten, reduzierte Marler das halsbrecherische Tempo. Nield beugte sich in seinem Sicherheitsgurt noch weiter nach vorne.

»Hier müssen Sie abbiegen. Rechter Hand müsste man jetzt den Titisee sehen.«

Marler tat, was Nield sagte, und gab wieder Gas. Kurz darauf sahen sie das Wasser eines im Mondlicht glitzernden Sees. Am gegenüberliegenden Ufer konnte Nield eine Ansammlung von Ferienhäusern entdecken. Marler sah wieder auf den Monitor.

»Newman ist jetzt nach Südosten abgebogen«, sagte er.

»Er fährt also nicht zum Feldberg«, bemerkte Nield nach einem Blick auf die Karte. »Es sieht eher so aus, als würde er den Schluchsee ansteuern. Was hat er nur vor?«

»Immer noch nichts von Marler zu sehen«, sagte Newman zu Paula.

»Aber Ronstadts Licht blinkt schon wieder. Wir müssen ganz in seiner Nähe sein.«

»Lassen Sie sich etwas zurückfallen, Bob«, sagte Tweed. »Aber sehen Sie zu, dass Sie ihn nicht verlieren.«

»Man kann nicht alles haben«, maulte Newman, verlangsamte aber die Fahrt. Die Straße führte jetzt kontinuierlich nach unten. Paula sah wieder auf die Karte.

»Die Straße wird bald ziemlich kurvig werden«, warnte sie.

»Kein Problem, ich fahre ja sowieso schon langsamer«, sagte Newman.

»Sehr gut.«

Während Paula das sagte, lenkte Newman den Audi um eine scharfe Kurve, der unmittelbar eine zweite folgte. Paula neben ihm starrte durch die Windschutzscheibe und hoffte, einen Blick auf den mysteriösen Schluchsee zu erhaschen. Die Atmosphäre im Inneren des Wagens war jetzt sehr viel entspannter als noch vor ein paar Minuten. Tweed war dankbar dafür, denn er dachte an das, was noch alles auf sie zukommen konnte, wenn es ihnen gelang, Ronstadt bis zu dessen Basis zu folgen.

»Da ist der See«, sagte Paula.

Newman trat auf die Bremse, denn das rote Licht auf dem Monitor hatte wie verrückt zu blinken begonnen. Sie waren jetzt so dicht an Ronstadts Wagen, dass sie ihn fast hätten sehen müssen. Paula nahm ein kleines, aber starkes Nachtglas zur Hand und blickte hinüber zum Schluchsee. Sie hatte in Europa noch nie eine so einsame und unwirtliche Landschaft gesehen. Der lang gestreckte See mit seinem pechschwarzen, totenstillen Wasser erinnerte sie irgendwie an Kanada. Nicht eine einzige Welle kräuselte die Oberfläche, die so glatt dalag, als wäre der See zugefroren. Dunkle Wolken, die am Mond vorbeizogen, warfen tiefe Schatten auf den See, an dessen gegenüberliegendem Ufer dicht bewaldete Berge aufragten.

»Können Sie etwas Ungewöhnliches entdecken?«, fragte Tweed.

»Nein. Keine Behausung und auch keine Spur von einem menschlichen Wesen.«

»Klingt viel versprechend.«

»Marler hat wieder zu uns aufgeschlossen«, verkündete Newman, hörbar erleichtert, nach einem Blick in den Rückspiegel.

»Ich steige aus und sehe mir den See etwas genauer an«, sagte Paula.

Draußen stand auf einmal Marler neben ihr. Sein Audi parkte mit Standlicht wenige Meter hinter dem von Newman.

»Tja, dann war Ronstadts Basis anscheinend doch nicht im Höllental«, bemerkte Marler.

»Sieht so aus«, erwiderte Paula. »Tweed meint, sie könnte in der Nähe dieses Sees liegen.«

»Das meine ich nicht nur, ich bin überzeugt davon«, meldete sich Tweed aus dem heruntergekurbelten Autofenster. »Kurt Schwarz hat den Schluchsee in seinem schwarzen Notizbuch erwähnt. Ich habe dem Eintrag nur deshalb keine Beachtung geschenkt, weil zwischen dem Höllental und der Notiz eine Leerseite ist.«

»Vielleicht sollten wir mal zum See schauen«, schlug Paula vor. »Ich glaube, ich habe dort vorn einen Weg gesehen, der hinunter ans Ufer führt.«

Newman hatte den Motor des Audis ausgeschaltet, was in Anbetracht der Tatsache, dass Ronstadt so nahe zu sein schien, sicherlich keine schlechte Idee war. Als Paula begann, den schmalen Weg in Richtung See entlangzugehen, fiel ihr auf, wie still es hier draußen war. Die unheimliche Ruhe verstärkte nur noch das ungute Gefühl, das sie bereits beim ersten Blick auf den Schluchsee gehabt hatte. Irgendetwas sagte ihr, dass hier noch Schreckliches passieren würde.

Anfangs begrüßte sie die bitterkalte Nachtluft, die bestimmt mehrere Grade unter null hatte und ihr nach der warmen, aufgeladenen Atmosphäre im Inneren des Wagens richtig gut tat. Dann aber begann sie an den Fingern zu frieren und bereute es, ihre Handschuhe im Wagen gelassen zu haben.

»Was ist eigentlich passiert, nachdem Sie von der großen Straße abgefahren sind?«, fragte sie Marler, der neben ihr ging. »Ist mit Nield und Butler alles klar?«

»Denen geht es gut. Viel besser als den vier Amerikanern, die uns im Höllental aufgelauert haben. Aber das erzähle ich Ihnen später.«

Nachdem sie dem Weg eine kurze Strecke gefolgt waren, gelangten sie an einen Punkt, von dem aus sie viel mehr sahen als weiter oben, wo der dichte Fichtenwald neben der Straße einen Großteil des Sees verdeckt hatte. Der See kam ihnen ungeheuer lang vor – viel länger als der Titisee, an dem sie vor kurzem vorbeigekommen waren. Paula richtete ihr Fernglas hinab auf das Wasser. Noch immer konnte sie weder ein Gebäude noch einen Anlegesteg erkennen. Die Stille und Verlassenheit dieses Ortes begannen an ihren Nerven zu zerren.

»Der See ist so glatt wie eine Schiefertafel«, sagte Marler. »Wie die Kulisse für einen Horrorfilm, in dem irgendwelche mit Äxten bewaffnete Kreaturen aus den Wäldern kriechen.«

»Hören Sie auf damit«, bat Paula. »Sonst fange ich noch an, solche Monster zu sehen. Ich habe nämlich eine blühende Phantasie.«

»Na, haben Sie was entdeckt?«, fragte Tweed, der ihnen leise nachgegangen war.

»Nichts. Aber nehmen Sie das Fernglas und sehen Sie selbst.«

»Nein danke, ich habe mit bloßen Augen schon genug gesehen. Das hier ist der einsamste Ort, an dem ich seit langer Zeit war. Außerdem sollten wir jetzt zurück zu den Autos. Das rote Licht blinkt nicht mehr. Ronstadt hat sich wieder in Bewegung gesetzt.«

40

»Gleich sind wir da, Mondgesicht«, sagte Ronstadt zu dem Mann, der neben ihm auf dem Beifahrersitz saß.

Ronstadt steuerte den dritten Audi hinter den anderen beiden Wagen um die Spitze des Schluchsees herum. Eine dunkle Wolkenbank hatte sich vor den Mond geschoben und die Landschaft in tiefe Dunkelheit getaucht. Auf einmal lachte Ronstadt amüsiert auf.

»Was ist denn los, Boss?«, fragte Leo Madison.

»Die Sache lässt sich gut an, Mondgesicht. Kein Lebenszeichen von Tweed und seinem traurigen Häuflein. Brad und seine Jungs haben wohl im Höllental Hackfleisch aus ihnen gemacht – mit einem ordentlichen Klecks Ketchup drauf.« Ronstadt ließ abermals ein rohes Lachen hören. »Denk bloß dran, wie die Lawine ihre beiden kleinen Audis zerdrückt hat. Kannst du dir vorstellen, wie die Leute jetzt aussehen, die drinnen saßen? Ich hoffe bloß, dass diese Paula Grey auch dabei war. Die stelle ich mir zusammengequetscht besonders attraktiv vor.«

»Komisch ist nur, dass Brad und die anderen nicht schon längst wieder bei uns sind«, meinte Madison.

»So ein Hinterhalt braucht Zeit«, erwiderte Ronstadt. »Schließlich kann niemand sagen, wann die Engländer ins Höllental gekommen sind.«

»Ich hoffe, Sie haben Recht, Boss.«

»Weißt du, was das Problem mit dir ist, Mondgesicht?«

»Ich schätze, das werden Sie mir gleich sagen.«

»Du hast keinen Sinn für Humor. Und jetzt solltest du lieber die Ärmel aufkrempeln, Knallkopf. Es gibt einiges zu tun.«

»Was denn?«

»Zum Beispiel müssen eine Menge schwere Kartons auf drei Laster verladen werden. Den vierten hat Bernhard Yorcke inzwischen wohl schon allein fertig gemacht. Der kann dann gleich abfahren. Der Inhalt dieser Lastwagen wird England endgültig vernichten.«

»Wer ist denn Bernhard Yorcke?«

»Ein Drucker aus Luxemburg, der schon als Kind in die Schweiz gekommen ist und seitdem dort lebt. Genau der richtige Ort für einen Drucker. Eines muss man den Schweizern ja lassen: Drucken können sie besser als alle anderen Völker der Welt.« Er blickte durch die Windschutzscheibe. »Wir sind fast da. Das einzige Problem mit Bernhard Yorke ist, dass er manchmal ziemlich ekelhaft sein kann.«

Madison fragte sich, wie schlimm dieser Yorke wirklich sein musste, wenn sogar Ronstadt ihn als ekelhaft bezeichnete.

»Was druckt er denn?«

»Das wirst du schon noch früh genug erfahren.«

»Das ist ihre Basis«, sagte Paula. »Sie muss es einfach sein.«

»Ganz meine Meinung«, stimmte Tweed ihr zu.

Hintereinander waren die beiden Audis den See entlanggefahren. Newman im vorderen Wagen hatte dabei ständig den roten Punkt beobachtet, der ihm auf dem Monitor unablässig die unmittelbare Nähe von Ronstadts Audi signalisiert hatte. Als die Gegend ebener geworden war, hatte Tweed Newman auf der Straße neben dem See anhalten und das Licht ausschalten lassen. Nachdem Tweed sich versichert hatte, dass die beiden Autos durch einen kleinen Fichtenwald gut vor Sicht geschützt waren, war er zusammen mit den anderen ausgestiegen.

Alle sieben standen sie jetzt hinter einer halbhohen Mauer direkt am See und spähten hinüber zu der Basis der Amerikaner, die sich am gegenüberliegenden Ufer befand.

Es handelte sich um ein großes, zweistöckiges Gebäude auf dem Kamm eines unmittelbar am See gelegenen Hügels. Durch ihr Fernglas sah Paula, dass es sich um ein Holzhaus mit spitzen Dachgiebeln handelte, welches ihr wie eine Mischung aus Bauernhof und Villa vorkam. Von ihrem vorherigen Aussichtspunkt war es hinter dem Fichtenwald, der fast bis zum Kamm des Hügels hinaufreichte, nicht zu sehen gewesen.

»Tweed, könnte ich mal das Fernglas haben?«, drängte Newman. Tweed hielt ihm den Feldstecher hin, den er sich von Marler ausgeliehen hatte.

»Nehmen Sie meines«, sagte Paula.

Newman hob das Glas ans Gesicht und stellte es scharf. Aber er blickte nicht hinüber zu dem Haus, sondern auf die Rücklichter, die soeben die Spitze des Sees umrundeten. Es waren die drei schwarzen Audis der Amerikaner.

»Sie fahren auf einem breiten Weg direkt am Seeufer«, sagte Newman, ohne das Glas von den Augen zu nehmen. »Den werden auch wir nehmen, wenn sie erst einmal im Haus sind. Diesen Weg kann ich auch ohne Licht fahren.«

»Zum Glück heben sich unsere weißen Autos kaum vom Schnee ab«, sagte Tweed. »Kann sein, dass die Amerikaner uns nicht bemerken.«

»Ist das der Grund, weshalb ich beim Verleih auf weißen Wagen bestehen sollte?«, fragte Marler.

»Ja. Ich hatte im Wetterbericht gehört, dass es im Schwarzwald schneien würde, und mir gedacht, weiße Autos könnten sich als nützlich erweisen.«

»Keine Frage«, sagte Newman, der noch immer durch das Fernglas schaute. »Aber hoffentlich bleibt der Mond so, wie er jetzt ist. Nicht zu hell, aber hell genug, dass man noch ein bisschen vom Weg sehen kann. Moment – sie biegen vom See ab. Jetzt sieht man die Wagen kaum mehr, was wohl bedeutet, dass der Weg durch eine Senke führt.«

»Auch die könnte uns möglicherweise nützlich sein«, bemerkte Marler.

Paula umklammerte sich mit den Armen. Die eisige Kälte fing langsam an, ihre dicke Kleidung zu durchdringen.

»Dieses Haus erinnert mich irgendwie an den Film *Psycho*«, sagte sie. »Besonders die Treppe mit dem Geländer, die hinauf zur Eingangstür führt. Nur die Rampe rechts vom Haus passt nicht dazu.«

»Die kommt mir auch irgendwie seltsam vor«, sagte Newman.

»Da muss ich Ihnen Recht geben«, pflichtete Tweed ihm bei. »Sie ist groß genug für zwei Autos. Oder für einen Lastwagen.«

»Wozu würden die denn einen Lastwagen brauchen?«, fragte Kent.

»Um das zu transportieren, was sie in dem Haus herstellen«, sagte Tweed, der immer noch durch sein Fernglas blickte. »Wenn es das ist, was ich glaube, dann ist es für England viel gefährlicher als alle Bomben, die bisher gelegt wurden. Das Nebengebäude an der Rampe scheint eine große Garage mit einem modernen Tor zu sein, das irgendwie nicht zu dem Rest des Hauses passen will.«

Der Mond kam wieder hinter den Wolken hervor, und Paula betrachtete die Seeufer.

»Ich sehe hier eine ganze Menge schöne Strände«, sagte sie, »aber kein einziges Ferienhaus.«

»Die Touristen fahren alle zum Titisee«, erklärte Tweed. »Ronstadt und sein Konvoi sind jetzt übrigens fast am Haus angelangt.«

»Kurz vor dem Haus teilt sich die Straße in drei verschiedene Wege«, sagte Newman. »Einer führt zur Treppe, der andere an die

Rampe und der dritte verschwindet irgendwo hinter dem Haus. Auf dem fahren die Audis gerade. Sollten wir nicht auch wieder los?«

»Nein, warten wir noch eine Weile. Ich möchte sie erst mal richtig ankommen lassen.«

»In dem Haus brennt kein Licht«, bemerkte Paula.

»Doch, aber man sieht es kaum, weil es ganz unten ist. Vermutlich im Souterrain. Außerdem sind die Vorhänge vorgezogen.«

»Meinen Sie etwa, dass schon jemand in dem Haus ist?«, fragte Paula.

»Davon bin ich überzeugt. Und zwar im Keller. Möglicherweise befindet sich dort auch das, was wir zerstören müssen.«

»Und was soll das sein?«

»Ein Vermögen, möglicherweise«, antwortete Tweed mit einem Lächeln. »Mal schauen, ob ich Recht habe.«

Der Mond tat genau das, was Newman von ihm verlangt hatte. Er verbarg sich so hinter einem leichten Wolkenschleier, dass man gerade noch den Weg zu dem Haus erkennen konnte. Newman fuhr als Erster, dichtauf gefolgt von Marler im zweiten Audi. Obwohl beide Wagen ohne Licht fuhren, sah Newman, der sich die Strecke gut eingeprägt hatte, genug, um zügig vorwärts zu kommen.

»Was haben Sie denn noch kurz vor der Abfahrt mit Newman und Marler besprochen?«, fragte Paula Tweed, der wieder neben Kent auf der Rückbank saß.

»Wir haben uns eine Angriffstaktik zurechtgelegt«, antwortete Tweed. »Dafür gab es mehrere Möglichkeiten.«

»Und für welche haben Sie sich entschieden?«

»Das wollte ich Ihnen gerade mitteilen. Es ist wichtig, dass wir alle genau Bescheid wissen. Bob, könnten Sie Paula bitte unseren Plan erklären?«

»Wir sind zu siebt«, sagte Newman. »Ursprünglich haben wir mit elf Gegnern gerechnet, aber seit Tweed das Licht im Kellerfenster entdeckt hat, wissen wir, dass wir es zumindest mit einem zusätzlich zu tun haben werden. Wenn nicht sogar mit mehr. Am nahe liegendsten wäre es, dem Weg zu folgen, auf dem die drei Audis hinter das Haus gefahren sind. Aber finden Sie nicht auch, dass das ein bisschen zu auffällig wäre?«

»Und ob«, erwiderte Paula. »Ich würde fast vorschlagen, dass wir uns aufteilen und das Haus von allen Seiten umzingeln.«

»Genau das haben wir uns auch gedacht«, sagte Newman. »Keith, wenn wir das Haus erreichen, steigen Sie aus und schleichen sich die Treppe vor der Eingangstür hinauf. Obwohl ich es eher für unwahrscheinlich halte, dass die Amerikaner dort herauskommen, könnte es theoretisch durchaus möglich sein. Sobald Sie sie sehen, eröffnen Sie das Feuer. Marler hat Ihnen ja schon eine zweite Walther gegeben. Möglicherweise haben Sie keine Zeit zum Nachladen.«

»Ich glaube, das schaffe ich schon«, sagte Kent lässig. »Tweed wird Ihnen ja wohl erzählt haben, dass ich zu Hause ein ziemlich guter Schütze war. Ich bin sogar in einem Club für Sportschützen.«

»Und was machen wir anderen?«, fragte Paula.

»Marler und Butler übernehmen die Rückseite des Hauses, während Tweed und Nield sich um die Rampe kümmern.«

»Und was machen Sie?«

»Ich bin die fliegende Verstärkung, die ständig rings ums Haus geht und schaut, wo Not am Mann ist.«

»Eine Person haben Sie noch ausgelassen«, sagte Paula kühl. »Und zwar mich.«

»Ich habe Sie nicht vergessen. Sie kommen mit mir.«

»Damit Sie mich beschützen können?«

»Nein, natürlich nicht. Als Verstärkung für mich, was sonst?«

»Der grundlegende Gedanke unserer Strategie«, unterbrach ihn Tweed, »ist der, die Amerikaner aus dem Haus zu locken. Drinnen hätten wir wahrscheinlich keine Chance gegen sie.«

»Und wie wollen Sie das bewerkstelligen?«, fragte Paula.

»Sie haben doch gesehen, dass im Haus die Lichter angegangen sind. Die zeigen uns ...«

»Dass sie sich absolut sicher fühlen«, unterbrach ihn Newman. »So etwas ist immer gut für uns.«

»Ich wollte Paula gerade sagen, dass Sie, Bob, durch die Fenster einige Handgranaten ins Haus werfen werden. Das wird den Gegner aufschrecken und dazu bringen, ins Freie zu laufen, wo wir ihn empfangen werden.«

»Ein schlauer Plan«, sagte Paula.

»Wir sind gleich da«, warnte Newman.

Sie befanden sich bereits in der kleinen Senke, durch die der Weg zum Haus verlief. Newman war erleichtert, da er keine Anzeichen dafür erkennen konnte, dass sie von den Amerikanern auf irgendeine Weise bemerkt worden wären. Bald waren sie an der Stelle angelangt, an der sich die Zufahrt in die drei schmaleren Wege gabelte. Dort blieben sie stehen. Paula, die von allen das beste Gehör hatte, kurbelte das Fenster auf ihrer Seite herunter und lauschte hinaus in die Nacht.

»Ich höre im Haus irgendwelche Maschinen surren«, sagte sie. »Es ist also durchaus möglich, dass die Amerikaner unsere Autos nicht kommen hören.«

»Hier steigen Keith Kent und Tweed aus«, sagte Newman. »Im Rückspiegel sehe ich, dass Nield schon ausgestiegen ist. Ich schlage vor, dass Sie, Keith, sich an der Hausmauer zwischen der Eingangstür und der Rampe zusammenkauern. So bieten Sie ein schlechtes Ziel.«

»Genau das hatte ich auch vor«, sagte Kent.

Tweed und Kent schlossen leise die Wagentüren. Tweed hatte seine Walther in der einen und Magazine zum Nachladen in der anderen Hand. Weil die Hauswand auf dieser Seite im Schatten des Mondes lag, verschwanden die beiden Männer wie Gespenster in der Dunkelheit. Während Newman langsam weiterfuhr, beugte sich Paula hinunter und nahm ihre Maschinenpistole vom Wagenboden auf.

»Wir werden bestimmt ein gutes Team abgeben«, sagte Newman.

»Wenn Sie meinen …«, sagte Paula.

Sie fuhren jetzt auf dem Weg, der an dem großen Haus vorbeiführte. In einiger Entfernung konnte Paula gerade noch die Umrisse der drei schwarzen Audis erkennen. Die Autos waren mit den Kühlerhauben zum Weg abgestellt, sodass eine rasche Flucht möglich war. In Schrittgeschwindigkeit fuhr Newman an dem Haus entlang.

»Halten Sie an!«, zischte Paula plötzlich.

»Warum?«

»Halten Sie an, verdammt noch mal! Da ist eine Treppe, die zu einem kleinen Nebeneingang führt. Ich steige aus und gehe dort hinauf. Keine Widerrede.«

Seufzend stoppte Newman den Wagen. Wenn Paula sich etwas in den Kopf gesetzt hatte, konnte man ihr das nicht wieder ausreden. Außerdem hatte sie Recht. Diesen Seiteneingang hatten sie in ihre Überlegungen nicht mit einbezogen. Paula öffnete die Wagentür, lächelte Newman an und schlüpfte nach draußen. Nachdem sie die Tür ganz leise geschlossen hatte, fuhr Newman weiter, gefolgt von dem zweiten Wagen, in dem nur noch Marler und Butler saßen.

Das Erste, was Paula auffiel, als sie vor dem Haus stand und versuchte, sich an die Kälte zu gewöhnen, war die Länge der Treppe, die hinauf zu der Tür führte. Sie bestand aus mindestens einem Dutzend Stufen. Als sich ihre Augen an die Dunkelheit angepasst hatten, sah sie, dass vor dem Haus viele große Felsblöcke lagen.

Hinter einem dieser Felsen suchte sie Deckung, beschloss aber dann, dass sie in dieser kauernden Stellung nicht genügend Bewegungsfreiheit hatte. Wenn die Amerikaner wirklich das Haus über den Seiteneingang verlassen sollten, würde alles sehr schnell gehen. Paula suchte so lange, bis sie einen oben abgeflachten Felsblock gefunden hatte, und sah sich von dort aus sorgfältig um. Es war schließlich möglich, dass die Amerikaner Wachen aufgestellt hatten oder um das Haus patrouillieren ließen. Als sie weder eine Bewegung noch ein Geräusch entdecken konnte, hockte sie sich auf den Felsen und legte das Ersatzmagazin für die Maschinenpistole in ihren Schoß. Dann hob sie die Waffe so, dass die Mündung genau auf die kleine Plattform am oberen Ende der Treppe zeigte, und ließ sie dann wieder sinken. Diese Übung wiederholte sie mehrere Male hintereinander.

»Verdammt ruhig hier«, sagte sie zu sich selbst. »Im Wald ist nicht einmal ein Käuzchen zu hören.«

Sie hatte den rechten Handschuh ausgezogen, um besser an den Abzug der Maschinenpistole zu kommen, und machte nun Fingerübungen, damit ihr die Hand nicht einfror.

»Jetzt kommt schon raus, ihr Schweine«, murmelte sie leise. »Ihr habt mit euren Bomben in London schon genug Menschen umgebracht ...«

Als Newman begann, um das Haus herumzugehen, bemerkte er, dass drinnen zwischenzeitlich noch mehr Lichter angegangen waren. Er hatte sich die Rolle als mobile Verstärkung unter anderem auch deshalb gewählt, weil er dabei kontrollieren konnte, ob die anderen eine möglichst günstige Position eingenommen hatten. Als er Paula so exponiert auf dem Felsen sitzen sah, seufzte er leise. Fast wäre er hinübergegangen und hätte ihr etwas gesagt, aber dann entschied er sich doch dagegen. Paula war keine Anfängerin und wusste genau, was sie tat. Schließlich war sie auch mit Hank Waltz in dem Lagerhaus an der Eagle Street fertig geworden.

Newman machte kehrt und ging an die Rückseite des Hauses, wo Marler mit seinem Armalite hinter einem Baum Deckung genommen hatte. Neben ihm verbarg sich Butler im Gebüsch. Die beiden bewachten den auf ebener Erde gelegenen Hinterausgang. Newman ging weiter und umrundete das Haus.

Dort winkte ihm Nield aus der halb offenen Tür einer Holzhütte mit seiner Walther zu. Etwas näher an der Rampe stand Tweed und schaute scheinbar unbekümmert zum Haus hinauf. Er schien Newman, der direkt an ihm vorbeiging, gar nicht zu bemerken.

An der Vorderseite des Hauses hatte sich Keith Kent gemäß Newmans Vorschlag unterhalb der Haupttreppe an die Wand gehockt. Als er Newman kommen hörte, wirbelte er herum und richtete seine Walther auf ihn. Zufrieden registrierte Newman, dass alle in Stellung waren. Langsam wurde es Zeit, die Amerikaner mit ein paar durch die beleuchteten Fenster ins Haus geworfenen Handgranaten aus ihrem Bau zu treiben.

Als die drei schwarzen Audis am Parkplatz neben dem Haus ankamen, stieg Ronstadt als Erster aus. Während er mit raschen Schritten auf die Hintertür zuging, gesellten sich Leo Madison, Chuck Venacki und Vernon Kolkowski zu ihm, die mit in seinem Wagen gesessen hatten.

»Mach dich auf was gefasst, Mondgesicht«, sagte Ronstadt zu Leo. »So einen Typen wie Bernhard Yorcke hast du noch nie getroffen …«

»Das möchte ich bezweifeln, Boss«, sagte Madison in einem geringschätzigen Ton. »Ich habe es schon mit einer Menge schräger Vögel zu tun gehabt.«

»Halt dein blödes Maul! Ich bin noch nicht fertig. Yorcke ist eins sechzig groß und hat einen Buckel, aber er ist stark wie ein Ochse. Wenn man ihm blöd kommt, kann er sehr unangenehm werden. Also lobt ihn für seine Arbeit, und sagt ihm, wie toll er ist.«

»Wird gemacht, Boss.«

Ronstadt drückte zuerst dreimal, dann zweimal und schließlich wieder dreimal hintereinander auf den Klingelknopf.

Dann warteten sie. Madison trat ungeduldig von einem Fuß auf den anderen und stellte sich hinter Ronstadt. Soweit es ihn selbst betraf, legte der Boss viel Wert auf Umgangsformen. Das bedeutete unter anderem, dass niemand vor ihm durch eine Tür gehen durfte.

»Wo bleibt der Kerl denn?«, maulte Madison. »Sollen wir hier draußen erfrieren oder was?«

Er hatte den Satz noch nicht richtig zu Ende gesprochen, da ging die Tür auf und eine seltsame Gestalt stand vor ihnen. Madison schnaufte hörbar ein. Noch nie hatte er einen hässlicheren, fieser aussehenden Mann getroffen als Bernhard Yorcke.

Yorcke hatte ein hohe Stirn, eine Hakennase und fettiges, glatt herabhängendes schwarzes Haar. Aus dunkelbraunen, fast schwarzen Augen starrte er die vier Männer böse an, während er den schmallippigen Mund zu einem höhnischen Lächeln verzog, das Madison als ausgesprochen unangenehm empfand. Yorckes langes, glatt rasiertes Gesicht lief unten in ein spitzes Kinn aus, das ihn noch gnomenhafter aussehen ließ. Die Fingerkuppen waren schwarz und würden es auch immer bleiben, denn Yorcke hatte täglich mit Druckerschwärze zu tun.

»Wo waren Sie so lange?«, fragte er mit einem pampigen Unterton in der Stimme.

»Tut uns Leid«, erwiderte Ronstadt lächelnd. »Aber bei Schnee und Eis kommt man nun mal nicht schneller voran.«

»Kommt drauf an, wie gut man fahren kann«, murmelte Yorcke. »Jetzt kommen Sie schon herein. Zu essen habe ich aber nichts. Wo kämen wir da hin, wenn ich meine wertvolle Zeit damit vergeuden würde, für irgendwelche obskuren Besucher etwas einzukaufen.«

Yorcke sprach behäbiges, aber gutes Englisch, wobei er fast jede Silbe einzeln betonte. Er hatte eine Fistelstimme, die viel zu seiner unangenehmen Ausstrahlung beitrug. Er wartete, bis Ronstadts Männer im Haus waren, dann schloss er mit der linken Hand die Tür. In der rechten hielt er eine schwarze Eisenstange, die an einem Ende spitz zulief, während am anderen Ende im rechten Winkel eine kleinere Stange daran befestigt war. Das ganze Gebilde erinnerte Madison an einen seltsamen Dolch.

»Sie fragen sich wohl, was das hier ist«, sagte Yorcke zu ihm. »Es ist ein Spezialwerkzeug meiner Zunft.«

»Bernhard ist der beste Drucker auf der ganzen Welt«, sagte Ronstadt für alle vernehmlich. »Und pünktlich ist er auch. Er hat noch nie einen Termin platzen lassen.«

»Und das werde ich auch jetzt nicht, Ronstadt«, sagte Yorcke. »Die Maschinen laufen noch, aber gleich wird alles fertig sein. Ich habe sogar mehr gedruckt als verabredet. Dafür verlange ich allerdings auch mehr Geld.«

Während dieser Worte war er ganz nahe an Ronstadt herangetreten und hatte die seltsame Eisenstange auf Brusthöhe angehoben, als wollte er sie dem Amerikaner in den Leib rammen. Dabei starrte er Ronstadt in die Augen, der das gefährlich anmutende Werkzeug geflissentlich übersah.

»Natürlich bekommen Sie etwas extra, Bernhard«, sagte er schnell. »Und zwar richtiges Geld.«

»Das möchte ich doch hoffen«, knurrte Yorcke. »Das Leben kann verdammt kurz sein.«

»Das war doch nur ein Scherz«, sagte Ronstadt. »Können wir nicht schon mit dem Beladen der Lastwagen anfangen?«

»Einer ist schon abgefertigt. Der Fahrer wartet darauf, abfahren zu dürfen.«

»Dann sagen Sie ihm, dass er das tun soll.«

Yorcke griff nach einem altmodischen Telefon, das an der Wand befestigt war, und drehte an einer Kurbel.

»Dave, du kannst jetzt losfahren«, sagte er kurz danach.

Aus einer Tasche, die er sich von Marler geliehen hatte, nahm Newman eine Handgranate, zog den Stift heraus und warf sie mit aller Kraft durch die Scheibe eines der erleuchteten Fenster. Kurz darauf detonierte sie im Inneren des Hauses. Ein Schauer von Glassplittern fiel in den Schnee herab, aber Newman war schon zum nächsten Fenster gerannt und hatte eine weitere Handgranate hineingeworfen.

Unterhalb der großen Rampe kauerte Tweed mit der Walther in der Hand an der Hauswand, als er auf einmal hörte, wie im Inneren der Garage ein schwerer Dieselmotor angelassen wurde. Dann sah er, wie sich das Garagentor hob und ein großer, weißer Mercedes-Lastwagen die Rampe herunterfuhr. Tweed hob die Pistole, zielte und drückte ab. Der Schuss verfehlte den Lastwagen. Er rumpelte an Tweed vorbei die Rampe hinunter und entfernte sich rasch. Auf einmal tauchte Nield neben Tweed auf. »Den müssen wir wohl ziehen lassen«, sagte er. »Ich habe auch auf ihn geschossen, aber nicht getroffen. Haben Sie eine Idee, wo er hinfahren könnte?«

»Das sage ich Ihnen gleich ...«

Tweed blickte dem Lastwagen hinterher, der bereits die Straße erreicht hatte und nach links in die Richtung abbog, aus der auch sie zuvor gekommen waren.

»Ich nehme an, er fährt erst einmal nach Freiburg«, sagte Tweed kurz darauf. »Vielleicht schaffen wir es ja, ihn später noch aufzuhalten.«

Newman rannte an ihnen vorbei um das Haus herum und warf weitere Handgranaten in die Fenster. Dabei achtete er darauf, sie nicht zu nahe an Keith Kent zu platzieren, der noch immer an der Hauswand kauerte. Eine laute Detonation war zu hören, und Glassplitter regneten herab, ohne allerdings Tweed oder Nield zu erreichen. Newman rannte weiter.

Eine halbe Minute später wurde die Nebentür aufgerissen, vor der Paula Position bezogen hatte. Drei von Ronstadts Gorillas kamen heraus und rannten, wild um sich schießend, die Treppe herab. Paula hob ihre Maschinenpistole und gab einen langen Feuerstoß ab. Die Gorillas auf den Stufen sackten zusammen und blieben liegen. Paula schob ein neues Magazin in die Waffe und blickte wieder hinauf zur Tür. Newman kam um die Ecke und erfasste sofort, was los war.

»Gute Arbeit, Paula«, sagte er. »Aber gehen Sie auf keinen Fall hinein ins Haus.«

Er rannte weiter, und Paula konzentrierte sich wieder auf die Tür, aus der aber niemand mehr herauskam. Sie legte die Maschinenpistole ab, da sie im Haus nur schlecht zu handhaben sein würde, und ging, die Walther in beiden Händen, zum unteren Ende der Treppe. Langsam erklomm sie die Stufen, wobei sie mit weiten Schritten über die zusammengesackten Leichen der Amerikaner steigen musste. Schließlich betrat sie vorsichtig das Innere des Hauses.

Am Hintereingang des Gebäudes wartete Marler mit seinem Armalite im Anschlag hinter einem Baum. Neben ihm lauerte Butler im Gebüsch.

»Behalten Sie die Tür im Auge«, rief Marler.

»In Ordnung«, erwiderte Butler.

Der Angriff kam aber nicht aus der Tür, sondern aus einer anderen, völlig unerwarteten Richtung. Ohne jede Vorwarnung hagelte es auf einmal Rauchbomben, die aus einem der von Newmans Handgranaten zerfetzten Fenster herausgeworfen wurden. Marler und Butler fanden sich auf einmal von dichten, beißenden Rauchwolken eingehüllt.

Dann öffnete Ronstadt leise die Tür und kam, gefolgt von Leo Madison, Chuck Venacki und Vernon Kolkowski heraus. Obwohl sie alle Waffen in Händen hielten, feuerten sie keinen einzigen Schuss ab, sondern rannten hinüber zu einem der schwarzen Audis. Ronstadt öffnete leise die Fahrertür, setzte sich hinters Steuer und wartete, bis auch die anderen drei eingestiegen waren. Dann ließ er den Motor an und gab Gas.

Hustend wankte Marler aus der Rauchwolke und sah, wie Newman gerade um das Haus herumgelaufen kam. Ronstadt fuhr mit dem Wagen geradewegs auf Newman zu, sodass sich dieser nur mit einem beherzten Sprung zur Seite retten konnte. Dann raste der Audi den Weg entlang zur Straße.

Newman rappelte sich auf. Er spürte, dass er sich den Knöchel verstaucht hatte. Als er zum Felsen sah, auf dem Paula gesessen hatte, fand er ihn verlassen vor.

»Marler!«, rief er und deutete hinauf zu der offen stehenden Tür über den drei Leichen. »Paula ist ins Haus gegangen. Gehen Sie ihr nach, um Himmels willen!«

»Bin schon unterwegs.«

Kurz hinter der Tür blieb Paula stehen und horchte in das Haus hinein. Sie befand sich in einem erleuchteten Korridor, auf dem aber niemand war. Von irgendwoher hörte sie ein leises, seltsam klapperndes Geräusch. Sie überlegte.

Das Geräusch schien aus einem weiteren Gang zu kommen, der nach rechts abzweigte. Als Paula diesen Gang entlangging, wurde das Geräusch immer lauter. Schließlich kam sie an eine große Stahltür, die halb offen stand. Paula trat auf die Tür zu und blickte dahinter. Fast hätte es ihr vor Staunen den Atem verschlagen. Vor sich sah sie ein riesiges Souterrain, das sich über die ganze Länge des Hauses zu erstrecken schien.

Sofort war ihr klar, was es mit dem seltsamen Geräusch auf sich hatte. In dem von Neonröhren erleuchteten Kellergeschoss stand eine ganze Reihe großer, mit hoher Geschwindigkeit laufender Maschinen, die genau das Klappern von sich gaben, das sie zuvor gehört hatte. Hinter der Tür führte eine Betontreppe mit Eisengeländer hinunter in den Keller. Paula sah sich um. Nachdem sie in dem ganzen Raum niemanden hatte entdecken können, stieg sie langsam die Stufen hinunter. Das Geräusch der Maschinen in dem großen Raum kam ihr ohrenbetäubend laut vor.

Die Maschinen erinnerten Paula an die Druckerei einer Zeitung, die sie vor einiger Zeit einmal besichtigt hatte. Die erste Maschine rollte eine breite Papierbahn von einer dicken Rolle ab, die dann von der nächsten Maschine unter großen Walzen bedruckt wurde. Zuerst hielt Paula das Gedruckte für übergroße Briefmarken, bis sie erkannte, dass es sich dabei um Banknoten handelte, die schließlich von einer weiteren Maschine zu ihrer endgültigen Größe auseinandergeschnitten wurden.

Als Paula fast die letzte Stufe erreicht hatte, rutschte sie auf einem Ölfleck aus und stürzte erst gegen das Geländer und dann zu Boden. Sofort stand sie wieder auf und bewegte Arme und Beine. Wie immer war sie locker gefallen und hatte sich nichts gebrochen. Aber wo war ihre Pistole, die ihr beim Sturz aus der Hand gefallen war?

Obwohl es in dem Kellerraum ziemlich hell war, konnte Paula die Walther nirgends finden. Offenbar war sie unter eine der Maschinen gerutscht. Leise fluchend schüttelte Paula den Kopf und ging auf die erste Druckmaschine zu, neben der sie eine kleine, etwa dreißig Zentimeter hohe Betonplattform gesehen hatte, die wohl zur Überwachung des Druckvorgangs diente.

Auf einmal spürte Paula, dass hinter ihr jemand war. Sie wirbelte herum und stieß vor Schreck einen leisen Schrei aus. Hinter ihr stand der hässlichste Mann, den sie jemals gesehen hatte. Es war ein buckliger Zwerg, dessen Visage zu einer widerlich grinsenden Grimasse verzogen war. In der Hand hielt er eine kurze, spitz zulaufende Eisenstange. Offenbar freute er sich auf das, was jetzt kommen würde.

»Ich bin Bernhard Yorcke«, rief er so laut, dass er den Lärm der Maschinen übertönte. »Der beste Drucker der Welt. Sie sind wohl hier, um meine wunderbare Arbeit zu sabotieren.«

»Ich finde ihre Arbeit ganz großartig«, sagte Paula beflissen. »Nie würde ich etwas so Herrliches zerstören.«

»Wer's glaubt wird selig. Aber bevor Sie meine Arbeit vernichten, vernichte ich Sie.«

»Sie sind ein Genie, Mr. Yorcke!«, sagte Paula.

»Da haben Sie Recht. Das größte Genie von allen.« Mit diesen Worten trat er noch näher auf Paula zu.

»Deshalb bin ich hier. Um Sie und Ihre Arbeit kennen zu lernen.«

»Sie lügen!«, sagte Yorcke mit seiner Fistelstimme. »Sie sind hier, um alles kaputt zu machen. Aber das wird Ihnen nicht gelingen.«

Paula wusste, dass der Mann vorhatte, ihr die Eisenstange ins Gesicht zu rammen. Während sie einen Schritt zurück trat, steckte sie eine Hand in ihre Umhängetasche und suchte nach ihrer Browning. Auf die Schnelle fand sie die Waffe nicht, dafür aber eine Dose mit Haarspray. Paula zog sie heraus und sprühte das klebrige Zeug dem angreifenden Yorcke in die Augen.

»Du hinterhältiges Biest!«

Paula öffnete ihre Augen, die sie beim Sprühen vorsichtshalber geschlossen hatte, und sah, dass sie nur das linke Auge des Druckers getroffen hatte. Mit dem rechten starrte er sie böse an, während er die Eisenstange hob. Paula wich zurück, bis sie mit dem Rücken an der Wand stand. Jetzt gab es kein Entrinnen mehr.

In diesem Augenblick schoss Marler wie eine Rakete die Treppe herab. Das Armalite hatte er in der rechten Hand, aber aus Angst, Paula zu treffen, traute er sich nicht, damit auf Yorcke zu schießen. Zum Glück sah er die Öllache, auf der Paula ausgerutscht war, und sprang mit einem Satz darüber hinweg.

»Lass bloß die Frau in Ruhe, du widerlicher Krüppel!«, schrie Marler.

Die Beleidigung hatte genau den Effekt, den Marler erhofft hatte. Yorcke, dessen Eisenstange nur noch Zentimeter von Paulas Gesicht entfernt war, drehte sich um. Marler schlug ihm mit dem Kolben des Armalite mitten auf die Stirn und Yorcke, der die

Eisenstange noch immer in der Hand hielt, taumelte nach hinten. Als er mit den Beinen an der Betonplattform anstieß, sprang er mit erstaunlicher Beweglichkeit rückwärts hinauf. Er holte gerade mit der Eisenstange aus, da traf ihn der Kolben von Marlers Gewehr abermals, diesmal auf die krumme Nase.

Yorcke kam aus dem Gleichgewicht und fiel nach hinten auf die Maschine. Eine Walze zum Papiertransport erfasste ihn und schob ihn auf zwei große Druckzylinder zu. Die Zylinder waren so konstruiert, dass sie sich hoben, sobald ein großer Gegenstand zwischen sie geriet. Ein solcher Gegenstand war jetzt Yorckes Kopf. Marler packte Paula bei den Schultern und drehte sie so, dass sie nicht sehen konnte, wie der obere Zylinder wieder nach unten sauste. Yorcke stieß einen Schrei aus, der so laut war, dass man ihn sogar durch den Lärm der Maschinen hören konnte. Danach hörte man nichts mehr von dem Drucker, der in seiner eigenen Maschine verschwand. Das Papier, das weiterhin am anderen Ende herauskam, war blutrot gefärbt.

»Schauen Sie nicht hin«, sagte Marler zu Paula.

Er hörte, wie jemand ihn rief. Dann sah er Newman und Tweed in der Tür zum Keller stehen. Newman humpelte die Treppe herab, blieb aber stehen, als Marler ihn vor dem Ölfleck warnte. Marler legte Paula den Arm um die Schultern und führte sie zu Newman.

»Bringen Sie Paula hinaus zum Wagen, und bleiben Sie bei ihr.«

»Sie haben sich ja am Fuß verletzt«, bemerkte Paula. »Ich werde ihn mir im Auto mal anschauen. Ich habe ein Erste-Hilfe-Set dabei.«

Tweed starrte auf die Banknoten, die immer noch aus den Maschinen kamen.

»Das sind englische Fünf-, Zehn- und Zwanzigpfundscheine«, sagte er zu Marler. »Lenin hat einmal gesagt: ›Wer die Kapitalisten vernichten will, muss ihre Währung zerstören‹ – oder so ähnlich. Was wir hier sehen, ist Teil eines teuflischen Plans. Die Amerikaner wollen England mit Falschgeld überschwemmen, damit wir unseren Glauben in das Pfund verlieren. Als Nächstes schlagen sie dann vor, unsere Währung auf Dollar umzustellen, und dann ist es nur noch ein kleiner Schritt, bevor sie bei uns vollständig die Macht übernehmen.«

Tweed schaute nach oben und sah am oberen Ende der Treppe Kent, Nield und Butler stehen.

»Durchsuchen Sie zu dritt das Haus«, rief er hinauf. »Schauen Sie in jeden Raum, und vergewissern Sie sich, dass niemand mehr da ist. Wenn Sie damit fertig sind, kommen Sie wieder hierher und erstatten mir Bericht. Aber seien Sie vorsichtig.«

»Vermutlich wollen Sie, dass wir das alles hier zerstören«, sagte Marler zu Tweed.

»So rasch wie möglich. Das Problem ist nur, dass die Decke dieses Raums aus Beton ist.«

»Das kann nicht sein.«

Marler ging zu einer Leiter, die nicht weit entfernt an der Wand lehnte, und kletterte sie hinauf. Er klopfte an die Decke und schüttelte dann den Kopf.

»Das ist kein Beton, sondern Styropor, das in derselben Farbe wie der Boden gestrichen ist. Darüber dürfte eine hölzerne Decke sein. Und Holz brennt gut. Ich muss bloß noch ein paar Sachen aus meinem Wagen holen, dann können Sie all das hier getrost vergessen.« Marler stieg wieder von der Leiter herab. »Und übrigens, gehen Sie nicht ans Ende dieser Maschine hier – dort dürfte etwas sein, was kein sehr angenehmer Anblick mehr ist.«

Trotz Marlers Warnung ging Tweed mit seiner Walther in der Hand hinüber zu der Druckmaschine, in der kurz zuvor Bernhard Yorcke verschwunden war. Als er auf dem Boden die traurigen Überreste des Druckers erblickte, drehte sich ihm fast der Magen um. Tweed ging an bis zur Decke aufgestapelten Paketen vorbei zu einer breiten, halb geöffneten Tür. Dahinter führte eine Treppe hinauf in die große, hell erleuchtete Garage, aus der vor kurzem der Lastwagen gekommen war. Das Garagentor stand weit offen, und die eiskalte Nachtluft strömte herein.

Tweed ging zu einem Schalter an der Wand und drückte ihn. Das Tor schloss sich. In der Garage standen drei weiße Mercedes-Lastwagen von derselben Bauart wie jener, den Nield und er vergeblich aufzuhalten versucht hatten. Die Laderäume der Laster waren leer. Sonst gab es in der Garage nichts mehr zu sehen. Tweed ging zurück in den Raum mit den Druckmaschinen.

Dort fand er in der Schublade einer kleinen Werkbank ein Messer, mit dem er eines der aufgestapelten Pakete aufschnitt. Drinnen fand er fein säuberlich von Gummibändern zusammengehaltene Bündel von Zwanzigpfundscheinen. Tweed hörte Schritte und sah, wie Kent, Butler und Nield den Kellerraum betraten.

»Kommen Sie herunter«, rief er. »Aber schauen Sie nicht hinter die Maschine.«

»Im Haus ist alles klar«, berichtete Nield. »Kein Mensch mehr da.«

»Großer Gott!«, sagte Kent mit stockendem Atem. Er hatte Tweeds Befehl missachtet und Yorckes Überreste entdeckt. »Was ist denn das?«

»Ich habe Ihnen doch gesagt, dass Sie dort nicht hinschauen sollen«, sagte Tweed kopfschüttelnd. »Sehen Sie sich lieber das hier an.«

Kent trat näher, und Tweed gab ihm eines der Bündel mit den Banknoten.

»Die sind falsch«, sagte Kent. »Um das zu erkennen, brauche ich nicht einmal meine Lupe. Die Blüten sind zwar gut, aber wenn man weiß, worauf man achten muss, erkennt man die Fälschung sofort.«

»Und das bedeutet, dass es nicht lange dauern würde, bis jeder Kassierer oder Ladenbesitzer in ganz England wüsste, dass er Falschgeld in Händen hält.«

»Genau. Und wenn erst einmal die Presse auf die Unterschiede aufmerksam macht, dürfte es zu einer Massenpanik kommen.«

Kent nahm Tweed das Messer aus der Hand und öffnete ein weiteres Paket. Es war randvoll mit Fünfpfundnoten. Er blätterte eines der Bündel auf und nickte mit dem Kopf.

»Genau dasselbe. Auf den ersten Blick sehen sie echt aus, aber bei genauerem Hinsehen ist die Fälschung leicht zu erkennen.«

Kent öffnete noch einige weitere Pakete, in denen sich Zehn-

und Fünfzigpfundscheine befanden. Dann bat ihn Tweed, mit in die Garage zu kommen, wo er ihm die Lastwagen zeigte.

»Stellen Sie sich vor, einer von denen wäre voll mit den Blüten, die wir uns soeben angesehen haben. Welchen Wert würde das ungefähr darstellen?«

»Mehrere Millionen Pfund mit Sicherheit. Es kommt natürlich darauf an, aus welchen Banknoten sich die Ladung genau zusammensetzt, aber in jedem Fall dürfte die Summe wohl ausreichen, um das Pfund in ernste Schwierigkeiten zu bringen.«

»Das ist ja schlimmer, als ich dachte. Sehr viel schlimmer sogar. Einer der Lastwagen ist uns nämlich entwischt.«

Sie gingen zurück in den Raum mit den Druckmaschinen, wo Marler, der eine besonders schwere Reisetasche schleppte, gerade die Treppe herunterkam. In sicherem Abstand von der Lache mit Yorckes Blut stellte er die Tasche auf den Boden.

»Wollen Sie immer noch, dass ich das alles in Schutt und Asche lege?«, fragte er Tweed.

»Mehr noch als vorher. Jagen Sie das ganze Haus in die Luft, wenn Sie können!«

»Und ob ich das kann. Ich habe genügend Brandbomben und hochexplosiven Sprengstoff, um das Ganze hier in ein flammendes Inferno zu verwandeln. Wenn Sie hier so weit fertig sind, würde ich vorschlagen, dass Sie mir das Feld überlassen. Sie gehen inzwischen zu den Autos und fahren sie den Weg entlang bis zur Straße. Dort warten Sie auf mich.«

»Wie wollen Sie die Sprengung auslösen?«

»Mit diesem kleinen Gerät hier.« Marler nahm ein schwarzes Kästchen aus der Hosentasche, das nicht einmal so groß wie eine Streichholzschachtel war. An einer Seite hatte es einen vertieften Knopf.

»Ich brauche nur hier zu drücken, und sofort fliegt alles in die Luft. Das Ding arbeitet wie die Fernsteuerung für ein automatisches Garagentor. Die Geschichte funktioniert mit einem speziell codierten Funksignal. Ich werde jetzt überall im Haus meinen Sprengstoff platzieren und mit funkgesteuerten Zündern versehen. Ein kleiner Knopfdruck, und hier ist der Teufel los.«

»Stecken Sie das Ding lieber ein«, sagte Kent. »Sonst lösen Sie die Sprengung am Ende noch zu früh aus!«

»Keine Angst, ich weiß, was ich tue«, entgegnete Marler. »Und jetzt lassen Sie mich bitte meine Arbeit tun.«

Alle bis auf Marler saßen in den zwei Audis, die kurz vor dem Hohlweg standen und warteten. Von hier aus hatten sie einen guten Blick auf das Haus, waren andererseits aber nahe genug an der Uferstraße, um sich schnellstens aus dem Staub machen zu können. Obwohl es manchen wie eine kleine Ewigkeit vorkam, dauerte es laut Tweeds Uhr nur fünf Minuten, bis sie zwei dumpfe Explosionen hörten.

»Es geht los«, sagte Paula. »Aber wo ist Marler, um Himmels willen?«

»Nein, es geht noch nicht los«, sagte Tweed ruhig. »Und da kommt Marler auch schon.«

Schwer atmend rannte Marler auf die beiden Autos zu und blieb kurz davor stehen. Dann nahm er das schwarze Kästchen aus der Hosentasche und blickte hinüber zu Tweed.

»Sind Sie bereit für das Feuerwerk?«

»Sind wir.«

Marler drückte auf den Knopf. Alle starrten hinüber zu dem Haus auf dem Hügel. Marler hatte das Licht brennen lassen, sodass Paula die Fenster mit ihren zerbrochenen Scheiben sehen konnte. Auf einmal schlugen dort grelle Stichflammen heraus, denen ein paar Augenblicke später eine laute Detonation folgte, die von den bewaldeten Hängen ringsum widerhallte. Paula sah, wie das Haus buchstäblich aus den Nähten platzte. Die Garage wurde von der Gewalt der Explosion in die Luft gehoben, wobei ein brennender Lastwagen herausgeschleudert wurde und mit lautem Zischen im See verschwand. Fast gleichzeitig war eine noch viel lautere Explosion zu hören. Ein großes Objekt, das Tweed als eine der Druckmaschinen erkannte, flog durch die Luft und platschte in den See. Dann klappte der gesamte Vorderteil des Hauses wie eine umstürzende Theaterkulisse nach vorn und landete ebenfalls im Wasser, wo sie bald darauf versank. Eine kleine

Flutwelle schwappte an den Strand und brach sich dort wie die Brandung eines Meeres.

»Da sind die Banknoten!«, rief Paula, die durch ihr Fernglas blickte. Um das zerstörte Haus wirbelte eine weiße Wolke herum, die von weitem wie ein Schneesturm aussah, in Wirklichkeit aber aus den in die Luft geblasenen Geldscheinen bestand. Eine Stichflamme züngelte aus der lodernden Ruine nach oben und verwandelte die Wolke in einen Feuerball, der seinerseits wieder die umliegenden Bäume in Brand setzte.

»Der Wald fängt an zu brennen!«, rief Paula.

»Das Feuer wird sich nicht ausbreiten«, erklärte Tweed. »Dafür ist viel zu viel Schnee auf den Ästen.«

Tatsächlich gingen die Flammen auf den Bäumen bald wieder aus, und auch der Brand in der Ruine wurde langsam schwächer. Das Prasseln der Flammen, das bis zu den Autos zu hören gewesen war, verstummte. Paula sah durch ihr Fernglas, dass von dem Gebäude nur noch die Grundmauern übrig geblieben waren. Es war fast so, als hätte das unheimliche *Psycho*-Haus nie existiert.

»Wir fahren zurück nach Freiburg«, sagte Tweed knapp.

41

Der schwarze Audi fuhr mit hoher Geschwindigkeit durch das Höllental. Ronstadt saß am Steuer und Chuck Venacki auf dem Beifahrersitz, während Madison und Kolkowski die Rückbank einnahmen. Seit ihrem überstürzten Aufbruch von der Basis am Schluchsee hatte keiner der vier ein Wort gesagt. Ronstadt brütete wütend vor sich hin, und keiner der anderen wagte ihn anzusprechen.

»Mit den Engländern rechnen wir später ab«, sagte Ronstadt schließlich unvermittelt. »Viel wichtiger ist jetzt der Lastwagen voller Blüten, der zum Glück schon unterwegs ist. Wenn er es bis zum vereinbarten Termin schafft, dann werden wir mit seiner Ladung das britische Pfund kaputtmachen.«

»Und wo fahren wir jetzt hin?«, fragte Madison.

»Hört euch das mal an, Leute. Das Mondgesicht will wissen, wo wir jetzt hinfahren. Na schön, ich werde es ihm erzählen. Mondgesicht, wir fahren nach Freiburg zurück. Wenn wir dort sind, könnt ihr zum Essen gehen, und ich werde mein Zimmer wieder buchen.«

»Übernachten wir auch dort?«

»Na klar doch. Deshalb buche ich auch ein einziges Zimmer, du verdammter Idiot. Ich brauche das Zimmer bloß, weil ich Kontakt mit Charlie aufnehmen muss. Dafür brauche ich meine Ruhe. Ich muss Charlie berichten, wie unsere Aktion vorankommt.«

»Wo ist eigentlich dieser Charlie, Boss?«, wollte Madison wissen. »In Washington? Nein. Jetzt weiß ich's. Er sitzt in unsere Londoner Botschaft.«

»Wenn du mit diesem Frage-und-Antwort-Spiel nicht auf der Stelle aufhörst, jage ich dir eine Kugel durch den Kopf.«

Ronstadt warf Madison über den Rückspiegel einen abgrundtief bösen Blick zu und beschleunigte den Wagen. Als sie am Colombi ankamen, taten sie genau das, was Ronstadt gesagt hatte: Ronstadt ging an die Rezeption, während seine drei Männer sich an einen Tisch im Restaurant setzten. Sie hatten ihr Essen zur Hälfte verzehrt, als Ronstadt wieder zu ihnen stieß. Madison bemerkte, dass sein Gesicht aschfahl war.

»Hat Charlie Ihnen zugesetzt, Boss?«, fragte er.

»Seht zu, dass ihr so rasch wie möglich mit dem Essen fertig werdet«, sagte Ronstadt. »Wir müssen gleich wieder los. Ihr könnt euch die Bäuche im Petite France in Straßburg voll schlagen.«

»Was ist Petite France?«, fragte Madison. »Ein Hotel?«

»Nein, ein Stadtviertel von Straßburg, Mondgesicht. Unser Hotel heißt Regent. Und jetzt halt die Fresse, sonst poliere ich sie dir höchstpersönlich.«

Ronstadts Ungeduld war so offensichtlich, dass alle sofort mit dem Essen aufhörten. Bevor Ronstadt sich auf den Weg machte, legte er ein Stück Fleisch zwischen zwei Scheiben Brot, und wickelte das Sandwich in eine Papierserviette.

»Ich muss noch mal aufs Klo«, sagte Venacki.
»Dann beeil dich. Wir warten im Auto.«

Die beiden weißen Audis fuhren so schnell durchs Höllental, dass Paula es fast mit der Angst bekam, als sie auf den Tachometer schaute. Tweed saß am Steuer des ersten Wagens. Er hatte darauf bestanden, dass Newman seinen verstauchten Knöchel schonte.

Noch am Schluchsee hatte Paula Salbe auf Newmans Knöchel geschmiert und ihn dann einbandagiert. Tweed hatte Paula gefragt, wie schlimm die Verletzung sei.

»Es ist nichts Ernstes«, hatte Paula geantwortet. »Mit der Salbe müsste die Schwellung eigentlich in drei, vier Stunden abklingen, vielleicht sogar früher. Aber fahren sollte er nicht. Ich könnte ja für ihn das Steuer übernehmen.«

»Nein. Das werde ich tun«, hatte Tweed bestimmt gesagt.

Jetzt saß Paula neben ihm, und Kent und Newman nahmen die Rücksitze ein. Hinter ihnen fuhr Marler den zweiten Audi. Nield war der Beifahrer, und Butler saß auf dem Rücksitz. Marler hatte Mühe, mit Tweeds Geschwindigkeit Schritt zu halten.

»Wir fahren aber wirklich schnell«, sagte Paula vorsichtig, als sie mitten im Höllental waren.

»Machen Sie sich keine Sorgen«, versuchte Tweed sie zu beruhigen. »Der Schneepflug, dem wir auf der Hinfahrt begegnet sind, hat die Straße frei gemacht. Ich muss so schnell wie möglich nach Freiburg. Vielleicht wartet im Colombi eine Nachricht auf mich.«

»Von wem denn?«

»Von Monica natürlich.«

»Ich schätze, wir haben am Schluchsee schlechte Arbeit geleistet«, sagte Paula. »Wir hätten den Laster nicht entkommen lassen dürfen.«

»Jetzt machen Sie aber mal halblang«, sagte Newman von hinten. »Als Ronstadt von Basel abgefahren ist, waren es noch zwölf Amerikaner. Jetzt sind es nur noch vier – ihn selbst mit eingeschlossen.«

»Außerdem haben wir ein Vermögen an gefälschten Banknoten vernichtet und dazu noch die Basis am Schluchsee«, sagte Tweed. »Also, wenn wir im Colombi sind, werde ich Buchanan anrufen und ihm sagen, dass er sich um den Lastwagen mit den Blüten kümmern soll.«

»Aber Sie haben Buchanan doch schon vorhin mit dem Handy zu erreichen versucht«, sagte Paula, »und Sie haben keine Verbindung bekommen.«

»Das lag vermutlich daran, dass der Feldberg im Weg war.«

»Warum müssen Sie überhaupt mit Buchanan sprechen? Kann denn Otto Kuhlmann nichts für Sie tun?«

»Ich vermute, dass Otto dadurch in politische Schwierigkeiten kommen könnte«, antwortete Tweed. »Ich nehme an, dass der Lastwagen zu einem der amerikanischen Luftwaffenstützpunkte in Deutschland unterwegs ist, wo ein Transportflugzeug auf ihn wartet, um ihn mitsamt seiner Ladung nach England zu fliegen – wahrscheinlich zu einem ihrer Militärflughäfen in East Anglia. Vielleicht kann Roy den Laster dort aufhalten – wenn wir ihn rechtzeitig verständigen.«

»Übrigens – diese zwei Explosionen, die wir gehört haben, bevor das Haus in die Luft geflogen ist, sind von zwei Handgranaten gekommen, die Marler unter die beiden anderen Audis gerollt hat«, sagte Newman. »Das hat er mir erzählt, während wir das Feuerwerk beobachtet haben.«

»Im Colombi werden wir übrigens etwas essen«, sagte Tweed. »Mit leerem Magen marschiert sich schlecht – hat schon Napoleon gewusst.«

»Und was machen wir nach dem Essen?«, fragte Paula.

»Keine Ahnung. Es hängt alles davon ab, ob im Colombi eine Nachricht auf mich wartet oder nicht.«

Als die zwei Wagen vor dem Hotel anhielten, schaffte es Tweed endlich, Buchanan auf Becks Handy zu erreichen. Er erklärte ihm kurz das Problem und sagte abschließend: »Es ist wirklich sehr wichtig, dass Sie den Lastwagen ausfindig machen, Roy.«

»Das ist nicht nur wichtig«, sagte Buchanan, der Tweed während seinen Ausführungen kein einziges Mal unterbrochen hatte, »es ist sogar lebenswichtig. Wir müssen alles in unserer Macht Stehende tun, um das Falschgeld so bald wie möglich aus dem Verkehr zu ziehen.«

»Ich hoffe nur, dass Sie auch genügend Zeit dafür haben.«

»Die habe ich. Ich bin übrigens gerade in Norwich und werde sofort alle amerikanischen Luftwaffenstützpunkte anrufen lassen. Wenn der Lastwagen wirklich an Bord einer C47 eingeflogen wird, kommt nur eine Hand voll Flugplätze in Frage. Solche riesigen Transportmaschinen brauchen eine lange Landebahn. Ich werde mich sofort an die Arbeit machen.«

Als Tweed, Newman und Paula zusammen die Hotelhalle betraten, winkte ihnen der Portier zu.

»Mr. Newman, ich habe eine Nachricht für Sie.«

Newman schaute überrascht drein, als ihm der Mann einen Umschlag überreichte. Tweed war schon auf dem Weg ins Restaurant, als der Portier ihm hinterherrief: »Für Sie habe ich auch eine Nachricht, Mr. Tweed.«

Tweed betrachtete kurz den verschlossenen Umschlag und steckte ihn dann ungeöffnet in die Tasche.

»Eine gute Freundin von mir ist möglicherweise noch hier im Hotel. Ihr Name ist Sharon Mandeville. Sie haben Sie vielleicht schon einmal mit mir zusammen in der Halle gesehen.«

»Ich weiß, wen Sie meinen, Mr. Tweed, aber Mrs. Mandeville ist vor ein paar Stunden abgereist. Zusammen mit ihrer Sekretärin, Miss Chatel.«

»Hat sie hinterlassen, wo sie erreichbar ist?«

»Nein, leider nicht. Es war ein ziemlich hektischer Abend heute. Einige Gäste, die gestern ausgecheckt haben, sind vorhin wieder zurückgekommen. Wie Sie ja jetzt auch.«

»Darf ich fragen, um welche Gäste es sich dabei handelt? Doch nicht etwa um meinen alten Freund Jake Ronstadt?«

»Eigentlich dürfte ich Ihnen das gar nicht sagen«, antwortete der Portier mit gedämpfter Stimme, »aber Mr. Ronstadt war tatsächlich vor einer halben Stunde mit drei anderen Herren hier. Sie haben zu Abend gegessen und sind dann wieder abgefahren.«

»Dann habe ich ihn wohl verpasst. Haben Sie trotzdem vielen Dank …«

Nachdem sie ihre Mäntel an der Garderobe abgegeben hatten, betraten Tweed und Paula hinter Newman den Speisesaal, in dem nur zwei Pärchen zu Abend aßen. Sie setzten sich an einen großen Tisch und betrachteten die Speisekarten, die der Ober ihnen gebracht hatte. Nachdem sie bestellt hatten, zog Tweed den Umschlag aus der Tasche und öffnete ihn. Das einzelne Blatt, das er darin fand, trug nur einen einzigen Satz, der in denselben ungelenken Blockbuchstaben geschrieben war wie Tweeds Name auf dem Umschlag:

REGENT HOTEL, PETITE FRANCE, STRASSBURG

Auch Newman hatte inzwischen seinen Umschlag geöffnet und sah verdutzt drein, als er dort ebenfalls die mit Füllfederhalter geschriebenen Worte las:

Hôtel Regent, Petite France, Strasbourg

»Was um alles in der Welt hat denn das zu bedeuten?«, fragte Newman und gab seinen Brief an Tweed weiter. »Diese Handschrift habe ich noch nie gesehen.«

»Das ist auch nicht gut möglich«, sagte Tweed, nachdem er sich das Blatt genauer angesehen hatte. »Ich vermute, dass diese Zeilen von einem Rechtshänder geschrieben wurden, der absichtlich die linke Hand benützt hat. Wenn mich nicht alles täuscht, dürfte es sich dabei um eine relativ gebildete Person gehandelt haben. Und jetzt sehen Sie sich mal meinen Brief an.«

»Zweimal das Gleiche!«, rief Newman erstaunt. »Was soll denn das?«

»Wenn Sie sich meine Version näher ansehen, werden Sie mit mir übereinstimmen, dass der Schreiber dieser Worte etwas weniger gebildet war. Das können Sie allein daran erkennen, wie das o von Hotel ohne Zirkumflex geschrieben ist. Außerdem stimmt die Wortstellung nicht – in Frankreich schreibt man die

Bezeichnung Hotel nun mal vor dem Namen. Ich kenne das Hotel übrigens – vor ein paar Jahren bin ich einmal dort abgestiegen.«

»Kann mir vielleicht mal jemand erklären, wovon Sie überhaupt reden?«, fragte Paula.

Die beiden reichten ihr wortlos ihre Zettel. Sie studierte beide genau, bevor sie Tweed ansah.

»Das ist verrückt«, sagte sie. »Zwei unterschiedliche Personen teilen uns dieselbe Adresse mit. Wozu?«

»Das ist mir ebenfalls ein Rätsel«, gestand Tweed achselzuckend. »Ah, hier kommt ja unser Essen. Wir sollten uns beeilen, denn ich fürchte, uns läuft die Zeit davon.«

»Kann man nichts machen. Wir müssen es wohl hinunterschlingen, obwohl wir seit Stunden nichts mehr gegessen haben. Würde mich nicht wundern, wenn wir morgen alle unter Verstopfung leiden.«

»So hastig müssen Sie nun auch wieder nicht essen«, erwiderte Tweed.

Marler war als Erster fertig. Wie Tweed und Paula trank er nur Wasser und keinen Wein, weil er noch Auto fahren musste.

Tweed rief den Kellner und bezahlte die Rechnung. Dann schob er seinen Stuhl zurück und stand auf.

»Einen Augenblick noch«, sagte Paula. »Ich wüsste gern, wo wir hinfahren.«

»Nach Straßburg natürlich«, antwortete Tweed.

»Das könnte aber eine Falle sein«, gab Newman zu bedenken.

»Gut möglich, aber das werden wir nur dann herausfinden, wenn wir hinfahren. Wie gesagt, ich habe schon einmal im Hôtel Regent gewohnt. Es ist ein sehr gutes Hotel.«

»Ich könnte jetzt mal fahren«, sagte Paula.

»Danke für das Angebot«, erwiderte Tweed, »aber ich bin noch nicht müde. Ich werde also am Steuer bleiben.«

»Ich fahre auch weiterhin«, verkündete Marler.

»Na schön,« sagte Paula. »Dann auf nach Straßburg.«

Niemals würde Paula die Fahrt von Freiburg nach Straßburg vergessen. Wie auf der Fahrt vom Schluchsee nach Freiburg saßen Tweed und sie vorn und Newman und Kent hinten. Paula hatte wieder die Landkarte auf den Knien, die sie von Zeit zu Zeit mit Hilfe ihrer Taschenlampe konsultierte. Entlang der Autobahn lag kein Schnee, und der Mond schien hell. Vor dem Wagen sah Paula nichts als die schnurgerade Fahrbahn.

Tweed saß ganz entspannt am Lenkrad und schaute voraus auf die Fahrbahn. Paula warf einen Blick auf den Tachometer und erschrak: Dass es auf deutschen Autobahnen keine Geschwindigkeitsbegrenzung gab, nützte Tweed weidlich aus, indem er das Letzte aus dem Audi herausholte. Die roten Rücklichter der von ihm überholten Lastwagen flogen nur so an ihr vorbei.

»Wollen Sie einen neuen Geschwindigkeitsrekord aufstellen?«, fragte Newman von hinten.

»Wir müssen uns beeilen«, entgegnete Tweed.

Ganz als ob Newmans Frage ihn auf eine Idee gebracht hätte, trat Tweed das Gaspedal noch weiter durch. Paula unterdrückte einen Aufschrei und dankte ihrem Herrgott dafür, dass hier kein Schnee mehr auf der Fahrbahn lag. Weit voraus sah sie zwei stecknadelkopfgroße rote Pünktchen – die Rücklichter eines weiteren Lastwagens. Tweed steuerte den Audi auf die linke Spur und jagte an dem Lastzug mit Anhänger vorbei. Paula bemerkte, dass sie sich unwillkürlich mit den Füßen am Wagenboden abstemmte und dass sie an den Handflächen zu schwitzen begann. Wiederholt musste sie sich die Hände an den Hosenbeinen abwischen.

»Wir kommen gut voran«, verkündete Tweed fröhlich.

»Das wäre mir beinahe entgangen«, antwortete Paula.

Marler raste Tweed im zweiten Audi hinterher. Er blickte auf den Tachometer und hob die Augenbrauen.

»Wissen Sie was?«, sagte er zu Nield, der neben ihm saß. »Unser lieber Tweed fährt wie eine gesengte Sau.«

»Was Sie nicht sagen«, antwortete Nield, der sich auf einmal bewusst wurde, wie verkrampft er dasaß.

»Er hat es offenbar ziemlich eilig, nach Straßburg zu kommen«, sagte Marler.

»Und ich dachte immer, er bevorzugt die Concorde, wenn es schnell gehen soll.«

Paula im vorderen Audi studierte wieder einmal die Karte, als sie aus den Augenwinkeln etwas am Fenster vorbeiwischen sah. Sie wollte Tweed eine Warnung zurufen, aber der blickte zu ihr herüber und sagte: »Bei Ihnen alles in Ordnung?«

»Danke der Nachfrage. Aber würde es Ihnen vielleicht etwas ausmachen, ein wenig langsamer zu fahren?«

»Wir müssen uns beeilen.«

»Das weiß ich. Aber wir nähern uns der Ausfahrt vierundfünfzig, wo wir von der Autobahn herunter und auf die Straße nach Kehl müssen.«

»Aber wir sind doch eben erst an der Ausfahrt Nummer fünfundfünfzig vorbeigekommen«, sagte Tweed.

»Stimmt, aber wenn Sie weiterhin so rasen, übersehen Sie womöglich die nächste Ausfahrt.«

»Keine Angst.«

Tweed überholte gerade drei hintereinander fahrende Lastwagen. Paula sah aus dem Fenster und hatte den Eindruck, ein Video zu sehen, das auf schnellen Vorlauf eingestellt war. Sie waren jetzt sehr nahe an der Ausfahrt 54, und Paula bemerkte, dass Tweed die Geschwindigkeit ein wenig zurücknahm – zumindest kam sie sich jetzt nicht mehr vor wie in einem Überschallflugzeug.

»Wir müssten jetzt kurz vor der Ausfahrt sein«, warnte Paula.

»Das denke ich mir.«

Paula sah ihn noch einmal an und erkannte, dass sich in seine Besorgnis über die knappe Zeit ein Gefühl schierer Freude gemischt hatte. Tweed schien den Rausch der Geschwindigkeit sichtlich zu genießen, und Paula hoffte bloß, dass er sie ohne Unfall nach Straßburg bringen würde.

»Die Ausfahrt ist da vorn«, sagte sie auf einmal, »und bevor Sie mich wieder niederbügeln, möchte ich Sie daran erinnern, dass ich hier der Navigator bin.«

»Der beste, den es gibt.«

»Sparen Sie sich Ihre Schmeicheleien.«

Tweed hatte inzwischen die Geschwindigkeit enorm reduziert und fuhr in gemäßigtem Tempo von der Autobahn ab. Paula sah auf die Karte.

»Wir müssten bald zu einer Brücke über den Rhein kommen. Und dann sind wir gleich in Straßburg.«

»Halten Sie Ausschau nach dem Turm des Münsters«, sagte Tweed. »Er ist so hoch, dass man von seiner Spitze aus die Vogesen als auch den Schwarzwald überblicken kann.«

»Wie ist denn Straßburg so?«

»Die Altstadt rings um das Münster ist ein Labyrinth aus Straßen und Gassen, und die Gebäude sind alle sehr alt. Sie stehen eng beieinander, ihre Giebel sind alle unterschiedlich hoch und viele sind aus Fachwerk und schon ein bisschen windschief. Das schönste Viertel ist Petite France, und dort werden wir wohnen.«

»Erwarten Sie etwas Besonderes im Hôtel Regent?«

»Jedenfalls nichts Angenehmes, aber damit werden wir auch noch fertig werden.«

42

Paula war geradezu hingerissen, als Tweed im Zentrum von Straßburg über eine alte Brücke mit elegantem Eisengeländer fuhr und sie das Hôtel Regent erblickte. Es war ein großes altes und nahezu quadratisches Gebäude, das von farbigen Scheinwerfern angestrahlt wurde und sich im Wasser eines Flusses spiegelte.

»Sieht so aus, als würde es eine Menge Brücken hier in Straßburg geben.«

»Der Fluss, der durch Straßburg fließt, ist die Ill«, erklärte Tweed. »Der Fluss und seine Kanäle waren früher wichtige Transportwege, und noch heute kann man auf diesem System von Wasserwegen bis zum Rhein gelangen. Im Sommer fahren hier viele Touristenboote. Ich hoffe bloß, dass das Regent noch genügend Zimmer für uns hat. Straßburg ist ja der Sitz des so genannten Europaparlaments, und wenn es tagt, dann schnappen einem die Abgeordneten mit den fetten Diäten die besten Zimmer weg.«

Paula strahlte, als sie die moderne und prächtige Hotelhalle betraten. Boden und Wände waren aus grünem Marmor und die hohe Decke wurde von weißen Säulen getragen. Das Licht kam aus in der Decke verstecken Punktstrahlern.

»Wir hätten gern sieben Einzelzimmer, falls das möglich ist«, sagte Tweed zu der Frau am Empfang. Sie war äußerst gut aussehend und elegant gekleidet und wirkte ausgesprochen kompetent. »Wir haben eine lange Fahrt hinter uns«, ergänzte Tweed.

»Kein Problem«, sagte die Frau mit einem freundlichen Lächeln. »Ich habe schöne Zimmer für Sie alle. Wenn Sie sich bitte hier eintragen wollen ...«

Nachdem Tweed die Formalitäten erledigt hatte, erwiderte er das Lächeln der Frau.

»Wenn ein Hoteldiener unsere Mäntel nehmen könnte, würden ein paar von uns gern direkt in die Bar gehen.«

»Selbstverständlich. Ich zeige Ihnen den Weg.«

Paula und Tweed folgten Newman und Keith Kent, während Marler und seine Leute gleich auf die Zimmer wollten. Die Bar war, ebenso wie die Hotelhalle, modern, aber geschmackvoll. Wie nicht wenige exklusive Cocktailbars war sie mit bequemen roten Lehnsesseln ausgestattet.

Als sie die Bar betraten, spielte ein Lächeln um Tweeds Lippen. An einem der niedrigen Tische saß ganz allein für sich Sharon Mandeville.

Marler war auf dem Weg zu seinem Zimmer, als eine Frau um die Ecke des Gangs kam. Es war Denise Chatel. Sie sah mitgenommen aus und trug eine schmale Aktentasche unter dem Arm. Als sie Marler sah, blieb sie stehen.

»Hallo, Denise«, grüßte Marler. »Sie müssen wohl glauben, ich würde Sie verfolgen.«

»Tun Sie das denn?«, fragte Denise gereizt, bevor sie an ihm vorbeieilte. Ihr Gesichtsausdruck war kalt und ohne einen Anflug von Herzlichkeit. Marler zuckte mit den Achseln.

»Ich schätze, die steht nicht mehr so auf dich wie früher«, flüsterte Nield.

Unten in der Bar ging Tweed direkt auf Sharon zu. Sie blickte auf und schenkte ihm ein strahlendes Lächeln. Dann legte sie ihre Akte beiseite und stand auf, damit Tweed sie umarmen konnte.

»Gerade jetzt, wo meine Arbeit mich so entsetzlich anödet, kommen Sie hereingeschneit, und der Abend ist gerettet!«

»Sagen wir mal der späte Abend«, sagte Tweed, während er sich ihr gegenüber niederließ.

»Ach was, die Nacht ist noch jung. Wer weiß, vielleicht sitzen wir morgen früh noch hier.«

»Darf ich Ihnen Keith Kent vorstellen?«, fragte Tweed. »Keith, das ist Sharon Mandeville.«

»Wie schön, endlich einmal so einen kompetent aussehenden Mann kennen zu lernen. Ich frage mich, was wohl Ihr Beruf ist.«

»Ich bin im Bankgeschäft tätig.«

»Ah, ein Mann, der mit Geld umgehen kann. Geld regiert die Welt.«

»Manchmal ist es auch bloß die Gier nach dem Geld«, sagte Tweed. »Und wenn die gestillt ist, wird sie häufig von der Gier nach Macht ersetzt.«

»Sie sind ein alter Zyniker, Tweed«, sagte Sharon lachend. »Und zwar ein in der Wolle gefärbter.«

»Oder auch nur ein Realist.«

»Schön, dass Sie auch hier sind, Paula«, sagte Sharon. »Warum gehen wir morgen nicht zusammen einkaufen? Es gibt hier wundervolle Geschäfte – man muss nur wissen, wo sie sind.«

»Ich bezweifle, dass ich in puncto Geldausgeben mit Ihnen mithalten kann«, sagte Paula mit einem freundlichen Lächeln.

»Unsinn. Ich würde gern mal wieder mit einer Frau einen Einkaufsbummel machen. Ich trinke übrigens gerade Champagner. Soll ich noch eine Flasche bestellen?«

»Für mich bitte nicht«, sagte Tweed rasch.

»Dann bleiben also Paula und Keith. Ich darf Sie doch Keith nennen, oder? Gut. Und jetzt zu Ihnen, Bob. Ich habe bemerkt, dass Sie humpeln. Waren Sie etwa im Krieg?«

»Ich bin in Freiburg auf einer Treppe ausgerutscht, aber es ist nicht schlimm.«

Sharon winkte den Ober herbei und bestellte zwei Flaschen Dom Perignon. Dann beugte sie sich zu Tweed vor.

»Haben Sie schon gesehen, wer an der Bar sitzt?«, fragte sie mit leiser Stimme.

Tweed drehte sich um und erblickte Rupert Strangeways und Basil Windermere, die auf zwei Hockern vor der blassgelben Bartheke saßen.

»Was machen denn *die* beiden hier?«

»Keine Ahnung. Sie sind eine ziemliche Plage, finde ich. Beide haben sie mich schon belästigt, und zwar unabhängig voneinander. Ich habe ihnen natürlich die kalte Schulter gezeigt. Wieso sie auf einmal hier auftauchen, kann ich mir höchstens damit erklären, dass sie mir auf der Autobahn hinterhergefahren sind. Aber warum sollten sie so etwas tun?«

»Das kann ich Ihnen auch nicht sagen.«

»Aber die Krönung des Ganzen haben Sie noch gar nicht bemerkt. Schauen Sie mal dort hinüber an den Ecktisch. Da sitzt dieser Langweiler Ed Osborne. Natürlich ganz allein.«

Tweed drehte sich in seinem Sessel um. In diesem Moment blickte Osborne auf, bemerkte ihn und erhob sich schwerfällig. Er kam herüber und patschte Tweed grinsend auf die Schulter.

»Hallo, altes Haus! Schön, Sie so bald wieder zu sehen. Es macht Ihnen doch nichts aus, wenn ich mich ein wenig zu Ihnen setze?«

Ohne auf eine Antwort zu warten, nahm er in dem Sessel neben Tweed Platz und blinzelte Sharon vertraulich zu, die ihn völlig ignorierte und ein Gespräch mit Newman anfing. Osborne hatte von seinem Tisch ein Glas Scotch mitgebracht, dessen Dünste Tweed in die Nase stiegen.

»Und was bringt Sie alle an dieses schöne Fleckchen Erde?«, fragte Osborne mit schwerer Zunge.

»Was bringt denn *Sie* hierher?«, sagte Sharon scharf.

»Gute Frage«, murmelte Osborne. »Eine sehr gute Frage sogar. Aber ich schätze, ich kann Ihnen auch eine gute Antwort geben. Ich habe ein paar harte Wochen hinter mir. Zuerst in Washington und dann in London. Da habe ich mir gesagt: Nimm doch mal ein paar Tage frei, Ed, und fahr ein bisschen in der Weltgeschichte herum.«

»Dann hoffe ich, dass Sie sich gut erholen«, sagte Sharon mit einem kalten Gesichtsausdruck.

»Ich finde es wirklich irre, wie wir alle uns ständig an den verschiedensten Orten wieder treffen. Erst in Basel, dann in Freiburg und jetzt sogar hier in Straßburg. Das ist wirklich kam zu glauben. Da fragt man sich doch, wer hier wem hinterherreist.«

Niemand sagte etwas. Sharon schenkte Champagner ein. Paula deutete auf ihr Glas und schüttelte den Kopf.

»Wenn wir diese Frage lösen wollen, sollten wir vielleicht in London anfangen«, sagte Keith Kent mit klarer Stimme. »Finden Sie nicht auch, Sharon?«

»Tut mir Leid, Keith, aber da kann ich Ihnen nicht so ganz folgen.«

»Na ja, nehmen Sie zum Beispiel mich. Ich bin nach Basel geflogen, um ein Bankkonto zu überprüfen. Von dort bin ich nach Freiburg weitergereist, um einem Mann namens Jake Ronstadt zu folgen.«

»Den kenne ich. Ein entsetzlich ungehobelter Mensch«, rief Sharon aus. »Er hat überhaupt keine Manieren.«

»Und nicht nur das«, mischte Paula sich ein. »Die ganzen Bombenanschläge in jüngster Zeit in London dürften wohl auf sein Konto gehen. Ronstadt ist ein Massenmörder.«

»Das kann ich nicht glauben, Paula«, sagte Sharon aufgebracht. »Sie dürften inzwischen ja wohl mitbekommen haben, dass Ronstadt nicht gerade ein Mann ist, mit dem ich viel zu tun haben möchte, aber der Gedanke, dass er mit diesen entsetzlichen Verbrechen etwas zu tun haben könnte, ist absurd. Der Mann hat schließlich einen hoch bezahlten Job an unserer Londoner Botschaft.«

»Was ist das eigentlich für ein Job?«, fragte Paula.

»Tut mir Leid, aber das weiß ich nicht«, antwortete Sharon, die sich wieder beruhigt hatte. »Die Botschaft ist in verschiedene Arbeitsbereiche aufgeteilt, die überhaupt nichts miteinander zu tun haben. Das war eine Idee des neuen Botschafters. Ich vermute aber, dass Ronstadt im weitesten Sinne etwas mit der Sicherheitsabteilung zu tun haben dürfte.«

»Könnte er vielleicht der Chef des Executive Action Departments sein?«, fragte Newman. »Abgekürzt EAD.«

»Ich weiß nicht einmal, ob so etwas überhaupt existiert«, erwiderte Sharon und trank versonnen einen Schluck von ihrem Champagner. »Aber wenn es eine solche Abteilung geben sollte, dann dürfte sie dem Botschafter direkt unterstellt sein. Möglicherweise könnte sie dafür sorgen, dass seine Anweisungen auch wirklich ausgeführt werden. Der neue Botschafter kommt aus der Wirtschaft und nicht aus den Reihen des diplomatischen Korps. Zuletzt war er der Chef einer großen Ölgesellschaft.«

»Solche Leute sind oft sehr rücksichtslos«, sagte Osborne. »Sie drehen eine Menge krummer Dinge, von denen die Öffentlichkeit so gut wie nie etwas erfährt. Unsere Regierung ist nicht gut beraten, wenn Sie so jemanden als Diplomaten ins Ausland schickt.«

»Also zu mir war der Botschafter immer ganz reizend«, sagte Sharon und blickte auf. Denise Chatel war an den Tisch gekommen und wollte ihr eine Akte reichen. »Jetzt nicht, Denise. Sehen Sie nicht, dass ich mitten in einer Unterhaltung bin?«

»Sie sagten, es sei wichtig«, entgegnete Denise.

»Trotzdem kann es warten. Ich komme in letzter Zeit so selten dazu, mich zu entspannen. Ich kümmere mich später darum, in Ordnung?«

Denise, die ziemlich gedemütigt wirkte, drehte sich um und entfernte sich. Auf dem Weg zum Ausgang musste sie an der Bar vorbei, wo Rupert Strangeways ihr den Arm um die Hüfte schlang.

»Lassen Sie mich in Ruhe.«

»Das sagen sie alle«, sagte Rupert mit einem höhnischen Grinsen. »Ich kenne euch Frauen. Wenn ihr nein sagt, meint ihr ja.«

Newman stand auf und ging, noch immer leicht humpelnd, hinüber zur Bar. Dort legte er Rupert eine Hand auf die Schulter.

»Die Dame hat keinen Bedarf für Ihre Aufmerksamkeiten, Rupert«, sagte er mit einem verbindlichen Lächeln. »Und außerdem wird sie nicht gern angefasst.«

»Genau dasselbe gilt auch für mich«, fauchte Rupert. »Also entfernen Sie gefälligst Ihre Griffel von meiner Schulter. Mit Krüppeln prügle ich mich nicht.«

»Wie schlau von Ihnen.«

Newman nahm die Hand von Ruperts Schulter, ballte sie zur Faust und gab damit seinem Gegenüber einen genau gezielten Kinnhaken. Rupert konnte sich gerade noch an der Bar fest halten, sonst wäre er von seinem Hocker gefallen. Als er sich mit der Hand ans Kinn fasste und Newman böse ansah, hatte Denise die Bar bereits verlassen.

»Das werden Sie mir büßen.«

»Immer mit der Ruhe, Leute«, mischte Basil Windermere sich ein. »Wir sind hier nicht allein. Sollten wir uns da nicht wenigstens ein bisschen zusammennehmen?«

»Ganz meine Meinung«, sagte Newman und ging zurück zu den anderen.

»Die beiden sind wirklich ein unangenehmes Paar«, bemerkte Sharon und sah Newman anerkennend an. »Ich mag Männer, die sich durchsetzen können.«

»Wissen Sie was?«, sagte Tweed, der bisher auffallend still gewesen war. »Ich habe heute lange hinter dem Steuer gesessen. Es ist höchste Zeit, dass ich mir etwas die Beine vertrete. Ein kleiner Spaziergang könnte uns allen nicht schaden.«

»Gute Idee«, sagte Newman und sah hinüber zu Sharon. »Ich hoffe, Sie halten uns nicht für unhöflich.«

»Nein, überhaupt nicht. Gehen Sie nur – ich bin noch länger hier. Vielleicht haben Sie nach Ihrer Rückkehr ja noch Lust auf ein Gläschen Champagner vor dem Schlafengehen.«

Als Tweed Paula vor der Rezeption in den Mantel half, kam Marler gerade von draußen herein. Tweed sagte ihm, was sie vorhatten.

»Ich habe mir gerade den Gästeparkplatz angeschaut«, sagte Marler. »Ronstadts schwarzer Audi steht dort.«

»Ich habe mir schon gedacht, dass Ronstadt und seine Killertruppe vielleicht hier im Hotel Unterschlupf suchen«, sagte Tweed, während sie hinaus auf die Straße traten. »Es wird höchste Zeit, dass sie von der Oberfläche dieses Planeten verschwinden.«

»Wollen Sie ihm eine Falle stellen?«, fragte Marler. »Mit Ihnen selbst als Köder?«

»Ich mache mir noch immer Sorgen wegen der Zeit, die immer knapper wird. Wir können es uns einfach nicht leisten, uns ständig mit Ronstadt und seinen üblen Machenschaften herumzuschlagen. Aber sehen Sie mal, wer da ist.«

Butler und Nield standen, in ihre Mäntel gehüllt, draußen auf der Straße. Marler und die anderen gingen auf sie zu.

»Könnte sein, dass wir es demnächst wieder mit Ronstadt zu tun bekommen. Er und seine Leute sind in der Stadt.«

»Ich kann's kaum erwarten«, sagte Butler.

Paula holte ihre .32er Browning Automatik aus ihrer Umhängetasche und versteckte sie unter dem Mantel. Wieder einmal kam ihr die Nachtluft im Vergleich zur Wärme des Hotels so vor, als wehte sie direkt vom Nordpol herein.

Sie gingen an einem Kanal entlang, dessen Wasser gut drei Meter unter ihnen lag. Als Paula hinabschaute, sah sie eine schmale Treppe, die zu einer steinernen Anlegeplattform führte. Dort war ein kleines, offenes Boot festgemacht. Einen Augenblick lang glaubte Paula, eine Bewegung wahrgenommen zu haben, schrieb es dann aber ihrer Einbildung zu.

»Diesen Teil von Straßburg muss man einfach bei Nacht sehen«, sagte Tweed schwärmerich. »Nur so kann man seine ganz eigentümliche Schönheit genießen.«

»Eigentümlich ist das richtige Wort«, sagte Paula und zog ihren Mantel fester um sich.

Ihre Schritte waren die einzigen Geräusche in der dunklen Nacht. Weit und breit waren weder Autos noch Fußgänger zu sehen. Paula war ganz fasziniert von der Architektur des Viertels. Behäbige alte Häuser erhoben sich windschief über kopfsteingepflasterten Straßen. Über dem alten Fachwerk der Wände sah Paula spitze Giebel, die alle unterschiedlich hoch waren. Die meisten Häuser hatten vier Stockwerke und viele kleine Fenster, von denen einige sich unmittelbar unter den Dachbalken befanden. Manche der Gebäude kamen Paula wie Hexenhäuser aus den Märchen der Brüder Grimm vor.

»In diesen engen Gassen könnte man direkt Platzangst bekommen«, bemerkte sie. »Manche von den alten Häusern sehen so aus, als könnten sie jeden Augenblick über einem zusammenstürzen.«

»Dieses Viertel ist wirklich einmalig«, sagte Tweed.

Auf einer komplizierten Route bewegten sie sich immer tiefer in das Labyrinth der Straßen hinein. Fortwährend trafen sie dabei auf Kanäle und Wasserläufe. Paula hatte keinen Schimmer, wo sie waren.

»Ich hoffe, dass irgendwer von uns noch weiß, wie wir zurück zum Hotel kommen«, sagte sie.

»Keine Sorge, ich weiß das«, antwortete Tweed.

»Tatsächlich? Haben Sie einen Stadtplan dabei?«

»Ja. In meinem Kopf. Ich erinnere mich noch gut daran, wie ich das letzte Mal hier war. Außerdem habe ich mir im Hotel einen Stadtplan eingeprägt, der nur die Wasserwege zeigt. Vermutlich brauchen den die Gäste, die Straßburg mit dem Boot erkunden wollen.«

Paula bereiteten die dunklen Ecken zwischen den Häusern, in die kein Strahl des Mondlichts drang, zunehmend Sorge. Nur ab und zu sah sie eine Straßenlaterne. Zum wiederholten Mal vergewisserte sich Paula, dass Marler und seine beiden Kollegen noch hinter ihnen waren. Marler winkte ihr aufmunternd zu, und sie winkte zurück. Dann blieb sie stehen.

»Wir machen übrigens einen Rundgang, der uns wieder zurück zum Hotel führen wird«, sagte Tweed.

»Ich habe gerade ein komisches Geräusch gehört«, sagte Paula. »Klingt wie rauschendes Wasser.«

»Das ist ein Wehr«, erklärte Tweed. »Hier stürzt das Wasser ziemlich imposant nach unten, was ziemlich gefährlich für Boote sein kann, die sich nicht an die Warntafeln halten, die überall an den Kanalwänden angebracht sind. Wir kommen übrigens gleich zum Pont St.-Martin. Das ist die Brücke in der Nähe des Wehrs, von der aus wir es uns auch ansehen können.«

Tweed hatte sich gerade wieder in Bewegung gesetzt, als das Geräusch des stürzenden Wassers sehr viel lauter wurde. Paula blieb abermals stehen.

»Was ist denn jetzt wieder los?«, sagte Tweed sanft.

»Ich höre noch ein anderes Geräusch. Wie von einem Bootsmotor.«

»Stimmt, sie haben Recht. Und es kommt näher. Schauen Sie bloß nicht hinunter in den Kanal«, warnte Tweed.

»An Ihrer Stelle würde ich diesen Rat befolgen«, sagte Kent. »Bleiben Sie, wo Sie sind.«

Jetzt waren alle stehen geblieben. Paula drehte sich um und sah, wie Marler warnend eine Hand hob. Dann wechselte er rasch ein paar Worte mit Butler und Nield. Erstaunt sah sie, wie Butler eine Baskenmütze aus der Jackentasche nahm und sie auf den Lauf seiner Walther steckte. Dann ging er gebückt zu der Mauer, hinter der sich der Kanal verbarg.

Paula hörte, wie das Geräusch des Boots immer näher kam und nahm ihre Browning aus der Manteltasche. Langsam hob Butler die Waffe mit der Baskenmütze, bis diese über den Rand der Mauer hinausschaute. Sofort war von unten das Knattern einer Maschinenpistole zu hören. Die völlig durchlöcherte Baskenmütze fiel vom Lauf der Walther herunter. Marler griff in seine Umhängetasche und holte eine Handgranate hervor.

Butler hatte sich inzwischen den Schal ausgezogen und band ihn so um den Lauf der Walther, dass er von weitem wie ein Kopf aussah. Wieder hob er die Waffe so weit, dass der vermeintliche Kopf vom Kanal aus zu sehen war. Ein weiterer Feuerstoß riss den Schal in Fetzen. Die Salve dauerte ziemlich lange. Als das Feuer abrupt abbrach, dachte sich Paula, dass der unsichtbare Schütze wohl seine Waffe nachladen müsse.

Marler hob den Kopf, blickte über die Mauer und warf die Handgranate hinunter in den Kanal. Trotz Tweeds Warnung trat auch Paula an die Mauer heran und schaute hinunter. Im Licht einer Straßenlaterne erkannte sie das kleine Boot, das sie an dem Anleger in der Nähe des Hotels gesehen hatte. An seinem Heck stand Ronstadt, der verzweifelt mit einer Maschinenpistole herumhantierte. Neben ihm saßen zwei Männer – einer war lang und dünn, und der andere hatte ein Mondgesicht. Paula sah, wie Marlers Handgranate in das Boot fiel, und zog rasch den Kopf hinter die Mauer zurück. Obwohl die Wände des Kanals den Knall der Detonation dämpften, hallte er unglaublich laut durch die stille Nacht. Paula schaute wieder über die Mauer und sah, wie das halb zerfetzte Boot führerlos auf sie zuraste. Das Mondgesicht, das zuvor noch am Außenbordmotor gesessen hatte, lag ebenso wie Ronstadt und der andere Mann blutüberströmt am Boden des schon zur Hälfte mit Wasser voll gelaufenen Fahrzeugs. Auch Newman, Tweed und Kent blickten jetzt über die Mauer.

»Das Boot wird gleich sinken«, sagte Tweed. »Und es fährt direkt auf das Wehr zu.«

Mit angehaltenem Atem sah Paula zu, wie das Boot in dem schäumenden, strudelnden Wasser zur Seite kippte und schließlich mitsamt seiner grausigen Fracht über den Rand des Wehrs getrieben wurde und verschwand.

»Ich hoffe, Sie haben Ihre Sachen noch nicht ausgepackt«, sagte Tweed, als sie sich wieder dem Hotel näherten. Kurz vor dem Eingang blieb er stehen. »Wir reisen sofort ab und fahren über Paris nach London. Holen Sie Ihre Sachen, während ich die Rechnung bezahle. Wir treffen uns so schnell wie möglich an der Rezeption.«

Paula blieb bei Tweed, während dieser der Frau am Empfang erklärte, dass sie aufgrund einer überraschenden Nachricht sofort abreisen müssten. Sollte irgendjemand nach ihnen fragen, solle sie ihn an das Hotel Ritz in Paris verweisen, wo sie vor ihrer Weiterreise nach London möglicherweise ein paar Stunden lang absteigen würden.

Als Tweed mit Paula im ersten Stock den Gang zu ihren Zimmern entlanggingen, kam Newman ihnen entgegen. Im gleichen Augenblick hörte Tweed hinter einer geschlossenen Tür Stimmen und bedeutete den anderen mit über die Lippen gelegtem Zeigefinger, dass sie still sein sollten. Laut und deutlich war die Stimme von Denise Chatel zu hören.

»Ich lasse mir das nicht mehr länger gefallen«, sagte sie. »Sie waren schon in der Botschaft in London so gemein zu mir …«

»Wagen Sie es nicht, in diesem Ton mit mir zu sprechen, sie miese, kleine Verräterin«, schrie eine andere Stimme, die Tweed nicht erkannte. »Sie haben die Botschaft um mehr Geld betrogen, als Versace in einem ganzen Jahr Umsatz macht.«

»Und Sie haben mich nie in Ruhe gelassen«, kreischte Denise zurück. »In der Botschaft bin ich Ihnen ausgewichen, wann immer ich konnte.«

»Noch ein Wort, und ich bringe Sie um! Ich werfe Sie aus dem Fenster und schaue zu, wie Sie unten auf dem Pflaster jämmerlich krepieren.«

»Nein, das werden Sie nicht tun«, schrie Denise. »Von jetzt an werde ich dafür sorgen, dass immer ein Zeuge in der Nähe ist.«

»Ein Zeuge!«, polterte die unbekannte Stimme. »Wer, glauben Sie eigentlich, wer Sie sind? Meinen Sie vielleicht, die Organisation könnte nicht ohne Sie auskommen?«

Tweed setzte sich wieder in Bewegung und ging zusammen mit Paula und Newman auf sein Zimmer. Niemand sagte ein Wort, bis sie drinnen waren und die Tür hinter sich geschlossen hatten.

»Eine hübsche kleine Party feiern die da«, sagte Tweed trocken.

43

Tweed bestand abermals darauf, den Audi selbst zu fahren, sodass sich Paula wieder mit der Aufgabe des Navigierens begnügen musste. Hinten saßen Newman und Keith Kent. Marler, Nield und Butler folgten im zweiten Wagen. Paula, die gehofft hatte, Tweed würde jetzt etwas langsamer fahren, sah sich ziemlich rasch enttäuscht.

Kaum hatten sie Straßburg verlassen, trat er wieder aufs Gas. Während der Wagen über die Autobahn raste, beugte sich Newman nach unten und nahm die Bandage von seinem Knöchel ab. Dann massierte er ihn und bewegte seinen Fuß in alle möglichen Richtungen. Kent fragte ihn, ob alles wieder in Ordnung sei, und Newman nickte mit dem Kopf.

»Tweed«, rief er nach vorn, »mein Knöchel ist wieder okay! Wenn Sie wollen, kann ich Sie am Steuer ablösen.«

»Vielleicht später.«

»Wenn es noch ein ›später‹ gibt«, murmelte Paula vor sich hin und drehte sich zu Newman und Kent um. »Ich fand unsere Unterhaltung mit Sharon und Ed Osborne in der Bar vom Regent ziemlich merkwürdig. Sie haben da ein paar ziemlich direkte Bemerkungen gemacht.«

»Das haben sie auf meine Anweisung hin getan«, sagte Tweed. »Ich habe sie an der Rezeption darum gebeten. Sie haben ihre Rolle übrigens glänzend gespielt. Und Sie, Paula, haben gleich kapiert, was los ist, und Ihre eigenen Kommentare abgegeben. Es war beeindruckend, wie Sie den Rhythmus dieses Gesprächs sofort aufgenommen haben.«

»Haben Sie denn aus dieser Unterhaltung etwas erfahren?«, fragte Paula.

»Sagen wir mal, dass ich sie ziemlich spannend fand.«

»Eingedenk der Tatsache, dass Ed Osborne anwesend war, hat sich Sharon auch ziemlich wacker geschlagen«, bemerkte Paula nachdenklich. »Niemand weiß, über welche Macht der Mann tatsächlich verfügt.«

»Macht«, wiederholte Tweed. »Bei all der Aufregung und dem

Blutvergießen geht es ausschließlich um Macht. Die Gier nach Macht ist es, die den Leuten den Charakter verdirbt.«

»Die einzige Bemerkung, die Sie während der ganzen Unterhaltung mit Sharon gemacht haben, hatte ja auch mit Macht zu tun. Ansonsten haben Sie nicht viel gesagt.«

»Ich habe mich lieber aufs Zuhören und Beobachten verlegt.«

»Warum haben Sie eigentlich an der Rezeption hinterlassen, wo wir hinfahren? So was machen Sie doch sonst nicht.«

»Ich habe es getan, damit jeder, der uns verfolgen will, weiß, wo er hin muss. Wo wir schon dabei sind, sollten wir so viele von unseren Gegnern aus dem Verkehr ziehen wie möglich.«

»Dann sind wir in Paris möglicherweise nicht sicher?«

»Im Moment sind wir nirgendwo sicher.«

»Sie fahren ja schon wieder so schnell!«

»Uns läuft die Zeit davon, Paula.«

Rear Admiral Honeywood, der in der gesamten amerikanischen Marine als Crag bekannt war, lehnte sich auf der Kommandobrücke der *President* entspannt in seinem Stuhl zurück. Zu allen Seiten des riesigen Flugzeugträgers konnte er am Horizont die Schiffe der Eskorte ausmachen.

»In zwei Tagen dürften wir den Ärmelkanal erreichen«, sagte er zu seinem Ersten Offizier.

»Das stimmt genau mit meinen Berechnungen überein, Sir.«

»Und bisher sind wir noch nicht entdeckt worden«, fuhr Crag fort.

»Richtig, Sir. Unser Sonar meldet keine Unterseeboote, und Schiffe wurden bisher auch keine gesichtet. Und noch immer hat kein Passagierflugzeug unsere Flottille überflogen.«

»Hoffen wir, dass das so bleibt. Das Pentagon rechnet fest damit, dass wir die Engländer überraschen und plötzlich vor ihrer Haustür stehen. Das wird ihnen einen Mordsschrecken einjagen.«

»Vielleicht wäre jetzt eine gute Gelegenheit, den Stand der Dinge dem Vorsitzenden der Vereinigten Stabschefs mitzuteilen. Er wird nervös, wenn er nicht ständig auf dem Laufenden ist.«

»Da haben Sie Recht. Setzen Sie einen Bericht an das alte Stone-Face auf und vergessen Sie nicht die abgedroschene Floskel ›alles verläuft nach Plan‹. So etwas mag er.«

»Geht denn diese verdammte Karre nicht schneller?«, fragte Osborne.

»Der Chauffeur tut sein Bestes«, antwortete Sharon Mandeville säuerlich.

Sie saß zusammen mit Osborne im Fond der überlangen Limousine, während Denise Chatel vorn neben dem Chauffeur Platz genommen hatte. Sie hatte den Kopf gesenkt und las in einer Akte, die sie sich auf den Schoß gelegt hatte. Mit Höchstgeschwindigkeit rauschte die Limousine die Autobahn nach Paris entlang.

»Ich schätze, ich könnte die Klapperkiste schneller fahren«, sagte Osborne.

»Ich frage mich, weshalb Sie unbedingt mitfahren mussten.«

»Das ist ganz einfach, Lady. Ihre Limousine fährt genau dorthin, wo ich auch hin muss. Ich muss das Ritz erreichen, bevor Tweed dort eintrifft.«

»Wenn Ihnen das so wichtig ist, dann würde ich vorschlagen, dass Sie den Fahrer seine Arbeit tun lassen – er macht das nämlich ganz hervorragend.«

»Aber wir müssen uns beeilen, Baby.«

»Bitte nennen Sie mich nicht Baby. Ich habe zwar keine Ahnung, was für eine Position Sie in der Botschaft wirklich bekleiden, aber so etwas muss ich mir nicht gefallen lassen.«

»Ich gehöre zur Beschleunigungsabteilung, wenn Sie so wollen«, sagte Osborne ungerührt und wandte sich nach vorn an Denise. »Hi, Denise, wie geht's denn so?«

Denise Chatel hielt den Blick auf ihre Arbeit gesenkt und antwortete nicht. Mit einer Hand griff sie nach hinten und schloss die Trennscheibe zwischen den Vorder- und den Rücksitzen der Limousine. Osborne zuckte mit den Achseln und hob resigniert seine großen Hände.

»Ich möchte ja nicht neugierig erscheinen, aber wieso fahren wir eigentlich nach Paris?«, fragte Paula.

»Weil ich dort mit René Lasalle sprechen möchte, dem Chef des DST. Vielleicht kann er mir unter vier Augen mehr über Denise Chatels Vater erzählen als am Telefon.«

»Über den Vater, der vor einem Jahr zusammen mit seiner Frau bei einem Autounfall in Virginia ums Leben kam?«

»Richtig. Jean Chatel. Er wurde offiziell als Botschaftsattaché nach Amerika geschickt, aber in Wirklichkeit hat er für den französischen Geheimdienst gearbeitet.«

»Und warum interessieren Sie sich so für ihn?«, fragte Paula, während Tweed einen Konvoi aus drei Lastwagen überholte.

»Weil er in den Staaten herausfinden sollte, was die Amerikaner im Schilde führen. Und weil Jean Chatel und seine Frau bei genau derselben Brücke ums Leben kamen, an der Jahre zuvor Sharons Eltern ebenfalls einen tödlichen Autounfall hatten.«

»Meinen Sie, dass eine Verbindung zwischen den beiden Unfällen besteht?«

»Das kann ich nicht sagen«, sagte Tweed. »Aber ich habe so ein Gefühl, dass es durchaus einen Zusammenhang geben könnte und dass dieser Zusammenhang möglicherweise der Schlüssel zu den Vorgängen ist, die wir jetzt gerade erleben. Ich hoffe, dass René mir in dieser Hinsicht weiterhelfen wird.«

»Weiß er, dass Sie kommen?«

»Ja. Als ich meine Sachen aus dem Hotelzimmer geholt habe, habe ich ihn kurz auf Becks Mobiltelefon angerufen.«

»Wir fahren übrigens schon auf Reserve«, bemerkte Paula nach einem Blick auf die Benzinuhr.

»Ja, ich weiß. Aber da vorn kommt sowieso schon eine Tankstelle. Wenn jemand von Ihnen das Tanken übernehmen würde, könnte ich in der Zwischenzeit Roy Buchanan anrufen.«

»Ich mache das«, sagte Newman.

»Nein, lassen Sie mich«, bat Kent. »Ich möchte mir etwas die Beine vertreten und mich dabei auch einmal nützlich machen.«

»Sie waren uns eine unersetzliche Hilfe, Keith«, versicherte

Tweed. »Aber wenn Sie wollen, tanken Sie ruhig den Wagen voll. Da sind wir auch schon.«

Tweed hielt vor der Zapfsäule an, und während Kent mit dem Benzinschlauch hantierte, versuchte er Buchanan über das Handy zu erreichen. Er hatte Glück. Die ihm so wohl bekannte, straff und grimmig klingende Stimme war sofort am Apparat.

»Wer ist dran?«

»Ich bin's, Tweed. Roy, könnten Sie mir vielleicht einen Gefallen tun? Wenn ich zurück nach London komme, will ich mit Jefferson sprechen. Ach ja, haben Sie eigentlich schon irgendwelche Beweise dafür, dass die Amerikaner hinter den Bombenanschlägen stecken?«

»Ja. Wir haben das Video einer Überwachungskamera aus dem Kaufhaus in der Oxford Street, auf dem der Bombenleger sehr gut zu sehen ist. Es ist ein großer, dünner Mann mit einem knochigen Gesicht ...«

»Ein großer, dünner Mann mit einem knochigen Gesicht«, wiederholte Tweed, während er nach hinten zu Newman blickte.

»Vernon Kolkowski«, antwortete Newman wie aus der Pistole geschossen.

»Wir kennen den Mann«, sagte Tweed ins Telefon. »Oder besser: Wir kannten ihn. Inzwischen ist er mausetot. Sein Name war Vernon Kolkowski. Ich buchstabiere ... Haben Sie's? Gut. Vermutlich hat er zum Personal der amerikanischen Botschaft gehört, als er noch in London war.«

»Das stimmt. Wir haben ihn beim Betreten der Botschaft fotografiert, aber wir konnten ihn nicht festnehmen. Wie alle anderen hatte auch er einen Diplomatenpass.«

»Ich würde es begrüßen, wenn Sie mir Ihre Beweise in einer Art Handakte zusammenfassen könnten – mit Ausdrucken von wichtigen Bildern des Videofilms, wenn möglich. Je mehr Material, desto besser.«

»Wird erledigt. Es hat übrigens keine weiteren Bombenanschläge mehr gegeben, was wohl auf unsere drastischen Sicherheitsvorkehrungen zurückzuführen sein dürfte. Hoffen wir, dass es so bleibt. Wann kann ich Sie zurück erwarten?«

»Vermutlich innerhalb der nächsten vierundzwanzig Stunden.«

»Ich lasse die Akte gleich zusammenstellen.«

Tweed unterbrach die Verbindung und ließ sich erleichtert in den Autositz zurücksinken. Er lächelte, als Paula ihm die unvermeidliche Frage stellte:

»Weshalb wollen Sie mit Morgenstern sprechen?«

»Ich habe schon vor einiger Zeit einmal gesagt, dass die Amerikaner meiner Meinung nach auf zwei Ebenen operieren, die nichts voneinander wissen. Sharon hat mich jetzt in dieser Annahme bestärkt. Ich glaube, dass die diplomatische Seite keine Ahnung von den Verbrechen hat, die das Executive Action Department begeht. Und Morgenstern genießt nicht nur international, sondern auch in den Vereinigten Staaten großen Respekt. Für die amerikanische Öffentlichkeit repräsentiert er wie kein Zweiter die Regierung in Washington.«

Tweed blickte in den Rückspiegel auf Marlers Audi, der an der Zapfsäule hinter dem ihren stand und gerade von Butler aufgetankt wurde. Kent kam aus dem Tankstellengebäude zurück und reichte Paula durch das Beifahrerfenster zwei große Papiertüten.

»In einer Tüte ist Mineralwasser, in der anderen sind frische Croissants«, sagte er.

»Sie sind ein Engel, Keith«, schnurrte Paula.

Sie beugte sich aus dem Fenster und gab Keith einen Kuss auf die Wange. In diesem Augenblick trat Marler an Tweeds Fenster und streckte sich.

»Kann ich kurz mit Ihnen sprechen?«, fragte er.

»Ja, wenn es schnell geht. Wissen Sie was? Ich werde ein paar Schritte mit Ihnen gehen. Es tut gut, sich zwischendurch mal die Füße zu vertreten ...«

Paula nahm einen Schluck aus einer der Mineralwasserflaschen. Nachdem sie ihren Durst gestillt hatte, wischte sie den Flaschenhals mit einem Papiertaschentuch ab und reichte die Flasche an Newman weiter.

»Entschuldigen Sie mein wenig damenhaftes Benehmen«, sagte sie. »Wenn Sie getrunken haben, gebe ich Ihnen ein Croissant. Und geben Sie die Flasche an Keith weiter.« Kent war inzwischen wieder eingestiegen.

»Als ich im Schwarzwälder Hof in Freiburg war«, begann Marler, während er neben Tweed über den Parkplatz der Tankstelle ging, »habe ich von einer Telefonzelle aus Alf angerufen.«

»Wer ist Alf?«

»Alf Rudge. Er ist der Boss der Cockney-Bande, von der ich Ihnen erzählt habe, der Trupp, den ich in meiner Freizeit als eine Art stiller Reserve aufgebaut habe. Es sind harte Burschen, allesamt Taxifahrer. Insgesamt sind es sieben, Alf mit eingeschlossen. Ich habe sie an den Wochenenden in den Chiltern Hills auf einem improvisierten Schießstand an Pistolen und Maschinenpistolen ausgebildet und mit ihnen das Werfen von Handgranaten geübt. Drei von ihnen verstanden ihr Handwerk bereits, denn sie haben im Golfkrieg gekämpft. Alle sieben sind mittlerweile ausgesprochene Meisterschützen.«

»Das könnte sich noch als sehr nützlich erweisen«, sagte Tweed. »Die Amerikaner scheinen über ein schier unerschöpfliches Reservoir an Leuten zu verfügen. Aber wo nehmen Ihre Cockneys denn die Zeit für die Ausbildung her, wenn sie alle Taxifahrer sind?«

»Ganz einfach. Ihre Taxis gehören ihnen selbst. Da können sie sich ihre Zeit einteilen.«

»Und wie konnten Sie sie motivieren?«

»Alf hat zwar ein paar Amerikaner als Freunde, aber ansonsten mag er die Yankees nicht – dem Rest der Truppe geht es ebenso. Darf ich Ihnen eine kurze Geschichte über Alf erzählen?«

»Ja. Aber machen Sie schnell! In spätestens fünf Minuten sollten wir wieder auf der Piste sein.«

Während sie weiter über den Parkplatz gingen, schauten sie hinüber zu den beiden Audis. Nield, der eine Handgranate in der einen Hand verbarg und seine Walther schussbereit in ihrem Schulterhalfter hatte, stand an Marlers Wagen gelehnt und blickte hinaus auf die Autobahn.

»Alf ist einmal im Urlaub nach Los Angeles geflogen«, erzählte Marler. »Als er dort eines Nachts einen Spaziergang macht, kommen drei Gangster auf ihn zu und wollen sein Geld haben. Er holt seine Geldbörse heraus und zeigt ihnen, dass er nur einen Hundertdollarschein bei sich hat. Dann sagt er, dass er in seinem Hotel noch mehr Geld hat. Wenn sie ihm nichts täten, könnten sie es haben. Er führt sie also zu dem heruntergekommenen Hotel, in dem er abgestiegen ist. Der Anführer der Verbrecher kommt mit auf sein Zimmer, während die anderen beiden unten bleiben und Schmiere stehen. Oben im Zimmer sagt Alf zu dem Typ, er solle die Pistole von seinem Hinterkopf nehmen, dann würde er ihm zeigen, wo das Geld ist. Der Gangster tut, was Alf ihm sagt, und Alf lässt ihn die Schublade einer Kommode aufziehen. Als der Typ hineingreift, um das Geld herauszuholen, schiebt Alf mit einem Fußtritt die Schublade zu. Dann verpasst er dem Gangster, dem er sämtliche Finger gebrochen hat, noch einen Kinnhaken, dass dieser halb bewusstlos zu Boden geht. Alf ruft die anderen beiden herauf und schlägt ihnen mit der Pistole des Anführers fast die Schädel ein. Zum Schluss wirft er alle drei die Treppe hinunter. Als der Besitzer des Hotels kommt, zahlt Alf die Rechnung und sagt, dass er auszieht und nach Malibu geht. In Wirklichkeit aber nimmt er das nächste Taxi, lässt sich zum Flughafen fahren und fliegt mit der erstbesten Maschine nach Hause.«

»Dieser Alf kann offensichtlich auf sich aufpassen«, sagte Tweed. »Aber ich sehe, dass Kent aus der Tankstelle kommt und zwei Papiertüten zum Auto bringt. Es wird Zeit, dass wir weiterfahren.«

»Tritt endlich auf das verdammte Gaspedal«, fauchte Rupert. »Diese Mistkarre ist ja langsam wie eine Schnecke.«

»Nicht so stürmisch, mein Freund«, erwiderte Basil. »Ich fahre so schnell, wie es die Geschwindigkeitsbegrenzung zulässt.«

»Zum Teufel mit der Geschwindigkeitsbegrenzung! Ich will nach Paris.«

»Das wollen wir alle, alter Junge.«

»Nenn mich nicht ›alter Junge‹! Wir sind beide gleich alt. Zweiunddreißig, falls du das vergessen hast.«

»Das habe ich nicht vergessen. Und was die Geschwindigkeitsbegrenzung anbelangt: Möchtest du vielleicht von der Polizei angehalten werden? Das kostet uns nicht nur eine saftige Strafe, sondern viel mehr Zeit, als wir durch das Schnellfahren gewinnen.«

»Wenn du dich nicht traust, halt an. Ich werde fahren.«

»Das ist meiner Meinung nach keine allzu gute Idee, alter Junge. Nach dem, was du in der Hotelbar konsumiert hast, dürftest du nur bedingt fahrtauglich sein. Wenn dich die Polizei in diesem Zustand aufhält, buchtet sie dich ein. In den hiesigen Gefängnissen soll es nicht sehr angenehm sein. Wieso musst du überhaupt so schnell nach Paris?«

»Weil ich was zu trinken brauche.«

»Und ich glaube, dass du dich an diesem Newman rächen willst. Davon würde ich dir dringend abraten. Der Bursche kann ziemlich ekelhaft werden.«

»Newman interessiert mich nicht. Der Kerl ist nichts weiter als ein drittklassiger Reporter, der keine Aufträge mehr bekommt. Ich will was zu trinken, das ist alles. In dieser lausigen Hotelbar wollten sie mir nichts mehr mitgeben. Eine Frechheit, so früh zuzusperren!«

»Es war mitten in der Nacht«, sagte Basil.

»Was hat das denn damit zu tun? Eine Flasche hätten sie mir noch verkaufen können.«

»Ich bin froh, dass sie das nicht gemacht haben. Du hast fünfmal so viel getrunken wie ich.«

»Ach, du hast mitgezählt?«, fragte Rupert mit einem höhnischen Ton in der Stimme. »Das sieht dir ähnlich.« Er fuchtelte mit der Hand in der Luft herum. »Es macht dir hoffentlich nichts aus, wenn ich dich einen miserablen Autofahrer nenne.«

»Du kommst schon noch früh genug nach Paris. Wieso machst du inzwischen nicht ein kleines Nickerchen?«

»Ich will kein Nickerchen machen. Ich möchte was trinken.«

»Ach, Rupert, da ist noch etwas. Du hast doch vom Hotel Colombi aus den Anwalt deines Vaters angerufen«, sagte Basil mit stocknüchterner Stimme. »Er wollte dir einen Vorschuss auf dein

Erbe überweisen. Ich bin im Moment ziemlich blank. Könntest du mir vielleicht mit einem kleinen Sümmchen unter die Arme greifen? Zehntausend Pfund würden genügen.«

»Ich vermute, dass wir bald in Paris sein dürften«, sagte Tweed.«

»Da haben Sie Recht«, erwiderte Paula. »Bald müssten wir die ersten Vorstädte erreicht haben. Sind Sie etwa müde?«

»Nein, nur ungeduldig. Ich habe das Gefühl, dass wir so schnell wie möglich nach London zurückkehren sollten.«

»Mir fällt gerade etwas Wichtiges ein«, meldete sich Newman von hinten. »Als wir am Schluchsee waren, hätte mich Ronstadt mit seinem Wagen doch fast über den Haufen gefahren. Ich erinnere mich jetzt ganz deutlich daran, dass *vier* Männer in dem Wagen saßen. In dem Boot, das wir in Straßburg versenkt haben, waren aber nur *drei*. Einer von ihnen ist also noch am Leben.«

»Vielleicht das Phantom«, scherzte Paula. »Nach allem, was man bisher von ihm weiß, kann es sich in Luft auflösen.«

»Damit könnten Sie sogar Recht haben«, antwortete Newman mit ernster Stimme.

»Vielleicht ist der vierte Mann ja doch Marlers Handgranate zum Opfer gefallen und sofort untergegangen«, sagte Tweed. »Wenn er allerdings noch am Leben ist, müssen wir ihn unschädlich machen.«

»Wenn Sie Ihre Sachen in Paris erledigt haben«, fuhr Newman fort, »wie kommen wir dann nach Hause?«

»Das kommt ganz darauf an, welches Transportmittel schneller ist«, antwortete Tweed. »Entweder nehmen wir den Eurostar oder das Flugzeug vom Flughafen Charles de Gaulle aus. Lasalle wird auf diese Frage sicher eine Antwort wissen.«

»Schön langsam wird es hell«, bemerkte Paula. »Wenn wir Glück haben, erreichen wir das Ritz noch vor dem morgendlichen Berufsverkehr. Der soll in Paris ja bekanntlich mörderisch sein.«

Im Osten war ein fahler Lichtschimmer am Horizont zu sehen, der langsam immer stärker wurde. Bald waren die Felder zu beiden Seiten der Autobahn in ein graues Dämmerlicht gehüllt. Der Himmel, der zuvor tiefschwarz gewesen war, nahm eine blassblaue Farbe an. Es sah ganz so aus, als ob es ein schöner Tag werden würde.

»Was für ein Unterschied zum Schwarzwald«, sagte Paula fröhlich.

»Der Wetterbericht hat einen klaren Tag vorausgesagt«, sagte Tweed. »Auch mal ganz schön zur Abwechslung. Ich frage mich übrigens, wie Howard in der Park Crescent zurechtkommt. Er muss schließlich den ganzen Laden allein schmeißen. Und das unter denkbar schwierigen Umständen ...«

Viele Stunden früher – am Nachmittag des vorigen Tages – hatte Howard beschlossen, hinaus zum Bunker zu fahren und sich mit eigenen Augen davon zu überzeugen, wie die Arbeit dort voranging. Es war ein herrlich sonniger Tag, aber Howard hatte in den vergangenen achtundvierzig Stunden so gut wie keinen Schlaf gefunden und musste sich richtiggehend zwingen, am Steuer wach zu bleiben.

Als er langsam durch Parham fuhr, dachte er kurz daran, bei Sir Guy Strangeways in Irongates vorbeizuschauen, hielt es dann aber für besser, weiterzufahren, solange er noch wach war.

Immer wieder fielen ihm die Augen zu, und um ein Haar hätte er südlich von Ashford die Abzweigung nach Ivychurch übersehen. Jetzt musste er seine ganze Konzentration aufbringen, um seinen Weg durch das Gewirr von kleinen, verschlungenen Landstraßen zu finden. Die Hälfte der Strecke versperrten ihm dornige Hecken, an denen noch kein grünes Blatt zu sehen war, die Sicht auf den weiteren Verlauf der Straße.

»Es ist verdammt gefährlich, so übermüdet Auto zu fahren«, sagte Howard zu sich selbst. »Ich muss aufpassen, dass ich niemand über den Haufen fahre.«

Normalerweise hätte ihn das Geräusch eines sich nähernden Hubschraubers misstrauisch gemacht, aber in seiner Erschöpfung nahm er einfach an, dass es sich dabei um einen Helikopter zur Verkehrsüberwachung handelte. Sehr langsam fuhr er auf das Tor des Bunkers zu und wartete darauf, dass Mrs. Carson es ferngesteuert öffnete. Er hörte immer noch den Hubschrauber, als das Tor aufging und Mrs. Carson wild gestikulierend auf den Hof rannte und ihm bedeutete, den Wagen in eine große offene Scheune zu fahren. Howard tat, was sie von ihm verlangte. Als er aus dem Wagen stieg, wäre er vor Müdigkeit fast hingefallen. Kaum war er auf dem Hof, schob Mrs. Carson das schwere Scheunentor zu.

»Los, ins Haus! Schnell!«, schrie sie.

Kaum waren sie drinnen, schlug sie vehement die Tür zu. Howard ließ sich in den nächsten Sessel sinken. Er musste sich zusammennehmen, um nicht auf der Stelle einzuschlafen.

»Haben Sie schwarzen Kaffee für mich?«, fragte er. »Ich brauche mindestens einen Liter davon.«

»Haben Sie denn den Hubschrauber nicht gesehen, der über uns kreist?«, fragte Mrs. Carson. »Er hat keinerlei Abzeichen am Rumpf. Sie hätten irgendwo warten müssen, bis er wieder verschwunden ist.«

»Tut mir Leid. Könnten Sie mir jetzt den Kaffee kochen?«

Im Inneren des Hubschraubers richtete der Kopilot eine Kamera mit starkem Teleobjektiv auf das Farmhaus und fotografierte es im Vorbeifliegen aus jedem nur möglichen Winkel.

»Gene«, sagte er triumphierend zu dem Piloten neben ihm. »Wir haben soeben die geheime Kommandozentrale der Engländer entdeckt. Ich habe hervorragende Bilder davon gemacht.«

»Das ist fantastisch, Lou. Hast du die genaue Position auf der Karte eingetragen?«

»Ja, habe ich. Ich schätze, das wird uns eine Beförderung einbringen.«

»Und was hältst du von den Hecken, die rings um die Farm stehen?«

»Das sind bloß Hecken, weiter nichts. Wir haben alles, was wir brauchen.«

»Okay, Lou. Fliegen wir zurück. Die Bilder und die Karte müssen so schnell wie möglich nach Washington. Ich glaube, sie werden dort unverzüglich beim Vorsitzenden der Vereinigten Stabschefs landen.«

44

»René Lasalle ist nicht in seinem Büro«, sagte Tweed, während er in seinem Zimmer im Hotel Ritz den Telefonhörer auflegte. »Ich habe ihm ausrichten lassen, dass er mich sofort anrufen soll, wenn er wieder zurück ist.«

»Was für ein schönes Zimmer«, schwärmte Paula. »Und was für ein herrlicher Blick auf die Place Vendôme – besonders an einem so schönen Tag wie diesem.«

Tweed kam zu ihr ans Fenster und blickte hinab auf die berühmte Säule, die Napoleon auf diesem Platz mit dem Grundriss eines Vielecks errichten ließ. Die Fassaden der Gebäude waren erst kürzlich gereinigt worden, sodass sie in frischem Glanz erstrahlten. Tweed hatte die Place Vendôme schon immer für den schönsten Platz in ganz Paris gehalten.

»Sie werden es nicht glauben, weshalb René aus seinem Büro gerufen wurde.«

»Erzählen Sie es mir.«

»In einem großen Kaufhaus ist eine Bombe explodiert. Es soll viele Tote gegeben haben.«

»Meinen Sie etwa, dass die Amerikaner ihre Aktivitäten jetzt auch auf Frankreich ausgedehnt haben?«

»Nein, im Moment lässt sich das so noch nicht sagen. Renés Stellvertreter glaubt, dass der Anschlag auf das Konto algerischer Extremisten geht. Es gibt so viele Verrückte auf dieser Welt.«

»Jetzt, wo der Kalte Krieg vorüber ist, geht ein heißer Krieg im Untergrund los? Das wäre schlimm, denn bombenlegende Fanatiker kriegt man nur sehr schwer zu fassen.«

»Ich werde später Monica anrufen und vielleicht auch mit Howard sprechen. Aber zuerst brauche ich ein ordentliches englisches Frühstück. Sie nicht auch?«

»Ich habe das Gefühl, als hätte ich ein Loch im Bauch. Ein Frühstück wäre wunderbar.«

Als sie im Erdgeschoss aus dem Lift stiegen, rieb sich Newman, der mit ihnen hinuntergefahren war, genüsslich die Hände. Während sie in den Speisesaal gingen, schaute er sich um.

»Wissen Sie was?«, sagte er zu Tweed. »Langsam gewöhne ich mich an diese Luxushotels. Und ich glaube auch, dass ich sie verdient habe, wenn ich an die miesen Klitschen denke, in denen ich als Auslandskorrespondent oft absteigen musste.«

»Die Meute ist uns gefolgt«, flüsterte Paula Tweed zu.

Tweed drehte sich um und sah Ed Osborne mit einer für einen so schweren Mann wie ihn bemerkenswerten Beweglichkeit die Treppe herunterlaufen. Im selben Augenblick öffnete sich die Tür des Speisesaals und Rupert Strangeways und Basil Windermere kamen heraus. Als die beiden Tweed und Paula sahen, blieben sie stehen. Rupert verbeugte sich mit einem ironischen Lächeln vor Paula. »Wir haben das Rennen gewonnen. Wer uns schlagen will, der muss früh aufstehen.«

»Sie zu schlagen dürfte wohl ein ziemlich zweifelhaftes Vergnügen sein«, entgegnete Paula schnippisch.

»Die hat's dir aber gegeben, Rupert«, sagte Basil.

Rupert sah Paula böse an. Als die beiden Männer weitergingen, hielt Newman Tweed am Arm fest. Weil niemand in der Nähe war, konnte er genau hören, was Basil zu Rupert sagte.

»Ich gehe noch mal raus und hole was aus dem Auto.«

»Und ich«, verkündete Rupert mit lauter Stimme, während er über die Schulter blickte, »werde mich kurz unter die Dusche stellen. Schade, dass ich es allein tun muss«, fügte er mit einem Seitenblick hinüber zu Paula an. »Vielleicht hätten Sie ja mal Lust, mir dabei ein wenig Gesellschaft zu leisten.«

Während die beiden sich endgültig entfernten, wurde Paula knallrot und knirschte vor Wut mit den Zähnen. Wäre Rupert etwas näher bei ihr gewesen, hätte sie ihm ins Gesicht geschlagen. Newman nahm sie am Arm und geleitete sie in den Speisesaal. Tweed folgte ihnen.

»Es hat keinen Sinn, sich mit solchem Abschaum zu streiten«, sagte Tweed. »Und sehen Sie mal, wen wir da haben.«

Sharon Mandeville saß allein an einem Tisch und brach mit ihren eleganten Händen ein Croissant auseinander. Mit einem Winken lud sie die Engländer ein, an ihren Tisch zu kommen.

Tweed ging sofort zu ihr hinüber und wartete darauf, dass Paula und Newman nachkamen.

»Paula, setzen Sie sich doch neben mich«, sagte Sharon. »Und Ihnen, meine Herren, überlasse ich die Wahl Ihres Sitzplatzes.«

»Ich dachte schon, Sie meinten die Wahl der Waffen«, scherzte Newman.

»Könnte es sein, dass Sie mich verfolgen, Bob?«, fragte Sharon, als alle saßen. »Wenn dem so sein sollte, würde ich es als großes Kompliment auffassen. Oder sind es am Ende Sie, Tweed, der mir hinterherfährt?«

»Stimmt«, antwortete Tweed und griff nach der Speisekarte. »Eine göttliche Eingebung hat mir gesagt, dass ich Sie hier finden würde.«

»Wo sonst könnte man in Paris absteigen?«, sagte Sharon.

»Was dagegen, wenn ich mich dazusetze?«, ließ sich eine tiefe Stimme mit amerikanischem Akzent von hinten vernehmen. Es war Ed Osborne, der schon eine Hand auf der Lehne des leeren Stuhls gegenüber Tweed hatte. »Schön langsam kommt es mir so vor, als wären wir eine kleine Familie, so oft wie wir in letzter Zeit zusammenkommen ...«

»Nehmen Sie doch Platz, Ed«, sagte Sharon mit hörbar wenig Begeisterung.

»Sehr schön. Ich bin nämlich ein geselliger Mensch und speise nicht gern allein. Na, was essen Sie denn Schönes?«

»Wir werden uns ein großes englisches Frühstück bestellen«, sagte Tweed. »Da kommt auch schon der Kellner.«

»Tja, ich nehme wohl das Gleiche.«

Nachdem sie bestellt hatten, wandte Sharon ihre Aufmerksamkeit Paula zu. Hinter schützend vorgehaltener Hand hob sie die Augenbrauen und blickte hinüber zu Osborne, als wolle sie sagen: »Jetzt geht das schon wieder los.« In Wirklichkeit sagte sie etwas anderes: »Nach dem Frühstück gehe ich zum Friseur. Hier im Hotel gibt es einen sehr guten Salon.«

Paula schaute auf Sharons blonde Locken, die ihr elegant auf die Schultern fielen.

»Sie sehen auch jetzt so aus, als kämen Sie geradewegs vom Friseur«, bemerkte sie.

»Das ist das netteste Kompliment, das man mir seit langer Zeit gemacht hat«, sagte Sharon und ergriff quer über den Tisch Paulas Hand. »Vielen Dank, Paula. Tweed, warum sind Sie in Paris?«, fügte sie unvermittelt an.

»Ich untersuche den Tod von Denise Chatels Eltern«, antwortete Tweed. »Möglicherweise wurden sie an einer einsamen Brücke in Virginia ermordet.«

Osborne zuckte so sehr zusammen, dass er Kaffee aus seiner Tasse auf dem Tisch verschüttete. Ein Kellner eilte herbei, bereit, Osborne etwaige Kaffeespritzer von dessen elegantem beigefarbenem Anzug zu tupfen. Als er sah, dass diese Hilfe nicht vonnöten war, gab er Osborne eine frische Serviette und zog sich wieder zurück.

Paula erschrak über Tweeds ungewöhnliche Offenheit. Trotzdem gelang es ihr, ein erstauntes Gesicht zu machen.

»Ermordet?«, fragte Sharon verblüfft. »Ich dachte immer, sie seien bei einem Autounfall ums Leben gekommen.«

»Ich glaube, Sie bringen da was durcheinander, Kumpel«, sagte Osborne. »Laut offiziellem Untersuchungsbericht handelte es sich eindeutig um einen Unfall.«

»Aber ich habe einen Zeugen, der das Gegenteil behauptet«, sagte Tweed.

»Einen Zeugen?«, fragte Osborne ungläubig. »Und wer ist dieser so genannte Zeuge?«

»Im momentanen Stadium der Ermittlungen möchte ich lieber keine Namen nennen.«

»Aber wir sind hier in Paris und nicht in Virginia«, protestierte Osborne.

»Der lange Arm der Gerechtigkeit kann manchmal auch über Kontinente hinweggreifen.

»Ich bin wie vor den Kopf gestoßen«, sagte Sharon. »Und darüber hinaus erschüttert. Weiß eigentlich Denise davon?«

»Wo ist Denise überhaupt?«, fragte Tweed und vermied es, auf ihre Frage zu antworten.

»Auf ihrem Zimmer hier im Hotel. Sie hat viel zu arbeiten und war schon früh beim Frühstück.«

»Apropos Frühstück – hier kommt unseres ja, Gott sei Dank«, sagte Osborne. »Sie glauben wahrscheinlich alle, dass ich mich bei meinem Gewicht eher mit einer Grapefruit begnügen sollte, aber in Wirklichkeit bin ich völlig durchtrainiert. Schließlich gehe ich regelmäßig in den Sportclub und beschäftige mich mit Sandsackboxen und Gewichtheben.«

»Dann haben Sie bestimmt auch gute Reflexe«, sagte Newman.

»Die hat er«, bestätigte Paula. »Ich habe ihn gerade wie einen Zehnjährigen die Treppe herunterspringen sehen.«

»Ich hatte es eben eilig, zum Frühstück zu kommen«, kicherte Osborne.

Nachdem Tweed mit dem Essen fertig war, sagte er: »Ich muss jetzt auf mein Zimmer und telefonieren.«

Er stand auf und sah sich in dem Speisesaal um. Marler hatte, wie zuvor besprochen, allein an einem Tisch in der Nähe Platz genommen. An einem anderen Tisch saßen, ebenfalls auf Tweeds Anweisung hin, Butler und Nield. Es war besser, wenn gewisse Leute im Hotel nicht wussten, wer zu ihm gehörte.

»Ich hoffe, Sie entschuldigen mich«, sagte Tweed zu Sharon.

»Selbstverständlich. Ich werde noch eine Tasse Kaffee trinken und mich dann auch an die Arbeit machen.«

Als Tweed, gefolgt von Newman und Paula, den Speisesaal verließ, stand Marler auf und schlenderte zum Ausgang. Auf dem Weg durch die Hotelhalle blickte Tweed nach draußen und bemerkte, dass die Sonne schien. Es sah ganz so aus, als würde es tatsächlich ein schöner Tag werden.

Tweed ging quer durch die Halle zum Hauptausgang des Hotels, der hinaus auf die Place Vendôme führte. Als Tweed durch die Tür nach draußen wollte, sprang Marler von hinten auf ihn zu und riss ihn zurück. Sekundenbruchteile später schlug dort, wo er ohne Marlers Eingreifen hingetreten wäre, eine Kugel in den Marmorboden und schwirrte als Querschläger hinaus auf den Platz. Der uniformierte Portier, der draußen vor dem Hotel Dienst tat, rannte auf Tweed zu.

»Ist etwas nicht in Ordnung?«

»Nein, ich bin nur auf einen Stein getreten, der irgendwie in den Eingang geraten sein muss.«

»Ich dachte, ich hätte einen Knall gehört.«

»Das muss wohl eine Fehlzündung gewesen sein.«

Marler lief hinaus auf den leeren Platz, was der Portier aber nicht bemerkte, weil er mit Tweed sprach. Dort richtete er seine Walther auf die Dächer der dem Hotel gegenüberliegenden Häuser. Er hatte keine Angst, dass auch auf ihn geschossen wurde, denn er war ständig in Bewegung und damit schwer zu treffen. Mit seiner Reaktion wollte er den unsichtbaren Scharfschützen verunsichern, der wieder einmal von oben auf Tweed geschossen hatte – genau wie in Basel.

Tweed, der wieder zurück in die Hotelhalle gegangen war, reagierte auf den erneuten Anschlag ruhig und gleichmütig, was Paula und Newman allerdings nicht taten. Vor allem Paula nahm kein Blatt vor den Mund.

»Sind Sie denn verrückt geworden?«, sagte sie leise zu Tweed. »Sie können doch nicht einfach allein aus dem Hotel gehen. Ohne Marler wären Sie jetzt tot. Was haben Sie sich bloß dabei gedacht?«

»Paula hat Recht«, meinte auch Newman. »Wieso sind Sie ohne Not ein solches Risiko eingegangen?«

»Tut mir Leid«, antwortete Tweed, »aber ich habe gerade an etwas gedacht, was beim Frühstück geschah – oder besser: was beim Frühstück nicht geschah. Ich werde mich bei Marler bedanken, wenn er wieder hereinkommt.«

»Eines wissen wir jetzt«, sagte Newman. »Das Phantom hat uns bis hierher verfolgt.«

»Stimmt.«

Zuvor, kurz bevor er seinen Entschluss gefasst hatte, ins Freie zu gehen, hatte Tweed auf dem Weg zum Lift einen Blick in den Innenhof des Hotels geworfen und daran gedacht, dass sich hier im Sommer die Damen der besseren Gesellschaft zum Tee versammelten und den neuesten Klatsch austauschten. Als er so dagestanden und nachgedacht hatte, war Osborne an ihm vorbeigegangen und hatte eilig das Hotel verlassen.

Jetzt war es Paula, die auf dem Weg durch die Halle stehen blieb. Sie betrachtete eine Vitrine mit Kunstgegenständen, die in einem berühmten Geschäft in der Rue Saint Honoré verkauft wurden. Die Preise waren exorbitant hoch.

»Das sind ziemlich wertvolle Dinge da drinnen«, bemerkte Tweed.

»Sie, Tweed, sind viel wertvoller als alles in diesem Kasten«, sagte Paula. »In Zukunft verlassen Sie bitte das Hotel nur dann, wenn Bob und ich bei Ihnen sind.«

»In Ordnung«, antwortete Tweed mit einem Lächeln. »Sie wissen ja, dass ich immer das tue, was man mir sagt.«

»Das war kein Witz!«, sagte Paula aufgebracht. »Ich möchte, dass Sie es mir versprechen.«

»Großes Ehrenwort. Aber jetzt muss ich wirklich auf mein Zimmer und telefonieren.«

Tweed hatte den Satz noch nicht richtig beendet, als Osborne durch den Haupteingang die Halle betrat. Der Amerikaner war ganz außer Atem und musste erst einmal tief durchschnaufen, bevor er sprechen konnte.

»Hallo Leute«, keuchte er. »Ich bin eben mal um den Block gejoggt. Ich habe Ihnen ja gesagt, dass ich mich fit halte. Aber verraten Sie mich bitte nicht – ich habe soeben ein Verbrechen begangen.«

»Was für ein Verbrechen denn?«, fragte Newman.

»Ich habe ein paar Münzen in die Parkuhr gesteckt, vor der mein Wagen steht. Sie war längst abgelaufen. Ich musste mein Auto in der Rue Saint Honoré abstellen, weil in der Hotelgarage kein Platz mehr war. Bis später!«

Paula sah ihm hinterher, wie er gelenkig die Treppe hinauflief und dabei zwei Stufen auf einmal nahm.

»So anstrengend kann sein Jogging nun auch wieder nicht gewesen sein«, bemerkte sie.

Tweed fuhr allein mit dem Lift nach oben, weil Paula sich noch ein wenig den Schaukasten ansehen wollte, in dem es ihr eine Diamantbrosche, die wie die Flügel eines Vogels geformt war, besonders angetan hatte. Newman war bei ihr geblieben. Er sah, wie Marler zurück ins Hotel und direkt auf sie zukam.

»Ich muss mit Ihnen reden«, sagte er. »Vielleicht gehen wir in den kleinen Aufenthaltsraum dort drüben. Der ist gerade leer.«

Sie gingen ein paar Stufen hinauf in den Raum und setzten sich.

»Haben Sie etwas gefunden?«, fragte Newman.

»Ja. Die Kugel, die eigentlich Tweed gegolten hatte. Hier ist sie.«

Aus seiner Jackentasche holte er eine alte Tabaksdose, die Paula an die Zeit erinnerte, als Marler noch Pfeife geraucht hatte. Er öffnete die Dose und zeigte den beiden das hässliche, deformierte Geschoss, das darin lag.

»Ein wichtiges Beweisstück«, sagte Marler.

»Haben Sie irgendwelche Spuren von dem Schützen entdeckt?«

»Keine. Zuerst habe ich gedacht, dass er von einem der Hausdächer aus geschossen hat. Aber als ich mir die Dächer näher angesehen habe, ist mir klar geworden, dass nicht einmal ein geübter Bergsteiger dort einen sicheren Halt gefunden hätte. Und die Fenster in den oberen Stockwerken waren alle zu. Das weiß ich, weil ich sofort nach dem Schuss auf den Platz gerannt bin.«

»Von wo aus wurde der Schuss denn dann abgefeuert?«

»Von ebener Erde aus. Vielleicht hat sich der Attentäter hinter einer Ecke versteckt. Da drüben gibt es eine lange Arkade, in der kein Mensch zu sehen war. Die Leute sind schon alle bei der Arbeit, und die Frauen, die in die vornehmen Geschäfte zum Einkaufen gehen, stehen noch vor dem Spiegel und legen ihr Make-up auf.«

»Sie sind ein alter Macho, Marler«, sagte Paula neckisch.

»Wollen Sie damit sagen, dass ich nicht Recht habe?«

»Doch, Sie haben Recht. Ich finde es nur amüsant, wie Sie die Frauen sehen. Ihr Wissen stammt wohl aus Erfahrung.«

»Woher sonst?«

Der Jumbo-Jet der British Airways mit der Flugnummer BA 9999 befand sich auf seinem Weg von London nach New York mitten über dem Atlantik, als der Pilot wegen ungewöhnlich starker

Turbulenzen den Kurs ändern musste. Kurz darauf übergab er das Steuer an seinen Kopiloten und blickte durch das Cockpitfenster.

Aus einer Höhe von fünfunddreißigtausend Fuß sah er unter sich nichts weiter als eine sich schier endlos ausdehnende Wolkendecke, unter der sich der Ozean verbarg. Laut Wetterbericht erstreckten sich die Wolken bis nach New York, das noch mehrere Flugstunden entfernt lag. Captain Stuart Henderson lutschte nachdenklich an einem Bonbon, das ihm Linda, die Chefstewardess, wenige Minuten zuvor gegeben hatte. In einem Regal oberhalb des Pilotensitzes lag, sorgfältig gegen das Herunterfallen gesichert, Hendersons Videokamera. Er hatte seiner Frau versprochen, ein paar Aufnahmen vom Anflug auf New York zu machen. Bei diesem Flug allerdings würde er wohl wieder kein Glück haben, denn der JFK-Airport lag unter dichten Wolken.

Nicht ungewöhnlich für diese Jahreszeit, dachte Henderson, während er einen abschließenden Blick aus dem Fenster warf. Und da sah er etwas, was ihn in ungläubiges Staunen versetzte.

»Linda, gib mir die Videokamera – schnell!«, rief er.

Unter dem Jumbo hatte sich ein Loch in den Wolken aufgetan, durch das er auf dem Wasser des Atlantiks einen riesigen Flugzeugträger schwimmen sah, begleitet von mehreren Kreuzern und Lenkwaffenzerstörern. Während Linda die Kamera aus dem Regal holte, nahm Henderson ein starkes Fernglas zur Hand und richtete es auf die Schiffe. Am Mast des Flugzeugträgers konnte er deutlich das amerikanische Sternenbanner erkennen.

»Linda, nehmen Sie das Fernglas und geben Sie mir die Kamera! Da unten ist ein großer amerikanischer Flottenverband, der direkt auf die Britischen Inseln zuhält.«

Henderson nahm die Kamera und richtete sie durch das Fenster nach unten, bis er alle Schiffe der Flotte auf Video gebannt hatte. Dann schlossen sich die Wolken wieder und Henderson blickte nachdenklich auf die Kamera in seiner Hand.

»Frank«, sagte er zu seinem Kopiloten, »wissen Sie etwas von einem amerikanischen Flottenverband, der zurzeit in britischen Gewässern operiert?«

»Nein.«

»Ich auch nicht«, sagte Linda, »und ich lese jeden Tag sämtliche Zeitungen. Auch im Fernsehen haben sie nichts davon gebracht.«

»Ich finde, wir sollten unsere Beobachtung über Funk dem Verteidigungsministerium melden«, sagte Henderson schließlich.

45

Tweed hatte zuerst versucht, über Becks Handy Monica zu erreichen, aber in der Park Crescent war immer besetzt gewesen. Stattdessen hatte er Buchanan angerufen. Der Superintendent war sofort am Apparat.

»Tweed«, sagte Buchanan mit triumphierender Stimme, »die Kugeln stimmen überein!«

»Pardon?«

Tweed war mit den Gedanken noch bei der Unterhaltung im Speisesaal des Ritz gewesen und hatte nicht sofort geschaltet.

»Sie erinnern sich doch an die Kugel, nach der wir auf Ihre Veranlassung im Kopf von Guy Strangeways gesucht haben. Ich habe die Maschine mit seiner Leiche persönlich in Heathrow abgepasst und den Toten sofort in die Gerichtsmedizin bringen lassen. Der beste Arzt dort hat eine Autopsie durchgeführt und dabei die Kugel, die Strangeways getötet hat, gefunden. Ich habe sie gleich mit dem Geschoss vergleichen lassen, das wir nach dem Attentat auf den Premierminister sichergestellt haben. Beide Kugeln wurden aus derselben Waffe abgefeuert. Das bedeutet, dass das Phantom sowohl das Attentat auf Sir Guy als auch auf den Premierminister verübt hat.«

»Und bestimmt noch mehr ...«

»Ich war noch nicht fertig. Ich habe die Strangeways-Kugel per Kurier zu René Lasalle nach Paris geschickt. Er hat sie inzwischen erhalten und kann sie mit der Kugel vergleichen lassen, die den französischen Minister getötet hat.«

»Hervorragende Arbeit, Roy.«

»Da ist noch etwas. Ich habe sämtliche amerikanischen Luftwaffenstützpunkte in East Anglia überwachen lassen. Auf einem haben meine Leute beobachten können, wie ein großer weißer Lastwagen aus einer Transportmaschine gerollt wurde. Wir haben uns den Laster beim Verlassen der Basis geschnappt und den Fahrer festgenommen. Wissen Sie, was er geladen hatte?«

»Falschgeld.«

»Genau. Und zwar genügend Pfundnoten, um unser Land in ein finanzielles Chaos zu stürzen. Ich habe die Blüten sicherstellen lassen und Proben davon an die Bank von England geschickt. Die Experten dort waren ziemlich schockiert.«

»Das sind ja wirklich wundervolle Nachrichten, Roy. Gratulation!«

»Wir haben es diesen Bastarden gegeben!«, jubilierte Buchanan, den Tweed noch nie so ausgelassen erlebt hatte.

»Freuen Sie sich nicht zu früh, Roy«, warnte Tweed. »Ich glaube, das dicke Ende kommt erst noch. Gab es wieder Bombenanschläge?«

»Nein. Seit ich die amerikanische Botschaft von Beamten in Zivil überwachen lasse, hat es damit aufgehört.«

»Gott sei Dank. Aber lassen Sie bloß nicht in Ihren Bemühungen nach. Die wirklich große Krise steht noch vor der Tür.«

Tweed hatte gerade die Verbindung beendet, da klingelte das Handy.

»Hallo? Wer ist dran?«

»René. Ich bin zurück in meinem Büro. Könnten Sie gleich zu mir herüberkommen in die Rue …« Lasalle hielt inne. »Ist diese Leitung sicher?«

»Ja. Ich bin an einem abhörsicheren Handy.«

»Wäre es möglich, dass Sie gleich in die Rue des Saussaies kommen? Ich habe wichtige Neuigkeiten für Sie.«

»Ich komme sofort. Könnten Sie mir vielleicht inzwischen die Akte über Jean Chatel heraussuchen?«

»Wird gemacht, mein Freund.«

»Ich mach mich jetzt auf den Weg. Ach, noch etwas: Kann ich Paula Grey und Bob Newman mitbringen?«

»Gern.«

Tweed hielt sein Wort, das er Paula unten in der Halle gegeben hatte, und rief sie sofort an, nachdem er das Gespräch mit Lasalle beendet hatte.

Nur wenige Menschen kennen die Rue des Saussaies in Paris, was vielleicht daran liegt, dass die Straße, in der sich die *Direction de la Surveillance du Territoire* befindet, so unauffällig ist. Sie ist nur eine kurze, schmale Gasse gegenüber dem Elyseé, an der viele Touristen vorbeigehen, ohne ihr auch nur einen flüchtigen Blick zu widmen. Der Eingang zu dem unauffälligen Gebäude, in dem die französische Gegenspionage zu Hause ist, befindet sich etwa in der Mitte der Gasse auf der linken Seite. Newman hielt vor dem Haus. Tweed zeigte der Wache an der Tür seinen Ausweis.

»Monsieur Lasalle erwartet Sie bereits«, sagte der Mann, während er das Tor zu einer schmalen Durchfahrt öffnete.

Newman fuhr den Wagen in einen kleinen, kopfsteingepflasterten Hof, wo ein Offizier in Zivil sie bat, ihm zu folgen. Er führte sie über eine Treppe mit alten Steinstufen hinauf zu einem Büro im ersten Stock des Gebäudes. Lasalle erhob sich, um seine Gäste zu begrüßen.

»Darf ich Ihnen einen Kaffee anbieten?«, fragte er.

»Gern«, sagte Tweed.

René Lasalle war ein kleiner, schlanker Mann Mitte fünfzig, dessen Gesicht ein schmaler Oberlippenbart zierte. Nachdem er Paula einen Stuhl zurechtgerückt und seine Gäste gebeten hatte, sich zu setzen, kehrte er wieder hinter seinen Schreibtisch zurück, auf dem sich nichts weiter befand als ein Telefon und ein abgewetzter grüner Aktenordner.

»Superintendent Buchanan hat mir eine Kugel zukommen lassen«, sagte er. »Ich bin mir sicher, dass Sie wissen, um welche Kugel es sich dabei handelt.«

»Das weiß ich«, bestätigte Tweed.

»Meine Leute haben die Kugel sorgfältig mit jener verglichen, der kürzlich einer unserer Minister zum Opfer gefallen ist«, erklärte Lasalle in exzellentem Englisch. »Die Kugeln stimmen hundertprozentig miteinander überein.«

»Dann geht dieser Mord also auch auf das Konto des Phantoms.«

»Mit Ihrer Erlaubnis würde ich die Kugel gern an meinen Freund Otto Kuhlmann im deutschen Bundeskriminalamt weiterschicken, damit er sie mit dem Geschoss vergleichen kann, das Heinz Keller getötet hat.«

»Tun Sie das«, sagte Tweed. »Ist das hier die Akte über Jean Chatel?«

»Richtig. Ich möchte Sie aber bitten, ihren Inhalt streng vertraulich zu behandeln und so zu tun, als hätten Sie die Akte nie zu Gesicht bekommen. Unser Geheimdienst ist sehr empfindlich, wenn es um seine Unterlagen geht. Und das zu Recht, meinen Sie nicht auch?«

»Natürlich«, erwiderte Tweed, der sich schon die ersten Sätze der auf Französisch abgefassten Akte angesehen hatte. »Hier steht, dass Chatels eigentlicher Auftrag in Washington die Aufklärung war. Hauptsächlich sollte er herausfinden, ob die Amerikaner insgeheim planten, das geopolitische Gleichgewicht in Europa zu verändern, vor allem den Status Großbritanniens...« Tweed las weiter.

»Stimmt es, dass Chatel vor gut einem Jahr in die Staaten geschickt wurde?«, fragte Newman.

»Das war schon vor zwanzig Monaten. Genau vor einem Jahr wurden er und seine Frau bei einem fingierten Autounfall in Virginia ermordet.«

»Ermordet? Haben Sie etwa Beweise dafür?«

»Lassen Sie Tweed weiterlesen, dann werden Sie sehen, was ich meine.«

»Das hier«, sagte Tweed schließlich, »ist eine Zusammenfassung des Berichts, den Chatel aus Washington nach Paris geschickt hat. Er schreibt darin, dass er auf Schritt und Tritt von amerikanischen Agenten verfolgt wird und Angst um sein Leben hat. Trotzdem bittet er darum, weitermachen zu dürfen.«

»Das klingt nicht gut«, sagte Paula.

»Es wird noch schlimmer«, bemerkte Lasalle.

»Im nächsten Bericht von Chatel steht, dass die Amerikaner einen detaillierten Plan für die Besetzung Großbritanniens ausgearbeitet hätten«, fuhr Tweed fort. »Sie seien bereit, diesen Plan rücksichtslos und mit allen ihnen verfügbaren Mitteln in die Tat umzusetzen.«

»Warum hat Ihre Regierung uns nicht gewarnt?«, fragte Newman.

»Ich wollte das ja«, erwiderte Lasalle bitter. »Aber ich konnte meine Vorgesetzten nicht davon überzeugen. Sie meinten, wir hätten keinen konkreten Beweis dafür. Sie meinten, die Engländer könnten denken, dass wir Franzosen einen Keil zwischen sie und die Vereinigten Staaten treiben wollten. Ich habe heftig gegen diese Auffassung protestiert und sogar dafür gesorgt, dass die Sache dem Präsidenten vorgelegt wurde. Er war leider derselben Meinung wie meine Vorgesetzten.«

»Hier haben wir's ja«, sagte Tweed. »Chatel berichtet, dass die Operation von einem gewissen Charlie vorbereitet werde ...«

»Großer Gott!«, rief Paula.

»Das Beste kommt noch«, sagte Tweed. »Chatel schreibt in seinem letzten Bericht, dass er kurz davorstehe, diesen Charlie zu enttarnen. Wie alt ist dieser Bericht, René?«

»Er hat ihn eine Woche vor seinem so genannten Unfall verfasst.«

»Wäre es vielleicht möglich, dass ich eine Kopie von diesem letzten Bericht bekomme?«, bat Tweed. »Wenn ja, dann würde ich vorschlagen, dass Sie sämtliche Stellen, die auf Ihre Behörde hinweisen, unkenntlich machen.«

»Sie verlangen eine Menge, mein Freund«, sagte Lasalle und starrte mit gefalteten Händen zur Decke hinauf. »Aber auf der anderen Seite haben Sie auch einiges gut. Immerhin hätten wir Sie warnen können. Ah, da kommt endlich unser Kaffee.« Er warf dem Offizier, der mit einem Tablett hereinkam, einen bösen Blick zu. »Haben Sie die Kaffeebohnen mit dem Flugzeug aus Brasilien holen müssen, oder was? Stellen Sie das Tablett auf den Tisch, und lassen Sie uns bitte wieder allein.«

Nachdem der Offizier den Raum verlassen hatte, hob Lasalle den Hörer ab und sagte ein paar schnelle Worte auf Französisch. Kaum dass er wieder aufgelegt hatte, kam eine hübsche junge Frau herein und nahm von ihm eine Seite aus dem Aktenordner entgegen, den Tweed ihm zwischenzeitlich zurückgegeben hatte. Dann schenkte er Kaffee ein und gab Paula die erste Tasse.

»Ich habe noch immer ein schlechtes Gewissen, weil ich Sie nicht angerufen und gewarnt habe. Wir haben in der Vergangenheit so gut zusammengearbeitet, dass ich mir fast wie ein Verräter vorkomme.«

»Das brauchen Sie nicht«, sagte Tweed beschwichtigend. »Und es ist gut möglich, dass Ihr Präsident sogar Recht hatte. Unser verstorbener Premierminister war außenpolitisch nicht gerade ein Ass. Er hätte vielleicht sogar wirklich gedacht, dass Ihre Regierung das gute Verhältnis zwischen uns und den USA untergraben wollte.«

»Ich selbst beruhige mich immer damit, dass ich Sie wenigstens auf die Horde von Amerikanern hingewiesen habe, die per Flugzeug und Eurostar von hier aus nach England unterwegs war.«

»Und darüber hinaus haben Sie uns die Fotos geschickt, anhand deren wir die Amerikaner überhaupt erst identifizieren konnten. Die meisten von ihnen sind inzwischen übrigens tot.«

»Tot?« Lasalles graue Augen funkelten, als er Newman und Paula ungläubig ansah. »Da haben Sie aber eine Menge Arbeit gehabt.«

»Na ja, langweilig war es uns jedenfalls nicht«, sagte Newman.

Lasalle und seine Gäste plauderten noch eine Weile über die verschiedenen Krisen, die sie schon gemeinsam gemeistert hatten. Dann kam die attraktive junge Frau zurück und gab Lasalle ein paar Blätter Papier. Lasalle dankte ihr, heftete den Originalbericht wieder in den Aktenordner und steckte die restlichen drei Blätter in einen weißen Umschlag, den er anschließend Tweed überreichte.

»Hier haben Sie drei exzellente Fotokopien von der entscheidenden Seite des Berichts.«

»Vielen Dank«, sagte Tweed.

»Gern geschehen.«

Das Telefon klingelte. Lasalle hob ab und hörte eine Weile zu. Schließlich holte er aus einer Schublade Block und Bleistift und begann sich Notizen zu machen. Dann ließ er sich noch einen Namen buchstabieren, bevor er wieder auflegte.

»Es könnte sein, dass diese Informationen von Interesse für Sie sind, Tweed. Eine Madame Sharon Mandeville hat vor einer Weile das Ritz verlassen, um ein Flugzeug nach London zu nehmen. Ein gewisser Ed Osborne reiste kurze Zeit nach ihr ab und wollte ebenfalls zum Flughafen. Er hat in derselben Maschine einen Flug nach London gebucht wie Madame Mandeville. Schon vor einer halben Stunde sind ein Monsieur Basil Windermere und ein Monsieur Rupert Strangeways dabei beobachtet worden, wie sie in den Eurostar nach London stiegen.«

»Ja, diese Informationen kann ich in der Tat sehr gut gebrauchen«, erwiderte Tweed. »Darf ich fragen, woher Sie sie haben?«

»Ich habe einen meiner Männer im Ritz untergebracht, damit er mich auf dem Laufenden hält. Das Hotelpersonal hat damit nicht das Geringste zu tun.«

»Vielen Dank für alles, René. Jetzt sollten wir aber zurück ins Hotel. Ach, übrigens, können Sie mir sagen, wie man auf schnellstem Weg nach London kommt?«

»Mit dem Eurostar«, sagte Lasalle und blickte auf die Uhr. »Sie haben noch drei Stunden Zeit bis zur Abfahrt des nächsten Zugs.«

In der Lounge des Ritz gab Tweed Newman mit ruhiger Stimme eine Reihe von Anweisungen.

»Bitte verständigen Sie Marler, Nield und Butler. Und natürlich Keith Kent. Sagen Sie ihnen, dass wir in exakt neunzig Minuten von hier verschwinden. Und dann buchen Sie uns über das Hotel sieben Plätze erster Klasse im nächsten Eurostar. Außerdem brauchen wir zwei Wagen des Hotels, die uns zum Gare du Nord bringen, wo der Eurostar abfährt. Und schließlich suchen Sie sich die nächste Geschäftsstelle der Autovermietung, wo Sie die beiden Audis zurückgeben können. Ich gehe jetzt auf mein Zimmer und telefoniere.«

»Darf ich mit Ihnen kommen?«, fragte Paula. »Ich habe meine Sachen schon gepackt.«

»Gern. Kommen Sie nur.«

Als er in seinem Zimmer war, ging Tweed schnurstracks zum Schreibtisch, setzte sich und rief über Becks Handy bei Monica an. Paula ging unterdessen zum Fenster und warf einen letzten Blick auf die Place Vendôme.

»Tweed!« Monicas Stimme klang erleichtert. »Ich habe versucht, Sie zu erreichen, aber die Frau an der Vermittlung des Hotels meinte, dass Sie ausgegangen wären.«

»Stimmt, ich war bei René Lasalle. Was gibt's?«

»Ich habe viele Informationen bezüglich der Dossiers bekommen, an denen ich in letzter Zeit gearbeitet habe. Per Kurier habe ich beispielsweise Geburtsurkunden aus den USA erhalten, sodass ich jetzt die vollen Namen aller Beteiligten weiß. Soll ich sie Ihnen durchgeben?«

»Einen Augenblick bitte«, sagte Tweed und winkte Paula heran. »Könnten Sie mir bitte den Notizblock aus der Reißverschlusstasche in meinem Koffer bringen?«

Paula ging zum Koffer, holte den Block heraus und legte ihn vor Tweed auf den Schreibtisch, bevor sie wieder zurück zum Fenster ging.

»Schießen Sie los, Monica.

Tweed schrieb Seite um Seite seines Blocks voll, wobei er für jede Person ein frisches Blatt begann. Als Monica mit ihrem Bericht am Ende war, las er sich eines der Blätter noch einmal gesondert durch, bevor er den Block zuklappte.

»Howard möchte dringend mit Ihnen sprechen«, sagte Monica rasch. »Er steht neben mir.«

»Tweed, wann kommen Sie zurück? Es ist sehr wichtig, dass Sie so schnell wie möglich wieder bei uns sind. Wir haben hier eine gigantische Krise, in der uns eine Niederlage droht. Eine fürchterliche Niederlage.«

In Howards Stimme lag nicht der leiseste Anflug von Panik. Er schien sich vollkommen unter Kontrolle zu haben, und dennoch spürte Tweed, dass er bis aufs Äußerste angespannt war.

»Erzählen Sie mir, was los ist«, sagte er ruhig.

»Nicht am Telefon.«

»Aber dieses Handy ist absolut abhörsicher.«

»Kein Telefon ist absolut sicher. Ich kann es einfach nicht riskieren, dazu ist die Angelegenheit zu heiß. Ich werde warten, bis Sie hier sind. Wann wird das sein?«

»Ganz bestimmt heute noch. Ich schätze, am Nachmittag.«

»Ich erwarte Sie dringend.«

Nachdem er aufgelegt hatte, beschloss Tweed, den anderen nichts von Howards Andeutungen zu sagen. Wozu sollte er seine Leute unnötig beunruhigen? Er wandte sich Paula zu.

»Ich weiß jetzt, wer Charlie ist«, sagte er.

»Wer denn?«

»Das möchte ich lieber noch nicht sagen. Und zwar aus gutem Grund: Sollten Sie Charlie begegnen – was allerdings nicht sehr wahrscheinlich ist –, würde es Ihnen vermutlich schwer fallen, sich normal zu benehmen. Ich finde, wir sollten so bald wie möglich zum Gare du Nord aufbrechen.«

Crag setzte sich in seinem Stuhl auf der Kommandobrücke der *President* zurecht und öffnete die Nachricht, die er soeben vom Pentagon bekommen hatte. Sie hatte einen Umfang von mehreren Seiten, unter denen auch eine Landkarte war. Nachdem Crag sie gelesen hatte, setzte er sich kerzengerade hin und presste die Lippen aufeinander. Dann sah er hinüber zu seinem Ersten Offizier.

»Wir müssen die Tommys angreifen, Bill.«

»Wie bitte?«

»Nicht mit Raketen, Bill. Das ist ein Job für die SEALs.«

»Und was ist ihr Operationsziel, Sir?«

»Eine wichtige und streng geheime Befehlszentrale. Sie liegt zwischen einem winzigen Kaff namens Dungeness und einem weiteren mit Namen Hythe. Das Gebiet, in dem sich das Angriffsziel befindet, heißt Romney Marsh. Es liegt fast an der Küste, sodass es in der Nähe einige bestens für eine Landung geeignete Sandstrände gibt. Von dort aus können die SEALs ins Inland vorstoßen, die Basis ausfindig machen und vernichten.«

»Aber wird das nicht eine internationale Krise heraufbeschwören?«

»Der Vorsitzende weiß normalerweise, was er tut. Die Operation ist von ganz oben abgesegnet. Die Karte, die ich bekommen habe, ist ziemlich gut und zeigt die genaue Lage der Kommunikationszentrale. Kontaktieren Sie auf der Stelle den Kapitän des Schiffs, auf dem die SEALs sind! Ich vermute, dass wir den Angriff morgen um Mitternacht starten werden. Geben Sie dem Kommandeur der SEALs die Karte und fragen Sie ihn nach seiner Meinung, aber zuerst sehen Sie sich die Karte selber an.«

»Dann ist unsere Mission wohl doch mehr als eine bloße Machtdemonstration?«

»Sieht ganz so aus.«

46

Kaum waren sie in der Park Crescent angekommen, rannte Tweed, gefolgt von Newman und Paula, hinauf zu seinem Büro. Als Monica ihn sah, strahlte sie erleichtert übers ganze Gesicht. Sie deutete auf seinen Schreibtisch.

»Dieser dicke Umschlag ist gerade von Roy Buchanan reingekommen.«

»Gut.« Tweed öffnete den Umschlag und besah sich rasch dessen Inhalt. »Und jetzt stellen Sie mir bitte eine Verbindung mit Jefferson Morgenstern her, Monica.«

»Pardon, eines habe ich noch vergessen, Ihnen zu sagen: Morgenstern hat mich mindestens achtmal angerufen. Er möchte Sie so schnell wie möglich sehen.«

»Dann sagen Sie ihm, dass ich wieder zurück bin und mich sofort mit ihm treffen könnte. Wo, ist mir egal. Jetzt muss ich aber hinauf zu Howard.«

Tweed verließ sein Büro und eilte zusammen mit Paula und Newman ein Stockwerk höher. Oben ging er direkt in Howards Büro, während die anderen beiden vor der Tür blieben und warteten. Howard, der wie immer makellos elegant gekleidet war, saß hinter seinem Schreibtisch. Er sah gestresst aus, aber seine Stimme klang ruhig und fest.

»Ich bin froh, dass Sie wieder zurück sind, Tweed«, sagte er und stand auf, um Tweed die Hand zu schütteln. »Setzen Sie sich doch.«

»Paula und Bob warten draußen. Kann ich Sie zu uns hereinbitten?«

»Tun Sie das.«

Nachdem alle Platz genommen hatten, faltete Howard die Hände und legte sie auf die Schreibtischplatte. Dann beugte er sich vor.

»Um es kurz zu machen: Eine starke amerikanische Flotte hat sich in den vergangenen Tagen ohne jegliche Vorwarnung aus Washington unserer Küste genähert. Wir hätten nie davon erfahren, wenn der Pilot eines British-Airways-Jets auf dem Flug nach New York die Flotte nicht zufällig entdeckt hätte. Er hat sogar Videoaufnahmen von den Schiffen gemacht und sie mit der nächsten Maschine nach London zurückgeschickt. Wir haben von dem Video Abzüge machen lassen.«

Howard schob ein paar große Farbfotos über den Tisch, die Tweed erstaunlich scharf vorkamen. Er blickte hinüber zu Howard.

»Wie hoch flog das Flugzeug?«

»Ich habe mit dem Piloten selbst telefoniert. Er flog in einer Höhe von fünfunddreißigtausend Fuß. Der Mann ist Hobbyfilmer und hat mir erzählt, dass er ein Vermögen in seine Kameraausrüstung gesteckt hat. Nachdem er die Aufnahmen gemacht hatte, informierte er das Verteidigungsministerium per Funk über die Flotte. Dort sitzt ein Freund von mir, der mir diese Fotoabzüge angefertigt hat. Das Videoband ist nach wie vor im Verteidigungsministerium.«

»Die Aufnahmen sind erstaunlich detailreich. Was ist das eigentlich für ein Vergrößerungsgerät auf dem Tisch dort drüben?«

»Eines der besten, die es gibt. Ich habe es mir von einem Freund bei der Navy ausgeliehen. Verwenden Sie es ruhig.«

Newman ging hinüber zu dem Vergrößerungsgerät und sah sich damit die Fotos genauer an, wobei das Schiff links von dem Flugzeugträger seine besondere Aufmerksamkeit erregte. Dann pfiff er leise durch die Zähne.

»Ich würde sagen, dass dieses Schiff da eine Einheit von SEALs transportiert. Es sieht so aus, als würden sie gerade an Deck ein Landungsmanöver üben. Ich kann ganz deutlich die Landungsfahrzeuge erkennen.«

»Genau das hat mein Freund von der Navy auch gemeint«, sagte Howard. »Ziemlich bedrohlich, finden Sie nicht auch?«

»Weiß man, wann diese Flotte unsere Küste erreicht?«

»Der Pilot des Passagierflugzeugs sagte mir, dass sie seiner Meinung nach auf direktem Kurs nach England gewesen sei, und die Navy meint, dass die Amerikaner morgen nach Einbruch der Dunkelheit im Ärmelkanal eintreffen werden.«

»Dann müssen wir uns auf einen Kampf vorbereiten.«

»Tweed ...«, begann Howard, hielt aber, offensichtlich peinlich berührt, gleich wieder inne. »Ich muss Ihnen etwas beichten. Ich habe großen Mist gebaut. Ich hatte achtundvierzig Stunden nicht geschlafen und war todmüde, auch wenn das keine wirkliche Entschuldigung ist. Jedenfalls bin ich mitten am Nachmittag bei vollem Tageslicht zum Bunker gefahren und habe nicht auf einen Hubschrauber geachtet, der mich verfolgt hat. Ich dachte, es wäre ein Verkehrshelikopter und habe ihn praktisch zum Bunker gelotst. Mrs. Carson hat mir gehörig den Kopf gewaschen, und sie hatte Recht damit. Der verdammte Hubschrauber flog einige Runden über dem Bauernhof und hat vermutlich alles fotografiert. Mrs. Carson sagt, er habe keine Kennzeichen gehabt. Die ganze Sache tut mir entsetzlich Leid.«

»Niemand ist unfehlbar«, erwiderte Tweed. »Ich habe selbst schon eine Menge dummer Fehler gemacht. Macht es Ihnen etwas aus, wenn ich jetzt gehe? Ich hatte schon vorher eine Menge zu tun, aber angesichts der Dinge, die Sie mir jetzt gesagt haben, muss ich noch mal einen Zahn zulegen.«

»Ich bin froh, dass Sie wieder da sind, Tweed.«

»Und ich werde Sie über alles auf dem Laufenden halten. Jetzt wird alles sehr schnell geschehen.«

Als Tweed sich erhob, sprang auch Howard auf und folgte ihm nach draußen.

»Eine wichtige Sache noch: Der Premierminister möchte Sie so rasch wie möglich sehen«, sagte er mit leiser Stimme und fügte mit einem traurigen Lächeln hinzu: »Er sieht mich wohl bloß als die zweite Wahl an.«

»Unsinn …«

Als Tweed wieder in sein Büro kam, wartete dort Monica bereits ungeduldig auf ihn. Sie wedelte mit einem Blatt Papier.

»Jefferson Morgenstern möchte Sie so schnell wie möglich in seinem Büro in der Botschaft sehen. Er wartet auf Sie.«

»Gut. Aber verbinden Sie mich erst mal mit Sharon Mandeville. Sie ist vermutlich in der amerikanischen Botschaft.«

Paula war an ihrem Schreibtisch, Newman saß in einem Sessel, und Tweed wollte sich gerade auf seinem eigenen Stuhl niederlassen, als Marler mit einer Zigarette in der Hand ins Büro kam.

»Tut mir Leid, Sie so zu überfallen, aber ich habe jemanden unten, den Sie dringend kennen lernen sollten, Tweed. Es ist Alf Rudge, der Boss meiner Taxifahrerbande.«

»Bitten Sie ihn herauf.«

Marler verschwand, und als die Tür sich wieder öffnete, starrten alle den Mann an, der mit Marler hereinkam. Alf Rudge war gut eins achtzig groß, breit gebaut und etwa fünfzig Jahre alt. In der Hand hielt er eine der altmodischen Mützen, wie sie früher gern von Taxifahrern getragen wurden. Mit seinen blauen Augen musterte er rasch alle Anwesenden.

»Ich freue mich, Sie kennen zu lernen, Alf«, sagte Tweed und streckte ihm die Hand entgegen. »Ich bin Tweed. Nehmen Sie doch Platz. Wie wäre es mit dem Sessel da drüben?«

Tweed stellte Alf den anderen im Raum vor. Alf stand auf und gab allen seine große Hand. Paula kam er dabei ziemlich schüchtern – oder reserviert – vor. Schließlich setzte sich der große Mann in den Sessel, den Tweed ihm angeboten hatte.

»Ich hab 'ne Menge von Ihnen gehört, Mr. Tweed«, sagte er.

»Sie sind ein Mann, mit dem man besser keine krummen Touren probiert.«

Alf sprach mit einem ausgeprägten Cockney-Akzent. Tweed war er auf Anhieb sympathisch. Das Salz der Erde, dachte er, das Rückgrat von England, auf das man sich im Notfall verlassen kann.

»Wenn wir Ihnen irgendwie helfen können«, sagte Alf, »dann können Sie auf uns zählen. Marler hat uns draußen auf dem Land herumgescheucht, dass wir Blut und Wasser geschwitzt haben.«

»Möglicherweise brauchen wir Ihre Leute von einer Minute auf die andere«, sagte Tweed. »Ich vermute, dass es spätestens morgen der Fall sein wird. Wie können wir Ihre Hilfe anfordern?«

»Das ist kein Problem, Mr. Tweed. Wir haben alle Handys. Aber ich mache Ihnen noch einen Vorschlag. Ich werde meinen Leuten sagen, dass sie mit ihren Taxis von heute Abend an in der Gegend um dieses Haus herumfahren und keine Fahrgäste aufnehmen sollen. Ich könnte ihnen auch sagen, sie sollen am Straßenrand parken, aber das wäre wohl zu auffällig.«

»Aber können Ihre Leute denn die ganze Nacht über herumfahren? Brauchen sie denn keinen Schlaf?«

»Das macht ihnen nichts aus. Sie können ja immer irgendwo links ranfahren und ein paar Minuten schlafen. Soll ich die Aktion in die Wege leiten?«

»Ja, bitte, Alf. Und bleiben Sie mit Marler in Verbindung. Vielen Dank für Ihre Hilfe.«

»Nichts zu danken, Mr. Tweed«, sagte Alf, stand auf und wand sich etwas. »Wenn es gegen die Yankees geht, sind meine Jungs mit Freude dabei …«

Sofort nachdem er Alf nach unten gebracht hatte, kam Marler wieder ins Büro.

»Na, was sagen Sie alle zu Alf?«, fragte er in die Runde.

»Wenn seine Freunde auch so sind wie er«, antwortete Tweed, »dann haben wir mit ihnen die Kampfkraft einer kleinen Armee-Einheit zur Verfügung.«

»Sie sind wie Alf«, sagte Marler.

»Mir war er sehr sympathisch«, sagte Paula begeistert. »Besonders seine Schüchternheit hat mir gefallen, aber ich schätze, dass sich dahinter ein Mann verbirgt, auf den man sich auch in einer verzweifelten Situation hundertprozentig verlassen kann.«

»Ich fand Alf sehr überzeugend«, sagte Newman.

»Aber haben seine Leute denn auch genügend Waffen?«, fragte Tweed.

»Sie kennen mich doch«, erwiderte Marler, der sich wieder an die Wand gelehnt hatte, »ich umgehe alle Bestimmungen. Für Trainingszwecke habe ich mir schon vor ein paar Wochen ein ganzes Waffenarsenal aus Surrey heraufschicken lassen. Alf und seine Leute sind bis an die Zähne bewaffnet – sogar Panzerfäuste haben sie.«

»Können sie mit denen denn umgehen?«, fragte Tweed.

»Ja. Ich habe sie ausgiebig daran geschult. Außerdem dürfen Sie nicht vergessen, dass drei von ihnen im Golfkrieg waren. Alf wird dafür sorgen, dass seine Männer ihre Waffen in den Taxis mitführen. So, aber jetzt muss ich wieder gehen, so Leid es mir tut. Ich habe noch eine Menge zu tun.«

Nachdem Marler gegangen war, sagte Tweed: »So, verbinden Sie mich jetzt bitte mit Sharon Mandeville, Monica.«

»*Tweed*!«, schnurrte Sharon erfreut. »Wie schön, dass Sie wieder zurück sind. Sie haben mich vernachlässigt, wissen Sie das? Streiten Sie es bloß nicht ab.«

»Das würde mir nicht einmal im Traum einfallen, Sharon. Gut zu wissen, dass Sie sicher vom Kontinent zurückgekehrt sind. Ich würde übrigens gern heute Nachmittag bei Ihnen vorbeischauen. Wäre das möglich? Wunderbar. Macht es Ihnen etwas aus, wenn ich Paula und Newman mitnehme? Sehr schön. Ich dachte mir schon, dass Sie sich freuen würden, die beiden zu sehen. Dann bis später.«

Während Tweed seinen Mantel anzog, gab er Monica noch eine Anweisung.

»Bitte, sagen Sie Howard, dass ich außer Haus bin und Paula und Bob mitnehme. Dann macht er sich keine Sorgen.«

»Mit wem treffen wir uns zuerst?«, fragte Paula.

Sie saßen in einem Wagen auf dem Weg zum Grosvenor Square. Der Himmel war strahlend blau und wolkenlos, und die Luft frisch und sauber. Die Passanten, an denen der von Newman gesteuerte Wagen vorbeiglitt, schienen das schöne Wetter sichtlich zu genießen.

»Die Reihenfolge unserer Besuche ist sehr wichtig«, sagte Tweed. »Zuerst gehen wir zu Morgenstern und dann zu Sharon.«

»Damit Sie sie zum Abendessen einladen können«, frotzelte Paula.

»Moment mal, das hatte eigentlich ich vor!«, protestierte Newman. »Oder muss man bei der Frau jetzt schon Schlange stehen?«

»Lassen wir uns überraschen«, sagte Tweed.

»Sie pressen sich ja den Umschlag mit Buchanans Beweisen an die Brust, als ob das Schicksal der ganzen Welt davon abhinge«, bemerkte Paula.

»Das könnte durchaus möglich sein«, antwortete Tweed.

»Was ist denn in dem Umschlag?«

»Unter anderem die Fotos und Namen von den Regenschirm-Männern, die uns in Basel umbringen wollten.«

»Wie haben Sie denn die bekommen?«

»Auf Arthur Beck kann man sich eben verlassen. Er hat Kopien seiner Untersuchungsberichte an Roy Buchanan bei New Scotland Yard geschickt. Die beiden Männer haben sich vor ein paar Monaten auf einer internationalen Polizeikonferenz getroffen und auf Anhieb gemocht.«

»Ich kann schon ein paar von ihnen sehen«, sagte Newman, als sie sich dem Grosvenor Square näherten.

»Wen können Sie sehen?«, fragte Paula.

»Buchanans Zivilbeamte, die rings um die amerikanische Botschaft postiert sind. Roy muss einigen von ihnen gesagt haben, sie sollen sich besonders auffällig benehmen – vermutlich will er den Amerikanern damit zeigen, dass er sie im Auge hat. Der Bursche lässt wirklich keinen Trick aus.«

Als die drei die Stufen zur Botschaft hinaufstiegen und die große Eingangshalle betraten, kam es Tweed so vor, als liefe vor seinen Augen ein Film ab, den er schon einmal gesehen hatte. Die junge Frau, die ihn schon bei seinem letzten Besuch so kurz angebunden abgetan hatte, war wieder hinter der Empfangstheke. Diesmal aber war ihr Benehmen ein gänzlich anderes. Sie stand auf und schenkte Tweed ein strahlendes Lächeln.

»Mr. Tweed, Mr. Morgenstern wartet bereits auf Sie. Sein Büro befindet sich im ersten Stock. Hier ist die Nummer«, sagte sie und gab ihm eine Plastikscheibe. »Und wenn Sie freundlicherweise noch diese Karte hier nehmen würden? Die zeigen Sie bitte vor, wenn Sie von Sicherheitsleuten aufgehalten werden. Man wird Sie dann sofort durchlassen. Wir haben zurzeit ziemlich strenge Kontrollen.«

»Vielen Dank«, sagte Tweed.

Zusammen mit Paula und Tweed ging er zum Aufzug und fuhr hinauf in den ersten Stock. Als sich die Tür öffnete, lächelte Tweed.

Denise Chatel wollte gerade in den Aufzug treten. Ausnahmsweise hatte sie einmal keine Akte in der Hand. Sie trug ein elegantes Reitkostüm und dazu polierte schwarze Stiefel.

Mit einem strahlenden Lächeln auf dem Gesicht umarmte sie Paula und gab Tweed und Newman je zwei Küsschen auf die Wangen. Tweed kam sie wie ausgewechselt vor. Ihre ganze Person strahlte fröhliche Hochstimmung aus. Was war nur geschehen?

»Na, wie gefällt Ihnen mein Outfit?«, fragte Denise und machte eine graziöse Drehung, damit die drei sie von allen Seiten betrachten konnten. Ihr brünettes Haar schwang dabei um ihr gesund und lebendig wirkendes Gesicht.

»Es steht Ihnen ausgezeichnet«, sagte Paula.

»Und Sie wirken auf einmal so glücklich«, meinte Tweed.

»Sie sehen fantastisch aus«, ergänzte Newman. »Was haben Sie denn gemacht?«

»Ich komme gerade vom Reiten aus dem Hyde Park zurück. Es war so herrliches Wetter. Ich habe es sogar geschafft, mein Pferd ein wenig galoppieren zu lassen. Das ist zwar verboten, aber heute war es mir egal. Ich fühlte mich wie im siebten Himmel.«

»Deshalb kommen Sie mir so gut gelaunt vor«, sagte Tweed.

»Sie haben den Nagel auf den Kopf getroffen«, erwiderte Denise.

»Gibt es sonst noch etwas?«

»Wieso?«, fragte Denise und zögerte. »Nein, es gibt nichts.«

»Dann entschuldigen Sie uns bitte. Wir haben eine Verabredung.«

»Was war denn mit der los?«, fragte Paula, während sie den Korridor entlanggingen.

»Keine Ahnung.«

Ein großer Mann mit glattem Gesicht kam aus einem der Zimmer und schloss die Tür hinter sich. Er trug einen eleganten blauen Nadelstreifenanzug und ging mit selbstbewussten Schritten auf die drei zu. Kurz vor ihnen blieb er stehen und grinste sie an.

»Chuck Venacki«, sagte Newman. »Der letzte Überlebende. Wie haben Sie es bloß geschafft?«

»Was denn?«, fragte Venacki liebenswürdig.

»Der Katastrophe am Schluchsee zu entgehen.«

»Wo ist denn das?«, sagte Venacki mit einem freundlichen Lächeln. »Klingt so, als wäre es ein See in Österreich, der Schweiz oder Deutschland.«

»Der Mann ist sein Geld wert«, sagte Newman zu Tweed. »Lassen Sie das Theater, Venacki! Sie wissen genau, wo wir uns das letzte Mal gesehen haben.«

»Klar. An der Kreuzung zur Park Crescent. Das muss eine kleine Ewigkeit her sein. Sie haben mit Ihrem Geländewagen meinen Lincoln Continental gerammt.«

»Was Sie nicht sagen. Erinnern Sie sich denn nicht, dass Ronstadt mich am Schluchsee mit seinem Audi überfahren wollte? Bevor ich zur Seite gesprungen bin, konnte ich genau sehen, wer in dem Wagen war. Ronstadt saß am Steuer und Sie daneben. Ronstadt ist übrigens tot. Aber Sie sind, wie man sehen kann, noch am Leben.«

»Da müssen Sie mich mit jemandem verwechseln. Von einem solchen Vorfall weiß ich nichts. Aber jetzt muss ich los.« Er blickte von Paula zu Tweed. »Ich wünsche Ihnen noch einen schönen Aufenthalt hier in der Botschaft. Wir legen großen Wert darauf, dass unsere Besucher sich wohl fühlen.«

Nachdem Venacki weitergegangen war, sagte Tweed: »Das war die amerikanische Stimme, die mich im Colombi angerufen und mir gesagt hat, dass Ronstadt in den Schwarzwald aufbricht.«

»Das verstehe ich nicht«, sagte Paula kopfschüttelnd. »Der Mann kam mir sehr freundlich vor.«

»Hier hat übrigens Sharon ihr Büro«, sagte Tweed, als sie an einer Tür vorbeigingen. »Aber dort werden wir später hineingehen. Zunächst steht Jefferson Morgenstern auf unserer Liste.«

47

»Wie schön, Sie zu sehen, kommen Sie doch herein. Ich habe gerade frischen Kaffee bringen lassen. Der Empfang hat mir schon gesagt, dass Sie angekommen sind.«

Auf Tweeds Klopfen hin hatte Morgenstern persönlich die Tür geöffnet und sie in sein Büro gebeten. Nachdem er die Tür wieder geschlossen hatte, lächelte er seine Besucher an. Tweed stellte Paula als seine Assistentin und Vertraute vor und wandte sich dann Newman zu. Als Morgenstern ihn erblickte, wurde sein Lächeln noch freundlicher.

»Diesen Herrn brauchen Sie mir nicht vorstellen, Tweed. Bob Newman hat mich schon einmal interviewt. Und ich bin bekannt dafür, dass ich nicht viele Interviews gebe.« Er schüttelte Newman herzlich die Hand. »Sie sehen gut aus, Bob. Vielleicht ein wenig härter als damals. Das macht die Lebenserfahrung aus uns – wenn wir aus dem richtigen Holz geschnitzt sind. Und jetzt setzen Sie sich bitte. Ich kümmere mich um den Kaffee.«

Paula musterte Morgenstern eingehend. Er war kleiner und fülliger, als sie gedacht hatte. Er trug einen grauen Maßanzug aus der Savile Row. Alles in allem machte er auf sie den Eindruck eines hochintelligenten Mannes, der die guten Dinge des Lebens zu schätzen weiß – besonders Wein und gutes Essen. Darüber hinaus strömte alles an ihm überlegene Selbstsicherheit und dynamische Energie aus – und Macht.

Der große Schreibtisch, an dem Morgenstern saß, war eine echte Antiquität. Chippendale, vermutete Paula. Darauf stand ein graviertes Silbertablett mit einem edlen Kaffeeservice. Nachdem Paula, Tweed und Newman auf drei hölzernen Stühlen mit geraden Lehnen Platz genommen hatten, zog Morgenstern für sich selbst seinen Drehstuhl heran. Paula mochte diese Geste der Bescheidenheit.

»Ich habe bemerkt, dass Sie mein Kaffeegeschirr bewundert haben«, sagte Morgenstern zu Paula, die daran erkannte, dass dem Außenminister nicht so leicht etwas entging. »Als ich noch ein armer Student war, wurde ich in Frankreich einmal bei einer Familie eingeladen, die genau so ein Service hatte. Damals schwor ich mir, dass auch ich eines Tages ein solches besitzen würde.« Er hielt inne und lächelte Paula an. »Aber es war ein langer Weg, bis ich es mir leisten konnte.«

Morgenstern hatte ein längliches Gesicht mit langer Nase und markanten Zügen, und unter seinem amerikanischen Akzent konnte Paula eine europäisch gefärbte Stimme erkennen. Der Außenminister schenkte allen eine Tasse Kaffee ein und setzte sich dann neben Paula auf seinen Drehstuhl. Nachdem er die halbe Tasse mit einem einzigen Schluck ausgetrunken hatte, verschränkte er die Arme.

»Ich habe viel über das nachgedacht, was Sie mir bei unserem letzten Treffen gesagt haben, Tweed. Damals habe ich nichts auf Ihre Warnungen gegeben, aber inzwischen sind mir erhebliche Zweifel an meinem damaligen Standpunkt gekommen. Ich muss zugeben, dass ich mir große Sorgen mache.« Er blickte erst Paula, dann Newman an. »Kann ich davon ausgehen, dass das, was wir heute hier besprechen, absolut vertraulich behandelt wird?«

»Natürlich«, sagte Tweed. »Die beiden sind meine rechte und linke Hand, und ich würde ihnen bedenkenlos mein Leben anvertrauen. Ehrlich gesagt, habe ich das in jüngster Zeit sogar ziemlich häufig getan.«

»Wenn Sie ihnen vertrauen, soll mir das genügen«, sagte Morgenstern und hielt kurz inne. »Also, Tweed: Das Problem bei unserem letzten Treffen war das Fehlen handfester Beweise.«

»Die habe ich jetzt. Und zwar überwältigende Beweise in Form von Fotos und Schriftstücken. Einige von ihnen stammen von Arthur Beck, dem Chef der Schweizer Bundespolizei. Ich kann Ihnen seine Nummer in Bern geben, wenn Sie ihn dazu etwas fragen wollen. Als ich vor ein paar Tagen in Basel war, wollten vier Männer, die zum Personal dieser Botschaft gehören, mich und meine Leute ermorden. Alle von ihnen hatten amerikanische Diplomatenpässe. Hier sehen Sie Fotos von ihren Leichen, die Beck mir überlassen hat. Ihre Namen stehen auf den Rückseiten der Bilder. Und hier sind Fotokopien von ihren Pässen – die Originale hat Beck.«

Morgenstern besah sich die Fotos von den vier toten Regenschirm-Männern. Dann drehte er die Bilder um und las die auf der Rückseite notierten Namen, bevor er sich die Fotokopien der Pässe vornahm. Dann legte er das Material vor sich auf den Tisch und machte ein betretenes Gesicht.

»Es kommt noch Schlimmeres«, sagte Tweed. »Hier habe ich ein ziemlich scharfes Foto von dem Mann, der die Bombe in dem Kaufhaus an der Oxford Street gelegt hat. Es stammt aus dem Video einer Überwachungskamera.«

»Sein Name ist Vernon Kolkowski«, sagte Newman ruhig. »Auch er hatte einen Diplomatenpass. In New York hat mir einmal der dortige Polizeichef erzählt, dass Kolkowski ein professioneller Killer sei, der mindestens sechs Menschen auf dem Gewissen habe. Er konnte nie angeklagt werden, weil keiner der Zeugen es wagte, gegen ihn auszusagen. Wann immer sich doch einer dazu bereit erklärte, wurde er wenig später tot aufgefunden.«

»Außerdem haben wir eine Frau gerettet, die von einem weiteren Amerikaner mit Diplomatenpass gefoltert wurde. Sein Name war Rick Sherman. Auch er ist inzwischen tot.«

»Einen Augenblick bitte«, bat Morgenstern und holte ein ledergebundenes Notizbuch aus seiner Jacketttasche. »Ich möchte mir diese Namen aufschreiben. Wie war noch mal der zuletzt genannte?«

»Rick Sherman.«

»Danke. Und der andere war ein Vernon Soundso. Könnten Sie vielleicht den Nachnamen wiederholen?«

Newman buchstabierte den Namen, und Morgenstern schrieb ihn in sein Notizbuch, bevor er noch einmal den Abzug aus dem Video der Überwachungskamera zur Hand nahm.

»Meines Wissens sind Sie für die diplomatische Seite dieser groß angelegten Aktion verantwortlich«, sagte Tweed. »Aber es gibt noch eine andere Seite, und die wird von einer Geheimabteilung in dieser Botschaft geleitet. Ihr Name ist Executive Action Department, und die meisten ihrer Mitarbeiter sind Gangster, die man mit Diplomatenpässen ausgestattet hat.«

»Wie soll ich es nur ausdrücken?«, sagte Morgenstern vernehmlich. »Während Sie auf dem Kontinent waren, habe ich hier gewisse Nachforschungen angestellt und dabei den Eindruck bekommen, dass gewisse Personen bestimmte Fragen nur sehr ausweichend beantworteten.«

»Haben Sie denn schon einmal von diesem Executive Action Department gehört?«

»Nein.«

»Ich bin mir sicher, dass sich die Zentrale dieser Abteilung hier in diesem Gebäude befindet. Diese Abteilung ist verantwortlich für die schrecklichen Verbrechen, die in jüngster Zeit passiert sind, vom Mord an Einzelpersonen bis hin zu den grauenhaften Sprengstoffanschlägen.«

»Ich glaube, ein ziemlich guter Menschenkenner zu sein, Tweed. Und als solcher kann ich mir nicht vorstellen, dass Sie mir hier frei erfundene Gräuelmärchen auftischen.«

»Gibt es für Sie irgendeine Möglichkeit, festzustellen, wer in letzter Zeit alles einen Diplomatenpass ausgestellt bekommen hat? Sagen wir mal in den letzten sieben Wochen?«

»Daran habe ich bereits selbst gedacht. Ja, es gibt tatsächlich eine solche Möglichkeit. Aber lassen Sie mich Ihnen doch noch etwas Kaffee nachschenken.«

Während Morgenstern mit der silbernen Kanne hantierte, sah Paula sich in seinem Büro um. Der große Raum war mit teuren, aber nicht protzigen Möbeln ausgestattet, die alle echte Antiquitäten zu sein schienen. Neben den Fenstern hingen schwere gestreifte Vorhänge aus einem teuren Stoff, und der Teppichboden hatte ein Braun, das Paula an die Farbe von Steinpilzen erinnerte. Hinter einem weiteren Schreibtisch hing an einer Säule aus Bronze die amerikanische Flagge.

»Ich werde gleich die Assistentin des Botschafters anrufen«, sagte Morgenstern.

Er hob den Telefonhörer ab und wählte eine Nummer. »Mrs. Pendleton«, sagte er. »Ich brauche das Verzeichnis der in den letzten zwei Monaten ausgestellten Diplomatenpässe.«

Mrs. Pendleton hatte eine raue Stimme mit amerikanischem Akzent, die so laut war, dass selbst Tweed sie ohne Mühe verstehen konnte.

»Es gibt zwar ein solches Verzeichnis«, sagte sie, »aber ich darf es Ihnen ohne die persönliche Erlaubnis des Botschafters nicht aushändigen.«

»Dann holen Sie die Erlaubnis ein.«

»Das geht nicht. Er ist außer Haus.«

»Mrs. Pendleton, erkennen Sie meine Stimme?«

»Natürlich, Sir.«

»Dann rufen Sie sich bitte freundlicherweise ins Gedächtnis, dass Sie mit dem Außenminister sprechen.«

»Das weiß ich, Sir.«

»Schön. Ich erwarte, das Verzeichnis innerhalb von zwei Minuten auf meinem Tisch zu haben.«

Morgenstern legte auf. »Manche Leute«, sagte er lächelnd zu Tweed, »tendieren dazu, größenwahnsinnig zu werden, wenn sie nur lange genug denselben Job machen.«

Paula fand Morgensterns Lächeln bemerkenswert, denn seit Tweed ihm seine Beweise vorgelegt hatte, war das vorher so leutselige Gesicht des Außenministers einem ausgesprochen bedrückten Ausdruck gewichen. Er nimmt das alles sehr ernst, dachte sie.

Es klopfte an der Tür und kurz darauf betrat eine dickliche, selbstgefällig wirkende Frau Ende fünfzig das Büro. Sie hatte ein in grünes Leder gebundenes Buch in der Hand und legte es vor Morgenstern auf den Schreibtisch.

»Ich hätte gern eine Quittung dafür«, sagte sie und legte einen kleinen Block neben das Buch.

»Tatsächlich?«, sagte Morgenstern und sah ihr in die Augen. »Haben Sie wirklich ein so schlechtes Gedächtnis, Mrs. Pendleton? Erst vor ein paar Minuten habe ich Sie daran erinnert, dass Sie es mit dem Außenminister zu tun haben.«

»In diesem Fall schätze ich, dass ich eine Ausnahme machen kann.«

»Mrs. Pendleton, sehen Sie den Knauf an der Tür, durch die Sie soeben hereingekommen sind?«

»Ja, Sir.«

»Gehen Sie hin und nehmen Sie ihn in die Hand. Gut so. Jetzt drehen Sie ihn nach links.«

»Es tut mir Leid, Sir, wenn ich Sie ...«

»Behalten Sie den Knopf in der Hand und ziehen Sie die Tür nach innen. Wunderbar. Und jetzt gehen Sie hinaus in den Gang, und schließen Sie die Tür ganz leise hinter sich. Meinen Sie, Sie schaffen das?«

»Ja, Sir.«

»Dann tun Sie's auch.«

Tweed lächelte leise vor sich hin. Morgenstern war für seinen bissigen Humor ebenso bekannt wie dafür, dass er nichts so wenig ausstehen konnte wie Dummköpfe.

»So, jetzt können wir uns an unsere Hausaufgaben machen«, sagte Morgenstern und legte Tweeds Fotos und Dokumente wieder aus, die er bei Mrs. Pendletons Eintritt rasch zu einem Stapel zusammengeschoben hatte, damit sie keinen Blick darauf werfen konnte. Dann öffnete er das grün gebundene Buch so, dass seine Besucher es nicht sehen konnten, und fuhr mit dem Kugelschreiber die Eintragungen entlang, wobei er sie mit den Namen verglich, die er zuvor in seinem Notizbuch aufgeschrieben hatte. Während dieser Tätigkeit wurde sein Gesichtsausdruck immer grimmiger. Schließlich klappte er das Buch zu und blickte hinüber zu Tweed.

»Ich habe eine Entscheidung getroffen«, verkündete er.

»Und wie lautet diese?«, fragte Tweed.

»Können Sie mir die Unterlagen, die Sie mir gebracht haben, überlassen?«

»Selbstverständlich.«

»Ich habe in Heathrow ständig eine Gulfstream zu meiner Verfügung, weil ich gern mobil bin. Ich werde damit umgehend nach Washington fliegen. Wenn Sie mich erreichen wollen, können Sie das unter dieser Nummer tun.« Er riss ein Blatt von einem Block ab, kritzelte eine Nummer darauf und reichte es Tweed. »Ich werde meinen Assistenten sagen, dass Sie jeden Anruf von Ihnen sofort zu mir durchstellen sollen – selbst wenn ich gerade im Weißen Haus sein sollte.«

»Und jetzt zu Sharon Mandeville«, sagte Tweed, als er zusammen mit Newman und Paula im Gang vor Morgensterns Büro standen. »Heute erledigen wir alles in einem Aufwasch.«

»Kommen Sie doch herein«, sagte Sharon. Sie hatte ihnen, wie zuvor Morgenstern, persönlich die Tür geöffnet. »Wie schön, Sie alle wiederzusehen.«

Sie gab Tweed ein Küsschen auf die Wange und reichte Paula und Newman die Hand. Dann führte sie ihre Gäste quer durch ihr geräumiges Büro zu einem Schreibtisch, der sogar noch größer als der von Morgenstern war. Paula bemerkte, dass die Einrichtung mindestens ebenso viel Geld gekostet hatte wie die im Büro des Außenministers. Im Gegensatz zu letzterem aber war Sharons Büro hypermodern ausgestattet.

Der riesige Schreibtisch bestand aus glänzend poliertem weißem Holz, die Stühle besaßen weiße Lederpolster und auf dem ebenfalls weißen Teppich lagen mehrere Tigerfelle. Das Kaffeeservice, das auf einem Tablett auf dem Schreibtisch stand, hatte ein fast surrealistisch anmutendes Design. So waren die Tassen sechseckig geformt, was es sehr schwierig machen würde, aus ihnen zu trinken, ohne etwas von ihrem Inhalt zu verschütten.

Drei Stühle standen bereits vor dem Schreibtisch aufgereiht, hinter dem ein größerer Stuhl mit hoher Lehne stand, der Paula an einen Thron erinnerte. Sharon lächelte Tweed strahlend an.

»Setzen Sie sich doch bitte. Wie wäre es mit einer Tasse Kaffee?«

»Für mich nicht«, sagte Tweed, während er Platz nahm.

»Für mich auch nicht«, sagte Newman.

»Ich muss leider auch passen«, sagte Paula.

Sharon trug einen dunkelblauen Hosenanzug, der sie wie eine erfolgreiche Geschäftsfrau aussehen ließ. Als sie sich mit graziösen Bewegungen selbst eine Tasse Kaffee eingoss, fand Newman sie attraktiver denn je.

»Entschuldigen Sie bitte, aber das Zeug ist für mich so etwas wie ein Lebenselixier«, sagte sie, während sie sich auf den Stuhl hinter ihrem Schreibtisch setzte. »Nun, Tweed, ich glaube, wir können von uns behaupten, dass wir eine große Europatour hinter uns haben.«

»In etwa.«

»Nun kommen Sie schon – weshalb so ernst?« Sie blickt ihn über den Rand der Kaffeetasse an, als wollte sie seine Stimmung ausloten. »Die Welt ist nicht am Untergehen.«

»Ist sie nicht?«

Sharons Fingernägel waren blutrot lackiert – eine Farbe, die Paula verabscheute. Ihre Bluse hatte einen hohen Kragen, der bis ganz oben zugeknöpft war. Tweed hatte seine Brille abgenommen und putzte sie mit einem Taschentuch, bevor er sie wieder aufsetzte.

»Jetzt sehen Sie Sharons Schönheit viel klarer«, scherzte Newman.

»Ich sehe jetzt so manches viel klarer«, erwiderte Tweed.

»Und was führt Sie zu mir?«, fragte Sharon mit sanfter Stimme. »Kann ich Ihnen irgendwie behilflich sein?«

»Ja. Sie können ein paar Informationen bestätigen, die ich erhalten habe.«

»Sie klingen ja fast wie ein Polizist.«

»Vor langer Zeit war ich das auch einmal.«

»Er war der jüngste Superintendent in der Geschichte von Scotland Yard«, sagte Paula. »Und zwar bei der Mordkommission.«

»Um was für Informationen handelt es sich denn?«, fragte Sharon.

So ruhig und überlegen wie immer lehnte sie sich in ihrem Stuhl zurück und sah Tweed aus halb geschlossenen, grün leuchtenden Augen an.

»Ich habe hier ein interessantes Dokument«, sagte Tweed und nahm einen Umschlag aus der Innentasche seines Jacketts. »Es ist eine Kopie Ihrer Geburtsurkunde.«

»Tatsächlich? Ist das nicht ein ziemlich intimes Dokument? Darf ich fragen, wie Sie daran gekommen sind?«

»Mit völlig legalen Mitteln. Solche Urkunden sind, wie Sie zweifelsohne wissen, öffentlich zugänglich.«

»Nun machen Sie aber mal halblang, Tweed«, sagte Sharon lächelnd. »Sie haben sich dieses Dokument tatsächlich von jenseits des Atlantiks besorgt?«

»Ganz genau. Von jenseits des Atlantiks«, antwortete Tweed und faltete das Blatt Papier, das sich in dem Umschlag befunden hatte, auseinander. »Sie wurden in Washington, D.C., geboren und sind zweiundvierzig Jahre alt.«

»Das ist aber nicht sehr nett von Ihnen, Tweed, mein Alter so herauszuposaunen.«

»Auf dieser Geburtsurkunde steht auch Ihr voller Name. Sharon Charlotte Anderson.«

»Na und?« Sharon hielt ihre Augen jetzt fast ganz geschlossen. »Worauf wollen Sie hinaus?«

»Ihr zweiter Vorname ist *Charlotte*. Ein Name, der manchmal zu Charlie abgekürzt wird, auch wenn das bei einer Frau ein wenig komisch klingt. Sie sind Charlie.«

Paula konnte nur mit Mühe einen Aufschrei unterdrücken. Sie blickte hinüber zu Newman, der ebenfalls verblüfft dreinschaute, während Tweed ganz entspannt wirkte. Er hielt noch immer die Kopie der Geburtsurkunde in der Hand und nahm den Blick nicht von Sharon.

»Charlie«, fuhr er fort, »ist die treibende Kraft hinter der Aktion, die Großbritannien zum einundfünfzigsten Bundesstaat der USA machen soll. Streiten Sie es ab, dass Sie Charlie sind?«

»*Sie können mich mal*! Sie unbedeutender kleiner Schnüffler, Sie traurige Karikatur von einem Detektiv!« Sharon stand auf und beugte sich über den Schreibtisch hinüber zu Tweed. »Sie wissen ja gar nicht, wovon Sie reden!«

Mit einer lauten, furchteinflößenden Stimme, die so gar nicht zu ihr zu passen schien, fuhr sie fort, Tweed mit einer Flut von widerwärtigen Schimpfworten zu überziehen. Auf einmal riss sie ihm die Urkunde aus der Hand und zerriss sie in kleine Fetzen, die sie ihren Besuchern ins Gesicht warf.

»Ich habe Kopien davon«, sagte Tweed ruhig.

»Das wird Ihnen auch nichts nützen. Sie haben nichts in der Hand, um Ihren hirnrissigen Unsinn zu beweisen. Wie können Sie es wagen, mir so etwas zu unterbreiten?«, schrie Sharon.

»Die kommenden Ereignisse werden mir Recht geben.«

»Zu den kommenden Ereignissen wird gehören, dass Sie Ihren Job verlieren«, kreischte Sharon. »Sie können von Glück sagen, wenn Sie am Leben bleiben.«

»Soll das eine Drohung sein?«, fragte Tweed leise. »Wem wollen Sie denn den Befehl geben, mich zu töten? Jake Ronstadt vielleicht? Auf den können Sie nicht mehr zählen.«

»Was meinen Sie damit?«

»Jake Ronstadt ist tot.«

»Tot?«

»Er hat versucht, mich in Straßburg zu töten – zweifelsohne auf Ihre Anweisung hin. Einer meiner Leute hat eine Handgranate in Ronstadts Boot geworfen. Das Ergebnis waren drei tote Männer, die in den Fluten eines Kanals verschwanden.«

»Pure Erfindung!«, fauchte Sharon.

»Wenn Sie meinen ... Dann haben wir da noch einen Rick Sherman. Er hat die Frau von Kurt Schwarz gefoltert – ebenfalls auf Ihren Befehl hin, dessen bin ich mir sicher. Auch Sherman ist tot – er starb mit einem Messer in der Kehle.«

»Das ist eine Lüge, Tweed«, sagte Sharon mit einer tiefen, hasserfüllten Stimme. »Sie lügen, wenn Sie den Mund aufmachen.«

»Ich bin mir sicher, dass Sie es waren, die eine Killertruppe von Gangstern und Schlägern aus New Yorker Verbrecherkreisen rekrutieren und mit Diplomatenpässen ausstatten ließen. Dafür muss es schließlich irgendwo einen Beleg geben.«

»Sie sind verrückt!«, schrie Sharon. »Komplett verrückt. Diese Anschuldigung müssen Sie beweisen. Haben Sie mich verstanden? *Hören Sie mir überhaupt zu?*«

»Bei Ihrer Lautstärke dürfte es einem schwer fallen, Ihnen nicht zuzuhören, Sharon«, sagte Tweed und stand auf. »Ich würde vorschlagen, wir beenden jetzt dieses Gespräch. Es ist Zeit für uns zu gehen.«

Sharon nahm eine ihrer Designer-Tassen und warf damit nach Tweed, der sich aber rechtzeitig duckte. Die Tasse zerschellte an der Wand hinter ihm. Dann ging Tweed zur Tür, öffnete sie und ließ Paula und Newman hinaus auf den Gang, bevor er selbst das Büro verließ, ohne Sharon auch nur eines einzigen Blickes mehr zu würdigen.

»Ich bin fassungslos«, sagte Paula draußen.

»Und ich wie vor den Kopf gestoßen«, sagte Newman.

»Da haben Sie Ihre englische Lady, wie Sie Sharon einmal genannt haben, Bob«, bemerkte Tweed, während sie zum Aufzug gingen.

»Ist Sharon denn auch tatsächlich Charlie?«, fragte Paula.

Tweed hatte keine Gelegenheit mehr, ihr darauf zu antworten, denn den Gang entlang kam raschen Schrittes eine ihnen mittlerweile vertraute Gestalt. Wie so oft wunderte sich Paula darüber, dass sich ein so großer und massiv gebauter Mann so grazil und leichtfüßig bewegen konnte.

»Hallo, Leute«, rief Ed Osborne. »Schön, dass ihr uns mal besucht. Das nenne ich wahre Freundschaft.«

»Entschuldigen Sie uns bitte, Ed«, sagte Tweed, »wir haben es leider ziemlich eilig. Bis irgendwann.«

»Klar.«

Als sie im Lift waren, sagte Tweed: »Wir müssen uns wirklich sputen. Howard hat mir gesagt, dass der Premierminister mich so bald wie möglich sehen will. Könnten Sie mich auf dem Rückweg zur Park Crescent in der Downing Street absetzen, Bob?«

»Klar setzen wir Sie ab. Aber wir werden warten, bis Sie wieder herauskommen«, sagte Newman mit fester Stimme.

Als sie im Erdgeschoss aus dem Lift stiegen, stand die Frau hinter der Empfangstheke auf und rief ihnen »Einen schönen Tag noch!« hinterher.

48

Als er von der Downing Street zurück in die Park Crescent kam, rannte Tweed sofort hinauf in sein Büro. Außer Monica, die wie üblich hinter ihrem Schreibtisch saß, wartete auch Marler auf ihn. Kurze Zeit nach Tweed kamen auch Paula und Newman herein und setzten sich.

»Ich komme gerade von einem rekordverdächtigen Trip zum Bunker zurück«, sagte Marler.

»Warum denn das?«, fragte Tweed, während er sich hinter seinen Schreibtisch setzte.

»Nachdem Sie zur Botschaft abgefahren waren, hat mir Howard von der amerikanischen Flotte erzählt, die gerade Kurs auf England nimmt, und davon, dass Newman an Bord eines der Schiffe SEALs entdeckt hat. Er hat mir übrigens auch von seiner eigenen Fahrt zum Bunker und von dem Hubschrauber erzählt. Darf ich Ihnen einen Vorschlag machen?«

»Heraus damit.«

»Howard hat mir gesagt, dass sich alle wichtigen Einrichtungen, die bisher hier gewesen sind, jetzt im Bunker befinden. Deshalb schätze ich, dass er eines der wichtigsten Angriffsziele der Amerikaner sein wird. Aus diesem Grund bin ich auch schnell hingefahren und habe mir die Verteidigungsvorkehrungen dort genauer angesehen. Sie sind nicht zu beanstanden.«

»Schön. Und was ist jetzt Ihr Vorschlag?«

»Ich finde, wir sollten Alf und seine Taxifahrer zum Bunker schicken.«

»Das ist eine gute Idee. Aber sie fahren hoffentlich nicht im Konvoi dorthin, oder?«

»Nein, natürlich nicht. Alf ist schließlich nicht blöd. Außerdem werden sie nach Einbruch der Dunkelheit fahren.«

»Dann ist ja alles in Ordnung. Monica, rufen Sie bitte Mrs. Carson an und sagen Sie ihr, dass sieben Männer mit ebenso vielen Taxis bei ihr einfallen werden.« Er schaute hinüber zu Marler. »Die Männer werden die Taxis irgendwo verstecken müssen, damit man sie aus der Luft nicht erkennen kann.«

»Daran wird Alf bestimmt denken. Er weiß, was er tut.«

»Eines noch«, sagte Tweed und zog eine Schublade auf. »Geben Sie ihm diese Karte, sonst findet er den Bunker nie.«

»Ich wollte Sie schon danach fragen«, sagte Marler, der ans Fenster getreten war und hinausschaute. »Wenn man vom Teufel spricht ... Da unten auf der Hauptstraße steht Alfs Taxi. Er hat wohl kurz angehalten, um eine Zigarette zu rauchen. Wenn ich schnell hinuntergehe, erwische ich ihn noch. Bis später, alle miteinander. Ich muss an die Arbeit.«

Nachdem Marler wieder draußen war, sagte Tweed: »Mist! Ich habe vergessen, ihm etwas zu sagen.«

»Was denn?«, fragte Paula.

»Beim Überwachen des Bunkerbaus hat Marler einige sehr tiefe Schächte gefunden, die schon seit Jahrhunderten existierten. Er meinte damals, dass es sich um Ventilationsschächte für das alte Tunnelsystem handelte, das die Schmuggler angelegt hatten. Sie waren bereits mit Metallgittern abgedeckt gewesen, die Marler durch neue Konstruktionen ersetzen ließ. Viele der Gitter waren nämlich durchgerostet, und Marler wollte nicht, dass jemand in die Schächte stürzt. Ich befürchte nun, dass das eine oder andere der alten Gitter übersehen wurde.«

»Ich werde sofort bei Mrs. Carson anrufen und es ihr mitteilen«, sagte Monica.

»Mrs. Carson weiß Bescheid, ebenso wie alle anderen im Bunker. Nur eben die Taxifahrer nicht.«

»Dann sind Sie also sicher, dass Sharon Charlie ist?«, fragte Paula, als Monica den Hörer abhob. »Vielleicht haben Sie fünf Minuten Zeit, mir die ganze Geschichte zu erklären.«

»Wir haben wenig Zeit, aber sei's drum.«

»Haben Sie diesen Verdacht schon lange gehegt?«, fragte Paula weiter.

»In gewisser Weise schon. Wer war denn immer am Ort, wenn jemand versuchte hat, uns zu töten? In Basel ebenso wie in Freiburg und Straßburg? Sharon Mandeville. Irgendwer musste schließlich Ronstadt und seinen Männern die Befehle gegeben haben.«

»Haben Sie inzwischen eigentlich die seltsamen Lücken in Ed Osbornes Biografie aufklären können?«, fragte Paula, an Monica gewandt.

»Nein, das habe ich nicht. Der Mann ist mir nach wie vor ein Rätsel.«

»Mir ist aufgefallen, dass Sharon kein einziges Mal zugegeben hat, dass sie Charlie ist. Und Osborne war ebenfalls in Basel, Freiburg und Straßburg.«

»Sie sind eine aufmerksame Beobachterin«, sagte Tweed.

»Außerdem fand ich es merkwürdig, dass Chuck Venacki so gar nicht zu den anderen Schlägertypen aus Ronstadts Truppe passt. Er ist sehr viel gebildeter, freundlicher und besser gekleidet als die anderen.«

»Auch solche Amerikaner muss es geben«, sagte Newman. »Wir hatten es bisher viel zu oft mit dem Abschaum zu tun. Aber solche Leute gibt es hier bei uns genauso.«

»Sind Sie sicher, dass Sie Venacki in Ronstadts Audi am Schluchsee gesehen haben?«, fragte Paula.

»Ganz sicher. Ich habe ihn deutlich durch die Windschutzscheibe gesehen, bevor ich mich mit einem Sprung in Sicherheit brachte. Aber fragen Sie mich nicht, wer die anderen beiden in dem Wagen waren.«

»Das ist alles ziemlich verwirrend«, sagte Paula kopfschüttelnd. »Und wann fahren wir alle in die Romney Marsh?«

»Das erinnert mich daran«, sagte Tweed, »dass ich einen alten

Freund von mir im Verteidigungsministerium anrufen muss. Wenn ich damit fertig bin, kann ich Ihre Frage beantworten.«

Paula stand auf und trat hinüber ans Fenster. Unten sprach Marler immer noch mit Alf. Dann stieg er in das Taxi, als wäre er ein Fahrgast.

»Hallo, Philip«, sagte Tweed in Becks Handy. »Hier Tweed. Howard hat mir erzählt, dass …«

»Entschuldigen Sie bitte«, unterbrach ihn eine kultivierte Stimme. »Ist diese Verbindung abhörsicher?«

»Absolut. Ich spreche von einem Schweizer Handy, das extra dafür modifiziert wurde. Kann ich jetzt weiterreden? Gut. Philip, ich brauche die neuesten Daten über die amerikanische Flotte, die auf uns zusteuert. Wie nahe an der Küste ist sie schon?«

»Da sprechen Sie genau mit dem richtigen Mann, Tweed. Ich bin nämlich mit der Aufgabe betraut, die Flotte zu überwachen. Sie kommt geradewegs auf uns zu und dürfte wohl morgen am späten Abend den Ärmelkanal erreicht haben. Wenn es Ihnen hilft, kann ich Sie über ihren Kurs auf dem Laufenden halten.«

»Das wäre wunderbar. Eine Operation, die ich gerade ausarbeite, hängt im Wesentlichen vom Zeitplan der Amerikaner ab. Wenn ich nicht hier bin, können Sie die neuesten Informationen ja Monica mitteilen. Sie wissen ja, wie zuverlässig sie ist.«

»Ich habe Monica schon vertraut, als Sie mir noch äußerst suspekt waren«, scherzte Philip. »Ich werde Sie über alles Wichtige informieren. Wenn das alles vorbei ist, sollten wir übrigens mal wieder einen trinken gehen.«

»Das geht dann auf meine Rechnung. Bis bald …«

Nachdem Tweed die Verbindung unterbrochen hatte, sagte Newman: »Es gibt übrigens noch etwas, was wir bedenken müssen.«

»Und ich dachte, wir hätten schon genug am Hals«, erwiderte Paula.

»Wir dürfen nicht vergessen, dass das Phantom immer noch frei herumläuft.«

»Und es wird wieder zuschlagen«, ergänzte Tweed. »Vielleicht macht es beim nächsten Mal einen entscheidenden Fehler. Ich frage mich nur, wer es bezahlt.«

»Sharon vielleicht?«, sagte Paula.

»Möglicherweise.«

»Wann ist also die Stunde null?«, fragte Newman.

»Nach dem, was Philip mir gesagt hat, würde ich davon ausgehen, dass die Amerikaner morgen zwischen zehn Uhr abends und Mitternacht zuschlagen dürften, wenn es also leider schon dunkel ist.«

In diesem Augenblick kam Marler zurück ins Büro. Er nickte den anderen zu und nahm seinen bevorzugten Platz an der Wand ein.

»Alf ist unterrichtet. Er fährt jetzt los und verständigt seine Leute einen nach dem anderen. Dann wird er die Karte fotokopieren, damit die anderen auch wissen, wo sie hinfahren müssen.«

»Ich bin froh, dass Sie so rasch wieder da sind, Marler«, sagte Tweed. »Ein Freund von mir, der im Verteidigungsministerium sitzt, hat mir erzählt, dass die amerikanische Flotte morgen nach Einbruch der Dunkelheit vor unserer Küste sein wird. Ich bin mir ziemlich sicher, dass die SEALs sofort mit ihrem Angriff auf den Bunker beginnen werden. In der Dunkelheit könnte es schwierig werden, sie rechtzeitig kommen zu sehen.«

»Das ist kein Problem. Ich gehe gleich hinunter in mein Büro und rufe in unserer Basis in Surrey an. Dort gibt es jede Menge starker Suchscheinwerfer und einen großen Vorrat an Leuchtkugeln. Ich werde den Leuten dort sagen, sie sollen einen Lieferwagen mit dem Zeug beladen und noch heute Nacht zum Bunker schicken.«

»Marler, Sie sind ein Genie«, sagte Tweed.

»Ich weiß, aber es ist immer nett, wenn es von jemand anderem bestätigt wird. Bis später.«

Nachdem Marler wieder gegangen war, sagte Tweed: »Warum habe ich nicht selbst daran gedacht?«

»Weil Sie eben kein Genie sind«, sagte Paula verschmitzt. »Ist Ihnen übrigens aufgefallen, dass ich Sie nicht nach dem Inhalt Ihrer Unterredung mit dem Premierminister gefragt habe? Aber eines würde ich doch gern wissen: Was haben Sie eigentlich mit den beiden Gesprächen in der amerikanischen Botschaft bezweckt?«

»Ich wollte die Amerikaner ebenso destabilisieren, wie diese versuchen, uns zu destabilisieren. Und es hat besser geklappt, als ich mir erhofft hatte. Morgenstern ist dabei die Schlüsselfigur.« Tweed sah auf seine Uhr. »Mittlerweile dürfte er bereits in seiner Gulfstream hoch über dem Atlantik sein.«

»Sharon haben sie ja auch ganz schön destabilisiert.«

»Stimmt. Ihr Wutanfall war ziemlich dramatisch, fanden Sie nicht auch? Ich habe mich schon immer gefragt, wo die Frau nur ihre Ruhe hernimmt. Jetzt wissen wir es: Sie war ein schlafender Vulkan. Vorhin ist es mir gelungen, ihn zum Ausbruch zu bringen.«

»Was glauben Sie, wird Sharon jetzt tun? Nimmt sie morgen früh die nächste Maschine in die USA?«

»Möglicherweise. Aber vielleicht auch nicht.«

In ihrem weiß eingerichteten Büro in der amerikanischen Botschaft war Sharon Mandeville wieder so beherrscht wie eh und je. Sie lehnte sich in ihrem hohen Stuhl zurück und telefonierte mit Washington.

»Hi, Senator, hier ist Sharon. Wie geht's?«

»Super. Einfach super, meine Liebe. Sie werden für den Auftakt Ihres Wahlkampfs dringend zurückerwartet. Die Plakate sind schon alle gedruckt. Sie sehen großartig darauf aus. Wie eine Gewinnerin. Und die werden Sie auch sein, darauf baue ich.«

»Ich bin Ihnen sehr dankbar für alles, was Sie für mich getan haben, Grant. Ich hoffe, Sie wissen das.«

»Zum Teufel damit. Ich freue mich lediglich auf meinen Ruhestand und darauf, dass Sie meine Nachfolgerin werden. Vergessen Sie nicht, dass das hier ein großer Bundesstaat ist, einer, dem die Schlüsselrolle bei der Nominierung des nächsten Präsidentschaftskandidaten zukommt. Oder sollte ich besser sagen: der nächsten Präsidentschaftskandidatin?«

»So weit ist es noch nicht, Grant. Bevor ich das ganz große Amt anstreben kann, muss ich erst einmal Senatorin werden.«

»Für Sie wird das ein Spaziergang werden. Beide Wahlen werden Sie haushoch gewinnen: die zur Senatorin ebenso wie die zur Präsidentschaftskandidatin. Schließlich sind Sie eine begnadete Rednerin, das haben Sie bei unzähligen Gelegenheiten bewiesen. Überall wo Sie einen Auftritt hatten, sind die Leute völlig außer Rand und Band geraten. Ich weiß, dass die Presse und das Fernsehen bisher noch nicht darüber berichtet haben, aber genau so wollten wir es ja haben. Sie sind die große Überraschung. Ist diese Leitung eigentlich sicher?«

»Völlig sicher.«

»Ich habe nämlich einige gute Nachrichten, die Sie aber besser für sich behalten. Ihr direkter Gegenkandidat für den Posten des Senators hat das Handtuch geworfen.«

»Tatsächlich? Wie kommt denn das?«

»Das haben Sie dem weisen alten Grant zu verdanken. Ich habe ein paar Nachforschungen über ihn anstellen lassen und herausgefunden, dass er Bestechungsgelder von den Chinesen genommen hat. Er hat eine Menge Geld gebraucht, um seine Firmen am Leben zu erhalten, und das hat er aus Peking bekommen. Trotzdem ist er noch immer praktisch bankrott. Ich habe mir einen Termin bei ihm geben lassen und ihm die Kopien einiger Dokumente gezeigt, die ihn stark belasten. Ich habe ihm vorgeschlagen, er solle seine Kandidatur zurückziehen – aus Gesundheitsgründen, versteht sich –, oder ich würde die Dokumente an CNN und die *New York Times* weitergeben. Er wird seinen Verzicht morgen öffentlich bekannt geben.«

»Sie sind ein schlauer Fuchs. Aber das war Erpressung.«

»Sind Sie nicht froh, mich auf Ihrer Seite zu haben? Wissen Sie was?«

»Was denn, Grant?«

»Ich freue mich schon auf den Tag, an dem ich meinen Enkeln erzählen kann, dass ich es war, der die erste Frau ins Weiße Haus gebracht hat.«

»Vielen Dank, Grant.«

»Mit Ihrem Geld und meinem Know-how gibt es nichts, was Sie nicht erreichen könnten.«

»Das haben Sie schön gesagt, Grant.«

»Wann darf ich Sie in Washington erwarten?«

»Bald. Sehr bald sogar. Ich werde Ihnen genau sagen, wann mein Flug geht.«

»Und ich werde Sie am Flughafen abholen. Mit einem großen Blumenstrauß.«

»Hat Ihnen eigentlich schon mal jemand gesagt, was für ein toller Mann Sie sind?«, fragte Sharon. »Wenn nicht, dann werde ich das nachholen.« Sie hielt inne. »Aber jetzt muss ich leider auflegen. Ich habe noch eine Menge zu tun.«

»Dann bis bald, Madame President.«

Crag saß bewegungslos in seinem Stuhl, während seine Flotte mit Höchstgeschwindigkeit ihrem Ziel entgegenfuhr. Nach ein paar Minuten kam sein Adjutant, salutierte und übergab dem Admiral einen Umschlag.

»Neue Karten, Sir. Sind uns gerade per Funk aus Washington übermittelt worden.«

»Danke.«

Der Adjutant salutierte abermals und verließ die Kommandobrücke. Crag öffnete den Umschlag und zog mehrere Luftaufnahmen daraus hervor, die der Adjutant fälschlicherweise als Karten bezeichnet hatte. Es waren Bilder, die ein Hubschrauber von einem gewissen Abschnitt der Küste von Kent gemacht hatte. Crag griff nach einem starken Vergrößerungsglas, das vor ihm auf dem Tisch lag.

Er brummte, während er die Fotos sorgfältig untersuchte, leise vor sich hin. Schließlich gab er die Bilder an den Ersten Offizier weiter.

»Bill, wir sollten diese Aufnahmen möglichst schnell dem Kommandeur der SEALs übermitteln. Es sieht so aus, als ob die Operation ein Kinderspiel wird. Die SEALs können an einem flachen Kiesstrand südlich einer Ortschaft namens New Romney landen. Von dort aus können sie über vollkommen flaches Gelände ins Landesinnere bis zu diesem Kommunikationszentrum der Briten vorstoßen.«

»Ich fürchte trotzdem, dass die Engländer inzwischen von unserem Kommen erfahren haben, Sir. Es wäre durchaus möglich, dass das Passagierflugzeug uns tatsächlich gesehen und unsere Anwesenheit nach London gemeldet hat.«

»Darüber würde ich mir keine Sorgen machen«, sagte Crag und reckte seine langen Arme. »Die Passagiere auf Interkontinentalflügen haben es bald satt, aus dem Fenster zu schauen. Sie sind entweder müde oder besoffen oder beides gleichzeitig. Außerdem hatte das Flugzeug eine enorme Höhe. Unsere Radarleute haben etwas von fünfunddreißigtausend Fuß gesagt.«

»Dann werde ich dem Vorsitzenden mal melden, dass wir die Karten erhalten haben.«

»Die Luftbilder, Bill. Aber lassen Sie sich damit noch Zeit. Zuerst möchte ich die Reaktion der SEALs abwarten.«

Crag lehnte sich wieder zurück und dachte nach. Er ging im Geiste die Kommandanten der Kriegsschiffe durch, mit denen er in den letzten Stunden Kontakt gehabt hatte. Viele Admirale bedienten sich dazu gedruckter Listen, Crag aber hatte diese Listen im Kopf.

Fünfzehn Minuten später – von denen allein zehn dafür verwendet wurden, eine Barkasse zu Wasser zu lassen und hinüber zu dem Schiff mit den SEALs zu schicken – kam der Erste Offizier wieder zu Crag zurück.

»Na, was haben die SEALs zu sagen, Bill?«

»Ist in einer Viertelstunde zu schaffen, meinen sie.«

»Wer sagt's denn?«, meinte Crag mit einem bei ihm eher seltenen Lächeln. »Ich habe schon immer gewusst, dass der Kommandeur der SEALs ein echter Draufgänger ist.«

49

Es war mitten in der Nacht. Tweed schlief in seinem Büro auf dem Klappbett, das Monica ihm hergerichtet hatte. Jetzt saß sie an ihrem Schreibtisch und wachte über seinen Schlaf. Als die Tür geöffnet wurde und Marler hereinkam, legte sie einen Finger auf die Lippen.

»Gibt es was Neues«, fragte Tweed, der trotzdem aufgewacht war.

Er richtete sich auf und sah Marler an, der sich zu winden schien.

»Na, worauf warten Sie noch?«, fragte Tweed und setzte sich die Brille auf die Nase. »Ich habe nicht richtig geschlafen, sondern nur so vor mich hin gedöst.«

»Ja, es gibt tatsächlich etwas Neues«, sagte Marler schließlich. »Vor zwei Stunden ist der Lieferwagen aus Surrey im Bunker eingetroffen. Die Jungs dort sind jetzt bestens mit Suchscheinwerfern und Leuchtkugeln ausgerüstet. Alf und seine Leute haben sich schon damit vertraut gemacht.«

»Dann sind sie schon im Bunker?«

»Schon seit drei Stunden.«

»Das finde ich sehr beruhigend«, sagte Tweed und stand auf. Er trug einen lebhaft gemusterten chinesischen Morgenmantel. »Die Nacht ist für mich sowieso vorbei«, sagte er nach einem Blick auf die Armbanduhr. Sie wissen ja – ich habe einen Wecker in meinem Kopf. Monica, prüfen Sie bitte, ob Philip im Verteidigungsministerium ist. Ich muss dringend mit ihm sprechen.«

Tweed zog den Gürtel seines Morgenmantels fester zu und schlurfte hinüber zu seinem Schreibtisch. Mit einem düsteren Grinsen wandte er sich an Marler.

»Manchmal denke ich, dass es am wichtigsten ist, die Ruhe zu bewahren. Habe ich vorhin einen Anflug von Aufgeregtheit in Ihrer Stimme erkannt?«

»Das könnte stimmen«, sagte Marler.

»Warten Sie noch, bis ich den Anruf gemacht habe, und dann legen Sie sich in Ihrem Büro eine halbe Stunde auf die Couch.«

»Aber ich bin nicht müde.«

»Darum geht es nicht. Wir alle brauchen etwas Schlaf, wenn wir voll auf dem Damm sein wollen.«

»Wenn Sie darauf bestehen ...«, brummte Marler.

»Das ist ein Befehl.«

Monica deutete auf das Telefon auf seinem Schreibtisch. Tweed hob ab. »Hallo, Philip, hier Tweed. Legen Sie bitte auf, ich rufe Sie gleich wieder an.«

Tweed legte auf und griff nach Becks Mobiltelefon.

»So, hier bin ich wieder auf der absolut sicheren Leitung. Gibt es was Neues?«

»Die Flotte nähert sich mit unverminderter Geschwindigkeit dem Ärmelkanal. Wir setzen zu ihrer Überwachung in großer Höhe fliegende Aufklärungsflugzeuge mit speziellem Radar ein, die sofort, wenn sie die Schiffe geortet haben, wieder abdrehen. So können die Amerikaner sie nicht entdecken.«

»Wann sind die Schiffe im Kanal?«

»Wie schon gesagt: zwischen zweiundzwanzig Uhr und Mitternacht. Sie sind jetzt schon verdammt nahe.«

»Ist schon irgendetwas über ihre Anwesenheit an die Öffentlichkeit gedrungen?«

»Nicht, dass ich wüsste. Wenn das der Fall wäre, hätte ich es sicher schon erfahren. Aber sagen Sie mal, Tweed, wann schlafen Sie eigentlich?«

»Zwischendurch.«

Tweed schaltete das Handy aus und legte es auf den Tisch. Er schaute hinüber zu Marler und wirkte jetzt völlig wach und frisch.

»Ich habe nachgedacht«, sagte er. »Bevor Sie sich aufs Ohr legen – und das sollten Sie wirklich tun, haben Sie mich verstanden? –, rufen Sie doch Paula, Newman, Nield und Butler an und sagen Sie ihnen, dass wir um Punkt zehn Uhr zum Bunker aufbrechen. Dann dürfte der schlimmste Berufsverkehr vorbei sein.«

»Wird gemacht«, sagte Marler lächelnd. »Die beiden werden sich bestimmt freuen, wenn ich sie mitten in der Nacht anrufe.«

»Deswegen würde ich mir keine Sorgen machen. Sie werden Sie zwar verfluchen, aber dann gleich wieder einschlafen. Die beiden haben eine anstrengende Zeit hinter sich. Genauso wie Sie, Marler. Befolgen Sie deshalb meinen Befehl.«

Nachdem Marler gegangen war, sagte Tweed: »Eines habe ich doch glatt vergessen zu fragen. Wie steht es eigentlich mit der Verpflegung im Bunker?«

»Als der Stab von hier in den Bunker gezogen ist, sind auch zwei Köche mitgegangen«, antwortete Monica. »Allerdings habe ich mir gedacht, dass die Ankunft von Alf und seinen Männern die Situation dort vielleicht doch etwas anspannen könnte. Deshalb habe ich in Surrey angerufen und dafür gesorgt, dass Mrs. Payne, die beste Köchin dort, mit dem Lieferwagen, der auch die Scheinwerfer und die Leuchtkugeln transportiert hat, mit in den Bunker fährt. Ich hoffe, Sie haben nichts dagegen. Mrs. Payne macht einen fantastischen Shepherd's Pie.«

»Sie sind ein Engel, Monica. Und Shepherd's Pie klingt gut. Da läuft mir ja das Wasser im Mund zusammen.«

»Wenn Sie wollen, dann kann ich Ihnen vielleicht eine Portion besorgen. Es gibt hier in der Nähe ein Lokal, das die ganze Nacht über offen hat.«

»Warten Sie, bis ich mich geduscht und angezogen habe«, sagte Tweed und sammelte seine Kleider zusammen.

»Nehmen Sie Ihren warmen Mantel mit, wenn Sie zum Bunker fahren. Er hängt im Schrank. Dort unten an der Küste ist es bestimmt kalt.«

»Sie denken wirklich an alles, Monica«, sagte Tweed und machte ein verträumtes Gesicht. »Shepherd's Pie.«

Als Tweed vollständig angezogen aus dem Bad zurückkam, erschrak er, als er Paula an ihrem Tisch sitzen sah. Sie trug dieselben Wintersachen, die sie auch im Schwarzwald angehabt hatte. Ihre dicke Jacke allerdings hatte sie ausgezogen und über die Lehne ihres Stuhls gehängt.

»Guten Morgen, Tweed«, sagte sie mit einem breiten Lächeln. »Sie sind ja heute schon früh auf.«

»Sie aber auch. Und Sie sehen so frisch aus wie der junge Morgen, der noch nicht einmal angebrochen ist. Konnten Sie nach Marlers Anruf nicht wieder einschlafen?«

»Ich war schon wach, als er angerufen hat. Sie wissen doch, dass ich in dieser Hinsicht genauso bin wie Sie. Ich komme mit ein paar Stunden Schlaf aus. Monica ist übrigens losgegangen, um etwas zu essen zu holen. Ich habe ihr versprochen, mich inzwischen um das Telefon zu kümmern. Das ist wieder typisch Monica: Sie kennt doch tatsächlich das einzige Lokal, das um diese Zeit noch Shepherd's Pie macht.«

Paula hatte den Satz noch nicht beendet, als die Tür aufging und Monica mit einem Tablett hereinkam, auf dem zwei Styporbehälter standen.

»Zweimal Shepherd's Pie«, sagte sie, während sie das Tablett vor Tweed auf den Schreibtisch stellte.

»Wunderbar«, schwärmte Paula. »Ich hatte keine Zeit, mir in meiner Wohnung etwas zum Frühstück zu machen.«

»Dann bringen Sie mal Ihren Stuhl heran«, sagte Monica. Sie wartete, bis Paula Tweed gegenüber Platz genommen hatte, und beugte sich dann über das Tablett.

»Das muss man so machen wie die Ober in den Nobelrestaurants«, verkündete sie.

Monica nahm die Deckel der Styroporbehälter in die Hände und hob sie beide gleichzeitig mit einer schwungvollen Bewegung ab. Als der appetitliche Duft des Fleischauflaufs den Raum erfüllte, merkte Tweed, wie hungrig er wirklich war.

»Danke, Herr Ober«, sagte Paula.

»Gleich gibt es eine Kanne Tee, aber warten Sie nicht darauf, sonst wird Ihr Essen kalt.«

»Ich habe Ihnen eine Menge zu erzählen, Paula«, sagte Tweed, während er zu essen begann.

Er berichtete ihr von seinen Unterhaltungen mit Philip vom Verteidigungsministerium, von Alfs Ankunft im Bunker und davon, dass die Suchscheinwerfer und Leuchtkugeln inzwischen dort waren. Die beiden aßen noch immer, als Howard in den Raum kam. Er sah ziemlich mitgenommen aus. Sein Hemdkragen war offen, die Haare standen wirr durcheinander und an seinem Kinn war der Schatten eines Bartes zu sehen.

»Entschuldigen Sie mein Aussehen«, sagte Howard. »Ich bin in meinem Büro eingeschlafen und erst jetzt wieder aufgewacht. Darf ich, Tweed?« Howard nahm einen Löffel und stibitzte sich damit etwas von Tweeds Shepherd's Pie. »Mmh, sehr gut. Warum kriege ich so was nicht?«

»Machen Sie Monica schöne Augen«, schlug Paula vor.

»Nicht nötig, ich hole ihm auch so etwas«, beeilte sich Monica zu sagen.

»Punkt zehn heute Vormittag fahren wir zum Bunker, Howard«, sagte Tweed. »Ich werde Sie, soweit ich kann, auf dem Laufenden halten.«

»Ja, bitte tun Sie das. Ich werde an Sie alle denken.« Er legte Paula eine Hand auf die Schulter und drückte sie. »Und Sie passen bitte gut auf sich auf.«

»Ich glaube, das kann ich ziemlich gut. Trotzdem danke für den Rat.«

»Ich gehe mich jetzt frisch machen. Alles Gute.«

Howard verließ rasch den Raum. Paula hatte den Eindruck, dass er kurz vor einem Gefühlsausbruch stand. Während sie und Tweed ihr Frühstück beendeten, saß Monica schon wieder an ihrem Schreibtisch und arbeitete. Sie hatte sich wieder ihre Dossiers vorgenommen.

»Sharon Charlotte Mandeville«, rief sie auf einmal laut aus. »Könnte es nicht sein, dass ›Charlie‹ eine Abkürzung für Charlotte ist?«

»Genau das denkt Tweed auch«, sagte Paula, »aber ich bin noch nicht hundertprozentig davon überzeugt.«

Um exakt zehn Uhr verließen zwei Autos die Park Crescent. Das erste von ihnen steuerte Paula, während Tweed auf dem Beifahrersitz saß. Newman nahm mit übereinander geschlagenen Beinen die Rückbank ein und blickte entspannt aus dem Fenster.

Im Wagen hinter ihnen saßen Marler, Nield und Butler, der

häufig aus dem Rückfenster blickte, um zu sehen, ob sie verfolgt wurden. Er konnte aber nichts entdecken.

»Danke, dass Sie mich ans Steuer gelassen haben«, sagte Paula, als sie die Innenstadt verließen.

»Heute sind Sie dran«, erwiderte Tweed. »Außerdem weiß ich, dass Sie gern Auto fahren. Ist Ihnen eigentlich bewusst, dass Sie die ganze Zeit schon ein Liedchen vor sich hin summen?«

»Ich weiß. Es ist ein wunderschöner Tag heute. Keine Wolke am Himmel, und die Luft ist so klar und frisch, dass es eine Freude ist.«

»Nach Sonnenuntergang wird aber ein anderes Lüftchen wehen, Paula«, sagte Newman von hinten. »Eines, das möglicherweise ein bisschen zu rau für Sie ist.«

»Machen Sie Paula bloß nicht an, Bob«, sagte Tweed glucksend. »Ich bin froh, dass ich Sie nach hinten gesetzt habe. Da ist sie vor Ihnen sicher.«

»Aber wie steht es denn mit Ihnen, Tweed?«, konterte Newman. »Ist Paula denn vor Ihnen sicher?«

»Im Augenblick schon. Aber für die Zukunft möchte ich jetzt keine Prognosen abgeben.«

Tweed hielt das lockere Gespräch noch eine Weile am Laufen, denn er wusste, dass sich ihre Stimmung spätestens dann verdüstern würde, wenn sie am Bunker angelangt waren. Tatsächlich veränderte sich die Atmosphäre im Inneren des Wagens schlagartig, als sie durch die Ortschaft Parham fuhren.

»Hier hat Sir Guy gewohnt«, sagte Paula. »Er hat sich bestimmt nicht träumen lassen, dass er Irongates nie wiedersehen wird. Eines muss man dem alten Haudegen lassen: Er hatte wirklich Mut. Wie er uns in Freiburg seine Hilfe angeboten hat, war wirklich klasse. Wissen Sie was? Ich könnte das Phantom mit bloßen Händen erwürgen. Und zwar ganz langsam.«

»Guy Strangeways war ein bemerkenswerter Mann«, sagte Tweed. »Als Offizier ebenso wie im Geschäftsleben. Und was das Phantom betrifft, fühle ich genauso wie Sie, Paula.«

Während sie durch Ashford weiter nach Süden fuhren, herrschte im Wagen betretenes Schweigen. Schließlich bog Paula von der

Schnellstraße nach Ivychurch ab. Auf den engen, kurvigen Nebenstraßen fuhr sie langsamer und vorsichtiger.

Als sie sich der Farm mit dem Bunker näherte, hielt Paula plötzlich an und starrte nach links. Tweed und Newman blickten in dieselbe Richtung.

»Was ist dort?«, fragte Tweed.

»Ich dachte, ich hätte etwas gesehen. Bin gleich wieder da.«

Bevor Tweed etwas dagegen sagen konnte, war Paula schon aus dem Wagen gesprungen und rannte einen Feldweg entlang, der in einem kleinen Nadelwäldchen verschwand. Solche Haine waren in der Romney Marsh eher eine Seltenheit. Newman verließ fast augenblicklich den Wagen und eilte ihr mit gezogener Pistole hinterher.

»Was machen Sie denn da?«, zischte er, als er sie eingeholt hatte.

»Ich dachte, ich hätte etwas aufblitzen gesehen. Aha, da haben wir's ja. Hier also hat Alf seine Taxis abgestellt. Ziemlich schlau von ihm. So können sie aus der Luft nicht entdeckt werden.«

Newman blickte in die Richtung, in die Paulas ausgestreckter Arm deutete, und sah sieben Taxis, die wie eine kleine Wagenburg im Kreis unter den dichten Zweigen der Nadelbäume geparkt waren.

»Cleverer Bursche, dieser Alf«, sagte er.

»Ganz meine Meinung. Aber jetzt gehen wir lieber wieder zurück zum Wagen, sonst regt Tweed sich noch unnötig auf.«

Als sie wieder im Auto saßen, berichteten sie Tweed von ihrem Fund. Auch er war der Meinung, dass Alf genau wusste, was man in einer bestimmten Situation zu tun hatte. Paula schaltete den Motor ab und kurbelte das Fenster herunter, wie sie es seit Parham bereits einige Male getan hatte.

»Wieso machen Sie das eigentlich?«, fragte Tweed.

»Damit ich jeden sich nähernden Hubschrauber frühzeitig erkennen kann. Aber jetzt ist absolut nichts zu hören. Wir können also beruhigt zum Bunker fahren.«

»Dann mal los«, sagte Tweed.

In Schritttempo fuhr Paula auf das Farmhaus zu. Sie wollte

Mrs. Carson Zeit geben, sie durch ihr Fernglas zu begutachten und das Tor zu öffnen.

Tweed starrte durch die Windschutzscheibe nach vorn und machte ein neutrales Gesicht, während er so leise, dass die beiden anderen es nicht hören konnten, vor sich hin murmelte:

»Da ist es, das Schlachtfeld.«

50

Während eines Bunkerrundgangs mit Mrs. Carson staunte Paula gehörig darüber, wie komplex und weit reichend das neue Kommunikationssystem war. Über die Kellertreppe im Farmhaus waren sie in das unterirdische Labyrinth aus Gängen und Büros hinabgestiegen.

»Das hier ist der Haupteingang zum unterirdischen Teil«, erklärte Mrs. Carson und deutete auf eine massive Metalltür, hinter der ein langer, von Neonröhren beleuchteter Betontunnel begann. Im Vorbeigehen öffnete Mrs. Carson eine Tür und ließ Paula einen Blick in den Raum dahinter werfen, in dem mehrere Männer an Computern und Funkgeräten saßen. Alle trugen Kopfhörer und schrieben emsig auf Blöcke mit gelbem Papier.

»Hier laufen die codierten Nachrichten aus der ganzen Welt zusammen«, erklärte Mrs. Carson.

»Aber ich habe draußen gar keine Antennen gesehen«, sagte Paula.

»Warten Sie erst, bis wir wieder oben sind. Alf und Marler haben den ganzen Eingangsbereich umgestellt. Beeindruckend, was diese beiden Männer und ihre Helfer geschafft haben. Das hier ist übrigens der Dechiffrier-Raum.«

Mrs. Carson öffnete eine weitere Tür, hinter der hemdsärmelige Männer an Tischen mit Codebüchern saßen und geheime Botschaften entschlüsselten. Paula fiel auf, dass in beiden Räumen niemand aufgestanden war oder sich umgedreht hatte, als sie in der Tür aufgetaucht war, so konzentriert waren die Männer bei der Arbeit.

Mrs. Carson führte Paula in einen weiteren Tunnel, der im rechten Winkel vom Hauptstollen abzweigte. Dort öffnete sie wieder eine Tür und ließ Paula einen Blick in eine große Küche werfen. Paula erkannte Mrs. Payne, die in einem weißen Kittel am Herd stand und das Mittagessen vorbereitete. Auch den Raum neben der Küche durfte Paula sich ansehen: Er war voller hochmoderner Waschmaschinen und Trockengeräte.

»Ich schätze, Sie haben jetzt genug gesehen, um einen groben Überblick zu bekommen«, sagte Mrs. Carson »Wenn man zu lange hier unten bleibt und es nicht gewohnt ist, kann man leicht Platzangst bekommen. Außerdem geht einem das Geratter der Fernschreiber ganz schön auf die Nerven.«

»Ist denn Mrs. Payne ganz allein in der Küche?«, fragte Paula.

»Nein. Gleich kommen unsere beiden anderen Köche, die ihr zur Seite stehen. Mrs. Payne macht nur rasch das Mittagessen für Sie und die anderen aus Tweeds Gruppe.«

»Kaum zu glauben, dass das hier einmal ein Versteck für Schmuggler war«, sagte Paula.

»Stimmt. Es muss für die Schmuggler eine Menge Arbeit gewesen sein, mit den primitiven Werkzeugen der damaligen Zeit den Hauptstollen bis an die Küste voranzutreiben.«

»Ich versuche mir gerade vorzustellen, wie viele Fässer mit Brandy wohl durch diesen Tunnel gewandert sind.«

»Tun Sie es nicht, sonst werden Sie allein vom Durchgehen schon beschwipst« scherzte Mrs. Carson, während sie sich auf den Rückweg machte. »Jetzt, wo ich Ihnen alles gezeigt habe, kann ich mich wieder dem Zusammenbau meiner Maschinenpistole widmen, die ich heute Vormittag zur Reinigung zerlegt habe.«

»Ihre Maschinenpistole?«, fragte Paula, während sie die Treppe hinaufstiegen.

»Ja. Tweed hat mich telefonisch auf das vorbereitet, was kommt. Da wird jeder Mann und jede Frau gebraucht. Ich habe in Surrey ein intensives Waffentraining absolviert, und zwar bei einem reizenden Mann namens Sarge. Ein seltsamer Name, finden Sie nicht auch?«

»Er war früher einmal Sergeant beim SAS, soviel ich weiß.«

Als sie zurück in den Wohnraum des Farmhauses kamen, saß Tweed dort allein am Tisch und trank Tee.

»Na, Paula, was sagen Sie?«, fragte er, während er seine Tasse absetzte.

»Die Leute haben dort unten viel mehr Platz als im Nebengebäude in der Park Crescent, wo sie normalerweise arbeiten. Wäre es nicht eine gute Idee, sie generell hier unterzubringen?«

»Genau das habe ich auch vor – falls wir die kommende Nacht überleben.«

»Das werden wir, Mr. Tweed«, sagte Mrs. Carson zuversichtlich. »Wir werden es den Yankees schon zeigen.«

Paula starrte die rundliche Frau mit den rosigen Wangen ungläubig an. Mrs. Carson freute sich tatsächlich auf das, was kommen würde.

»Ich gehe jetzt nach draußen«, sagte Paula.

»Ziehen Sie sich Ihre Jacke an«, riet Mrs. Carson, während sie in einem Nebenraum verschwand. »Heute ist es ziemlich kalt.«

Die Frau muss Augen im Hinterkopf haben, dachte Paula und schlüpfte in ihre Jacke, bevor sie hinaus in den Hof der Farm trat. Newman, der in einem schmalen Durchgang zwischen zwei alten Scheunen stand, winkte ihr zu. Paula ging hinüber und folgte ihm ans andere Ende des Durchgangs. Dort öffnete sich die weite Landschaft, die ihr wie bei ihren früheren Besuchen entsetzlich öde und verlassen vorgekommen war.

Nach Süden wurde das Terrain der Farm durch eine Hecke abgeschlossen, dahinter war brettebenes Marschland, auf dem nur ab und an ein paar traurige Grasbüschel wuchsen. Wie eine Wüste, dachte Paula. Ein kalter Wind blies ihr direkt ins Gesicht, und sie war froh, dass sie Mrs. Carsons Rat befolgt hatte.

»Hier entlang«, sagte Newman.

Er führte sie durch einen kleinen Hain aus kahlen Laubbäumen mit dicken, sich schwarz vom blauen Himmel abhebenden Ästen. Dahinter stand Marler neben einer etwa hüfthohen, oben offenen Holzkiste, an deren Ecken dicke Stahldrähte befestigt waren. Diese wurden mit einem Ring zusammengefasst, von dem aus ein kräftiges Seil hinauf zu einem an zwei hoch gelegenen Ästen des nächsten Baumes befestigten Flaschenzug führte. Das andere Ende des Seils hing bis auf den Erdboden herab. Marler hatte ein paar Arbeitshandschuhe an.

»Was ist denn das?«, fragte Paula.

»Eine Beobachtungsplattform mit eigenem Lift«, antwortete Newman. »Einer von Alfs Golfkriegsveteranen meinte, wir würden so etwas brauchen. Man steigt in diese Kiste und lässt sich in die Höhe ziehen. Haben Sie Lust, es auszuprobieren?«

»Ich allein? Wer hat denn die Kiste gebaut?«

»Alf und seine Männer. Marler hat auch mitgeholfen. In einer der Scheunen befindet sich eine komplette Zimmermannswerkstatt, die noch vom Bau des Bunkers übrig geblieben ist. Sie brauchen übrigens nicht allein hinauf – ich komme mit.«

»Und wer soll uns hinaufziehen?«

»Marler und die anderen.«

Newman, der ein Fernglas vor der Brust hängen hatte, half Paula dabei, in die Kiste zu steigen, die genügend Platz für zwei Personen bot. Marler winkte zwei von Alfs Männern herbei, die gerade durch den Durchgang zwischen den Scheunen kamen, und begann, zusammen mit ihnen an dem Seil zu ziehen. Paula hielt sich mit beiden Händen am Rand der Kiste fest und spürte, wie sie sich schneller, als sie geglaubt hätte, nach oben bewegte. Paula biss die Zähne aufeinander und vermied es, nach unten zu blicken. Die Kiste schwankte im Wind.

»Sie sind hier so sicher wie in Abrahams Schoß«, sagte Newman und legte Paula einen Arm um die Hüfte.

»Wenn Sie es sagen …«

Als sie oben angelangt waren, besserte sich Paulas Stimmung schlagartig. Vor ihr ausgebreitet sah sie das weite Panorama der Romney Marsh. Newman deutete auf eine Konstruktion aus massiven Holzbalken, die auf zwei starken Ästen ruhte.

»Bitte aussteigen«, sagte Newman. »Aber schauen Sie nicht nach unten.«

Er half Paula aus der Kiste auf die Plattform. Als sie dort einen sicheren Stand hatte, verflog auch der letzte Rest ihrer Nervosität.

»Man kann ja bis zum Kanal sehen.«

»Genau dafür ist diese Plattform auch da«, sagte Newman. »Wollen Sie mal durch mein Fernglas schauen? Keine Angst, ich halte Sie fest.«

»Ich sehe ein Schiff draußen auf dem Meer«, sagte Paula, während sie das Fernglas scharf stellte. »Sogar den Namen kann ich lesen. Es heißt *Mexicali*.«

»Na, hat es sich gelohnt, die Plattform zu bauen?«

»Und ob. So können wir die Amerikaner rechtzeitig kommen sehen. Aber halt, es wird ja dunkel sein!«

»Wir werden unsere Nachtsichtgeräte benützen. Und wir verfügen über modernste Kommunikationsmittel.« Newman drückte ein paar Tasten an Becks Handy, das er sich von Tweed ausgeliehen hatte. Paula hörte, wie unten Marlers Mobiltelefon klingelte.

»Marler, Sie kommen!«

»*Was*? Wo?«

»War nur ein Witz.«

»Machen Sie das nie wieder, Bob! Ich möchte keinen Fehlalarm auslösen.«

»Tut mir Leid. Das war blöd von mir.« Newman sah hinüber zu Paula. »Aber zumindest wissen wir jetzt, dass unsere Kommunikation funktioniert. So, wir sollten wieder hinunterfahren.«

Paula und Newman stiegen in die Kiste, und Marler ließ sie hinab. Während sie sich langsam dem Boden näherte, bemerkte Paula ein dünnes schwarzes Kabel, das am Stamm des Baums nach oben lief.

»Was ist denn das?«

»Dieses Kabel führt vom unterirdischen Komplex hinauf zu einer getarnten Antenne in der Krone dieses Baumes. Das ist viel weniger auffällig als ein zehn Meter hoher Antennenmast, den wir sonst hätten errichten müssen.«

»Genial.«

Nachdem die Kiste sanft aufgesetzt hatte und die beiden herausgeklettert waren, stellte Paula erstaunt fest, dass ihre Beine ganz steif waren. Sie vermutete, dass das von ihrer Anspannung kam. Als Nächstes zeigte ihr Newman, wie man die großen Suchscheinwerfer bediente, die auf dicken Gummireifen leicht bewegt werden konnten. Auf Newmans Veranlassung hin richtete sie einen der Scheinwerfer auf das kleine Wäldchen, in dem Alfs Taxis verborgen waren, und schaltete ihn an. Sie war erstaunt, wie hell der Scheinwerfer selbst bei vollem Tageslicht war. Schleunig schaltete Paula ihn wieder aus, als sie sah, dass Mrs. Carson aus dem Haus trat und auf sie zu kam.

»Ich habe Mrs. Payne gesagt, dass sie mit dem Mittagessen noch ein wenig warten soll«, sagte sie. »Mr. Tweed ist auf der anderen Seite des Geländes und möchte, dass Sie zu ihm kommen.«

Es war ein ziemlich weiter Weg quer über das Gelände der Farm, aber Paula genoss es, sich die Beine vertreten zu können. Tweed stand mit den Händen in den Manteltaschen am Rand einer Hecke und wartete auf sie.

»Fällt Ihnen an dieser Hecke irgendetwas Besonderes auf?«, fragte er, als Paula bei ihm war.

»Nein«, antwortete sie, nachdem sie die Hecke näher betrachtet hatte. Höchstens, dass sie ziemlich stachelig ist.«

»Und ob sie stachelig ist! Wir haben sämtliche Hecken rings um die Farm mit speziellem Stacheldraht verstärkt, der genau dieselbe Farbe hat wie das Holz der Büsche. Wer auch immer durch diese Hecken will, wird eine böse Überraschung erleben.«

»Ein teuflischer Einfall«, bemerkte Paula.

»Wer sich verteidigen muss, darf nicht zimperlich sein«, sagte Tweed grimmig. »Aber jetzt sollten wir zum Mittagessen gehen. Die frische Landluft macht hungrig.«

Der Nachmittag zog sich schier unendlich in die Länge. Längst waren die Waffen ausgegeben worden, und jeder hatte eine leinene Umhängetasche voller Munition und Handgranaten erhalten. Nun galt es, auf den Abend zu warten, und das fiel allen schwer.

»Ich nehme wieder eine Maschinenpistole«, hatte Paula bei der Waffenausgabe zu Newman gesagt.

»Ich dachte, Sie verlassen sich nur auf Ihre Browning.«

»Haben Sie denn schon vergessen, dass ich die drei Amerikaner am Schluchsee mit einer Maschinenpistole niedergemacht habe? Jetzt geben Sie sie mir schon.«

Nachdem Paula die Waffe erhalten hatte, nahm sie das Magazin heraus und ging nach draußen, um sich wieder an die Handhabung zu gewöhnen. Es war ein sonniger Nachmittag, und Tweed und Newman schlossen sich ihr für einen kleinen Spaziergang an.

Auf einmal erschien vom Kanal her ein kleines, sehr niedrig fliegendes Flugzeug, das einen Kreis über dem Farmhaus flog. Marler kam mit seinem Armalite in der Hand ins Freie gestürzt, aber gleich darauf verschwand das Flugzeug schon wieder in Richtung Inland.

»Waren das die Amerikaner?«, fragte Newman.

»Mit ziemlicher Sicherheit«, erwiderte Tweed. »Zum Glück stehen die Suchscheinwerfer alle in der Scheune. Auf der Beobachtungsplattform stand auch niemand. Viel werden sie also nicht gesehen haben. Trotzdem schlage ich vor, dass wir von nun an im Haus bleiben.«

Ein paar Stunden später brach wie eine schwarze Bedrohung die Nacht herein. Um sechs Uhr trug Mrs. Carson das Abendessen auf. Sie zeigte sich enttäuscht, dass kaum jemand außer Paula, die schon wieder großen Hunger hatte, mehr als die Hälfte davon aß. Inzwischen hatten alle wasserdichte Funkgeräte erhalten, die man an einem Gurt um den Hals tragen konnte. Sie waren von den Eierköpfen in der Park Crescent schon vor Wochen mit besonders starken Lautsprechern ausgerüstet worden, damit man sie auch mitten im lautesten Feuergefecht noch hören konnte.

»Vergessen Sie nicht, dass das ganze Gelände in sieben Sektoren aufgeteilt ist«, sagte Newman. »Sie heißen A, B, C, D, E, F und G.«

»Das sagen Sie uns jetzt schon zum dritten Mal«, sagte Paula und verdrehte die Augen.

»So was kann man nicht oft genug wiederholen.«

»Und wir dachten, es gäbe noch eine kleine Nachtmusik zur Entspannung«, sagte Marler.

»Was würden Sie denn vorschlagen?«, fragte Newman.

»Das Ende der *Festouvertüre 1812* von Tschaikowsky. Die Stelle, wo die Kanonen abgefeuert werden.«

»Das finde ich überhaupt nicht lustig«, sagte Paula.

»Sollte es auch nicht sein«, erwiderte Marler ernst.

Tweed sah auf seine Armbanduhr und schürzte die Lippen.

»Das ist jetzt schon das fünfte Mal, dass Sie seit dem Abendessen auf die Uhr gesehen haben«, bemerkte Paula.

»Zählen Sie etwa mit?«, fragte Newman ungläubig.

»Ja.«

»Es ist erst neun«, sagte Tweed mit gelangweilter Stimme.

Mike, einer von Alfs Golfkriegveteranen, stand auf, zog sich eine dicke Lammfelljacke an und griff nach einem Nachtsichtgerät.

»Wer zieht mich hinauf zu der Beobachtungsplattform?«, fragte er. »Wir sollten langsam damit anfangen, nach den Yankees Ausschau zu halten.«

Newman und Marler standen auf und gingen mit Mike nach draußen.

»Der wird da oben in dem Baum erfrieren«, sagte Paula. »Es ist noch viel zu früh.«

»Nein, es ist nie zu früh«, widersprach Alf. »Und Mike hat beim Militär drei Monate in der Arktis verbracht. Er weiß, wie er sich vor Kälte schützen muss.«

»Ich könnte ja das Radio anschalten«, sagte Mrs. Carson gut gelaunt. »Natürlich nur, wenn jemand es hören will.«

Niemand zeigte Interesse daran. Alle starrten stumm vor sich hin und waren tief in ihre Gedanken versunken. Tweed schaute schon wieder auf die Uhr. Paula musste sich zurückhalten, um nicht wieder eine Bemerkung fallen zu lassen. Tweed tat das allerdings nicht, weil er nervös war. Im Gegenteil, er war vermutlich der Entspannteste von allen, die um den großen Tisch saßen. Aber er wusste, dass die Zeit manchmal wie im Flug vergehen konnte.

Paula stand auf und ging nach draußen. Dankbar registrierte sie, dass der Mond die Landschaft in sein blasses, bläuliches

Licht tauchte. Sie atmete tief durch und fühlte sich fast ein wenig ausgelassen. Die Temperatur war unter den Nullpunkt gesunken. Weil sie keine Jacke anhatte, ging Paula schnell wieder ins Haus.

»Na, wie ist es da draußen?«, fragte Tweed beiläufig. »Ich könnte ja selbst hinausgehen und nachschauen, aber es langt doch, wenn sich einer von uns die Nase abfriert.«

»Es ist verdammt kalt«, sagte Paula. »Aber dafür scheint der Mond.«

»Wunderbar. Genau solch ein Wetter habe ich mir gewünscht.«

»Will jemand Kaffee?«, fragte Mrs. Carson.

»Nehmen Sie eine Tasse«, sagte Newman, der inzwischen wieder hereingekommen war, zu Paula. »Sie werden ihn brauchen. Das kann eine lange Nacht werden.«

»Vielen Dank für den Hinweis, *Mr.* Newman, aber ich habe mich noch nie so wach gefühlt wie jetzt.«

»War nur ein Vorschlag. Machen Sie, was Sie wollen.«

»Genau das habe ich auch vor. Vielen Dank, Mrs. Carson, aber im Augenblick möchte ich keinen.«

»Es geht langsam auf zehn Uhr«, sagte Tweed. »Vielleicht könnten Sie uns noch einmal die Landungsboote der Amerikaner beschreiben, Bob? Sie haben doch vor sechs Monaten drüben in den Staaten eines davon besichtigen können.«

»Ja, dem ist so. Aber nur unter der Hand. Ich musste sogar eine Erklärung unterschreiben, dass ich unter keinen Umständen etwas darüber publizieren würde. Diese Boote, die ausschließlich von den SEALs verwendet werden, sind etwa so groß wie ein kleiner Autobus. Sie sind oben offen und liegen sehr stabil im Wasser. Wenn sie an Land kommen, können sie kleine Räder ausfahren und sich mit einer Geschwindigkeit von bis zu sechzig Stundenkilometern fortbewegen.«

»Wie viele Männer passen in so ein Boot?«, fragte Tweed.

»Bis zu zehn voll ausgerüstete SEALs. Die Fahrzeuge haben Türen auf beiden Seiten und am Heck, sodass die Soldaten rasch herausspringen können. Die Motoren dieser Amphibienfahrzeuge sind übrigens ziemlich leise.«

»Wir müssen ihnen einen Namen geben«, sagte Tweed und blickte nachdenklich ins Leere. »Ich hab's. Wir nennen sie Krabben. Die können sich auch an Land und im Wasser fortbewegen.« Er drückte eine Taste an seinem Funkgerät. »Hier Tweed. Wenn der Feind mit speziellen Landungsfahrzeugen kommt, werden wir sie Krabben nennen.«

»Verstanden«, antwortete Mike. »Guter Name, Kumpel.«

Weniger als fünf Minuten später meldete sich Mike über Funk bei Tweed. Alle schalteten ihre Funkgeräte ein, um mitzuhören.

»Sie kommen«, sagte Mike mit ruhiger Stimme. »Es ist eine verdammt mächtige Flotte. Bestimmt mehrere Meilen lang. Einen Augenblick, bitte.«

Alle am Tisch waren wie elektrisiert und starrten auf ihre Funkgeräte.

»Jetzt sehe ich einen Flugzeugträger. Das Ding ist so groß wie ein ganzes Fußballstadion. Eines der Schiffe fährt ganz nahe an die Küste heran. Bleibt dran, ich melde mich wieder.«

Niemand an dem großen Tisch sagte ein Wort. Das Warten auf ein Wort von Mike schien eine kleine Ewigkeit zu dauern. Dann hörten sie ein Knistern aus den Lautsprechern ihrer Funkgeräte.

»Sieht so aus, als bekämen wir Besuch. Das Schiff lässt gerade die Krabben zu Wasser.«

»Wie viele Krabben?«, fragte Tweed.

»Drei, soviel ich sehen kann. Ja, drei. Sie kommen auf die Küste zu.«

»Dann sollten wir uns jetzt alle auf unsere Gefechtsstationen begeben«, sagte Tweed. »Vergessen Sie nicht, was ich Ihnen gesagt habe. Niemand eröffnet das Feuer, bis sie auf uns schießen oder versuchen, durch die Hecken zu kommen. Ich möchte mir später nicht vorwerfen lassen, dass wir mit den Kampfhandlungen angefangen hätten.«

»Achtung, Kumpel, die lassen noch eine Krabbe herunter«, meldete sich Mike. »Sie fährt den anderen hinterher.«

»Das macht also vierzig SEALs«, sagte Tweed beherrscht. »Sie sind in der Überzahl. Wenn sie auch nur einen einzigen Schuss abgeben, beharken wir sie mit allem, was wir haben. Jedenfalls, wenn wir unsere Ziele erkennen können.«

»Noch eine Krabbe«, meldete Mike.

»Dann müssen wir eben mit fünfzig Gegnern fertig werden«, sagte Tweed.

51

Paula, die sich ihre warme Jacke bereits während des Funkverkehrs mit Mike angezogen hatte, war als Erste draußen. Vor dem Haus streifte sie sich ein Paar dünne Latexhandschuhe über. Sie hielten ein wenig von der beißenden Kälte ab, erlaubten es ihr aber gleichzeitig, sicher mit ihren Waffen umzugehen. Über einer Schulter hing ihre Umhängetasche, in der sich auch die Browning befand, über der anderen die schwere Leinentasche mit Munition und Handgranaten. Die Maschinenpistole hielt Paula in der rechten Hand.

Mrs. Carson folgte ihr auf dem Fuß. Auch sie hatte eine Maschinenpistole dabei. Als sie bei Paula war, kicherte sie leise vor sich hin und hob ihre Waffe.

»Damit habe ich zur Übung immer auf Kaninchen geschossen. Die Viecher waren eine Zeit lang eine wahre Landplage hier. Und Menschen geben ja ein größeres Ziel als Kaninchen ab. Wir sind übrigens beide im Sektor A eingeteilt.«

»Genau vor der Mitte der Hecke, wo vermutlich der Angriff erfolgen wird«, erwiderte Paula trocken. »Wahrscheinlich muss man es als Kompliment auffassen, wenn man dort hingestellt wird.«

»Ich bin direkt neben Ihnen«, sagte Newman, der inzwischen auch aus dem Haus gekommen war. »Haben Sie schon den Suchscheinwerfer für Ihren Abschnitt aufgebaut?«

»Natürlich.«

Eilig, wenn auch nicht im Laufschritt, gingen sie über das flache Gelände. Bei all den Handgranaten, die sie mit sich schleppten, hätte eine zu schnelle Gangart durchaus gefährlich sein können. Paula hatte ihre Gereiztheit inzwischen völlig abgestreift und war jetzt ganz ruhig, entschlossen und aufmerksam. Im Mondlicht konnten sie die Hecke, hinter der sie in Position gehen sollten, deutlich erkennen. Jetzt, in der Nacht, wirkte sie eher wie eine massive Mauer. Erleichtert sog Paula die frische, kalte Luft ein. Drinnen im Haus war es zuletzt ziemlich stickig gewesen.

Links und rechts von ihnen bewegten sich dunkle Gestalten ebenfalls auf die Hecken am Rand des Grundstücks zu. Alfs Bande war gut zu Fuß und schleppte ihre Lasten mit erstaunlicher Leichtigkeit.

»Kaninchen«, wiederholte Newman, der Mrs. Carsons Worte mitgehört hatte. »Das bedeutet auch Kaninchenbauten. Wir sollten uns vorsichtig bewegen, damit wir uns nicht noch ein Bein brechen.«

»Nicht nötig«, erwiderte Mrs. Carson. »Die Bauten der Kaninchen sind alle im Südosten – und zwar jenseits der Hecke.«

Tweed war der Einzige, der bei dem Marsch auf die Gefechtspositionen nicht dabei war. Nachdem er seinen Mantel angezogen hatte, war er eine hölzerne Treppe an der Wand des Farmhauses hinaufgestiegen, die Mrs. Carson ihm am Vormittag gezeigt hatte. Sie führte zu einer Plattform auf dem Dach, von der aus er zwar nicht denselben Panoramablick wie von dem Beobachtungsposten im Baum aus hatte, aber dennoch das Gelände der Farm recht gut überschauen konnte. Er hob ein Nachtglas an die Augen und richtete es auf die Hecke, hinter der die Küste lag.

»Vier Krabben fahren schon den Strand hinauf«, hörte er Mikes Stimme aus dem Funkgerät. »Sie kommen jetzt recht schnell direkt auf uns zu. Krabbe Nummer fünf landet gerade …«

»Tweed an alle!«, sagte Tweed in das Funkgerät, das an einem Gurt um seinen Hals hing. »Nehmen Sie so rasch wie möglich Ihre Positionen ein. Sie haben ja gehört, was Mike gerade gesagt hat. Aber sehen Sie zu, dass der Feind Sie nicht entdeckt!«

Tweed, der normalerweise Funkgeräten zutiefst misstraute, fand das Kommunikationssystem hervorragend. Alle konnten ihn gleichzeitig hören, und alle bekamen Mikes Berichte von der Beobachtungsplattform mit. Es stimmte schon: Wissen war

Macht. Und konnte in diesem Fall durchaus kampfentscheidend sein.

»Kumpel, jetzt kommen vier Krabben immer näher. Nummer fünf kommt nach. Und zwar schnell.«

Tweed richtete sein Glas auf eine niedrige Erhebung im Marschland und sah, wie dort die vier seltsamen Vehikel erschienen. Bald hatten sie die Erhebung überwunden und fuhren auf die Sektoren A, B und C zu. Sektor A schien ihr direktes Angriffsziel zu sein. Das war typisch für die Amerikaner: Sie drängten frontal auf ihr Ziel zu.

»Hallo, Kumpel«, meldete sich Mike. »Ich zähle je zehn Mann in den ersten vier Krabben. Seltsamerweise scheint in Nummer fünf nur der Fahrer drin zu sitzen.«

Tweed runzelte die Stirn. Auch er konnte jetzt Krabbe Nummer fünf sehen, die hinter den anderen Fahrzeugen direkt auf die Mitte der Hecke zufuhr. Auf einmal blieben die vier ersten Krabben stehen. Sie waren noch etwa dreißig Meter von der Hecke entfernt. Große uniformierte Männer sprangen aus den Fahrzeugen und verteilten sich, Waffen in den Händen, im Gelände. Krabbe Nummer fünf aber fuhr weiter, bis das Fahrzeug zehn Meter vor der Hecke ebenfalls stehen blieb. Was hatten die Amerikaner nur vor?

»Sind alle auf Gefechtsstation?«, fragte Tweed über das Funkgerät.

»Ja ... Ja ... Ja ...«

Nacheinander meldeten alle, dass sie ihre Position eingenommen hatten. Paula war die Erste gewesen, dichtauf gefolgt von Mrs. Carson, dann hatten die anderen wie ein vielstimmiger Chor eingestimmt. Tweed war zufrieden, dass alle da waren, wo sie sein sollten. Er nahm sein Funkgerät an den Mund.

»Sie haben die Krabben verlassen. Vierzig Mann sind im Anmarsch auf die Sektoren A, B und C. Alle verfügbaren Kräfte sofort in diese Sektoren.«

Jetzt geht es gleich los, dachte Tweed. Würden die Invasoren das Feuer eröffnen? Oder würden sie versuchen, durch die Hecke hindurch voranzugehen? Beides war möglich.

Sharon fuhr die Limousine mit stark überhöhter Geschwindigkeit durch Ashford. Als sie den Ortsrand erreicht hatte, trat sie das Gaspedal noch weiter nach unten. Denise Chatel neben ihr war vor Angst wie gelähmt und stemmte sich mit beiden Beinen am Wagenboden ab.

»Wo fahren wir denn hin?«, fragte sie.

»Ich will mich vergewissern, dass die Zentrale der Engländer auch wirklich zerstört ist.«

»Was für eine Zentrale?«

»Halten Sie Ihren dummen Mund!«

»Aber ich will wissen, wo wir hinfahren«, sagte Denise.

»Wenn hier jemand etwas wissen will, dann bin das ich. Zum Beispiel, wo Sie die Akte herhaben, mit der ich Sie erwischt habe.«

»Sie haben mich eine Akte holen lassen. Da muss ich wohl die falsche erwischt haben.«

»Unsinn.«

»Es war die Akte, in der sich die Untersuchungsberichte über den Tod meiner Eltern befanden.«

»Es war eine rote Akte.«

»Ich habe sie auf Ihrem Schreibtisch gefunden.«

»Sie lügen. Meine Akten sind alle grün. Die Akte, nach der ich Sie geschickt hatte, lag auf meinem Schreibtisch. Die andere haben Sie aus meinem Aktenschrank geklaut, den ich aus Versehen nicht abgeschlossen hatte.«

»Ich weiß nicht, wovon Sie reden. Aber das ist jetzt auch nicht wichtig. Wichtig ist, was in den Untersuchungsberichten stand. Danach gab es erhebliche Zweifel daran, dass der Tod meiner Eltern ein Unfall war.«

»Halten Sie Ihren Mund! Wenn ich nicht beide Hände am Lenkrad bräuchte, würde ich Ihnen jetzt eine Ohrfeige geben. Ach, übrigens«, fügte sie mit höhnischem Unterton an, »Sie haben ja nicht die leiseste Ahnung, wie idiotisch Sie in diesem lächerlichen Reitkostüm aussehen.«

»Sie haben mir ja keine Zeit gelassen, mich umzuziehen! Passen Sie doch auf!«

Sharon nahm mit quietschenden Reifen die Kurve, an der die Straße nach Ivychurch abbog. Vor der Abfahrt in London hatte sie mit Klebeband eine Landkarte am Armaturenbrett befestigt, die ihr per Funkbild aus Washington übermittelt worden war. Auf ihr war die genaue Lage des Bunkers eingezeichnet. Denise hatte aufgeschrien, weil ihnen in der Kurve ein einzelnes Licht entgegengekommen war. Es war ein Motorrad, das nicht schneller als fünfzig Stundenkilometer fuhr. Sharon konnte die schwere Limousine, die in der Kurve ins Rutschen gekommen war, nicht mehr rechtzeitig abfangen, sodass sie mit der rechten Seite das Motorrad berührte, das daraufhin umstürzte und Funken sprühend über den Asphalt der Straße schlitterte. Der Fahrer wurde in den Straßengraben geschleudert, wo er bewegungslos liegen blieb.

»Halten Sie sofort an!«, rief Denise, die sich umgedreht hatte und durch die Rückscheibe blickte. »Vielleicht ist er tot!«

»Wer soll tot sein?«

»Der Motorradfahrer, den Sie gerade zu Fall gebracht haben.«

»Was für ein Motorradfahrer? Wovon reden Sie überhaupt, Denise? Leiden Sie jetzt schon unter Halluzinationen?«

»Sie sind ja gemeingefährlich.«

»Ich verbitte mir, dass Sie so mit mir reden«, sagte Sharon mit auf einmal wieder völlig ruhiger Stimme.

Die unheimliche Stille über der Romney Marsh wurde nur von einem einzigen Geräusch unterbrochen, das fast ebenso unheimlich war: dem leisen Brummen, das die Motoren der bewegungslos im Gelände stehenden Krabben von sich gaben. Paula kam es wie das Schnurren einer riesigen, bösartigen Katze vor. Neben den anderen kauerte sie im Gelände und hatte keine Ahnung, was als Nächstes geschehen würde.

Auf einmal zerriss ein einziges laut gerufenes Wort die Spannung.

»*Feuer!*«, befahl eine Stimme mit amerikanischem Akzent, der Paulas Meinung nach texanisch war.

Die Blitze von Mündungsfeuer durchzuckten die mondhelle Nacht, gefolgt von dem ohrenbetäubenden Knallen vieler gleichzeitig abgefeuerter Waffen. Paula warf sich flach auf den Boden. Der Kommandeur der angreifenden SEALs war offenbar Texaner. Und er war ein Mann, der kein Risiko einging: Er ließ seine Leute feuern, obwohl er gar nicht wissen konnte, ob ihm ein Gegner gegenüberlag oder nicht. Paula erinnert der Feuerüberfall an die amerikanischen Schlachtschiffe, die im Vietnamkrieg Salve um Salve auf einen leeren Dschungel abgegeben hatten.

Das Feuer der SEALs war auf die Mitte des Sektors A gezielt gewesen und hatte dort die Erde aufgerissen und Grasbüschel in die Luft geschleudert. Nach kurzer Zeit ließ es an Stärke nach, weil die SEALs offensichtlich ihre Waffen nachladen mussten.

Tweed beobachtete alles von seiner Plattform aus und stellte erfreut fest, dass es unter seinen Leuten keine Verluste gegeben hatte. Hastig sprach er in sein Funkgerät.

»Feuer frei auf jedes erkannte Ziel!«

Marler, der sich rechts von Paula im Sektor C befand, zielte mit seinem Armalite auf einen kräftig gebauten SEAL, der gerade im Gehen sein Sturmgewehr nachlud. Marlers Kugel traf ihn mitten in der Brust. Der SEAL blieb stehen, stieß einen gedämpften Schrei aus und fiel zu Boden, wo er reglos liegen blieb.

Alf gab aus seinem automatischen Gewehr einen Feuerstoß auf zwei SEALs ab, die viel zu nahe beeinander standen. Beide Männer brachen zusammen. Dann gaben die Amerikaner eine zweite Salve ab, die auf dasselbe Ziel gerichtet war wie die erste und ebenfalls nur das Erdreich aufwühlte.

»Wartet, bis sie nachladen müssen!«, rief Tweed in sein Funkgerät.

Der texanische Kommandeur glaubte offenbar an Salven im Gegensatz zu gezieltem Einzelfeuer. Nachdem der zweite Feuerstoß verklungen war, hatte einer der SEALs die Schnauze voll. Schleunig lud er nach, lief auf die Hecke los und wollte sie mit beiden Händen zerteilen. Dabei rannte der Hüne mit voller Wucht in den verborgenen Stacheldraht, schrie vor Schmerz auf und bewegte sich nicht mehr.

Mrs. Carson, die direkt neben Paula auf der Erde lag, sah, wie ein sogar noch größerer SEAL sich in Bewegung setzte und versuchte, über seinen leblos in der Hecke hängenden Kameraden auf die andere Seite zu klettern.

»Schnell, schalten Sie Ihren Scheinwerfer an!«, zischte Mrs. Carson Paula zu.

Ein zweiter SEAL folgte bereits dem ersten, als Paula den Lichtkegel des Scheinwerfers auf die Hecke mit dem Stacheldraht richtete. Sofort begann Mrs. Carson mit ihrer Maschinenpistole auf die grell beleuchteten Amerikaner zu schießen, die das Hindernis fast schon überwunden hatten. Der erste SEAL warf die Arme in die Luft, sodass sein Sturmgewehr in hohem Bogen zu Boden fiel. Dann zerfetzten Mrs. Carsons Geschosse die Brust des zweiten SEALs, der neben seinem Kameraden wie ein nasser Sack zusammensank.

»*Feuer*!«, schrie der Texaner.

»Feuer einstellen, bis sie nachladen!«, befahl Tweed.

Die neue Salve schlug schon etwas näher an den Verteidigern in den Boden, aber die Kugeln waren immer noch gute zehn Metern von ihnen entfernt. Drei weitere SEALs stürzten, ohne den Befehl ihres Kommandeurs abzuwarten, wild um sich schießend auf die Hecke zu und wollten den Körper ihres toten Kameraden als Steigleiter benützen. Mrs. Carsons Maschinenpistole bellte auf, als die Männer in den Kegel von Paulas Suchscheinwerfer gerieten, und alle drei brachen übereinander taumelnd zusammen.

Tweed rätselte noch immer, was es wohl mit der fünften Krabbe auf sich hatte, die bewegungslos vor den anderen Fahrzeugen stand. Dann fiel es ihm auf einmal wie Schuppen von den Augen.

»Marler! Werfen Sie sofort eine Handgranate auf die vorderste Krabbe! Alle anderen volle Deckung!«

Paula blickte hinüber zu Marler, der bereits mit der rechen Hand eine Handgranate aus seiner Leinentasche genommen hatte und ihr mit der linken zuwinkte. Paula winkte zurück und kroch ein paar Meter von dem Suchscheinwerfer weg, der ein viel zu offensichtliches Ziel darstellte.

Von ihrer neuen Position aus schaute sie wieder auf Marler, der jetzt in der linken Hand eine Pistole mit einem kurzen, dicken Lauf hielt. Paula hatte ganz die Leuchtkugeln vergessen, die der Lieferwagen von Surrey zum Bunker gebracht hatte.

Während eine weitere Salve der Amerikaner abebbte, erhoben sich auf einmal Butler und Nield, die beide Maschinenpistolen in den Händen hatten. Sie richteten die Waffen auf vier SEALs, die hinter der Hecke ihre Sturmgewehre nachluden. Alle vier brachen zusammen, und Butler und Nield gingen wieder in Deckung. Das war der Augenblick, auf den Marler gewartet hatte.

Er sprang auf und warf die Handgranate in hohem Bogen durch die Luft, bevor er sich flach auf den Boden warf. Im Licht von Paulas Suchscheinwerfer sah Tweed, wie die Handgranate mitten auf der Krabbe Nummer fünf landete. Eine Sekunde später erlosch der Scheinwerfer. Ein Feuerstoß der SEALs hatte ihn zerstört.

Fast gleichzeitig mit dem Wurf der Handgranate hatte Marler eine Leuchtkugel abgeschossen, die nun mit ihrem kalt-weißen Licht die Szenerie erleuchtete. Ein, zwei Sekunden lang tat sich gar nichts, dann explodierte die Handgranate, und ein Inferno brach los. Die Krabbe zerplatzte in einem gigantischen Feuerball, und Tweed sah, wie ein gutes Dutzend SEALs, die in der Nähe des Amphibienfahrzeugs gestanden hatten, hoch in die Luft geschleudert wurden und weit entfernt auf den Boden der Marsch klatschten. Wo sich die Krabbe befunden hatte, klaffte ein tiefes Loch in der Erde.

Wie Tweed richtig vermutet hatte, war Krabbe Nummer fünf voller Sprengstoff gewesen, mit dem die SEALs wohl vorgehabt hatten, den Bunkerkomplex in die Luft zu jagen. Drei weitere Leuchtkugeln erstrahlten hoch am Himmel und beleuchteten ein Bild des Grauens. Überall lagen tote SEALs. Ein paar verwundete Amerikaner schleppten sich auf die zwei Krabben zu, die die Explosion unbeschadet überstanden hatten. Die Motoren brummten immer noch im Leerlauf und erzeugten damit das einzige Geräusch, das in der gespenstischen Stille nach der Explosion zu hören war.

Tweed überschlug die Verluste des Feindes und stellte fest, dass mehr als die Hälfte der Angreifer tot waren. Viele andere waren verwundet und wurden von ihren Kameraden zu den beiden intakten Fahrzeugen getragen. Von dem texanischen Kommandeur war nichts mehr zu hören – entweder war er tot, oder er hatte die Lust am Brüllen von Befehlen verloren. Tweed sah noch eine Weile zu, wie sich die geschlagenen SEALs zu den beiden Amphibienfahrzeugen zurückzogen. Keiner von ihnen zeigte noch eine Spur von Kampfeswillen.

»Feuer einstellen!«, befahl Tweed schließlich über Funk. »Marler, rufen Sie diese beiden Worte, so laut Sie können.«

»*Feuer einstellen*!«, schrie Marler.

Sein Ruf verfehlte seine Wirkung auf die Amerikaner nicht. Schneller und zuversichtlicher als zuvor, bewegten sie sich auf ihre beiden verbliebenen Krabben zu. Zwei von ihnen gingen sogar zurück zur Hecke und lösten ihren toten Kameraden aus dem Stacheldraht. Paula drehte den Kopf zur Seite. Als sie wieder hinsah, schleppten die beiden SEALs bereits die Leiche fort.

Das Nächste, was Paula hörte, waren die Motoren der Krabben, die hochdrehten und lauter wurden. Tweed sah von seiner Plattform aus, wie sie umdrehten und langsam zurück zur Küste fuhren. Zurück blieben die beiden unbrauchbaren Amphibienfahrzeuge und der tiefe Krater, den die explodierende Krabbe Nummer fünf in den Boden gerissen hatte. Tweed wartete ab, bis die Amerikaner hinter der Erhebung verschwunden waren.

»Sie hauen ab, Kumpel«, meldete Mike sich über Funk. »Sieht so aus, als könnten sie es gar nicht erwarten, wieder zu ihrem Mutterschiff zu kommen.«

»Alle zurück ins Haus«, befahl Tweed. »Und zwar mit der gesamten Ausrüstung.«

Tweed, Paula und Newman standen zusammen mit Mrs. Carson in der Nähe des Farmhauses im Freien. Alle anderen waren bereits in den unterirdischen Waschräumen und genehmigten sich eine warme Dusche.

»Ich gehe am besten hinunter und sage den Leuten vom Personal, was passiert ist«, sagte Mrs. Carson. »Wahrscheinlich haben sie die Explosion gehört und machen sich Sorgen.«

»Gute Idee«, sagte Tweed.

»Ich bleibe noch ein bisschen an der frischen Luft«, meinte Paula.

»Ich auch«, sagte Newman.

»Das ist vernünftig«, sagte Tweed. »Nach einer Periode körperlicher oder mentaler Anspannung soll man eine Zeit lang gar nichts tun. Nicht bewegen. Nicht sprechen. Einfach ausspannen.«

Ohne ein Wort zu sagen, standen die drei vor dem Haus. Paula ging ein paar Schritte hin und her, um sich die steifen Beine zu vertreten. Jetzt war ihr die absolute Stille, die über der Romney Marsh lag, zum ersten Mal willkommen. Es war etwas Friedliches an dieser Stille. Und dann hörte sie auf einmal ein leises Geräusch.

»Da kommt ein Wagen«, sagte sie zu den anderen. »Hoffentlich sind das nicht wieder irgendwelche Leute, die uns angreifen wollen.«

Kurz darauf kam eine überlange Limousine mit quietschenden Reifen knapp vor dem Tor zum Stehen. Newman sah, dass Sharon am Steuer des Wagens saß, und ging seufzend ins Haus, um den Schalter zum Öffnen des Tors zu betätigen. Als er wieder herauskam, sah er, dass Sharon im Hof die Limousine gewendet hatte, sodass ihr Kühler wieder in Richtung auf das Tor zeigte. Nun stieg sie aus und ging auf Newman, Tweed und Paula zu.

Sharon trug einen Nerzmantel und hatte über ihre Schulter die größte Handtasche aus weißem Leder hängen, die Paula jemals gesehen hatte. Sie sah aus wie ein riesiger Briefumschlag. Hinter Sharon ging Denise, die ein Reitkostüm trug, was Paula sehr merkwürdig vorkam. Ihre kniehohen, auf Hochglanz geputzten Stiefel glänzten im Mondlicht. Niemand sagte ein Wort, was Paula irgendwie bedrohlich fand. Sharon ging weiter auf sie zu, bis sie in fünf Metern Entfernung auf einmal stehen blieb.

»Was bringt Sie hierher zu uns, Charlie?«, fragte Tweed.

»*Charlie*?«, wiederholte Denise ungläubig.

»Ja, Charlie«, erwiderte Sharon und entfernte sich ein paar

Schritte von Denise. »Mein zweiter Vorname ist Charlotte. Tweed war so schlau – oder vielleicht auch so dumm –, es herauszufinden... Lassen Sie die Finger von der Waffe, Newman!«, fauchte sie auf einmal.

Während sie das sagte, zog Sharon aus ihrer Handtasche einen schweren Magnum-Revolver, der Paula viel zu groß für Sharons zarte Hand vorkam. Trotzdem schien sie mit der Waffe gut umgehen zu können.

»Und jetzt spreizen Sie alle die Arme weit vom Körper ab«, befahl sie, während sie die Mündung des Revolvers nacheinander auf alle Anwesenden richtete. »Noch weiter! Wird's bald, oder muss ich Ihnen erst einen Bauchschuss verpassen, Tweed? An so etwas stirbt man langsam und unter schrecklichen Schmerzen...«

Alle taten, was Sharon von ihnen verlangt hatte. Paula kam die Mündung des Magnum wie die einer Kanone vor.

»In dem Bericht in der roten Akte steht, dass meine Eltern auf den Befehl von Charlie ermordet wurden!«, schrie Denise.

Sharon trat auf Denise zu, und bevor diese in irgendeiner Weise reagieren konnte, schlug sie ihr mit dem Lauf ihres Revolvers mitten ins Gesicht. Denise bewegte sich instinktiv nach hinten und drehte ihren Kopf weg, sodass die Waffe sie nur an der Wange streifte. Dafür rutschte sie aber auf einem glatten Stein aus und fiel rückwärts auf den Boden, wo sie mit schmerzverzerrtem Gesicht sitzen blieb.

»Ich habe mir den Fuß verstaucht«, klagte sie und rieb mit den Händen über einen ihrer Reitstiefel.

»Bleiben Sie, wo Sie sind! An einem verstauchten Fuß stirbt man nicht, wohl aber an einer Kugel durch den Kopf.«

Sharon richtete die Magnum wieder auf die drei mit abgespreizten Armen dastehenden Engländer. Sie ist viel zu schnell, als dass ich meine Smith & Wesson ziehen könnte, dachte Newman. Bevor ich auch nur den Griff in der Hand habe, hat sie uns schon alle drei erschossen. Sharon weiß genau, was sie tut. Sie steht weit genug von uns entfernt, als dass einer von uns sich auf sie stürzen könnte, und nahe genug, um nicht an uns vorbeizuschießen.

»Ich warte noch immer auf eine Antwort auf meine Frage, Charlie«, sagte Tweed. »Was führt Sie hierher?«

»Ich will mich vergewissern, dass Ihre lächerliche Kommunikationszentrale auch wirklich zerstört wurde.«

»Das wurde sie nicht. Die Amerikaner, die sie angegriffen haben, sind auf dem Weg zurück zu ihren Schiffen. Viele von ihnen sind allerdings nicht mehr am Leben.«

»Sie lügen! Sie können gar nicht anders als lügen! Sie verdammter, verlogener Bastard«, schrie Sharon wutentbrannt. »Aber mich werden Sie nicht hinters Licht führen, Sie erbärmliches, kleines Nichts! Mich nicht! Ich stehe nicht auf einer Stufe mit Ihnen.«

Newman starrte Sharon ungläubig an. Eine außerordentliche Veränderung hatte bei ihr stattgefunden. Ihr Gesicht war so verzerrt von wahnsinniger Raserei, dass er sie kaum wieder erkannt hätte. Dr. Jekyll war zu Mrs. Hyde geworden. Auf einmal trat Sharon zur Seite und stieg auf einen kleinen Erdhaufen, von dem aus sie die Situation besser überblicken konnte. Denise, die leise vor sich hin stöhnte, rieb sich immer noch den schmerzenden Knöchel.

»Was meinten Sie damit, als Sie sagten, Sie stünden nicht auf einer Stufe mit mir, Charlie?«, fragte Tweed mit sarkastisch klingender Stimme. »Was glauben Sie denn, wozu Sie berufen sind? Zur Präsidentin der Vereinigten Staaten vielleicht?«

»Genau das werde ich sein, Sie naseweiser Besserwisser! Und glauben Sie bloß nicht, Sie könnten meine Karriere aufhalten. Sie liegen längst unter der Erde, wenn ich meinen Wahlkampf als Senatorin beginne. Ich lasse es nicht zu, dass irgendwer von Ihnen sich mir in den Weg stellt. Haben Sie mich verstanden?«

Sharons Gesicht verzerrte sich zu einer noch hässlicheren Grimasse als zuvor. Der Revolver in ihrer Hand zitterte leicht, als sie tief Luft holte und sich darauf vorbereitete abzudrücken.

»Sie haben meine Eltern getötet!«, jammerte Denise vor sich hin.

»Ach, haben Sie sich doch nicht so! Ja, ich habe den Befehl gegeben, Ihren Vater zu töten. Was war er schon? Nichts weiter als ein verdammter kleiner Schnüffler vom Schlage Tweeds. Ein

Nichts, das versucht hat, sich mir in den Weg zu stellen. Das hat noch keiner überlebt!«

Während Sharons neuerlichem Ausbruch senkte Paula den Blick und erkannte, dass die Erhebung, auf der Sharon stand, oben ein rostiges Gitter hatte, das sie an die Abdeckung eines Gullys erinnerte. Tweed hingegen hatte sich auf Denises rechte Hand konzentriert und sah, wie sie damit etwas aus dem Schaft ihres Stiefels zog.

»Können wir uns denn nicht gütlich einigen, Sharon?«, fragte er, während er den Blick wieder hob.

»Ach, jetzt heiße ich auf einmal wieder Sharon. Sie haben doch nicht etwa Angst, Tweed? Ich an Ihrer Stelle jedenfalls hätte große Angst.«

Vor lauter Hass auf Tweed hatte Sharon Denise einen Moment lang aus den Augen gelassen. Denise nutzte diese Unaufmerksamkeit, um die kleine .22er Beretta, die sie aus ihrem Stiefel gezogen hatte, auf Sharon abzufeuern. Die Kugel traf Sharon in der Hüfte. Sie stieß einen Schrei aus, ließ den Revolver fallen und griff sich mit beiden Händen an die Wunde. Dabei verlagerte sie ihr Gewicht so stark, dass das verrostete Eisengitter, auf dem sie stand, durchbrach. Sie stürzte in den Schacht, den das Gitter abgedeckt hatte. Vor Schreck schrie sie auf wie ein Tier. In diesem Augenblick kam Marler aus dem Haus gerannt.

Sharon krallte sich mit den Fingernägeln verzweifelt in die Erde am Rand des Schachts.

»Hilfe!«, kreischte sie. »Hilfe! Warum hilft mir denn keiner …?«

Dann verlor sie den letzten Halt. Ihre blonden Haare, die gerade noch über dem Rand des Schachtes zu sehen gewesen waren, verschwanden, und Sharon raste mit einem entsetzlichen Schrei, der rasch leiser wurde, hinab in die Tiefe. Loses Erdreich rutschte ihr hinterher.

»Kann sie den Sturz überleben?«, fragte Tweed.

»Keine Chance«, antwortete Marler. »Der alte Belüftungsschacht ist fast dreißig Meter tief und wurde im Zuge der Umbauarbeiten am Boden mit einer fünfzig Zentimeter dicken Betondecke verschlossen.«

»Außerdem wird die Erde, die in den Schacht gefallen ist, sie verschütten«, ergänzte Newman. »Da ist gut eine Tonne davon ins Rutschen gekommen.«

»Stimmt.«

»Bob«, sagte Tweed, »nehmen Sie die Beretta von Denise, wischen Sie ihre Fingerabdrücke ab und werfen Sie sie Sharon hinterher.«

»In der Werkstatt habe ich noch einige neue Metallgitter«, sagte Marler. »Ich werde Alf sagen, er soll sich eines davon schnappen und diesen Schacht damit abdecken, sonst fällt am Ende noch jemand von uns hinein.«

»Vielleicht sollten Sie Denise zu einem Arzt bringen, Bob«, sagte Tweed, während Newman die Beretta sorgfältig mit seinem Taschentuch abwischte.

»Das ist nicht nötig«, sagte Denise und stand auf. »Ich habe nur so getan, als hätte ich mir den Knöchel verstaucht. So war es leichter für mich, an meine Waffe zu kommen. Ich wollte Sharon eigentlich schon auf der Fahrt hierher töten, aber sie fuhr viel zu schnell.«

»Dann bringen Sie Denise eben in ihre Wohnung, Bob«, sagte Tweed, bevor er sich an Denise wandte. »All das hier ist niemals geschehen. Sie waren nie hier draußen, sondern sind von der Botschaft direkt nach Hause gegangen.«

EPILOG

Ein wolkenloser Tag mit blauem Himmel brach über London an. Um diese frühe Stunde herrschte nicht viel Verkehr, weshalb die beiden Wagen nicht lange für die Fahrt vom Bunker zur Park Crescent brauchten.

Marler, Butler und Nield waren schon vorausgefahren, während das zweite Fahrzeug mit Newman am Steuer, Tweed als Beifahrer und Paula auf dem Rücksitz mit einigen Minuten Abstand folgte.

Als Newman in Schrittgeschwindigkeit in die Park Crescent einbog, hörte er auf einmal einen scharfen Knall. Die Windschutzscheibe, die schon zuvor an der linken Seite ein wenig beschlagen gewesen war, wurde vollends undurchsichtig. Eine Kugel hatte das Glas durchschlagen und zum Krümeln gebracht.

Newman bremste scharf und sprang aus dem Wagen. Ein weiterer Schuss war zu hören. Jetzt verließ auch Paula, die sich Sekunden zuvor auf der Rückbank ganz klein gemacht hatte, das Auto, gefolgt von dem Mann, der sich neben ihr ebenfalls hinter den Vordersitzen versteckt hatte. Sie kamen gerade noch rechtzeitig, um zu sehen, wie eine Gestalt, die oberhalb des Einganges auf dem Dach des Hauses in der Park Crescent kauerte, sich aufrichtete und zitterte, als habe man sie unter Hochspannung gesetzt. Dann begann sie zu schwanken und stürzte hinunter auf die Stufen, die hinauf zur Eingangstür führten.

»Ausgerechnet vor meiner Türschwelle«, sagte Tweed, während er zusammen mit Paula näher trat.

Newman war bereits bei der am Boden liegenden Gestalt angekommen und wartete auf die beiden. Er fühlte der Gestalt den Puls und schüttelte den Kopf. Dann zog er dem Toten langsam die schwarze Sturmhaube vom Kopf, mit der dieser sein Gesicht verhüllt hatte.

Vor ihnen lag mit weit aufgerissenen Augen Rupert Strangeways, dessen Gesicht zu einer hässlichen Grimasse verzerrt war. Paula kam es so vor, als wäre Rupert mit einem höhnischen Lächeln auf den Lippen gestorben. Newman trat einen Schritt zurück und ließ Marler, der von der gegenüberliegenden Seite der Park Crescent herbeigelaufen kam, die Leiche ansehen.

»Das Phantom!«, sagte Paula. »Und ich dachte, Basil Windermere würde dahinterstehen.«

»Ein guter Schuss, Marler«, sagte Newman.

Die Kugel, die Marler aus seinem Armalite abgefeuert hatte, war Rupert mitten durch die Stirn gedrungen. George, der Portier und Wachmann, kam aus dem Haus und starrte den Toten an.

»Gott im Himmel, wer ist denn das?«

»Ein Phantom«, antwortete Tweed. »Decken Sie die Leiche mit einem Leintuch zu. Wir wollen schließlich keine Schaulustigen anlocken.« Dann lief er, gefolgt von Paula, nach oben. »Ich muss sofort Roy Buchanan anrufen und ihm sagen, dass er Strangeways abholen soll.«

Als er in seinem Büro war, fiel sein Blick sofort auf den leeren Schreibtisch auf der linken Seite. Monicas Computer darauf war immer noch unter seiner Staubschutzhaube.

»Wo ist denn Monica?«, fragte Tweed.

Paula ging zu dem verwaisten Schreibtisch und fand einen Zettel, den sie Tweed vorlas. Er war von Monica, die erklärte, dass sie sich trotz ihrer Fischallergie zum Abendessen einen Krabbencocktail genehmigt habe und davon krank geworden sei. Sie entschuldigte sich dafür, dass sie heute nicht im Büro erscheinen werde.

»Ich kann mich ja um das Telefon kümmern«, sagte Paula. »Als Erstes werde ich gleich mal Buchanan anrufen.«

Ein paar Minuten später kamen Newman und Marler ins Büro. Newman setzte sich in einen Sessel und sagte:

»Marler und ich denken, es wäre das Beste, wenn wir den Wagen, auf den das Phantom geschossen hat, so lange nicht bewegen, bis Buchanan hier ist. Dann kann er selbst die Puppe sehen, mit der wir das Phantom getäuscht haben. Wenn wirklich Tweed auf dem Beifahrersitz gesessen hätte, dann wäre er jetzt tot. Die Kugel des Phantoms hätte ihn mitten in der Stirn getroffen. So ist sie nur durch die Puppe gedrungen und steckt jetzt in der Kopfstütze, die ich eigens mit einer Stahlplatte verstärkt habe.«

Vor ihrer Abfahrt vom Bunker hatten sie mit Mrs. Carsons Hilfe aus Kissen und alten Kleidern die Puppe gebastelt, die ihre Ähnlichkeit mit Tweed durch Marlers Hornbrille erhalten hatte. Mrs. Carson hatte sie mit Sicherheitsnadeln an dem Kissen befestigt, dessen oberer Teil als Kopf der Puppe diente. Als letzte Verschleierungsmaßnahme hatte Newman noch kurz vor Erreichen der Park Crescent die linke Seite der Windschutzscheibe mit Haarspray aus einer von Mrs. Carson geliehenen Dose etwas undurchsichtiger gemacht

»Unser Trick hat funktioniert«, sagte Marler. »Wir hatten also Recht mit der Annahme, dass das Phantom Tweed hier auflauern würde. So, jetzt muss ich aber in mein Büro.«

»Und ich koche Kaffee für alle«, verkündete Paula.

Fünfzehn Minuten später erschienen Roy Buchanan und Sergeant Warden, sein Assistent, der so gut wie nie eine Miene verzog. Paula blickte aus dem Fenster und sah, wie zwei Männer Ruperts Leiche auf einer Bahre in einen Krankenwagen schoben.

Buchanan hörte sich Tweeds und Newmans Erklärung an, ohne sie ein einziges Mal zu unterbrechen. Sie fassten sich beide kurz und erwähnten in ihren Berichten weder Sharon noch Denise.

»Marler ist oben in seinem Büro, für den Fall, dass Sie auch ihn befragen wollen«, sagte Tweed abschließend.

»Das werde ich tun«, erwiderte Buchanan. »Ich hatte ohnehin vor, ihn getrennt zu vernehmen. Wirklich klären muss ich aber nur eine Frage: Wer hat zuerst geschossen.«

»Rupert Strangeways«, sagte Newman. »Marler hat mit dem Armalite hinter seinem geparkten Wagen gewartet. Erst als er den Mündungsblitz von Strangeways' Gewehr sah, wusste er, wo dieser sich versteckt hatte.«

»Gut, dass Sie die Puppe in dem Wagen gelassen haben«, sagte Buchanan. »Ich werde sie mir ansehen und dann von der Spurensicherung untersuchen lassen.« Er stand auf und schritt zur Tür, wo er sich noch einmal umdrehte. »Eines wird Sie vielleicht noch interessieren, Tweed. Die Kugel, die ich per Kurier an René Lasalle geschickt habe, passt nicht nur zu der, die unseren Premierminister getötet hat, sondern auch zu der, an der Heinz Keller starb. Ihr Freund Otto Kuhlmann vom deutschen Bundeskriminalamt war persönlich in Paris und hat Lasalle die Kugel gebracht. Die Untersuchung hat eindeutig ergeben, dass beide aus derselben Waffe abgefeuert wurden. Rupert Strangeways war nicht nur ein bezahlter Killer – er war auch ein Massenmörder.«

Nachdem die Polizisten gegangen waren, sagte Paula: »Das ist ja schrecklich. Kaum zu glauben, dass Rupert in Freiburg seinen eigenen Vater erschossen hat.«

»Er war gefühlskalt und geldgierig«, erwiderte Tweed. »Wahrscheinlich konnte er es nicht erwarten, das Vermögen seines Vaters zu erben. Ich könnte mir allerdings vorstellen, dass Sir Guy ihn schon längst enterbt hat. Aber jetzt zu etwas anderem. Ich glaube, dass Denise stillhalten wird.«

»Zumindest hat sie mir das versprochen, als ich sie zu ihrer Wohnung gebracht habe«, sagte Newman.

Vom Bunker aus waren sie mit drei Fahrzeugen aufgebrochen: Newman hatte Sharons Limousine gesteuert, wobei er Handschuhe getragen hatte, um am Steuerrad keine Fingerabdrücke zu hinterlassen. Nachdem er Denise an ihrer Wohnung hatte aussteigen lassen, war er mit der Limousine nach Mayfair gefahren und hatte sie in einer Garage abgestellt, bevor er in den Wagen mit der Tweed-Puppe auf dem Beifahrersitz umgestiegen war.

Howard kam in Tweeds Büro gestürmt und schien wieder ganz der Alte zu sein. Er trug einen grauen Chester-Barrie-Anzug, das rosige Gesicht war frisch rasiert, und das Haar war sorgfältig gekämmt. Freundlich lächelnd ließ er sich in einem Sessel nieder und legte ein Bein über die Armlehne, so wie er es üblicherweise tat.

»Ich habe gerade sensationelle Nachrichten aus Washington erhalten. Morgenstern ist von seinem Amt als Außenminister zurückgetreten. Dieser Schritt hat die USA wie ein Donnerschlag getroffen. Er wird im Laufe des heutigen Tages eine Pressekonferenz geben.«

»Das ist wohl auf Tweeds Gespräch mit ihm zurückzuführen«, sagte Paula.

»Tatsächlich?«, fragte Howard erstaunt und sah Paula an, bevor er fortfuhr: »Vielen Dank, Tweed, dass Sie mich auf der Rückfahrt von Ihrem Handy aus informiert haben. Kurz danach habe ich einen Anruf von Ihrem Freund im Verteidigungsministerium erhalten. Er sagte, dass die amerikanische Flotte kehrt gemacht habe und mit Volldampf auf dem Rückweg in den Atlantik sei. In den USA kursieren bereits Gerüchte, dass es bei einer Landungsübung der SEALs zu einem schrecklichen Unfall gekommen sei. Bei einem Manöver, in dem zwei Gruppen von SEALs das Erstürmen eines Ziels an Land hätten üben sollen, sei aus Versehen statt Platzpatronen scharfe Munition ausgegeben worden. Als die Gruppe, die die Verteidiger des Zieles spielte, das Feuer auf die Angreifer eröffnete, soll es zu einer Katastrophe gekommen sein, die fünfundzwanzig Soldaten das Leben kostete. Das zusammen mit Morgensterns Rücktritt hat die Amerikaner völlig aus der Fassung gebracht.« Howard sprang auf. »Ich muss jetzt gehen, Tweed, aber ich lade Sie zum Abendessen in meinen Club ein.«

Kurz bevor Howard mit seinem Bericht zu Ende gewesen war, hatte das Telefon geklingelt, und Paula hatte abgehoben. Sie wartete, bis Howard den Raum verlassen hatte, dann sagte sie mit düsterer Miene:

»Tweed, Sie haben Besuch. Ed Osborne und Chuck Venacki sind unten. Was soll ich sagen?«

Newman griff in seine Jacke und wollte seine Smith & Wesson ziehen.

»Lassen Sie das, Bob«, sagte Tweed. »Paula, bitten Sie die Herren herauf.«

Kurze Zeit später betrat Ed Osborne leise und lächelnd das Büro. Auf dem Fuß folgte ihm Venacki, der ebenfalls ein Lächeln auf dem Gesicht trug. Tweed stand auf, gab ihnen die Hand und bat sie Platz zu nehmen.

»Alle hier im Raum müssen über das, was sie jetzt hören, strengstes Stillschweigen bewahren«, begann Tweed. »Paula, Bob: Ich möchte Sie mit Ed Osborne bekannt machen, dem Mann, der mich, so gut er konnte, über Ronstadts Absichten auf dem Laufenden gehalten hat.«

»Meine Mutter war Engländerin«, erklärte Osborne, der nichts mehr von seiner poltrigen Art an sich hatte. »Deshalb hatte ich immer schon eine Schwäche für Ihr Land. Aber dem Mann, dem Sie wirklich danken sollten, ist Chuck Venacki, meinem Verbindungsmann. Er hat sein Leben riskiert, indem er Jake Ronstadt überallhin begleitete und mich über dessen Pläne informierte, so oft er nur konnte.«

»Wir sind Ihnen beiden zu Dank verpflichtet«, sagte Tweed.

»Gern geschehen. Ich wollte eigentlich nur kurz vorbeischauen und mich von Ihnen verabschieden. In Washington ist der Teufel los. Unser Botschafter in London wurde zurückbeordert – dürfte wohl ziemlich schnell abgelöst werden. Ich persönlich bin von meinem Posten als Stellvertretender Direktor der CIA zurückgetreten. In Langley gibt es einen neuen Direktor, der ein alter Freund von Cord Dillon ist. Dreimal dürfen Sie raten, wer mein Nachfolger wird.« Er stand auf. »Gut zu wissen, dass Sie alle überlebt haben«, sagte er und schüttelte allen nacheinander die Hand. »Passen Sie gut auf sich auf. Chuck und ich müssen jetzt gehen.«

»Jetzt bin ich wirklich platt«, sagte Paula, nachdem die beiden das Büro verlassen hatten. »Allerdings hatte ich immer schon den Verdacht, dass irgendjemand Sie über die Pläne des Gegners informiert hat. Aber jetzt hätte ich noch eine andere Frage: Wer hat eigentlich das Phantom bezahlt?«

»Das war mit ziemlicher Sicherheit Sharon. Sie hat wahrscheinlich die Stimme verstellt, wenn sie Rupert die Mordaufträge gab. Schließlich durfte niemand wissen, wer sie wirklich war.«

»Und dann ist da noch dieser seltsame Zufall, dass Sharons Eltern an derselben Stelle bei einem Autounfall ums Leben kamen wie die von Denise.«

»Das war kein Zufall, auch wenn sich das jetzt leider nicht mehr beweisen lässt. Vermutlich hat Sharon den Killern den expliziten Auftrag gegeben, Jean Chatel an genau der Brücke zu töten, an der ihre eigenen Eltern bei einem Unfall gestorben waren. Solche Orte prägen sich einem einfach ins Gedächtnis ein.«

»Noch etwas«, fuhr Paula fort. »Wieso hatte Monica so große Schwierigkeiten, die merkwürdigen Lücken in Ed Osbornes Biografie aufzufüllen? Was hat er bloß während seiner langen Abwesenheiten getan?«

»Das muss ich Monica noch persönlich erklären, wenn sie wieder da ist. Während dieser Zeiten hat Osborne zumeist für mich gearbeitet, und sämtliche Hinweise auf diese Tätigkeiten wurden sorgfältig getilgt. So, das war's. Ein Problem bedrückt mich allerdings noch.«

»Und was wäre das für eines?«, fragte Newman.

»Paula, könnten Sie mir einen Gefallen tun?«, bat Tweed. »Finden Sie irgendeinen plausiblen Grund dafür, dass ich mich um das Abendessen in Howards Club herummogeln kann. Das Essen dort ist fürchterlich, und die anderen Clubmitglieder stehen dem in nichts nach. Meiner Meinung nach versprühen sie den Charme von Wachsfiguren.«